元華文創
頂尖文庫 EA013

宋詩特色之發想與建構

張高評 著

自序

從《春秋》、《左傳》之經史、文學研究，轉向兼顧宋詩、詩話學之探討，已歷經三十餘年。深切體認宋詩、詩話之探索，相較於唐詩或六朝文學之研究，實為開發不多之學術處女地，故甘作墾荒之園丁，東探西勘、南嘗北試，多採宏觀鳥瞰，時時記錄所得。議題探論之深淘刻抉或許不足，然發蹤指示往往有餘。面對遠景看好，極富研究潛力與價值之學科，披荊斬棘之先行先發者所為如此，實有不得已之苦衷。何人不思一往情深，深造而有得？然先發先行者，恐無暇及此！總之，探索學術處女地，方法與策略，不能與研究唐代或六朝文學相提並論。探索與研究所得，精粗、深淺、廣狹亦不可同日而語。

截至目前，筆者有關宋詩和詩話之專著，已出版 13 種。二分之一以上，皆以前後所研發之宋詩特色命名。如《宋詩之傳承與開拓》，就繼往與開來，強調宋代文學傳承之特色。《宋詩之新變與代雄》，自新變唐詩，追求主體性凸顯宋詩特質。《會通化成與宋代詩學》，從出入經史、破體出位、新奇組合視角，說宋詩特徵。《自成一家與宋詩宗風》，拈出典範選擇、創意造語、遺妍開發、別生眼目、開拓轉折、學科整合，以證成宋詩宗風。《創意造語與宋詩特色》，標榜新變自得，超勝意識、創造思維、不犯正位、跨際會通、開發遺妍，以論證宋詩形塑自家面目之特色。《印刷傳媒與宋詩特色》，臚舉傳媒效應，學唐變唐、新變自得、典範選擇、傳播反饋、唐宋變革，以證成「詩分唐宋」之文學命題。《王昭君形象之轉化與創新》，則分列遺妍開發、接受誤讀、異化深化、創意研發、創造性思維、轉化創新，以見宋人昭君詠之創新價值。《苕溪漁隱叢話與宋代詩學典範》，從傳媒效應、詩分唐宋切入，以見典範之轉移、宋詩宋調之生成。宋代詩學之絕去畦徑，自出機杼；宋代美學之雙重模態、二元發展，如本色與變體、法度與自由，去陳言與出新意，巧構形似與離形得似，皆相反相成，相濟為用，此新奇組合之可取者。宋人之創意造語發用如此，遂能自名一家，不隨人作計。唐宋詩之異同，詩分唐宋之風格，未嘗不由於此。此皆宋人之創意發想，思其始而成其終，故能蔚為一代之特色。

除上列專著之外，最近又出版四本專書，書名雖未曾刻意標榜，然考察內容，宋詩特色卻無所不在。如《詩人玉屑與宋代詩學》，討論沿襲、點化；煅煉、自然；意新語工、不犯正位、遶路說禪、推陳出新、自得自到、自成一家，要皆宋詩創作之焦點，詩話評論之關鍵課題。《唐宋題畫詩及其流韻》，其中涉及詩畫相資、詩禪融通、游戲三昧、比德寫意、因革損益、創意思維，亦皆研討宋詩特色之重要子題。《清代詩話與宋詩宋調》，如學古通變、學唐變唐、自成一家、陌生、獨到、新變、破體、因難見巧、刻抉入裏、創意造言、求遠、貴奇、思深、語新、以文為詩、以賦為詩、以俗為雅等，雖論述清代詩學，然宋詩宋調之特徵，多作具體而微之鉤勒。《研究綜述與論文選題》，〈宋代文學專題研究選題〉部份，列有創意造語、遺妍開發、印刷傳媒、學古通變、跨際會通五大單元，臚舉 250 多個子題，要皆宋詩特色之元素，或推助宋詩特色者。若再加上「宋金詩話專題研究」，列舉論文選題 300 多個子目，其中攸關典範追尋、創意造語、折衷唐宋、詩格、詩法、江西詩學者不少。由此觀之，三十餘年來之研究，百慮而一致，殊途而同歸，所脈注綺交者，多聚焦於宋詩特色之發蹤指示上。

《文心雕龍》有〈附會〉一篇，主要論述為文謀篇之基本原理，所謂「附辭會義，務總綱領。驅萬塗於同歸，貞百慮於一致。」意在筆先，文成於是意立。命意發想之於為文如此，於作詩說詩亦然。宋人面對唐詩之「菁華極盛，體製大備」，思有以競爭超勝，起心發想必先存有創造性思維，念茲在茲。

《左傳》載子產對子大叔問政，所謂「思其始而成其終」，「行無越思」，篇章詞句由詩思而成文，差堪比擬。於是宋詩相較於唐詩，遂有所開拓、新變，又有所轉化、創新。出位、破體、會通、穿鑿是其策略；創意、造語、陌生、深遠、忌隨人後、自成一家，乃其追求。宋人之創意發想如此，思其始而成其終，發用於作品，體現於詩學論述，遂建構出富含創意之詩歌風格，可與唐詩並行而無愧。本書第二、三章，以宋代筆記為研究文本，論述創意發想對於宋詩特色建構之作用。與前所著《創意造語與宋詩特色》一書，援引詩歌、詩話、畫論之素材為佐證，可以相得益彰。第四、第五章，闡述宋代詩歌之創造性思維，選擇組合思維、開放思維、獨創思維、求異思維、反常思維視角，論證宋詩於唐詩輝煌之後，如何發揮別識心裁，另闢谿徑？如何落實因難見巧、推陳出新？如何競爭超勝，後出轉精？如何新變代雄，而有自家面目？宋詩宋調蔚為「千年一脈」之風格，堪與唐詩唐音媲美並駕，創造性思維之體現，蔚為「思其始而成其終」之指南作用，為其中重大關鍵之一。

本書第六、第七、第八章，分別就花鳥詩（詠物詩）、遷謫詩（紀遊詩）、禪趣詩為例，見證宋詩特色促成者歐陽脩、蘇軾、黃庭堅三家，如何發想創意，建構所謂宋詩特色。郭紹虞《宋詩話考・詩病五事》論宋人談詩，「要之均強調藝術技巧，罕有重在思想內容者。」談詩如此，作詩亦然。今考察歐陽脩詠花之詩篇，或以文為詩、以賦為詩、以才學為詩、以形寫神、寓物說理，要皆意新語工，得前人所未到。蘇軾、黃庭堅之遷謫詩，記遊山水，或模山範水，以物為人；或托物寓意，借景說理，傳承六朝，新唐拓唐，而具宋詩特色，由此可見一斑。至於遷謫記遊詩受道禪濡染，會通化成，而蔚為一代特色者，或安時任運，閑適放曠，不遣是非；或色空不礙、自性自度、借禪為詼，宋詩之出位融通，堪稱具體而微。蘇軾、黃庭堅之所作詩，往往佛影禪音體現具足，詩思出位顯然：東坡詩風之巧便尖新，開示捷法，有得於雲門宗風之啟發。山谷詩有得於臨濟宗風者，文脈斷裂、語境轉換；游戲三昧、打諢通禪；妙脫谿徑、言謀鬼神。佛禪強調「了無分別」，整體把握，黃山谷體現為禪思禪法，貫通詩思、書道，會通為一。創新自得之發想如此，宋詩之破體出位、不犯正位，追求活法透脫，自得自到，或許有得於宋代禪悅風尚之觸發。禪思之影響詩思，由此可見一斑。第九章探索宋代詩賦之樂土意識，以《全宋詩》、《全宋文》為研究文本，討論宋人對仙源、淨土、桃源之空間想像，凸顯宋代文學自有書寫心靈安頓，追尋精神家園者。不盡然多追求藝術技巧，於思想內容亦多所著墨。要之，宋代士人之樂土追尋，無論興寄桃源、心造桃源，或吾廬桃源，「天下盡桃源，不必武陵春」二語，即足以概括之。

附錄四篇：〈漫談創造性思維〉，論說企業管理、產品開發之創意、創新、創造，頗可借鏡參考，提供宋詩及宋代詩學自成一家，新變代雄之詮釋理論。〈評蘇雪林《東坡詩論》與宋詩特色〉，論說打諢通禪、涉筆成趣、以物為人、隨物賦形、藉形傳神、以文為詩、以議論為詩、以才學為詩、以俗為雅、童心、理趣，於宋詩之特色，亦多所提示。訪談錄由兩篇合成，講述探索宋詩、詩話學之學思歷程：凸顯詩歌語言，以平議唐詩、宋詩之得失優劣。從宏觀系統視角，標榜創意造語、遺妍開發、學古通變、破體出位、跨際整合、會通化成、自成一家諸詩思，可作宋詩、詩話賞析之入門，亦可作宋詩宋調發想之詮釋。筆者三十年來探索宋代詩歌、詩學、詩話、筆記之心路歷程，從中可得而見。

感謝蔡佩玲總經理雅意，盛情邀稿。感謝內人郭芳齡、小女張郁珩之協助幫忙，辛勤於文書處理。筆而載之，永誌不忘。書出有日，爰書研治宋詩宋調、詩話學之始末如上，既以辨章學術，又以釋疑辨惑。

張高評

序於府城鹽水溪畔

丁酉年臘月二十八日

目 次

自 序

第一章　緒論　1

一、宋詩之困境，與宋代競爭超勝之意識　1
二、宋人學唐拓唐，與宋詩之新變自得　3
三、印刷傳媒作用於知識流通，推助宋詩特色之形成　6
四、從宋詩特色之研究，到宋詩特色之發想與建構　9
五、成果預估與理念推廣　12

第二章　創意發想與宋人知識之建構
——宋人筆記論創造思維　15

一、未經人道，用所不用　19
二、自出機杼，別生眼目　24
(一)別出心裁，超然新意　24
(二)離形得似，別生眼目　27
三、剖破藩籬，新奇會通　34
(一)剖破藩籬，破體為詩　34
(二)詩思出位，新奇會通　41
四、結語　45

第三章　宋人之詩思造意與自成一家
——以宋人筆記為例　47

一、學唐變唐與宋詩宋調　47
二、用心詩思、文思，致力造意、創意　52
(一)宋代詩話、筆記論詩思、文思　52
(二)宋代筆記說造意、創意　57
三、追求自得獨到，期許自成一家　65
(一)能入能出，自得獨到　65
(二)別立機杼，自成一家　68
四、結語　77

第四章　組合、開放、獨創思維與宋詩之創新
——以宋代詩歌、詩話為例　81

一、創造性思維與求變追新　81
二、宋詩之會通化成與組合思維　88
三、宋詩之別生眼目與開放思維　94
四、宋詩之自得自到與獨創思維　101
五、結語　110

第五章　求異思維、反常思維與宋詩特色
——以宋代詩歌、詩話為例　115

一、從創發開拓看宋詩之創造性思維 116
二、宋詩之仿擬點化與求異思維 120
三、宋詩之死蛇活弄與反常思維 130
四、結語 138

第六章　歐陽脩花鳥詩與宋詩特色之體現
——兼論遷謫詩與比興寄託　141

一、詠物詩之嬗變與宋詩得失論　142
二、歐陽脩詠物詩與比興寄託　145
(一)兩次遷謫與藉物抒懷　145
(二)寫花詠鳥與比興寄託　148
三、歐陽脩花鳥詩與宋詩特色　164
(一)詠物詩之拓展　165
(二)宋詩體格之表現　175
四、結語　182

第七章　蘇軾、黃庭堅遷謫詩與道家美學
——遷謫與生命安頓　185

一、山水記遊詩與生命安頓　185
二、蘇軾、黃庭堅山水記遊詩之傳承與開拓　189
(一)從模山範水到以物為人　190
(二)從思與境偕到比興寄託　198
(三)從托物寓意到借景說理　202
三、蘇軾、黃庭堅旅遊詩中的遷謫心態與情理調和　205
(一)安時任運　207
(二)閑適放曠　214
四、結語　220

第八章　蘇軾、黃庭堅禪趣詩與禪宗美學
——禪思與詩思之新奇會通　223

一、宋型文化與詩禪之會通化成　223

二、禪思與詩思之融通化成　226
(一)呵佛罵祖與破體出位　227
(二)繞路說禪與不犯正位　228
(三)參禪悟入與活法透脫　229
(四)自性自度與自得自到　231
三、蘇軾、黃庭堅禪趣詩與宋詩特色　232
(一)蘇軾、黃庭堅與禪宗之淵源　232
(二)蘇軾、黃庭堅「以禪為詩」表現之層面　237
四、結語　242

第九章　樂土意識與宋代詩賦之桃源詮釋
——同題共作與谿徑別闢　245

一、精神家園與樂土追尋　246
二、道教仙鄉與心靈安頓　252
(一)仙鄉靈境與宋代辭賦　254
(二)仙界仙源與宋代詩歌　259
三、天下盡桃源，不必武陵春　262
(一)宋代散文辭賦之興寄桃源　263
(二)蘇軾之詩賦與心造桃源　266
(三)陸游之詩文與吾廬桃源　274
四、結語　279

第十章　結論　281
附錄一　漫談創造性思維　287
附錄二　評蘇雪林《東坡詩論》與宋詩特色　313
附錄三　談宋代文學研究選題　329

附錄四　宋詩、詩話學的研究思路　353
徵引文獻　395

第一章　緒論

中國古典詩歌之發展，歷漢、魏、六朝，至隋唐，業已「菁華極盛，體製大備」。[1]輝煌璀璨之榮景，後人欲踵事增華，另闢乾坤，真是談何容易！以王安石之雄傑，尚且感歎：「世間好語言，已被老杜道盡；世間俗語言，已被樂天道盡。」[2]就詩歌語言論，好語言、俗語言，皆已被「道盡」；苟欲作詩，將如之何面對？如之何轉圜？如之何新變？如之何突破？將是宋代文學無可逃避之課題。

一、宋詩之困境，與宋代競爭超勝之意識

清人蔣士銓曾稱：「宋人生唐後，開闢真難為」；「能事有止境，極詣難角奇」。[3]生於唐人之後，宋人其勢已難為？唐詩已止於至善，宋詩難以角奇？蔣士銓為宋人擔憂，蓋有所感而發，有所見而言。魯迅尤其宣稱：「我以為：一切好詩，到唐已被做完！此後倘非能翻出如來掌心之齊天大聖，大可不必

---

1 清沈德潛：《唐詩別裁集》（香港：中華書局，1977 年），〈凡例〉，頁 1，總頁 3。

2 宋陳輔之：《陳輔之詩話》，收入郭紹虞：《宋詩話輯佚》（臺北：文泉閣出版社，1972 年），頁 309。

3 清蔣士銓著，邵海清校，李夢生箋：《忠雅堂集校箋》（上海：上海古籍出版社，1993 年），〈辯詩〉，頁 986。

動手！」[4]推崇唐詩，醉心唐詩者，多以唐詩為至高無外，不可踰越之高牆。頂禮膜拜之餘，無暇及他，論調如魯迅者，其徒實繁。不過，魯迅發言圓融，尚下一轉語，以「翻出如來佛掌心」比況其實艱難，然並非不可能。苟欲當詩界之齊天大聖，必須具備若何特異功能，才能翻出唐詩之手掌心？此已點出問題所在。宋人作詩之焦慮與困境，大抵如王安石、蔣士銓、魯迅所言。究竟宋人如何因應？如何突破？此攸關自覺意識，更涉及心態發想問題。

華夏文明之發展，歷數千年之演進，造極於趙宋之世；而且，近代學術與文化，亦多發端於宋人，此王國維、陳寅恪、鄧廣銘諸家之論述。[5]此一論述，曾贏得胡適之、嚴復、呂思勉、柳詒徵、錢穆、傅樂成諸歷史學者先後之信從。[6]筆者以為：繆鉞發表「唐宋詩異同」，錢鍾書提出「詩分唐宋」說，[7]以及近十年來，大陸之文學博士論文，亦多遙作呼應，以之詮釋解讀唐宋詩歌之發展與分化。總之，諸家之所論證，要皆切合日本京都學派內藤湖南、宮崎市定所提「唐宋變革」論、「宋代近世」說，以及「宋清千年一脈」論。[8]內藤假說取得王、陳、鄧、繆、錢諸文學史學名家論證，宋型文化殊異於唐

---

4 魯迅：〈致楊霽雲〉，《魯迅全集》（北京：人民文學出版社，1991 年），第 12 卷，《書信》，1934 年 12 月 20 日，頁 612。

5 王國維：〈宋代之金石學〉，《靜安文集續編》（上海：上海書店，1983 年），頁 70；陳寅恪：〈鄧廣銘《宋史・職 官志》考證序〉，《金明館叢稿》（臺北：里仁書局，1982 年），頁 245-246。

6 王水照：〈文史斷想・重提「內藤命題」〉，《鱗爪文輯》（西安：陝西人民出版社，2008 年），卷三，頁 173-178。

7 繆鉞：《詩詞散論》（上海：上海古籍出版社，1982 年），〈論宋詩〉，頁 36-44。錢鍾書：《談藝錄》（臺北：書林出版公司，1988 年），一、〈詩分唐宋〉，頁 1-5。

8 〔日〕內藤湖南：〈概括的唐宋時代觀〉，《歷史與地理》第 9 卷第 5 號（1922 年 5 月），頁 1-11；〈近代支那的文化生活〉，《支那》第 19 卷（1928 年 10 月）。宮崎市定：〈內藤湖南與支那學〉，原載《中央公論》第 936 期，收入氏著《亞洲史研究》第 5 卷，譯文見黃約瑟譯：〈概括的唐宋時代觀〉，載劉俊文主編：《日本學者研究中國史論著選譯》第 1 卷（北京：中華書局，1992 年），頁 10-18。

型文化，[9]此一命題，遂值得取信。

宋型文化之特質，宋學代表宋型文化，有具體而微之反應：譬如創造、開拓、懷疑、議論、會通、兼容、反思、實用等等皆是。[10]其中之創造、開拓精神，發而用之，往往講究「事勝前代」，創造嶄新紀錄。如程頤盛稱：「本朝有超越古今者五事」；呂大防羅列祖宗家法十一事，謂「陛下不須遠法前代，但盡行家法，足以為天下。」顧炎武推崇宋世有「漢唐所未及者」四事；《警世通言》〈宋太祖千里送京娘〉，特提宋朝有三事超勝漢唐。[11]另外，邵雍亦推崇「本朝五事，自唐虞而下，所未有者」；劉克莊更標榜「本朝五星聚奎，文治比漢唐尤盛。」[12]凡此所謂趙宋「超越古今」、「漢唐所未及」、「事超漢唐」、「唐虞而下所未有」、「比漢唐為尤盛」云云，知宋人心眼，自覺良好，無畏挑戰，故敢於軒輊漢唐，較量古今。其勇於競爭比賽，富於逞能超勝之意識，亦由此可見。

二、宋人學唐拓唐，與宋詩之新變自得

面對前代豐富、精湛而多元之文學遺產，宋人喜好師法古人之優長，借

---

[9] 傅樂成：〈唐型文化與宋型文化〉，《漢唐史論集》（臺北：聯經文化出版公司，1980 年），頁 339-382。

[10] 陳植鍔：《北宋文化史述論》（北京：中國社會科學出版社，1992 年），第三章〈宋學的主題及其精神〉，第四節，宋學精神，頁 287-323。

[11] 楊聯陞：《國史探微》（臺北：聯經出版事業公司，1983 年），〈國史諸朝興衰芻論〉附錄：〈朝代間的比賽〉，引《河南程氏遺書》卷一五、《宋史・呂大防傳》、《日知錄》卷十五、《警世通言》，頁 45-47。

[12] 宋邵伯溫：《邵氏聞見錄》卷一八〈康節先公謂本朝五事〉，《宋元筆記小說大觀》（上海：上海古籍出版社，2001 年），第二冊，頁 1818-1819；劉克莊：《後村先生大全集》，《四部叢刊》初編本（臺北：臺灣商務印書館，1967 年），頁 845。

為自我創作之觸發與資源，故好古學唐蔚為一代風氣。不過，宋人之學唐，不止於單純之模擬仿效；實以學古學唐為階梯、為步驟、為手段，而以變唐、新唐、拓唐，自得成家，作為終極追求。宋曾季貍《艇齋詩話》稱：「東坡之文妙天下，然皆非本色。與其他文人之文，詩人之詩不同。文非歐、曾之文，詩非山谷之詩，四六非荊公之四六，然皆自極其妙。」[13]嚴羽《滄浪詩話》謂蘇軾、黃庭堅：「自出己意以為詩，唐人之風變矣！」[14]此所謂非本色、唐人風，蓋以唐詩為對照，而發迹、而變態，而自出己意，自極其妙。陳師道所謂「學少陵而不為」、許尹所謂「本於老杜而不為」者。[15]宋詩特色形成於慶曆、元祐間，方回《瀛奎律髓》稱：「元祐詩人詩，既不為楊、劉崑體，亦不為九僧晚唐體，又不為白樂天體，各以才力雄於詩。山谷之奇，有崑體之變，而不襲其組織。」[16]元祐詩人指蘇軾、黃庭堅等宋詩代表，其所以特立獨群，在不為、不襲，而有自家面目。凡此，皆宋詩大家、名家之自覺，搦管下筆之際，起心動念之初，自我要求可學而不為，能變而不襲，自出己意，追新求變，故能自成大家名家。宋人學古通變之心態，誠如袁枚《續詩品・著我》所云：「不學古人，法無一可；竟似古人，何處著我？」[17]跳脫唐詩窠臼，追求自家面目，誠如楊萬里所言：「丈夫皆有衝天志，不向如來行處行！」[18]主體意識之強調，為宋人普遍之自覺。

---

[13] 宋曾季貍：《艇齋詩話》，丁福保編：《歷代詩話續編》（北京：人民文學出版社，1983 年），頁 323。

[14] 宋嚴羽著，郭紹虞校釋：《滄浪詩話校釋》（北京：人民文學出版社，2005 年），頁 26。

[15] 宋陳師道：《後山居士文集》（上海：上海古籍出版社，1984 年），卷十〈答秦觀書〉，頁 9。許尹〈《黃陳詩注》序〉，黃庭堅著，任淵、史容、史季溫注：《山谷詩內外集注》（臺北：學海出版社，1979 年），頁 4，總頁 7。

[16] 元方回：《瀛奎律髓》，李慶甲集評校點《彙評》本（上海：上海古籍出版社，2005 年），卷二十一，頁 886。

[17] 清袁枚：《續詩品・著我》，《清詩話》（臺北：明倫出版社，1971 年），卷二十，頁 1035。

[18] 宋羅大經：《鶴林玉露》，文淵閣《四庫全書》本（臺北：臺灣商務印書館，1983 年），卷三，第 865 冊，頁 275。蓋本釋道原《景德傳燈錄》，卷二九，「丈夫皆有衝天志，莫向如來行處行」。

《易・繫辭》稱：「窮則變，變則通，通則久」;《南齊書・文學傳論》:「若無新變，不能代雄」。宋人面對唐詩之璀璨精彩，深悟窮變通久之道，自覺唯有新變，方能取代唐詩而稱雄。於是宋詩之大家名家，一方面學習唐詩之優長，一方面又致力「自出己意以為詩」，誠所謂「以師古為革新，于模仿求創新，重技法以納新」。[19]此之謂學而不為，不向如來行處行。何況，宋型文化體現於宋詩，往往富於徘徊兩端之雙重模態：學問與妙悟、情感與理智、至道與技藝、典雅與通俗，乃至於定法與活法，反思內省與向外馳騁，大多相反相對，而又相濟為用。就其表現之層面而言之，或轉益多師，題材拓展廣博；或深造有得，內容體現深遠；或破體出位，注重整合融會；或翻轉變異，強調推陳出新；或精益求精，努力技法洗練，百慮一致，殊途同歸，皆在追求別裁創獲，期於自成一家。[20]這些自覺之意識，普遍存在，形成共識，而後逐漸形成殊異於唐詩之自家風格與特色。

宋人作詩追新求變，往往以「自成一家」作為寫作標竿。宋人為新異於唐詩，常以獨創成就自相期許。其盡心之策略有四：或不經人道，古所未言；或因難見巧，孕出奇麗；或破體為文，相需相成；或詩思出位，補偏救弊，因量多而質佳，故有助於宋詩特色之形成。至於宋詩追求自成一家之途徑，亦有四端：其一，積澱傳統，尋求突破創新。其二，絕去畦徑，致力創意獨到。其三，活法妙悟，體現圓美流轉。其四，博觀厚積，集詩美之大成。[21]上述特色之自覺，考察宋人之詩集、文集、詩話、筆記，多有具體而微之反應。宋人知識建構之體系，從中可以管窺一斑。宋詩特色之發想，固出於大家名家之自覺，體現於創作之中，發表於詩話、筆記之內。

---

[19] 敏澤：《中國文學思想史》（長沙：湖南教育出版社，2004 年），下冊，第十五章〈宋代文學思想：成熟的智慧〉，第三節「創新的智慧」，頁 108-128。

[20] 張高評：《宋詩之新變與代雄》（臺北：洪葉文化事業公司，1995 年），壹、〈宋詩特色之自覺與形成〉，第三節「宋人對於詩歌價值之省察與表現」，頁 10-53。

[21] 同上，第三節「宋詩追求自成一家」，頁 112-141。

三、印刷傳媒作用於知識流通，推助宋詩特色之形成

由於雕版印刷之廣泛運用，影響宋代圖書傳播之效應。印本圖書之化身千萬，無遠弗屆，較諸傳統之寫本更大更多。以胡仔《苕溪漁隱叢話》100卷為例，採錄宋初以來至南宋之詩話筆記。從〈杜甫〉卷，可見宋代詩學之品論杜甫詩：法度規矩與變體自由，點竄改定與天然自在間，詩話呈現相反相成、二元論述之自覺共識。諸家詩話論杜詩，聚焦於考求來處，資書為詩；摭髓化用，推陳出新，正是宋詩宋調之宗風。[22]杜甫之為宋詩宋調典範，於《苕溪漁隱叢話》論諸家詩話可以考見。再以〈東坡〉卷為例，《叢話》徵引諸家詩話，凸顯本色與變體、使事與用典、規矩與自由、以文字為詩，亦多為宋詩宋調之特色。[23]若就「苕溪漁隱曰」所論觀之，標榜「擺落規摹、絕去畦徑」；「自出機杼，古人不到」，強調魯直詩法，師少陵而友江西。再考察〈東坡〉卷、〈山谷〉卷，或〈六一居士〉卷、〈王荊公〉卷，可見《叢話》徵引北宋諸家詩話，對於形塑宋詩宋調特色，自有推波助瀾之功。[24]

魏慶之《詩人玉屑》20卷，纂輯北宋以來180種論詩之文獻，自許「詩家之良醫師」，揭示若干詩法詩病，堪稱宋代詩學之集大成。宋代詩學理論之建構，自發想，而操觚，而立意，而措詞，而審音，而提示法度，而反應品題，多有具體而微之呈現。就圖書之受容而言，宋人詩話既主張學古，又擺脫沿襲，致力點化。就選字下字而言，既講推敲、究工拙，注重日煅月煉，

---

[22] 張高評：《苕溪漁隱叢話與宋代詩學典範》（臺北：新文豐出版公司，2012年），第六章〈胡仔詩學與宋詩宋調——《苕溪漁隱叢話》杜甫詩述評〉，頁207-270。

[23] 同上，第八章〈《苕溪漁隱叢話》東坡卷之意義——兼論胡仔之典範觀〉，頁303-346。

[24] 同上，第七章〈苕溪漁隱論宋詩宋調之形成——以歐、王、蘇、黃為例〉，頁271-301。第九章〈「苕溪漁隱曰」論蘇軾、黃庭堅詩〉，頁347-394。

更追求自然成文。[25]一方面警示「忌隨人後，務去陳言」；一方面樹立「自得自到，自成一家」高標，期待止於至善。[26]既致力新奇、變態、陌生、警策之詩美，更追求和諧、自然、圓美、超詣之境界。[27]詩思著眼於不犯正位，於艱難中特出奇麗；又發用於言用不言名，猶遶路而說禪。詩話之為書，既為創作經驗之分享，閱讀心得之提示，更是文藝主張之通告，固受當時詩潮影響，亦反饋作用而引領文學風尚。故從詩話編纂對詩歌語言之取捨從違，對作家作品之好惡偏執，可以窺見一代文風詩潮之走向。

新工具之發明和應用，往往引發新事物之發展，以及傳統文化之變革。如機器發明之於工業革命，聽診器、χ 光發明之於醫學醫療，谷登堡（Johannes Gutenberg,1400-1468）活字印刷之於宗教革命、文藝復興。東方宋朝廣用雕版印刷，其傳媒效應若與活字印刷相較，其影響力當不遑多讓。[28]究竟影響有哪些層面？李約瑟（Joseph Needham, 1900-1995）《中國科學技術史》「植物學卷」稱：宋代在文學、哲學、工業、商業、官僚社會、科學技術各方面「巨大變化和進步，沒有一個不是和印刷術這一主要發明相聯繫的。」[29]福建於南宋，地處偏陲，進士登科高居全國各州之冠，朱熹閩學蔚為道學中心，此皆緣於福建作為刻書中心，福州、建州出版業興盛，教育普及，文風鼎盛

---

[25] 張高評：《《詩人玉屑》與宋代詩學》（臺北：新文豐出版公司，2012 年），第三章〈《詩人玉屑》「沿襲與點化」說述評〉，頁 67-111；第四章〈《詩人玉屑》「選字下字」說述評——以意新語工為討論核心〉，頁 113-163。

[26] 同上，第八章〈評《詩人玉屑》述推陳出新與獨到自得〉，頁 329-376。

[27] 同上，第六章〈《詩人玉屑》「不犯正位」說述評——以創造性思維之詩思為例〉，頁 233-283。

[28] 張高評：《苕溪漁隱叢話與宋代詩學典範》，第四章第一節，二、〈谷登堡活字印刷與宋代雕版印刷〉，頁 134-140。

[29] 李約瑟：《中國科學技術史》（北京：科學出版社；上海：上海古籍出版社，2006 年），第六卷《生物學及相關技術》第一分冊《植物學》，vi〈宋朝、元朝和明朝的博物學和印刷術〉，頁 237。

所致。[30]

要之，印本圖書相對於寫本，具有「易成、難毀、節費、便藏」諸利多，更有化身千萬，無遠弗屆之優勢。[31]筆者比較雕版與活字印刷術，作為圖書傳媒，就傳播閱讀而言，有七大效應：一、雕版圖書之監控；二、閱讀習性之改易；三、博觀厚積之追求；四、學問思辨之體現；五、讀書方法之注重；六、地域文化之生成；七、版本、校讎學之興復。雕版印刷作為圖書傳播，就接受反應而言，其傳媒效應亦有七端：一、競爭超勝之發用；二、自得自到之標榜；三、創意寫作之致力；四、創意詮釋之提倡；五、講學撰述之昌盛；六、詩文法度之講究；七、詩話、評點學之崛起。凡此，皆緣於印本文化之衝擊，而蔚為宋代之知識革命。[32]

知識流通之媒介，從謄寫鈔錄演變到印本傳播，至兩宋而印本與寫本爭輝。南宋理宗時，印本數已超越寫本，成為圖書傳播之主流。媒介改變，所生發之傳媒效應，確實值得關注。筆者深信：宋詩新變唐詩，發展為自成一家之特色，其中印刷傳媒生發之影響，當為一大關鍵。[33]

---

[30] 〔日〕清水茂著，蔡毅譯：《清水茂漢學論集》（北京：中華書局，2003 年），〈印刷術的普及與宋代的學問〉，頁 95-97。

[31] 明胡應麟：《少室山房筆叢》（上海：上海書店，2001 年），卷四〈經籍會通四〉，頁 45。

[32] 張高評：《印刷傳媒與宋詩特色──兼論圖書傳播與詩分唐宋》（臺北：里仁書局，2008 年），卷首，〈印刷文化史之探討，學科整合之研究〉（自序），頁v，曾列舉十大層面，提供學界探勘之課題。今內容已作增益，分為二大類型，各有七個子目，文字亦稍作潤飾。參考錢存訓：《中國紙和印刷文化史》（桂林：廣西師範大學出版社，2004 年），第十章〈印刷術在中國社會和學術上的功能〉，頁 356。

[33] 同上注，《印刷傳媒與宋詩特色》一書，主論文共分十章，從十方面論述雕版印刷作為宋代之圖書傳播，與傳統寫本競奇爭輝，強力推助宋詩特色之形成。頁 29-577。

四、從宋詩特色之研究，到宋詩特色之發想與建構

由於編纂臺灣版《全宋詩》之機緣，促使學術專長改道，從研究《春秋》、《左傳》，航向宋詩、詩話之海洋。先前經史文學研究之會通能量，頗有助於宋詩之詩歌語言，及詩話學之學科整合探索。歷階而升，盈科而後進，固為學一定之理。

三十餘年來，筆耕宋詩、詩話之學術園地，已出版專著 13 種。治學之大方向，多聚焦於宋詩特色之研究上。而所謂特色，蓋以四大條件檢驗之：其一，新變自得。其二，數量多。其三，品質佳。其四，理論化。世之指稱為唐詩唐音者，據此標準言之，當然可通；所謂宋詩宋調者，亦憑同一標準界定，可以無疑。筆者系列論著之闡說過程，多持創作與評論交相印證，並非單科獨進。有以宋詩特色命為書名者，如《宋詩之傳承與開拓》、《宋詩之新變與代雄》、《會通化成與宋代詩學》、《自成一家與宋詩宗風》、《創意造語與宋詩特色》、《王昭君形象之轉化與創新》等書。所謂傳承開拓、新變代雄、會通化成、自成一家、創意造語、轉化創新云云，皆經詩作、詩學論證，具備上述四大條件。其他六種專著，如《宋詩特色研究》、《印刷傳媒與宋詩特色》、《苕溪漁隱叢話與宋代詩學典範》、《詩人玉屑與宋代詩學》、《唐宋題畫詩及其流韻》、《清代詩話與宋詩宋調》諸書。書名雖未標明某某特色，然各章之闡述發明，已多脈注綺交於殊異唐詩唐音之風格上。舉凡會通化成、破體出位、以俗為雅、別生眼目、遺妍開發、新變自得、谿徑另闢、翻空出奇、詩分唐宋、獨創性、陌生化、意新語工、不犯正位、詩思創意、絕去畦徑、自出機杼、自得自到、寫意興寄、比德審美、游戲三昧、創意組合、因難見巧、避熟脫凡、刻抉入裏、詩家能新、以議論為詩、以才學為詩等等，皆富於創造性思維之詩歌語言，乃宋詩特色之「雜然賦流行」者，不時見諸專書各章節論述之。姑列於此，歡迎考證。

一般而言，作詩、為文、繪畫同理，大多未下筆，先有意，意到而筆隨之。文同稱：「畫竹，必先得成竹于胸中」；[34]范季隨《陵陽室中語》云：「作詩必先命意，意正則思生」；[35]蘇軾亦曰：「天下之事，散在六經子史中，不可徒使，必得一物以攝之，然後為己用。所謂物者，意是也。」[36]故方苞說義法，乃謂：「義，即《易》之所謂言有物也。法，即《易》之所謂言有序也。義以為經，而法緯之，然後為成體之文。」[37]總而言之，未下筆先有意，意到筆隨。《詩・大序》所謂：「詩者，志之所之也。在心為志，發言為詩」，故世有所謂「言為心聲」之說。循是以推，則前述所謂宋詩特色，如開拓、新變、會通、創意、造語、轉化、創新、自成一家云云，即是宋人盡心致力之詩家語。宋人雖學唐詩，卻殊異於唐詩風格特色，為自得獨到之創造性思維。起於宋人之自覺發想，未下筆之前已然定調。既下筆之後，遂意到筆隨，文成而特色存焉。命意，《文心雕龍》稱為「附會」，功在「總文理，統首尾、定予奪、合涯際，彌綸一篇，使雜而不越。」[38]詩人先存不模勒、不蹈襲之意於心中，乃能進層致力於新變、轉化、會通、開拓，以及創意、造語諸工夫。必先有追求「自得獨到，自成一家」之志意，方能盡心於「陳言務去，言必己出」之特色呈現。若創造性思維發而用之，則體現為谿徑另闢、別生眼目、避俗脫凡、破體出位諸詩思，於創作時已指出向上一路。再加以不犯正位、開發遺妍、會通化成、自得自到之追求，文學語言之變異性、陌生化、

[34] 宋蘇軾著，孔凡禮點校本：《蘇軾文集》（北京：中華書局，1986 年），卷十一〈文與可畫篔簹谷偃竹記〉，頁 365-366。

[35] 宋魏慶之：《詩人玉屑》（臺北：世界書局，1971 年），卷六《室中語・陵陽謂須先命意》，頁127。

[36] 宋洪邁：《容齋隨筆》（上海：上海古籍出版社，1978、1995 年），《容齋四筆》卷十一〈東坡誨葛延之〉，頁 745。

[37] 清方苞：《望溪先生全集》，《四部叢刊》初編本（臺北：臺灣商務印書館，1979 年），《望溪先生文集》卷二〈又書〈貨殖傳〉後〉，頁 20，總頁 40。

[38] 梁劉勰著，范文瀾注：《文心雕龍注》（北京：人民文學出版社，1962 年），頁 650。

獨創性隱然成立。古典詩歌之典範，自唐詩而轉移宋詩，亦不疑而具。[39]再就造語觀之，或因難見巧、翻空出奇，或刻抉入裏、深遠生新，或以文字為詩、以議論為詩、以才學為詩，宋人盡心於創意造語，致力於意新語工，宋詩之特色，宋調之風格，於是自覺之形成，遂能與唐詩唐音界分詩國之壁壘。

由於前此已有十二本專著作為基礎研究，故本書取名《宋詩特色之發想與建構》，即是系列論述之終篇。拈出「發想」一詞，企圖闡說宋詩特色之建構，緣出於宋人之自覺意識，係針對「宋人生唐後，開闢真難為」所作之因應對策。吳曾祺《涵芬樓文談》所謂：「作文之法，辭句未成，而意已立。既立之後，於是乎始，於是乎終；於是乎前，於是乎後，百變而不離其宗。」[40]作文如是，作詩亦然，宋人之創意造語尤其如此。本書第二、第三章，談論創意發想、詩思造意，以《全宋筆記》為研究文本，與前此十二部論著持宋代詩歌、詩話作為佐證殊科。譬如行車，意為之御，辭為之載；又如作戰，想、意猶將帥，詞句格律如兵卒。林紓《春覺齋論文》以為：「意者，心之所造，境者又意之所造；文章惟能命意，方能造境。」[41]宋人筆記，再三強調發想之創意、詩思之造意，落想既已指出向上一路；一旦發用為詩，自然擺落陳窠，追求獨創超勝。第四、第五章，從創造性思維論說宋詩之特色，選擇組合思維、開放思維、獨創思維、求異思維，以及反常思維五者，針對宋代詩人詩歌繁稱博舉，以見宋詩在詠物、詠史、山水、題畫、敘事、描寫、抒情、寫意方面之巧思妙想，多別生眼目，自出機杼，不肯蹈常習故，規摹舊作。有此創造性之發想與詩思，故能學古學唐，又能變唐、新唐、拓唐，

---

[39] 文學語言，為美妙文學之準繩，其精者曰詩歌語言，又稱詩家語，即是絕妙好詩之標準。固適用於唐詩，亦適用於宋詩，更貼切妙合於古今中外之一切好詩。詳參張高評：《清代詩話與宋詩宋調》（臺北：萬卷樓圖書公司，2017 年），第二章第二節〈從文學語言新探清初宗唐詩話〉，頁 45-61。

[40] 清吳曾祺：《涵芬樓文談》，〈命意第十一〉，王水照編：《歷代文話》（上海：復旦大學出版社，2009 年），第七冊，頁 6582。

[41] 同上，王水照編：《歷代文話》第七冊，林紓：《春覺齋論文》，〈應知八則・意境〉，頁 6365。

而有自家面目。

第六、第七、第八三個章節，說宋詩特色雜然賦流形，體現於花鳥詩、遷謫詩、山水詩之中。筆者為之梳理闡說，以見宋代詠物詩之創發，以及道家美學、禪宗美學之一斑。所舉歐陽脩、蘇軾、黃庭堅三人，為宋詩特色促成之大家名家。蘇門六君子，江西詩派詩人，多受其啟發，擒王舉大，亦以一點紅，解寄無邊春；以一枝紅杏，包攬滿園春色之意。至於第九章，針對桃源詩、桃源賦之詮釋，可以考見宋人之樂土意識，人間樂土，似乎壓勝於世外樂土，以及西方淨土。從宋代詩人賦家對「桃源」意象之同題共作，相對於六朝、隋唐以來諸作，或別出心裁，或作遺妍開發，其競爭超勝意識，自是宋詩特色之一大面向。

附錄論文四篇，附錄一，是一篇演講詞，講述有效之經營管理，便利日用之科技產品，皆出於創意之發用。科技源於人性，創意來自人文。人文之中，創意更是文學之生命，藝術之靈魂。宋人生唐後，學唐變唐之餘，終能新唐、拓唐者，亦是創造性思維之發用。故作為附錄，當有助於本書創意發想之佐證。附錄二，為〈評蘇雪林《東坡詩論》〉，論述成功大學中文系故蘇雪林教授有關東坡詩之成果，以為有功於宋詩特色之發明。另外兩篇，為三位及門博士林盈翔、邱詩雯、張瑞麟，先後之訪談錄。宋代文學（尤其是宋詩）之研究選題，筆者三十年來投入宋詩、詩話學研究之學思歷程，披文可睹。學術領域之圈定，研究選題之提示，有關宋詩特色成果之鳥瞰，多可以從中管窺一斑。姑作附錄，以就教於學者方家。

五、成果預估與理念推廣

唐宋詩優劣得失之爭，紛紛擾擾近一千年。猶楚漢之爭，相持不下，智勇俱困。辯士蒯通以為：「其勢非天下之賢聖，固不能息天下之禍！」平息唐宋詩紛爭之「賢聖」為何？當是文學語言、詩歌語言本身。

所謂詩歌語言，指好詩之標準；文學語言，即是文學作品是否美妙之試金石。本人系列論著，提出新變自得、創意造語、獨到、陌生，作為詩歌語言之標竿，適用於唐詩之於六朝，移以解讀宋詩特色之於唐詩，要皆怡然理順，斯即所謂詩家語，詩歌語言，乃檢驗一代或一家作品是否優秀美妙之標準。適用於李白、杜甫之學謝朓、陰鏗；適用於李商隱、韓愈之學杜甫；亦適用於黃庭堅、蘇軾之學杜甫，更適用蘇軾、歐陽脩之宗法韓愈。要之，宋詩之學習唐詩，學而不為，為而不似，遂發展出上述「意新語工」之詩家語。宋人學唐而變唐，猶唐人學六朝而變六朝，皆推陳出新，自成一家。

至於破體、出位、會通、轉化，則為宋代詩人之創意發想，「思其始而成其終」、「行不越思」，於是蔚為自家之風格與面目，而殊異於唐詩之典範。就創意而言，宋詩或別生眼目、另闢谿徑，或以俗為雅，開發遺妍；或游戲三昧，不犯正位；大家名家之詩思活潑而開放，發而為詩，誠如《中庸》所云：「致廣大而盡精微，極高明而道中庸」；清吳之振《宋詩鈔・序》所謂「取材廣，而命意新」，宋詩所以能新變代雄，自成一家者，詩思追求創意，大有關聯，此韓愈所謂「詞必己出」。唯詩思命意追求創新發明，談何容易？故宋詩、詩話自歐陽脩倡「意新語工」之後，用心於「意新」者少，致力「語工」者多，遂逐漸形成注重藝術技巧之風習。就造語言之，宋代詩人致力於避熟脫凡，刻抉入裏。江西詩風提倡奪胎換骨，點鐵成金，乃學古通變，法度煅煉，因改造、轉化，而生新、創造，亦皆學唐、拓廣之必要手段與方法。宋人作詩，深知處窮必變之理，「於是乎情窮，遂無所不寫；景窮，而遂無所不收」（明袁中道〈宋元詩序〉）；如此，可以避免雷同剿襲，拾唐人牙慧，韓愈所謂「陳言之務去」。

研發宋詩特色之系列論著，目標旂向有三：其一，為「唐宋變革論」作見證。其二，為「唐宋詩異同」作闡說。其三，為「詩分唐宋」說作辯護。若深信論述之不誣，乃可進一步詮釋「宋代近世」說，乃至於「宋清千年一脈」論。五四詩學、臺灣現代詩，乃至於漢字文化圈之現代詩，或可持此破譯解讀。要之，多遠離唐詩唐音，而近似宋詩宋調。此一命題假說，或許不必輕信，但歡迎商榷討論。陶淵明〈飲酒〉詩所謂：「奇文共欣賞，疑義相與析」，固為文與治學之開放態度也，余心嚮神往之。

第二章　創意發想與宋人知識之建構

——宋人筆記論創造思維

創意發想，是宋人作詩歷程中，經常運用的一種創造思維。宋人生於唐人之後，唐詩之名家大家如雲，唐詩之名篇佳作如林，若思爭勝超越，當如之何方為可能？宋人面對此一課題，除致力學唐、變唐外，盡心於新唐、拓唐，更是無所不用其極。宋人之學唐、變唐，表現在學古論、仿擬論中，學界已不乏論著探討。[1]唯宋人作詩說詩，如何新唐、拓唐，以達到自成一家？進而蔚為宋詩之主體特色，可持與唐詩抗衡，平分詩國之天下。由於涉及創造思維、新創獨到，故探索者差少，[2]筆者願作嚆矢。

趙宋開國以來，以開科取士、雕版印刷作為右文政策，影響所及，華夏文明蔚為空前繁榮昌盛。通過科舉之士人，成為宋人知識建構之主力。知識傳播除傳統寫本之外，印本作為傳播媒介，挾其「易成、難毀、節費、便藏」諸優勢，[3]激盪閱讀接受，助長撰作評述，促成知識信息反饋，影響學風思潮、

---

[1] 黃景進：〈黃山谷的學古論〉，收入臺灣大學中文系編：《宋代文學與思想》（臺北：臺灣學生書局，1989），頁 259-287。張高評：《苕溪漁隱叢話與宋代詩學典範——兼論詩話刊行及其傳媒效應》（臺北：新文豐出版公司，2012），頁 395-438。

[2] 張高評：《會通化成與宋代詩學》（臺南：成功大學出版組，2000）；《宋詩特色研究》（吉林長春：長春出版社，2002）；《自成一家與宋詩宗風》（臺北：萬卷樓圖書公司，2004）；《印刷傳媒與宋詩特色》（臺北：里仁書局，2008）；《創意造語與宋詩特色》（臺北：新文豐出版公司，2008）諸書，大抵多以詩歌作品、詩話評論為文本，從新創獨到論說宋詩特色。

[3] 明胡應麟：《少室山房筆叢》（上海：上海書店，2001），卷 4，頁 45。

文學新變，以及文化之發展。於是韓愈論文所倡「陳言務去，詞必己出」，成為宋人學唐、變唐，乃至於新唐、拓唐之圭臬與指針。學習古人之優長，下焉者流於因襲模擬，上焉者以學古為手段，以擺脫沿襲、避忌剽竊為消極作為，或稍有致力點化，盡心改造，要之亦不離法式繩墨之窠臼。宋魏慶之《詩人玉屑》援引宋人詩話筆記 180 餘種，有極具體之反應。[4]《全宋筆記》前六十冊，諸家筆記討論因襲者，數量在 22 則以上；述說模擬者，在 31 則以上。吳曾《能改齋漫錄》卷 8，曾特立〈沿革〉專篇討論。擬別撰〈宋人筆記論因襲與模擬〉一文，此不贅述。

從《全宋筆記》之徵存士人話語，可以考察宋人知識之建構，大抵呈現徘徊兩端之游移狀態：述與作、因與革，兼容並蓄；沿襲與點化、模擬與創造、學古與通變、繼往與開來，齊頭並進。這種雙重模態，就審美文化而言，「正標誌它對一種新的平衡、新的模式的尋覓和建構。」[5]宋祁《宋子京筆記》標榜「文章必自名一家，然後可以傳不朽」；然接續引申，卻大談陳言務去，批判隨人作計。其後，《王直方詩話》、《苕溪漁隱叢話》、《詩人玉屑》演繹宋祁之說，其所增益，亦多以循陳摹舊為誡忌，如：

> 宋子京《筆記》云：「文章必自名一家，然後可以傳不朽；若體規畫圖，準方作矩，終為人之臣僕。古人譏屋下架屋，信然。陸機曰：『謝朝花於已披，啟夕秀於未振。』韓愈曰：『惟陳言之務去。』此乃為文之要。」苕溪漁隱曰：「學詩亦然。若循習陳言，規摹舊作，不能變化，自出新意，亦何以名家。魯直詩云：『隨人作計終後人，自成

[4] 張高評：〈評《詩人玉屑》述沿襲與點化——傳播與接受之詮釋〉，原載《成大中文學報》，第 28 期（2010 年 4 月），頁 157-194。後輯入氏著《詩人玉屑與宋代詩學》（臺北：新文豐出版公司，2012），頁 67-111。

[5] 周來祥、儀平策：〈論宋代審美文化的雙重模態〉，《文學遺產》1990 年第 2 期，頁 61-69；轉經太：《徜徉兩端》（鄭州：濟南人民出版社，2000），頁 284-309。

一家始逼真。』又云：『文章最忌隨人後。』誠至論也。」[6]

體規畫圓、準方作矩、循習陳言、規摹舊作、隨人作計、屋下架屋、隨人後云云，都是學古、學唐的步驟和手段，卻不是文章創作之終極追求、理想目標。謝朝花、啟夕秀、去陳言、能變化、亦強調唯有推陳，才能出新；唯有自出新意，方能自名一家，流傳不朽。述作因革之際，模擬與創造之間，雙重模態之游移，正體現一種新的平衡，尋覓和建構一種新的模式。宋詩之學唐而不似唐，挑戰唐詩典範而又轉移典範，蔚為「自名一家」之宋詩宋調風格，自《全宋筆記》所載，可以窺見一斑。而臨文之際，發想盡心於創意，致力於造語，以新創自得為終極關懷，縱不能至，諒亦不在遠。

創造性思維，又稱創造思考能力、創意思維，簡稱創造力，或創意。其發想為不可思議，匪夷所思；其特色為謝絕標準化、典範化，不雷同、不盲從。其殊勝處在超越傳統，妙脫谿徑；或無中生有，或獨到新創。其表現層面，為獨創思維者有之，開放思維者有之，求異思維、組合思維者更有之。[7]宋詩於唐詩繁華昌盛之後，如何而能學唐變唐、開闢有為？宋詩與唐詩本同而末異，如何可以別子為宗、附庸蔚為大國？筆者以為：盡心於詩意之發想，致力於新創獨到之追求，可以新變代雄，各領風騷數百年。何以見得？

《左傳》載公孫僑（子產）對子大叔問政，有所謂：「政如農工，日夜思之。思其始而成其終，朝夕而行之。行無越思，如農之有畔。」[8]搦管作詩之

---

[6] 宋祁：《宋景文公筆記》，《全宋筆記》（鄭州：大象出版社，2012），第一編第五冊，卷中，頁55-56；宋胡仔著，廖德明點校：《苕溪漁隱叢話》（北京：人民文學出版社，1981），卷49，頁33；宋魏慶之：《詩人玉屑》（上海：上海古籍出版社，1978），卷5，〈忌隨人後〉，頁117。

[7] 張高評：〈宋詩與創意思維——以求異思維、反常思維為例〉，《國文學報》第13期（2011年1月），頁1-25；張高評：〈從創造思維談宋詩特色——以創造性模仿、求異思維為例〉，《宋代文學研究叢刊》第14期（2007年），頁1-32。

[8] 楊伯峻編著：《春秋左傳注》，修訂本（北京: 中華書局，1974），襄公二十五年，〈子大叔問政於子產〉，頁1108。

際，若起心動念出於創造性思維，「思其始而成其終」、「行無越思」，則詩作可以與唐人比肩媲美，甚至競爭超勝。《宋書・范曄傳》云：「情志所託，故當以意為主，以文傳意。以意為主，則其旨必見；以文傳意，則其詞不流。」[9]古往今來之大家名家，臨文之際，若無有創意發想，而詩文竟然卓犖優越者，未之有也。王夫之《薑齋詩話》稱：詩歌「俱以意為主，意猶帥也。」[10]若詩歌寫作「思其始而成其終」，多以創造性思維為將帥為指南，則詩文因求變追新，不隨人後，可以自名一家。

筆記，本為文人閱讀、聞見、經歷、感悟之書札；無所不載，而亦無所不有。至宋代，由於科舉取士多，印本與寫本競奇爭輝，於是教育普及，知識流通快速，促成筆記詩話之興起。筆記之性質與貢獻，在「辨句法、備古今、紀盛德、錄異事、正訛誤」方面，[11]幾乎與詩話無別。在論詩及辭，與論詩及事方面，筆記與詩話在文獻學上之價值，並無二致。故有宋人筆記論詩及辭者多，後人逕改書名為詩話者。[12]筆記詩話之同質同構，亦由此可見。

宋人筆記、詩話，反應一代之詩潮。若關注其中說詩論詩之好惡、取捨、重輕、偏向，考察其聚焦、重點、方法、要領，尤其萃取其中之警策、核心、關鍵、亮點，持以論證「唐宋詩異同」、「詩分唐宋」諸課題，將不致蹈空。筆者梳理宋人筆記，針對「創意發想」到「新創獨到」之心路歷程，深感興趣。其最上乘者，追求陌生化，意未經人道，語未經人用。其次，追求主體性，獨闢谿徑，自出己意。又其次，挑戰典範，轉移典範。多出於宋人自覺之超勝意識、盡心之創意造語。於是蒐得 30 餘則相關文獻，類聚群分，徵引

---

9 南朝范曄：〈獄中與諸甥侄書〉，《宋書・范曄傳》（北京：中華書局，1974），頁 1830。

10 清王夫之著，戴鴻森箋注：《薑齋詩話》（臺北：木鐸出版社，1982），卷二，《夕堂永日緒論》內編，頁 44。

11 宋許彥周：《許彥周詩話》，清何文煥：《歷代詩話》（北京：人民文學出版社，1982），頁 387。

12 郭紹虞：《宋詩話考》（北京：中華書局，1985）；羅根澤：《中國文學批評史》（臺北：明倫出版社，不著年代），頁 872-888。

20 餘則，析為三大指向：其一，未經人道，用所不用；其二，自出機杼，別生眼目；其三，剖破藩籬，新奇會通。世所謂創意發想，宋人筆記論作詩思維，說詩歌語言，有具體而微之表現。詩人創作體現其一，皆足以成家名世；宋詩盡心致力於創意發想，造就自家面目，故可與唐詩爭鋒，而蔚為「詩分唐宋」之文學現象。[13]

一、未經人道，用所不用

清初顧炎武（1613-1682）著《日知錄》，自擬採銅於山，故質精而難能。著書追求新創，一旦發現「古人先我而有者，則遂削之」。凡有所錄，「其必古人之所未及就，後世之所不可無，而後為之。」[14]顧氏之文思，揚棄「古人先我而有者」，其追求獨到開創，有如此者。思及之，然後云為有本，容易水到渠成。清趙翼（1727-1814）《甌北詩話》論元好問〈論詩絕句〉「肯放坡詩百態新」云：「意未經人說過，則新；書未經人用過，則新。詩家之能新，正以此耳！」[15]未經人說，未經人用，則陌生新鮮；能說而用之，成果較易獨到創獲。無論文藝創作或學術研究，舉凡追求陌生獨創者，大多盡心致力於「未經人道」之陌生化追求。

留心於古人不到處，注意前人所未道者，則陌生新異，富於創造性效應。宋代詩話筆記於此，往往津津樂道之，眾口一詞，喜好之、載錄之，提倡之、傳播之，遂成宋人論詩作詩之共識。真積力久，遂成推助「自為一家」之指

---

[13] 錢鍾書：《談藝錄》（臺北：書林出版公司，1988），〈詩分唐宋〉，頁 1-5；又，《談藝錄補訂》，頁 313。

[14] 清顧炎武著，黃汝成集釋：《日知錄集釋全校本》（臺北：明倫出版社，1971），頁 1035。

[15] 清趙翼：《甌北詩話》，卷 5，收入郭紹虞編：《清詩話續編》（北京：人民文學出版社，1983），頁 1202。

針。如：

> 聖俞嘗語余曰：「詩家雖率意，而造語亦難。若意新語工，得前人所未道者，斯為善也。必能狀難寫之景，如在目前，含不盡之意，見於言外，然後為至矣。」……[16]
>
> 至山谷之詩，清新奇峭，頗道前人未嘗道處，自為一家，此其妙也。[17]
>
> 蔡絛《西清詩話》云：「黃魯直貶宜州，謂其兄元明曰：『庭堅筆老矣，始悟抉章摘句為難。要當於古人不到處留意，乃能聲出眾上。』元明問其然，曰：『庭堅六言近詩：醉鄉閒處日月，鳥語花間管弦是也。』此優入詩家藩閫，宜其名世如此。」以上皆蔡語。余按：此說出于魯直，是否雖未敢必，然上句本于唐皇甫松「醉鄉日月」發之，下句本于唐崔〈應制〉詩：「庭際花飛錦繡合，枝間鳥轉管弦同。」[18]

歐陽脩（1007-1072）《詩話》，為宋代第一部論詩之筆記，強調詩家造語之難能，所謂「意新語工，得前人所未道」，斯為精善。「意新語工」命題，首由歐公提出，於是創意造語之追新求工，成為宋人作詩論詩所標榜之詩歌語言。孤明先發，可以守先待後，開展無窮。嚴羽《滄浪詩話》稱揚蘇軾、黃庭堅詩：「始自出己意以為詩，唐人之風變矣！」[19]自出己意，指發想創意，不拾人牙慧，不因襲模擬古賢，富於自我主體之創作意識，亦「意新語工，前人未道」之屬。陳巖肖《庚溪詩話》評黃庭堅詩，謂「頗道前人未嘗道處」，

---

[16] 宋歐陽脩：《六一詩話》，清何文煥：《歷代詩話》本，頁 267。

[17] 宋陳巖肖：《庚溪詩話》，收入丁福保輯：《歷代詩話續編》，頁 182。

[18] 宋吳曾：《能改齋漫錄》卷 8，〈沿襲〉，《全宋筆記》，第五編第三冊，頁 226。

[19] 宋嚴羽著，郭紹虞校釋：《滄浪詩話校釋》（北京：人民文學出版社，2005），頁 26。

故許以「清新奇峭」之風格。吳曾《能改齋漫錄》徵引《西清詩話》，引述黃庭堅晚年詩說，謂「要當於古人不到處，乃能聲出眾上。」由此觀之，詩思當用心於「古人不到處」，此宋人詩思盡心於創意之發想，處心積慮，高山仰止，或不能至，然心嚮往之如此。

釋惠洪（1071-1128）《冷齋夜話》，頗錄歐陽脩、王安石、蘇軾、黃庭堅四大家論詩之話語。筆記中述說王安石、蘇軾作詩用意，揭示「不經人道語」；盛學士、孔舍人雪夜論詩，亦標榜「不經人道語」。一編之中，三致其意，歐、王、蘇、黃皆文壇祭酒，詩思發想創意如此，可見北宋作詩、說詩風潮之一斑。如：

> 唐詩有曰：「長因送人處，憶得別家時。」又曰：「舊國別多日，故人無少年。」而荊公用其意，作古今不經人道語。荊公詩曰：「木末北山煙冉冉，草根南澗水泠泠。繰成白雲桑重綠，割盡黃雲稻正青。」東坡曰：「桑疇雨過羅紈膩，麥隴風來餅餌香。」如《華嚴經》舉因知果，譬如蓮花，方其吐華，而果具蘂中。」[20]
>
> 盛學士次仲、孔舍人平仲同在館中，雪夜論詩。平仲曰：「當作不經人道語。」曰：「斜拖闕角龍千丈，澹抹腰墻月半稜。」坐客皆稱絕。次仲曰：「句甚佳，惜其未大。」乃曰：「看來天地不知夜，飛入園林總是春。」平仲乃服其工。[21]

王安石、蘇軾作詩，釋惠洪所謂「作古今不經人道語」者，指祖述有自，而後能後來居上，青出於藍。絕非無中生有，空無依傍之屬。《冷齋夜話》說

---

[20] 宋惠洪：《冷齋夜話》，卷 5，《全宋筆記》，第二編第九冊，頁 53。又，宋彭乘：《墨客揮犀》，卷 8，《全宋筆記》，第三編第一冊，頁 48。

[21] 宋惠洪：《冷齋夜話》，卷 10，《全宋筆記》，第二編第九冊，頁 84。又，宋彭乘：《墨客揮犀》，卷 2〈作不經人道語〉，《全宋筆記》，頁 90。

王安石祖述唐人送別詩，而加之以「舉因知果」《華嚴》義之表述：舉桑重綠、稻正青，而知晚春蠶已繰成，季秋麥已割盡。見桑疇雨過，而預想羅紈滑膩；感麥隴風來，而頓覺餅餌飄香。釋惠洪援禪義入詩，以禪思為詩思，遂成孤明先發，古今未道。孔平仲詠雪，「句雖佳，惜其未大。」於是盛次仲在孔詩之規模上，更進一層，境界加廣，而成「看來天地不知夜，飛入園林總是春。」既不循習陳言，又不規摹舊作，乃用所不用，以祖述為轉換，遂成「不經人道語」。

詩思命意，追求未經人道；素材造語，講究用所不用，此宋人筆記、詩話之創意發想。夷考其實，真是談何容易！清袁枚（1716-1797）《隨園詩話》曾道出其中之關鍵：「凡人作詩，一題到手，必有一種供給應付之語，老生常談，不召自來。若作家，必如謝絕泛交，盡行麾去，然後心精獨運，自出新裁。」[22]老生常談，不召而自來之詩材詩語，多為線性思考、慣性思維之產物；唯有謝絕、揮去，方能創意造語、自出新裁。羅大經（1196-1242）《鶴林玉露》亦具言：「欲道古人所不道，信矣其難矣！」其說云：

> 近時趙紫芝詩云：「一瓶茶外無只待，同上西樓看晚山。」世以為佳。然杜少陵云：「莫嫌野外無供給，乘興還來看藥欄。」即此意也。杜子野詩云：「尋常一樣窗前月，才有梅花便不同。」世亦以為佳。然唐人詩云：「世間何處無風月，才到僧房分外清。」亦此意也。欲道古人所不道，信矣其難矣。紫芝又有詩云：「野水多於地，春山半是雲。」世尤以為佳。然余讀《文苑英華》所載唐詩，兩句皆有之，但不作一處耳。唐僧詩云：「河分岡勢斷，春入燒痕青。」有僧嘲其蹈襲云：「河分岡勢司空曙，春入燒痕劉長卿。不是師兄偷古句，古人詩句犯師兄。」此雖戲言，理實如此。作詩者豈故欲竊古人之語，

[22] 清袁枚：《隨園詩話》（臺北：漢京文化公司，1984），卷 7，第 95 則，頁 244。

以為己語哉！景意所觸，自有偶然而同者。蓋自開辟以至於今，只是如此風花雪月，只是如此人情物態。[23]

《鶴林玉露》列舉趙紫芝詩二聯、杜子野詩一聯，論證宋人所作，詩意有祖述唐詩者，所謂「不是師兄偷古句，古人詩句犯師兄」。此圖書傳播便利，接受廣博，潛移默化，故反應於詩作，遂前後相犯相重，相似雷同而不自知。於是作詩，無論偷古句，或犯今人，多不免蹈襲剽竊之譏。無論「竊古人之語，以為己語」，是出於無心，或由於故意；無論是否景意觸會，偶然雷同；更無論天地開闢以來，「只是如此風花雪月，只是如此人情物態」，自不可移為「述而不作」之藉口，作為拘守沿襲模擬而不思創意造語之護身符。且看《陳輔之詩話》載中唐李德裕之言：「譬之清風明月，四時常有，而光景常新。」[24]生新創造，無時不有，無處不在，要之，在詩思發用何如耳！

試問：自天地開闢以至於今，「只是如此風花雪月，只是如此人情物態」，將如何突破創新？「未經人道，用所不用」之獨到作品是否不可得？詩思發想若足以「謝朝花」、「啟夕秀」，亦可以創意造語，自名一家。本文下半段將論述兩種創造思維：其一，自出機杼，別生眼目；其二，剖破藩籬，新奇會通。善加發用，將可以另闢乾坤，別開生面。

---

[23] 宋羅大經：《鶴林玉露》，王瑞來點校：《唐宋史料筆記叢刊》（北京：中華書局，1983），卷之3乙編〈詩犯古人〉，頁174。

[24] 宋陳輔之：《陳輔之詩話》，郭紹虞編：《宋詩話輯佚》（臺北：文泉閣出版社，1972），頁310；宋胡仔著，廖德明校點：《苕溪漁隱叢話》（香港：中華書局，1976），前集卷14，〈杜少陵九〉，頁90。

二、自出機杼，別生眼目

(一) 別出心裁，超然新意

北齊魏收《魏書・祖瑩傳》稱：「文章須自出機杼，成一家風骨，何能共人同生活也。」[25]機杼，本指織布機之筘。織布時，每條經緯線，都要穿過筘齒。寫作詩文時，無論立意或造語皆是「從胸中流出」、都是心意之發用。既然人心不同，各如其面，因此，文章貴有自家風格與特色。要之，自出機杼，指能自出己意，盡心於創意，致力於造語。翻檢宋人筆記，強調作詩作文須「自出機杼」者不少，宋代審美追求個性化、主體性、特殊性，由此可見一斑。

王安石（1021-1086）為形塑宋詩特色之代表詩人，猶感慨「世間好語言，已被老杜道盡；世間俗語言，已被樂天道盡！」[26]周密（1232-1298）於宋末元初著《齊東野語》，亦深深感歎：「作文欲自出機杼者極難。惟陳言之務去，戛戛乎其難哉，雖昌黎亦以為然也。」[27]明袁中道（1570-1623）亦曾言：「宋元承三唐之後，殫工極巧，天地之英華，幾泄盡無餘，為詩者處窮而必變之地……」，[28]宋人面對唐詩之輝麗萬有，確實處於盛極難繼之困境，影響之焦慮無所不在。若能「陳言務去」、「自鑄偉詞」，則庶幾可以推陳出新、自出機杼。宋代筆記於此，略有述說，如：

---

[25] 北齊魏收：《魏書・祖瑩傳》（北京：中華書局，1974、1984），卷 82，列傳第七十，頁 1800。

[26] 宋胡仔：《苕溪漁隱叢話》，頁 91；陳輔之：《陳輔之詩話》，頁 310。

[27] 宋周密著，朱菊如等校注：《齊東野語校注》（上海：華東師範大學出版社，1987），頁 84。

[28] 明袁中道：《珂雪齋集》（上海：上海古籍出版社，1989），卷 11〈宋元詩序〉，頁 497。

大率詩語出入經史，自然有力。然需是看多做多，使自家機杼風骨先立，然後使得經史中全語作一體也。如是自出語弱，却使經史中全語，則頭尾不相勾副，如兩村夫舁一枝畫梁，自覺經史中語在人眼中，不入看也。[29]

詩文當有所本，若用古人語意，別出機抒，曲而暢之，自足以傳示來世。左太沖〈詠史〉詩曰：「鬱鬱澗底松，離離山上苗。以彼徑寸莖，蔭此百尺條。世冑躡高位，英俊沈下僚。地勢使之然，由來非一朝。」白樂天〈續古〉一篇，全用之，曰：「雨露長纖草，山苗高入雲。風雪折勁木，澗松摧為薪。風摧此何意，雨長彼何因。百尺澗底死，寸莖山上春。」語意皆出太沖，然其含蓄頓挫則不逮也。[30]

宋人詩思，大抵立足於詩，進行全方位之開放性思維，以之選取詩材，以之創意發想，以之造語措詞。換言之，是以主體觀點融鑄文獻，發想其意，篩選其事，表述其文。方苞論義法，所謂「義以為經，而法緯之」，自出機杼之謂也。孔子作《春秋》、左丘明著《左傳》、司馬遷成《史記》，所以能成一家之言者，要皆如此。[31]《詩人玉屑》引《漫齋語錄》，談詩語出入經史，謂需是「使自家機杼風骨先立」，先自立機杼，作為創意造語之標竿，如此方能渾然一體，自然有力。洪邁（1123-1202）《容齋隨筆》談祖述有自，又能傳世名家者，「別出機杼」是其中關鍵。白居易〈續古〉一篇，全用左思〈詠史〉詩意，「語意皆出太沖」；蓋白居易未嘗「自出機杼」，徒「用古人語意」而已，未嘗「曲暢」其意，故白詩遠不如左詩之含蓄頓挫。又如洪邁《容齋五筆》，論蹈襲與機杼，則批評規倣蹈襲，而期待超然新意；肯定祖述有自，而不失

[29] 宋魏慶之：《詩人玉屑》，卷 7〈用經史中語〉，引《漫齋語錄》，頁 154。

[30] 宋洪邁：《容齋隨筆》，卷 15〈澗松山苗〉，《全宋筆記》，第一編第五冊，頁 402。

[31] 張高評：〈《春秋》《左傳》《史記》與敘事傳統〉，《國文天地》第 33 卷第 5 期（總第 389 期，2017 年 10 月），頁 16-24。

機杼一新，如：

> 自屈原詞賦假為漁父、日者問答之後，後人作者悉相規倣。司馬相如〈子虛〉、〈上林賦〉以子虛、烏有先生、亡是公，揚子雲〈長楊賦〉以翰林主人、子墨客卿，班孟堅〈兩都賦〉以西都賓、東都主人，張平子〈兩都賦〉以憑虛公子、安處先生，左太沖〈三都賦〉以西蜀公子、東吳王孫、魏國先生，皆改名換字，蹈襲一律，無復超然新意稍出於法度規矩者。晉人成公綏〈嘯賦〉，無所賓主，必假逸群公子，乃能遣詞。枚乘〈七發〉，本只以楚太子、吳客為言，而曹子建〈七啟〉，遂有玄微子、鏡機子。張景陽〈七命〉，有沖漠公子、殉華大夫之名。言話非不工也，而此習根著，未之或改。若東坡公作〈後杞菊賦〉，破題直云：「吁嗟先生，誰使汝坐堂上稱太守？」殆如飛龍搏鵬，騫翔扶搖於煙霄九萬里之外，不可搏詰，豈區區巢林翾羽者所能窺探其涯涘哉？於詩亦然，樂天云：「醉貌如霜葉，雖紅不是春。」坡則曰：「兒童誤喜朱顏在，一笑那知是酒紅。」杜老云：「休將短髮還吹帽，笑倩傍人為正冠。」坡則曰：「酒力漸消風力軟，颼颼，破帽多情卻戀頭。」鄭谷〈十日菊〉云：「自緣今日人心別，未必秋香一夜衰。」坡則曰：「相逢不用忙歸去，明日黃花蝶也愁。」又曰：「萬事到頭都是夢，休休，明日黃花蝶也愁。」正采舊公案，而機抒一新，前無古人，於是為至。與夫用「見他桃李樹，思憶後園春」之意，以為「長因送人處，憶得別家時」，為一僧所嗤者有間矣。[32]

洪邁《容齋五筆》以為：自漢魏辭賦之寫作，司馬相如〈上林賦〉，開創

[32] 宋洪邁：《容齋五筆》，卷 7〈東坡不隨人後〉，《全宋筆記》，第五編第六冊，頁 472-473。

子虛、烏有先生、亡是公三人作為問答應對之體，模擬之者如揚雄〈長楊賦〉、班固〈兩都賦〉、張衡〈兩都賦〉、左思〈三都賦〉；「皆改名換字，蹈襲一律，無復超然新意」，遑論能「稍出於法度規矩」者。其後，述者漸多，相沿成習，或無賓主相對，亦虛構公子、太子、諸子之名字，形成「此習根著，未之或改」，每下愈況，只「述」而未「作」，距離創作愈來愈遠。《容齋五筆》列舉東坡所作詩賦「不隨人後」者：〈後杞菊賦〉亦祖述辭賦主客問對，而錯落其位置，即有「超然新意，稍出於法度規矩」之妙，是東坡所謂「出新意於法度之中」者是。東坡詩詞，創意發想，亦如辭賦，如師法白居易詩、杜甫詩、鄭谷詩，非徒祖述而已，又有所創發。洪邁高度評價變通新異：「正采舊公案，而機杼一新，前無古人，於是為至。」唯有自出己意，才有可能「機杼一新」。而欲自出己意，其詩思發想若未以創意為領航，將不可得而有。

(二) 離形得似，別生眼目

雖然，自天地開闢以來，「只是如此風花雪月，只是如此人情物態」，發想創意，又談何容易？唯詠史詩之妙者，可以「別生眼目」；詠物詩之妙者，可以「用所不用」，其殊勝之處，皆妙於創意與造語。詠史詩之妙者，多富別裁心識，創造思維。蓋詠史者，就歷史人物、歷史事件歌之詠之。歷史傳記俱在，何勞詩人詞費？故詠史詩，以檃括史事為下，藉史抒懷次之；若能獨具慧眼、別生眼目，發人所未發，言人所未言，則為上乘之詠史，最為難能而可貴。費衮《梁谿漫志》以為：詠史詩，「本朝詩人最工為之」，其特色即在「作史者不到處別生眼目」，如云：

> 詩人詠史最難，須要在作史者不到處別生眼目。正如斷案，不為胥吏所欺，一兩語中，須能說出本情。使後人看出，便是一篇史贊，

> 此非具眼者不能。自唐以來，本朝詩人最工為之，如張安道〈題歌風臺〉、[33]荊公詠〈范增〉、〈張良〉、〈揚雄〉，[34]東坡〈題醉眠亭〉、〈雪溪乘興〉、〈四明狂客〉、〈荊軻〉等詩，[35]皆其見處高遠，以大議論發之於詩。汪遵〈讀秦史〉、章碣〈題焚書坑〉二詩，亦甚佳。至如世所傳胡曾〈詠史詩〉一編，只是史語上轉耳，初無見處也。青社許表民讀〈項羽傳〉作詩云：「眼中漫說重瞳子，不見山河繞雍州。」其識見亦甚高遠。[36]

歷史人物、歷史事件，歷史典籍中已記敘詳盡，本不必勞駕詩人著墨歌詠，所謂不必在「史語上轉耳」。若詩人另有所見，與史乘觀點殊科；具別識心裁，與史書論斷異轍，其創造性思維，有助於解讀詮釋，則是難能可貴之詠史詩，最具創意價值。費袞《梁谿漫志》稱：詠史「須要在作史者不到處別生眼目」；獨具隻眼，不受史傳斷案所惑，則一首詩無異一篇史贊。所謂別生眼目，猶言慧眼獨具，谿徑別闢，著眼於求異思維，聚焦於創意發想，於是能見人所未曾見，言人所未嘗言。如所列張方平、王安石、蘇軾詠史詩，其別生眼目處，在「見處高遠，以大議論發之於詩」，確實有「使後人看出，便是一篇史贊」之妙，此非隻眼獨具不為功。而隻眼獨具，別生眼目，正是

---

[33] 張方平〈過沛題歌風臺〉：「落托劉郎作帝歸，樽前感慨大風詩。淮陰反接英彭族，更欲多求猛士為？」《全宋詩》（北京：北京大學出版社，1992），卷 306，〈張方平二〉，頁 3838。

[34] 王安石〈揚子二首〉其二：「道真沈溺九流渾，獨泝頹波討得源。歲晚強顏天祿閣，祗將奇字與人言。」〈張良〉詩：「漢業存亡俯仰中，留侯當此每從容。固陵始議韓彭地，複道方圖雍齒封。」〈范增二首〉其一：「中原秦鹿待新羈，力戰紛紛此一時。有道弔民天即助，不知何用牧羊兒。」見《全宋詩》卷 569，頁 6724-6725。

[35] 蘇軾〈李行中醉眠亭三首〉其二：「君且歸休我入眠，入言此語出天然。醉中對客眠何害？須信陶潛未苦賢。」〈又書王晉卿畫四首・雪溪乘興〉：「溪山雪月兩佳哉，賓主談鋒夜轉雷。猶言不見戴安道，為問適從何處來。」〈四明狂客〉：「毫端偶集一微塵，何處溪山非此身。狂客思歸便歸去，更求敕賜枉天真。」上述三詩，見影宋刊《集注分類東波先生詩》卷 9、卷 12；〈和陶詠荊軻〉文長不錄，見卷 26。

[36] 宋費袞：《梁谿漫志》，卷 7〈詩人詠史〉，《全宋筆記》，第五編第二冊，頁 202。

創意發想之具體實踐。對照唐胡曾〈詠史詩〉一編，但見隳括史傳，出以絕句而已，未見別識心裁，故曰：「只是史語上轉耳，初無見處也。」費袞《梁谿漫志》又以「別生眼目」之視角，檢驗唐宋詩人所作王昭君詩：

> 古今人作〈明妃曲〉多矣，皆道其思歸之意。歐陽公作兩篇，語固傑出，然大概亦歸於幽怨。白樂天有絕句云：「漢使若回煩寄語，黃金何日贖蛾眉？君王若問妾顏色，莫道不如宮裏時。」其指意頗新，然問「黃金何日贖蛾眉？」則亦寓思歸之意。要當言其志在為國和戎，而不以身之流落為念，則詩人之旨也。[37]

自六朝隋唐以來，詩人多詠王昭君和親之故事，終南宋之世，數量多達230首以上。[38]「皆道其思歸之意」者，明為遊子懷鄉之慣性思維、線性思考。詩思如此，則流於凡俗，入人意中。歐陽脩作〈明妃曲和王介甫作〉、〈再和明妃曲〉兩篇，造語固傑出，然詩思「亦歸於幽怨」，創意不足。較諸王安石〈明妃曲〉二首，富有若干「未經人道過」之創意發想，荊公詩顯然略勝一籌。[39]回顧唐詩白居易〈王昭君〉二首其二，「君王若問」、「莫道不如」二句，「指意頗新」，未有前人道過。然問「黃金何日贖蛾眉？」則亦寓思歸之意，未脫前賢窠臼。費袞借筆代言稱：「要當言其志在為國和戎，而不以身之流落為念」，則超凡脫俗，別生眼目，未經人說過。所謂「詩人之旨」，同《六一詩話》所謂「詩家語」，則其詩思自出機杼，創新獨到可知。

詠史之作，一般多歌詠史乘人物或事件，誠如上述。然宋人詠史，或「以經子被之聲詩」，則以開放思維，海納百川之視角，廣尋詩材，新異與陌生，

---

[37] 宋費袞：《梁谿漫志》，卷7〈明妃曲〉，《全宋筆記》，第五編第二冊，頁207-208。

[38] 張高評：《王昭君形象之轉化與創新》（臺北：里仁書局，2011），頁33-34。

[39] 同上，第三章〈〈明妃曲〉之唱和與宋詩之遺妍開發〉，頁80-98。

乃前賢所不為，詩家所未用，而宋人嘗試用之。如趙與時《賓退錄》，記張載有《解詩》十三章，洪忠宣有《春秋紀詠》三十卷，張無垢有《論語絕句》百篇，張孝祥〈紀孟十詩〉，黃次伋〈賦評孟〉十九篇。其他，尚有邵雍〈觀易〉、〈觀書〉、〈觀詩〉、〈觀春秋〉四吟，則「盡掩眾作」。[40]明曹學佺（1574-1646）《宋詩選．序》稱宋詩：「取材廣，而命意新」，以經子被之詩歌，古人詩思要皆未及於此。亦所謂自出機杼，別生眼目。

詠物與詠史，皆注重別生眼目，慧眼獨具。詠物詩所以注重創意者，蓋自開闢鴻蒙以來，朗朗乾坤，「只是如此風花雪月，只是如此人情物態！」物猶是也，而人情不同，故詠物不以巧構形似，賦詩必此詩為貴。若能離形得似，不犯正位，則可以言詩矣。費袞《梁谿漫志》記詠物詩之寫作，頗多啟示，如：

> 東坡嘗見石曼卿〈紅梅詩〉云：「認桃無綠葉，辨杏有青枝。」曰：「此至陋語，蓋村學中體也。」故東坡作詩，力去此弊，其〈觀畫詩〉云：「論畫以形似，見與兒童鄰。賦詩必此詩，定非知詩人。」此言可為論畫作詩之法也。世之淺近者不知此理，做〈月詩〉便說明，做〈雪詩〉便說白，間有不用此等語，便笑其不著題，此風晚唐人尤甚。坡嘗作〈謝賜御書詩〉，敘天下無事、四夷畢服、可以從容翰墨之意，末篇云：「露布朝馳玉關塞，捷書夜到甘泉宮。」又云：「文思天子師文母，終閉玉關辭馬武。小臣願對紫薇花，試草尺書招贊普。」蓋因事諷諫，《三百篇》之義也。而或者笑之曰：「有甚道理，後說到陝西獻捷？」此豈可與論詩？若使渠為之，定只做一首寫字詩矣。[41]

---

[40] 宋趙與時：《賓退錄》，卷2，《全宋筆記》，第六編第十冊，頁32-34。

[41] 宋費袞：《梁谿漫志》，卷7〈東坡論石曼卿紅梅詩〉，《全宋筆記》，第五編第二冊，頁203。

鄭谷詠落葉，未嘗及彫零飄墜之意。人一見之，自然知為落葉。詩曰：「返蟻難尋穴，歸禽易見窠。滿廊僧不厭，一箇俗嫌多。」[42]

詠物詩之作法，以「因物賦形，形容妙肖」為下，為其著題、體物也；以「藉物抒情，寓物說理」為上，為不黏題面，不犯正位也。[43]故呂本中《童蒙詩訓》云：「詠物詩不待分明說盡，只髣髴形容，便見妙處。」[44]東坡〈紅梅〉詩：「詩老不知梅格在，更看綠葉與青枝。」東坡〈紅梅〉詩，形塑梅花有孤高、瘦硬、凌霜、傲雪之品格。因此，紅梅與桃杏之分別，不在外觀上有無綠葉青枝，而是有無內在之花格。故東坡〈謝賜御書〉詩，末篇說陝西獻捷，「露布朝馳，捷書夜到」，此即詠物離形得似，不犯正位之妙法。清王士禛《帶經堂詩話》稱：「詠物之作須如禪家所謂不黏不脫，不即不離。」[45]此種開放詩思，別生眼目，不泥於形似，如同《金剛經》「無所住而生其心」之發用。與世俗作詩著題，「作月詩便說『明』，作雪詩便說『白』」，拘執於體物、形似，不可同日而語。至於釋惠洪《冷齋夜話》敘記唐代詩人鄭谷詠落葉：「未嘗及彫零飄墜之意，人一見之，自然知為落葉」；《冷齋夜話》總結之，以為「用事酌句，妙在言其用，不言其名耳。此法唯荊公、東坡、山谷三老知之。」[46]「言用不言名」云云，即所謂詩格，今所謂修辭技巧。大抵提供初學入門諸多法門或程式，晚唐詩僧樂於為之。《漫叟詩話》稱：「前輩謂作詩當言用，勿言體，則意深矣！」宋陳永康《吟窗雜錄・序》論體用，有十不可，如「高不可言高，遠不可言遠，閑不可言閑，靜不可言靜，憂不

[42] 宋惠洪：《冷齋夜話》，《詩人玉屑》卷 3〈句法・影略句法〉，《詩林廣記》後集卷 8〈睡足軒〉，《全宋筆記》，第二編第九冊，頁 98。

[43] 張高評：《唐宋題畫詩及其流韻》（臺北：萬卷樓圖書公司，2016），頁 86-88。

[44] 宋呂本中：《童蒙詩訓》，輯入郭紹虞：《宋詩話輯佚》，頁 241。

[45] 清王士禛著，張宗柟纂集，戴鴻森校點：《帶經堂詩話》（北京：人民文學出版社，1982），頁 305。

[46] 宋惠洪：《冷齋夜話》，卷 4，《全宋筆記》，第二編第九冊，頁 50。

可言憂」之類。[47]主張作詩但言其用，不必言其體、言其名。要之，詩思皆不住其心、不犯正位，不凝滯於一，而別生眼目，遂能開新詩歌世界。

宋人筆記，或紀錄創造經驗，或分享閱讀心得，或揭示文藝主張，實不異詩話之說詩格、示詩法。無論提供借鏡，或相互觀摩，多有文學批評或理論之價值。若此之類，其例實多，如奪胎換骨、點鐵成金、以故為新、詩法、詩格之類，屬於「造語」範疇，將別撰一文論述之。今說宋代詩法，擇其見於筆記者二：一曰：斷句旁入他意；二曰活法為詩。先說前者：

> 《步里客談》云：「古人作詩，斷句輒旁入他意，最為警策。如老杜云『雞蟲得失無了時，注目寒山倚江閣』是也。魯直〈水仙〉詩亦用此體：『坐對真成被花惱，出門一笑大江橫。』至陳無己『李杜齊名吾豈敢，晚風無樹不鳴蟬。』直不類矣。」僕謂魯直此體甚多，不但〈水仙〉詩也；如〈書酺池寺〉詩「退食歸來北窗夢，一江風月趁漁船。」〈二蟲〉詩「二蟲愚智俱莫測，江邊一笑人無識。」詞曰「獨上危樓情悄悄，天涯一點青山小。」皆此意也。唐人多有此格，如孟郊〈夷門雪〉詩曰「夷門貧士空吟雪，夷門豪士皆飲酒。酒聲歡閑入雪消，雪聲激烈悲枯朽。悲歡不同歸去來，萬里春風動江柳。」[48]

陳長方《步里客談》，掘發「山谷體」詩藝特色之一，為「斷句旁入他意」。前乎黃山谷者，杜甫、孟郊早用此法；後乎山谷者，陳師道雖用之而不佳，唯山谷作詩「此體甚多」，且頗見警策。可見山谷祖述有自，而又能青出於藍，

---

47 宋魏慶之：《詩人玉屑》，卷 10〈體用〉，「言用不言體」，引《漫叟詩話》；「十不可」，引陳永康《吟窗雜錄．序》，頁 214-215。

48 宋陳長方：《步里客談》，卷下，《全宋筆記》，第四編第四冊，頁 10；宋王楙，《野客叢書》，卷 25〈詩人斷句入他意〉，《全宋筆記》，第六編第六冊，頁 329。

後來居上。考山谷詩之「旁入他意」，都安排在結尾出場處，以描景作收。范晞文《對牀夜語》卷二，所謂「化景物為情思」，因景寄情，情韻不匱。[49]黃庭堅〈水仙〉、〈二蟲〉諸什如此，杜甫〈縛雞行〉、孟郊〈夷門雪〉亦然。要之，自是「不犯正位，切忌死語」之發揮。用心於筆墨之外，寓情於景，語不接而意接，落筆非尋常意計所及。「斷句旁入他意」，以景作收，化景物為情思，堪稱一篇警策；詩境拓展，亦韻味無窮。

北宋詩歌，歷經歐、王、蘇、黃之創作，至元祐間學唐變唐之餘，已邁向新唐、拓唐，逐漸形塑宋詩宋調之風格特色。其中蘇、黃尤居關鍵，東坡曾倡捷法，[50]黃庭堅更以詩法為天下倡，號稱江西詩派。由於有門可入，有法可學，故風從者眾。江西詩法頗便於初學入門，然致遠恐泥，遂見譏為「預設法式」；因為拘守詩法，遂成死法。於是呂本中為江西詩社宗派詩作序，提出「活法」說以振濟之。其後，楊萬里等又發皇光大之。俞成《螢雪叢說》於「活法」之源流正變，頗有述說：

> 文章一技，要自有活法。若膠古人之陳迹，而不能點化其句語，此乃謂之死法。死法，專祖蹈襲，則不能生於吾言之外；活法，奪胎換骨，則不能斃於吾言之內。斃吾言者，故為死法；生吾言者，故為活法。伊川先生嘗說《中庸》：「鳶飛戾天，須知天上更有天；魚躍於淵，須知淵中更有地。」會得這個道理，便活潑潑的。……呂居仁嘗序江西宗派詩，若言靈均自得之，忽然有入，然後惟意所在，

[49] 宋范晞文：《對牀夜語》，《歷代詩話續編》（北京：中華書局，1983），冊上，引周伯弼〈四虛序〉，頁 421。

[50] 宋周紫芝《竹坡詩話》載：「有明上人者，作詩甚艱，求捷法于東坡。作兩頌以予之：其一云：『字字覓奇險，節節累枝葉。咬嚼三十年，轉更無交涉。』其一云：『衝口出常言，法度法前軌。人言非妙處，妙處在于是。』乃知作詩到平淡處，要似非力所能。」輯入何文煥：《歷代詩話》第六冊，頁 15-16，總頁 202。案：蘇軾所提「平淡」之詩法，凸出常言、法度，乃無所為而為，不求妙而自妙，平淡有味，自然雋永，乃絢爛而歸平淡之「平淡」，或謂之枯淡云云。

萬變不窮，是名活法。楊萬里又從而序之，若曰：「學者屬文，當悟活法。所謂活法者，要當優遊厭飫，是皆有得於活法也。」如此，吁有胸中之活法，蒙於伊川之說得之；有紙上之活法，蒙於處厚、居仁、萬里之說得之。[51]

俞成提出死法與活法之悖論，凸顯宋代詩學發展之二重性。江西詩法如奪胎換骨、點鐵成金、以故為新等，「若膠古人之陳迹，而不能點化其句語」，則謂之死法。死法，專祖蹈襲，致力套用，忽視原創性、獨到美、生命力。於是呂本中於〈夏均父集序〉提出「活法」，以匡正死法。《螢雪叢說》引用程頤《中庸》說，拈出「活潑潑的」作為話頭；論呂本中活法，特提「自得之」、「惟意所在，萬變不窮」諸概念。於是分活法為二：有胸中之活法，有紙上之活法云云。論者指出，呂本中、楊萬里深受禪學濡染，活法之說與禪宗思維自有關聯：破除束縛、反對拘執、隨機觸發、變化無常，正是禪宗思維之精神特質。與傳統江西詩法相較，活法更突出了創作者之主體意識、張揚了藝術個性。[52]同時，亦為宋代詩歌與詩學，注入了一股源頭活水。

三、剖破藩籬，新奇會通

(一) 剖破藩籬，破體為詩

凡俗與文雅，成長於兩個不同世界，彼此殊少交通、往來。然文士汲取

---

[51] 宋俞成：《螢雪叢說》，俞鼎孫、俞經輯，傅增湘等校刊：《儒學警悟》（香港：龍門書店，1967），卷 1〈文章活法〉，頁 222。

[52] 張晶：〈宋詩的「活法」與禪宗的思維方式〉，張宏生主編：《宋元文學與宗教》（上海：上海古籍出版社，2015），頁 278-292。

野俗，作為詞賦養料，自屈原九歌、漢魏樂府，史不絕書。詩歌、古文、詞賦、小說、變文、四六，在宋代以前，皆有自家之體性風格，彼此井水不犯河水。乃至於詩歌與繪畫、禪宗、雜劇之間，於各自發展成熟之後，一一自行封閉，砌起一座座無形之藩籬，斷絕相互之交流與融通。時至宋代，宋型文化趨向於創造開拓，不同學科間相互借鏡，進一步進行混血組合。[53]於是高牆被推倒，藩籬被撤除，不同文學、藝術、學科間自由取捨，會通化成，蔚為華夏文明之登峰造極。王國維、陳寅恪之論斷，不為無理。[54]語云：海納百川，有容乃大，此宋代文學於唐代之後，仍可以蔚為自家特色者，張載〈克己復禮〉詩所謂「剖破藩籬即大家」，[55]以此。

詩材、語言之故新、俗雅，乃相對之概念。亦為一般詩人優劣、高下之判準。詩歌語言固然以文雅為上，以生新為貴，而故常、凡俗為下為劣。宋人往往別生眼目，顛倒夢想，轉化故常凡俗為文雅生新。趙翼《甌北詩話》稱：「意未經人說過則新，書未經人用過則新」；筆者以為俗言俚語唐代詩人罕用，甚至不敢用，故宋人驅遣入詩，富於新鮮陌生化之美感。宋人於以俗為雅，盡心致力尤多。如：

> 句法欲老健有英氣，當間用方俗言為妙。如奇男子行人群中，自然有穎脫不可干之韻。[56]
>
> 《西清詩話》言王君玉謂人曰：「詩家不妨間用俗語，尤見工夫。雪

---

[53] 陳植鍔：《北宋文化史述論》（北京：中國社會科學出版社，1992），第三章第四節〈宋學精神〉，三、「創造精神與開拓精神」，頁 303-308；六、「兼容精神」，頁 319-323。此雖指稱宋學，然宋代文學、藝術、宗教之發，亦大抵不異。

[54] 王國維：〈宋代之金石學〉，《王國維遺書》（上海：上海書店，1983），第五冊《靜安文集續編》，頁 70。陳寅恪：〈鄧廣銘《宋史職官考證・序》〉，《金明館叢稿》二編（臺北：里仁書局，1982），頁 245-246。

[55] 宋吳曾：《能改齋漫錄》，卷 11，《全宋筆記》，第五編第四冊，頁 39。

[56] 宋惠洪：《冷齋夜話》，卷 4，《全宋筆記》，第二編第九冊，頁 50-51。

止未消者，俗謂之待伴，嘗有雪詩：『待伴不禁鴛瓦冷，羞明常怯玉鈎斜。』待伴、羞明，皆俗語，而採拾入句，了無痕纇，此點瓦礫為黃金手也。」余謂非特此為然，東坡亦有之：「避謗詩尋醫，畏病酒入務。」又云：「風來震澤帆初飽，雨入松江水漸肥。」尋醫、入務、風飽、水肥，皆俗語也。又南人以飲酒為軟飽，北人以晝寢為黑甜，故東坡云：「三盃軟飽後，一枕黑甜餘。」此亦用俗語也。[57]

杜甫詩，開啟宋調之先河，孫奕《履齋示兒編・用方言》，曾列舉「子美善以方言俚諺點化入詩句中」之成例，凡 21 則。[58]釋惠洪《冷齋夜話》亦枚舉杜甫用方俗言詩三例，而稱：「句法欲老健有英氣，當間用方俗言為妙。」詩歌主體語言以文雅風格為主，「間用方俗言」之後，俗雅相濟為用之美學效果，「如奇男子行人群中，自然有穎脫不可干之韻」，此宋人以俗為雅之詩思，對於改造詩歌體格，開拓題材，形塑詩美，多有正面意義，值得大書特書。[59]黃朝英《緗素雜記》引《西清詩話》，亦盛稱：「詩家不妨間用俗語，尤見工夫」；於是援引〈雪〉詩用待伴、羞明之俗語，以為「採拾入句，了無痕纇，此點瓦礫為黃金手也。」稱揚以俗為雅，為「點瓦礫為黃金手」，何等推崇！其他，東坡詩亦喜好以俗語入詩，如尋醫、入務、風飽、水肥、軟飽、黑甜之類。所謂「佛住自心千迴百轉，只差一個轉身」。（《轉身遇見佛：弘一大師修心錄》）所以，達摩「即時轉身，別行一路」，自是佛事。宋人化俗為雅，猶達摩、弘一之轉身，詩思創發，可以開拓無限。此一別生眼目之轉身，古所罕有，宋代筆記詩話多津津樂道之。

俗語、方言，畢竟屬於口頭語言，專供耳治；與詩歌為書面語言，經由

---

[57] 宋黃朝英：《緗素雜記》，〈俗語入詩〉，《全宋筆記》，第三編第四冊，頁 252。

[58] 宋孫奕：《履齋示兒編》，卷 10〈用方言〉，程毅中主編：《宋人詩話外編》（北京：國際文化出版公司，1996），下冊，頁 1143-1144。

[59] 張高評：《宋詩之新變與代雄》（臺北：洪葉出版公司，1995），頁 303-344。

眼觀不同。因此，如何「以俗為雅」？宋代筆記、詩話討論不少。要之，不離雅俗相濟為用。詳言之，可分體類的轉化、題材的轉化、語言的轉化，以及品格的轉化四者。[60]至於轉化的原則有三：體雅用俗、脫俗入雅、雅中出雅；轉化之途徑有六：體雅用俗、以雅化俗、以雅寫俗、推陳出新、轉俗成深。[61]羅大經《鶴林玉露》引楊萬里言，稱「以俗為雅，須經前輩熔化，乃可因承」；孫奕《履齋示兒編》盛稱杜甫「以方言俚諺點化入詩句中」，究竟其中如何熔化？如何點化？語焉不詳。因補述闡發如上，權作方家之參考。

不同領域，不同學科間，存在殊異之藩籬與場域。如果作跨際思考，令不同場域相互碰撞、現有觀念隨機組合，則容易由於驚人之觸發，而造就非凡之創意構想。這種跨際會通，新奇組合，曾促成 15 世紀義大利之文藝復興，學界稱為梅迪奇效應（The Medici Effect）。[62]梅迪奇效應，注重舊元素的新奇組合。剖破藩籬，引起驚人發現；跨際會通，促成異場域之元素重新組合。由此觀之，新奇組合，可以跳脫舊有，開拓新局。異質要素的會通重組，向來為創造發明之重要策略。存在於宋代文學、藝術、學科間之「破體」、「出位」，[63]即是跨際會通，新奇組合之實例。

詩歌與古文，古文與詞賦、四六文間之破體；詩歌與繪畫、禪宗、雜劇間之出位，都屬於剖破藩籬、會通組合之創造性思維。宋代筆記所錄，其例實多。先談文類間的打破體制，會通重組，如詩歌借鏡古文，古文借鏡詩歌，詩文各自剖破藩籬，借鏡彼此優長，於是產生詩中有文、文中有詩的破體現象。以文為詩、詩中有文，韓愈〈畫記〉可為代表；以詩為文、文中有詩，

---

[60] 張高評：《宋詩特色研究》（長春：長春出版社，2002），頁 388-408。

[61] 同上，三、〈宋詩「化俗為雅」的轉化方式〉，頁 409-419。

[62] Frans Johansson 著，劉真如譯：《梅迪奇效應》（*The Medici Effect : Breakthrough Insights at the Intersection of Ideas, Concepts, & Cultures*）（臺北：商周出版社，2005），頁 6-13。

[63] 張高評：〈破體與創造性思維——宋代文體學之新詮釋〉，《中山大學學報》第 49 卷第 3 期（2009），頁 20-31。

杜甫夔州以後詩可作代表。陳善（生卒年不詳，宋高宗紹興年間人）《捫蝨新話》稱：「文中要自有詩，詩中要自有文」；以為此乃相生相成之法，蓋異質元素的會通組合，相生相成的效益極佳：「文中有詩，則句語精確；詩中有文，則詞調流暢。」[64]詩歌以一字見工拙，散文筆致流暢通達，一旦剖破詩文之界線藩籬，即能吸納對方之優長，作為改善自我體格之能源。詩歌之特色，為對偶、聲調、節奏、簡約、曲折、形象，任取其中元素為文，於是「散句之中，暗有聲調；步驟馳騁，亦有節奏，此所謂文中有詩。」散文之特色為散而不整、流暢而不凝練、滑易而不緊密，自由而不拘謹，「好詩圓美流轉如彈丸」，此所謂「詩中有文」。杜甫以詩為文，是詩中有文；韓愈以文為詩，乃所謂文中之詩。

陳善《捫蝨新話》又稱：「以文體為詩，自退之始；以文體為四六，自歐陽公始。」韓愈工文、能詩，兼善詩文專長，因此，一旦創意發想，進行跨際會通，不假外求，自然容易有成效，故以文為詩之風，始於韓愈。北宋歐陽脩、蘇軾、黃庭堅，亦皆工詩能文，前後發揚「以文為詩」之新奇組合，遂蔚為宋詩一大創作手法。剖破文體自身藩籬，向外尋求新奇組合，必須立足兼擅之領域，會通媒合較能成功。自歐陽脩提倡詩文革新，「以文體為對屬」，將散文特質會通化成於四六文中，於是以流轉之筆，運淡雅之詞，形成「以文為四六」之風格。[65]其特色為「以散文之氣勢運偶句，以流利之辭語見自然」，[66]其要領策略，在移植散文之特質，換元到四六文中，於是用典少、

[64] 宋陳善：《捫蝨新話》，卷9〈文中有詩詩中有文〉，《全宋筆記》，第五編第十冊，頁71。

[65] 宋陳師道：《後山詩話》，輯入何文煥編：《歷代詩話》（臺北：藝文印書館，1974），卷3，頁310。

[66] 張仁青：〈宋代駢文初探〉，成功大學中文系主編：《第一屆宋代文學研討會論文集》（高雄：麗文文化公司，1995），頁307-312。

句式活，行文流暢，能自由表達思想。[67]以文為四六，不講對偶用事，純用自家語言，推陳出新，亦為剖破藩籬，會通有成之例。影響所及，三蘇父子「以四六為古文」，委曲精盡，自成一家，實有得於文章破體、變體之啟示。

作詩作文，始於尊體辨體，而後為求變追新，於是而有變體、破體。錢鍾書《管錐編》研究文體學，提出「破體」之說，以為「文章之體可辨別，而不堪執著」；同時揭示：「名家名篇，往往破體，而文體亦因以恢宏焉」之說。[68]所謂破體，指打破舊有體制，重新組合，以創新文體。其基本策略，切合張載所云「剖破藩籬」之創意發想。破體之風既由文壇領袖歐陽脩倡始，以文為詩，以文體為四六之創作詩思，遂不脛而走。觸類旁通，引申發揮，其他作手敘記寫賦，亦嘗試運用「破體」之方法。然悟有淺深，才有高下，施用於破體為文，或成功，或失敗，此情理之常。於是士林譁然，掎摭利病，議論紛紛，如：

> 東坡〈醉白堂記〉，荊公謂是韓、白優劣論；而荊公〈虔州州學記〉，東坡亦謂之學校策。范文正公〈岳陽樓記〉，或者又曰此傳奇體也。文人相譏，蓋自古而然。退之〈畫記〉，或謂與甲乙帳無異；樂天〈長恨歌〉曰：「上窮碧落下黃泉，兩處茫茫尋不見」，當是目蓮救母辭爾。近柳屯田云「楊柳岸，曉風殘月」，最是得意句，而議者鄙之曰：「此梢子野溷時節也！」尤為可笑。[69]
>
> 〈醉翁亭記〉初成，天下莫不傳誦，家至戶到，當時為之紙貴。宋

---

[67] 曾棗莊：〈風流嬗變，光景常新——論宋代四六文之演變〉，成功大學中文系主編：《第一屆宋代文學研討會論文集》，頁 281-282。

[68] 錢鍾書：《管錐編》第三冊，《全上古三代秦漢三國六朝文》（臺北：書林出版公司，1990），頁 890-891。

[69] 宋陳善：《捫蝨新話》，卷 9〈文人相譏〉，《全宋筆記》，第五編第十冊，頁 123-124。

子京得其本，讀之數過，曰：「只目為〈醉翁亭賦〉，有何不可。」[70]

人情安於舊有，往往排斥新變。世所謂多見少怪，少見多怪，差堪彷彿。記之為體，由來已久，主要以記事、敘事為主，漸成習套。東坡作〈醉白堂記〉，易之以議論，既未尊體辨體，故王安石不以為然，蓋執著於「記」與「論」之辨體，未能欣賞蘇軾剖破藩籬，移植「論」體入「記」中，經由巧妙換元，而成創新之作。而王安石〈虔州州學記〉，亦打破「記」文之體制，近乎學校策論，故亦遭東坡質疑。范仲淹作〈岳陽樓記〉，《後山詩話》稱：「用對語說時景，世以為奇。」尹師魯讀之曰：「傳奇體爾！」[71]所謂「傳奇」，指唐裴鉶所撰小說《傳奇》。其文體駢散結合，以詩賦描寫人物場景，以散文敘述故事情節。〈岳陽樓記〉以鋪陳排比之筆，運以相反相對之情景，以說晴陰喜憂，所謂「用對語說時景」；就尊體辨體而言，簡直離經叛道，不合傳統規範。故尹洙以為異常，而有「傳奇體」之錯愕。朱弁《曲洧舊聞》載：歐陽脩〈醉翁亭記〉初成，天下傳誦。宋祁讀之，以為不妨「目為〈醉翁亭賦〉」。案：〈醉翁亭記〉第二段，先用「日出而林霏開，雲歸而岩穴暝」排偶句，圖繪山間對比鮮明之朝暮場景。接著用「野芳」、「佳木」四句，概括山間四季風光，亦用排偶對句。用對偶句寫景，散文句收束，駢散兼容，與傳統認知之「記」體風格迥不相同，故宋祁視之為「賦」。

要之，蘇軾、王安石、范仲淹、歐陽脩寫作古文，多有剖破文體藩籬之創意發想，作品方有可能體現「破體」之新奇陌生。俞文豹《吹劍錄》曾云：「詩不可無體，亦不可拘於體」；豈惟詩如此？文、詞、辭賦、四六，亦無不皆然。因為文體分類起於後設觀念，前賢作品安能脗合後設理論？金人王若

---

[70] 宋朱弁：《曲洧舊聞》，卷3〈醉翁亭記初成天下傳誦〉，孔凡禮點校：《唐宋史料筆記》（北京：中華書局，2002），頁120。

[71] 宋陳師道：《後山詩話》，第六冊，頁11，總頁186。

虛論「文章有體乎？」以為：「定體則無，大體則有」，可謂知言。除此之外，文體追求生新，致力剖破藩籬者，尚有蘇軾之「以詩為詞」，秦觀之「以詞為詩」，周邦彥之「以賦為詞」、辛棄疾之「以文為詞」。由於相關論述多見於詩話、詞話、文集，宋代筆記載錄不多，故從略。

(二) 詩思出位，新奇會通

宋代文藝嘗試剖破藩籬，跳脫典範，致力於「破體」生新外，又盡心於「出位之思」，移植換元。詩歌與繪畫、詩歌與雜劇、詩歌與禪宗間之「出位之思」，宋人筆記多有載錄。宋詩面對唐詩之輝煌，處窮必變，於是立足本位文藝，肆力旁搜，往往跳出詩體之外，去尋求可資利用之源泉，以便作補償、吸收、借鏡、化用之奧援。這種剖破藩籬，進行媒體和超媒體會通化成的現象，錢鍾書〈中國詩與中國畫〉謂之「出位之思」。[72]詩歌繪畫剖破藩籬，發想出位，借鏡彼此之優長，首先由蘇軾揭示，所謂「詩中有畫，畫中有詩」。其次，則蔡絛《西清詩話》稱述「丹青吟詠，妙處相資」；繼之，則吳龍翰序《野趣有聲畫》云：「畫難畫之景，以詩湊成；吟難吟之詩，以畫補足」。[73]於是宋代題畫詩、詩意畫流行；馬一角、夏半邊之抒情，[74]畫院試畫工以詩意，

---

[72] 「出位之思」，語見錢鍾書：〈中國詩與中國畫〉，原載《開明書店二十周年紀念文集》（上海：開明書店，1947）；《文學研究叢編》第一輯影印（臺北：木鐸出版社，1981），頁 77-78。

[73] 宋蘇軾著，孔凡禮點校：《蘇軾文集》（北京：中華書局，1986），頁 2209。蔡絛《西清詩話》、胡仔《苕溪漁隱叢話》，前集卷 30。宋何汶：《竹莊詩話》卷 9，郭紹虞：《宋詩話輯佚》，頁 358。清曹庭棟：《宋百家詩存》，文淵閣《四庫全書》本（臺北：臺灣商務印書館，1983），卷 37，引吳龍翰序楊公遠，《野趣有聲畫》，頁 24。

[74] 李澤厚：《美的歷程》（天津：天津社會科學院出版社，2001），九、〈宋元山水意境〉，論及馬遠、夏圭山水畫之「畫中有詩」，頁 289-291。

多可見突破學科疆界之迷思，巧妙進行移植換元。[75]改造了體格，促成了創新。

詩與畫之交融會通，宋代筆記載錄不多，姑引數則作為代表。文藝既有換位現象，於是論畫，會通詩而言之；論文，則援畫以擬之；畫院試畫工，乃連結詩人之意。要之，皆以詩為主體，跳出本位之外去借鏡繪畫，如：

> ……大抵公麟以立意為先，布置緣飾為次。其成染精致，俗工或可學焉，至率略簡易處，則終不近也。蓋深得杜甫作詩體制而移於畫。如甫作〈縛雞行〉不在雞蟲之得失，乃在於注目寒江倚山閣之時。公麟畫陶潛〈歸去來兮圖〉，不在於田園松菊，乃在於臨清流處。甫作〈茅屋為秋風所拔歌〉，雖衾破屋漏非所恤，而欲大庇天下寒士俱歡。李公麟作〈陽關圖〉，以離別慘恨為人之常情，而設釣者於水濱，忘形塊坐，哀樂不關其意。其它種種類此。唯覽者得之。故創意處如吳生，瀟灑處如王維。……[76]

李公麟長於畫馬、畫人物，又工於詩意畫。《宣和畫譜》稱其創作，「蓋深得杜甫作詩體製而移於畫」；其妙處蓋在「率略簡易處」之簡筆畫法。杜甫作〈縛雞行〉、〈茅屋為秋風所拔歌〉，其勝處在「斷句旁入他意」，化景物為情思，所謂曲中江上之致。李公麟得詩之妙以作畫，畫陶潛〈歸去來兮圖〉，勝處在臨清流處；作〈陽關圖〉，妙在「設釣者於水邊，忘形塊坐」；其創意瀟灑如此，蓋有得於剖破藩籬，詩畫相資。徽宗畫院試畫工，命以詩題，取

---

[75] 移植，為創造性原理之一，指將已知之概念、原理或方法，直接或稍加改造後，移植到其他領域，而實現創造的規律。換元，亦創造原理之一，指通過替代的方法解決問體，或產生新的事物。田運主編：《思維辭典》（杭州：浙江教育出版社，1996），頁 208-209。

[76] 宋佚名：《宣和畫譜》，卷 7〈文臣李公麟〉，于安瀾主編：《畫史叢書》（臺北：文史哲出版社，1994），頁 449。

其立意超絕，猶射覆猜謎，意境超拔者乃中魁選。記載於宋人筆記者，陳善《捫蝨新話》〈畫工善體詩人之意〉；俞成《螢雪叢說》〈畫學試詩〉；《宣和畫譜》、《畫繼》諸作多有之，如試「竹鎖橋邊賣酒家」、「踏花歸去馬蹄香」、「萬綠叢中一點紅」、「萬年枝上太平雀」、「蝴蝶夢中家萬里」、「亂山藏古寺」、「深山何處鐘」；以及「嫩綠枝頭紅一點，動人春色不須多」；「野水無人渡，孤舟盡日橫」之類，詩情與畫意必須相發互顯，作密切之綰合。其中涉及詩歌語言之比興、雙關，化景物為情思；考驗繪畫如何突破侷限，繪出動態、香味、聲響。如何以有限表現無限，且富含言外之意？如何以形象思維體現邏輯思維，而又情韻不匱？[77]此本文藝評論之以少勝多，味外之味，而《野老紀聞》論太史公《史記》勝處，比擬郭忠恕畫天外數峰，是以畫喻文，亦剖破藩籬之文思：

> 太史公如郭忠恕畫天外數峰，略有筆墨。然而使人見而心服者，在筆墨之外也。[78]

郭忠恕繪畫之特色，在「略有筆墨」，此在文章，即是省筆、簡筆、縮筆。於修辭，謂之吞吐、含蓄、蘊藉。用心於筆墨之外，則有筆墨處固佳，無筆墨處尤妙。以「一點紅」，解寄「無邊春」；以「紅杏出牆」，體現「滿園春色」，以形寫神，以一總多。誠如蘇軾〈傳神記〉所云：傳神之法，在「得其意思所在」，如頰上三毫，優孟衣冠，不必「舉體皆似」。[79]太史公《史記》，魯迅稱為「史家之絕唱，無韻之離騷」，藉史事敘寫感慨，猶孔子假《春秋》一書，以寓憂患經世之慨；長於比興寄託，言有盡而意無窮，與「郭忠恕畫天外數

---

[77] 張高評：《創意造語與宋詩特色》，頁 263-267。

[78] 宋王楙：《野客叢書》，文淵閣《四庫全書》本（臺北：臺灣商務印書館，1983），附錄，〈野老紀聞〉，頁 852-802。

[79] 宋蘇軾：〈傳神記〉，《蘇軾文集》，卷 12，頁 400-401。

峰，略有筆墨」近似，可以類比。由此觀之，《野老紀聞》論《史記》，不以史論史，亦不以文論文，乃以繪畫喻文章，其發想亦屬出位之創意。

王國維《宋元戲曲考》稱：「真正之戲劇，起於宋代」，乃經濟繁榮、藝術商品化之結果。就文體而言，戲劇以詩歌為本質，結合說唱、扮演與歌舞；雜劇更以娛樂為手段，諷諭為目的。蘇軾曾有集英殿「勾雜劇」之記載：「欲資載笑之歡，必有應諧之妙。暫回舞綴，少進詼辭。上悅天顏，雜劇來歟？」[80]「務在滑稽」和「寓含諷諭」之雜劇演出特色，與詩趣、詩用大抵合拍。詩歌與雜劇之特色相近，故會通較易；然相似而實不同，故借鏡可成。宋人筆記於此頗有談說，如：

> 山谷云：作詩正如雜劇，初時布置，臨了須打諢，方是出場。蓋是讀秦少章詩，惡其終篇無所歸也。[81]
> 山谷嘗言：「作詩正如雜劇，初時布置，臨了須打諢，方是出場。」予謂：雜劇出場，誰不打諢？只是難得切題可笑爾。山谷蓋是讀秦少章詩，惡其終篇無所歸，故有此語。[82]
> 老杜歌行，最見次第出入本末。而東坡長句波瀾浩大，變化不測， 如作雜劇，打猛諢入，卻打猛諢出也。[83]

詩歌，為雅正之文學；雜劇，為通俗之表演藝術。書面之文學與舞臺之藝術，如何進行類比？攸關詩思之剖破藩籬，新奇組合，蔚為文藝混血，方能有出人意表之成果。筆者曾考察宋人之戲劇批評，擇其與宋詩旨趣相合者，

[80] 宋蘇軾：〈坤成節集英殿宴教坊詞，元祐三年，勾雜劇〉，《蘇軾文集》，頁 1306-1320。

[81] 宋孔平仲：《孔氏談苑》，卷 4，〈後山評詩人〉，《全宋筆記》第三編第三冊，頁 259。

[82] 宋陳善：《捫蝨新話》，下集卷 1，〈作詩如作雜劇臨了打諢方是出場〉，頁 75。

[83] 宋呂本中：《童蒙詩訓》，輯入郭紹虞：《宋詩話輯佚》卷下，頁 240。

以之論述「作詩如作雜劇」：其一，雜劇之「初時布置」，與宋詩之法式安排相通。其二，雜劇之「臨了打諢」，與宋詩之諧趣設計相通。其三，雜劇之「箴諷時政」，與宋詩之「忿世疾邪」相通。其四，雜劇之「弄影戲語」，與宋詩之雅俗相濟相通。其五，雜劇之「得其意思」，與宋詩之以形寫神相通。[84]以劇喻詩，猶以禪喻詩，以禪論詩之流；猶以詩法為畫法，以畫法為詩法之類。跨界之學科整合，引發異領域之碰撞，不僅促成文學與藝術共生共榮，使通俗與雅正相濟為用，使書面與舞臺彼此借鑑，新奇會通，往往出人意表，此相當於梅迪奇效應之體現。

四、結語

考察宋人作詩說詩之原委，明瞭「一切好詩到唐已被做完」之困境，在「能事有時盡，開闢真難為」之焦慮中，宋人如何處窮必變，進行創意發想？如何以祖述模擬為手段，而以造作發明為目的？如何建構風格特色，追求自成一家？又如何能與唐詩抗衡而無愧，蔚為「詩分唐宋」之畛域？宋詩宋調在詩歌史上，所以能與唐詩唐音平分秋色而無愧，其核心關鍵，當在搦管賦詩之際，即存有「創意發想」之詩思。「思其始而成其終」，行不越思，於是乃見「自名一家」之特色。

今梳理宋人筆記，參考宋人、清人詩話、文集、畫論、禪學、雜劇，特別關注從詩思造意，到新創自得之述說；其次，聚焦於宋人從創意發想，到追求「新創獨到」之心路歷程。士大夫知識建構之鱗爪，宋代詩人之影響焦慮，學唐、變唐、新唐、拓唐之詩思，超常越規、會通化成之宋型文化，宋人筆記所錄，可以即器求道以得之。

---

[84] 張高評：《宋詩之新變與代雄》，頁 376-403。

宋人論詩歌新創自得之進路，要皆發想於創造性思維，於是「思其始而成其終」，行不越思。發而用之，遂蔚為宋詩宋調之特色。析而分之，所謂宋詩特色之發想，層面大抵有三：其一，未經人道，用所不用：功同開闢鴻蒙，疏鑿江山，生新獨創，自我作古。顧炎武所謂采銅於山，趙翼所謂「意未經人說過，書未經人用過」，宋人多盡心致力於此。

其二，自出機杼，別生眼目：宋代詩學固強調「祖述有自」，更追求「青出於藍」。韓愈所倡「陳言務去，自鑄偉詞」，成為宋詩美學之雙重模態。何止詠史詩、詠物詩，最多體現別出心裁；其他大家名篇，亦多翻轉觀點，谿徑別闢，猶達摩祖師「即時轉身，別行一路」，不向如來行處行。

其三，剖破藩籬，新奇會通：通俗雅正，各有分際。詩、文、詞、賦，各有畛域；詩歌、繪畫、戲劇、禪學，亦各有體製與風格。宋代詩學往往超常越規，跳脫疆界，進行跨學科、跨領域之組合，清新奇特，出人意表，即其會通之效應。

一言以蔽之，宋人作詩論詩，發想於創意思維，盡心於獨到別識，熱衷於新創自得，期許於自成一家。思其始而成其終，行不越思，故能新變唐詩，蔚為「詩分唐宋」之成就。

創造性思維如何觸發閱讀取向？創意發想如何影響命意措詞？總之，如何促成接受反應，進而主導宋人之知識建構？宋人筆記論詩之新創自得，有具體而微之表述，由此可見一斑。[85]

---

[85] 本文首次發表於香港樹仁大學中文系主辦：「港臺四校大學師生論文發表聯誼會」。

第三章　宋人之詩思造意與自成一家

——以宋人筆記為例

古典詩歌之發展，到唐代已展現輝煌燦爛之光彩，其成就堪稱登峰造極。宋人生於唐人之後，確實存在「開闢真難為」的困境。以王安石之雄傑，曾感慨「世間好語言，已被老杜道盡；世間俗語言，已被樂天道盡！」[1]雅好語言都已道盡，宋人將何所逞能？通俗語言都已道盡，宋人又將何所著眼？明袁中道亦發現文學發展有其瓶頸:「宋元承三唐之後，殫工極巧，天地之英華，幾泄盡無餘，為詩者處窮而必變之地。……」[2]清沈德潛則推崇唐詩的人才、作品和規模，以為「菁華極盛，體制大備」。[3]這種影響之焦慮，盛極難繼之詩思，想必觸發激盪了許多詩國的英雄、文壇的豪傑，思索身逢「處窮而必變之地」，當如何因應調適，方能「新變代雄」，而自成一家？

一、學唐變唐與宋詩宋調

魯迅曾宣稱:「一切好詩，到唐已被做完！此後倘非能翻出如來掌心之齊

---

[1] 胡仔著，廖德明校點：《苕溪漁隱叢話》（北京：人民文學出版社，1981 年），前集卷 14，頁 91；陳輔之：《陳輔之詩話》，郭紹虞編：《宋詩話輯佚》（臺北：文泉閣出版社，1972 年），頁 310。

[2] 袁中道：《珂雪齋集》（上海：上海古籍出版社，1989 年），頁 497。

[3] 沈德潛：《唐詩別裁集》（臺北：臺灣商務印書館，1956 年），頁 1。

天大聖，大可不必動手！」[4]唐詩已然形成古典詩歌發展之空前高峰，宋代詩人的表現成就，能否蔚為古典詩國的另一高峰？端看能否跳脫唐詩形成之典範？突破唐詩成就之侷限？魯迅歌頌唐詩為「好詩」的極致，顯然尊唐詩為「好詩」之唯一典範。典範能否轉移？卻沒有把話說死。魯迅提出一個「但書」：除非有「能翻出如來掌心之齊天大聖」；否則，好詩真的已被做完！面對唐詩的繁華昌盛，名篇佳作琳瑯滿目，宋代詩人必定一則以喜，一則以懼。喜的是，有如此多的夙昔典範值得師法，有如此豐富的文學遺產值得繼承，節省不少摸索工夫，其樂何似？所以宋人作詩論詩，無不學唐，學習師法大家名家之優點長處，作為自我創作之支點與觸發。然又恐學古太過，流於因襲剽竊；有此過猶不及之顧慮，故講究以師法模擬為手段，而以變唐、新唐、拓唐為目的。積漸力久，蔚為學風，於是宋代詩人儼然如「能翻出如來掌心之齊天大聖」。

宋詩大家名家之努力，果然在唐詩第一個高峰之後，又造就宋詩成為古典詩之第二高峰，能平分詩國之秋色而無所愧怍。於是自南宋以來，詩話筆記說詩論詩，遂生發「唐宋詩之爭」[5]、「唐宋詩異同」、「詩分唐宋」諸多論述（詳後）。宋詩之特色、價值與文學史地位，亦從中可以推估。趙宋開國，由於科舉大量取士，印刷傳媒繁榮，教育相對普及，促成宋型文化崇智尚論之風氣，勇於著書立說，提出自我觀點，於是詩話之書寫開啟於宋，筆記之抒發見聞，亦不遑多讓。[6]因此，宋代之詩話筆記琳瑯滿目，蔚為一代史學、文學之重要載體。其中，為數可觀之宋人筆記，或提示創作經驗，或分享閱讀心得，或發表詩學主張，大多發想創意，能指出向上一路；稍加鉤稽梳理，

---

[4] 魯迅：〈致楊霽雲〉，《魯迅全集》（北京：人民文學出版社，1991 年），第 12 卷，《書信》，1934 年 12 月 20 日，頁 612。

[5] 齊治平：《唐宋詩之爭概述》（長沙：岳麓書社，1984 年）。

[6] 張高評：《印刷傳媒與宋詩特色——兼論圖書傳播與詩分唐宋》（臺北：里仁書局，2008 年），第四章〈印刷傳媒與宋詩之學唐變唐〉，第五章〈印刷傳媒與宋詩之新變自得〉，頁 145-209、211-226。

多能體現宋詩之特色與價值。宋代詩學追求自成一家之風格，足與唐詩頡頏而無愧，亦由此可見。

自日本京都學派內藤湖南（1866-1934）提出唐宋轉型論，宣稱唐代為中古歷史之結束，而宋代為近代史之開端。其弟子宮崎市定（1901-1995）發揮其說，遂有「宋代近世」說，宋清「千年一脈」論。[7]胡適、王國維、嚴復、陳寅恪、錢穆、傅樂成述說唐宋歷史，多受其影響，亦間接影響宋代文學之論述。[8]南宋至明代，詩話筆記頗論唐詩宋詩之優劣得失；到清代詩學，轉變為唐詩宋詩特色之論述，以互有優長，各有得失為主要共識。於是到二十世紀上半葉，繆鉞（1904-1995）《詩詞散論》說「唐宋詩異同」，[9]稱唐詩宋詩同源共本，心氣相通。宋詩傳承唐詩之優長，又有所新變開拓，於是漸行漸遠，詩思、命意、取材、著眼、著手遂與唐詩殊異，遂發展出自家之風格。既已凸顯其殊異，則宋詩「自成一家」之特色，已呼之欲出。至錢鍾書（1910-1998）著《談藝錄》，開宗明義標榜「詩分唐宋」，有言：

> 唐詩宋詩，亦非僅朝代之別，乃體格性分之殊。天下有兩種人，斯分兩種詩：唐詩多以丰神情韻擅長，宋詩多以筋骨思理見勝。……夫人稟性，各有偏至。發為聲詩，高明者近唐，沉潛者近宋，有不期而然者。故自宋以來，歷元明清，才人輩出，而所作不能出唐宋

[7] 內藤湖南：〈概括的唐宋時代觀〉，《歷史與地理》第9卷第5號（1922年5月），頁1-11；〈近代支那的文化生活〉，《支那》第19卷（1928年10月）。宮崎市定：〈內藤湖南與支那學〉，原載《中央公論》第936期，收入氏著《亞洲史研究》第5卷，譯文見黃約瑟譯：〈概括的唐宋時代觀〉，載劉俊文主編：《日本學者研究中國史論著選譯》第1卷（北京：中華書局，1992年），頁10-18。高明士：〈唐宋間歷史變革之時代性質的論戰〉，《戰後日本的中國史研究》（臺北：東昇出版事業公司，1982年），頁104-116。參考張廣達：〈內藤湖南的唐宋變革說及其影響〉，《唐研究》第11卷（北京：北京大學出版社，2005年），頁5-71；柳立言：〈何謂「唐宋變革」？〉，《中華文史論叢》（總81輯，2006年3月），頁125-171。

[8] 王水照：《鱗爪文輯》（西安：陝西人民出版社，2008年），頁173-178。

[9] 繆鉞：《詩詞散論》（上海：上海古籍出版社，1982年），頁36-44。

之範圍，皆可分唐宋之畛域。……且又一集之內，一生之中，少年才氣發揚，遂為唐體；晚節思慮深沉，乃染宋調。[10]

「非僅朝代之別，乃體格性分之殊」二語，已確立唐詩宋詩之分野。唐人所作為唐詩，宋人所作為宋詩，此緣「朝代之別」而冠詩名，此其一。唐人作詩，有開宋詩風格者，如杜甫、韓愈、白居易、李商隱詩，此之謂宋調。雖宋人所作詩篇，亦有酷肖唐詩風格者，如張耒、郭祥正、姜夔、四靈、江湖詩人等，謂之唐音。此以「體格性分之殊」，而分唐宋詩之疆界。推而至於隋唐以前，元明之後，乃至於五四以來之現代詩，[11]都可以區分為唐宋之畛域。《西遊記》小說中，齊天大聖孫悟空沒能翻出如來佛掌心；而據繆鉞、錢鍾書之論述，宋詩卻能在唐詩繁榮昌盛、登峰造極之後，身處「開闢真難為」的困境之下，另造乾坤、別闢天地。不但提供「窮變通久」的文學發展頗多示範；對於企圖超脫困境、自成一家之創作者，提供極大啟發。宋人的魄力，令人欽佩；宋人的創造性思維，值得借鏡參考。

《易・文言》稱：「窮則變，變則通，通則久。」跳脫困境，追求向上一路，宋人為絕佳之實踐者。面對盛極難繼的態勢，身居處窮必變的當下，宋人用心於詩思，致力於造意；追求新創自得，期許自成一家，於是跳脫唐詩之典範，別闢門戶，獨樹壁壘，遂有自家之面目。此自宋人之詩話、筆記、詩集、畫論，多可以得其大凡。試看歷代詩評家之觀點，即可明瞭：

本朝詩人與唐世相抗，其所得各不同，而俱自有妙處。[12]

宋人之詩，取材廣而命意新；變化於唐，而出其所自得。皮毛落盡，

---

[10] 錢鍾書：《談藝錄》，《談藝錄補訂》（臺北：書林出版公司，1988 年），頁 1-5；頁 313。

[11] 杜國清：〈宋詩與臺灣現代詩〉，《詩情與詩論》（廣州：花城出版社，1993 年），頁 197-209。

[12] 陳巖肖：《庚溪詩話》，收入吳文治《宋詩話全編》（南京：江蘇古籍出版社，1998 年），頁 2804。

精神獨存。[13]

唐人學漢魏，變漢魏；宋學唐，變唐。……使不變，不足以為唐，亦不足以為宋也。[14]

韓、黃之學古人，皆求與之遠，故欲離而去之以自立。[15]

宋人承唐人之後，而能不襲唐賢衣冠面目，別闢門戶，獨樹壁壘，其才力學術，自非後世所及。[16]

吳之振（1640-1717）、袁枚（1716-1797），皆從「變」之視角看待宋詩，就創造思維而言，即是求異思維之發用。方東樹（1772-1851）提出「求遠」、「欲離」，不落凡近，詩意追求陌生化、疏離感。[17]陳巖肖（?-1138-?）揭示宋詩所得不同，自有妙處；朱庭珍（1841-1903）推崇宋詩別闢谿徑，獨樹壁壘，評論之發想落想，近獨創思維、發散思維。吳之振標榜其自得，方東樹突出其自立，要之，多切合創造性思維之獨創思維。至於吳之振所云「取材廣而命意新」，無異開放思維、發散思維。宋詩處窮必變，若此者其徒實繁，值得進一步探索。可見，無論就陌生化美感與詩歌語言而論，宋詩自有特色，自有地位，自有價值，自成一代詩歌，足與唐詩分庭抗禮而無愧。錢鍾書《談藝錄》開宗明義大書「詩分唐宋」，確實有見而云然。

今以宋人筆記為主要研究文本，旁及詩話、文集、畫論、書道，梳理其

---

[13] 吳之振：《宋詩鈔·序》（北京：中華書局，1986年），頁1。

[14] 袁枚：《袁枚全集》（南京：江蘇古籍出版社，1988年），卷17〈答沈大宗伯論詩書〉，頁1502。

[15] 方東樹著，汪紹楹校點：《昭昧詹言》（北京：人民文學出版社，1984年），卷1，第50則，頁18。

[16] 朱庭珍：《筱園詩話》卷2，郭紹虞：《清詩話續編》（臺北：木鐸出版社，1983年），頁2370。

[17] 方東樹著，汪紹楹校點：《昭昧詹言》，卷1，頁18。又，卷10，第1則，頁225；卷12，第290則，頁314-315，皆論蘇軾、黃庭堅「立意求與人遠」。張高評：〈方東樹《昭昧詹言》論創意與造語——兼論宋詩之獨創性與陌生化〉，《文與哲》第14期（2009年6月），頁121-158。

中說詩論詩之文獻，聚焦於創造性思維：考察宋人如何從源頭活水關注詩思、從臨文操觚之際致力造意？又如何從發想落想期許自得獨到，追求自成一家？要皆前無古人，無所依傍。所謂創意發想、所謂詩歌語言、所謂新變代雄、所謂宋詩特色，可於此等處求之。宋人的努力，是否能跳出如來佛的手掌心？亦可據此覆核檢驗。

二、用心詩思、文思，致力造意、創意

宋人無不學古，然學古又能新變自得；猶唐人學六朝、變六朝，遂有自家風貌。宋人亦學唐而變唐，而更期許新創發明、自成一家。其中，自得獨到之追求，為一代文學之標竿，六朝四唐如此，兩宋亦然。以學古為手段，以通變為目的，其中自有優劣高下，而述與作、因與革、模擬與創造、繼往與開來之辯證，堪作檢驗之試金石。古今文學發展之必然論述，宋人詩歌與詩話已燦然具備，足供考察。

(一) 宋代詩話、筆記論詩思、文思

務去陳言、自鑄偉詞，是劉勰、韓愈關於文學創作的主張，宋代筆記、詩話說詩頗受其影響。宋人面對六朝到隋唐豐富精彩之文學遺產，大抵有兩大態度：或致力於模擬沿襲，或盡心於創意造語；模擬沿襲為其手段，創意造語乃其目的。前者發展成宋代之「學古」論，主要觀點在如何學唐、變唐。後者蔚為宋代之「創作」論，重要特色為出新意、鑄偉詞，主要著眼於如何新唐、拓唐。換言之，在「菁華極盛，體制大備」之輝煌唐詩下，欲求生存發展，消極作為在不隨人後；起心動念決定高下成敗，關鍵即在「創意發想」四字。下筆臨文之際，是否去陳言、出己意？固然緣於發想；是否追求新變自得，期許自成一家，亦不離創意之思考。本節先論宋人如何用心於詩思造

意，如何自我期許獨到自得。

詩思，是詩人從事創作時，所呈現的種種思維狀態。換言之，詩思，指詩歌創作的心路歷程、思維活動。恍兮惚兮的詩思，如風似影，如何發想？如何挖掘？如何掌握？宋魏慶之（?-1240-?）《詩人玉屑》卷十，列有「詩思」一欄，於「詩思」之生成、狀態、類別、成敗，頗有論述，如：

> 詩之有思，卒然遇之而莫遏；有物敗之，則失之矣。故昔人言覃思、垂思、抒思之類，皆欲其思之來，而所謂亂思、蕩思者，言敗之者易也。鄭棨詩思，在灞橋風雪中驢子上；唐求詩，所游歷不出二百里。則所謂思者，豈尋常咫尺之間所能發哉！前輩論詩思，多生於杳冥寂寞之境，而志意所如，往往出乎埃溘之外。茍能如是，於詩亦庶幾矣。謝無逸問潘大臨：「近曾作詩否？」潘云：「秋來日日是詩思。昨日捉筆，得『滿城風雨近重陽』之句，忽催租人至，令人意敗。輒以此一句奉寄。」亦可見思難而易敗也。[18]

魏慶之所述覃思、垂思、抒思之外，如屈原之抽思、姜夔之精思、魏泰之思賾深遠，皆是作詩前之思維狀態，亦即杜甫所謂「意匠慘澹經營中」前後之多元層面。《詩人玉屑》特提「詩思」生發之情境，以及思維活動之範圍，所謂「多生於杳冥寂寞之境，而志意所如，往往出乎埃溘之外」。梁劉勰（?465-520?）《文心雕龍》〈神思〉篇，說詩思、文思，而冠以「神」字，可略窺思維神秘、神奇、神妙之特質。〈神思〉略云：「形在江海之上，心存魏闕之下，神思之謂也。」劉勰形容「文思」的狀態：「寂然凝慮，思接千載；悄焉動容，視通萬里；吟詠之間，吐納珠玉之聲；眉睫之前，卷舒風雲之色；

[18] 魏慶之：《詩人玉屑》（上海：上海古籍出版社，1978 年），卷 10〈詩思〉，頁 213。

其思理之致乎！」[19]形象化之描繪，有助理解。〈神思〉篇又稱：「神居胸臆，而志氣統其關鍵；物沿耳目，而辭令管其樞機」，立志、立意、造意，為統御文章之將帥，管控辭令之領導，是關鍵，也是樞機。所以，作詩貴有佳思、奇思、巧思、新思、妙思。

宋人詩學體系之建構，見於宋代筆記，有論詩及辭者，與詩話性質不異。筆記、詩話記述作詩本事，為數不少；然備述詩思，詳記歷程者不多。今翻檢朱弁（？-1144）《曲洧舊聞》，嘗記述蘇軾（1037-1101）在儋耳，試筆自書云云，於是作〈行瓊儋間，肩輿坐睡……〉五言長篇古詩。今移錄《曲洧舊聞》載蘇軾自書從詩思發想，到寫出作品，其心路歷程如下：

> 東坡在儋耳，因試筆，嘗自書云：「吾始至南海，環視天水無際，悽然傷之，曰：『何時得出此島耶？』已而思之，天地在積水中，九州在大瀛海中，中國在少海中，有生孰不在島者?覆盆水於地，芥浮於水，蟻附於芥，茫然不知所濟。少焉，水涸，蟻即徑去。見其類，出涕曰：『幾不復與子相見。』豈知俯仰之間，有方軌八達之路乎！念此可以一笑。戊寅九月十二日，與客飲薄酒，小醉，信筆書此紙。」[20]

從「始至南海，環視天水無際，悽然傷之」，到「已而思之，天地在積水中」，「有生孰不在島者？」由迷思而破執，已有進境。最終云：「豈知俯仰之間，有方軌八達之路乎？」則詩思由鬱結而清朗，大闔大開，大徹大悟，無有罣礙。由迷而覺，自覺而悟，詩思之曲折歷程如此表述，堪稱具體明白。

---

[19] 劉勰撰，范文瀾注：《文心雕龍注》（北京：民文學出版社，1958 年），卷 6〈神思〉第二十六，頁 493。

[20] 朱弁：《曲洧舊聞》，卷 5〈東坡儋耳試筆〉，孔凡禮點校：《唐宋史料筆記》（北京：中華書局，2002 年），頁 152-153。

考察蘇軾貶儋耳，緣上述詩思而生發創作，衍為「登高望中原」以下八句：

四州環一島，百洞蟠其中。我行西北隅，如度月半弓。登高望中原，但見積水空。此生當安歸，四顧真途窮。眇觀大瀛海，坐詠談天翁。茫茫太倉中，一米誰雌雄。幽懷忽破散，永嘯來天風。千山動鱗甲，萬谷酣笙鐘。安知非群仙，鈞天宴未終。喜我歸有期，舉酒屬青童。急雨豈無意，催詩走群龍。夢雲忽變色，笑電亦改容。應怪東坡老，顏衰語徒工。久矣此妙聲，不聞蓬萊宮。[21]

環視南海，水天無際：「天地在積水中，九州在大瀛海中，中國在少海中」；「何時得出島耶？」如此詩思，衍化為「登高望中原，但見積水空。此生當安歸，四顧真途窮」。其餘，由迷而覺而悟，舖寫成「眇觀大瀛海，坐詠談天翁。茫茫太倉中，一米誰雌雄」。由此觀之，必先有綺思妙想，方有雄闊頓挫之作品。蘇軾〈行瓊、儋間，……戲作此數句〉詩，可作印證。

《詩經．大序》：「詩者，志之所之也。在心為志，發言為詩。」故邵雍（1011-1077）〈論詩吟〉云：「何故謂之詩？詩者言其志，既用言其章，遂道心中事。不止煉其詞，抑亦煉其意。煉辭得奇句，煉意得餘味。」就文學創作論言、志、心、意，即是詩思，即是造意。心、志、思之發用，體現為詩意之展現。發想創意，有本有源，方有名篇佳作。故宋人作詩論詩，極重視立意、用意、胸中。蘇軾所作詩文詞賦，有口皆碑，故南宋三家筆記，爭相報導蘇軾教人作文之法，雖詳略重輕不同，而主意相近，可見一斑：

江陰葛延之，元符間，自鄉縣不遠萬里省蘇公於儋耳，公留之一月。

---

[21] 蘇軾著，馮應榴輯注，黃任軻、朱懷春校點：《蘇軾詩集》（上海：上海古籍出版社，2001 年），〈行瓊、儋間，肩輿坐睡。夢中得句云：「千山動鱗甲，萬谷酣笙鐘」。覺而遇 清風急雨，戲作此數句〉，頁 2108-2110。

> 葛請作文之法，誨之曰：「儋州雖數百家之聚，而州人之所須，取之市而足，然不可徒得也，必有一物以攝之，然後為己用。所謂一物者，錢是也。作文亦然，天下之事散在經、子、史中，不可徒使，必得一物以攝之，然後為己用。所謂一物者，意是也。不得錢不可以取物，不得意不可以用事，此作文之要也。」葛拜其言，而書諸紳。……[22]

> 葛延之在儋耳從東坡遊，甚熟，坡嘗教之作文字云：譬如市上店肆，諸物無種不有，卻有一物可以攝得，曰錢而已。莫易得者是物，莫難得者是錢。今文章詞藻、事實乃市肆諸物也；意者，錢也。為文若能立意，則古今所有翕然並起，皆赴吾用。汝若曉得此，便會做文字也。又嘗教之學書云：「……從吾胸中天大字流出，則或大或小，唯吾所用。若能了此，便會作字也。」……此大匠誨人之妙法，學者不可不知也。[23]

> 東坡教諸子作文，或辭多而意寡，或虛字多，實字少，皆批諭之。又有問作文之法，坡云：「譬如城市間種種物有之，欲致而為我用。有一物焉，曰錢。得錢，則物皆為我用。作文先有意，則經史皆為我用。」大抵論文以意為主。今視《坡集》誠然。[24]

朱熹曾云：「心者，人之神明，所以具眾理而宰萬物」，故用心造意，往往能開物以成物，心想而事成。洪邁（1123-1202）《容齋四筆》載錄蘇軾教人作文之法，就近取譬，以「錢」比擬「意」：有錢，可以統攝取須百物；猶得一意，可以取用經、子、史之天下事。故曰「不得錢，不可以取物；不得

---

[22] 洪邁：《容齋四筆》，卷 11〈東坡誨葛延之〉，收入朱易安、傅璇琮主編：《全宋筆記》（鄭州：大象出版社，2012 年），第二編第六冊，頁 259。

[23] 費衮：《梁谿漫志》，卷 4〈東坡教人作文寫字〉，《全宋筆記》，第五編第二冊，頁 165。

[24] 周煇：《清波雜志》，卷 7，《全宋筆記》，第五編第九冊，頁 78。

意，不可以用事。」費衮（？-1192-？）《梁谿漫志》亦載：蘇軾教葛延之作文字，以「錢」能攝得諸物，比擬為文若能「立意」，則詞藻、事實「皆赴吾用」。又強調學書之妙法，在「胸中」流出。胸中流出，即是立意以作用。筆者以為，《梁谿漫志》之說立意，拈出詞藻、事實，擬諸「市肆諸物」。此說最近「屬辭比事」之《春秋》書法，亦切合「義以為經，而法緯之」之史家筆法，與古文義法。[25]詞藻如何修飾？史事如何排比？攸關「法」的斟酌商量。而法之如此或如彼，皆取決於「義」之指向。方苞說桐城義法，稱「法以義起」、「法隨義變」，頗能說明義與法之本末、先後、主從、重輕。[26]義，即意，世所謂意在筆先，所謂未下筆先有意，從而可見作文、作《春秋》、作《史記》、作畫、作字、作詩，皆同一機杼，皆重立意、用意、主意。周煇（1126-？）《清波雜志》三載蘇軾教諸子作文之法，檃括為四句：「得錢，則物皆為我用；作文先有意，則經史皆為我用。」有錢，可以掌握世物；有意，可以驅遣經史。作詩之道，與作文相通，其事其文之篩選，取決於其意（義）之指向。故曰論文論詩，大抵「以意為主」。「今視《坡集》誠然」，推而至於他人作詩作文，亦然！

(二) 宋代筆記說造意、創意

宋人論畫說詩，往往相互發明，蘇軾所謂「詩中有畫，畫中有詩」，錢鍾書所謂「出位之思」（andersstreben），即指此等。[27]郭熙（?1023-1085?）《林

---

[25] 方苞：《方望溪先生全集》，《四部叢刊》初編本（臺北：臺灣商務印書館，1979 年），《望溪先生文集》，卷 2〈又書貨殖傳後〉，頁 20，總頁 40。

[26] 張高評：《比事屬辭與古文義法——方苞「經術兼文章」考論》（臺北：新文豐出版公司，2016 年），頁 353-364。

[27]「出位之思」，語見錢鍾書：〈中國詩與中國畫〉，原載《開明書店二十周年紀念文集》（上海：開明書店，1947 年）；《文學研究叢編》（臺北：木鐸出版社，1981 年，第一輯影印），頁 77-78；

泉高致・畫意》稱：「詩是無形畫，畫是有形詩，哲人多談此言」；李頎（?690-751?）《古今詩話》云：「詩家以畫為無聲詩，詩為有聲畫，誠哉是言」；胡仔（1110-1170）《苕溪漁隱叢話》引《西清詩話》：「丹青吟詠，妙處相資」；吳龍翰《野趣有聲畫・序》亦言：「畫難畫之景，以詩湊成；吟難吟之詩，以畫補足。其意匠經營，亦良苦矣！」[28]詩與畫雖稱同源，然各自發展為時間藝術與空間藝術。表現如何展示再現？空間如何化為時間？媒介材料間如何打破超越？關鍵無他，意匠經營而已矣！杜甫（712-770）作〈丹青引贈曹將軍霸〉，描述曹霸圖繪天馬玉花驄：「詔謂將軍拂絹素，意匠慘澹經營中」；慘澹經營四字，如實傳神繪畫賦詩之前置作業，以立意、命意、用意、主意為先，而慘澹經營，正其積精儲神「良苦」構思之歷程。宋羅大經（1196-1242）《鶴林玉露》談韓幹（?706-783?）、李公麟（1049-1106）畫馬；文同（1018-1079）、蘇軾畫竹，亦皆以造意為先，如：

> 唐明皇令韓幹觀御府所藏畫馬，幹曰：「不必觀也，陛下廄馬萬匹，皆臣之師。」李伯時工畫馬，曹輔為太僕卿，太僕廨舍國馬皆在焉，伯時每過之，必終日縱觀，至不暇與客語。大概畫馬者，必先有全馬在胸中。若能積精儲神，賞其神俊，久久則胸中有全馬矣，信意落筆，自然超妙，所謂用意不分乃凝於神者也。山谷詩云：「李侯畫骨亦畫肉，筆下馬生如破竹。」「生」字下得最妙，蓋胸中有全馬，故由筆端而生，初非想像模畫也。東坡〈文與可竹記〉云：「竹之始生，一寸之萌耳，而節葉具焉。自蜩腹蛇蚹以至於劍拔十尋者，生而有之也。今畫者節節而為之，葉葉而累之，豈復有竹乎！故畫竹必先得成竹於胸中，執筆熟視，乃見其所欲畫者，急起從之，振筆

參考饒宗頤：〈詞與畫：論藝術換位〉，《故宮季刊》8 卷 3 期（1974 年），頁 9-21；葉維廉：《比較詩學》（臺北：東大圖書公司，1983 年），頁 195-234。

[28] 張高評：《創意造語與宋詩特色》（臺北：新文豐出版公司，2008 年），頁 273-280。

直遂，以追其所見，如兔起鶻落，少縱則逝矣。」坡公善於畫竹者也，故其論精確如此。……[29]

善用既有的資源和能力，就能找到創新的出路。李公麟畫馬，「必先有全馬在胸中」；胸中有全馬，信「意」落筆，方能自然超妙。羅大經引黃庭堅詩，稱李公麟畫馬，「筆下馬生如破竹」，以為「生」字下得最妙，「蓋胸中有全馬，故由筆端而生」。觀者但見信手落筆，一揮而就。夷考其實，初始，必先「積精儲神，賞其神俊」；然後，「必先有全馬在胸中」，下筆方能勢「如破竹」。意在筆先，未下筆之前先有意。無論畫骨、畫肉、畫神俊、畫天馬，胸中（意中）必先有此形神，慘澹經營方能由筆端生出。蘇軾〈文與可竹記〉申說表兄文同畫竹，亦強調「畫竹，必先得成竹於胸中」。[30]此與李公麟畫馬，「必先有全馬在胸中」，有異曲同工之妙。竹之為畫，固然由節節葉葉構成，猶詩文之為創作，亦由「其事」、「其文」之字句組織而成；然畫竹，「必先得成竹於胸中」；作文作詩，猶作畫作字，亦必意在筆先，平素當博觀而厚積，積學以儲寶，然後蟠胸萬卷，可以約取薄發。所謂「義以為經，而法緯之」，義先法後，法以義起，亦隨義變。[31]畫馬，先有全馬在胸中；畫竹，先得成竹於胸中。所謂胸中，即杜詩所云「意匠」，洪邁所謂得意，費袞所謂立意，周煇所謂主意，羅大經所謂用意，要皆異名而同實。畫竹，不能「節節而為之，葉葉而累之」，猶作詩不能句句而為之，字字而累之；不能疏離指意，而致力詞藻，徒言內容。張表臣（？-1126-？）《珊瑚鉤詩話》謂：「詩以意為主」；嚴羽（?1192-1245?）《滄浪詩話．詩辨》稱：「入門須正，立志須高」，斯言

[29] 羅大經：《鶴林玉露》，卷之 6 丙編〈畫馬〉，王瑞來點校：《唐宋史料筆記叢刊》（北京：中華書局，1983 年），頁 343。

[30] 蘇軾著，孔凡禮點校：《蘇軾文集》（北京：中華書局，1986 年），卷 11〈文與可畫篔簹偃竹記〉，頁 365-366。

[31] 張高評：〈比事屬辭與方包論古文義法：以《文集》之讀史、序跋為核心〉，香港中文大學《中國文化研究所學報》第 60 期（2015 年 1 月），頁 252-256。

有理。

作詩繪畫臨筆之際，起心動念之發想期許，影響作品是否為創意造語，或因襲模擬。宋人稱立志須高，主意宜立，非徒然也。佚名《宣和畫譜》論李公麟作畫著眼於立意、創意；觀此，可以思過半矣。其言云：

> 文臣李公麟字伯時，……始畫學顧、陸與僧繇、道玄及前世名手佳本，至礴胸臆者甚富，乃集眾所善以為己有，更自立意專為一家，若不蹈襲前人，而實陰法其要。凡古今名畫，得之則必摹臨，蓄其副本，故其家多得名畫，無所不有。……大抵公麟以立意為先，布置緣飾為次。其成染精致，俗工或可學焉，至率略簡易處，則終不近也。蓋深得杜甫作詩體制而移於畫。……[32]

李公麟學畫，「集眾所善以為己有，更自立意專為一家」，其繪事入門會通諸家，集優長之大成。新奇集成，自是創造思維；立意專家之自我期許，見賢思齊，指出向上一路，則立志頗高。入門立志如此，故其畫不蹈襲前人，可學而終不近似。《宣和畫譜》稱李公麟作畫可貴處有二：其一，以立意為先；其二，深得杜甫作詩體制而移於畫，所謂創意處如吳生（道子）。以立意為先，與曹霸、韓幹、蘇軾之作畫作詩，英雄所見相同。而轉換詩情為畫意，會通化成而見創造，其精絕處，宜出塵表，為一代名畫師。

孔子曰：「我欲仁，斯仁至矣！」心志所之，誠信所至，往往水到渠成。《史記・孔子世家》太史公曰：「《詩》有之：『高山仰止，景行行止。』雖不能至，然心嚮往之。」詩人詩思，往往自我期許，或追求自成一家，或「不向如來行處行」，取法乎上，往往能植立不凡。羅大經《鶴林玉露》說黃庭堅

---

[32] 佚名：《宣和畫譜》，卷 7〈文臣李公麟〉，于安瀾主編：《畫史叢書》（臺北：文史哲出版社，1994 年），頁 449。

詩，可見「立志須高」，有助於自我表現之卓犖超群，如：

> 江西自歐陽子起于廬陵，遂為一代冠冕。後來者，莫能與之抗。……至于詩，則山谷倡之，自為一家，並不蹈古人町畦。象山（〈與程帥書〉）云：「豫章之詩，包含欲無外，搜抉欲無秘，體制通古今，思致極幽眇，貫穿馳騁，工力精到，雖未極古之源委，而其植立不凡，斯亦宇宙之奇詭也。開闢以來，能自表現於世若此者，如優鉢曇華，時一現耳。」楊東山（萬里）嘗謂余云：「丈夫自有衝天志，莫向如來行處行。」豈惟制行，作文亦然。如歐公之文，山谷之詩，皆所謂「不向如來行處行」者也。[33]

黃庭堅（1045-1105）詩歌所以植立不凡，羅大經《鶴林玉露》歸納出三個特點：其一，自為一家，並不蹈古人町畦；其二，學博思精，會通化成；其三，自有衝天志，不向如來行處行。筆者以為：三者之中，以「不向如來行處行」，最為關鍵。《大藏經・聯燈會要》載真州長蘆體明禪師開示語，有此二句。猶言遶路說禪，「說似一物即不中」；又如不犯正位，表述最忌「妙明體盡」，過於透徹。宋吳沆《環溪詩話》卷下，論歐陽脩、王安石作詩，「雖用時事，不犯正位，不隨古人言語走」；金元好問引《西巖集・序》稱：黃庭堅天資峭拔，「擺出翰墨畦徑，以俗為雅、以故為新，不犯正位。如參禪，著末後句為具眼。」[34]不犯正位、遶路說禪，皆「不向如來行處行」之詩思與禪思，為禪思影響詩思之具體而微者。簡言之，舉凡擺脫陳窠、突破規範，別出手眼，追新求創，多可稱之。黃庭堅詩歌之表現，何以如是不同凡響？「如優鉢曇華，時一現耳」？首先，面對唐詩之興盛造極，不甘心作轅下之

---

[33] 羅大經著，王瑞來點校：《鶴林玉露》（北京：中華書局，1983 年），卷 15〈江西詩文〉，頁 284。

[34] 元好問：《中州集》，《四部叢刊》初編影印涵芬樓刻本（臺北：臺灣商務印書館，1979 年），卷 2〈劉西巖汲小傳〉，引《西巖集・序》，頁 12-13。

駒，於是心懷衝天之志，自我惕勉：「不向如來行處行」。由於走老路，不可能達到新目標。所以黃庭堅發揮求異、組合、系統思維，以新創自得為依歸，心嚮神往，全力以赴，於是山谷之詩，或以文為詩，或以賦為詩，或以議論為詩，或以物為人，或化俗為雅，或奪胎換骨，或點鐵成金，或以故為新，或以禪思為詩思，果然「不蹈古人町畦」，巍然植立，而自為一家。「丈夫自有衝天志」，此指詩思、先意、主意、立意、用意、造意而言。《滄浪詩話》稱蘇、黃詩：「自出己意以為詩」，此之謂也。

宋人說詩、論畫、談文，特重立意、主意、得意、用意，尤其是追求新意。蘇軾所謂「出新意於法度之中，寄妙理於豪放之外」，[35]可見一斑。推而廣之，讀詩、讀文，亦關注深意、出意；造意、用意。如：

> 「清時有味是無能，閑愛孤雲靜愛僧。獨把一麾江海去，樂遊原上望昭陵。」右杜牧之自尚書郎出為郡守之作，其意深矣。蓋樂遊原者，漢宣帝之寢廟在焉，昭陵即唐太宗之陵也。牧之之意，蓋自傷不遇宣帝、太宗之時，而遠為郡守也。藉使意不出此，以景趣為意，亦自不凡，況感寓之深乎！此其所以不可及也。[36]
> 古語云：「大匠不示人以璞。」蓋恐人見其斧鑿痕跡也。黃魯直於相國寺，得宋子京《唐史》稿一冊，歸而熟觀之，自是文章日進。此無他也，見其竄易句字與初造意不同，而識其用意所起故也。[37]

馬永卿（？-1109-1136-？）《嬾真子》讀杜牧〈將赴吳興登樂遊原〉詩，

---

[35] 蘇軾著，孔凡禮點校：《蘇軾文集》，卷 70〈書吳道子畫後〉，頁 2210。

[36] 馬永卿：《嬾真子》卷之 4，〈杜牧之詩寓意〉；俞鼎孫、俞經輯，傅增湘等校刊：《儒學警悟》本（香港：龍門書店，1967 年），卷 20，頁 119。

[37] 朱弁：《曲洧舊聞》，卷 4〈大匠不示人以璞〉，孔凡禮點校：《唐宋史料筆記》（北京：中華書局，2002 年），頁 142。

以為「其意深矣！」蓋杜牧自尚書郎出為吳興郡守，登原有感而作。樂遊原、昭陵，分別為漢唐聖君陵廟所在。首句「清時有味是無能」，連結末句，則自傷不遇之意可見。本詩「以景趣為意」，加以「感寓之深」，其所以不可及，以此。料想杜牧出守時，作意當如是，故意趣、意出如此。朱弁（1085-1144）《曲洧舊聞》，記黃庭堅得宋祁（998-1061）《新唐書》手稿，熟觀而推敲之，比對其中「竄易句字與初造意」之異同，從而「識其用意所起」，由是文章日進。由此觀之，黃庭堅熟讀名家手稿，關注在「初造意」，目標在「識其用意」。蓋字句是否竄易，取決於「造意」與「用意」。不惟謀篇、安章、鍛句、煉字，取決於造意、用意，即敘事、寫景、說理、詠懷之表述，亦無一不取決於造意與用意。

轉換視角看問題，關注「最小可覺差異」，可以看得更透徹，說得更清楚，表述得更有創意。嘗試從不同角度看待事物，往往會有意外發現。如何突破慣性思維的障礙？超越本身視野的侷限？平素就要培養從不同角度看事物的能力，告訴自己：「答案不只一個，請思考！」[38]蘇軾遊罷廬山，對於觀賞峯嶺之美，提出七種視角：〈題西林壁〉詩云：「橫看成嶺側成峰，遠近高低各不同。不知廬山真面目，只緣身在此山中。」橫看、側看、遠看、近看、高處看、低處看，六種角度看廬山，景觀各有不同，自是旁觀者視角，比較清楚。如果身在廬山看廬山，則當局者迷，根本看不清楚廬山之真面目。由蘇軾〈題西林壁〉詩之啟示，培養從多元視角看問題，有助於創造性思維之發用。[39]治學如此，說詩如此，作詩亦然。

顛倒夢想，轉換視角看問題，容易有意想不到的觸發。扭轉假設，可以發現不同世界；跳脫成見，較可能創新出奇。蘇軾曾云：「詩以奇趣為宗，反

---

[38] 大前研一：《創新者的思考》（臺北：商周出版社，2006 年），〈答案不只一個，請思考〉，頁 79-93。

[39] 張高評：《論文選題與研究創新》（臺北：里仁書局，2013 年），頁 330-363。

常合道為趣。」[40]此之謂也。蓋詩思、造意反常，就既有之典範而言，易形成變異、突出、疏離、翻轉，蔚為新奇之趣味，陌生化之美感。如洪邁《容齋隨筆》說以真為假、以假為真；《冷齋夜話》論用美丈夫比花：

> 江山登臨之美，泉石賞翫之勝，世間佳境也，觀者必曰如畫。故有「江山如畫」。「天開圖畫即江山」，「身在畫圖中」之語。至於丹青之妙，好事君子嗟歎之不足者，則又以逼真目之。如老杜「人間又見真乘黃」，「時危安得真致此」，「悄然坐我天姥下」，「斯須九重真龍出」，「憑軒忽若無丹青」，「高堂見生鶻」，「直訝杉松冷」，「兼疑菱荇香」之句是也。以真為假，以假為真，均之為妄境耳。人生萬事如是，何特此耶？[41]
>
> 前輩作花詩，多用美女比其狀。如曰：「若教解語應傾國，任是無情也動人。」陳俗哉！山谷作〈酴醾〉詩曰：「露濕何郎試湯餅，日烘荀令炷爐香。」乃用美丈夫比之，特若出類。而吾叔淵材作海棠詩又不然，曰：「雨過溫泉浴妃子，露濃湯餅試何郎。」意尤工也。[42]

世間佳境，觀者每曰「江山如畫」；至於丹青之妙，題畫者必以逼真妙肖稱之，此自杜甫詠畫已如此。《容齋隨筆》總結曰：「以真為假，以假為真，均之為妄境耳。人生萬事如是，何特此也？」顛倒夢想，換個角度看問題，堪稱別生眼目，或成嶺，或成峰，可以生發無限。大抵逆用想像，則匪夷所思，不可思議；反常合道，則創新出奇，古所未有，此創意發想中之反常思維。如以美女比擬花卉，已成慣性思維，故曰「陳俗」；若翻轉角度，以美丈夫比花，則反常合道，生新出奇。釋惠洪（1071-1128）《冷齋夜話》，舉黃庭

[40] 釋惠洪：《冷齋夜話》，卷 5，《全宋筆記》，第二編第九冊，頁 54。

[41] 洪邁：《容齋隨筆》，《全宋筆記》，第五編第五冊，卷 16〈真假皆妄〉，頁 213。

[42] 釋惠洪：《冷齋夜話》，卷 4，《全宋筆記》，第二編第九冊，頁 47。

堅〈酴醾〉詩，用美男子比酴醾花；彭淵材作〈海棠〉詩，分別以美女、美男比擬海棠，則生鮮、創新、精工、出類，不同凡響。突破線性思維，表現反常識之創意，可以揚棄陳俗平凡。

三、追求自得獨到，期許自成一家

文學作品、學術著作，大抵可分兩種：述與作而已矣。因襲、模擬，照著說，即是述。創意、造語，無中生有，接著說，就是「作」。創造，絕非一步可以登天，往往先藉由因襲、模擬之「述」，師法其優長，取捨其利病，然後可以創意與造語。簡言之，祖述有自，然後可以青出於藍，後來居上。宋張表臣《珊瑚鉤詩話》卷一稱：「未能祖述憲章，便欲超騰飛翥，多見其嚄唶而狼狽矣！」[43]故宋人無不學習古賢，無不師法名篇。學古濡染既深，積重難返，遂流於因襲模擬而遠於創造。平情而論，此誠非學古之本意。

(一) 能入能出，自得獨到

吳曾（？-1141-？）《能改齋漫錄》說杜甫之沿襲，舉其「身輕一鳥過，槍急萬人呼」；用唐人虞世南「橫空一鳥度，照水百花燃」，及晉人張協「人生瀛海內，忽如鳥過目」。而蘇軾「百年同過鳥」，黃庭堅「百年青天過鳥翼」，皆從而效之。列出此類沿襲之脈絡，當有助於解詩。又舉「花近高樓傷客心」，出於陸機「遊客春芳林，春芳傷客心」，及屈原「目極千里傷春心」，以寄寓其抑鬱憂憤。說王安石之沿襲，舉其「細數落花因坐久，緩尋芳草得歸遲」，用王維（701-761）「興闌啼鳥喚，坐久落花多」，而辭意益工，熟味之，可以

[43] 張表臣：《珊瑚鉤詩話》，卷 1，何文煥：《歷代詩話》（臺北：藝文印書館，1974 年），頁 450。

見其閒適優游之意，與王維詩藝術境界略異。又舉「一水護田將綠繞，兩山排闥送青來」，用五代沈彬、唐許渾句，而較沈、許之作為優。說蘇軾之沿襲，舉其「誰向空中弄明月，山中木客解吟詩」，源於《搜神記》中木客詩及唐劉長卿句。又舉「白水滿時雙鷺下，午陰清處一蟬鳴」，用唐李端「盤雲雙鶴下，隔水一蟬鳴」。[44]由此觀之，詩意沿襲古賢，大家名家亦不能免。宋陳善（?-1693-1742-?）《捫蝨新話》論讀書「須知出入法」：「見得親切，此是入書法；用得透脫，此是出書法。蓋不能入得書，則不知古人用心處；不能出得書，則又死在言下。」[45]話說回來，能入能出，又談何容易！

吳曾以為：「前輩讀詩與作詩既多，則遣辭措意，皆相緣以起，有不自知其然者。」[46]雖然起於無心，就創作而言，畢竟不可為訓。《能改齋漫錄》載：黃庭堅謂其兄元明：「庭堅筆老矣，始悟抉章摘句為難。要當於古人不到處留意，乃能聲出眾上。」留心注意「古人不到處」，閱讀創作之際能盡心致力於此，則已指出向上一路，以超凡脫俗自我期許，方有可能「聲出眾上」。宋林洪（理宗淳祐間）《山家清事．江湖詩戒》曾言：「使學《騷》者果如《騷》，學《選》者果如《選》，學唐者果如唐、學江西者果如江西」，詩之理本同，而體格不異，則有失創作之名與實。[47]清袁枚《續詩品．著我》稱：「不學古人，法無一可。竟似古人，何處著我？字字古有，言言古無。吐故吸新，其

---

[44] 吳曾：《能改齋漫錄》，卷 8〈沿襲〉，《全宋筆記》，第五編第三冊，〈身輕一鳥過〉、〈花近高樓傷客心〉；〈細數落花因坐久〉、〈兩山排闥送青來〉；〈還山弄明月〉、〈東坡本李端詩〉，頁 220、207、218、237、209、242。

[45] 陳善：《捫蝨新話》，上集卷 4，〈讀書須知出入法〉；俞鼎孫、俞經輯，傅增湘等校勘《儒學警悟》本，卷 35，頁 193。

[46] 吳曾：《能改齋漫錄》卷 8，〈沿襲〉，《全宋筆記》，第五編第三冊，〈細數落花因坐久緩尋芳草得歸遲〉，頁 237。

[47] 林洪：《山家清事．江湖詩戒》，王大鵬等編選：《中國歷代詩話選》（長沙：岳麓書社，1985 年），頁 866。

庶幾乎！」[48]袁枚所論，雖不必針對宋人；而宋人學唐變唐，志在新唐拓唐，移以稱說宋人之學古通變，吐故納新，詩材講究「用人所不能用」，詩思追求「未經人道」，堪稱切當貼切。

作詩作文，以自出己意為尚，以隨人作計為下。循習陳言，規摹舊作，猶屋下架屋，無所取長。嚴羽《滄浪詩話》稱：「至東坡、山谷，始自出己意以為詩，唐人之風變矣。」可見，作詩致力「自出己意」，是新變唐詩，造就宋詩自家風格之推手。致力「自出己意」，盡心「化變生新」，這些都是宋人追求自得獨到，期許自成一家的心路歷程。

「自得」一詞，語見《孟子・離婁》：「君子欲其自得之也。自得之，則居之安；居之安，則資之深；資之深，則取諸左右逢其原。故君子欲其自得之也。」兩宋倡導儒學、王安石、程顥（1032-1085）、程頤（1033-1107）、張載（1020-1077）、楊時（1053-1135）、陸九淵（1139-1193）、朱熹（1130-1200）多先後借用之，作為自我體驗、自我感悟、誠意燭理、默識心通、優游閑適、超然遠引之精神狀態。其後，說詩論文，亦轉化借用，促成宋代詩文與宋學問極密切之互動關係。蘇軾、蔡啟、胡仔、姜夔、朱熹、嚴羽、王若虛諸家說詩、論文，多拈出「自得」二字，宋人詩集、詩話、筆記所載，可見一斑。如：

> 蘇、李之天成。曹、劉之自得，陶、謝之超然，蓋亦至矣。（宋・蘇軾〈書黃子思詩集後〉，見《蘇東坡全集・後集》卷九）
> 「採菊東籬下，悠然見南山。」此其閑遠自得之意，直若超然邈出宇宙之外。（宋蔡啟《蔡寬夫詩話》）
> 若但以詩言之，則淵明所以為高，正在其超然自得，不費安排處。（宋

[48] 袁枚：《續詩品》，〈著我〉，丁福保：《清詩話》（北京：人民文學出版社，1983 年），頁 1084。

黎靖德《朱子語類》）

《西清詩話》云：「作詩者，陶冶物情，體會光景，必貴乎自得；蓋格有高下，才有分限，不可強力至也。（宋胡仔《苕溪漁隱叢話》前集卷五十六）

雖然，以吾之說為盡，而不造乎自得，是足為詩哉！（宋姜夔《白石詩說》）

少陵詩，憲章漢魏，而取材於六朝。至其自得之妙，則前輩所謂集大成者也。（宋嚴羽《滄浪詩話．詩評》）

文章自得方為貴，衣鉢相傳豈是真。已覺祖師低一著，紛紛法嗣復何人？（金王若虛〈論詩詩〉，《滹南遺老集》卷四十五）

蘇軾拈出「自得」二字，以評價曹植、劉楨詩歌成就，與「蘇李」之天成，陶謝之超然並列，以為乃詩人之極「至」。蔡啟稱揚陶詩「採菊東籬」二句，以為有「閑遠自得」之意境。朱熹亦推崇陶淵明詩，以為高處，「正在其超然自得」，不費安排。胡仔《苕溪漁隱叢話》援引《西清詩話》，稱作詩者，無論陶冶性情，或體會光景，「必貴乎自得」。姜夔以為作詩之道，在「造乎自得」；嚴羽評論杜甫詩，以為「其自得之妙」，在集諸家之大成；王若虛〈論詩詩〉，標榜「文章自得方為貴」，不以衣鉢相傳，法嗣相襲為可取。「自得」既語源於《孟子》，復經兩宋道學家闡發教示，滲透會通於宋代詩學，於是指稱彰顯主體意識，體現創新精神，展示個性風格，表達隻眼獨見，遂行典範轉移，追求創造發明者皆可謂之「自得」。其中，或見積學儲寶，或見胸中丘壑，或見別識心裁，或見新變代雄；要之，皆以自得自到、自成一家為依歸。

(二) 別立機杼，自成一家

宋代文學藝術，大多標榜自成一家。《宣和畫譜》論李公麟畫藝：「更自立意，專為一家」；《鶴林玉露》論黃庭堅山谷詩：「自為一家，不向如來行處行」。[49]宋代詩學、文論、畫論、書論，多好言自成一家、自為一家、自名一家。考其話語，蓋祖始於《史記‧太史公自序》稱《史記》著述旨趣，在「究天人之際，通古今之變，成一家之言」。班固《漢書‧藝文志》有九流十家，指有獨到創見，有自家風格，能自成體系之學說。漢代經學，有師法、家法之分；[50]宋代詩學一方面強調「祖述憲章」，一方面期許「超騰飛翥」，猶如師法和家法之源流正變、述作、因革關係。要之，宋人用心於文思，致力於造意，都在指出向上一路，期許新創有得，自成一家。今據此而詳說，廣徵宋人筆記論詩、論文，甚至論書道之文獻，以證成其說。

宋代詩話、筆記、畫學、書論、詩集、文集，多追求新創有得，自成一家。而且記述此一命題，多正反並陳，能破能立。[51]如前所述《鶴林玉露》說黃山谷詩，「自為一家」與「不蹈古人町畦」正反辯證，揚棄與建構並置，此宋人命題敘事之特色。此一雙重模態之特色敘事，源自韓愈說古文，同時提出：「陳言務去」，與「語必己出」。[52]前者屬消極主張；後者乃積極作為，能破能立，遂成圓滿論述。自歐陽脩學韓愈，倡古文，天下風從，於是影響宋人之文思與詩思。最為經典之例子，為宋祁之《宋子京筆記》論「文章必自名一家」；其後，《王直方詩話》、《苕溪漁隱叢話》、《詩人玉屑》等多援引增益之。其傳播接受之廣多，可以推想其影響層面之深遠，如：

---

[49] 羅大經：《鶴林玉露》，卷之 3 丙編，〈江西詩文〉，頁 284-285。

[50] 皮錫瑞稱：「師法者，溯其源；家法者，衍其流也。」語見皮錫瑞著，周予同注：《經學歷史》（臺北：漢京文化公司，1983 年），頁 136。

[51] 張高評：《苕溪漁隱叢話與宋代詩學典範——兼論詩話刊行及其傳媒效應》（臺北：新文豐出版公司，2012 年），頁 275-298。張高評：《《詩人玉屑》與宋代詩學》（臺北：新文豐出版公司，2012 年），頁 334-373。

[52] 董誥編：《全唐文》（北京：中華書局，1983 年），第六冊，卷 552，韓愈〈答李翊書〉：「當其取於心而注於手也，惟陳言之務去，戛戛乎其難哉！」頁 5，總頁 5588；卷 563，韓愈〈南陽樊紹述墓誌銘〉：「銘曰：惟古於詞必己出，降而不能乃剽賊！」頁 20，總頁 5706。

夫文章必自名一家，然後可以傳不朽。若體規畫圓，準方作矩，終為人之臣僕。古人譏屋下作屋，信然。陸機曰：「謝朝花於已披，啟夕秀於未振。」韓愈曰：「惟陳言之務去。」此乃為文之要。《五經》皆不同體，孔子沒後，百家奮興，類不相沿，是前人皆得此旨。嗚呼！吾亦悟之晚矣。雖然，若天假吾年，猶冀老而成云。[53]

宋子京《筆記》云：「文章必自名一家，然後可以傳不朽；若體規畫圖，準方作矩，終為人之臣僕。古人譏屋下架屋，信然。陸機曰：『謝朝花於已披，啟夕秀於未振。』韓愈曰：『惟陳言之務去。』此乃為文之要。」苕溪漁隱曰：「學詩亦然。若循習陳言，規摹舊作，不能變化，自出新意，亦何以名家。魯直詩云：『隨人作計終後人，自成一家始逼真。』又云：『文章最忌隨人後。』誠至論也。」[54]

宋祁《宋子京筆記》標榜「自名一家」，宋代詩話、筆記或稱「自成一家」、「自為一家」、「專為一家」、「別成一家」，凸顯自家風格、強調別識心裁，見解獨到，技法創新可以想見。姜夔《白石道人說詩》稱：「一家之語，自有一家之風味」，即此是也。自成一家，為宋代文藝之終極追求。由於並非一蹴可幾，所以，宋人論詩，規範若干進階歷程。初階，即師法韓愈主張，所謂「陳言之務去」。《宋景文筆記》所舉體規畫圖、準方作矩，前賢形構之典範規矩，必須跳脫突破；譏屋下架屋、謝已披之朝花、惟陳言之務去，百家類不相沿，都是「為文之要」的重要自覺。胡仔《苕溪漁隱叢話》徵引宋祁《筆記》，再出以案語，謂「學詩亦然」云云，頗有申說。魏慶之《詩人玉屑》全文登錄《苕溪漁隱叢話》文字，標以「忌隨人後」之警語，附和其論。「苕溪漁隱曰」，先從自名一家之初階發論：以「循習陳言，規摹舊作」為禁忌，以「隨人作

---

[53] 宋祁：《宋景文公筆記》，《全宋筆記》，第一編第五冊，卷上，頁 47。

[54] 王直方：《王直方詩話》第 136 則，輯入郭紹虞編《宋詩話輯佚》，頁 54；胡仔《苕溪漁隱叢話》，前集，卷 49，頁 333。魏慶之《詩人玉屑》，卷 5〈忌隨人後〉，頁 117。

計終後人」、「文章最忌隨人後」諸沿襲法為不足道；而以「能變化」、「自出新意」、「自成一家」，為進階期許。如此，有禁忌，有期許；能破能立，方稱「至論」。

就宋代詩學之詩思造意而言，往往正反辯證，依違兩端。原其初衷，蓋有心於「創造性損壞」傳統詩學所樹立之規矩、法式。換言之，尋其心迹，大抵有意打破、逆轉、疏遠唐詩所樹立之本色當行與感覺定勢，形塑另類之陌生化與新鮮感，以此引發讀者關注之興趣。與之偕行並進、雙管齊下者，乃宋代詩學自身，亦作若干化變、調整、開放與創新，故能重建典範而自成一家。孔恩（Thomas S. Kuhn, 1922-1996）《科學革命的結構》談典範轉移，特提典範與異常變遷，危機處理之間，有離合消長之關係。[55]姚斯談審美經驗之期待視野，作為閱讀之主體性，為「不斷打破習慣方式，調整自身結構，以開放的姿態接受作品中與原有視界不一的、沒有的、甚至相反的東西。這，便是一種創新期待的傾向。」[56]孔恩對典範轉移，姚斯對期待視野之論述，值得借鏡參考，以闡說宋代詩學正反辯證、依違兩端之現象。

宋嚴羽《滄浪詩話・詩辨》論唐宋詩之流變，稱：「國初之詩尚沿襲唐人，……至東坡、山谷，始自出己意以為詩，唐人之風變矣！」[57]唯有新創獨到，跳脫唐詩，突破典範，方有可能「自出己意」，而轉變唐詩所樹立之風格。《苕溪漁隱叢話》論歐陽脩之詩，「蓋欲自出胸臆，不肯蹈襲前人」。案：自出胸臆與「自出己意」，指涉相似，皆新創獨到，自成一家之異名。張鎡（1153-1221？）《仕學規範》、《詩人玉屑》多集宋人詩學之大成，頗強調自得獨到，如：

---

55 孔恩著，程樹德、傅大為、王道還編譯：《科學革命的結構》（臺北：遠流出版公司，1991 年），第六章〈異常現象與科學發現之產生〉、第七章〈危機與新理論的建構〉，頁 111-142。

56 朱立元：《接受美學》（上海：上海人民出版社，1989 年），頁 142。

57 嚴羽：《滄浪詩話・詩辨》，輯入何文煥：《歷代詩話》，第十四冊，頁 4，總頁 443。

> 蘇尚書符，東坡先生之孫，嘗與世人論詩。或曰：前輩所好不同，如文忠公於常建詩，愛其「竹徑通幽處，禪房花木深」，謂此景與意會，常欲道之而不得也；至山谷乃愛「山光悅鳥性，潭影空人心」，則與文忠公異矣。又二公所愛和靖〈梅花詩〉亦然，公曰：「祖父謂老杜『四更山吐月，殘夜水明樓』，以為古今絕唱。此乃祖父於此有妙會之處，他人未易曉也。大凡文字須是自得獨到，不可隨人轉也。」[58]
>
> 詩吟函得到自有得處，如化工生物，千花萬草，不名一物一態。若模勒前人，無自得，只如世間剪裁諸花，見一件樣，只做得一件也。[59]

蘇符（1086-1156）論詩，因歐陽脩、黃庭堅、蘇軾所喜好之詩篇不同，而稱「妙會之處，他人未易曉」。要之，論詩、賞詩、作詩有其交集：「文字須是自得獨到，不可隨人轉也！」自得獨到，最是此中關鍵。案：「自得」二字，典出《孟子・離婁下》，後為宋儒所借用，一變而為理學內聖工夫之常語。理學家之「自得」，本指自我體驗、自我感悟；默識心通、誠意燭理，義理之涵養栽培深厚而言；從容不迫，優游閑適、超然遠引是其精神狀態。轉化為文學創作論，舉凡推揚主體意識、創新精神、學術個性，標榜隻眼獨見，能創造發明者，皆謂之「自得」。[60]「自得獨到」，強調「自」之主體發用，不隨人作計、忌隨人後。《仕學規範》論自得獨到，亦正反並陳，能破能立。《詩人玉屑》引《漫齋語錄》，凸顯「自有得處」，猶言獨到創獲，故曰「如化工生物，千花萬草，不名一物一態」，各有姿態，自具特色。試下一轉語，所謂

---

[58] 張鎡：《仕學規範》（上海：上海古籍出版社，1993 年），卷 38，頁 189。

[59] 魏慶之：《詩人玉屑》，卷 10〈自得・要到自得處方是詩〉，引《漫齋語錄》，頁 220。

[60] 張高評：〈宋學與宋代詩學〉，嘉義大學中文系主辦「第二屆宋代學術國際研討會」，主題演講，2008 年 11 月 15 日。

「自得」，在不「模勒前人」；「世間剪裁諸花，見一件樣，只做得一件」，則是模擬、因襲、雷同。去「化工生物」，極為懸遠。

宋代詩文革新運動，經范仲淹、歐陽脩、蘇軾等人之先後提倡，詩文逐漸擺脫模擬，轉化為求變追新，有自家面目。從學唐而變唐，再從變唐而新唐、拓唐，於是宋代文學於唐代文學繁榮昌盛之後，仍能自成一家者，盡心於自得，致力於獨到，為此中最大關鍵。作詩說詩如此，作文論文亦然，如標榜韓愈（768-824）、柳宗元（773-819）古文，數說其異同，較論其獨到，可窺文風之旂向，如：

> 柳子厚〈正符〉、〈晉說〉，雖模寫前人剪裁，然自出新意，可為文矣。……韓退之〈送窮文〉、〈進學解〉、〈毛穎傳〉、〈原道〉等諸篇，皆古人意思未到，可以名家矣。[61]

述與作、因襲與變革、模擬與創造、法度與自由，乃宋代詩文革新之取捨問題。自韓愈倡古文，提出「陳言務去」、「言必己出」，遂影響宋代詩學文論之闡發，無不以此為論說之兩大頂樑柱，誠所謂「一言而為天下法」。《宋景文公筆記》評柳宗元〈正符〉、〈晉說〉二文，雖模寫前人剪裁，然「自出新意」；可貴處，要在「新意」緣於「自出」。同時，宋祁稱揚韓愈所撰古文，「可以名家」；亦緣於〈送窮文〉、〈進學解〉、〈毛穎傳〉、〈原道〉諸篇，「皆古人意思未到」。釋惠洪《冷齋夜話》卷十稱引孔平仲論詩：「當作不經人道語」；陳巖肖《庚溪詩話》謂山谷之詩：「清新奇峭，頗造前人未嘗道處」；彭乘（985-1049）《墨客揮犀》卷八稱：王安石（1021-1086）、蘇軾用唐詩之意，而不襲其詞：「作古今不經人道語」；費衮《梁谿漫志》卷七，謂東坡詩「前人未嘗道也」；《朱子語類》載朱熹論文，亦云：「言眾人之所未嘗」。凡此，

---

[61] 宋祁：《宋景文公筆記》，朱易安、傅璇琮主編：《全宋筆記》，第一編第五冊，卷中，頁 55-56。

皆清趙翼《甌北詩話》卷五所謂「意未經人說過，則新。」作詩作文，要求自得、獨到，一也。

宋人筆記亦多評論歷代古文，其說自得獨到、自成一家，足供學詩、賞詩、論詩借鏡參考者不少。如羅大經《鶴林玉露》說韓柳、歐蘇文之異同，是以殊異為自得獨到、自成一家之風格。韓愈、柳宗元齊名，並稱為唐代古文之雙璧，影響宋代及元明清古文之寫作。韓、柳雖齊名並稱，文風近似，其實互有異同，各有優劣，說古文者多能言之。宋羅大經《鶴林玉露》論之極為詳明，可作代表。如：

> 韓、柳文多相似，韓有〈平淮碑〉，柳有〈平淮雅〉。韓有〈進學解〉，柳有〈起廢答〉。韓有〈送窮文〉，柳有〈乞巧文〉。韓有〈與李翊論文書〉，柳有〈與韋中立論文書〉。韓有〈張中丞傳敘〉，柳有〈段太尉逸事〉。至若韓之〈原道〉、〈佛骨疏〉、〈毛穎傳〉，則柳有所不能為。柳之〈封建論〉、〈梓人傳〉、〈晉問〉，則韓有所不能作。韓如美玉，柳如精金；韓如靜女，柳如名姝；韓如德驥，柳如天馬。歐似韓，蘇似柳。歐公在漢東，於破筐中得韓文數冊，讀之始悟作文法。東坡雖遷海外，亦惟以陶、柳二集自隨。各有所悟入，各有所酷嗜也。然韓、柳猶用奇字重字，歐、蘇唯用平常輕虛字，而妙麗古雅，自不可及，此又韓、柳所無也。[62]

文風有相似相近處，故韓、柳齊名並稱。然而文風近似，高下優劣之分界何在？要在於作品有無「著我」，有無自家面目。羅大經指出：韓愈所作〈原道〉、〈諫迎佛骨表〉、〈毛穎傳〉，於柳宗元「有所不能為」。而柳宗元所撰〈封建論〉、〈梓人傳〉、〈晉問〉，則雖韓愈「有所不能作」。所謂「不能為」、「不

---

[62] 羅大經：《鶴林玉露》，卷之5甲編〈韓柳歐蘇〉，王瑞來點校：《唐宋史料筆記叢刊》，頁93。

能作」，指自得獨到，自成一家。此猶胡仔《苕溪漁隱叢話》引《石林詩話》稱述歐陽脩（1007-1072）自評己作：謂「吾詩〈廬山高〉，今人莫能為」；「〈明妃曲〉後篇，太白不能為」；「至於前篇，則子美亦不能，惟吾能之也！」[63]歐陽脩所謂「莫能為」、「不能為」、「亦不能」、「惟吾能之」云云，自鳴得意如此，其中必有自得獨到之處。此必臨文之際，即發想於創意，盡心於詩思，致力於造意，故能為人所不能為。後半篇別出歐陽脩、蘇軾，以便與韓、柳作比較論述。羅大經以為：歐蘇「各有所悟入，各有所酷嗜」。雖然，「歐似韓，蘇似柳」；不過，「歐、蘇唯用平常輕虛字，而妙麗古雅」，此韓、柳「所無」，「自不可及」。此必推敲於文思，商量乎造意，故能超凡入聖。歐、蘇作文，有獨擅勝場處，故能於韓柳之後，自成一家。清顧炎武（1613-1682）《日知錄》著述之旨趣，標榜「其必古人之所未及就，後世之所不可無，而後為之」；[64]韓、柳、歐、蘇為文之勝處，正在古人「未及就」，當代或後世「所無」。由此觀之，所謂自成一家，不在同，而在異；所謂自得獨到，不貴有，而貴「無」。推此求「異」貴「無」之發想以說詩，當無不可。

何薳（1081-1149）《春渚紀聞》，述陳師道論諸家詩風之殊異，蓋以自得獨到之觀點作權衡，實持「自成一家」以評詩，如：

> 《後山詩評》云：「詩欲其好，則不能好。王介甫以工，蘇子瞻以新，黃魯直以奇，獨子美之詩奇常、工易、新陳無不好者。」[65]

---

[63] 胡仔：《苕溪漁隱叢話》，後集，卷 23，〈六一居士〉，頁 166。所稱歐陽脩〈廬山高贈同年劉凝之歸南康〉、〈再和明妃曲〉〈明妃曲和王介甫作〉〈忌隨人後〉，分別見《全宋詩》，卷 286，頁 3628；卷 289，頁 3656。

[64] 顧炎武著，黃汝成集釋：《日知錄集釋全校本》（上海：上海古籍出版社，2006 年），卷 19〈著書之難〉，頁 1084。

[65] 何薳：《春渚紀聞》卷 7，〈後山評詩人〉，《全宋筆記》，第三編第三冊，頁 259。

精工、生新、奇崛為詩歌之不同風格，陳師道持以稱王安石、蘇軾、黃庭堅詩風之自得獨到，自成一家，是以求異、獨創思維評詩。而推尊杜甫詩，「奇常、工易、新陳無不好」，是稱揚杜詩風格多樣，兼容並采，集詩之大成，是以發散思維論詩。宋王禹偁稱杜甫詩：「子美詩開新世界」，其言不誣。姜夔《白石道人說詩》：「一家之語，自有一家之風味」，自得獨到，是其指標。

宋型文化之發用，往往表現為兼容、會通、化變、集成，遂與唐型文化有所殊異。[66]體現於文學藝術之創作或評論，或借鏡優長，或入室操戈，或滲透轉化，或移換甲乙；要之，其初衷發想，皆以長善救失為手段，以自成一家為追求。換言之，即是致力於學科整合，文藝會通。如「以書道明喻詩道，以書法暗喻詩法」，[67]即其中之一。今翻檢宋人筆記，其論書道處，誠可旁通於詩道詩學，如：

> 學書當自成一家之體，其模仿他人，謂之「奴書」。安昌侯張禹曰：書必博見，然後識其真偽。余實見書之未博者。[68]
>
> 古人各自為書，用法同而為字異，然後能名於後世。若夫求悅俗以取媚，茲豈復有天真邪？唐所謂歐、虞、褚、陸，至於顏、柳，皆自名家，蓋各因其性，則為之亦不為難矣。嘉祐四年夏，納涼於庭中，學書盈紙，以付發。[69]
>
> 學書者謂：凡書貴能通變，蓋書中得仙手也。得法後自變其體，乃得傳世耳。予謂文章亦然，文章固當以古為師，學成矣，則當別立機杼、自成一家。猶禪家所謂向上轉身一路也。[70]

---

[66] 張高評：《會通化成與宋代詩學》（臺南：成功大學出版組，2000 年），頁 3-16。

[67] 同上，陸、〈蘇、黃「以書道喻詩」與宋代詩學之會通〉，頁 206-232。

[68] 歐陽脩：《筆說》，〈學書自成家說〉，《全宋筆記》，第一編第五冊，頁 210。

[69] 歐陽脩：《筆說》，〈李晸筆說〉，《全宋筆記》，第一編第五冊，頁 214。

[70] 沈作喆：《寓簡》，卷 9，《全宋筆記》，第四編第五冊，頁 85。

文學藝術本來有其共相，何況宋人看待文學藝術，往往從文化的整體去觀照，如「自成一家」云云，本指稱書道作字：蘇軾〈題歐陽帖〉稱歐陽公書「自成一家」；黃庭堅〈題樂毅論後〉、〈以右軍書數種贈邱十四〉、〈論寫生法〉論書道，屢言「隨人作計終後人，自成一家始逼真」。[71]但其後，宋人普遍用於說詩文、論書畫。歐陽脩《筆說》云：「學書當自成一家之體」，切忌模仿他人。作詩，以「自出己意」為貴，以自得獨到，類不相沿為貴；《筆說》亦稱：「古人各自為書，其法同而字異，然後能名於後世。」沈作喆（?-1135-1141-?）《寓簡》論學書云云，而稱「予謂文章亦然！」學貴通變，學書如此，學文亦然：學書，初階在師古，進階為通變，極致則「別立機杼，自成一家」；學文、學詩之津梁，與學書並無不同。宋人往往以書道喻詩，亦由此可見。

四、結語

述與作、因與革、模擬與創造、繼往與開來，為學古與通變之間，優劣得失、成敗高下之試金石。宋人作詩說詩，演繹上述雙重模態，顯示知識之建構徘徊兩端。就審美文化而言，「正標誌著它對一種新的平衡，新的模式的尋覓和建構。」[72]內藤命題所謂「唐宋變革」、繆鉞所謂「唐宋詩異同」、錢鍾書所謂「詩分唐宋」，正可作為詮釋與佐證。宋人筆記或分享閱讀心得，或實錄創作經驗，或揭示文藝主張，或體現審美感受，於是載存許多作詩說詩之二元論述，據此可以考察宋人詩學建構之原委。

---

[71] 張高評：《會通化成與宋代詩學》，陸、〈蘇黃「以書道喻詩」與宋代詩學之會通〉，頁 218-232。

[72] 周來祥、儀平策：〈論宋代審美文化的雙重模態〉，《文學遺產》1990 年第 2 期，頁 61–69；參考韓經太：《徜徉兩端》（鄭州：河南人民出版社，2000 年），頁 284-309。

程千帆《文論十箋》，曾提示模擬與創造之分野，精簡切實，易知易行：「以今作與古作，或己作與他作相較，而第其心貌之離合：合多離少，則曰模擬；合少離多，則曰創造。」[73]若止以祖述、因襲、繼往、學古為目的，並無向上一路之追求，容易流於如前後七子之模擬，見譏為「唐樣」，則有違文學作為創作之真諦。宋人生於唐詩繁榮昌盛之後，盛極難繼之困境，開闢難為之焦慮，表現為處窮必變之企圖，展示成超常越規之追求；因而講究通變、革新、創作、開拓，於是以學古模擬為手段，以新創獨到為極至，能破能立，轉移典範，其心貌較諸唐詩，大抵「合少離多」，遂建構出宋代詩歌詩學之特色。於唐詩高峰之後，形成另一標竿，蔚為宋詩宋調之體格，足以抗衡唐詩唐音，平分詩國之秋色而無愧。

人之動靜云為，多緣於樞機之發，俗所謂起心動念。臨文下筆之際，或述或作，或因或革，或心在模擬既往，或志在創造開來，或傾向學古為已足，或期許通變，追求自得，究竟是抱殘守缺？或革故鼎新？全憑心念志意之初衷。梁蕭子顯《南齊書．文學傳論》稱：「若無新變，不能代雄」，宋人作詩苟欲取代唐詩而稱雄，求變追新自是不二法門；而創意之詩思，正是發用之樞機，代雄之利器。宋人為新變唐詩，追求獨到，其詩思發想多採雙重模態，二元論述：如所謂擺落陳窠，突破規範；別出手眼，追新求創，大抵演繹能破能立，如體明禪師所云：「丈夫自有衝天志，莫向如來行處行！」創意發想如此，宋人筆記所錄近五十家說詩屢見不鮮，堪稱一代文化創造與開拓精神之體現。

心志之於人，猶將帥之於軍，宋人說詩、論文、談畫，極用心於主意、命意、立意、用意，致力於出意、造意、新意、用心、胸中。宋人筆記詩話多言意思、覃思、垂思、抒思，稱揚佳思、奇思、巧思、新思、妙思諸詩思。

---

[73] 程千帆：《文論十箋》，下輯〈模擬：論模擬與創造〉，莫礪鋒編：《程千帆全集》（石家莊：河北教育出版社，2001 年），頁 227。

作文必先有意，猶韓幹畫馬，必先有全馬在胸中；文同畫竹，必先得成竹於胸中；乃至於李公麟作畫，「乃集眾善以為己有，更自立意專為家」，亦「以立意為先，布置緣飾為次」。雖然，志意出於文思、詩思、畫思、神思，而諸文藝之思，又「多生於杳冥寂寞之境」；然思之所及，意之所出，若能指出向上一路，不向如來行處行，則思新奇而巧妙，意創造而獨到。或轉換視角，或顛倒夢想，要在關注「初造意」、「識其用意所起」。宋人建構知識，談說詩學，謹始慎初，盡心致力於根本，此自宋人筆記所載，可見一斑。

宋代儒學昌盛，談說內聖工夫，多言「自得」。文藝評論受其影響，亦標榜自得獨到。說詩論文，所謂「自得」，指彰顯主體意識，體現創新精神，展示個性風格，表達隻眼獨具，遂行典範轉移，追求創造發明者，此自詩集、詩話、筆記所標榜，可見一斑。宋人筆記論詩說文，多呈現二元論述，呈現雙重模態，大抵演繹韓愈「陳言務去」與「言必己出」二語；可櫽括為推陳出新、自成一家兩個概念，而以「自成一家」為終極追求。提倡獨到創見、自家風格，是其一致理念。從詩思、造意到自成一家之講求，宋人筆記可以窺知。

宋代詩學之詩思造意而言，往往正反辯證，依違兩端。原其初衷，蓋有心於「創造性損壞」傳統詩學所樹立之規矩、法式。換言之，尋其心迹，大抵有意打破、逆轉、疏遠唐詩所樹立之本色當行與感覺定勢，重新形塑另類之陌生化與新鮮感，以此引發讀者關注之興趣。與之偕行並進、雙管齊下者，乃宋代詩學自身，亦作若干化變、調整、開放與創新，故能重建典範而自成一家。宋代詩話、筆記，載論宋人詩思、造意，期許自成一家之心迹，與孔恩所論科學革命、典範轉移，姚斯所倡審美經驗之期待視野，可以相互發明。

學界談創新，大抵以策略為體，創新為用。宋代筆記談創新，亦以發想創意為體，經營擘畫，自成一家為用。洪世章提創新六策，所謂能力、定位、簡則、整合、開放、賦名，[74]衡諸宋人之文思、造意、創意發想，要多不謀而合，可以相互發明。創意，為文學之生命，藝術之靈魂。經營管理、領導統御涉及策略規劃，苟能借鏡參考文學藝術之創意發想，則思過半矣。[75]

[74] 洪世章：《創新六策》（臺北：聯經出版公司，2016 年）。

[75] 本文曾刊於香港中國語文學會《文學論衡》第 30 期（2017 年 6 月），頁 26-45。

第四章　組合、開放、獨創思維與宋詩之創新
——以宋代詩歌、詩話為例

一、創造性思維與求變追新

創意，本稱創造思考能力，簡稱創造力，俗稱創造思維或創意思維，簡稱為創意。原指無中生有、首創發明而言。其特色為匪夷所思、為不可思議，注重思維空間之開放性，思維本質的獨特性，能從多角度、多側面、水平式、全方位去考察問題，避免局限於單一的、垂直的、慣性的思維。古往今來之文學藝術作品，無不以追求新變獨到為依歸，詩人文家異口同聲標榜創意，值得借鏡參考，如：

> 文律運周，日新其業，變則堪久，通則不乏。（劉勰《文心雕龍・通變》）

《易傳》首倡「窮變通久」之說，《文心雕龍》本之，借鏡轉化作為文學發展之新變通則。宋代面對唐詩之輝煌燦爛，盛極難繼，故詩學批評標榜新變、自得，遂多創造性之思維。如下列詩話、筆記、題跋所云：

> 人所易言，我寡言之。人所難言，我易言之，自不俗。（姜夔《白石

道人詩說》)

詩人詠史最難，須要在作史者不到處別生眼目。(費袞《梁谿漫志》卷七，〈詩人詠史〉)

傳派傳宗我替羞，作家各自一風流。黃陳籬下休安腳，陶謝行前更出頭。(楊萬里〈跋徐恭仲省幹近詩〉)

學詩先除五俗：一曰俗體，二曰俗意，三曰俗句，四曰俗字，五曰俗韻。(嚴羽《滄浪詩話・詩法》)

蘇軾、黃庭堅推動北宋詩文革新，倡導以故為新、奪胎換骨、以俗為雅、點鐵成金，以師古為革新，藉模仿求創新，重技法以納新，論者稱許為「創新的智慧」。[1]《朱子語類》載江西士風，好奇恥同，每立異以求勝；王安石如此，歐陽脩、黃庭堅、楊萬里諸江西詩人，又何嘗不然？好奇恥同，立異求勝，暗合創造性思維中之求異思維。楊萬里跋語亦強調休安籬下，出頭行前，而以各自風流為終極追求。嚴羽《滄浪詩話》則發揚黃庭堅脫俗崇格之說，主張「先除五俗」。至於姜夔《白石道人詩說》則提出如之何可以「不俗」之法，所謂人易我寡，人難我易，反其道而行為其主要策略。費袞《梁谿漫志》強調詠史貴在別出心裁，「須要在作史者不到處別生眼目」；宋人詩學追求未經人道，古所未言，不只是詠史詩如此。凡此諸說，無論消極之推陳去俗，或積極之新變奇異，多有助於創意與造語。其後，明清之文論、詩說、史學，亦有類似之論，足相發明，如：

凡作文發意，第一番來者，陳言也，掃去不用。第二番來者，正語也，停之不可用。第三番來者，精意也，方可用之。(元陳繹曾《文說》)

---

[1] 敏澤主編：《中國文學思想史》(長沙：湖南教育出版社，2004 年)，下卷，第十五章第三節〈宋代文學思想・創新的智慧〉，頁 115-128。

> 每一題，必有庸人思路共集之處纏繞筆端，剝去一層，方有至理可言。（清黃宗羲《論文管見》）
>
> 凡人作詩，一題到手，必有一種供給應付之語，老生常談，不召自來。若作家，必如謝絕泛交，盡行麾去，然後心精獨運，自出新裁。（清袁枚《隨園詩話》卷七）
>
> 淺俗之輩，指前相襲，一題至前，一種鄙淺凡近公家作料之意與辭，充塞胸中喉吻筆端，任意支給，雅俗莫辨，頃刻可以成章……萬手雷同，為傖俗可鄙，為浮淺無物，為粗獷可賤，為纖巧可憎，為凡近無奇，為滑易不留，為平順寡要，為遣詞散漫無警，為用意膚泛無當，凡此皆不知去陳言之病也。（清方東樹《昭昧詹言》卷一，第45則，頁16）

姜夔、嚴羽從「不俗」、「去俗」的消極面談創意；陳繹曾掃去陳言，停用正語；黃宗羲主張剝去「庸人思路共集之處」；袁枚也注意到「供給應付」、「老生常談」的「凡人之語」，除建議「謝絕泛交，盡行麾去」外，更致力「心精獨運，自出新裁」；方東樹剖析遣詞用意之病，在於鄙淺凡近，任意支給，故多流於散漫膚泛。作品之所以缺乏特色，了無新意，癥結在創作過程未曾用心思考，流於慣性反應，凡此，即所謂收斂思維。收斂思維又稱集中思維、求同思維、輻輳思維，一般稱為慣性思考，或懶人思考法。「習慣，是扼殺創意的殺手」，此即是癥結所在。清代章學誠、方東樹，近代陳衍、錢鍾書，則或直指創意造語之法，脫化生新之道，如：

> 《春秋》筆削之義，所以通古今之變，而成一家之言者，必有詳人之所略，異人之所同，重人之所輕，而忽人之所謹。（清章學誠《文史通義・答客問上》）
>
> 凡學詩之法，一曰創意艱苦，避凡俗淺近、習熟迂腐常談，凡人意中所言。二曰造言，其避忌亦同創意，及常人筆下皆同者，必別造

> 一番言語，卻又非以艱深文淺陋，大約皆刻意求與古人遠。（清方東樹《昭昧詹言》卷一）
>
> 宋詩人工於七言絕句，而能不襲用唐人舊調者，大略淺意深一層說，直意曲一層說，正意反一層、側一層說。誠齋（楊萬里）又能俗語說得雅，粗聲說得細，概從少陵、香山（杜甫、白居易）諸家中一部分脫化而出也。（清陳衍《石遺室詩話》卷十六）
>
> 人所曾言，我善言之，放翁之以古為新也。人所未言，我能言之，誠齋之化生為熟也。（錢鍾書《談藝錄》，三三，〈放翁詩〉）

章學誠標榜「詳人之所略，異人之所同，重人之所輕，而忽人之所謹」，另類思考，求異思維；方東樹提示創意艱苦，與別造言語；陳衍發揚宋詩「淺意深一層說、直意曲一層說、正意反一層說、側一層說」之不襲用舊調手法；錢鍾書又別出谿徑，強調所謂「以古為新」、「化生為熟」之轉化諸法。宋人論詩，大抵強調厭棄習常陳熟，指出向上一路，不向如來行處行。或調整視角，或追求新遠，或盡心脫化，或致力善言能言，多與創造思維之發散、開放、求異、多元思維，異曲而同工，可以相互發明。上述理念與思維，對於吾人詮釋解讀古今中外之文學藝術作品，多富參考與借鏡價值。

近年來，經濟部工業局盛推所謂「創意產業」、「文化創意產業」，於是產、官、學界紛紛響應，盛談所謂「創意」。目前，學界談「創意」，最有績效者當屬管理學院企業管理系所，除學術論文外，坊間舖天蓋地的經營管理普及讀物，有六、七成都在指點創意招式，強調創意策略，如：

> 創新可視為一種學科，可被學習，能被實際地運用。創新是既觀念性又具認知性的。因此，想要創新，就必須多看、多問、多聽。（美‧彼得杜拉克《創新和創業精神》）

> 當前企業的策略主軸可能是：「更好及更多」；而創新策略的核心，應該是：「新穎且獨特！」[2]
>
> 創新意識就是面對問題、矛盾和困難時，敢於破除慣性思維、背離傳統陳規、拋棄框框套套，勇於探討新路徑，追求新思路、創造新成果的思想觀念。[3]
>
> 答案不只一個，請思考！[4]
>
> 習玩為理，事久則瀆，在乎文章，彌患凡舊。若無新變，不能代雄。（《南齊書．文學傳論》）
>
> 須時出新意：要事常則語新，語常則格新。意格清新最妙，所謂轉俗入雅，化腐為新，如造化生物，一時一樣，風雲變態，頃刻不常。[5]

新、變，是創意的指標；通、久，是創意的效應。可被學習、能被實際運用，是創意的本質；更好更多之外，致力新穎獨特，這是創新策略的核心。多看、多問、多聽，再經系列有效的學習，創意是可以被訓練出來的。管理學追求的創新，跟文學藝術典範作品體現的「新、變、通、久」，有異曲同工之妙，可以相互發明，彼此借鏡。創意諸法中，會通組合，堪稱是最普遍而有成效的策略，如云：

> 以水濟水，誰能食之？若琴瑟專一，誰能聽之？（《左傳》昭公二十年）

---

[2] 彼得杜拉克（Peter F.Drucker）著，上田惇生編，齊思賢譯：《經營的哲學》（臺北：商周出版社，2005 年），第 7 章〈創新〉，頁 101-108。

[3] 王國安：《換個創新腦》（臺北：帝國文化出版社，2004 年），第一章〈什麼是創造性思維〉，頁 19。

[4] 大前研一：《創新者的思考》（臺北：商周出版社，2006 年），第二章〈答案不只一個，請思考〉，頁 79-122。

[5] 明雷燮：《南谷詩話》卷下，張健輯校：《珍本明詩話五種》（北京：北京大學出版社，2008 年），頁 68。

天才之所以為天才，只不過比他人「更多的新奇組合」，「不斷地把一些想法、形象和其他各種思想進行組合和再組合」。[6]
致力不同學科、不同領域、不同文化間之「異場域碰撞」，就會跳脫舊有，開創新局。引導不同領域和文化的想法互相碰撞，就能造成層出不窮之曠世好點子。[7]

的確，舊元素的新奇組合，能創造發明新產品，古今實例極多，如將葡萄酒榨製機和硬幣衝壓機作新奇組裝，於是古登堡（Johannes Gutenberg，1398-1468）發明活字印刷機。數學和生物學結合，孟德爾（Gregor Johann Mendel，1822-1884）創立現代遺傳學之新學科。愛迪生異想天開，將並聯電路連接高電阻燈絲，而發明了照明系統。諾貝爾獎得主歐瓦雷斯（Luis Alvarez）將天文學與古生物學作科技整合，於是發現行星隕石撞擊地球，解答了 6500 萬年前恐龍快速滅絕之科學謎團。由此可見，新奇組合，造成驚人碰撞；扭轉假設，容易發現不同世界；唯有跳脫舊有，才能開創新局。文學與藝術之會通，科技與人文之整合，何嘗不是如此？其他，尚有許多創意術，可以金針度人，觸類啟發，如：

一般人都易於局限在既有的習俗規範或常識學理之中，也往往因此而埋沒了某方面自己未知的深厚潛力；而那些能於不疑處有疑，進而突破傳統束縛者，往往也就能出奇制勝而締造出令人驚異的成就。[8]

---

[6] 美・邁克爾・米哈爾科（Michael Michalko）：《創新精神：創造性天才的秘密》*Cracking Creativity：The Secrets of Creative Genius*（北京：新華出版社，2004 年），〈序言・第二章：思考別人想不到的東西〉，頁 11。

[7] 約翰森（Johansson Frans）著，劉真如譯：《梅迪奇效應》*The Medici Effect*（臺北：商周出版社，2005 年），第一章〈異場域碰撞出曠世好點子〉，頁 16-31。

[8] 高橋昌義著，江靜芳譯：《反常識創意術》（臺北：遠流出版事業公司，1988 年），第二篇〈出人意表的創意與絕招〉，頁 65。

創新精神之九大法式：(一)知道如何去發現；(二)使思維形象化；(三)流暢地思考；(四)進行新穎的組合；(五)把不相關的事物聯繫起來；(六)著眼於其他方面；(七)從其他角度看問題；(八)發現從未尋找的東西；(九)喚醒協作精神。[9]
創造力九大策略：(一)改造；(二)取代；(三)合併；(四)擴大；(五)縮小；(六)轉換；(七)排除；(八)顛倒；(九)重拾。[10]

無論是逆向思考開發產品，運用「反常識創意術」；或者是「創造性天才的秘密」——創新九大法式；或者是「把點子轉化成明日創意」——創造力九大策略，不僅適用於經營管理，也適用於產品開發；同理，更值得推廣、轉介、運用、借鏡，以從事文學作品、藝術作品之創意研討。作品猶如產品，一為精神文明，一為物質文明；產品開發，靠創意啟動，文藝創作，靠創意發用。文學藝術進行跨學科整合，容易生發「梅迪奇效應」，促成層出不窮之曠世好點子，此筆者所衷心期待。

文學作品、藝術創作，屬於精神文明之創意結晶，與工商產品之研發與製作，或相近或相通，都極重視創意表現與品牌特色。筆者有感於「科技源於人性，創意來自人文」，企圖提煉文學藝術之創意，淬取其中創意之原則、要領、策略，與方法。已召開四屆學術研討會，出版論文集三部，個人專著一部，即器求道，可藉以考察文學作品與創造性思維之關係。今梳理宋詩、宋詩話之文獻，提出求異、反常、組合、開放、獨創五大創造性思維，足以

---

[9] 美・邁克爾・米哈爾科（Michael Michalko）：《創新精神：創造性天才的秘密》，策略一、二、三、四、五、六、七、八、九，頁 1-261。

[10] 史提夫・瑞夫金（Steve Rivkin）、佛拉瑟・西戴爾（Fraser Seitel）：《有意義的創造力：如何把點子轉化成明日的創意》*How to Transform Your Ideas into Tomorrow's Innovation*（臺北：梅霖文化事業公司，2004 年），第 4 章〈愛迪生是對的〉，第 5 章〈你能取代什麼〉，第 6 章〈你能合併什麼〉，第 7 章〈你能擴大或縮小什麼〉，第 8 章〈它還能變成什麼〉，第 9 章〈你能排除什麼〉，第 10 章〈你能顛倒什麼〉，第 11 章〈你能重拾什麼〉，頁 57-205。

破解「宋人生唐後，開闢真難為」之魔咒。求異與反常思維已另篇發表，[11]今論證後三者之觀點如下：

二、宋詩之會通化成與組合思維

舊元素的新奇組合，能創造發明新產品。蓋新奇組合，造成驚人碰撞；扭轉假設，容易發現不同世界；唯有跳脫舊有，才能開創新局。小說家托爾斯泰（Leo Tolstoy）曾說：「每個人都想改變世界，卻沒有人想改變自己。」創造思維，就是改變自己的基點。佛羅倫斯銀行家族梅迪奇，資助科學家、哲學家、金融家、建築家、詩人、畫家，經常聚集、交會、學習，分享經驗心得，不同領域、科目，或文化間，遂產生異場域碰撞，將現有觀念隨機組合，於是生發大量傑出的新構想。這種跨際思考之技術，引導不同領域和文化的想法相互碰撞，促成十五世紀義大利創意勃發之文藝復興。這種現象，叫做梅迪奇效應（The Medici Effect）。[12]梅迪奇效應，注重合併重組，跨際會通，是創意思維應用成功之實例。

反觀中華文化之發展，有一重要之思維，即求和去同之系統思維，從《論語．子路》載孔子言：「和而不同」，早已關注要素之於系統，局部之於整體之關係。他如八卦重卦、烹調藝術、音樂演奏、合金冶煉、中醫方劑、煉丹術、活字版，以及火藥之發明，都是系統思維之發用。[13]《左傳．昭公二十

---

[11] 張高評：〈宋詩與創意思維——以求異思維、反常思維為例〉，高師大《國文學報》第 13 期（2011 年 1 月），頁 1-25。

[12] 約翰森（Frans Johansson）著，劉真如譯本：《梅迪奇效應》*The Medici effect : breakthrough insights at the intersection of ideas, concepts, & cultures*（臺北：商周出版社，2005 年），〈序言．引爆梅迪奇效應〉，頁 6-13。

[13] 參考劉長林：《中國系統思維》（北京：中國社會科學出版社，1990 年），第五編，四、〈古代科技系統思維例舉〉，頁 539-543，頁 558-568。

年》晏嬰論「和同」所謂：「若以水濟水，誰能食之？若琴瑟之專壹，誰能聽之？同之不可也如是。」可見異質要素之合併重組、跨際會通，自是創造發明之必要策略，其中自有啟示。

會通集成、兼容開放，為宋型文化的特質之一；宋詩既為宋代文化之反映，故也隱含這種特質[14]。由此觀之，無論宋型文化，或宋詩宋學，多致力合併重組之創意策略。宋詩面對唐詩繁榮的高峰，為補偏救弊，改善體質，於是詩人立足本位文藝，肆力旁搜，往往跳出詩體之外，去尋求可資利用之泉源，以便作補償、吸收、借鏡、化用之依據。此種現象，錢鍾書稱為「出位之思」（andersstreben）[15]，葉維廉名為媒體與超媒體的美學。二家所謂「出位之思」，特指詩與畫之交融整合、相資為用而已。宋人之新奇組合，層面多方，如詩中有畫，詩禪交融，以老莊入詩、以儒學入詩、以書法為詩、以史筆作詩；以文為詩、以賦為詩等等，不一而足。[16]由於篇幅所限，暫不討論。今以蘇軾名篇為例，只舉理趣詩、以俗為雅二者而已。論說如下，先談詩歌之議論化，如：

> 人生到處知何似？應似飛鴻踏雪泥。泥上偶然留指爪，鴻飛那復計東西。老僧已死成新塔，壞壁無由見舊題。往日崎嶇還記否，路長人困蹇驢嘶。(蘇軾〈和子由澠池懷舊〉)

---

[14] 參考陳植鍔：《北宋文化史述論》（北京：中國社會科學出版社，1992 年），第三章，〈宋學的主題及其精神〉第四節「宋學精神」，六，兼容精神，頁 319-323。

[15] 「出位之思」，語見錢鍾書：〈中國詩與中國畫〉，原載《開明書店二十周年紀念文集》（上海：開明書店，1947 年）；《文學研究叢編》（臺北：木鐸出版社，1981 年，第一輯影印），頁 77-78；參考饒宗頤：〈詞與畫——論藝術的換位問題〉，《故宮季刊》8 卷 3 期，頁 9-20；葉維廉：《比較詩學》（臺北：東大圖書公司，1983 年），〈出位之思・媒體與超媒體的美學〉，頁 195-234。

[16] 相關論題，可參考張高評：《宋詩之傳承與開拓》（臺北：文史哲出版社，1990 年）；《宋詩之新變與代雄》（臺北：洪葉文化公司，1995 年）；《會通化成與宋代詩學》（臺南：成功大學出版組，2000 年）；《自成一家與宋詩宗風》（臺北：萬卷樓圖書公司，2004 年）。

已外浮名更外身，區區雷電若為神。山頭只作嬰兒看，無限人間失箸人。(蘇軾〈唐道人言：天目山上俯視雷雨，每大雷電，但聞雲中如嬰兒聲，殊不聞雷震也〉

若言琴上有琴聲，放在匣中何不鳴？若言聲在指頭上，何不於君指上聽？ (蘇軾〈琴詩〉)

橫看成嶺側成峰，遠近高低總不同。不識廬山真面目，只緣身在此山中。(蘇軾〈題西林壁〉)

抒情為《詩》、《騷》傳統之一，唐詩傳承光大之，遂多興寄詠懷之作。宋人學習唐詩優長之餘，又「變化於唐，而出其所自得」，故往往自成一家。如蘇軾所作理趣詩，以形象思維為主體，又寄託哲理，富含啟示，具詩歌之美感，又不失哲理之真諦與良善，蓋會通真、善、美而一之者。如蘇軾〈和子由澠池懷舊〉，提出「偶然」之人生觀，〈唐道人言〉詩，提示身名內外；〈琴詩〉楬櫫主客和諧；〈題西林壁〉凸顯觀點不同，所得各異；旁觀者清，當局者迷。閱讀宋詩，除美感饗宴外，又得哲理啟發，其會通組合奇妙如此。又如化俗為雅之例：

陌上花開蝴蝶飛，江山猶是昔人非。遺民幾度垂垂老，遊女長歌緩緩歸。(蘇軾〈陌上花三首〉其一)

陌上山花無數開，路人爭看翠軿來。若為留得堂堂去，且更從教緩緩回。(蘇軾〈陌上花三首〉其二)

生前富貴草頭露，身後風流陌上花。已作遲遲君去魯，猶教緩緩妾還家。 (蘇軾〈陌上花三首〉其三)

半醒半醉問諸黎，竹刺藤梢步步迷。但尋牛矢覓歸路，家在牛欄西復西。(蘇軾〈被酒獨行，遍至子雲、威、徽、先覺四黎之舍三首〉其一)

〈陌上花〉本為吳中兒歌，歌詠吳越王關愛王妃春歸臨安，深情款款，令人感動。兒歌起於里巷，「含思宛轉，聽之凄然，而其詞鄙野」，於是蘇軾「為易之云云」。將兒歌之俚俗鄙野，或濟之以「物是人非」之高雅主題，或抽換語詞，壯麗場景；或置入嚴肅之世態感歎，或運用書卷典故。凡此，皆足以化俗為雅，因雅俗相濟，而改造詩歌體質。又如蘇軾、黃庭堅所作〈薄薄酒〉詩，更是化俗為雅之經典名篇：

> 薄薄酒，勝茶湯。麤麤布，勝無裳。醜妻惡妾勝空房。五更待漏靴滿霜，不如三伏日高睡足北窗涼。珠襦玉柙萬人祖送歸北邙，不如懸鶉百結獨坐負朝陽。生前富貴，死後文章，百年瞬息萬世忙。夷齊、盜跖俱亡羊，不如眼前一醉是非憂樂兩都忘(蘇軾〈薄薄酒二首并引〉其一，《全宋詩》卷七九七，頁 9227。)
> 薄薄酒，飲兩鍾。麤麤布，著兩重。美惡雖異醉暖同，醜妻惡妾壽乃公。隱居求志義之從，本不計較東華塵土北窗風。百年雖長要有終，富死未必輸生窮。但恐珠玉留君容，千載不朽遭樊崇。文章自足欺盲聾，誰使一朝富貴面發紅。達人自達酒何功，世間是非憂樂本來空。(蘇軾〈薄薄酒二首〉其二，《全宋詩》卷七九七，頁 9227。)

蘇軾〈薄薄酒〉二章其一，起首「薄薄酒，勝茶湯；麤麤布，勝無裳。醜妻惡妾勝空房」五句，語言雖俚俗，題材雖鄙陋，然全詩藉此為比興，進一步「推而廣之」，以凸顯知足常樂之高雅主題。排比舖陳，是一以貫之的「以賦為詩」手法：前五句以「勝」為類字，排比三組相反相成之意象；後九句以「不如」為詩眼，平列三組反常合道之意象，[17]理趣十足，悠然自得。且如三伏高睡足、獨坐負朝陽、醉忘是非憂樂云云，多是高人逸士之行止，故

---

[17] 東坡云：「（詩）以奇趣為宗，反常合道為趣，熟味之，此（柳宗元）〈漁翁〉詩有奇趣。」宋魏慶之：《詩人玉屑》（臺北：世界書局，1971 年），卷十〈詩趣．奇趣〉，頁 212。

主題旨趣典雅悠遠，足以消融轉化前半之俗言俗意，而昇華此詩作為知足常樂之寓意。蘇軾〈薄薄酒〉第二章，前六句亦排比薄酒、粗布、醜妻惡妾作等量齊觀之強調，且為安分知足旨趣之佐證。後半篇卻錯綜變化，句法靈活不板，分別以本不計較、未必輸、但恐、自足諸模稜兩可語句，點染題意；曲終奏雅，昇華詩趣，所謂「達人自達」、「是非憂樂本來空」云云，已脫化俚俗、鄙俗，而有淵雅高古之風，此筆者所謂以雅化俗、以雅寫俗。[18]二詩理趣盎然，諧趣有餘，自具宋詩之風格特色。黃庭堅於蘇軾之後，亦作〈薄薄酒二章〉，同題競作，盡心創意，化俗為雅，是其所同，如：

> 薄酒可與忘憂，醜婦可與白頭。徐行不必駟馬，稱身不必狐裘。無禍不必受福，甘餐不必食肉。富貴于我如浮雲，小者譴訶大戮辱。一身畏首復畏尾，門多賓客飽僮僕。美物必甚惡，厚味生五兵。匹夫懷璧死，百鬼瞰高明。醜婦千秋萬歲同室，萬金良藥不如無疾。薄酒一談一笑勝茶，萬里封侯不如還家。（黃庭堅〈薄薄酒二章〉之一，《全宋詩》卷一〇〇三，頁 11477。）
>
> 薄酒終勝飲茶，醜婦不是無家。醇醪養牛等刀鋸，深山大澤生龍蛇。秦時東陵千戶食，何如青門五色瓜。傳呼鼓吹擁部曲，何如春雨一池蛙。性剛太傅促和藥，何如羊裘釣煙沙。綺席象床琱玉枕，重門夜鼓不停撾。何如一身無四壁，滿船明月臥蘆花。吾聞食人之肉，可隨以鞭朴之戮；乘人之車，可加以鈇鉞之誅。不如薄酒醉眠牛背上，醜婦自能搔背痒。(黃庭堅〈薄薄酒二章〉之二，《全宋詩》卷一〇〇三，頁 11477。)

黃庭堅〈薄薄酒二章〉之一，以「薄酒可與忘憂，醜婦可與白頭」起興，

---

[18] 張高評：〈宋代翕言詩與化俗為雅——從遺妍開發、創意造語切入〉，《宋代文學研究叢刊》第十三期（2006 年 12 月），頁 23-51。

自「徐行不必駟馬」以下十六句，化俗為雅，比興寄託，以寄寓詩人「知足不辱」之理趣與信念。全詩廣用排比舖陳之法，或以類字連結，如首二句，以二「可與」綰合，篇末以二「不如」連結前後；「徐行不必駟馬」以下四句，以「不必」連結前後意象，全詩對舉俗諦與真諦，反常合道、翻案生新，不惟理趣渾然，而且諧趣十足。「富貴於我如浮雲」點醒題意，「小者譴訶」以下三句渲染補足題意。「美物必甚惡」以下八句，舖陳申說《左傳》叔向之母「甚美必有甚惡」之主張，排比相反相對之事例與意象，以見反常合道之詩趣，「知足不辱」之主題。山谷第一首詩，分別就食、衣、住、行各層面，作「以賦為詩」之舖陳。詩中選用之事例，較之東坡原創詩，多非沿襲，如徐行、稱身、無禍、甘餐、富貴、美物、厚味、懷璧、高明、萬金良藥、萬里封侯之類，意象陌生新奇，創意造語自當如此。當然，為尊題故，「薄酒可與忘憂，醜婦可與白頭」，「醜婦千秋萬歲同室」，「薄酒一談一笑勝茶」，傳承因襲中，自有轉化緣飾。文學創作之因革損益，可以窺知。黃山谷所作第二首詩，首尾各兩句尊題，言與意多俚俗，不過權作比興而已。中間共十六句，舉證申說知足可以不辱，已跳脫薄酒醜婦之庸俗題材，轉化為高雅而莊重之人生議題。全詩亦真諦俗諦對舉，錯綜排列相反相成之意象，蔚為反常合道，張力十足之理趣。前四句，用終勝、不是、等、生諸詞彙，錯落有致，一、二句鄙野俚俗，濟之以三、四句之淵雅典故，雅俗相濟為用，乃成勝境。自「秦時東陵千戶食」以下，以四組「何如」及一組「不如」，連結前後相反相對之事例意象，以見在朝與在野、人為與自然、顯達與隱逸、富貴與寒微、食肉乘車與薄酒醜婦等俗真二諦之間，往往前者不如後者，而歸本於「知足不辱」之理趣。全詩除卻前後之薄酒醜婦外，廣用人文意象，山谷此作雖資書以為詩，然足供詩用，不為詩累。對於詩材俚俗，如何轉化為高雅之詩趣，頗具示範作用。由此觀之，《禮記・學記》所謂「善歌者，使人繼其聲；善教者，使人繼其志」；蘇軾原創，可謂善歌善教，而黃庭堅「代作二章，以終其意」，可謂巧者述之，長於繼聲繼志矣。

宋詩之組合思維，更表現在破體為文、出位之思兩大面向上。破體為文，或以文為詩、以詞為詩、以賦為詩；或以詩為詞、以文為詞、以賦為詞，皆是跨越不同文體之新奇組合，發揮創造性思維。[19]宋詩之出位之思，則立足於本位，又跳出本位之外，借鏡藝術或思想，進行新奇融合，如詩中有畫、以雜劇喻詩、以禪學入詩、以老莊入詩等等。[20]凡此，都是經由跨界碰撞、激盪，而生發補充、改造之效應。宋詩不同於唐詩之風格，大量運用組合思維，是其中一大關鍵。

三、宋詩之別生眼目與開放思維

思維空間的開放性，主要是指創造性思維需要從多角度、多側面、全方位地考察問題，而不再侷限於邏輯的、單一的、線性的思維，由此形成了發散思維、逆向思維、側向思維、求異思維、非線性思維及開放式思維等多種創造性思維形式。[21]宋詩之學古通變、創意造語之道，多針對典範作品之模稜處、朦朧處、空白處、否定處、粗略處、輕忽處，進行發現、推敲、經營、安排、建構，其中緣飾、附會、填補、翻轉、杜撰、稼接、聯想、組合、類比、會通諸法，在在可作為吾人開發創意之啟示。宋詩之傳承與創新之道，繼往與開來之方，可於此中探求之。

宋詩之所以能新變、自得，妙用開放思維為多。蓋「宋人生唐後，開闢真難為」，雖然，宋人作詩，往往因難見巧，於艱難中特出奇麗，尤以詠雪白戰禁體詩、詠寫花卉如牡丹、梅花、荔枝，以及登樓詩、遊覽詩，多盡心於

---

[19] 張高評：〈破體與創造性思維——宋代文體學之新詮釋〉，廣州《中山大學學報》（社會科學版）2009 年第 3 期第 49 卷（總 219 期），頁 20-31。

[20] 相關問題，可參考拙作《宋詩之傳承與開拓》、《宋詩之新變與代雄》；以及《創意造語與宋詩特色》（臺北：新文豐出版公司，2008 年），第六、七、八章，有「詩畫相資」課題，頁 231-387。

[21] 田運主編：《思維辭典》（杭州：浙江教育出版社，1996 年），〈創造思維〉，頁 208。

多元書寫，發揮開放思維。誠如陳衍《石遺室詩話》卷十六論宋詩所謂「淺意深一層說，直意曲一層說，正意反一層、側一層說」；「俗語說得雅，粗語說得細」。先論述詠雪白戰體：

> 新陽力微初破萼，客陰用壯猶相薄。朝寒稜稜風莫犯，暮雪緌緌止還作。驅馳風雲初慘淡，炫晃山川漸開廓。光芒可愛初日照，潤澤終為和氣爍。美人高堂晨起驚，幽士虛窗靜聞落。酒壚成徑集缾罌，獵騎尋蹤得狐貉。龍蛇掃處斷復續，猊虎團成呀且攫。共貪終歲飽麰麥，豈恤空林飢鳥雀。沙堤朝賀迷象笏，桑野行歌沒荒屩。乃知一雪萬人喜，顧我不飲胡為樂。坐看天地絕氛埃，使我胸襟如洗瀹。脫遺前言笑塵雜，搜索萬象窺冥漠。潁雖陋邦文士眾，巨筆人人把矛槊。自非我為發其端，凍口何由開一噱。(歐陽脩〈雪〉，自序云：時在潁州作，玉、月、梨、梅、練、絮、白、舞、鵝、鶴、銀等事，請皆勿用。)

歐陽脩《六一詩話》引述梅聖俞論「意新語工」之言，所謂「狀難寫之景，如在目前；含不盡之意，見於言外」；蘇軾亦嘗云：「凡造語，貴成就，成就則方能自名一家。」[22]頗可移來評價歐、蘇二家詠雪白戰之作，歐、蘇對創意造語之講究，可見一斑。且看歐、蘇所創禁體詠雪詩，既不直接形容，亦不正面描繪，不即不離，若即若離，蓋跳脫「巧言切狀，功在密附」之詠物成法，運用發散思維、求異思維、水平思考，從各種場景、不同層面、多元處境，表述下雪之環境、氣氛、心情、感受。如歐陽脩〈雪〉詩，選取美人、幽士、酒客、獵戶、朝廷、桑野、農夫、文士等人物對雪之感受；尤其勾勒酒店售酒、獵場圍獵、空林飢雀、朝廷賀雪諸情境，以烘托渲染下雪之

[22] 李之儀：《姑溪居士文集》卷3，〈跋吳思道詩〉引東坡語，《粵雅堂叢書》（臺北：藝文印書館，1965年），影印本，三編本。

氣氛。自鑄偉詞，創意造語，堪稱未經人道。歐陽脩禁體詠雪詩，自我設限，擺脫前賢詠雪陳窠，「搜索萬象」，從各種層面進行描繪，特別側重不同人物之不同感受。此種創作手法，與蔡絛《百衲詩話》論黃庭堅詩「妙脫蹊徑」，任淵《後山詩註》評陳師道詩「不犯正位」，其詩法有相通相近之處。又如蘇軾〈江上值雪〉詩：

> 縮頸夜眠如凍龜，雪來惟有客先知。江邊曉起浩無際，樹杪風多寒更吹。青山有似少年子，一夕變盡滄浪髭。方知陽氣在流水，沙上盈尺江無澌。隨風顛倒紛不擇，下滿坑谷高陵危。江空野闊落不見，入戶但覺輕絲絲。沾裳細看巧刻鏤，豈有一一天工為。霍然一揮遍九野，吁此權柄誰執持。世間苦樂知有幾，今我幸免沾膚肌。山夫只見壓樵擔，豈知帶酒飄歌兒。天王臨軒喜有麥，宰相獻壽嘉及時。凍吟書生筆欲折，夜織貧女寒無幃。高人著屐踏冷冽，飄拂巾帽真仙姿。野僧斫路出門去，寒液滿鼻清淋漓。灑袍入袖濕靴底，亦有執板趨階墀。舟中行客何所愛，願得獵騎當風披。草中咻咻有寒兔，孤隼下擊千夫馳。敲冰煮鹿最可樂，我雖不飲強倒卮。楚人自古好弋獵，誰能往者我欲隨。紛紜旋轉從滿面，馬上操筆為賦之。（蘇軾〈江上值雪，效歐陽體，限不以鹽、玉、鶴、鷺、絮、蝶、飛、舞之類為比，仍不使皓、白、潔、素等字，次子由韻〉）

蘇軾傳承歐陽脩所作禁體雪詩，自我設限更多，所以能「出入縱橫」，「於艱難中特出奇麗」，一方面是平素「博觀約取、厚積薄發」之學養，再方面是搜索萬象窺冥漠、推敲琢磨之工夫，三方面則是「繞路說禪」、「不犯正位」之詩思，以及運用「遮詮示義」的表述策略。蘇軾〈江上值雪〉詩，完成於嘉祐四年（1059）二十四歲時，詩中明言「效歐陽體」，在層面描寫方面，發揮水平思考、旁通思維、求異思維等創造性思維；借鏡辭賦層面鋪寫之技法，就「雪來」之效應，作面面俱到之體現。「縮頸」以下十四句，分寫夜眠與曉起，前者略寫，只二句；後者側重描寫「曉起」之場景，凡十二句，就所見、所聞、所感，速描江邊、樹杪、青山、流水、陵谷、江野「雪來」之自然景觀，而以入戶、沾裳之微觀雪景作前半幅之收束。再以雪來之「苦樂」，牽上搭下，生發下半篇宏觀之創意構思。下半篇「山夫只見」以下二十句，分寫各色人等對雪來之苦樂感受：安排山夫、酒客、天王、宰相、書生、貧女、高人、野僧、朝臣，以及舟中行客、楚人等各種朝野人物，渲染「值雪」的反應和活動，以烘托雪的姿容和動態，特別側重聽覺、視覺和觸覺的感官描繪。與歐公〈雪〉詩相較，風格宛然近似，離形得似，體物傳神，亦饒妙脫谿徑、不犯正位之美。蘇軾禁體創造性模仿歐陽脩〈雪〉詩，堪稱善繼善述；雖不能稱為開創，然觸類而長，較他家詠雪之作，固是禁體詠雪之妙製。其他，如：

> 黃昏猶作雨纖纖，夜靜無風勢轉嚴。但覺衾裯如潑水，不知庭院已堆鹽。五更曉色來書幌，半夜寒聲落畫簷。試埽北臺看馬耳，未隨埋沒有雙尖。（蘇軾〈雪後書北臺壁二首〉其一）
> 城頭初日始翻鴉，陌上晴泥已沒車。凍合玉樓寒起粟，光搖銀海眩生花。遺蝗入地應千尺，宿麥連雲有幾家。老病自嗟詩力退，空吟冰柱憶劉叉。（同上，其二）

蘇軾〈雪後書北臺壁二首〉其一，詠雪側重凸顯「雪後」之寒意直覺、雪後之戶外景觀、清晨之雪光映照、半夜之寒聲落雪，而以「未埋有尖」作雪後之形象強調。集聽覺、視覺、溫度觸覺，對雪後之場景作形象化之描繪，所謂「狀難寫之景，如在目前」。宋費衮《梁谿漫志》卷七，獨稱「五更曉色來書幌」之創意，以為「此語初若平易，而實新奇，前人未嘗道也。」高步瀛《唐宋詩舉要》卷六引吳汝綸評本詩，以為「得雪之神」。〈雪後書北臺壁二首〉其二，分別就戶外天地寫雪後場景，就人身觸覺、視覺寫雪後感受，復就瑞雪滅蝗宜麥，遙想來年豐收可期，妙在就天、地、人三層面作「雪後」

之鋪寫，烹煉生新，借代以生色，偏言以顯正，亦禁體之清腴可愛者。[23] 又如：

> 窗前暗響鳴枯葉，龍公試手初行雪。映空先集疑有無，作態斜飛正愁絕。眾賓起舞風竹亂，老守先醉霜松折。恨無翠袖點橫斜，祇有微燈照明滅。歸來尚喜更鼓永，晨起不待鈴索掣。未嫌長夜作衣稜，卻怕初陽生眼纈。欲浮大白追餘賞，幸有回飆驚落屑。模糊檜頂獨多時，歷亂瓦溝裁一瞥。汝南先賢有故事，醉翁詩話誰續說。當時號令君聽取，白戰不許持寸鐵。(蘇軾〈聚星堂雪〉)

蘇軾禁體詠物之代表作，足與歐陽脩〈雪〉詩爭雄媲美者，當為〈聚星堂雪〉一首。此詩體物神妙，主要在摹寫小雪。其中「映空先集」二句，體物細緻，得小雪之神韻與姿態。以下妙用賦法，分詠夜晚之雪、清晨之雪、風中之雪、樹頂之雪、瓦溝之雪，就各種時空作層面鋪陳；「幸無」以下八句，分寫雪中與客會飲之前後場景。筆者特別欣賞「眾賓起舞風竹亂，老守先醉雙松折」：室內「與客會飲」，而眾賓起舞；老守先醉之形象，與戶外風雪中松竹搖曳之姿態交相疊映，寫景如畫。清汪師韓《蘇詩選評箋釋》卷五評本詩：「賦雪者多以悠揚飄蕩取其韻致，此獨用生劖之筆作硬盤之語，晢脫常態，匪徒以禁體物語標其潔清。」[24]其奇倔老健，不落俗套如此，真禁體之名篇也。

---

[23] 陸游《渭南文集》卷三十，〈跋呂成叔和東坡尖叉韻雪詩〉，盛稱蘇、王所作「尖」、「叉」韻〈雪〉詩，以為「非二公莫能為也」。又稱：「通判澧州呂文之成叔，乃頻和百篇，字字工妙，無牽強湊泊之病」（按呂文之和詩，《全宋詩》未見）。《四部叢刊》正編，（臺北：臺灣商務印書館，影明華氏活字本，1967 年），頁 267。以陸游之「好詩」喜作，卻宣稱「讀書有限，用力尠薄，觀此集，有愧而已！」固是謙詞，然亦可見白戰體〈雪〉詩「於艱難中出奇麗」之不易。曾棗莊等主編：《全宋文》（上海：上海辭書出版社，2006 年），第二二三冊，卷四九三九，頁 46。

[24] 曾棗莊：《蘇詩彙評》（臺北：文史哲出版社，1998 年），卷三十四，〈聚星堂雪〉評語，頁 1439-1442。

其他，蘇軾發揮不犯正位之詩思，從事詩歌創作，若詠物詩、登樓詩、遊覽詩等，亦多為開放式思維之體現，如：

> 人老簪花不自羞，花應羞上老人頭。醉歸扶路人應笑，十里珠簾半上鉤。（蘇軾〈吉祥寺賞牡丹〉）
>
> 春風嶺上淮南村，昔年梅花曾斷魂。豈知流落復相見，蠻風蜑雨愁黃昏。長條半落荔支浦，臥樹獨秀桄榔園。豈惟幽光留夜色，直恐冷艷排冬溫。松風亭下荊棘裏，兩株玉蕊明朝暾。海南仙雲嬌墮砌，月下縞衣來扣門。酒醒夢覺起繞樹，妙意有在終無言。先生獨飲勿歎息，幸有落月窺清樽。（蘇軾〈十一月二十六日松風亭下梅花盛開〉）

唐人李白〈清平調〉、白居易〈牡丹芳〉詠牡丹，多從直接正面著手；蘇軾〈吉祥寺賞牡丹〉，則改換描寫視角，別從側面、間接烘托，以品賞褒美國色天香之花王。六朝鮑照，唐人王維詠梅，只以梅花為背景，未作主體；蘇軾首揭梅花有孤高、瘦硬、凌霜、傲雪之品格（如〈紅梅〉一詩）。〈十一月二十六日松風亭下梅花盛開〉，則以梅擬人，從多元視角描寫梅格：以長條半落、臥樹獨秀；玉蕊明、仙雲嬌、縞衣來，狀其姿態；「幽光留夜色，冷艷排冬溫」，則兼寫梅花之身影與精神，亦多不犯正位。描寫花卉如此，詠寫蔬果亦然，如：

> 南村諸楊北村盧，白華青葉冬不枯，垂黃綴紫煙雨裏，特與荔子為先驅。海山仙人絳羅襦，紅紗中單白玉膚，不須更待妃子笑，風骨自是傾城姝。不知天公有意無，遣此尤物生海隅，雲山得伴松檜老，霜雪自困樝梨麤。先生洗盞酌桂醑，冰盤薦此赬虯珠。似開江鰩斫玉柱，更洗河豚烹腹腴。我生涉世本為口，一官久矣輕蓴鱸。人間何者非夢幻，南來萬里眞良圖！（蘇軾〈四月十一日初食荔枝〉）

古今詠物詩詞之妙，多在不即不離、若即若離之間，蘇軾詠牡丹、梅花如此，〈四月十一日初食荔支〉亦不例外。此詩妙在烘雪托月，不犯正位：楊梅、盧橘；山楂、粗梨諸果，既反面烘托；又拈出仙人、傾城、尤物、虬珠、玉柱、河豚、蕈鱸諸形象化比擬，荔枝「風骨」已呼之欲出。此詩尤妙在收結，曲終奏雅，將南來惠州，貶謫萬里，看作「眞良圖」，猶另首〈荔支〉詩言「日啖荔支三百顆，不辭長作嶺南人」，化憂患苦難為樂觀曠達，亦是別生眼目，作開放思維，又如：

> 我昔南行舟繫汴，逆風三日沙吹面。舟人共勸禱靈塔，香火未收旂腳轉。回頭頃刻失長橋，卻到龜山未朝飯。至人無心何厚薄，我自懷私欣所便。耕田欲雨刈欲晴，去得順風來者怨。若使人人禱輒遂，造物應須日千變。今我身世兩悠悠，去無所逐來無戀。得行固願留不惡，每到有求神亦倦。退之舊云三百尺，澄觀所營今已換。不嫌俗士污丹梯，一看雲山繞淮甸。（蘇軾〈泗州僧伽塔〉）

唐人登樓、登高詩，多以現在進行式，描寫登高所見、所聞、所感，如王之渙〈登鸛雀樓〉、杜甫〈登高〉詩者然。宋人生唐後，為求開闢有為，往往調整時態，倒換主賓，如蘇軾〈泗州僧伽塔〉，先舖寫登塔前情景：追憶往昔南行，禱於靈塔；因論去來順逆，懷私厚薄，已敘寫十六句，猶尚未登上寺塔。至「退之舊云」兩句，始扣題；最末兩句，方寫到登塔，即戛然而止，不再贅述。擺落前人慣性思維，另闢異地乾坤，是所謂開放思維。無獨有偶，蘇軾〈題西林壁〉詩，時間設定在遊罷廬山之後，概括提出觀後感，變現在進行式為過去完成式，又出之以理趣，調整唐人所寫遊賞山水詩之視點，故不同凡響如此。

四、宋詩之自得自到與獨創思維

思維成果的獨創性，是創造性思維的直接體現或標誌，常常具體表現為創造成果的新穎性及唯一性。宋代詩學追求「不經人道，古所未有」，陳師道、許尹，方回論杜甫、蘇軾、黃庭堅之所以以詩名世，多在學而不為，變而不襲，留意古人不到處。故朱熹論文，激賞「言眾人之所未嘗」；姜夔說詩，初步尋求「與古人異」，其極致則超越活法而「無見乎詩」。要之，宋人作詩，追求「皮毛剝落盡」的陌生化，「出人意表」的新鮮感，「著意與人遠」的奇異性，以及「挺拔不群」的獨創性，其中有宋代文化「知性的反省」特質在內，皆是宋人及江西詩家具有獨創成就之基因與催化劑[25]。

明代前後七子論詩，多宗唐詩，主模擬。唯謝肇淛《小草齋詩話》調和擬古與性靈詩學，曾言：「宋詩雖墮惡道，然其意亦欲自立門戶，不肯學唐人口吻耳。此等見解，非本朝人可到。本朝惟北地、歷下二公，有成佛作祖之意，而力量稍不逮。」[26]謝肇淛推崇宋詩「欲自立門戶，不肯學唐人口吻」，即是追求「成佛作祖之意」，此無異肯定宋詩富於獨創思維。此種獨創特色，即宋代詩學追求「不經人道，古所未有」之審美趣味，亦是宋型文化「會通化成」之發用與展現。就是這種陌生化、新鮮感、奇異性，以及新變自得的自我期許，才能蔚為宋詩與宋調之眼光獨到，與詩藝創發。

唐詩之輝煌成就，是宋人作詩無可避免之焦慮，《陳輔之詩話》所謂「世

---

[25] 張高評：《宋詩之新變與代雄》，貳〈自成一家與宋詩特色〉，一、「不經人道，古所未有」，頁 79-85。又參考龔鵬程：〈知性的反省—宋詩的基本風貌〉，《中國文化新論·意象的流變》（臺北：聯經出版公司，1982 年），頁 261-308；龔鵬程：〈宋代文化在中國的地位〉，黎活仁等主編：《宋代文學與文化研究》（臺北：大安出版社，2001 年），頁 21-24。

[26] 張健輯校：《珍本明詩話五種》，謝肇淛《小草齋詩話》卷二，外篇上，頁 371。

間好語言，已被老杜道盡；世間俗語言，已被樂天道盡。」的確是一大困境。何止杜甫、白居易，其他唐詩別出心裁，詩思獨創者亦所在多有，如唐人〈焚書坑〉詩：「坑灰未冷山東亂，劉項原來不讀書。」〈築長城〉詩：「誰知斬木為兵者，盡是長城裏面人。」〈銷兵器〉詩：「誰知十二兵人外，更有人間鐵未銷。」多能於作史者不到處，別生眼目，而未經人道，古所未有。宋人面對唐詩之輝煌成就，於是因難見巧，發揮求異、反常、組合、開放諸創造性思維，在在有助於宋詩風格特色之形塑，略見上述。除外，宋人論詩，不只強調推陳出新，更追求未經人道，學而不為；追求自得自到，標榜自成一家，凡此，則是宋人獨創思維之體現。如：

> 聖俞嘗語余曰：「詩家雖率意，而造語亦難。若意新語工，得前人所未道者，斯為善也。必能狀難寫之景，如在目前；含不盡之意，見於言外，然後為至矣。」（歐陽脩《六一詩話》）
> 唐詩：「長因送人處，憶得別家時。」又曰：「舊國別多日，故人無少年。」舒王東坡用其意，作古今不經人道語。舒王詩曰：「木末北山煙冉冉，草根南澗水泠泠。繰成白雪桑重綠，割盡黃雲稻正青。」坡曰：「桑疇雨過羅紈膩，麥隴風來餅餌香。」如《華嚴經》舉果知因，譬如蓮花，方其吐花而果具蕊中。造語之工，至於舒王東坡山谷，盡古今之變。（釋惠洪《冷齋夜話》卷五，彭乘《墨客揮犀》卷八；明季汝虞《古今詩話》卷八）

創意造語，為宋代詩話筆記所標榜之詩學趨向。就詩思而言，盡心於「前人所未道」者；就寫作而言，致力於「意新語工」，「作古今不經人道語」；如此，則立意生新，造語精工。《六一詩話》引述梅堯臣之言，《冷齋夜話》考論王安石、蘇軾詩篇，多盛稱其創意造語，盡古今之變。劉克莊稱美楊萬里詩之殊勝，在誠齋能道盡「今人不能道」之語；此即朱熹論文所提「言眾人之所未嘗」，此即詩家語盡心致力之陌生化與獨創性。宋詩代表王安石、蘇軾如此，另一代表黃庭堅開創江西詩派，詩學宗風亦有異曲同工之妙，如宋人詩話筆記所云：

> 黃魯直貶宜州，謂其兄元明曰：「庭堅筆老矣，始悟抉章摘句為難，要當於古人不到處留意，乃能聲出眾上。」元明問其然。曰：「庭堅六言近詩『醉鄉閒處日月，鳥語花間管絃』是也。」此優入詩家藩閫，宜其名世如此。（吳幵《優古堂詩話》、吳曾《能改齋漫錄》卷八）
>
> 豫章之學博矣，而得法於杜少陵，其學少陵而不為者也，故其詩近之，而其進則未已也。（陳師道《後山居士文集》卷十，〈答秦觀書〉）
>
> 宋興二百年，文章之盛追還三代，而以詩名世者，豫章黃庭堅魯直，其後學黃不至者後山陳師道無已。二公之詩，皆本於老杜而不為者也。（許尹〈題任淵注《黃陳詩》〉序）

抉章摘句所以難，要在「留意古人不到處」，黃庭堅老而貶宜州始悟。至於黃庭堅詩之精進不已，陳師道以為固在「得法於杜少陵」，而關鍵更在「學少陵而不為」。許尹論宋代以詩名世者，亦數黃庭堅與陳師道；而黃陳「二公之詩，皆本於老杜而不為者」。語所謂「有所學而後成，有所變而後大」，此之謂夫。無論留意古人不到處，或學杜、本杜而「不為」，亦即從老杜入，不從老杜出，蓋新變代雄、獨創發明，故成一代大家與名家。推而廣之，元祐詩人之能成就大家名家者，要皆學而不為，變而不襲，似而不似，如：

> 今人不能道語，被誠齋道盡。（劉克莊《後村詩話》前集卷二）
>
> 後人專做文字，亦做得衰，不似古人。前輩云：「言眾人之所未嘗，任大臣之所不敢。」多少氣魄！（朱熹《論文》上，黎靖德編《朱子語類》卷一百三十九）
>
> 元祐詩人詩，既不為楊、劉崑體，亦不為九僧晚唐體，又不為白樂

天體，各以才力雄於詩。山谷之奇，有崑體之變，而不襲其組織。（方回《瀛奎律髓》卷二十一〈雪類．詠雪奉承廣平公〉評語）

楊萬里作詩，盡心於「今人不能道語」，而蔚為誠齋體；朱熹論文，提出做文字，當追求「言眾人之所未嘗」。宋詩特色形成於元祐年間，元祐詩人無不學古，或學崑體、或學晚唐體、或學樂天體、或學昌黎體、或學少陵體，然學而不為，故能入又能出，知追新求變，而不流於因襲模擬。既各以才力雄於詩，故每能深造自得。《西清詩話》、《漫齋語錄》、《仕學規範》、《白石道人詩說》、《滄浪詩話．詩辨》諸詩話，在在強調自得自到，可知宋人學古論之究竟。如：

《西清詩話》云：「作詩者，陶冶物情，體會光景，必貴乎自得；蓋格有高下，才有分限，不可強力至也。譬之秦武陽氣蓋全燕，見秦王則戰慄失色；淮南王安，雖為神仙，謁帝猶輕其舉止；此豈由素習哉！余以謂少陵、太白，當險阻艱難，流離困躓，意欲卑而語未嘗不高。至於羅隱、貫休，得意於偏霸，誇雄逞奇，語欲高而意未嘗不卑。乃知天稟自然，有不能易者。」（宋胡仔《苕溪漁隱叢話》前集卷五十六）

蘇尚書符，東坡先生之孫，嘗與世人論詩。……大凡文字須是自得自到，不可隨人轉也。（宋張鎡《仕學規範》卷三十八）

《詩說》之作，非為能詩者作也；為不能詩者作，而使之能詩。能詩而後能盡吾之說，是亦能詩者作也。雖然，以吾之說為盡，而不造乎自得，是足為詩哉！（宋姜夔《白石道人詩說》）

國初之詩尚沿襲唐人：王黃州學白樂天……歐陽公學韓退之古詩，梅聖俞學唐人平澹處。至東坡山谷始自出己意以為詩，唐人之風變矣。（宋嚴羽《滄浪詩話．詩辨》）

《西清詩話》、《仕學規範》、《白石道人詩說》論詩，多標榜自得自到之獨創思維。自得自到，為詩道之極致，「格有高下，才有分限，不可強力至也。」唯其富於獨創，所以可貴。《滄浪詩話》論述宋人學唐變唐之歷程，至元祐間「東坡山谷始自出己意以為詩」，於是宋詩跳脫了唐詩典範，疏離了唐音之本色，蔚為宋詩宋調之特色。所謂「自出己意」，是在新變唐風之前提下完成的，所謂學古通變，自成一家，就風格而言，宋詩自有獨創與自得之特色。如：

若但以詩言之，則淵明所以為高，正在其超然自得，不費安排處。（宋朱熹《朱熹集》卷五十八，〈答謝成之〉）
詩吟函得到自有得處，如化工生物，千花萬草，不名一物一態。若摸勒前人，無自得，只如世間剪裁諸花，見一件樣，只做得一件也。（宋魏慶之《詩人玉屑》卷十，引《漫齋語錄》〈自得〉）
少陵詩，憲章漢魏，而取材於六朝。至其自得之妙，則前輩所謂集大成者也。（宋嚴羽《滄浪詩話・詩評》）
文章自得方為貴，衣鉢相傳豈是真。已覺祖師低一著，紛紛法嗣復何人？（金王若虛〈論詩詩〉，《滹南遺老集》卷四十五）

自北宋五子以來，理學家論學每喜言自得。詩學受儒學影響，亦追求自得：朱熹品評陶淵明詩之高明，在於「超然自得」；《漫齋語錄》亦以有無「自得」評詩，有自得則「化工肖物」，富於獨到創獲：「千花萬草，不名一物一態」。杜甫作詩，雖亦「憲章漢魏，而取材於六朝」，然知學古而通變，故深造自得，而為唐詩一大家。杜詩「自得之妙」，蓋從集成諸家詩人之優長而來。由此觀之，作詩行文，妙在自得，王若虛所謂「文章自得方為貴」者是也。其他宋人之文集、詩話、序跋，論創作或品題，亦多標榜自得，如：

東坡嘗謂余曰：「凡造語，貴成就，成就則方能自名一家。」（李之儀《姑溪居士文集》卷三，〈跋吳思道詩〉，《粵雅堂叢書三編》本）

宋子京《筆記》云：文章必自名一家，然後可以傳不朽。若體規畫圓，準方作矩，終為人之臣僕，古人譏屋下架屋，信然。陸機曰:「謝朝花於已披，啟夕秀於未振。」韓愈曰:「惟陳言之務去。」此乃為文之要。苕溪漁隱曰：學詩亦然，若循習陳言，規摹舊作，不能變化，自出新意，亦何以名家。魯直詩云:「隨人作計終後人。」又云：「文章最忌隨人後。」誠至論也。(胡仔《苕溪漁隱叢話》前集卷四十九；又，魏慶之《詩人玉屑》卷五，〈忌隨人後〉)

東坡論造語「貴成就」，指自鑄偉詞，詞必己出而言；具此詩歌語言之要求，方能「自名一家」。宋祁《筆記》所謂為文之要有二端：消極作法曰務去陳言，積極目標曰自名一家；唯有獨創自得，方能自名一家。苕溪漁隱論詩，較強調「陳言務去」，如循習陳言、規摹舊作、不能變化、隨人作計、忌隨人後云云，皆在戒除禁絕之列；唯自出新意、自名一家，方值得盡心致力追求。南宋詩家亦多類似之論，如：

傳派傳宗我替羞，作家各自一風流。黃陳籬下休安腳，陶謝行前更出頭。(宋楊萬里《誠齋集》卷二十六，〈跋徐恭仲省幹近詩三首〉其一)

一家之語，自有一家之風味。如樂之二十四調，各有韻聲，乃是歸宿處。模仿者語雖似之，韻亦無矣。雞林其可欺哉！(宋姜夔《白石道人詩說》)

豫章稍後出，薈粹百家句律之長，究極歷代體制之變，搜獵奇書，穿穴異聞，作為古律，自成一家。雖只字半句不輕出，遂為本朝詩家宗祖，在禪學中比得達摩，不易之論也。(宋劉克莊〈江西詩派小序〉，《歷代詩話續編》)

楊萬里作詩，追求創意造語，蔚為獨特之「誠齋體」風格。韓愈論文提倡陳言務去，詞必己出；楊萬里相對標榜後者，所謂各自風流、行前出頭，而避忌傳派傳宗、籬下安腳。姜夔亦強調一家語之自家風味，以為猶樂調之各有韻聲。劉克莊推崇黃庭堅自成一家，開創宋代江西詩派之成就，亦稱許其詩風之獨到創獲。而所謂薈粹優長，究極化變，搜獵穿穴，作為古律，是山谷詩所以「自成一家」之因緣。黃山谷、楊萬里等作詩，若無獨創思維，何能至此？

宋詩大家名家之名篇佳作，所以殊勝於他家，出於無中生有、自我作故、想當然爾、杜撰創發者，所在多有。今先選蘇軾山水詩、詠物詩、題畫詩各若干首，以見東坡詩之獨創與自得：

> 我家江水初發源，宦游直送江入海。聞道潮頭一丈高，天寒尚有沙痕在。中泠南畔石盤陀，古來出沒隨濤波。試登絕頂望鄉國，江南江北青山多。羈愁畏晚尋歸楫，山僧苦留看落日。微風萬頃靴文細，斷霞半空魚尾赤。是時江月初生魄，二更月落天深黑。江心似有炬火明，飛焰照山棲鳥驚。悵然歸臥心莫識，非鬼非人竟何物。江山如此不歸山，江神見怪警我頑。我謝江神豈得已，有田不歸如江水。（蘇軾〈游金山寺〉）
>
> 怕愁貪睡獨開遲，自恐冰容不入時。故作小紅桃杏色，尚餘孤瘦雪霜姿。寒心未肯隨春態，酒暈無端上玉肌。詩老不知梅格在，更看綠葉與青枝。（蘇軾〈紅梅三首〉其一）

唐代山水詩，除傳承六朝模山範水外，又寄情山水，其作法大多「犯正位」——著題申說、直接正面敘寫景物。蘇軾〈游金山寺〉則不然，大多運用「不犯正位」之詩思，未正面描繪金山寺景觀，只簡筆鉤勒金山寺之形勢。將重心置於落日斷霞、江心炬火，而歸結到江神警頑，有田當歸。環繞題之外圍，無中生有，自作多情，可謂長於創意與造語。詠物詠花，妙在不即不離、若即若籬，東坡〈紅梅三首〉其一，將紅梅人格化，移轉人類之品格情性於紅梅中，於是凸顯紅梅「孤高、瘦硬、傲雪、凌霜」之姿質，在「自恐不入時」，與「未肯隨春態」之二元衝突中，獲得和諧之統一。藉花寫人，意在言外；詠物寓理，理趣盎然，確為詠梅之創格。他如題畫之作，東坡亦多創發：

> 深宮無人春日長，沉香亭北百花香。美人睡起薄梳洗，燕舞鶯啼空斷腸。畫工欲畫無窮意，背立東風初破睡。若教回首卻嫣然，陽城、下蔡俱風靡。杜陵飢客眼長寒，蹇驢破帽隨金鞍。隔花臨水時一見，只許腰肢背後看。心醉歸來茅屋底，方信人間有西子。君不見孟光舉案與眉齊，何曾背面傷春啼。(蘇軾〈續麗人行〉)
>
> 竹外桃花三兩枝，春江水暖鴨先知。蔞蒿滿地蘆芽短，正是河豚欲上時。(蘇軾〈惠崇春江曉景二首〉其一)

〈續麗人行〉，借杜甫〈麗人行〉詩題，以詠寫周昉仕女圖「背面欠申內人」。東坡揣摩周昉此畫之匠心，著眼於畫出深宮美人「無窮」之意態，故選擇「背立欠伸」之形象。於是背立欠伸前後之無限春光、無盡歲月；若教回首之嫣然、風靡，都留存於言語之外，提供讀者補充發揮。所謂文外曲致，「含不盡之意，見於言外」。〈續麗人行〉以「背面欠伸」為美人形象，蓋抉取最富孕育性之頃刻，作美感遺妍之開發。其中敘寫杜陵一見云云，看似杜甫〈麗人行〉之形式聯結，卻又將無作有，趣味橫生。孟光傷春云云，與深宮美人作一反襯，絕妙議論，收結歸於正大。〈惠崇春江曉景二首〉，除再現畫面內容，令讀者見詩如見畫以外，又開拓畫境於無限，亦是無中生有手法之運用。要之，東坡作詩多如作文，如「殺之三」、「宥之三」之倫，其獨創性往往如之：

> 當堯之時，皋陶為士。將殺人，皋陶曰：「殺之。」三。堯曰：「宥之。」三。故天下畏皋陶執法之堅，而樂堯用刑之寬。四岳曰：「鯀可用。」堯曰：「不可！鯀方命圮族。」既而曰：「試之！」何堯不

聽皋陶之殺人，而從四岳之用鯀也？然則聖人之意，蓋亦可見矣。《書》曰：「罪疑惟輕，功疑惟重。與其殺不辜，寧失不經。」嗚呼！盡之矣！（蘇軾〈刑賞忠厚之至論〉）

東坡參加省試，試〈刑賞忠厚之至論〉，所云「殺之三」、「宥之三」，自云「出於想當然爾！」實則出於翻空設論，類比推拓，故匪夷所思，不可思議。無中生有，想當然爾之作品，往往富於獨到領會，而創意無限。

宋詩形成古典詩歌典範之一，崛起於輝煌燦爛之唐詩之後，確嘗面對「開闢真難為」之困境。宋詩大家名家學唐變唐之餘，每能因難見巧，追求獨到創獲，故亦能自得而成家。考其獨到自得之道多方，盡心於首倡，致力於創發，再憑藉文人雅集，詩歌唱和，書信流通，雕版傳播，接受反應之餘，遂蔚為南北宋詩壇唱和之風潮。

筆者發現，《全宋詩》多同題共作之詩篇——同一主題，前後詩人所作，少則十餘首，多則 200 餘首。探源究委，凡能風起雲湧，絡繹不絕續作、和作、再作、又作之詩題，皆緣起於大家名家之首唱，方能風行草偃，引領風騷。如梅堯臣〈禽言四首〉，王安石〈明妃曲〉、〈題西太一宮壁〉；歐陽脩〈雪〉、〈白兔〉；蘇軾〈薄薄酒〉、〈續麗人行〉、〈聚星堂雪〉；黃庭堅〈演雅〉、〈送王郎〉、〈荊州即事藥名詩八首〉，要皆出於獨創與自得。才人之代出，各領風騷數百年之創發意義，由此不難管窺一二。

自梅堯臣首作〈禽言四首〉，歐陽脩、蘇軾、黃庭堅皆有和作，於是《全宋詩》有禽言詩 205 首。王安石首作〈明妃曲〉，於是歐陽脩、梅堯臣、司馬光、曾鞏，多爭相酬和，於是《全宋詩》共有 138 首昭君詠。[27]王安石作〈題

---

[27] 張高評：《創意造語與宋詩特色》，第二章「禽言詩之創作與宋詩之化俗為雅——從遺妍開發、創意造語切入」，頁 193-194。

西太一宮壁〉六言詩，蘇軾、黃庭堅、江西詩人爭相唱和，於是《全宋詩》載存六言詩 2159 首。[28]歐陽脩為穎州太守，作禁體詠雪詩，蘇軾和作，而有〈江上值雪〉、〈雪後書北臺壁〉、〈聚星堂雪〉諸詠雪傑作，於是引發王安石、楊萬里諸詩人之酬答，《全宋詩》載禁體詩 37 題 43 首。[29]蘇軾因趙明叔俚言，創作〈薄薄酒二首〉，黃庭堅和作二首，於是《全宋詩》載〈薄薄酒〉詩 9 題 13 首。[30]東坡創作〈續麗人行〉詩，於是續作者五家 5 題 6 首。[31]黃庭堅作〈演雅〉詩，以物擬人，創意十足，亦引發楊萬里、劉克莊之和作，《全宋詩》載九家 11 題 32 首〈演雅〉系列作品，多可見創發之功，足以引領風騷。清趙翼曾稱：「不創前未有，焉傳後無窮」，此之謂也。

五、結語

蘇軾、黃庭堅推動北宋詩文革新，倡導以故為新、奪胎換骨、以俗為雅、點鐵成金，以師古為革新，藉模仿求創新，重技法以納新，論者稱許為「創新的智慧」。宋代詩學追求未經人道，古所未言，無論消極之推陳去俗，或積極之新變奇異，多有助於創意與造語。

習慣，是扼殺創意的殺手。作品之所以缺乏特色，了無新意，癥結在創作過程未曾作創意思考，流於慣性反應，此即所謂收斂思維。宋人論詩，大抵強調學古與通變，厭棄習常陳熟，指出向上一路，不向如來行處行。或謂

---

[28] 同上，第九章「同題競作與宋詩之創意研發——以〈明妃曲〉及相關之詠史詩為例」，頁 389-443。

[29] 同上，第四章「白戰體與宋詩之創意造語」，頁 117-186。

[30] 同上，第十一章「刻抉入裏與宋詩之遺妍開發——蘇黃〈薄薄酒〉之創意與南宋詩人之繼作」，頁 495-532。

[31] 同上，第十章「同題競作與宋詩之遺妍開發——以題畫詩〈陽關圖〉、〈續麗人行〉為例」，頁 451-452。

整視角，或追求新遠，或盡心脫化，或致力善言能言。凡此，多與創造思維之發散、開放、求異、多元異曲同工，可以相互發明。

文學作品、藝術創作，屬於精神文明之創意結晶，與工商產品之研發與製作，或相近或相通，都極重視創意表現與品牌特色。筆者有感於「科技源於人性，創意來自人文」，企圖提煉文學藝術之創意，淬取其中創意之原則、要領、策略，與方法。今梳理宋詩、宋詩話之文獻，提出求異、反常、組合、開放、獨創五大創造性思維，足以破解「宋人生唐後，開闢真難為」之魔咒。因篇幅所限，本文只討論後三者之創意思維。

舊元素的新奇組合，能創造發明新產品。蓋新奇組合，造成驚人碰撞；扭轉假設，容易發現不同世界；唯有跳脫舊有，才能開創新局。會通集成、兼容開放，為宋型文化的特質之一；宋詩既為宋代文化之反映，故也隱含這種特質。由此觀之，無論宋型文化，或宋詩宋學，多致力合併重組之創意策略。宋詩面對唐詩繁榮的高峰，為補偏救弊，改善體質，於是詩人立足本位文藝，肆力旁搜，往往跳出詩體之外，去尋求可資利用之泉源，以便作補償、吸收、借鏡、化用之依據。此種現象，錢鍾書稱為「出位之思」，葉維廉名為媒體與超媒體的美學。宋人之新奇組合，層面多方，如詩中有畫，詩禪交融，以老莊入詩、以儒學入詩、以書法為詩、以史筆作詩；以文為詩、以賦為詩等等，不一而足。量既多，質亦佳，宋詩之學唐變唐，此是大關鍵。

宋詩之學古通變、創意造語之道，多針對典範作品之模稜處、朦朧處、空白處、否定處、粗略處、輕忽處，進行發現、推敲、經營、安排、建構，其中緣飾、附會、填補、翻轉、杜撰、稼接、聯想、組合、類比、會通諸法，在在可作為吾人創意開發之啟示。宋詩之所以能新變、自得，妙用開放思維為多。魯迅宣稱：「一切好詩，到唐已被做完！」於是宋人作詩，處窮必變，往往因難見巧，於艱難中特出奇麗，尤以詠雪白戰禁體詩，可作代表。詠寫花卉如牡丹、梅花、荔枝，以及登樓詩、遊覽詩，亦多盡心於多元書寫，發揮開放思維。

宋代詩學講究「不經人道，古所未有」，追求自得自到，標榜自成一家。陳師道、許尹，方回論杜甫、蘇軾、黃庭堅之所以以詩名世，多在學而不為，變而不襲，留意古人不到處。故朱熹論文，激賞「言眾人之所未嘗」；姜夔說詩，初步尋求「與古人異」，其極致則超越活法而「無見乎詩」。要之，宋人作詩，追求「皮毛剝落盡」的陌生化，「出人意表」的新鮮感，「著意與人遠」的奇異性，以及「挺拔不群」的獨創性，凡此，皆是宋人獨創思維之體現。其中有宋代文化「知性的反省」特質在內，皆是宋人及江西詩家具有獨創成就之基因與催化劑。

唐詩之輝煌成就，是宋人作詩無可避免之焦慮，《陳輔之詩話》所謂「世間好語言，已被老杜道盡；世間俗語言，已被樂天道盡。」的確是一大困境。宋人論詩，強調未經人道，學而不為；就詩思而言，盡心於「前人所未道」；就寫作而言，致力於「意新語工」，「作古今不經人道語」；如此，則立意生新，造語精工。宋詩特色形成於元祐年間，元祐詩人無不學古，雖學崑體、學晚唐體、學樂天體，以及學昌黎體、學少陵體，然學而不為，故能入又能出，知追新求變，而不流於因襲模擬。既各以才力雄於詩，故每能深造自得。

《西清詩話》、《漫齋語錄》、《仕學規範》、《白石道人詩說》、《滄浪詩話．詩辨》諸詩話，在在強調自得自到。楊萬里作詩，追求創意造語，蔚為獨特之「誠齋體」風格。故韓愈論文提倡陳言務去，詞必己出，楊萬里相對標榜後者，所謂各自風流、行前出頭，而避忌傳派傳宗、籬下安腳。姜夔亦強調一家語之自家風味，劉克莊推崇黃庭堅自成一家，開創宋代江西詩派之成就，亦稱許其詩風之獨到創獲。宋詩大家名家之名篇佳作，出於無中生有、自我作故、想當然爾、杜撰創發者，所在多有。蘇軾山水詩、詠物詩、題畫詩尤見東坡詩之獨創與自得。凡此，皆可供文學、藝術作品追求創新，產品開發追求創意之借鏡與參考。[32]

[32] 本文初稿〈創造性思維與文學創新——以宋詩之組合思維、開放思維、獨創思維為例〉，發表於張高評主編：《第四屆實用中文寫作學》四編（臺北：里仁書局，2011 年），頁 55-104。

第五章　求異思維、反常思維與宋詩特色

——以宋代詩歌、詩話為例

創意，是文學的靈魂，藝術的生命。或揚棄陳窠，追求新變；或脫胎換骨，競爭超勝；或前修未密，後出轉精；或創前未有，開後無窮，這些，都是創意開發之層面與效應。文學作品之優秀，藝術作品之傑出，未嘗不由於此。

人文學院、藝術學院相關系所，或探討作品，或研發理論，對於美感鑑賞之提示，情意陶冶之啟迪，文化傳承之指引，人文素養之儲備，多具潛移默化，以及推助促成之功。這正是人文學院、藝術學院生存的理由，發展的契機。文學與藝術作品，能自成一家、流傳不朽者，往往富含創意。如何從中提煉創意之策略，淬取創意之方法，作為學以致用之資源，實屬當務之急。

文學藝術作品所以享譽當代，流傳久遠，主要在於風格獨具，自成一家。無論詩、詞、文、賦、小說、戲劇，無論繪畫、書法、音樂、雕塑、電影，就文學藝術的傳承而言，作家或藝術家永遠是個後來者。當他準備創作時，面對古今中外、琳瑯滿目、出類拔萃、偉大不朽的前人作品，是否浮現「影響之焦慮」？[1]如何推陳出新？如何競爭超勝？如何後出轉精？如何新變代雄？這些思維的真正落實，正是文學藝術作品所以風格獨具，自成一家之催

---

[1] 金元浦：《接受反應文論》（濟南：山東教育出版社，1998 年），第八章第三節〈布魯姆：誤讀與焦慮〉，頁 306-314。

化劑。具備這些思維，進而體現這些思維，就是一般所謂的「創意」，「創意思維」、「創意思考」，學術用語稱為「創造性思維」。

一、從創發開拓看宋詩之創造性思維

一般人之思考形態，大抵循直接、正面、垂直、線性方式，進行平面而慣性之思維。由於思路狹隘、單一，往往是其所是，不疑有他，於是淪為老生常談，了無創意。袁枚《隨園詩話》所謂「一題到手，必有一種供給應付之語，老生常談」；黃宗羲《論文偶記》所謂「庸人思路共集之處纏繞筆端」。黃氏提出「剝去一層，方有至理可言」；袁氏揭示「心精獨運，自出新裁」，多富於創意化與建設性，是所謂創造思維，切合創造原理。創造性思維強調避熟脫凡，拋棄慣性常規，要求作者面目，自成一家；致力思維形式之反常性、思維方式之求異性、思維結構之靈活性、思維空間之開放性、思維成果之創新性。這就是創造力、創新精神。

詩歌語言或文學語言特色之一，為「忌直貴曲」，此與創造性思維殊途同歸。清冒春榮著《葚原詩說》，闡述作詩之道，提出「詩腸須曲，詩思須癡，詩趣須靈」之三須，頗有精彩論說。如云：

> 意本如此，而反說如彼，或從題之左右、前後、曲折以取之，此之謂曲腸。狂欲上天，怨思填海，極世間癡絕之事，不妨形之於言，此之謂癡思。以無為有，以虛為實，以假作真，靈心妙舌，每出人意想之外，此之謂靈趣。[2]

---

[2] 清冒春榮：《葚原詩說》卷一，郭紹虞：《清詩話續編》（臺北：木鐸出版社，1983 年），中冊，頁 1581。

曲折、反說；癡狂、變異；靈妙、意外等異想天開、匪夷所思，所謂曲腸、癡思、靈趣者，何止詩歌語言追求如此，試與創造性思維相較，亦不謀而合。蓋創意，是文學的生命，藝術的靈魂；文學作品追求創意，才能獨領風騷；藝術作品表現創意，才可能出類拔萃。上引冒春榮之詩說，特提詩腸、詩思、詩趣，而標榜曲、癡、靈三種審美興味，運用側向思維、逆向思維、發散思維、求異思維、旁通思維、超常思維，大抵多屬創造性思維。清田雯《古歡堂集》卷一〈楓香集序〉稱：「詩變而日新，則造語命意必奇，皆詩人之才與學為之也。」一代有一代之詩，一家有一家之詩，追求自家面目，其關鍵正是「新」與「變」二字。造語命意，致力於變異，盡心於新奇，此攸關詩人之才與學，田雯序言有極明確之提示。田雯之說詩，移以論宋代之詩歌與詩學，乃至於宋詩之創意與造語，皆極適切而賅當。

筆者曾以《遺妍之開發與宋詩特色》為題，執行國科會三年期專題研究計畫。近三年來，本校榮獲教育部一流大學獎勵，推動「邁向頂尖大學計畫」，筆者先後主持「文藝典範與創意研發」、「文學藝術與創意研發」二研究計畫。今稍加董理潤飾，遂成《創意造語與宋詩特色》一書。[3]蓋創意與造語，為詩歌語言或文學語言之客觀標準，唐人學漢魏、變漢魏，而自成一家，其創意造語固然切合此規準；宋人學唐、變唐，出其所自得，其創意造語亦不外是。推而至於其他文類、其他朝代、其他作家，舉凡出類拔萃、引領風騷、影響當代、流傳不朽之作品，要皆印合創造性思維，而流露其創意、展現其造語。

試考查宋代詩話、筆記、序跋、文集，津津樂道者為學唐、變唐，終極期許者為自成一家，其實踐策略則為創意與造語。如標榜立異求勝、出奇盡變，矯然特出新意、留意古人不到處；融會古今，自出機軸；不經人道，古所未有；學少陵而不為，言眾人之所未嘗；以及所謂自出己意以為詩，終非

[3] 張高評：《創意造語與宋詩特色》（臺北：新文豐出版公司，2008年），頁1-580。

古人之詩云云，求異出新，陌生獨創，何一而非創造性思維？又如：造語貴獨創，作詩貴自得；自得自到，不隨人轉；所得不同，不相蹈襲；自家物色，不蹈襲前人云云；強調作品之獨到性、創發性，最為創意與造語所追尋。又所謂自有得處，如化工肖物；作語不可太熟，亦須令生；不為不襲，有以自立；文章自得方為貴，俯仰隨人亦可憐云云，推崇獨創自得，避忌蹈襲雷同，此亦切合創造性思維之要求。宋代詩學之體現如此，圖書傳播、閱讀接受，反饋於宋人之詩歌創作，亦多富含創意與造語之自覺。

再考察明清詩學之論宋詩，所謂處窮必變，不肯雷同剽襲；別闢門戶，獨樹壁壘；變化無窮，淩跨一代；取材廣而命意新，一代作手，自有面目；變化於唐而出其所自得，境界多開闢古今之所未有云云。清人感慨「宋人生唐後，開闢真難為」，果真切中癥結。宋詩傳承唐詩，確實存在盛極難繼之困境，然宋人發揮別識心裁，追新求變，因難見巧，期許自家面目，其中求異思維、創新意識之發用，最為關鍵。清代宗宋之詩話每盛稱：坡詩恆有遠境，為尋常胸中所無有；山谷所能，句句遠來，無一是恆人意料所及；宋人精詣，全在刻抉入裏，所以不蹈襲唐人；宋人不規規模擬前人，要以自成一家而止云云，則不止陌生化、獨創性而已。衡以創造思維之主要特質，如思維形式之反常性、思維過程之辯證性、思維空間之開放性、思維成果之獨創性等等，於宋詩學唐、變唐、發唐、拓唐之際，多有具體而微之體現。由此可見，宋詩自有特色，自具價值，自佔「詩分唐宋」之文學史地位。

書聖王羲之的書法號稱極品，唐之顏真卿、歐陽詢、柳公權、宋之蘇軾、黃庭堅、米芾、蔡襄，元之趙孟頫，清之鄭板橋書法，也都各具風神，各有特色。唐人文學藝術之於晉，宋人之於唐，元清人之於唐宋，自成一家者，傳承開拓之間，必有因革損益。以詩歌而言，詩聖杜甫作詩學六朝，韓愈、李商隱師法杜甫，又自具風格；宋詩大家名家如王安石、蘇軾、黃庭堅、陳師道，也先後學習杜甫，又各有自家之風格面貌，此所謂「學唐變唐」、「新唐拓唐」，所謂「有所法而後成，有所變而後大」。後人不能不學習吸收前人之優長，此所謂傳承繼往；然於學習模仿之餘，又致力求變追新、盡心創造發明，如此方有自家風貌，方能與前賢比肩，此之謂拓展開來。傳承開拓、因革損益間，創意思維的發用，自是文藝創作革故鼎新，後出轉精的焦點課題。

北宋詩人身處「菁華極盛，體製大備」之唐詩之後，化解影響焦慮之道，致力求變追新，期許自得成家，其思維方式與寫作策略，往往暗合創造性思維之準則。論者指出：創造性思維有別於一般思維的主要特點是，思維形式的反常性，思維過程的辯證性，思維空間的開放性，思維成果的獨創性及思維主體的能動性。[4]衡以宋詩代表性詩人，如歐陽脩、王安石、蘇軾、黃庭堅詩作，多有具體而微之表現。創造發明之歷程，不約而同必須遵循一些基本法則，此之謂創造性原理，如組合、移植、逆反、迂回、換元、分離、強化、群體等等，[5]宋詩在學唐、變唐、新唐、發唐之過程中，舉凡創意造語之傑作，大多有所體現。

錢穆《中國近三百年學術史》論宋學精神，「厥有兩端：一曰革新政令，二曰創通經義」；[6]筆者以為：革新與創通之宋學精神，即是宋代文化、宋代文學，乃至宋詩之創造開拓精神。今以宋詩代表歐陽脩、王安石、蘇軾、黃庭堅詩歌為主要文本，旁及唐詩之名篇佳作，選擇創造性思維中之求異思維、反常思維為綱領，參考宋代詩話、筆記、文集之相關論述，申說如下：

---

[4] 田運主編：《思維辭典》，〈創造思維〉（杭州：浙江教育出版社，1996 年），頁 207-208。

[5] 同上註，〈創造原理〉，頁 208-209。

[6] 錢穆：《中國近三百年學術史》（臺北：臺灣商務印書館，1957 年）。

二、宋詩之仿擬點化與求異思維

清・方東樹《昭昧詹言》論創意與造語，再三凸顯「力去陳言」、「割捨凡近」，以為「尋常俗人，所以凡近蹈故；庸人皆能，不羞雷同。」故言與意貴在創新與發明，蘇軾、黃庭堅所能，皆在致力「求與人遠」、「不肯隨人作計」。楊萬里〈跋徐恭仲省幹近詩〉所謂：「黃陳籬下休安腳，陶謝行前更出頭」；羅大經《鶴林玉露》卷三引楊萬里言，所謂「丈夫自有衝天志，莫向如來行處行」，創新之企圖，從中不難領略。要之，舉凡萬手所作雷同、傖俗、浮淺、粗獷、纖巧、平順、滑易、散漫、膚泛之言語與命意，宗宋詩派皆所謂「陳言」。陳言熟語，了無創新意識，與好奇恥同，相去懸遠。

衡以《易傳》窮變通久之理，文學價值之高下，當以新變自得為準據，不當以源流同異定優劣。清葉燮《原詩》所謂「相似而偽，無寧相異而真。」[7]然明清宗唐詩話多昧於此理，往往以源流同異判優劣，於是每多尊唐抑宋，尤其針對蘇黃詩風與江西詩派，大加撻伐。以為與唐詩、唐音趣味不同，即是「非詩」，如以文為詩、以詩為文、以賦為詩、以史入詩、以禪喻詩、以禪為詩、以文字為詩、以議論為詩、以才學為詩、資書以為詩，以及「反其意而用之」的翻案詩等等。這些「非詩」特色，隱含宋調之唐代詩人如杜甫、韓愈、及晚唐詩人間亦多有之，不過質量遠不如宋人與宋詩而已。這種「相異而真」之宋詩，與宗唐詩話推崇之唐詩相較，入主出奴，當然成為「非詩」。然就詩歌語言而言，即是求異追新之創造性思維。

求異思維（divergent thinking），實即發散思維、輻射思維之一。指思考

[7] 清葉燮：《原詩》卷二，〈內篇下〉，丁福保輯《清詩話》本（臺北：明倫出版社，1971 年），頁 587。

路數不受既有經驗或規則之限制，而是從不同角度、不同方式，去尋求解決問題的一種思維方法。[8]宋人面對唐詩之繁榮昌盛，為跳脫「開闢真難為」之困境，在學唐變唐之原則下，往往經由模仿以求創新，江西詩法所謂點鐵成金、奪胎換骨、以故為新，為其中較顯著者，如云：

> 苕溪漁隱曰：永叔〈送原甫出守永興〉詩云：「酌君以荊州魚枕之蕉，贈君以宣城鼠鬚之管，酒如長虹飲滄海，筆若駿馬馳平阪。」黃魯直〈送王郎〉詩云：「酌君以蒲城桑落之酒，泛君以湘纍秋菊之英，贈君以黟川點漆之墨，送君以陽關墮淚之聲；酒澆胸中之磊落，菊制短世之頹齡，墨以傳千古文章之印，歌以寫從來兄弟之情。」近時學者，以謂此格獨魯直為之，殊不知永叔已先有也。[9]
>
> 山谷〈詠明皇時事〉云：「扶風喬木夏陰合，斜谷鈴聲秋夜深。人到愁來無處會，不關情處亦傷心。」全用樂天詩意。樂天云：「峽猿亦無意，隴水復何情？為到愁人耳，皆為斷腸聲。」此所謂奪胎換骨者是也。[10]

點化與沿襲，猶作之於述，不惟工拙不同，亦涉及創發與陳俗。如黃庭堅〈送王郎〉一首，出以排偶句法，以賦為詩，此格雖由歐陽脩開創先有，然發揚光大，踵事增華，樹立規模，當歸功於黃庭堅之開發遺妍。所謂守先待後，山谷有之。曾季貍《艇齋詩話》點明：黃庭堅〈詠明皇時事〉三四句，蓋奪胎換骨於白居易〈和思歸樂〉詩。白居易詩之原型始胎，本詠禽言思歸

8 張永聲主編：《思維方法大全》（南京：江蘇科學技術出版社，1991 年），〈求異思維法〉，頁49-50。參考張高評：〈從創造思維談宋詩特色——以創造性模仿、求異思維為例〉，《宋代文學研究叢刊》第 14 期（2007 年 6 月），頁 1-32。其後，修訂潤色，輯入《創意造語與宋詩特色》（臺北：新文豐出版公司，2008 年），第三章，頁 59-115。

9 胡仔：《苕溪漁隱叢話》前集（臺北：長安出版社，1978 年），卷 29，「六一居士上」，頁 201。

10 宋曾季貍，《艇齋詩話》，丁福保《歷代詩話續編》本（臺北：木鐸出版社，1983 年），頁 314-315。

樂，觸類引申以抒寫遷客愁緒；黃庭堅奪換白居易詩，以代寫馬嵬之變，明皇遷蜀，聞鈴愁來，觸處傷心之景況。此種移植滲透，黃庭堅及江西詩人謂之奪胎換骨；經由模仿，稍加變異，亦足以達到創意造語，令人耳目一新。宋人所謂「奪胎換骨」，大抵有橫向和縱向兩種意涵，其一即是意義原型的點化，曾季貍《艇齋詩話》所云，即唐皎然《詩式》所謂「偷意」，此所謂「規摹其意而形容之」。又如：

> 古之聖賢，或相祖述，或相師法。生乎同時，則見而師之，生乎異世，則聞而師之。……屈原作〈九章〉，而宋玉述〈九辭〉；枚乘作〈七發〉，而曹子建述〈七啟〉；張衡作〈四愁〉，而仲宣述〈七哀〉；陸士衡作〈擬古〉，而江文通述〈雜體〉。雖華藻隨時，而體律相倣。李唐群英，惟韓文公之文、李太白之詩，務去陳言，多出新意。……近代歐公〈醉翁亭記〉步驟類〈阿房宮賦〉，〈晝錦堂記〉議論似〈盤古序〉，東坡〈黃樓賦〉氣力同乎〈晉問〉，〈赤壁賦〉卓絕近於雄風，則知有自來矣。……善學者當先量力，然後措詞。未能祖述憲章，便欲超騰飛翥，多見其嚄唶而狼狽矣。[11]

《珊瑚鉤詩話》強調古聖先賢遞「相祖述」、「相師法」之重要。枚舉宋玉之於屈原，曹植之於枚乘，王粲之於張衡，江淹之於陸機，「雖華藻隨時，而體律相倣」，祖述師法之迹顯然。又舉當代大作手歐陽脩、蘇軾之散文辭賦，於前賢作品，或類、或似、或同、或近，要之，皆「有自來」，祖述師法之迹亦極明白。由此可見，創造性模仿，宋人多所提倡，並不避忌。張表臣甚至批評某些「未能祖述憲章，便欲超騰飛翥」之作者，以為不自量力，「多見其嚄唶而狼狽矣」！

---

[11] 宋張表臣，《珊瑚鉤詩話》卷 1，清・何文煥編：《歷代詩話》本（北京：北京圖書館出版社，2003 年），頁 450。

宋人詩話筆記，創作評論，談說奪胎換骨、點鐵成金、以故為新者多，大抵屬於創造性模仿之求異思維。為篇幅所限，今舉王安石、蘇軾所作詩為核心，以所模仿之詩文作參照，以見東坡求異追新創造性思維之一斑。如王安石〈虎圖〉題畫詩，蓋脫胎於杜甫〈畫鶻行〉，畫虎圖轉化為畫鶻，奪換之迹可以彷彿，如：

高堂見生鶻，颯爽動秋骨。初驚無拘攣，何得立突兀？乃知畫師妙，巧刮造化窟。寫此神俊姿，充君眼中物。……[12]

壯哉非羆亦非貙，目光夾鏡當坐隅。橫行妥尾不畏逐，顧盻欲去仍躊躇。卒然我見心為動，熟視稍稍摩其鬚。固知畫者巧為此，此物安敢來庭除。想當槃礴欲畫時，睥睨眾史如庸奴。神閑意定始一掃，功與造化論錙銖。[13]

《漫叟詩話》：「荊公嘗在歐公坐上賦〈虎圖〉，眾客未落筆，而荊公章已就。歐公亟取讀之，為之擊節稱歎，坐客閣筆不敢作。」苕溪漁隱曰：「《西清詩話》中亦載此事，云此乃體杜甫〈畫鶻行〉，以紓急解紛耳。」[14]

創造性模仿，往往刻意調換模仿之動物或植物科屬，如此可以迴避因同質而犯蹈襲。如蘇軾詠海棠花，模仿歐陽脩千葉紅梨花（詳下文）；而王安石之賦〈虎圖〉，模仿杜甫〈畫鶻行〉，且彼此異中有同，乃得類比，如「絕豔」之麗質，為紅梨花與海棠花之所同；鶻與虎之為猛禽猛獸，質性相當，於是

---

[12] 唐杜甫撰，清仇兆鰲注：《杜詩詳注》（臺北：里仁書局，1980 年），卷 6〈畫鶻行〉，頁 477-478。

[13] 宋王安石撰，宋李壁注：《王荊文公詩李壁注》（上海：上海古籍出版社，1993 年），卷 7〈虎圖〉，頁 469-471。

[14] 宋魏慶之：《詩人玉屑》（北京：人民文學出版社，1981 年），卷 17〈半山老人・虎圖〉亦引之，頁 229-230。

詩中特寫顧盼躊躇、心動驚呼；神俊崢嶸，軒然恐出等個性姿態，於是傳神寫物，乃栩栩如生。創造性模仿之要領，由此可見一斑。再如〈韓幹馬十四匹〉模仿杜甫、韓愈詩，更有所創發：

> ……昔日太宗拳毛騧，近時郭家師子花。今之新圖有二馬，復令識者久歎嗟。此皆戰騎一敵萬，縞素漠漠開風沙。其餘七匹亦殊絕，迥若寒空動煙雪。霜蹄蹴踏長楸間，馬官廝養森成列。可憐九馬爭神駿，顧視清高氣深穩。借問苦心愛者誰？後有書諷前支遁。（唐・杜甫〈書諷錄事宅觀曹將軍畫馬圖〉）
>
> ……馬大者九匹。於馬之中又有上者、下者、行者、牽者、涉者、陸者、翹者、顧者、鳴者、寢者、訛者、立者、人立者、齕者、飲者、溲者、陟者、降者、痒磨樹者、噓者、嗅者、喜相戲者、怒相踶齧者、秣者、騎者、驟者、走者、戴服物者、載狐兔者：凡馬之事二十有七焉，馬大小八十有三而莫有同者焉。（唐韓愈〈畫記〉）
>
> 二馬並驅攢八蹄，二馬宛頸騣尾齊。一馬任前雙舉後，一馬卻避長鳴嘶。老髯奚官騎且顧，前身作馬通馬語。後有八匹飲且行，微流赴吻若有聲。前者既濟出林鶴，後者欲涉鶴俯啄。最後一匹馬中龍，不嘶不動尾搖風。 韓生畫馬真是馬，蘇子作詩如見畫。世無伯樂亦無韓，此詩此畫誰當看。（宋蘇軾〈韓幹馬十四匹〉）

蘇軾〈韓幹馬十四匹〉，[15]脫胎於韓愈〈畫記〉，[16]所謂「馬大者九匹，于馬之中又有上者、下者、行者、牽者、涉者、陸者、翹者、顧者、鳴者、寢

[15] 宋蘇軾撰，清王文誥、馮應榴輯注，孔凡禮點校：《蘇軾詩集》（臺北：學海出版社，1985 年），卷 15〈韓幹馬十四匹〉，頁 767-768。

[16] 唐韓愈撰，屈守元、常思春主編：《韓愈全集校注》（成都：四川大學出版社，1996 年），〈貞元十一年・畫記〉，頁 1230-1231。

者、訛者、立者、人立者、齕者、飲者、溲者……怒相踶齧者、秣者、騎者、驟者、走者」云云；宋洪邁《容齋五筆》卷七〈韓蘇杜公敘馬〉謂東坡此詩與韓愈〈人物畫記〉:「其體雖異，其為布置鋪寫則同。誦坡公之語，蓋不待見畫也。」元陳秀明《東坡詩話錄》卷上襲用洪邁之言，稱:「予雲林繪監中有臨筆，略無小異。」[17]紀昀批蘇詩，則稱得法於杜甫〈韋諷宅觀畫馬〉詩，[18]「九馬分寫」之格，而更加變化。[19]運用類聚群分之方，「以賦為詩」之法，將韓幹原畫十六匹馬，分七組作生動之浮現與展演。大凡丹青之妙者，多凸顯其「真」，於是強調「韓生畫馬真是馬」，忠實於繪畫靜態之表現，遣詞造句多用靜止「定格」法，作傳神寫照。晁補之〈和蘇翰林題李甲畫雁二首〉其一所謂:「畫寫物外形，要物形不改。詩傳畫外意，貴有畫中態。」東坡此一題畫詩有之。樓鑰《攻媿集》卷七十，〈跋韓幹馬〉稱：得見〈韓幹馬十四匹〉畫，「便覺詩畫互相映發」，亦凸顯其殊勝處。總之，蘇軾〈韓幹馬十四匹〉，無論取法韓愈〈畫記〉以畫記入詩；或模倣杜甫〈書諷錄事宅觀曹將軍畫馬圖〉詩，轉化其「九馬分寫之格」；要之，蘇軾多刻意求異化變，學杜學韓而能化能新。清方東樹《昭昧詹言》卷十二所謂「後人能學其法，不能有其妙」，變異追新故也。

又如蘇軾〈寓居定惠院之東，雜花滿山，有海棠一株，土人不知貴也〉，模仿歐陽脩詠〈千葉紅梨花〉詩，又有所轉化與開拓：

紅梨千葉愛者誰，白髮郎官心好奇。徘徊繞樹不忍折，一日千匝看

[17] 洪邁：《容齋五筆》卷 7（上海：上海古籍出版社，1995 年），頁 890-891；元陳秀明《東坡詩話錄》卷上，蔡鎮楚編：《中國詩話珍本叢書》第三冊（北京：北京圖書館出版社，2004 年），頁 75-76。

[18] 唐杜甫撰，清仇兆鰲注：《杜詩詳注》，卷 13，頁 1152-1155。

[19] 清李香巖手批：《紀評蘇詩》，第伍冊，卷 15〈韓幹馬十四匹〉紀昀批語（成都：四川大學出版社，2007 年），頁 104。

> 無時。夷陵寂寞千山裏，地遠氣偏時節異。愁煙苦霧少芳菲，野卉蠻花鬥紅紫。可憐此樹生此處，高枝絕艷無人顧。春風吹落復吹開，山鳥飛來自飛去。根盤樹老幾經春，真賞今纔遇使君。風輕絳雪樽前舞，日暖繁香露下聞。從來奇物產天涯，安得移根植帝家。猶勝張騫為漢使，辛勤西域徙榴花。[20]
>
> 江城地瘴蕃草木，只有名花苦幽獨。嫣然一笑竹籬間，桃李漫山總麤俗。也知造物有深意，故遣佳人在空谷。自然富貴出天姿，不待金盤薦華屋。朱唇得酒暈生臉，翠袖卷紗紅映肉。林深霧暗曉光遲，日暖風輕春睡足。雨中有淚亦淒愴，月下無人更清淑。先生食飽無一事，散步逍遙自捫腹。不問人家與僧舍，拄杖敲門看修竹。忽逢絕艷照衰朽，嘆息無言揩病目。陋邦何處得此花，無乃好事移西蜀。寸根千里不易致，銜子飛來定鴻鵠。天涯流落俱可念，為飲一樽歌此曲。明朝酒醒還獨來，雪落紛紛那忍觸。[21]

就歐公之詩序與東坡之詩題作比較：蘇軾詩題之「有海棠一株，土人不知貴也」，即歐陽脩詩序之「舊有此花，前無賞者」。歐序之「加欄檻」，即蘇詩之「竹籬間」。蘇詩之「江城地瘴蕃草木」以下六句，即脫胎自歐詩「夷陵寂寞千山裡」以下六句。蘇詩「林深」、「日暖」、「雨中」、「月下」四句，亦從歐詩「徘徊繞樹不忍折，一日千匝看無時」二句點化而來。蘇詩「也知造物有深意，故遣佳人在空谷」，與歐詩「從來奇物產天涯，安得移根植帝家」立意大同小異；而與蘇軾〈四月十一日初食荔支〉詩「不知天公有意無，遣此尤物生海隅」，命意近似。由此觀之，創意造語當歸功於歐陽公，東坡不過

---

[20] 宋歐陽脩：〈千葉紅梨花〉，峽州署中有此花，前無賞者。知郡朱郎中使加欄檻，命坐客賦之。北京大學古文獻研究所編：《全宋詩》（北京：北京大學出版社，1993、1995、1998 年），卷 282，頁 3587。

[21] 宋蘇軾撰，清王文誥、馮應榴輯注，孔凡禮點校：《蘇軾詩集》，卷 20〈寓居定惠院之東，雜花滿山，有海棠一株，土人不知貴也〉，頁 1036-1037。

善繼善述而已。不過，蘇詩創造性模仿，推陳出新，不落前人窠臼，自有可取。

蘇軾詩之名篇佳作，多從創造性模倣，追求變異、出奇創新而來。除上述題詠韓幹馬，抒寫定惠院海棠雖師法前人，更知所創發外，題詠山水畫名篇，亦多創造性模仿之作，如〈書王定國所藏煙江疊嶂圖〉，蓋師法唐張說〈江上愁心賦〉：[22]

> 江上之峻山兮，鬱崎嶬而不極。雲為峰兮煙為色，欻變態兮心不識，江上之深林兮，杳冥濛而不已。鳥為花兮猿為子，紛溢漾兮言莫擬。夏雲陰兮若山，秋水平兮若天，冬沙飛兮淅淅，春草靡兮芊芊。感四節之默運，知萬化之潛遷。伴眾鳥兮寒渚，望孤帆兮日邊。雖欲貫愁腸於巧筆，紡離夢於哀絃。是心也，非模放之所逮，將有言兮是然，將無言兮是然。（唐張說〈江上愁心賦寄趙子〉，《全唐文》卷二百二十一）
>
> 江上愁心千疊山，浮空積翠如雲煙。山耶雲耶遠莫知，煙空雲散山依然。但見兩崖蒼蒼暗絕谷，中有百道飛來泉。縈林絡石隱復見，下赴谷口為奔川。川平山開林麓斷，小橋野店依山前。行人稍度喬木外，漁舟一葉江吞天。使君何從得此本，點綴毫末分清妍。不知人間何處有此境，徑欲往買二頃田。君不見武昌樊口幽絕處，東坡先生留五年。春風搖江天漠漠，暮雲卷雨山娟娟。丹楓翻鴉伴水宿，長松落雪驚醉眠。桃花流水在人世，武陵豈必皆神仙。江山清空我塵土，雖有去路尋無緣。還君此畫三歎息，山中故人應有招我歸來篇。（蘇軾〈書王定國所藏煙江疊嶂圖〉）

---

[22] 宋蘇軾撰：《蘇軾詩集》，卷 30〈書王定國所藏煙江疊嶂圖〉，頁 1607-1608。

曾季貍《艇齋詩話》稱：「江上愁心出《唐文粹》，張說有〈江上愁心賦〉。」今翻檢《全唐文》，張說〈江上愁心賦寄趙子〉，[23]藉描寫山水以抒寫其愁腸。蘇軾〈書王定國所藏煙江疊嶂圖〉，再現畫面內容方面，立意遣詞有模仿〈江上愁心賦〉之處；而比興寄託，借題發揮處，更在凸顯王晉卿畫所謂「江山清空」之出塵境界，最見有神無迹，揚棄張說賦作「愁心」之主題，此所謂創造性之模仿。如春風、暮雲、丹楓、長松四句，以形象語選列春、夏、秋、冬四時景物，以抒寫黃州遷謫五年之憾恨。看似四季景觀之剪影，實則大有興寄。筆者以為，此蓋從張說〈江上愁心賦〉所寫夏雲、秋水、冬沙、春草，奪胎變異而來。有所法而後成，有所變而後大，東坡此詩所以為名篇佳作，即在學唐、變唐外，又知所新唐、發唐也。

另外，蘇軾〈泗州僧伽塔〉詩：「耕田欲雨藝欲晴，去欲順風來者怨」二句，實隱括劉禹錫〈何卜賦〉中語，以一聯十四字而包盡三十二字之義，可悟脫胎換骨之妙。至於〈赤壁賦〉尾段，自「惟江上之清風」至「不知東方之既白」，卻是暗用李白「清風明月不用一錢買，玉山自倒非人推」一聯十六字，將之舖演為七十九字，亦以奇異美妙見長。[24]至如杜甫詩同寫山水景物，而骨力、氣勢、風神又迴出諸家之上，如：

> 「山隨平野闊，江入大荒流」，太白壯語也，杜「星隨平野闊，月湧大江流」，骨力過之。「九衢寒霧斂，萬井曙鍾多」，右丞壯語也，杜「星臨萬戶動，月傍九霄多」，精彩過之。「氣蒸雲夢澤，波撼岳陽城」，浩然壯語也，杜「吳楚東西坼，乾坤日夜浮」，氣象過之。「弓抱關西月，旗翻渭北風」，嘉州壯語也，杜「北風隨爽氣，南斗避文

---

[23] 清董誥等奉勅編：《欽定全唐文》，嘉慶間揚州官刻本（上海：上海古籍出版社，1990 年），張說〈江上愁心賦寄趙子〉，頁 983。

[24] 明季汝虞：《古今詩話》卷 2，張健輯校：《珍本明詩話五種》（北京：北京大學出版社，2008 年），頁 113-114。

星」，風神過之。讀唐諸家至杜，輒令人自失。「梧桐月向懷中照，楊柳風來面上吹」，邵堯夫詩也，杜「吹面受和風」，已先言矣。「卻舉酒杯疑是夢，試拈詩筆已如神」，杜「詩成覺有神」，又先言矣。（明季汝虞《古今詩話》卷之五，頁163）

季汝虞《古今詩話》此則，大抵因襲胡應麟《詩藪》。比較歷代詩人之名篇佳句，而尊崇杜甫詩，謂或過之，或已先言。抒情描景，詩人之能事。境界之高下，經營之優劣，又在乎詩人之功力涵養。如李白寫江山，可稱壯語，杜甫易之以星月，而骨力過之。王維寫禁中秋宵，可稱壯語；杜甫易之以星臨月傍，而精彩過之。同寫洞庭湖之水勢，孟浩然所作固然雄闊，杜甫〈登岳陽樓〉所詠，氣象之恢閎過之。岑參書寫邊塞，亦有壯語，然較之杜甫所作，杜詩風神較勝。再如邵雍詩命意遣詞，杜甫詩多「已先言」。總之，追新求變，為文學語言盡心致力之方向。唐李德裕〈文章論〉所謂：「譬諸日月，雖終古常見，而光景常新」，求異思維之謂也。

劉知幾《史通‧模擬》曾言：「述者相效，自古而然」，「若不仰範前哲，何以貽厥後來？」[25]唯因革與損益，傳承與開拓之間，頗有分際，此則涉及模擬與創造之課題。歷代為文，了無因襲，皆由我出者不多，然步趨古昔，一成不變，又淪為模擬與剽竊。於是劉知幾標榜「貌異而心同」，而卑視「貌同而心異」，蓋即韓愈「師其意，不師其辭」之說。程千帆教授曾論「創造」，謂以「今作與古作，或己作與他作相較，而第其心貌之離合。合多離少，則曰模擬；合少離多，則曰創造。」[26]依創造性思維而言，「合少離多」之創造，即是注重求異求變之思維。

---

[25] 唐劉知幾撰，清浦起龍釋：《史通通釋》（臺北：里仁書局，1980年），卷8〈內篇‧模擬第二十八〉，頁219。

[26] 程千帆：《文論十箋》，〈模擬：論模擬與創造〉，莫礪鋒編：《程千帆全集》第六卷（石家莊：河北教育出版社，2001年），頁226-227。

三、宋詩之死蛇活弄與反常思維

縱然為歷代大家名家傑作，後人閱讀接受之餘，無一不是熟境、熟意、熟詞、熟字、熟調、熟貌，就創意造語而言，要皆陳言習套，不可襲、不可用。《文心雕龍》主張「自鑄偉詞」，韓愈提倡「陳言務去」，此思維形式所以貴「反常性」也。宋人盡心於疏離唐詩本色，致力於轉移唐詩典範，於是學唐、變唐、新唐、發唐，從務離唐詩之典範，到跳脫唐詩之本色，遂蔚為宋詩宋調之風格，而與唐詩唐音分庭抗禮，平分詩國之秋色，形成「詩分唐宋」之文學成就。宋代詩學之倡導創意與造語，宋詩大家名家作品之體現，創造思維中之「求異思維」，自是其中一大關鍵。

吾人分析問題，解決困難，或進行文學藝術創作時，從往跳脫正面肯定角度，別從相反、相對層面思維。或者將思路引向倒轉、反逆的軌道，作打破慣例，超常越規之探索，所謂特出新意，翻盡古人公案，從而獲得創新和發現。此之謂反面求索法，或倒逆式思維法，或稱為反常識之創意術。[27]就宋代詩話所見，反常思維之創意術運用多而普遍者，莫過於翻案。翻案詩法，為禪法影響詩法之一，[28]宋代詩話所論，自為宋人詩歌創作風氣之反應，如：

> 孔子老子相見傾蓋。鄒陽云：傾蓋如故；孫侔與東坡不相識，以詩寄，東坡和云：「與君蓋亦不須傾。」劉寬為吏，以蒲為鞭，寬厚至矣；東坡云：「有鞭不使安用蒲？」杜詩云：「忽憶往時秋井塌，古

---

27 張永聲主編：《思維方法大全》，〈倒逆式思維法〉、〈反面求索法〉，頁 51-53。

28 方回《名僧詩話・序》：「禪學盛而至於唐，南北宗分。北宗以樹以鏡譬心，而曰：『時時勤拂拭，不使惹塵埃。』南宗謂：『本來無一物，自不惹塵埃。』高矣，後之善為詩者，皆祖此意，謂之翻案法。」元方回：《桐江集》，文淵閣《四庫全書》本（臺北：臺灣商務印書館，1983 年），第 1193 冊，卷 1。

> 人白骨生蒼苔，如何不飲令心哀！」東坡云：「何須更待秋井塌，見人白骨方銜盃！」此皆翻案法也。余友人安福劉浚，字景明，〈重陽〉詩云：「不用茱萸子細看，管取明年各強健！」得此法矣！[29]
>
> 太白云；「解道澄江靜如練，令人還憶謝元暉。」至魯直則云：「憑誰說與謝元暉，休道澄江靜如練。」(〈題晁以道雪鷹圖〉)王文海云：「鳥鳴山更幽。」至介甫則曰：「茅簷相對坐終日，一鳥不鳴山更幽。」皆反其意而用之。蓋不欲沿襲之耳。[30]

作詩有翻案法，妙在將故事陳詞，翻背相拗而用之，取其詩意新特，不落襲套。《詩人玉屑》引述楊萬里《誠齋詩話》論宋詩名家翻案之作，舉東坡詩三例，劉浚、黃庭堅、王安石詩各一例，多為「反其意而用之」之翻案法。所謂「不欲沿襲」，故翻案生奇。又如：

> 放翁仕於蜀，海棠詩更多。其間一絕尤精妙，云：「蜀地名花擅古今，一枝氣可壓千林。譏評更到無香處，常恨人言太深刻。」此前輩所謂翻案法，蓋反其意而用之也。《小園解後錄》昇案：黃白石作雪詩云：「說道羞明却不羞，日光玉潔共飛浮。天人胸次明如洗，肯似人間只暗投。」蓋世謂雪之夜落為羞明，此反其語而用之。與用海棠無香事如出一律，尤覺清新。[31]
>
> 文人用故事，有反其意而用之者。李義山詩：「可憐夜半虛前席，不問蒼生問鬼神。」雖說賈誼，然反其意而用之矣。林和靖詩：「茂陵他日求遺藁，猶喜曾無封禪書。」雖說相如，亦反其意而用之矣。直用其事，人皆能之；反其意而用之者，非學業高人，超越尋常拘

---

[29] 魏慶之：《詩人玉屑》，卷 1，詩法，「誠齋翻案法」，頁 4。

[30] 同上，卷 8，沿襲，「不沿襲」，頁 189。

[31] 同上，卷 7，用事，「反其意而用之」，頁 147-148。

攣之見，不規規然蹈襲前人陳跡者，何以臻此？[32]

《詩人玉屑》一書，頗強調詩法，除援引誠齋翻案法外，又舉唐宋名家隸事用典「反其意而用之」之例，除陸游〈海棠〉詩、黃白石〈雪〉詩外，又舉李商隱〈賈生〉，林逋〈書壽堂壁〉諸詩，以為「尤覺清新」。更強調「直用其事，人皆能之」，了無創意；若「反其意而用之者，非學業高人，超越尋常拘攣之見，不規規然蹈襲前人陳跡者，何以臻此？」翻案為詩，為反常識之創造性思維，其藝術成效，誠所謂「超越尋常拘攣之見，不規規然蹈襲前人」，此非創意而何？又如：

凡用事必須翻案。雪夜訪戴，一時故實，今用為不識路而不可往，則奇矣。[33]

「遙知吟塌上，不道絮因風。」此教人作詩之法也。「撒鹽空中差可擬」，此固謝家子弟之拙；「未若柳絮因風起」，未可謂謝夫人此句冠古也。想魏衍此時作詩，必不用此等陳言，乃後山意也。然則詩家有翻案法，又在乎人。[34]

作詩翻盡古人公案，於無中生有，死中求活，亦必近理道通人情然後可。唐鄭畋〈詠馬嵬〉詩云：「玄宗回馬楊妃縊，雲雨雖亡日月新。終是聖朝天子事，景陽宮井又何人。」作者多恨太真不復生，為帝惜；此獨快其已誅，為帝賀。如杜牧之詠〈赤壁〉詩云：「東風不與周郎便，銅雀春深鎖二喬。」蓋詩人多幸赤壁之勝，牧之獨懼赤壁

[32] 同上，卷 7，用事，「反其意而用之」，頁 147-148。

[33] 方回評杜工部〈舟中夜雪有懷盧十四侍御弟〉詩，李慶甲集評點校點：《瀛奎律髓彙評》（上海：上海古籍出版社，1986 年），卷之 21「雪類」，頁 858。

[34] 方回評陳後山〈雪中寄魏衍〉詩，李慶甲集評點校點：《瀛奎律髓彙評》，卷之 21「雪類」，頁 864-865。

之敗，則國亡家破，二喬必為老瞞所虜，置之銅雀臺矣。又近時黃侍郎仲昭〈題諸葛武侯廟〉詩云：「不是將星沉渭水，木牛應載露盤還。」蓋古今多悲孔明功業之不就，而身先殞；侍郎獨言孔明若在，將星不墜，必能興復漢室，破曹、吳，以木牛載承露盤而還舊都矣。此皆理之所必有，人之所必信，可以為法者。[35]

韓昌黎詩句句有來歷，而能務去陳言者，全在於反用。如……此等不可枚舉。學詩者解得此秘，則臭腐化為神奇矣。[36]

詠古人詩，卻於本事未經人道處翻出新意始妙。如李義山詠〈賈誼〉云：「可憐夜半虛前席，不問蒼生問鬼神。」馬子才詠〈文帝〉云：「可憐一覺登天夢，不夢商巖夢鄧通。」意思同，議論正，皆自文帝、賈生事翻說出來。又蘇郁詠〈王嬙〉事云：「君王莫信和親策，生得胡雛慮更多。」意頗近俗，亦自漢家和戎事說出來。[37]

詩貴翻案：神仙，美稱也；而昔人曰：「丈夫生命薄，不幸作神仙。」楊花，飄蕩物也；而昔人（石悉〈絕句〉）云：「（來時萬里弄輕黃，去時飛毬滿路旁。）我比楊花更飄蕩，楊花只有一春忙。」……皆所謂更進一層也。[38]

元方回《瀛奎律髓》評杜甫〈舟中夜雪有懷〉、陳師道〈雪中寄魏衍〉諸詠雪佳作，推崇其用事之妙，亦特提「不用陳言」之翻案法，以為乃「作詩之法」。明雷燮《南谷詩話》枚舉鄭畋〈詠馬嵬〉、杜牧〈赤壁〉、黃仲昭〈題諸葛武侯廟〉，多運用翻案法，於「理之所必有，人之所必信」層面，作「無中生有，死中求活」之生發。即李商隱詠〈賈誼〉、馬子才詠〈文帝〉、蘇郁

---

[35] 明雷燮：《南谷詩話》卷下，張健輯校：《珍本明詩話五種》，頁 44。

[36] 清顧嗣立：《寒廳詩話》一三，丁福保編《清詩話》（臺北：明倫出版社，1971 年），頁 86。

[37] 明雷燮：《南谷詩話》卷下，張健輯校：《珍本明詩話五種》，頁 50-51。

[38] 清袁枚：《隨園詩話》（臺北：漢京文化事業公司鉛印本，1984 年），卷 2，第 50 則，頁 53）

詠〈王嬙〉，亦多就「未經人道處翻出新意」。翻案手法運用得妙，能化腐為奇，推陳出新。清人詩話論詩，亦推崇「反用」之翻案法，謂一則可以「務去陳言」，再則可以有「更進一層」之功，三則可以有「臭腐化為神奇」之效。若此，皆反常思維也。以下列舉宋詩名家名篇，以為論證：

> 明妃初出漢宮時，淚濕春風鬢腳垂。低徊顧影無顏色，尚得君王不自持。歸來卻怪丹青手。入眼平生幾曾有。意態由來畫不成，當時枉殺毛延壽。一去心知更不歸，可憐著盡漢宮衣。寄聲欲問塞南事，只有年年鴻雁飛。家人萬裡傳消息，好在氈城莫相憶。君不見咫尺長門閉阿嬌，人生失意無南北。[39]
>
> 明妃初嫁與胡兒，氈車百輛皆胡姬。含情欲語獨無處，傳與琵琶心自知。黃金桿撥春風手，彈看飛鴻勸胡酒。漢宮侍女暗垂淚，沙上行人卻回首。漢恩自淺胡恩深，人生樂在相知心。可憐青冢已蕪沒，尚有哀弦留至今。[40]
>
> 胡人以鞍馬為家，射獵為俗。泉甘草美無常處，鳥驚獸駭爭馳逐。誰將漢女嫁胡兒，風沙無情貌如玉。身行不遇中國人，馬上自作思歸曲。推手為琵卻手琶，胡人共聽亦咨嗟。玉顏流落死天涯，琵琶卻傳來漢家。漢宮爭按新聲譜，遺恨已深聲更苦。纖纖女手生洞房，學得琵琶不下堂。不識黃雲出塞路，豈知此聲能斷腸。[41]

王安石〈明妃曲〉二首其一稱：「歸來卻怪丹青手，入眼平生幾曾有？意態由來畫不成，當時枉殺毛延壽」；特提「意態由來畫不成」作翻案，已開脫畫工，凸顯美人，荊公〈詠史〉所謂「丹青難寫是精神」，唯其獨具慧眼，別

---

[39] 王安石：〈明妃曲二首〉其一，《全宋詩》卷 541，頁 6503。

[40] 王安石：〈明妃曲二首〉其二，《全宋詩》卷 541，頁 6503。

[41] 歐陽脩：〈明妃曲和王介甫作〉，《全宋詩》卷 289，頁 3655-3656。

從「傳神」著墨，見人所未見，故能言人所未言。黃庭堅跋此詩，稱其「辭意深盡無遺恨矣」，「可與李翰林（白）、王右丞（維）並驅爭先矣」；李壁注荊公此詩，以為「詩人務一時為新奇，求出前人所未道」，〈明妃曲〉可謂長於開發遺妍矣。[42]王昭君，初只是漢掖庭一宮女而已，地位卑微，不在品等之列。唯以絕世之姿，失身異域，後人製為怨調恨賦，穿鑿附會，設想當然，其中自有許多創發。王安石〈明妃曲〉二首之二，特寫昭君出塞，藉琵琶哀絃傳寫孤獨情懷，所謂「含情欲說獨無處，傳與琵琶心自知。黃金捍撥春風手，彈看飛鴻勸胡酒」；「可憐青冢已蕪沒，尚有哀絃留至今」，設身處地揣摩昭君心思，渲染補足琵琶傳怨之場面，具體刻畫昭君出塞、青冢蕪沒之哀情，試與杜甫〈詠懷古跡〉作比較，無論情節、場面、形象塑造，多見創意之開發。王安石作〈明妃曲二首〉，黃庭堅以為「詞意深盡」，李壁注此詩以為「務為新奇，前人未道」，引發當時詩壇名流如歐陽脩、司馬光、梅堯臣、曾鞏、劉敞諸人之酬和。[43]歐陽脩〈明妃曲和王介甫作〉，據《琴操》載昭君所作〈怨曠思惟歌〉，變琵琶作思歸曲，胡人咨嗟，為昭君情思寫照：「玉顏流落死天涯，琵琶卻傳來漢家」，翻轉杜甫「千載琵琶作胡語」詩意，換時間為空間，作絕處逢生之抒寫。敘寫昭君和親故事，特寫琵琶，躍升為主體焦點，將生平之怨恨與不幸，憑藉琵琶旋律表出，此宋人所謂「化景物為情思」，王夫之所謂「不能作景語，又何能作情語邪？」[44]要之，王安石、歐陽修所作〈明

---

[42] 宋王安石撰，宋李壁注：《王荊文公詩李壁注》，卷6引山谷此跋，頁5。參考清蔡上翔：《王荊公年譜考略》卷7，《王安石年譜三種》（北京：中華書局，1994年），頁328-333。

[43] 有關王昭君之題詠，《全唐詩》、《全唐詩補編》收錄凡67首；《全宋詩》所載，北宋題詠共36首（前二十六冊），南宋題詠凡103首（第二十七—七十二冊）。可見兩宋詩人所詠共139首，數量為唐人之兩倍。參考張高評：〈〈明妃曲〉之同題競作與宋詩之創意研發——以王昭君之「悲怨不幸與琵琶傳恨」為例〉，國立臺灣師範大學國文系《中國學術年刊》第29期（春季號），2007年3月，頁85-94。

[44] 范晞文《對牀夜語》卷2引周伯弼〈四虛序〉：「不以虛為虛，而以實為虛，化景物為情思」，丁福保《歷代詩話續編》本（臺北：木鐸出版社，1983年），頁421；王夫之：《薑齋詩話箋注》，戴鴻森注（臺北：木鐸出版社，1982年），卷2，頁91。

妃曲〉，命意多匪夷所思，致力創造性思考，跳脫窠臼，超越常見，富於神奇清新之功。

宋人作詩，多受佛學禪學影響，往往以禪為詩。打諢通禪，為禪家遊戲三昧之一，蘇軾、黃庭堅借鏡引用此法，「戲言而近莊，反言以顯正」，雖反常卻合道，頗有變化不測，生新創發之功，如下列蘇軾詩：

> 山蒼蒼，水茫茫，大孤小孤江中央。崖崩路絕猿鳥去，惟有喬木攙天長。客舟何處來？棹歌中流聲抑揚。沙平風軟望不到，孤山久與船低昂。峨峨兩煙鬟，曉鏡開新妝。舟中賈客莫謾狂，小姑前年嫁彭郎。（蘇軾〈李思訓畫長江絕島圖〉）

蘇軾〈李思訓畫長江絕島圖〉，[45]收尾兩句，採用民間傳說入詩，外加誤讀聯想，將小孤山訛為小姑，澎浪磯誤讀為彭郎，於是生發出一段小姑嫁彭郎之傳奇來，不可思議，匪夷所思。呂本中《童蒙訓》稱：「東坡長句，波瀾浩大，變化不測，如作雜劇，打猛諢入，卻打猛諢出也。」諧趣有餘，奇趣無限，語境之跳躍，邏輯之乖離，形象之衝突，語境之轉換，[46]在在皆是反常之創造性思維。又如蘇軾〈百步洪〉詩，[47]亦運用翻案收結：

> 長洪斗落生跳波，輕舟南下如投梭，水師絕叫鳧雁起，亂石一線爭磋磨。有如兔走鷹隼落，駿馬下注千丈坡。斷弦離柱箭脫手，飛電過隙珠翻荷。四山眩轉風掠耳，但見流沫生千渦。嶮中得樂雖一快，何異水伯誇秋河。我生乘化日夜逝，坐覺一念逾新羅。紛紛爭奪醉

---

[45] 宋蘇軾撰：《蘇軾詩集》，卷 17〈李思訓畫長江絕島圖〉，頁 872-873。

[46] 周裕鍇：《中國禪宗與詩歌》（上海：上海人民出版社，1992 年），第五章〈三、打諢通禪〉，頁 162-171。

[47] 宋蘇軾撰：《蘇軾詩集》，卷 17〈百步洪二首〉其一，頁 891-892。

> 夢裡，豈信荊棘埋銅駝。覺來俛仰失千劫，回視此水殊委蛇。君看岸邊蒼石上，古來篙眼如蜂窠。但應此心無所在，造物雖駛如吾何！回船上馬各歸去，多言譊譊師所呵。（蘇軾〈百步洪二首〉其一）

〈百步洪〉詩，前十二句用賦法，進行多角度、多層面之模寫，妙在運用博喻，只在凸顯百步洪水流之湍急驚險。「險中得樂」二句，踢倒當場傀儡，否定百步洪急湍之快速；進而提出念覺、世變、劫數，一層快於一層，後者否定前者，一一相較，於是而有「此水殊委蛇」之妙悟。蘇軾此詩本已揮灑出一篇關於「快速」之相對論述；不意煞尾又作翻案，以「多言譊譊師所呵」作全面否定。此可謂「大道不言，不言又不足以明道」歟？清人評此詩所謂「時見警策」，「語皆奇逸」，[48]翻案之謂也。

附帶論述宋代古文之名篇佳作，亦多採行翻案，如歐陽脩〈縱囚論〉、王安石〈讀孟嘗君傳〉，以及蘇軾所作〈留侯論〉，皆屬之。〈留侯論〉云：

> 觀夫高祖之所以勝，而項籍之所以敗者，在能忍與不能忍之間而已矣。項籍唯不能忍，是以百戰百勝，而輕用其鋒；高祖忍之，養其全鋒而待其弊，此子房教之也。當淮陰破齊，而欲自王，高祖發怒，見于詞色，由此觀之，猶有剛強不忍之氣，非子房其誰全之？太史公疑子房以為魁梧奇偉，而其狀貌乃如婦人女子，不稱其志氣。而愚以為此其所以為子房歟！（蘇軾〈留侯論〉）

蘇軾史論文，多翻新生奇，如〈留侯論〉[49]凸出「能忍與不能」，作為楚

---

[48] 詳參清汪師韓：《蘇詩選評箋釋》卷2，宋蘇軾撰，清紀昀評：《蘇文忠公詩集》（臺北：文史哲出版社，1998年），卷17。

[49] 宋蘇軾撰，孔凡禮點校：《蘇軾文集》（北京：中華書局，1986年），卷4〈留侯論〉，頁103-104。

漢之爭劉、項勝負成敗之關鍵因素，而歸本於子房教之使全。命意已是翻空出奇。末段再拈出子房「狀貌乃如婦人女子，不稱其志氣。」以扣切子房外柔內剛之道家形象，曲終奏雅，尤能出人意表，反常合道故也。

文學藝術創作時，從往跳脫正面肯定角度，別從相反、相對層面思維。或者將思路引向倒轉、反逆的軌道，作打破慣例，超常越規之探索，所謂特出新意，翻盡古人公案，從而獲得創新和發現。此之謂反面求索法，或倒逆式思維法，或稱為反常識之創意術。宋代詩話每津津樂道之，宋詩、宋文之創作亦優為之，此固文學發展處窮必變之策略，佛教禪宗公案之流行亦有以促成之。

四、結語

創意，本稱創造思考能力，簡稱創造力，俗稱創造思維或創意思維，簡稱為創意。原指無中生有、首創發明而言。其特色為匪夷所思、為不可思議，注重思維空間之開放性，思維本質的獨特性，能從多角度、多側面、水平式、全方位去考察問題，避免局限於單一的、垂直的、慣性的思維。古往今來之文學藝術作品，無不以追求新變獨到為依歸，詩人文家異口同聲標榜創意，值得借鏡參考。

新、變，是創意的指標；通、久，是創意的效應。可被學習、能被實際運用，是創意的本質；更好更多之外，致力新穎獨特，這是創新策略的核心。多看、多問、多聽，再經系列有效的學習，創意是可以被訓練出來的。企業之經營管理，處心積慮追求創新，跟文學藝術典範作品體現的「新、變、通、久」，有異曲同工之妙，可以相互發明，彼此借鏡。

曲折、反說；癡狂、變異；靈妙、意外等異想天開、匪夷所思，所謂曲腸、癡思、靈趣者，何止詩歌語言追求如此，試與創造性思維相較，亦不謀而合。蓋創意，是文學的生命，藝術的靈魂；文學作品追求創意，才能獨領風騷；藝術作品表現創意，才可能出類拔萃。一代有一代之詩，一家有一家之詩，追求自家面目，其關鍵正是「新」與「變」二字。

北宋詩人身處「菁華極盛，體製大備」之唐詩之後，化解影響焦慮之道，致力求變追新，期許自得成家，其思維方式與寫作策略，往往暗合創造性思維之準則。論者指出：創造性思維有別於一般思維，主要特點在思維形式的反常性，思維過程的辯證性，思維空間的開放性，思維成果的獨創性及思維主體的能動性。衡以宋詩代表性詩人，如歐陽脩、王安石、蘇軾、黃庭堅詩作，多有具體而微之表現。

創造發明之歷程，不約而同必須遵循一些基本法則，此之謂創造性原理，如組合、移植、逆反、迂回、換元、分離、強化、群體等等，宋詩在學唐、變唐、新唐、發唐之過程中，舉凡創意造語之傑作，大多有所體現。今以宋詩代表歐、王、蘇、黃詩歌為主要文本，旁及唐詩之名篇佳作，選擇創造性思維中之求異思維、反常思維為綱領，參考宋代詩話、筆記、文集之相關論述。初步獲得如下之觀點：

縱然為歷代大家名家傑作，後人閱讀接受之餘，無一不是熟境、熟意、熟詞、熟字、熟調、熟貌，要皆陳言習套，不可襲、不可用。所謂求異思維，指思考路數不受既有經驗或規則之限制，而是從不同角度、不同方式，去尋求解決問題的一種思維方法。宋人面對唐詩之繁榮昌盛，為跳脫「開闢真難為」之困境，在學唐變唐之原則下，往往經由模仿以求創新。宋人詩話筆記，創作評論，談說奪胎換骨、點鐵成金、以故為新者多，大抵屬於創造性模仿之求異思維。蘇軾〈韓幹馬十四匹〉模仿杜甫、韓愈詩，又有所創發；〈寓居定惠院之東，雜花滿山，有海棠一株，土人不知貴也〉，模仿歐陽脩詠〈千葉紅梨花〉詩，又有所轉化與開拓。蘇軾詩之名篇佳作，多從創造性模倣，追求變異、出奇創新而來。題詠山水畫名篇，亦多創造性模仿之作，如〈書王定國所藏煙江疊嶂圖〉。

就宋代詩話所見，反常思維之創意術運用多而普遍者，莫過於翻案。翻案詩法，為禪法影響詩法之一，宋代詩話所論，自為宋人詩歌創作風氣之反應。《詩人玉屑》一書，頗強調詩法，除援引誠齋翻案法外，又舉唐宋名家隸事用典「反其意而用之」之例。翻案為詩，為反常識之創造性思維，其藝術成效，誠所謂「超越尋常拘攣之見，不規規然蹈襲前人」，此非創意而何？方回《瀛奎律髓》評杜甫〈舟中夜雪有懷〉、陳師道〈雪中寄魏衍〉諸詠雪佳作，推崇其用事之妙，亦特提「不用陳言」之翻案法，以為乃「作詩之法」。打諢通禪，為禪家遊戲三昧之一，蘇軾、黃庭堅借鏡引用此法，「戲言而近莊，反言以顯正」，雖反常卻合道，頗有變化不測，生新創發之功，〈百步洪〉詩，宋代古文之名篇佳作，亦多採行翻案，如歐陽脩〈縱囚論〉、王安石〈讀孟嘗君傳〉，以及蘇軾所作〈留侯論〉，要皆屬之。[50]

[50] 本文舊稿〈宋詩與創意思維——以求異思維、反常思維為例〉，刊載於高雄師大《國文學報》第13期（2011年1月），頁1-25。

第六章　歐陽脩花鳥詩與宋詩特色之體現

——兼論遷謫詩與比興寄託

就詠物詩之寫作言，局部詠物，莫先於《詩》、《騷》；全篇詠物，早著於辭賦。就文體形成而言，詠物賦又先於詠物詩，此其大較也。閱讀《文心雕龍》〈詮賦〉、〈物色〉等篇，考察歷代之詩話與筆記諸作，詠物詩之流變，可得而言：

自〈鵩梟〉、〈橘頌〉以下，至六朝詠物賦、詠物詩之發展，巧構形似、體物瀏亮，為其主體風格，大抵注重客觀形貌之複製與再現。然〈橘頌〉諸作，「發憤抒情，比德寓意」又不疑而具，[1]洵為唐詩興寄的濫觴。其後至初唐，除傳承齊梁巧言切狀，純粹體物之優長外，又發展出抒情言志、比興寄託之主導風格，蔚為唐代詠物詩之特色。古典詩流傳至兩宋，由於宋型文化之制約，蔚為尚意貴理之審美風尚，詠物詩受其濡染，一方面發揚六朝巧構形似、唐詩抒情寫志之傳統，一方面又生發出借物議論，寓物說理之本色當行來。[2]一代有一代的文學，追新求變，自然是文學創作可大可久的策略。

---

[1] 屈原著，湯漳平注釋本：《楚辭・橘頌》（鄭州：中州古籍出版社，2007 年），頁 210-216。

[2] 參考宋魏慶之《詩人玉屑》卷六、張炎《詞源》卷下，清喬億《劍溪說詩》卷下、吳雷發《說詩管蒯》、朱庭珍《筱園詩話》卷四、施補華《峴傭說詩》等文獻。

一、詠物詩之嬗變與宋詩得失論

「唐人學漢魏，變漢魏；宋學唐，變唐。其變也，非有心於變也，乃不得不變也。使不變，不足以為唐，亦不足以為宋也！」袁枚論詩，強調學古通變，方能自成一家；[3]《南齊書・文學傳論》所謂「若無新變，不能代雄」，都是從流變的觀點看待文學史。筆者研究宋詩有年，較論唐宋詩之異同，研討宋詩之特色與價值，楬櫫「論宋詩當以新變自得為準據，不當以異同源流定優劣」。[4]蓋「新變自得」，為一切文學語言、詩歌語言追求之共同標準，古今中外文學之成為大家名家者皆未能例外。

就語義學而言，在古希臘語中，「詩」和「製作」為同義詞，亞里斯多德《詩學》第九、廿四、廿五章，較論詩人和歷史學家之不同，可知文學藝術注重「創造，而非執行」，而創造性是「通過異化」來完成的。[5]因此，筆者附議繆鉞「唐宋詩異同」之卓見，[6]更贊同錢鍾書「詩分唐宋」之主張。[7]持此觀點，以研討宋代之題畫詩、詠史詩、邊塞詩，[8]以及詠物詩，進而肯定宋

---

[3] 袁枚：《小倉山房文集》（上海：上海古籍出版社，1988 年），卷十七，〈答沈大宗伯論詩書〉，頁 1502；

[4] 張高評：〈從「會通化成」論宋詩之新變與價值〉，《漢學研究》第 16 卷第 1 期（1998 年 6 月），頁 254-261。

[5] 伍蠡甫：《中國畫論研究》（北京：北京大學出版社，1987 年），〈試論畫中有詩〉，頁 208。

[6] 繆鉞：《詩詞散論・論宋詩》（臺北：開明書店，1979 年，原撰於民國 29 年 8 月，1986 年 2 月審訂）。拙編《宋詩論文選輯》（一）（高雄：復文書局，1988 年），頁 1-18 輯錄。

[7] 錢鍾書：《談藝錄》（臺北：書林出版公司，1988 年），〈詩分唐宋〉，頁 1-5。

[8] 參考張高評：《宋詩之傳承與開拓》（臺北：文史哲出版社，1990 年），下篇〈宋代「詩中有畫」之傳統與創格〉，頁 259-496；《自成一家與宋詩宗風》（臺北：萬卷樓圖書公司，2004 年），第四章〈古籍整理與北宋詠史詩之嬗變〉、第五章〈書法史筆與北宋史家詠史詩〉、第六章〈使遼詩之傳承與邊塞詩之開拓〉、第七章〈使金詩之主題與邊塞詩之轉折〉，頁 149-367。

詩在「學古通變」、「自成一家」方面之價值與貢獻。

尤其是詠物詩，更聚焦於創意造語及遺妍開發兩大層面，以確認宋人「新變自得」之成就。[9]宋人之追新求變，自得自到，體格性分遂與唐詩異轍，這關係「詩分唐宋」的課題，「宋詩特色」的關鍵，「唐宋詩之爭」的破解。今擬以詠物詩為例，針對「創意造語」與「遺妍開發」，稍作論證。

唐宋詩之爭，自南宋張戒、葉夢得以下，至明代前後七子，清初推崇唐詩之詩集、詩話、筆記，評價宋詩多心存定見，入主出奴，優劣是非隨之，類多意氣之言，非大道之公論，如云：

> 唐人詠物詩，於景、意、事、情外，別有一番思致，不可言傳，必心領神會始得。此後人所以不及唐也。如陸魯望〈白蓮〉詩云：……妙處不在言句上。宋人都曉不得。如東坡〈詠荔枝〉、梅聖俞〈詠河豚〉，此等類非詩，特俗所謂偈子耳。（明劉績《霏雪錄》卷下）
> 詠物詩前人多有寄託，宋人多作著題語，不惟格韻卑弱，而詩人之旨自此衰矣。（清汪士鋐《近光集・雜論》引馮班語）
> 唐人詠物不刻劃自好，至宋人而變矣。然在今日，宋體亦免不得要做。（清殷元勛、宋邦綏《才調集補注》卷四引馮班語）
> 詠物詩齊梁始多有之。其標格高下，猶畫之有匠作，有士氣。……至盛唐以後，始有即物達情之作。……宋人於此茫然，愈工愈拙，非但「認桃無綠葉，辨杏有青枝」，為可姍笑已也。（清王夫之《薑齋詩話》卷二）

---

[9] 同上註，第二章〈創意造語與宋代詠物詩——以蘇軾詠花、詠雪為例〉、第三章〈遺妍開發與宋代詠花詩——以唐宋題詠海棠為例〉，頁 67-147。又，〈辛棄疾詠物詩與唐宋詩之流變〉，輯入劉慶雲、陳慶元主編：《稼軒新論》（福州：海風出版社，2005 年），頁 94-114。

就源流正變而言，宋人大多學唐，猶唐人之學六朝然；不惟學唐，更用心致力於變唐、發唐、拓唐，與新唐，其終極目標，在追求自得自到。因此，對於六朝四唐詩歌之優長勢必嫻熟，在傳承上乃能有所斟酌取捨，所謂「有所法而後成，有所變而後大」，可作傳承與開拓之策略指針。上列引文，所見劉績、馮班、王夫之尊唐貶宋之論述，並不切合宋詩體現之事實。劉績為明初尊唐黜宋之代表，[10]因此，斥責宋人，謂「詠物詩於景、意、事、情外，別有一番思致，不可言傳」，「宋人都曉不得」；清初馮班論詩宗唐黜宋，亦以為：「詠物詩前人多有寄託」，「不刻劃自好」，而「宋人多作著題語，格韻卑弱」；王夫之更以為：「盛唐以後，始有即物達情之作。宋人於此茫然，愈工愈拙」，「為可姍笑」云云。今觀王安石、梅堯臣、歐陽脩、蘇軾、黃庭堅諸大家名家所作詠物詩，即物達情之作不少，比興寄託、以形寫神，「不刻劃自好」、「別有思致」之什亦多，要皆美妙詠物詩之共同標準。蘇軾評「詩人寫物之功」，已批判石曼卿〈紅梅〉詩，以為「至陋語，蓋村學中語」，謂其寫物缺乏個性化和典型性。[11]因此，不能據其中之有無多寡，判定唐宋詩之優劣、工拙，甚至率然指為「非詩」或「格卑」。宋人學唐變唐，自得自到，相較於唐詩，在風格、源流、形製、音節、能事、工拙諸方面，存在許多「相異而真」之事實，這就形塑了新典範，而於唐詩之外，自成一家。[12]繆鉞稱「唐宋詩異同」，錢鍾書倡「詩分唐宋」，也都在論證同一個議題。風格為常規之變異，宋詩之特色，往往變異唐詩樹立之典範常規而來。猶如唐人學六

---

[10] 劉績《霏雪錄》卷下曾言：「唐人詩純，宋人詩駁。唐人詩活，宋人詩滯。唐詩自在，宋詩費力。唐詩渾成，宋詩餖飣。唐詩縝密，宋詩漏逗。唐詩溫潤，宋詩枯燥。唐詩鏗鏘，宋詩散緩。唐人詩如貴介公子，舉止風流；宋人詩如三家村乍富人，盛服揖賓，辭容鄙俗。」吳文治主編：《明詩話全編》（南京：江蘇古籍出版社，1997 年），第一冊引錄，頁 601。

[11] 宋蘇軾著，孔凡禮點校本：《蘇軾文集》（北京：中華書局，1986 年），卷六十八，〈評詩人寫物〉，頁 2143。

[12] 張高評：〈清初宋詩學與唐宋詩之異同〉，《第三屆國際暨第八屆清代學術研討會論文集》（上）（高雄：國立中山大學清代學術研究中心，2004 年），二、「辨析唐宋之異同」，頁 87-122。

朝，又變六朝而自成一家然。

為辨章學術，考鏡淵流，平議唐宋詩之爭，凸顯宋詩之價值與地位，本論文選擇宋詩特色之推手歐陽脩，作為討論對象，文本則圈定《全宋詩》中歐公詠花詠鳥之作。蓋蘇軾、黃庭堅為宋詩之代表，黃庭堅作詩，受蘇軾點化；而蘇軾於歐陽脩，自稱「老門生」，研究宋詩特色，選定歐陽脩，等於掌握萬山磅礴之主峰，龍袞九章之一領，得其關鍵。清沈曾植論宋詩，以為源於歐蘇，「歐蘇悟入從韓，證出者不在韓，亦不背韓也，如是而後有宋詩」，[13]是即袁枚學唐變唐，自成一家之說。錢基博《中國文學史》曾稱：「由修而拗怒，則為黃庭堅、為陳師道；由修而舒坦，則為蘇軾、為陸游。詩之由唐而宋，惟修管其樞也。」[14]姑不論歐陽脩推動詩文革新之貢獻，即單獨闡釋對宋詩開拓之功，亦舉足輕重，值得探究。

二、歐陽脩詠物詩與比興寄託

(一) 兩次遷謫與藉物抒懷

貶謫，是朝廷對負罪官吏之一種懲戒。或因志大才高遭讒而被貶，如屈原、賈誼；或緣革除弊政失敗而被貶，如柳宗元、劉禹錫、范仲淹、歐陽脩；或為觸犯龍顏而被貶，如韓愈；或由黨爭傾軋而被貶，如蘇軾、黃庭堅等。詩人而遭貶謫，則面對生命沉淪，心理苦悶，不能無詩以抒感，諸如萬死投荒之人生轉折，置身逆境之生命磨難，被棄被囚之苦悶情懷，永難磨滅之痛

[13] 黃濬：《花隨人聖盦摭憶》（上海：上海書店，1998 年），〈沈子培以詩喻禪〉，頁 364。

[14] 錢基博：《中國文學史》（北京：中華書局，1995 年），頁 515-520。

苦印痕等等，要多藉詩歌以表現。[15]鍾嶸《詩品・序》所謂「嘉會寄託以親，離群托詩以怨」。遷謫之人，待罪之身，感蕩心靈，發為詩篇，陳詩展義之際，長歌騁懷之餘，往往即物達情，藉物抒懷，如屈原之作〈離騷〉、〈橘頌〉，賈誼之賦〈鵬鳥〉，要皆比興寄託，吟詠情性。宋人於此，頗有發明：

> 詩人賦詠于彼，興托在此，闡繹優游而不迫切。其所感寓常微見其端，使人三復玩味之，久而不厭，言不足而思有餘，故可貴尚也。（洪炎〈豫章黃先生文集後序〉，《山谷全集》卷三十）
> 蓋詩本以微言諫諷，托興于山川草木，而勸諫于君臣、父子、夫婦、朋友之間，其旨甚幽，其詞甚婉，而譏刺甚切。使善人君子聞之，固足以戒；使夫暴虐無道者聞之，不得執以為罪也。（沈作喆《寓簡》卷一）

遷謫詩人所作，類多憂讒畏譏之慨，展義騁情，褒譏挹損，貴在微婉顯晦，主文譎諫，故往往多比興寄託。由於「其旨甚幽，其詞甚婉，而譏刺甚切」，故能「使人三復玩味之，久而不厭」。其中，比興寄託與即物達情，為歷代遷謫詩人「攄寫襟素，托物寓懷」之慣用手法。歐陽脩兩度遷謫，自不例外。

景祐三年（1036 年），歐陽脩三十歲。因范仲淹被人誣指「離間君臣，引用朋黨」，貶知饒州。司諫高若訥曲從宰相旨意，未能匡扶正義，歐陽脩乃移書高若訥，斥其「不復知人間羞恥事」，於是得罪，由鎮南節度掌書記、館閣校勘貶為峽州夷陵（今湖北宜昌）縣令。十月二十六日，抵達夷陵貶所。至寶元二年（1039 年），六月二十五日起復舊官，權武成軍節度判官廳公事。

---

[15] 尚永亮：《元和五大詩人與貶謫文學考論》，中篇（上）〈五大貶謫詩人的生命沉淪和心理苦悶〉，（臺北：文津出版社，1993 年），頁 109-175。

[16]此為歐陽脩第一次謫遷，前後歷時三年。慶曆四年（1044 年），歐陽脩三十八歲，得仁宗信任，踔厲風行推行新政，積極興利革弊。慶曆五年（1045 年），因諫官錢明逸、知開封府楊日嚴誣陷，羅織所謂「張甥案」。於是八月二十一日，歐陽脩落龍圖閣直學士、罷都轉運按察使，降知制誥，貶知滁州（今安徽滁縣）。八年（1048 年）二月，轉起居舍人，依舊知制誥，徙知揚州（今江蘇揚州）。皇祐元年（1049 年）二月，移知潁州（今安徽阜陽）。二年（1050 年）七月，改知應天府（今河南商丘），兼南京留守司事。[17]由此觀之，歐陽脩第二次貶謫歷時兩年六個月。其後二年半或由貶所遠地「量移」近里州安置，或平級調動任官，朝廷起復之意可見。[18]

考察歐陽脩所作詠物詩，花卉詩 36 首，禽鳥詩 23 首，果木詩 15 首，走獸詩 5 首。取其量多而質精，則數花卉詩及禽鳥詩。詠花詩中，作於遷謫時期者 10 首，如〈仙草〉、〈千葉紅梨花〉、〈戲答元珍花時久雨之作〉，皆寫於貶謫夷陵時；〈鎮陽殘杏〉、〈四月九日幽谷見緋桃盛開〉、〈拒霜花〉、〈聚星堂前紫薇花〉、〈謝判官幽谷種花〉、〈西園石榴盛開〉、〈桐花〉，則作於第二次遷謫與量移時期。至於禽鳥詩，〈金雞五言十四韻〉、〈江行贈鴈〉，作於首次貶謫時期；〈班班林閒鳩寄內〉、〈啼鳥〉、〈自河北貶滁州初入汴河聞雁〉、〈畫眉鳥〉、〈鷺鷥〉二首，則寫於第二次貶滁、移徙揚州、潁州時期。作品繫年，

---

[16] 劉德清：《歐陽修紀年錄》（上海：上海古籍出版社，2006 年），頁 77-108。

[17] 同上，頁 177-233。參考劉德清：《歐陽修論稿》（北京：北京師範大學出版社，1991 年），第三節〈歐陽修的生平〉，三、「慶曆新政時期」，四、「十年輾轉時期」，頁 42-51。

[18] 貶謫，或稱貶竄、流放、流貶，「徙之遠方，放使生活」，為朝廷對負罪官吏之懲處方式之一。孔穎達《尚書正義》卷三所謂：「據狀合刑，而情差可恕，全恕則太輕，致刑則太重。不忍依例刑殺，故完全其體，宥之遠方，應刑不刑，是寬縱之也。」即流貶量移，亦輕重懸殊。貶散官多處以「安置法」，活動受監視限制。「量移」，則降恩赦罪，由所貶遠地，量過犯輕重，移向內地近里州軍安置，省稱「移」。其後，外任官平級調動，由某州府移往他州府，亦謂之「移」、「徙」。至於罪臣在降授或責授期間，重新被擢用，則謂之「起復」。參考龔延明編著：《宋代官制辭典》（北京：中華書局，1997 年），四、〈磨勘、差注類〉、〈黜免類〉，頁 651-654。

主要參考嚴杰《歐陽脩年譜》，[19]以及劉德清《歐陽修紀年錄》。今據上述，以考察歐陽脩遷謫時期詠花詠鳥之作，討論諸詩是否如屈原流於江南而作〈離騷〉、〈橘頌〉，賈誼遷謫長沙，而賦〈鵩鳥〉；易言之，考察遷謫所作詠物詩，是否與即物達情、比興寄託有關係，且以回應上述宗唐詩話之品評。文本討論，以前後兩次遷謫之作品為主，量移起復之詩篇，亦斟酌運用，以資對照。

(二) 寫花詠鳥與比興寄託

孟子對於文學的詮釋和鑑賞，曾經提出「以意逆志」和「知人論世」兩種接受觀念，[20]有助於吾人理解作家與作品。歐陽脩《六一詩話》及〈梅聖俞詩集序〉提出「窮而後工」之說，以為士之不得志者，「多喜自放於山巔水涯外」，見草木鳥獸，「內有憂思感憤之鬱積，其興於怨刺，以道羈臣寡婦之所歎，而寫人情之難言」，實無異夫子之自道：

> 凡士之蘊其所有，而不得施於世者，多喜自放於山巔水涯外，見蟲魚、草木、風雲、鳥獸之狀類，往往探其奇怪。內有憂思感憤之鬱積，其興於怨刺，以道羈臣寡婦之所歎，而寫人情之難言，蓋愈窮而愈工。然則非詩之能窮人，殆窮者而後工者也。[21]

試觀歐陽脩貶謫夷陵（1036-1039），所作寫花詠鳥之作，類多藉物抒懷，妙用比興，有所寄託。此歐公晚年寫作《詩話》，所謂「含不盡之意，見於言

[19] 嚴杰：《歐陽脩年譜》（南京：南京出版社，1993 年）。

[20] 《孟子．萬章上》：「說詩者，不以文害辭，不以辭害意，以意逆志，是為得之。」〈萬章下〉：「頌其詩，讀其書，不知其人，可乎？是以論其世也，是尚友也。」參考張高評：〈經學與文學的會通〉，「文學鑑賞論」，彰化師大國文系主編：《中國文學新境界》（臺北：立緒文化事業公司，2005 年），頁 233。

[21] 歐陽脩：〈梅聖俞詩集序〉，《全宋文》卷七一六，〈歐陽修（脩）〉五四，頁 425-426。

外」也。宋俞文豹《吹劍錄》所謂「隨時遣興，即事寫情」，歐陽脩詠物詩有之。自《詩》、《騷》以下，比興作為詩歌之常法，指涉多方，或指發生論之感物興情，或指創作論之比興寄託，或指本體論之興寄興象，[22]歐陽脩詠物詩，多有具體而微之表現。特別是創作論之比興寄託，歐陽脩詠物詩中託物興辭、託物寓情者尤多。[23]

1. 貶官夷陵

歐陽脩因范仲淹指斥宰相呂夷簡，而貶謫饒州事，移書質問左司諫高若訥。對范仲淹得罪宰相事斥責再三，一則曰：「既不能為辯其非辜，又畏有識者之責己，遂隨而詆之，以為當黜，是可怪也！」再則曰：「足下身為司諫，乃耳目之官，當其驟用時，何不一為天子辨其不賢，反默默無一語，待其自敗，然後隨而非之？」於是譴責高若訥「足下又欲欺今人，而不懼後世之不可欺邪？況今之人未可欺也！」甚至憤慨陳詞：「足下在其位而不言，便當去之」；「出入朝中稱諫官，是足下不復知人間有羞恥事爾！」[24]於是得罪，景祐三年（1036）貶歐陽脩為夷陵縣令。

歐陽脩既貶夷陵，心有鬱結，不能通其志，發而為詩，往往藉物攄懷，有所寄託與諷諭。如作〈猛虎〉詩，乃感時詠物，譏諷宰相呂夷簡，所謂「恃

---

[22] 徐中玉主編：《意境・典型・比興編》（北京：中國社會科學出版社，1994 年），頁 215-428。

[23] 黎靖德編：《朱子語類》卷八十，〈詩一，綱領〉云：比是一物比一物，而所指之事常在言外；興是借彼一物以引起此事，而其事常在下句」；「詩之興，全無巴鼻（振錄云：『多是假他物舉起，全不取其義。』）」後人詩猶有此體，如「青青陵上栢，磊磊澗中石。人生天地間，忽如遠行客。」又如「青青河畔草，綿綿思遠道」，皆是此體。問：《詩傳》說六義，以托物興辭為興，與舊說不同。曰：「如興體不一，或借眼前物事說將起，或別自將一物說起，大抵只是將三、四句引起，皆是別借此物，興起其辭，非必有感有見于此物也。」（臺北：文津出版社，1986 年），頁 2069-2071。

[24] 曾棗莊等主編：《全宋文》（成都：巴蜀書社，1991 年），卷六九八，歐陽修（脩）三六，〈與高司諫書〉，第十七冊，頁 79-80。

外可摧折，藏中難測量」，「狐姦固堪笑，虎猛誠可傷」云云，可知其中之比興寄託。[25]景祐三年所作〈仙草〉詩，則是微言諷刺左司諫高若訥，詩云：

> 世說有仙草，得之能隱身。仙書已怪妄，此事況無文。嗟爾得從誰，不辨偽與真。持行入都市，自謂術通神。白日攫黃金，磊落揀奇珍。旁人掩口笑，縱汝暫懽忻。汝方矜所得，謂世盡盲昏。非人不見汝，乃汝不見人。(〈仙草〉,《全宋詩》卷二八二，頁 3583）

歐陽脩妙用魏邯鄲淳《笑林》「障葉隱形」故事，[26]以諷諭欺世欺人之愚知愚行。歐公明知仙書怪誕，卻又藉題發揮，欲以考辨真偽。藉楚人深信《淮南方書》「得螳螂捕蟬自障葉，可以隱形」笑談，指桑罵槐，意有所指，稱「汝方矜所得，謂世盡盲昏。非人不見汝，乃汝不見人」；楚人目中無人，欺人欺世之情狀，與歐公指責高若訥「欲欺今人，而不懼後世之不可欺」，有異曲同工之致。詠物詩之藉物寫懷，從容悠閒，詞不迫而意有餘，頗耐觀玩。又如作於景祐四年（1037）之〈千葉紅梨花〉，則又因花寫懷，自傷淪落，同時感慨「真賞」之難遇，如：

> 紅梨千葉愛者誰，白髮郎官心好奇。徘徊繞樹不忍折，一日千匝看無時。夷陵寂寞千山裡，地遠氣偏時節異。愁煙苦霧少芳菲，野卉蠻花鬬紅紫。可憐此樹生此處，高枝絕豔無人顧。春風吹落復吹開，

---

[25] 《全宋詩》卷二八二，歐陽脩〈猛虎〉：「猛虎白日行，心閑貌揚揚。當路擇人肉，羆豬不形相。頭垂尾不掉，百獸自然降。暗禍發所忽，有機埋路傍。徐行自踏之，機翻矢穿腸。怒吼震林丘，瓦落兒墮床。已死不敢近，目睛射餘光。虎勇恃其外，爪牙利鉤鋩。人形雖羸弱，智巧乃中藏。恃外可摧折，藏中難測量。英心多決烈，自信不猜防。老狐足奸計，安居穴垣牆。窮冬聽冰渡，思慮豈不長。引身入扱中，將死猶跳踉。狐姦固堪笑，虎猛誠可傷。」（北京：北京大學出版社，1987 年），頁 3583

[26] 楊家駱主編：《中國笑話書》（臺北：世界書局，2002 年），引《笑林》，又見宋李昉等編：《太平御覽》（北京：中華書局，1992 年），卷九百四十六，頁 3。

山鳥飛來自飛去。根盤樹老幾經春，真賞今纔遇使君。風輕絳雪罇前舞，日暖繁香露下聞。從來奇物產天涯，安得移根植帝家。猶勝張騫為漢使，辛勤西域徙榴花。(〈千葉紅梨花〉，《全宋詩》卷二八二，頁3587)

詩中「寂寞千山裡」，「絕豔無人顧」二句，本詩旨趣，當聚焦於此。詩詠千葉紅梨花，並未著題刻劃其「絕豔」之種種，只略點其色與香：「風輕絳雪罇前舞，日暖繁香露下聞」，巧構形似，體物瀏量處極少。全詩注重不離不即，側筆見態，寫千葉紅梨花寂寞生長在「夷陵千山裡」，所以「高枝絕豔無人顧」，「真賞」因而難遇。此即千古以來中國士人「感士不遇」之情結；求知之難與感知之切，[27]在歐公貶謫夷陵時，藉詠花以體現。王楙《野客叢書》曾言：「士有不遇，則託文見志」，[28]與此可以相發明。黃庭堅〈跋歐陽公紅梨花詩〉稱：歐公與高司諫書，「語氣可以折衝萬里。謫居夷陵，詩語豪壯不挫，理應如是。」[29]貶官居外，而擺脫凡近，時作寬解之語，是所謂豪壯不挫。詩中敘寫千葉紅梨花之絕豔，只有白髮郎官朱慶基「徘徊繞樹不忍折，一日千匝看無時」，以肢體語言之描繪，表現對此花之知愛與真賞。蘇軾於歐陽脩自稱老門生，貶謫黃州時，作〈寓居定惠院之東，雜花滿山，有海棠一株，土人不知貴也〉詩一首，[30]命意造語，實脫胎自歐公〈千葉紅梨花〉詩之詠物心法，值得附帶一提。

---

[27] 自司馬遷作〈士不遇賦〉，「感士不遇」，遂成中國文學常見之主題之一，參考繆鉞：〈唐宋詞中「感士不遇」心情初探〉，繆鉞、葉嘉瑩：《詞學古今談》(臺北：萬卷樓圖書公司，1992年)，頁195。

[28] 王楙《野客叢書》卷一，〈歐公譏荊公落英事〉：「士有不遇，則託文見志，往往反物理以為言，以見造化之不可測也。」文淵閣《四庫全書》本，第852冊，頁551。

[29] 劉琳等校點：《黃庭堅全集》(成都：四川大學出版社，2001年)，卷二十六，頁691-692。

[30] 詩見清王文誥、馮應榴輯注：《蘇軾詩集》(臺北：學海出版社，1985年)，卷二十，頁1036-1037。

景祐四年（1037）二月，時在夷陵貶所，曾作〈戲答元珍花時久雨之什〉七律一首。峽州軍事判官丁寶臣（元珍），相與詩酒漫游。由於花時久雨，致山城未花的二月，歐陽脩化用王之渙〈涼州詞〉「春風不度玉門關」詩意，[31]起句點醒超妙，云「春風疑不到天涯」，雙關藏巧，所謂君恩不及，君門萬里，其詩曰：

> 春風疑不到天涯，二月山城未見花。殘雪壓枝猶有桔，凍雷驚筍欲抽芽。夜聞歸雁生鄉思，病入新年感物華。曾是洛陽花下客，野芳雖晚不須嗟。（〈戲答元珍花時久雨之什〉，《全宋詩》卷二九二，頁 3680）

《全唐詩》中之「天涯」，往往指君臣間之心靈隔閡，並非指實際之空間距離。就歐公而言，夷陵貶謫，遠離皇城開封，當然算是「天涯」。既貶夷陵，君門萬里，君恩不及，所以說「春風疑不到天涯」。先有「二月山城未見花」的事實，再「想當然爾」，又「無理而妙」道出：「春風疑不到天涯」，既附和夷陵風物之怪特，又委婉道出君恩不到之落漠，是所謂起筆超妙。「殘雪壓枝」、「凍雷驚筍」云云，除為夷陵風物之勾勒外，豈無比興寄託？范仲淹呈奏〈百官圖〉，宰相呂夷簡責范「越職言事，離間君臣，引用朋黨」，於是范仲淹、余靖、尹洙、歐陽脩先後被貶。觀歐公貶謫後，〈與尹師魯第一書〉，戒余靖至貶所勿作窮愁文字，可以知之。結句「曾是落陽花下客，野芳雖晚不須嗟」，曾經滄海，難為河水；曾賞牡丹，不嗟野芳；清陳衍《宋詩精華錄》稱：「結韻用高一層意自慰」，興寄之高遠，可以想見。全詩句法相生，對偶流動，歐公得意之作也。蘇軾貶黃州，有〈正月二十日……同至女王城作詩〉

[31] 陳伯海主編：《唐詩彙評》（杭州：浙江教育出版社，1995 年），中冊，王之渙〈涼州詞二首〉其一，引楊慎《升庵詩話》、李瑛《詩法易簡錄》，所謂「不言君恩之不及，而托言春風之不度」，頁 1355。

七律一首，[32]起句「東風未肯入東門」，亦本歐公〈戲答元珍〉詩「春風疑不到天涯」而脫化之，此可以斷言。

歐公初貶夷陵，所詠禽鳥詩，以之藉物詠懷，由是比興寄託者，大抵有二首。〈金雞〉詩，提示用晦為誡之理趣，〈江行贈雁〉詩，傳達物我為一之情思，如：

> 蠻荊鮮人秀，厥美為物怪。禽鳥得之多，山鷄稟其粹。眾綵爛成文，真色不可繪。仙衣霓紛披，女錦花綷綵。輝華日光亂，眩轉目睛憊。高田啄秋粟，下澗飲寒瀨。清唳或相呼，舞影還自愛。豈知文章累，遂使網羅掛。及禍誠有媒，求友反遭賣。有身乃吾患，斷尾亦前戒。不羣世所驚，甚美眾之害。稻粱雖云厚，樊縶豈為泰。山林歸無期，羽翮日已鎩。用晦有前言，書之可為誡。(〈金鷄五言十四韻〉，《全宋詩》卷二八二，頁 3587)
>
> 雲間征鴈水間棲，矰繳方多羽翼微。歲晚江湖同時客，莫辭伴我更南飛。(〈江行贈鴈〉，《全宋詩》卷二九一，頁 3677)

金雞，即錦雞、山雞。從「仙衣霓紛披」以下八句，以賦為詩，巧構形似，前四句描繪其綵爛之真色，後四句勾勒其食飲聲影，以見金鷄之美粹文章。本詩前半借錦鷄起興，是《詩集傳》所謂「托物興辭」；後半比物聯類，借題發揮，以「豈知文章累，遂使網羅掛」為諧隱雙關轉接，發揮興寄之理趣。其中「斷尾」、「甚美」、「用晦」，詞意皆出於《左傳》。所謂「求友反遭賣」、「有身乃吾患」、「有美眾之害」、「用晦可為誡」云云，真處遷謫生涯憂讒畏譏之反思與實錄。至於〈江行贈鴈〉詩，亦將憂讒畏譏，危機四伏之遷謫情懷，投射於征雁身上，於是同病相憐，面對江湖風波，可以相伴相偎。

[32] 詩見《蘇軾詩集》卷二十一，頁 1105。

以物為人，化景物為情思，提示蘇軾、黃庭堅作詩，以及宋詩話談詩許多門徑。明李時珍《本草綱目》謂雁有四德，「寒則自北而南，熱則自南而北」，信德其一，[33]故歐公詩稱歲晚江湖，伴我南飛。

2. 再貶滁州

慶曆五年（1045），杜衍、韓琦、范仲淹、富弼等相繼罷黜，新政宣告失敗。歐陽脩〈論杜衍范仲淹等罷政事狀〉，上疏辨朋黨之誣，有謂「欲廣陷良善，則不過指為朋黨；欲動搖大臣，則必須誣以專權」；於是諫官等羅織「張甥案」，歐陽脩落龍圖閣直學士、罷都轉運按察史，以知制誥貶知滁州。是年九月，〈自河北貶滁州初入汴河聞雁〉詩寫秋雁南飛，「五更驚破客愁眠」，正是遷謫心情之寫照。此去五年，貶知滁州二年六個月外，又移知揚州、潁州，改知應天府，所作詠花詠鳥詩，富含比興寄託者居多，論證如下。先看詠殘杏與寫緋桃：

> 鎮陽二月春苦寒，東風力弱冰雪頑。北潭跬步病不到，何暇騎馬尋郊原。鵰丘新晴暖已動，砌下流水來潺潺。但聞簷間鳥語變，不覺桃杏開已闌。人生一世浪自苦，盛衰桃杏開落間。西亭昨日偶獨到，猶有一樹當南軒。殘芳爛漫看更好，皓若春雪團枝繁。無風已恐自零落，長條可愛不可攀。猶堪攜酒醉其下，誰肯伴我頹巾冠。（〈鎮陽殘杏〉，《全宋詩》卷二八三，頁 3597）
>
> 經年種花滿幽谷，花開不暇把一巵。人生此事尚難必，況欲功名書鼎彝。深紅淺紫看雖好，顏色不柰東風吹。緋桃一樹獨後發，意若待我留芳菲。清香嫩蕊含不吐，日日怪我來何遲。無情草木不解語，

[33] 明李時珍：《本草綱目》卷四十七，〈雁〉，時珍曰：「雁有四德」，除信德外，「飛則有序而前鳴後和，其禮也；失偶不再配，其節也；夜則群宿而一奴巡警，晝則銜蘆以避繒繳，其智也。」點校本（北京：人民衛生出版社，1989 年），頁 2566。

向我有意偏依依。群芳落盡始爛漫，榮枯不與眾豔隨。念花意厚何以報，唯有醉倒花東西。盛開比落猶數日，清罇尚可三四攜。（〈四月九日幽谷見緋桃盛開〉，《全宋詩》卷二八四，頁 3610）

〈鎮陽殘杏〉詩，作於慶曆六年（1046）二月，寫跬步病不到，桃杏開已闌，由此領悟：「人生一世浪自苦，盛衰桃杏開落間」，藉物寫懷，頗富理趣與興寄。「殘芳爛漫看更好，皓若春雪團枝繁。無風已恐自零落，長條可愛不可攀」妙肖刻劃殘芳，上二句寫芳，後二句寫殘，亦不黏不脫。〈四月九日幽谷見緋桃盛開〉，作於慶曆七年（1047）四月，此詩以物為人，提示兩種理趣：其一，「花開不暇把一巵，況欲功名書鼎彝」，此漫談人生；其二，「群芳落盡始爛漫，榮枯不與眾豔隨」，此稱緋桃獨立不隨，隱約間若有興寄存焉。再看作於皇祐年間，詠桐花與紫薇花：

猗猗井上桐，花葉何蓑蓑。下蔭百尺泉，上聳陵雲材。翠色洗朝露，清陰午當階。幽蟬自嘒嘒，鳴鳥何喈喈。日出花照耀，飛香動浮埃。今朝一雨過，狼籍黏青苔。斯桐乃誰樹，意若銘吾齋。常聞漢道隆，上下相和諧。選吏擇孝廉，視民嬰與孩。政聲如九韶，百物絕妖災。優優潁川守，能致鳳凰來。到此幾千載，丹山自崔嵬。聖君勤治理，百郡列賢才。嗟爾不自勉，鳳凰其來哉。（〈桐花〉，《全宋詩》卷二九九，頁 3756）

亭亭紫薇花，向我如有意。高煙晚溟濛，清露晨點綴。豈無陽春月，所得時節異。靜女不爭寵，幽姿如自喜。將期誰顧眄，獨伴我憔悴。而我不彊飲，繁英行亦墜。相看兩寂寞，孤詠聊自慰。（〈聚星堂前紫薇花〉，《全宋詩》卷二八五，頁 3617）

〈桐花〉詩，皇祐元年（1049）作於潁州，敘寫桐花之猗猗蓑蓑，演變為雨過之狼藉青苔，假此起興反思，以寄託漢道和諧，鳳凰來儀之願景。此朱子所謂「借彼一物以引起此事，而所指之事常在言外」者。至於〈聚星堂前紫薇花〉，則作於皇祐二年（1050），時在潁州，亦藉物詠懷，即物達情之什。以「靜女不爭寵，幽姿如自喜」為眼目，將自我個性移情投射於紫薇，於是比興寄託，物我合一，故結以「相看兩寂寞，孤詠聊自慰」。

再貶滁州期間，歐公詠物詩之富於興寄者，莫過於詠寫禽鳥，如〈班班林間鳩寄內〉、〈啼鳥〉、〈鷺鷥〉諸詩。先介紹〈班班林間鳩寄內〉：

> 班班林間鳩，穀穀命其匹。迨天之未雨，與汝勿相失。春原洗新霽，綠葉暗朝日。鳴聲相呼和，應答如吹律。深棲柔桑暖，下啄高田實。人皆笑汝拙，無巢以家室。易安由寡求，吾羨拙之佚。吾雖有室家，出處曾不一。……君恩優大臣，進退禮有秩。小人妄希旨，論議爭操筆。又聞說朋黨，次第推甲乙。而我豈敢逃，不若先自劾。上賴天子聖，必未加斧鑕。一身但得貶，群口息啾喞。公朝賢彥眾，避路當揣質。苟能因謫去，引分思藏密。還爾禽鳥性，樊籠免驚怵。子意其謂何，吾謀今已必。……(〈班班林間鳩寄內〉，《全宋詩》卷二八三，頁 3598)

明李時珍《本草綱目》稱：「鳩性慤孝，而拙於為巢。天將雨即逐其雌，霽則呼而反之。故曰鷦巧而危，鳩拙而安。」[34]〈班班林間鳩寄內〉詩，五言八十八句長篇，前十四句，借班班林間鳩，鳴聲呼和，相守勿失起興，歸結到「易安由寡求，吾羨拙之佚」。「吾雖有室家」以下七十四句，觸類引申寫「寄內」，無異歐陽脩宦海浮沉，榮辱消長之速描與實錄。朱子《詩集傳》說「興體」，或借眼前物事說將起，或別自將一物說起，皆是別借此物，興起其辭云云，本詩之比興即是此類。至如〈啼鳥〉一詩之即物達情，比興寄託，

34 《本草綱目》，卷四十九，〈斑鳩〉，頁 2651。

尤其昭然若揭，如：

> 窮山候至陽氣生，百物如與時節爭。官居荒涼草樹密，撩亂紅紫開繁英。花深葉暗耀朝日，日暖眾鳥皆嚶鳴。鳥言我豈解爾意？綿蠻但愛聲可聽。南窗睡多春正美，百舌未曉催天明。黃鸝顏色已可愛，舌端啞咤如嬌嬰。竹林靜啼青竹筍，深處不見惟聞聲。陂田遶郭白水滿，戴勝穀穀催春耕。誰謂鳴鳩拙無用，雄雌各自知陰晴。雨聲蕭蕭泥滑滑，草深苔綠無人行。獨有花上提葫蘆，勸我沽酒花前傾。其餘百種各嘲哳，異鄉殊俗難知名。我遭讒口身落此，每聞巧舌宜可憎。春到山城苦寂寞，把盞常恨無娉婷。花開鳥語輒自醉，醉與花鳥為交朋。花能嫣然顧我笑，鳥勸我飲非無情。身閑酒美惜光景，惟恐鳥散花飄零。可笑靈均楚澤畔，離騷憔悴愁獨醒。(〈啼鳥〉,《全宋詩》卷二八四，頁 3603)

〈啼鳥〉詩，直敘逐寫，以賦為詩，以議論為詩，作於慶曆六年。歐陽脩就「百種各嘲哳」的啼鳥中，特寫百舌、黃鸝、青竹筍、戴勝、鳴鳩、泥滑滑、提壺蘆[35]七種禽言之個性作用，以物為人，以賦為詩，新奇而富含諧趣。隨即筆鋒一轉，初則曰「我遭讒口身落此，每聞巧舌宜可憎」；再則曰：「身閑酒美惜光景，惟恐鳥散花飄零」，終則笑屈原之行吟澤畔，徒見憔悴與獨醒。歐公蓋以此詩抒發其孤寂憤激之情，藉啼鳥以興寄苦悶。再如一首〈畫眉鳥〉，兩首〈鷺鷥〉詩，亦表現其興寄，如：

[35] 《本草綱目》，卷四十八，〈竹雞〉，時珍曰：「南人呼為泥滑滑，因其聲也。」卷四十九，〈百舌〉：引《易通卦驗》稱百舌能「反復其舌隨百鳥之音」；〈鶯〉，稗名：「黃鸝、離黃、倉庚、青鳥」，時珍曰：「立春後即鳴，麥黃椹熟時尤甚，其音圓滑，如織機聲，乃應節趨時之鳥也。」頁 2620、2657、2658。

百囀千聲隨意移，山花紅紫樹高低。始知鎖向金籠聽，不及林間自在啼。(〈畫眉鳥〉，一作〈郡齋聞百舌〉《全宋詩》卷二九二，頁 3686)

風格孤高塵外物，性情閑暇水邊身。盡日獨行溪淺處，清苔白石見纖鱗。(〈鷺鷥〉，《全宋詩》卷二九二，頁 3687)

激石灘聲如戰鼓，翻天浪色似銀山。灘驚浪打風兼雨，獨立亭亭意愈閑。(〈鷺鷥〉，《全宋詩》卷三〇一，頁 3788)

貶官之人，待罪之身，猶如「鎖向金籠」之畫眉鳥，失去許多自在與隨意，其中寄託當在於是。〈班班林間鳩寄內〉所謂「還爾禽鳥性，樊籠免驚怵」，亦明此興寄之旨趣。第一首〈鷺鷥〉詩作於慶曆五年，第二首作於八年(1048)。鷺鷥之閑野不俗，杜牧〈賦〉號為風標公子，第一首詩稱揚「風格孤高」，「性情閑暇」；第二首詩贊美「灘驚浪打風兼雨，獨立亭亭意愈閑」，可以相發明。歐公於貶滁期間，兩賦〈鷺鷥〉，其見賢思齊，比興寄託可知。

《史記・匈奴列傳》太史公曰：「孔子著《春秋》，隱桓之間則章，至定哀之際則微，為其切當時之文而罔褒，忌諱之辭也。」纂修現代當代史，動輒觸忌犯諱，故孔子纂述定哀之際歷史，往往出於微婉顯晦之《春秋》書法。司馬遷著《史記》，記述楚漢之爭至漢武之世，筆法亦仿《春秋》。清章學誠《文史通義・史德》宣稱：「必通六義比興之旨，而後可以講《春王正月》之書」；[36]歐陽脩初貶夷陵，再貶滁州，朝中讒邪當道，江湖風波險惡，〈啼鳥〉詩所謂「我遭讒口身落此，每聞巧舌宜可憎」，以待罪之身，不宜作憤激之詞，故每有諷諭，輒出以主文譎諫，而多比興寄託之篇。兩次遷謫，所以多藉詠物興寄，以此。

---

[36] 清章學誠：《文史通義》(臺北：華世出版社，1980 年)，內篇五，〈史德〉，頁 149-150。

3. 嘉祐時期

兩次遷謫，輒詠物興寄外，歐陽脩嘉祐年間在京師開封，公餘閒暇賦詩，經歷宦海浮沉，人情冷暖，自多感悟，亦往往藉物抒懷，運用比興寄託。自嘉祐二年（1057）正月，知禮部貢舉，改革文風。三年六月，加龍圖閣學士、權知開封府，薦梅堯臣任館閣。四年二月，免知開封府，轉給事中，充殿試進士詳定官，兼充群牧使。傳世名篇，如〈秋聲賦〉、〈明妃曲和王介甫作〉，皆完成於此時。五年七月，成《唐書》二百二十五卷，轉禮部侍郎；十一月，為樞密副使。六年（1061）閏八月，轉戶部侍郎，參知政事，進封開國公。在中書省，言事不避仇怨。[37]歐公受仁宗之倚重，宦途之顯達順遂如此，羅列如上，權作讀者知人論世之參考。

嘉祐年間，歐公所作詠物詩，富於比興寄託者，詠禽鳥偏多，較有特色；詠花卉量少，亦有可觀。詠花卉而富興寄者，如詠菊花、詠芸香：

> 秋風吹浮雲，寒雨灑清曉。鮮鮮牆下菊，顏色一何好。好色豈能常，得時仍不早。文章損精神，何用覷天巧。四時悲代謝，萬物惜凋槁。豈知寒鑑中，兩鬢甚秋草。東城彼詩翁，學問同少小。風塵世事多，日月良會少。我有一罇酒，念君思共倒。上浮黃金蕊，送以清歌裊。為君發朱顏，可以卻君老。（〈西齋手植菊花過節始開偶書奉呈聖俞〉，《全宋詩》卷二八八，頁 3643）
>
> 有芸黃其華，在彼眾草中。清香濯曉露，秀色搖春風。幸依華堂陰，一顧曾不蒙。大雅彼君子，偶來從學宮。文章高一世，論議伏群公。多識由博學，新篇匪雕蟲。唱酬爛眾作，光輝發幽叢。在物苟有用，

[37] 嚴杰：《歐陽脩年譜》，嘉祐二年丁酉（1057），五十一歲~嘉祐六年辛丑（1061），五十五歲，頁 205-247。

得時寧久窮。可嗟凡草木，糞壤自青紅。(〈和聖俞唐書局後叢莽中得芸香一本之作用其韻〉,《全宋詩》卷二八八，頁 3649)

〈西齋手植菊花過節始開偶書奉呈聖俞〉一詩，約作於嘉祐二年。時歐公知禮部貢舉，黜去太學體之險怪雕刻，唯取平淡有味者。詠菊花詩所謂「好色豈能常，得時仍不早」；所謂「文章損精神，何用覷天巧」，此一審美觀，可與禮部貢舉之去除雕飾華靡、講究樸實清新相互發明。次首詩詠芸香，寫芸香之「清香濯曉露，秀色搖春風」，因色香作用觸類引申，遂凸顯「在物苟有用，得時寧久窮」，關注現實，提倡致用。此詩與梅堯臣相唱和，為嘉祐三年推薦梅堯臣任職館閣，後改薦入唐書局一事作補白，其詩眼在「作用」二字。[38]

歐公於嘉祐年間所作詠寫禽鳥之作，多為長篇古詩，亦多寓含興寄。不只是徵故實、寫色澤、廣比譬，巧構形似，剪裁雕鏤而已。歐陽脩〈答祖澤之書〉所謂「中充實，則發為文者輝光」，關心民瘼，不平則鳴，此固歐公創作論之主張。張戒《歲寒堂詩話》稱：「言志，乃詩人之本意；詠物，特詩人之餘事」，歐陽脩詠寫禽鳥諸作，大抵以詠物為言志，故多比興寄託，不離不即，如：

天將陰，鳴鳩逐婦鳴中林，鳩婦怒啼無好音。天雨止，鳩呼婦歸鳴且喜，婦不亟歸呼不已。逐之其去恨不早，呼不肯來固其理。吾老病骨知陰晴，每愁天陰聞此聲。日長思睡不可得，遭爾聒聒何時停。

---

[38] 所謂「作用」，即動作起用，本佛學術語。在三世有為法中，唯現在法有作用，過去及未來法則無。《景德傳燈錄》卷三稱：佛性存於現前作用中，作用有身、人、見、聞、香、談論、執捉、運奔等八種，即該攝法界之意。釋慈怡主編：《佛光大辭典》（北京：北京圖書館出版社，1989年）第三冊，頁 2776-2777。由此觀之，歐陽脩之運用佛學術語，最遲當於嘉祐三年（1058），作此詩之前。

眾鳥笑鳴鳩，爾拙固無匹。不能娶巧婦，以共營家室。寄巢生子四散飛，一身有婦長相失。夫婦之恩重太山，背恩棄義須臾間。心非無情不得已，物有至拙誠可憐。君不見人心百態巧且艱，臨危利害兩相關。朝為親戚暮仇敵，自古常嗟交道難。(〈鳴鳩〉,《全宋詩》卷二八八，頁 3648)

斑然錦翼花簇簇，雄雌相隨樂不足。抱雛出卵翅羽成，豈料一朝還反目。人言嫁雞逐雞飛，安知嫁鳩被鳩逐。古來有盛必有衰，富貴莫忘貧賤時。女棄父母嫁曰歸，中道舍君何所之？天生萬物各有類，誰謂鳥獸為無知。雖無仁義有情愛，茍聞此言寧不悲。(〈代鳩婦言〉,《全宋詩》卷二八八，頁 3648)

〈鳴鳩〉詩，大抵如《詩經・鴟鴞》、樂府詩〈烏生八九子〉、李白〈山鷓鴣詞〉、白居易〈慈烏夜啼〉之倫，屬於鳥言詩，而與禽言詩有別。[39]詩人探討鳴鳩之逐婦，關鍵在「不能娶巧婦，以共營家室」；眾鳥譏笑鳴鳩：「爾拙固無匹」，不為無理。由此提煉出三個哲理：其一，「物有至拙誠可憐」；其二，「自古常嗟交道難」；其三，「人心百態巧且艱，臨危利害兩相關」。雖以議論為詩，然寓物說理，理趣渾然，故不流於概念化、抽象化之失。本師黃永武先生稱：「詠物詩必須因小見大，有所寄託，才能使筆有遠情」，[40]觀此益信。至於〈代鳩婦言〉，原注有「聞士有欲棄妻者作」，則有樂府民歌敘事詩之特性，[41]其興寄之意更為明確。此詩接續〈鳴鳩〉詩「逐婦」之主題，而為鳩婦「代言」，揭示二義相勸勉：其一，「富貴莫忘貧賤時」；其二，「雖無仁義有情愛」；人間夫婦可以不如拙鳩乎？寄託勸戒之意顯然，亦是寓議論於敘事之中。再如〈啼鳥〉與〈鬼車〉二詩，體物命意，亦從人事世法勘入。

---

[39] 參考張高評：《宋詩之傳承與開拓》，中篇〈宋以前之禽言詩略論〉頁 149-152。

[40] 黃永武：《詩與美》（臺北：洪範書店，1984 年），〈詠物詩的評價標準〉，頁 170-173。

[41] 王運熙：《樂府詩述論》（上海：上海古籍出版社，1996 年），〈南北朝樂府中的民歌〉，頁 277-291。

長於因小見大，有所寄託，故詩有遺妍，筆有遠情。如：

> 提葫蘆，提葫蘆，不用沽美酒。宮壺日賜新撥醅，老病足以扶衰朽。百舌子，百舌子，莫道泥滑滑。宮花正好愁雨來，暖日方催花亂發。苑樹千重綠暗春，珍禽彩羽自成群。花開祇慣迎黃屋，鳥語初驚見外人。千聲百囀忽飛去，枝上自落紅紛紛。畫簾陰陰隔宮燭，禁渥杳杳深千門。可憐枕上五更聽，不似滁州山裏聞。(〈啼鳥〉,《全宋詩》卷二八八，頁 3649)
>
> 嘉祐六年秋，九月二十有八日，天愁無光月不出。浮雲蔽天眾星沒，舉手向空如抹漆。天昏地黑有一物，不見其形，但聞其聲。其初切切淒淒，或高或低，乍似玉女調玉笙，眾管參差而不齊。既而咿咿呦呦，若軋若抽，又如百兩江州車，回輪轉軸聲啞嘔。鳴機夜織錦江上，群鴈驚起蘆花洲。吾謂此何聲，初莫窮端由。老婢撲燈呼兒曹，云「此怪鳥無匹儔。其名為鬼車，夜載百鬼凌空遊。其聲雖小身甚大，翅如車輪排十頭。凡鳥有一口，其鳴已啾啾。此鳥十頭有十口，口插一舌連一喉。一口出一聲，千聲百響更相酬。昔時周公居東周，厭聞此鳥憎若讎。夜呼庭氏率其屬，彎弧俾逐出九州。射之三發不能中，天遣天狗從空投。自從狗齧一頭落，斷頸至今青血流。爾來相距三千秋，晝藏夜出如鵂留。每逢陰黑天外過，乍見火光驚輒墮。有時餘血下點汙，所遭之家家必破。」我聞此語驚且疑，反祝疾飛無我禍。我思天地何茫茫，百物巨細理莫詳。吉凶在人不在物，一蛇兩頭反為祥。卻呼老婢炷燈火，捲簾開戶清華堂。須臾雲散眾星出，夜靜皎月流清光。(〈鬼車〉,《全宋詩》卷二九〇，頁 3659)

〈啼鳥〉詩，作於嘉祐四年，先特寫提葫蘆、百舌子二種禽言；再泛寫千聲百囀之鳥語與珍禽，曲終奏雅，歸納到「可憐枕上五更聽，不似滁州山裏聞」，類似李白〈越中覽古〉，辛棄疾〈賀新郎〉（綠樹聽啼鴂）之「三一句法」，側筆烘托，因藉以寄託遷謫之憤慨。〈鬼車〉一首，作於嘉祐六年（1061），先記錄民間傳說，再寓物言理，揭示「吉凶在人不在物」。此即《左傳》叔興所謂「吉凶由人」，子產所謂「天道遠，人道邇」之意。按清厲荃《事物異名錄》引《本草綱目》稱：「鬼車鳥，一名鬼鳥，一名九頭鳥」，一稱天鳥、麥雞、鶬雞、九羅、錯落。[42]歐公所作，特寫怪鳥之出沒，刻劃其聲響，描摹其形體，以賦為詩，體物妙肖，近似〈秋聲賦〉之手法。中間敘寫周公厭聞此鳥，已除之而後快；不料今夜復出，傳言「餘血下點汙，所遭之家家必破」云云。歐公時任樞密副使，既未標榜神道設教，實有意破除迷信，遂強調「吉凶在人不在物，一蛇兩頭反為祥」。考歐陽脩於天聖元年（1023）秋應舉隨州鄉試，試「左氏失之誣論」，略云：「石言于晉，神降于莘。內蛇鬥而外蛇傷，新鬼大而故鬼小」云云，備列《左傳》之誣。後又有〈辨左氏〉之說，[43]可見辨誣戒奇，固是歐公一貫之人文精神。

清初宗唐詩話多貶抑宋詩之成就與價值，如比興體之運用，對宋詩多持負面之品評。馮班曾云：「宋人作著題詩，不如唐人詠物多寓意，尚有比興之體」；吳喬亦謂：「唐詩有意，而託比興以雜出之，其詞婉而微，如人而衣冠。宋詩亦有意，惟賦而少比興，其詞徑以直，如人而赤體」；[44]宗唐詩話信口雌

---

[42] 清厲荃：《事物異名錄》（長沙：岳麓書社，1991 年），卷三十六，〈鬼車〉，頁 510-511。宋周密：《齊東野語》（上海：華東師範大學出版社，1987 年），卷十九，〈鬼車鳥〉云：鬼車，俗稱九頭鳥，「世傳此鳥昔有十首，為犬噬其一，至今血滴人家，能為災咎。故聞之者，必叱犬滅燈，以速其過。澤國風雨之夕，往往聞之。六一翁有詩，曲盡其悲哀之聲。」頁 370；又，明李時珍：《本草綱目》卷四十九，〈鬼車鳥〉，《集解》引時珍曰：「鬼車，狀如鵂鶹，而大者翼廣丈許，晝盲夜了，見火光輒墮。」劉恂《嶺表錄異》云：「鬼車出秦中，而嶺外尤多。春夏之交，稍遇陰晦，則飛鳴而過，聲如刀車鳴。愛入人家，鑠人魂氣。血滴之家，必有凶咎。」頁 2681。

[43] 劉德清：《歐陽修論稿》，第五章第四節〈歐陽修的《春秋》研究及其他〉，頁 160-161。

[44] 馮班：《鈍吟雜錄》卷四，周光培編《清代筆記小說》（石家莊：河北教育出版社，1998 年），冊 31，頁 400-401；吳喬：《圍爐詩話》卷一，郭紹虞編：《清詩話續編》（臺北：木鐸出版社，1983 年），頁 472。參考張高評：〈清初宗唐詩話與唐宋詩之爭——以「宋詩得失論」為考察重

黃，無的放矢有如此者。試看宋詩特色之推助者歐陽脩，所作詠花、詠鳥諸什之比興寄託，不可謂其中無「寓意」，亦不可謂「其詞徑以直」。其他宋詩大家名家如王安石、蘇軾、[45]黃庭堅等所作詠物詩，要非如馮班、吳喬等所云，此可別撰一文辯說，此不具論。

三、歐陽脩花鳥詩與宋詩特色

《文心雕龍》設〈情采〉篇，講論詩文創作之內容與形式關係，所謂「文附於質」；「經正而後緯成，理定而後辭暢」；「鉛黛所以飾容，而盼倩生於淑姿」。[46]因此，本文考察歐陽脩之花鳥詩，內容思想與形式技巧彼此交互論述。郭紹虞《宋詩話考》曾云：宋人談詩，「均強調藝術技巧，罕有重在思想內容者。」[47]考察宋人作詩，亦講究藝術技巧。歐陽脩《詩話》作於晚年，曾引述梅聖俞之言，謂「詩家雖率意，而造語亦難。若意新語工，得前人所未道者，斯為善也。必能狀能寫之景，如在目前；含不盡之意，見于言外，然後為至矣。」云云，[48]亦多側重藝術技巧。本節所論，較側重藝術技巧之闡發，以討論歐公於詠物詩之拓展，與所撰《詩話》標榜「狀難寫之景，如在目前；含不盡之意，見于言外」，是否有具體實踐。同時，考察宋詩體格之表現，進

點〉，香港大學中文系主編：《中國文學與文化研究學刊》第 1 期（臺北：學生書局，2002 年），3.〈三體與詩家語〉，頁 121-130。最近，稍作修訂，輯入《清代詩話與宋詩宋調》（臺北：萬卷樓圖書公司，2017 年），頁 15-74。

[45] 張高評：《自成一家與宋詩宗風》，第二章〈創意造語與宋代詠物詩——以蘇軾詠花、詠雪為例〉，頁 67-103。

[46] 劉勰著，王更生注譯：《文心雕龍讀本》（臺北：文史哲出版社，1985 年），下篇，〈情采第三十一〉，頁 75-79。參考祖保泉：《文心雕龍解說》（合肥：安徽教育出版社，1993 年），卷七，〈情采〉，頁 615-617。

[47] 郭紹虞：《宋詩話考》（北京：中華書局，1985 年），蘇轍《詩病五事》，頁 10。

[48] 歐陽脩：《六一詩話》，清何文煥編：《歷代詩話》（臺北：木鐸出版社，1982 年），頁 267。

而論定宋詩之特色，品述其文學之成就。

(一) 詠物詩之拓展

詠物詩與詠物賦，異流而同源，《文心雕龍・物色》所謂「巧言切狀，功在密附」。其後唐人詠物，發展為即物達情，比興寄託；宋人學唐變唐，拓展為以形寫神，寓物說理，同時致力於以物為人，用心於不離不即。[49]凡此，皆歐公《詩話》所謂「狀難寫之景，如在目前」也。歐陽脩身為宋詩特色之推助者，所作詠花、詠鳥之作，於此多有體現。分別論證如下：

1. 以形寫神

巧言切狀，體物妙肖，為詠物詩之本然，此之謂「形似」。然自顧愷之論人物畫，即強調「傳神寫照」，以形寫神。[50]至蘇軾〈傳神記〉，則提出「得其意思所在」，不必「舉體皆似」，重神似而輕形似。[51]東坡之傳神論，蓋本歐陽脩〈盤車圖〉，所謂「古畫畫意不畫形，梅詩詠物無隱形。忘形得意知者寡，不若見詩如見畫。」[52]此雖論畫，可移以說詩。歐公之詠物詩，大多以形寫神，並不拘拘於體物貼切，如詠花之什：

昔官西陵江峽間，野花紅紫多斕斑。惟有寒梅舊所識，異鄉每見心

---

[49] 參考張高評：《宋詩之新變與代雄》（臺北：洪葉文化公司，1995 年），捌、〈不犯正位與宋詩特色〉，「離形得似」、「以物為人」、「言用不言名」、「寓物說理」，頁 450-464，頁 473-488。

[50] 唐張彥遠：《歷代名畫記》（臺北：文史哲出版社，1994 年），卷五，〈晉・顧愷之〉，于安瀾主編《畫史叢書》本，第一冊，頁 71-72。

[51] 宋蘇軾著，孔凡禮點校本：《蘇軾文集》，卷十二，〈傳神記〉，頁 400-401；參考熊莘耕〈：蘇軾的傳神說〉，《古代文學理論研究》第十輯（上海：上海古籍出版社，1985 年），頁 117-127。

[52] 歐陽脩：〈盤車圖〉，《全宋詩》卷二八七，頁 3637。參考郭因：《中國繪畫美學史稿》（臺北：木鐸出版社，1986 年），第四編第二章，三、〈歐陽修和宋迪〉，頁 118-119。

依然。為憐花自洛中看，花上蜀鳥啼綿蠻。當時作詩誰唱和，粉蕊自折清香繁。今來把酒對殘雪，卻憶江上高樓山。群花四時媚者眾，何獨此樹令人攀？窮冬萬木立枯死，玉豔獨發陵清寒。鮮妍皎如鏡裡面，綽約對若風中仙。惜哉北地無此樹，霰雪漫漫平沙川。徐生隨我客此郡，冰霜旅舍逢新年。憶花對雪晨起坐，清詩寶鐵裁琅玕。長河風色暖將動，即看綠柳含春煙。寒齋寂寞何以慰，卯盃且醉酣午眠。(〈和對雪憶梅花〉,《全宋詩》卷二九八，頁 3751-3752)

尋芳長恨見花遲，豈意看花獨後期。試藉落英聊共醉，為憐殘蕚更攀枝。清香肯以無人減？幽艷惟應有蝶知。開謝兩堪成悵望，傷春不到柳絲時。(〈與謝三學士唱和八首・陪飲上林院後亭見櫻桃花悉已披謝因成七言四韻〉,《全宋詩》卷三〇〇，頁 3777)

〈和對雪憶梅花〉，先用提問，振起精神：「群花四時媚者眾，何獨此樹令人攀？」接著以離形得似之筆，摹寫四句：「窮冬萬木立枯死，玉豔獨發陵清寒。鮮妍皎如鏡裡面，綽約對若風中仙」，已速描鉤勒梅花孤高、瘦硬、凌霜、傲雪之風骨，蘇軾〈紅梅〉諸詠梅詩所謂之「梅格」，歐公已率先作形象之示範。東坡〈傳神記〉所謂「得其意思所在」，不必「舉體皆似」，固傳神妙肖之要領。〈櫻桃花悉已披謝〉詩，主要詠寫花謝，卻以尋芳見遲，看花後期作張本；再以惜花憐春為舖墊，謂「試藉落英聊共醉，為憐殘蕚更攀枝」。接著再以寫意之筆，形容花香花色之若有似無：「清香肯以無人減？幽艷惟應有蝶知」；結以「開謝兩堪成悵望，傷春不到柳絲時」，則亦體物傳神，不在巧言切狀。周邦彥〈六醜〉詞，描寫「薔薇謝後」，[53]頗得歐公此詩之神體。又如詠禽鳥，超脫形似，象外傳神者，亦多有之，如：

[53] 吳熊和主編：《唐宋詞彙評》（杭州：浙江教育出版社，2006 年），（兩宋卷）第二冊，周邦彥〈六醜・正單衣試酒〉，引陳匪石《宋詞舉》，頁 989-991。

> 蠻荊鮮人秀，厥美為物怪。禽鳥得之多，山鷄稟其粹。眾綵爛成文，真色不可繪。仙衣霓紛披，女錦花綷縩。輝華日光亂，眩轉目睛僨。高田啄秋粟，下澗飲寒瀨。清唳或相呼，舞影還自愛。……（〈金鷄五言十四韻〉，《全宋詩》卷二八二，頁 3587）
>
> 激石灘聲如戰鼓，翻天浪色似銀山。灘驚浪打風兼雨，獨立亭亭意愈閑。(〈鷺鷥〉，《全宋詩》卷三〇一，頁 3788)
>
> 攀籠毛羽日低摧，野水長松眼暫開。萬里秋風天外意，日斜閑啄岸邊苔。(〈鶴〉，《全宋詩》卷三〇二，頁 3795)

〈金鷄〉詩，舖寫錦雞之美麗綵文，先斷言「真色不可繪」，接著分別從紛披、綷縩、光亂、睛僨諸層面描繪，側筆見態，見美綵之動人。再速寫錦雞之啄粟、飲瀨、清唳、舞影，體物傳神，妙在並不貼切羽翮刻劃，故神理俱足，情韻遙深。〈鷺鷥〉詩，稱灘驚浪打，仍「獨立亭亭」，則鷺鷥之閑野不俗如見。詠〈鶴〉詩，稱萬里秋風，閑啄岸苔，則鶴之標致高韻可知。凡此詠物，多能「得其意思所在」，其妙不在「舉體皆似」。

清朱庭珍《筱園詩話》卷四稱：「詠物詩最難見長。……縱刻劃極工，形容極肖，終非上乘，以其不能超脫也。處處用意，又入論宗，仍是南宋人習氣，非微妙境界。則婉轉相關，寄托無迹，不粘滯於景物，不著力於論斷，遺形取神，超相入理，固別有道在矣。」[54]以形寫神，離形得似之難，可以想見。歐公詠花詠鳥詩如此，是亦足可寶貴。

2. 寓物說理

描寫、抒情、說理，本是文學作品的三大功能，詠物賦詠物詩開創伊始，

---

[54] 清朱庭珍：《筱園詩話》，郭紹虞編：《清詩話續編》（上海：上海古籍出版社，1983 年），卷四，頁 2404。

已具或顯或隱之指向。其後詠物之發展，六朝致力於巧言切狀，四唐注重藉物言志，兩宋則盡心於寓物說理，皆各有其主體特色，而又不偏廢其他手法。由於宋型文化崇理尚意，體現於詩學詩作，遂多追求寓物說理。蘇軾上朝論事，未蒙施行，於是「復作為詩文，寓物托諷，庶幾流傳上達，感悟聖意」；胡仔《苕溪漁隱叢話》稱美蘇軾黃庭堅詠花詩，「皆托物以寓意，此格尤新奇，前人未之有也」。[55]其實，胡仔所謂「詩人詠物形容之妙，近世為最」，蘇黃之前可推溯至歐陽脩之詠物，尤其是詠花、詠鳥之什，如：

> ……今花雖新我未識，未信與舊誰妍媸。當時所見已云絕，豈有更好此可疑。古稱天下無正色，但恐世好隨時移。鞓紅鶴翎豈不美，斂色如避新來姬；何況遠說蘇與賀，有類異世誇嬙施。造化無情宜一概，偏此著意何其私？又疑人心愈巧偽，天欲鬥巧窮精微；不然元化樸散久，豈特近歲尤澆薄。爭新鬥麗若不已，更後百載知何為？但應新花日愈好，唯有我老年年衰。(〈洛陽牡丹圖〉,《全宋詩》卷二八三，頁 3599)
>
> 搖搖牆頭花，豔豔爭青娥。朝見開尚少，暮看繁已多。不惜花開繁，所惜時節過。昨日枝上紅，今日隨流波。物理固如此，去來知奈何。達人但飲酒，壯士徒悲歌。(〈折刑部海棠戲贈聖俞二首・其二〉,《全宋詩》卷二八七，頁 3640)

〈洛陽牡丹圖〉創作時間，劉德清《歐陽脩紀年錄》繫於慶曆五年(1045)。前此，景祐元年(1034)，歐陽修曾作有〈洛陽牡丹記〉，「花品序第一」稱：洛陽人「謂天下真花獨牡丹」，錢惟演雙桂樓小屏書牡丹名九十餘種，「然余

---

[55] 《東坡全集》卷五，《奏議集》，頁 457；胡仔《苕溪漁隱叢話》（臺北：長安出版社，1978 年），前集卷四十七，〈山谷上〉，頁 325；魏慶之：《詩人玉屑》（臺北：世界書局，1971 年），卷九，〈托物以寓意〉，頁 196-197。

所經見而今人多稱者纔三十許種」。[56]有此前緣，因此十年後，「開圖若見故人面」。接著歷數當時絕品牡丹，而提問：「當時所見已云絕，豈有更好此可疑？」有此提問，遂引發後半一段「寓物說理」之議論。議論重心在「天下無正色，世好隨時移」，焦點尤在「世好隨時移」。其實，牡丹之妍媸美惡，來自世俗之「爭新鬥麗」，緣於人心之「鬥巧窮精微」。歐公十分憂心「元化樸散久，近歲尤澆薄」，故有此托物寓意之作。本詩前半，敘寫洛陽牡丹之「特意變出呈新枝」，洛人之「買種不復論家貲」，以及「比新較舊難優劣，爭先擅價各一時」之場面，而且歷數魏紅、姚黃等當時絕品，可謂如數家珍。有此歷歷如繪之意象敘寫在前，進而寓物托諷，托物寓意，或寓物說理，則婉然成章，富含理趣，不流於空談哲理，墮入理障。歐公另一首詠海棠詩，亦是議論融合敘事描寫，作有機結合，如此可避免議論之抽象化、概念化。詠海棠，察覺「昨日枝上紅，今日隨流波」，而提挈「物理固如此，去來知奈何」之哲理啟示。如此寓物說理，自是宋詩特色，蓋近沈德潛《清詩別裁》所謂「詩不能離理，然貴有理趣，不貴下理語」。又稱：「議論須帶情韻以行」，[57]議論結合敘事、抒情、描寫，於是往往情韻不匱。

歐公詠物詩除寫花外，詠鳥之什亦多寓物托諷，托物寓理。前節引錄〈鳴鳩〉、〈帶鳩婦言〉二詩，除比興寄託外，又藉物說理，所謂「人心百態巧且艱，臨危利害兩相關」；「古來有盛必有衰，富貴莫忘貧賤時」。〈鬼車〉禽言詩，巧言切狀，繪聲繪影此禽之恐怖不祥外，更提示「吉凶在人不在物，一蛇兩頭反為祥」之理趣。說理而結合敘事、描寫、抒情，遂不流於枯燥乏味。歐公詠物詩 富於理趣，而不墮入理障，以此。

宋張舜民〈火宅賦〉稱：「直言之不能信，故借外而論之；正理之不能奪，

---

[56] 曾棗莊等主編：《全宋文》卷七四三，歐陽脩〈洛陽牡丹記〉，「花品序第一」，頁 161-163。

[57] 清沈德潛著，蘇文擢詮評：《說詩晬語詮評》（香港：志豪印刷公司，1978 年），卷下，〈詩中著議論〉，頁 514。

故指物而闢之。」[58]歐公詠物詩之寓物說理，信有此妙。

3. 以物為人

王國維《人間詞話》論境界，分有我之境，無我之境；「有我之境，以我觀物，故物皆著我之色彩。」於是舉宋詞名篇為說。[59]就宋詩而言，妙用一種物我交融手法，曰以物為人，亦頗能使詩作新巧超脫。吳沆《環溪詩話》卷中稱：「山谷除拗體似杜而外，『以物為人』一體最可法。於詩為新巧，於理亦未為大害。……以至〈演雅〉一篇，大抵以物為人，而不失為佳句。」[60]楊萬里《誠齋詩話》亦謂：「東坡〈海棠〉云：『朱唇得酒暈生臉，翠袖卷紗紅映肉』，此以美婦人比花也。山谷〈酴醿〉云：『露濕何郎試湯餅，日烘荀令炷爐香』，此以美丈夫比花也。」[61]以物為人，亦不犯正位之創意造語法，今修辭學謂之擬人法，[62]歐陽脩詠花詠鳥諸什，屢用不鮮，如：

> ……緋桃一樹獨後發，意若待我留芳菲。清香嫩蕊含不吐，日日怪我來何遲。無情草木不解語，向我有意偏依依。群芳落盡始爛漫，榮枯不與眾豔隨。念花意厚何以報？唯有醉倒花東西。盛開比落猶數日，清罇尚可三四攜。（〈四月九日幽谷見緋桃盛開〉，《全宋詩》

---

[58] 張舜民：《畫墁集》卷五，〈火宅賦〉。曾棗莊等編：《全宋文》（上海：上海辭書出版社，2006年），卷一八一三，頁678。

[59] 唐圭璋：《詞話叢編》（北京：中華書局，1986年），第五冊，《人間詞話》，〈有我之境與無我之境〉，頁4239。參考葉嘉瑩：《中國古典詩歌評論集》（臺北：桂冠圖書公司，1991年），〈《人間詞話》境界說與中國傳統詩說之關係〉，頁225-259。

[60] 宋吳沆：《環溪詩話》，吳文治主編：《宋詩話全編》（南京：江蘇古籍出版社，1998年），第肆冊，頁4346。

[61] 宋楊萬里：《誠齋詩話》，丁福保輯：《歷代詩話續編》（臺北：藝文印書館，1961年），頁9。

[62] 小川環樹：《論中國詩》（香港：中文大學出版社，1986年），〈大自然對人類懷好意嗎？——宋詩的擬人法〉，頁83-90。

卷二八四，頁 3610）

亭亭紫薇花，向我如有意。高煙晚溟濛，清露晨點綴。豈無陽春月，所得時節異。靜女不爭寵，幽姿如自喜。將期誰顧眄，獨伴我憔悴。而我不彊飲，繁英行亦墜。相看兩寂寞，孤詠聊自慰。(〈聚星堂前紫薇花〉，《全宋詩》卷二八五，頁 3617）

〈四月九日幽谷見緋桃盛開〉詩，慶曆七年再貶滁州時作，其中特寫緋桃待我之情深意厚，如曰意若待我、日日怪我，向我有意、念花意厚云云，一往情深如此，多是以花為人。將人類之喜、怒、哀、樂、愛、惡、慾，移情於花卉，於是花卉感染人類之情緒，可以惺惺相惜，可以引為知己，互訴衷曲，慰解愁苦。〈聚星堂前紫薇花〉詩，亦用以物為人手法，若「向我如有意」、「獨伴我憔悴」、「相看兩寂寞」云云，讀之，孤寂無聊之感倍增。再看詠禽鳥，亦多以物為人，猶張載〈西銘〉所謂民胞物與，倍感親切，如：

窮山候至陽氣生，百物如與時節爭。官居荒涼草樹密，撩亂紅紫開繁英。花深葉暗耀朝日，日暖眾鳥皆嚶鳴。鳥言我豈解爾意？綿蠻但愛聲可聽。南窗睡多春正美，百舌未曉催天明。黃鸝顏色已可愛，舌端啞咤如嬌嬰。竹林靜啼青竹筍，深處不見惟聞聲。陂田遶郭白水滿，戴勝穀穀催春耕。誰謂鳴鳩拙無用，雄雌各自知陰晴。雨聲蕭蕭泥滑滑，草深苔綠無人行。獨有花上提葫蘆，勸我沽酒花前傾。其餘百種各嘲哲，異鄉殊俗難知名。我遭讒口身落此，每聞巧舌宜可憎。春到山城苦寂寞，把盞常恨無娉婷。花開鳥語輒自醉，醉與花鳥為交朋。花能嫣然顧我笑，鳥勸我飲非無情。身閑酒美惜光景，惟恐鳥散花飄零。可笑靈均楚澤畔，離騷憔悴愁獨醒。(〈啼鳥〉，《全宋詩》卷二八四，頁 3603)

風格孤高塵外物，性情閑暇水邊身。盡日獨行溪淺處，清苔白石見纖麟。(〈鷺鷥〉，《全宋詩》卷二九二，頁 3687）

〈啼鳥〉詩，速描七種禽言，猶如一首山林交響曲。禽言，為模擬禽鳥說人言，反映禽鳥表現人類某些性情作為，如謂百舌「催天明」，黃鸝「可愛」如嬌嬰，戴勝「催春耕」，鳴鳩「拙無用」，竹雞「雨聲蕭蕭泥滑滑」，提葫蘆「勸我沽酒花前傾」等等皆是。歐陽脩於〈啼鳥〉詩中，所謂「花開鳥語輒自醉，醉與花鳥為交朋。花能嫣然顧我笑，鳥勸我飲非無情」，已物我為一矣。擬物為人如是，外加諧隱雙關，不惟移情動心，亦形像活現。又如〈鷺鷥〉詩，稱其風格孤高，性情閑暇，亦是以人觀物，以物為人手法之運用。其他，如〈鳴鳩〉、〈代鳩婦言〉諸鳥言詩，亦皆訴諸移情作用，將人之性情稼接於禽鳥，此所謂以物為人。

宋詩如蘇軾詠海棠，黃庭堅詠水仙，洪咨夔詠狐鼠，葉茵詠梅花，皆妙在擬物為人，故靈動無比。由此觀之，歐陽脩詠花詠鳥詩篇，已早著先鞭。

4. 不離不即

《王直方詩話》稱：「作詩貴雕琢，又畏有斧鑿痕；貴破的，又畏黏皮帶骨，此所以難。」[63]《朱子語類》卷一四〇云：「古人作詩不十分著題，卻好；今人作詩愈著題，愈不好。」[64]為文之道，妙在不離不即，若離若即之間，詠物詩詞尤其如此。試看蘇軾〈水龍吟〉（似花還似飛花）之所以超勝章質夫〈楊花詞〉，蘇詞之妙只在「不離不即，若離若即」之間爾。[65]歐陽脩詠物詩之美者，亦多運用不離不即之手法，如詠花之作：

---

63 宋王立之：《王直方詩話》，宋胡仔著，廖德明點校：《苕溪漁隱叢話》（北京：人民文學出版社，1981 年），《前集》，卷一四〈杜少陵九〉，頁 90。

64 黎靖德編，王星賢點校：《朱子語類》（北京：中華書局，1986 年），卷一四〇，〈論文下・詩〉，頁 3334。

65 劉熙載著，蕭華榮、徐中玉編：《劉熙載論藝六種》（成都：巴蜀書社，1990 年），《藝概》卷四，〈詞曲概〉：「東坡〈水龍吟〉起云：『似花還似飛花』，此句可作全詞評語，蓋不離不即也。」頁 115。

紅梨千葉愛者誰，白髮郎官心好奇。徘徊繞樹不忍折，一日千匝看無時。夷陵寂寞千山裡，地遠氣偏時節異。愁煙苦霧少芳菲，野卉蠻花鬬紅紫。可憐此樹生此處，高枝絕豔無人顧。春風吹落復吹開，山鳥飛來自飛去。根盤樹老幾經春，真賞今纔遇使君。風輕絳雪罇前舞，日暖繁香露下聞。從來奇物產天涯，安得移根植帝家。猶勝張騫為漢使，辛勤西域徙榴花。(〈千葉紅梨花〉，峽州署中舊有此花，前無賞者。知郡朱郎中始加欄檻，命坐客賦之。《全宋詩》卷二八二，頁 3587)

春風疑不到天涯，二月山城未見花。殘雪壓枝猶有桔，凍雷驚筍欲抽芽。夜聞歸雁生鄉思，病入新年感物華。曾是落陽花下客，野芳雖晚不須嗟。(〈戲答元珍花時久雨之什〉，《全宋詩》卷二九二，頁 3680)

前人有言:「文有正位，不可太黏，亦不可太離」，如〈千葉紅梨花〉詩，正位在切寫紅梨花之絕豔可愛，篇中只有「風輕絳雪」、「日暖繁香」二句著題。其餘如徘徊繞樹，一日千匝，側面寫其令人愛賞；愁煙苦霧、野卉蠻花，反面襯托「無人顧」；風吹開落、鳥飛去來，再點染「無人顧」，旁見側出，方輻湊到「真賞今纔遇使君」，此之謂不離不即，若離若即。〈戲答元珍花時久雨之什〉，除第二句著題切寫「花時久雨」外，其餘多在題外盤繞。因為花時久雨，所以「二月山城未見花」，此東坡所謂「作詩必此詩」。其餘諸句，如春風不到、殘雪壓枝、凍雷驚筍、夜聞歸雁、病入新年，以及猶有桔、、欲抽芽、生鄉思、感物華，都是「不十分著題」，故詩趣佳妙。再如詠白鸚鵡與畫眉鳥，亦多「不十分著題，卻好」，如:

憶昨滁山之人贈我玉兔子，粵明年春玉兔死。日陽晝出月夜明，世言兔子望月生。謂此瑩然而白者，譬夫水之為雪而為冰，皆得一陰凝結之純精。常恨處非大荒窮北極寒之曠野，養違其性夭厥齡。豈知火維地荒絕，漲海連天沸天熱。黃冠黑距人語言，有鳥玉衣尤皎潔。乃知物生天地中，萬殊難以一理通。海中洲島窮人跡，來市廣州才八國。其間注輦來最稀，此鳥何年隨海舶。誰能徧歷海上峰，萬怪千奇安可極。兔生明月月在天，玉兔不能久人間。況爾來從炎瘴地，豈識中州霜雪寒。渴雖有飲飢有啄，羈紲終知非爾樂。天高海闊路茫茫，嗟爾身微羽毛弱。爾能識路知所歸，吾欲開籠縱爾飛。俾爾歸誇宛陵詩，此老詩名聞四夷。(〈答聖俞白鸚鵡雜言〉,《全宋詩》卷二八九，頁 3651)

百囀千聲隨意移，山花紅紫樹高低。始知鎖向金籠聽，不及林間自在啼。(〈畫眉鳥〉，一作〈郡齋聞百舌〉,《全宋詩》卷二九二，頁 3686)

〈答聖俞白鸚鵡雜言〉詩，[66]更是乍離還即，不離不即之奇作。起句天外飛來，忽言滁山玉兔子，鋪寫九句，除雕繪「瑩然而白」外，非但「不十分著題」，甚且有些捕風捉影，掉弄玄虛。接續切寫白鸚鵡，只有「黃冠黑距人語言，有鳥玉衣尤皎潔」兩句著題，其他敘寫白鸚鵡之生地，經歷、遭遇，與羈紲，而以識路知歸、開籠縱飛作歸結。此種手法，豈袁枚《續詩品．空行》所謂「離之愈遠，即之彌工。儀神黜貌，借西搖東」者歟？又如〈畫眉鳥〉詩，「百囀千聲」與「自在啼」，是著題切寫畫眉鳥；歐公卻又側寫其「隨意移」、「樹高低」之「自在」；更反面特寫「鎖向金籠」，而強調「不及林間」。蓋和盤托出，不若使人想像於無窮，此不即不離之妙。方回《瀛奎律髓》卷二十七，選唐宋「著題類」五七律詩，謂：著題詩，即六義之所謂「賦而有

[66] 明李時珍：《本草綱目》卷四十九，〈鸚母鳥〉，時珍曰：「鸚母鳥，亦作鸚鴞，有數種。白鸚出西洋、南番，大如母雞。俱丹咮鈎吻，長尾赤足，金睛深目，上下目瞼皆能眨動，舌如嬰兒。」頁 2666。

比焉，極天下之最難。」[67]由此可見，不即不離，又談何容易？

袁枚《隨園詩話》記載：「東坡云：作詩必此詩，定非知詩人，此言最妙。然須知作此詩而不是此詩，則尤非詩人矣。其妙處總在旁見側出，吸取題神，不是此詩，恰是此詩。」[68]觀此，可悟詠物詩離合之妙，而歐公有之。

(二) 宋詩體格之表現

所謂宋詩特色，層面多方。繆鉞《詩詞散論》論「唐宋詩異同」，錢鍾書《談藝錄》說「詩分唐宋」，已提示若干。筆者踵武二賢之後，研究宋詩有年，亦開發若干。今探討歐陽脩詠寫花鳥之作，覆按上述所提宋詩特色，擬分四端加以論證：其一，意新語工；其二，以文為詩；其三，以賦為詩；其四，以才學為詩：

1. 意新語工

宋人學唐變唐，期許自成一家，其中關鍵途徑在於創意造語。歐陽脩《六一詩話》引述梅堯臣之言，提出意新語工，當作好詩之標準：「詩家雖率意，而造語亦難。若意新語工，得前人所未道者，斯為善也。」李之儀〈跋吳思道詩〉引述蘇軾之言，標榜造語成就：「凡造語，貴成就，成就則方能自名一家。」陳師道《後山詩話》特提：「王介甫以工，蘇子瞻以新，黃魯直以奇」。可見，造語之難，在「得前人所未到者」。所謂貴成就、自名一家，所謂工、新、奇云云，一言以蔽之，皆可以「意新語工」概括之。因此，創意造語（意新語工）為宋詩特色追求之鵠的之一。

---

[67] 方回選評，李慶甲集評校點：《瀛奎律髓彙評》（上海：上海古籍出版社，2005 年），中冊，卷二十七〈著題類〉，頁 1151-1217。

[68] 袁枚：《隨園詩話》（臺北：漢京文化事業公司，1984 年），卷七，第五八則，頁 231。

歐陽脩詠花詠鳥，對於蘇軾及宋人作詩，開示許多門徑。前文約略述及，今統整如下：歐陽脩詠花，創意造語直接影響蘇軾者，如〈千葉紅梨花〉，影響〈定惠院海棠〉；〈戲答元珍花時久雨之什〉，影響〈正月二十日同至女王城〉；〈和對雪憶梅花〉，影響〈紅梅三首〉其一、及〈定風波〉詞（好睡慵開莫厭遲）。另外，〈櫻桃花悉已披謝〉詩，影響周邦彥〈六醜〉詞；禽言詩〈啼鳥〉，與梅堯臣唱和，蔚為南北宋 205 首詠禽言詩之風潮，[69]不贅述。其中禽言〈鬼車〉一首，影響王安石〈車載板二首〉，尤其顯然。試以〈千葉紅梨花〉與蘇軾〈定惠院海棠〉相對照，可見歐公之創意造語：

> 紅梨千葉愛者誰，白髮郎官心好奇。徘徊繞樹不忍折，一日千匝看無時。夷陵寂寞千山裡，地遠氣偏時節異。愁煙苦霧少芳菲，野卉蠻花鬬紅紫。可憐此樹生此處，高枝絕豔無人顧。春風吹落復吹開，山鳥飛來自飛去。根盤樹老幾經春，真賞今纔遇使君。風輕絳雪罇前舞，日暖繁香露下聞。從來奇物產天涯，安得移根植帝家。猶勝張騫為漢使，辛勤西域徙榴花。（歐陽脩〈千葉紅梨花〉，峽州署中舊有此花，前無賞者。知郡朱郎中始加欄檻，命坐客賦之。《全宋詩》卷二八二，頁 3587）
> 江城地瘴蕃草木，只有名花苦幽獨。嫣然一笑竹籬間，桃李漫山總粗俗。也知造物有深意，故遣佳人在空谷。自然富貴出天姿，不待金盤薦華屋。朱唇得酒暈生臉，翠袖卷紗紅映肉。林深霧暗曉光遲，日暖風輕春睡足。雨中有淚亦淒愴，月下無人更清淑。先生食飽無一事，散步逍遙自捫腹。不問人家與僧舍，拄杖敲門看修竹。忽逢絕艷照衰朽，嘆息無言揩病目。陋邦何處得此花，無乃好事移西蜀。寸根千里不易致，銜子飛來定鴻鵠。天涯流落俱可念，為飲一樽歌

[69] 張高評：〈宋代禽言詩與化俗為雅——從遺妍開發、創意造語切入〉，《宋代文學研究叢刊》第 13 期（2006 年），二、（二），以諧隱生發警策，頁 23-54。

此曲。明朝酒醒還獨來，雪落紛紛那忍觸。(蘇軾〈寓居定惠院之東，雜花滿山，有海棠一株，土人不知貴也〉，《全宋詩》卷 803，頁 9301)

先就歐公之詩序與東坡之詩題作比較：蘇題之「有海棠一株，土人不知貴也」，即歐序之「舊有此花，前無賞者」。歐序之「加欄檻」，即蘇詩之「竹籬間」。蘇詩之「江城地瘴蕃草木」以下六句，即脫胎自歐詩「夷陵寂寞千山裡」以下六句。蘇詩「林深」、「日暖」、「雨中」、「月下」四句，亦從歐詩「徘徊繞樹不忍折，一日千匝看無時」二句點化而來。蘇詩「也知造物有深意，故遣佳人在空谷」，與歐詩「從來奇物產天涯，安得移根植帝家」立意大同小異；而與蘇軾〈四月十一日初食荔支〉詩「不知天公有意無，遣此尤物生海隅」，命意近似。由此觀之，宋代創意造語之宗祖當歸功於歐陽公，東坡不過善繼善述而已。

前所引述蘇軾〈定惠院海棠〉、〈正月二十日同至女王城〉、〈紅梅三首〉其一，及〈定風波〉詞，要皆東坡佳作中之名篇，卻皆以歐陽脩詠花詩為師法，為粉本。其他，歐公詠物之作如〈啼鳥〉、〈櫻桃花〉、〈鬼車〉，又影響梅聖俞、王安石、周邦彥之詩詞；論創意造語，要皆以歐陽脩所作為「造語之難」，為「得前人所未道」。清沈曾植稱：「歐、蘇悟入從韓，證出者，不在韓，亦不背韓也，如是而後有宋詩」；「宋詩源於歐、蘇，歐、蘇從韓悟入」；此一主張，已得學界認同與證實。[70]

詠物詩發展至宋代，有所謂「禁體物語」之「白戰體」。以詠雪而言，由歐陽脩〈雪〉詩發始，蘇軾〈江上值雪〉、〈聚星堂雪〉繼踵於後。作詩自我設限，不准運用六朝以來詩人賦家詠雪之顏色字、狀態字，其優勝者，往往「於艱難中特出奇麗」，亦開創自歐陽脩。

---

[70] 黃濬：《花隨人聖盦摭憶》（上海：上海書店，1998 年），〈沈子培以詩喻禪〉，頁 364。參考龔鵬程：〈從杜甫、韓愈到宋詩的形成〉，《宋代文學研究叢刊》第 3 期（1997 年），頁 1-19。

2. 以文為詩

歐陽脩詩文宗法韓愈，古文造詣蔚為六一風神，詩歌藝術則形成「以文為詩」，影響蘇軾、黃庭堅，以及宋代詩風既深且遠。

所謂「以文為詩」，與「以文字為詩」有別，蓋指以古文之章法句法為詩，以議論入詩，化複句為單句、以語尾虛字入詩等特色。[71]易言之，作詩而立意措詞未具備詩歌語言特質者，皆屬之。歐陽脩詠寫花鳥之作，於此頗多體現。如〈看花呈子華內翰〉、〈嘲少年惜花〉、〈謝判官幽谷種花〉、〈西園石榴盛開〉、〈班班林間鳩寄內〉、〈答聖俞白鸚鵡雜言〉諸什皆是。茲以〈答聖俞白鸚鵡雜言〉為例，說明歐公「以文為詩」之概況：

> 憶昨滁山之人贈我玉兔子，粵明年春玉兔死。日陽晝出月夜明，世言兔子望月生。謂此瑩然而白者，譬夫水之為雪而為冰，皆得一陰凝結之純精。常恨處非大荒窮北極寒之曠野，養達其性夭厥齡。豈知火維地荒絕，漲海連天沸天熱。黃冠黑距人語言，有鳥玉衣尤皎潔。乃知物生天地中，萬殊難以一理通。海中洲島窮人跡，來市廣州才八國。其間注輦來最稀，此鳥何年隨海舶。誰能徧歷海上峰，萬怪千奇安可極。兔生明月月在天，玉兔不能久人間。況爾來從炎瘴地，豈識中州霜雪寒。渴雖有飲飢有啄，羈紲終知非爾樂。天高海闊路茫茫，嗟爾身微羽毛弱。爾能識路知所歸，吾欲開籠縱爾飛。俾爾歸詫宛陵詩，此老詩名聞四夷。(〈答聖俞白鸚鵡雜言〉,《全宋詩》卷二八九，頁 3651)

---

[71] 程千帆：〈韓愈以文為詩說〉，張伯偉編：《程千帆詩論選集》（太原：山西人民出版社，1990年），頁 205-230。

以文為詩，即詩歌之散文化。詩中如：滁山之人、玉兔子、粵明年、瑩然而白者、譬夫水之為雪而為冰、極寒之曠野、乃知、況爾，皆以助詞虛字入詩。「謂此瑩然而白者」以下三句，化複句為單句。「物生天地中，萬殊難以一理通」，以議論入詩。加以流利、滑易、直率、樸拙，未有詩歌語言之凝煉與蘊藉之特質，以文為詩之特色顯然無疑。

3. 以賦為詩

陸機〈文賦〉論文體，稱：「詩緣情而綺靡，賦體物而瀏亮」，故文學創作而欲體物瀏亮，往往多用賦法。詩賦之交融，六朝略有規模，歷經盛唐杜甫、中唐韓愈詠物詩，更臻成熟。[72]歐陽脩作詩深受韓愈影響，仁宗皇祐二年（1050）所作禁體詠物〈雪〉詩，[73]堪稱「以賦為詩」之代表作。

以賦為詩，為會通化成之「破體」組合，為文體新生發展之創意嘗試，舉凡層面鋪陳，假設問對，類比渲染、對襯摹繪，其筆法橫向生發刻劃，縱深開掘剖析，於是鋪采摛文， 必使之悠揚舒展，淋漓酣暢而後快；類聚群分，必期於面面俱到，窮形盡相而後已。歐公所作詠物詩，如〈桐花〉、〈金雞〉、〈啼鳥〉、〈鬼車〉，以及〈鵯鵊詞〉，多運用「以賦為詩」手法，開示宋詩後學許多法門。茲舉〈桐花〉與〈鵯鵊詞〉略加說明，如：

> 猗猗井上桐，花葉何蓑蓑。下蔭百尺泉，上聳陵雲材。翠色洗朝露，清陰午當階。幽蟬自嘒嘒，鳴鳥何喈喈。日出花照耀，飛香動浮埃。……（〈桐花〉，《全宋詩》卷二九九，頁 3756）

---

[72] 徐公持：〈詩的賦化與賦的詩化——兩漢魏晉詩賦關係之尋蹤〉，《文學遺產》1992 年第 1 期，頁 16-25。程千帆、張宏生：〈火與雪：從體物到禁體物——論白戰體及杜韓對它的先導作用〉，《被開拓的詩世界》（上海：上海古籍出版社，1990 年），頁 75-97。

[73] 《全宋詩》卷二九九，歐陽脩〈雪〉詩，序曰：「時在潁州作，玉、月、梨、梅、練、絮、白、舞、鶴、銀等事，皆請勿用。」頁 3759。

龍樓鳳闕鬱崢嶸，深宮不聞更漏聲。紅紗蠟燭愁夜短，綠窗鵯鵊催天明。一聲兩聲人漸起，金井轆轤聞汲水。三聲四聲促嚴粧，紅靴玉帶奉君王。萬年枝軟風露濕，上下枝間聲轉急。南衙促仗三衛列，九門放鑰千官入。重城禁籞鎖池臺，此鳥飛從何處來。君不見潁河東岸村陂闊，山禽野鳥常嘲哳。田家惟聽夏雞聲，夜夜壠頭耕曉月。可憐此樂獨吾知，眷戀君恩今白髮。(〈鵯鵊詞〉,《全宋詩》卷二九〇，頁 3661)

〈桐花〉詩，分別從下蔭、上聳；朝露、午陰；幽蟬、鳴鳥、日照、飛香各個層面，對桐花作面面俱到之傳神舖寫，是以賦為詩之常法。〈鵯鵊詞〉，速描「重城禁籞」天明晨起，千官早朝前之系列動作。楊慎《丹鉛總錄》稱：「批鵊，即鵯鵊，催明之鳥也。」又名喚起，五更輒鳴，至曙乃止，亦屬禽言之一種。[74]此詩通過鵯鵊之鳴聲，牽引千官晨起早朝前之動作，繪聲繪影，生動有致。鵯鵊鳴聲固然由一聲兩聲，而三聲四聲，而上下聲轉急；千官則因鳥鳴而漸起，而井汲水，而促嚴粧，而南衙促仗，而九門放鑰，而奉君王，層面描寫，縱深渲染，與禁體〈雪〉詩手法相通，皆是「以賦為詩」之藝術手法之運用。

歐陽脩禁體〈雪〉詩之造語，能「得前人所未道者」；以詠花詠鳥之作，意新語工之作不少，「以賦為詩」手法多所運用。對於蘇軾、黃庭堅詠物詩之寫作，自有啟發與影響；[75]對於宋詩特色之建構，自有作用。

---

[74] 明李時珍：《本草綱目》卷四十九，〈鵶鳩〉，「鵶鳩，戴勝也。一曰鵯鵊，訛作批鵊鳥。」時珍曰引羅愿之說，以為「即祝鳩」，又謂「三月即鳴，今俗謂之駕犁，農人以為候。五更輒鳴，曰架架格格，至曙乃止，故滇人呼為榨油郎，亦曰鐵鸚鵡。能啄鷹鶻烏鵲，乃隼屬也。南人呼為鳳凰皁隸，汴人呼為夏鷄。古有催明之鳥。名喚起者，蓋即此也。」頁 2655。

[75] 張高評：〈白戰體與宋詩之創意造語：禁體物詠雪詩及其因難見巧〉，香港中文大學《中國文化研究所學報》第四十九期（2009 年），頁 173-212。《宋詩之新變與代雄》，伍、〈破體與宋詩特色之形成（三）——以「以賦為詩」為例〉，第二節〈蘇黃「以賦為詩」示例〉，頁 247-254。

4. 以才學為詩

右文崇儒，為北宋開國以來一貫之政策。科舉取士之眾多，印本圖書之崛起，落實政策之執行。影響所及，宋代除傳統之寫本外，又添增「易成、難毀、節費、便藏」之印本圖書，勢必激盪知識傳播，轉變接受與發表之慣性。[76]歐陽脩自號「六一居士」，平生獨好收蓄古文圖書，藏書一萬卷。嘗答孫莘老問文字，曰:「無他術，唯勤讀書而多為之，自工。世人患作文字少，又嬾讀書，每一篇出，即求過人，如此少有至者。」〈試筆〉亦強調:「作詩須多誦古今人詩」，由此可見讀書博學，自是歐陽脩所致力與盡心。[77]論者稱歐陽脩詩歌特色之一，在貫注人文意趣，以人文意象取代自然意象。[78]換言之，歐詩有「資書以為詩」，以才學為詩之傾向。

歐陽脩詠花詩，如〈洛陽牡丹圖〉、〈西京牡丹〉、〈白牡丹〉；詠禽鳥詩如〈鬼車〉、〈憶鶴呈公儀〉諸什，多「以才學為詩」。今舉〈洛陽牡丹圖〉、〈西京牡丹〉為例，說明歐詩詠物「以才學為詩」之概況，如：

> ……當時絕品可數者，魏紅窈窕姚黃妃；壽安細葉開尚少，朱砂玉版人未知；傳聞千葉昔未有，祇從左紫名初馳；四十年間花百變，最後最好潛溪緋。今花雖新我未識，未信與舊誰妍媸。當時所見已云絕，豈有更好此可疑。古稱天下無正色，但恐世好隨時移。鞓紅鶴翎豈不美，斂色如避新來姬；何況遠說蘇與賀，有類異世誇嬙施。……（〈洛陽牡丹圖〉，《全宋詩》卷二八三，頁 3599）
>
> ……紫檀金粉香未吐，綠萼紅苞露猶浥。謂我嘗為洛陽客，頗向此

[76] 張高評：《印刷傳媒與宋詩特色——兼論圖書傳播與詩分唐宋》（臺北：里仁書局，2008 年），〈印刷文化史之探討，學科整合之研究（自序）〉，頁Ⅴ。

[77] 歐陽發：〈先公事跡〉，《盧陵歐陽文忠公年譜》；歐陽脩〈試筆〉，蘇軾《東坡題跋》卷一。

[78] 秦寰明：〈論北宋仁宗朝的詩歌革新與歐、梅、蘇三家詩〉，《文學遺產》1993 年第 1 期，頁 56-63。。

> 花曾涉獵。……我時年纔二十餘，每到花開如蛺蝶。姚黃魏紅腰帶鞓，潑墨齊頭藏綠葉。鶴翎添色又其次，此外雖妍猶婢妾。……（〈謝觀文王尚書惠西京牡丹〉，《全宋詩》卷二八八，頁 3645）

試對照歐公所撰〈洛陽牡丹記〉，從可見〈洛陽牡丹圖〉，及〈謝觀文王尚書惠西京牡丹〉二詩所記牡丹名貴品種，三者可以相互發明。詩中所謂魏紅、姚黃、壽安、朱砂、玉版、千葉、左紫、潛溪緋、鞓紅、鶴翎，固是洛陽牡丹之絕品；紫檀、金粉、綠萼、紅苞、腰帶鞓、潑墨、齊頭、添色等等，亦是西京牡丹之名種。鑲嵌逞巧，術語花品入詩，是所謂以才學為詩。

驅遣書卷，化用學問，令學為詩用，而不為詩累，是所謂「資書以為詩」，此在宋人為隨心所欲，不必刻意為之，即援筆立就。蓋藏本、寫本外，知識傳播又增多一印本圖書。宋人作詩不期然而「資書以為詩」，此勢所必至，理有固然。宋代士人多百科全書式人物，以此。

四、結語

《全宋詩》所載歐陽脩花鳥詩，約 60 首，其中詠花詩 36 首，詠鳥詩 23 首。清沈曾植論詩曾云：「宋詩源於歐蘇，歐蘇從韓悟入」，可見歐陽脩為宋詩特色推助者之一。今觀仁宗嘉祐二年歐公所作禁體〈雪〉詩，洵為宋代詠物之創意奇作，推想其他詠花詠鳥之作，當亦精彩可觀。

今以歐陽脩所作詠花詠鳥詩為文本，討論歐陽脩之詩壇定位，兼及唐宋詩之爭、唐宋詩異同、詩分唐宋，以及宋詩特色諸課題。知人論世，相互印證，則參考嚴杰《歐陽脩年譜》、劉德清《歐陽脩紀年錄》。初步獲得下列觀點：

(一) 任二北《詞學研究法》論比興，以作者之身世、詞意之全部、詞外之本事三項，為確定條件。詩，與詞不異。歐陽脩為宋詩特色之推助者，兩次遷謫前後所作詠花詠鳥之什，要多發為比興，寄託微旨，往往「含不盡之意，見於言外」。不可謂其中無「寓意」，更不可謂「其詞徑以直」。

(二) 清馮班《鈍吟雜錄》、吳喬《圍爐詩話》、王夫之《薑齋詩話》，以比興之有無、多寡，論斷唐宋詠物詩之分界與優劣。今以歐陽脩詠花詠鳥之什驗之，明清宗唐詩話較論宋代詠物詩得失，其尊唐抑宋之評價，值得商榷。堪稱以偏概全，不合事實。

(三) 袁枚《隨園詩話》稱：「廬陵事業起夷陵，眼界原從閱歷增」；覆按歐陽脩初貶夷陵，後謫滁州，詩藝從困厄窮苦中鍛鍊，而愈趨精妙。驗諸歐公《詩話》所謂「窮而後工」，可謂信而有徵。

(四) 歐公謫夷陵，貶滁州，遷謫期間寫花詠鳥，即物達情，比興寄託之作獨多。蓋觸忌犯諱，憂讒畏譏，通於微婉顯晦之書法，故多興寄之作。嘉祐年間知貢舉、知開封，感悟浮沉，關心民生，亦多藉物抒懷。凡此，皆《詩話》所謂「含不盡之意，見於言外」。

(五) 郭紹虞《宋詩話考》稱：「宋人談詩，均強調藝術技巧，罕有重在思想內容者。」宋人所作詩，亦注重藝術技巧之體現，與宋詩話之反應合拍。本文考察歐陽脩花鳥詩與宋詩特色，偏重藝術技巧之勾勒與闡發，職是之故。

(六) 歐公花鳥詩對於詠物詩之拓展，以及對蘇黃等宋詩特色之開創，大抵有四方面：以形寫神、寓物說理、以物為人、不離不即等等，而歸本於不犯正位、理事圓融。凡此，皆《詩話》所謂「狀難寫之景，如在目前」。宋人談詩作詩，亦多以此為焦點。

(七) 歐公寫花詠鳥諸詩，對於宋詩體制風格之形成，亦多示範作用，如意新語工、以文為詩、以賦為詩、以才學為詩等等。蘇軾、王安石、周邦彥所作詩詞名篇，多奪胎自歐公之詠花詠鳥詩，其創意造語之功，難能可貴。世所謂宋詩宋調之特色，歐陽脩詩有具體而微表現，由此亦可見一斑。[79]

[79] 本文舊稿〈歐陽脩花鳥詩與宋詩特色——兼論遷謫詩與比興寄託〉，發表於國立臺灣大學中文系主編：《紀念歐陽脩一千年誕辰國際學術研討會論文集》（2009 年 6 月），頁 307-359。

第七章　蘇軾、黃庭堅遷謫詩與道家美學
——遷謫與生命安頓

山水文學來源於旅遊活動，旅遊活動觸發了山水文學的創作。屠隆〈三山志序〉有言：「天地之氣，結而為山，融而為川」；山林川澤，固天地靈氣之所鍾，所以，遊賞山水，可以愉悅心情、陶冶性靈，昇華情操，啟迪睿智。山水文學歷經數千年的演進，於是形成「山水意識」：「通過觀照山水自身的形象，使審美情趣同自然物象交融參合，以創造具有美感意義之山水形象來」。[1]考其流變，大抵先秦以孔子莊子審美觀念為主，六朝以莊老玄學，唐宋則兼老莊與禪宗而融合之。[2]可見山水意識的形成，跟每個時代的文風思潮關係密切。

一、山水記遊詩與生命安頓

因行旅遊賞自然景物，而生發山水詩歌。從自然的山水，轉化為悅耳暢神的對象，於是產生山水意識。唯登山臨水，作為旅遊自覺之活動，遲至明代徐霞客《遊記》始有之。前此之六朝、唐宋，所以越陌度阡者，大多為途

[1] 參考陳伯海：〈山水文學與山水意識〉，《古典文學知識》1992 年 4 期。

[2] 參考臧維熙：〈古代山水文學發達的原因〉，《安徽大學學報》1983 年 4 期，頁 80-85；〈竹柏之懷與神心渺遠，仁智之性共山水高深——山水文學與山水意識〉，《古典文學知識》1987 年 3 期。

經、路過，非為旅遊而旅遊。考察旅遊山水之詩篇，其作用多方：可以是逐臣淪落的實錄，可以是思婦離愁的見證，可以是遊子客思的排遣，可以是騷人感慨的抒發；它使隱者找到精神的歸宿，使志士激發進取的雄心，既可以滌盪世俗的塵垢，又可以消解胸中的塊壘。而且，亙古不變的江山，又時常觸發人世滄桑的浩歎，以及時空永恆之思索。因此，論者稱：中國山水詩的審美意識，與深邃的宇宙意識，曠達的人生態度間，往往錯綜交織，其中既有玄遠的哲理意味，又有濃厚的感情色彩，這就構成了中國山水審美觀的基本特徵。[3]六朝山水詩，側重模山範水，巧構形似；唐代山水詩，發展成情以物遷，思與境偕、比興寄託；宋代山水詩，除傳承六朝、唐代山水詩寫作之特色外，又多以物為人，借物說理。因革消長之間，宋代山水旅遊詩自有新變之風貌，與開拓的價值。

中國古典詩歌的發展，到唐詩可謂「菁華極盛，體製大備」。[4]魯迅甚至斷言：「一切好詩，到唐已被做完。此後倘非能翻出如來掌心之齊天大聖，大可不必動手！」[5]這種「尊唐抑宋」的成見，漠視了文學發展「新變自得」的特色，一味以「異同源流」判定優劣，自非客觀之論斷。[6]宋代詩人中，最盡心致力於「新變自得」之創作者，當數蘇軾（東坡）（1036-1101）和黃庭堅（山谷）（1045-1105）。既能傳承唐詩優長，神明變化，又能「出其所自得」，自成一家特色者，亦首推東坡和山谷。所以，東坡和山谷，號稱宋詩之代表，

[3] 參考葛曉音：〈物華天寶，人傑地靈〉，段寶林、江溶主編：《中國山水文化大觀》（北京：北京大學出版社，1996 年），頁 9-10。

[4] 清沈德潛：《唐詩別裁集・凡例》（香港：中華書局，1977 年），頁 3。

[5] 《魯迅書信集》下卷，1934 年 12 月 20 日〈致楊霽雲〉，《魯迅全集》（北京：人民文學出版社，1991 年），卷十二，頁 612。

[6] 參考張高評：〈從「會通化成」論宋詩之新變與價值〉，「五、論宋詩當以新變自得為準據，不當以異同源流定優勢」，《漢學研究》16 卷 1 期（1998 年 6 月），頁 254-261。

其詩學地位媲美唐詩中之李白與杜甫；[7]影響南宋、金元、清代，乃至現代詩壇，至深且鉅。本篇研究宋代記遊詩，選擇蘇、黃二家，職此之故。

一代有一代之文學，一家有一家之詩風。風格之形成，取決於作家、作品、時代、地域、文體、語言[8]、思潮諸因素。作家的遭遇，左右作品的風格；一代的文風思潮，也影響作品的表現意識。宋代文字獄繁興，終宋之世大約在二十案以上；[9]蘇軾因「烏臺詩案」，貶謫黃州，其後再貶惠州、儋州；黃庭堅亦因「神宗實錄」史案，初貶涪州別駕、黔州安置，再貶戎州、宜州。[10]蘇、黃屢遭貶謫，飽經憂患磨難，其心態之因應，觀感之調適，勢必反映在作品之風格上，而影響到遷謫文學的意識表現。

再說，宋代的審美意識，以「寫意」為依歸，歐陽脩〈盤車圖〉提出「畫意」，蘇軾〈傳神論〉倡導傳神、寫意，黃庭堅〈題摹燕郭尚父圖〉主張「書畫當觀韻」；要皆重視神似，而較輕形似。[11]此種「寫意」論反映在蘇、黃遷謫文學上，除書寫悅目娛耳的自然山水、及寄情山水、入其興會外，更注重揮灑生命情調，和體現宇宙意識。這在蘇、黃二家有關遷謫之詩作中，多有具體而微的體現。對於情理的調和、物我的相與，亦有絕佳的示範。

登山臨水，遊目騁懷，今古之所同。所不同者，為詩人面對所見、所聞、

---

[7] 清曾國藩〈聖哲畫像記〉：「余鈔古今詩，自魏晉至國朝，得十九家。……十九家中，又篤守四人者焉：唐之李、杜，宋之蘇、黃。」

[8] 參考李伯超：《中國風格學源流》（長沙：岳麓書社，1998 年）。

[9] 參考張高評：〈《春秋》書法與宋代詩學——以宋人筆記為例〉，《宋代文學研究叢刊》第 2 期（1997 年 9 月），頁 77-78。

[10] 參考沈松勤：《北宋文人與黨爭》（北京：人民出版社，1998 年），第四章〈北宋黨爭的特點與文人和文化的命運〉，頁 145-160。

[11] 參考熊莘耕：〈蘇軾的傳神說〉，《古代文學理論研究》第 10 輯（上海：上海古籍出版社，1985 年 6 月），頁 117-128；王興華：《中國美學論稿》（天津：南開大學出版社，1993 年），第二十一章〈宋元的寫意美學思想及其發展〉，頁 384-393。

所感、所悟的處理方式，賓主、輕重、詳略有別，風格形貌自然有所差異。學界研究山水遊記，論唐宋之流變，有所謂「再現、表現、與文化認同」三種模式者，[12]雖指山水散文，未嘗不可以借鏡，作為研究記遊詩之參考。

中國山水詩產生於漢魏，而形成於晉宋。[13]以謝靈運、謝朓為代表之山水詩，以模山範水，巧構形似為主，屬於「再現」型之山水詩；[14]側重描摹「悅目娛耳的物質自然」。至唐代，詩人寫作山水記遊詩，或注重情景交融，思與境偕；或致力天人合一，超越生命，而以王維、孟浩然、李白、杜甫、韋應物、柳宗元等人為代表，屬於「表現」型之山水詩，側重「情感化的心靈體驗」，以及「生命化的精神超越」。[15]至宋代詩人山水遊記，除傳承晉宋、唐代秀傑詩人之優長外，對藝術意境、哲理內涵，又作許多發掘和開拓。宋人對事功的憧憬，人生的追求，往往轉化為哲理的思辨，和精神的探索。在山水詩意境的營造上，注重哲理和詩情、理趣和韻致的會通化成；已由六朝以來「以形寫神」、「氣韻生動」的強調，發展為神、形、情、理的和諧統一。宋人山水記遊，或仰觀俯察，以寫寓目所見；或移步換景，以見蔽翳之美；或布置層次，以體現空間意識；或將綴景、抒情、寫意作有機之結合，回歸

---

[12] 王立群：《中國古代山水游記研究》（開封：河南大學出版社，1996 年），頁 60-87。

[13] 參考段寶林、江溶主編：《中國山水文化大觀》，宗白華〈代序‧山水情緒與審美人生〉，頁 5-7。又，王國瓔：《中國山水詩研究》（臺北：聯經出版公司，1986 年），第一部分，第三章〈中國山水詩的產生——魏晉時代〉，頁 79-147。

[14] 參考葛曉音：《山水田園詩派研究》（瀋陽：遼寧大學出版社，1993 年），第二章〈從大謝體到小謝體〉，頁 32-69；臧維熙主編：《中國山水的藝術精神》（上海：學林出版社，1994 年），選錄有關謝靈運山水詩之論文凡 24 篇。

[15] 葛曉音：《山水田園詩派研究》，第六、七、八、九章，頁 194-348。又，任仲倫：《中國山水審美文化》（上海：同濟大學出版社，1991 年），第八章〈中國山水審美的精神品極〉，頁 254-266；韓經太：《詩學美論與詩詞美境》（北京：北京語言文化大學出版社，2000 年），〈美境篇‧論唐人山水詩美的演生嬗變〉，頁 212-238。

晉宋之玄理思辨；[16]或略形求神、虛實相生，注重興寄，追求韻味，則是復變唐代王維、孟浩然、李白、杜甫等山水詩之特長。[17]學古通變，而又出其所自得，要以宋型文化為依歸，故有自家風格，而與唐代、六朝有所不同；蘇軾山水詩如此，黃庭堅亦然。

二、蘇軾、黃庭堅山水記遊詩之傳承與開拓

《四部叢刊》影宋刊《集注分類東坡先生詩》，卷一有紀行詩九十二首，東坡貶黃、貶惠、貶儋諸山水詩在焉。卷二十三為游賞詩五十六首，多泛覽山水，游目騁懷之作。紀行詩與游賞詩之分卷，主要在心境順逆之不同。今參考此種分類，討論蘇、黃之山水記遊詩，大體區分兩大類別：一般登山臨水之作，以及遷謫時期所作山水詩。劉勰《文心雕龍‧物色》稱：「山林皐壤，實文思之奧府。」又云：「屈平所以能洞監風騷之情者，抑亦江山之助乎？」因遷謫貶逐而周覽名山大川，與悠閒逍遙而遊山玩水，心態不同，觀感當然有異。為方便對照，先略論東坡和山谷記遊詩，在學古通變和開拓特色方面的成就。

從六朝到宋代，山水記遊詩的發展，就形式技巧來說，大約可分五大方面：一、模山範水；二、思與境偕；三、比興寄託；四、擬物為人；五、借物說理。前三者，分別傳承自六朝與唐代；後二者，則為宋代詩人所開發拓展，尤其最為東坡和山谷所專擅，無論是詠物或山水詩詞，多見傑作。為因

16　參考臧維熙主編：《中國山水的藝術精神》，葛曉音：〈走出理窟的山水詩——兼論大謝體在唐代山水詩中的示範意義〉，頁 148-163。

17　參考皇甫修文：〈古代田園詩文的美學價值〉，載伍蠡甫編《山水與美學》（臺北：丹青圖書公司，1987 年），頁 377-380；陳伯海：《唐詩學引論》（上海：東方出版中心，1996 年），〈唐詩的風骨和興寄〉、〈唐詩的興象和韻味〉，頁 11-14、頁 23-33。

應蘇、黃山水遊記之實例，合併為三類論證之：

(一)從模山範水到以物為人

蘇軾、黃庭堅，為宋詩之代表。宋詩學古、學唐，又知所新變自得，自二家所作山水記遊詩，可以管窺一斑。如：

> 我行日夜向江海，楓葉蘆花秋興長。長淮忽迷天遠近，青山久與船低昂。壽州已見白石塔，短棹未轉黃茆岡。波平風軟望不到，故人久立躁蒼茫。(《蘇軾詩集》卷六，〈出潁口初見淮山，是日至壽州〉)
> 朝見吳山橫，暮見吳山縱。吳山故多態，轉折為君容。幽人起朱閣，空洞更無物，惟有千步岡，東西作簾額。春來故國歸無期，人言秋悲春更悲。已泛平湖思濯錦，更見橫翠憶峨眉。雕欄能得幾時好？不獨憑欄人易老。百年興廢更堪哀，懸知草莽化池臺。游人尋我舊游處，但覓吳山橫處來。(《蘇軾詩集》卷九，〈法惠寺橫翠閣〉)

蘇軾所作上列二詩，皆寫於「烏臺詩案」之前，即東坡三十八歲前，於詩風為學古通變期。[18]〈出潁口初見淮山，是日至壽州〉，寫離別開封，前往杭州，中經壽州時旅途所見，「我行」二句，離京外放之落漠，與楓葉蘆花之秋興等長，是「思與境偕」的設計。「長淮」以下六句，或圖寫水域之遼闊，或形容船行之顛簸；或藉波平風軟，凸顯舟緩心急，多隨物賦形，形象鮮明。〈法惠寺橫翠閣〉，前八句五言，藉形寫神，擬吳山為美人，突出焦點，詩中有畫，如此寫景，可謂清麗芊眠。「春來故國」以下十句，抒發鄉思難遣，人世易變之感慨，比興寄託，使人愴然易感。東坡旅遊之作，往往不拘泥成法，

---

[18] 本文徵引蘇軾詩歌，多以清王文誥、馮應榴輯注：《蘇軾詩集》為主（臺北：學海出版社，1985年）。

或巧構形似，或思與境偕，或比興寄託，或擬物為人，殆如風行水上，自然成文。如下列二首旅遊詩，亦是隨意揮灑，不守一律：

> 東風知我欲山行，吹斷簷間積雨聲。嶺上晴雲披絮帽，樹頭初日掛銅鉦。野桃含笑竹籬短，溪柳自搖沙水清。西崦人家應最樂：煮芹燒筍餉春耕。(《蘇軾詩集》卷九，〈新城道中二首〉其一)
> 長洪斗落生跳波，輕舟南下如投梭，水師絕叫鳧雁起，亂石一矟爭磋磨。有如兔走鷹隼落，駿馬下注千丈坡，斷絃離柱箭脫手，飛電過隙珠翻荷。四山眩轉風掠耳，但見流沫生千渦。嶮中得樂雖一快，何異水伯誇秋河。我生乘化日夜逝，坐覺一念逾新羅。紛紛爭奪醉夢裏，豈信荊棘埋銅駝。覺來俛仰失千劫，回視此水殊委蛇。君看岸邊蒼石上，古來篙眼如蜂窠。但應此心無所住，造物雖駛如吾何！回船上馬各歸去，多言譊譊師所呵。(《蘇軾詩集》卷十七，〈百步洪〉二首其一)

日本小川環樹翻譯、研究東坡詩，極有成績。曾撰文論述宋詩之擬人法，而舉〈新城道中〉詩前二句為例；[19]其實，第五句「野桃含笑」，亦是擬人法。《文心雕龍・神思》所謂：「登山則情滿於山，觀海則意溢於海」者是。第三、四句，以絮帽、銅鉦形象語言圖寫晴雲、初日，化俗為雅，切寫景象，自有可取。五、六句，寫景有情，布置有次，令人如臨其境。〈百步洪二首〉其一，摹寫急浪輕舟，多用博喻入詩：投梭、兔走、鷹隼落、駿馬下注千丈坡、斷弦離柱、箭脫手、飛電過隙、珠翻荷，共八個形象語言，從各個層面去作巧構形似的形容，是「以賦為詩」的運用。「險中得樂」以下十四句，在上述洪水湍急的前提下，結合形象，借物說理，可謂警策。方東樹《昭昧詹言》卷

[19] 小川環樹著，譚汝謙編：《論中國詩》（香港：中文大學出版社，1986 年），〈大自然對人類懷好意嗎？〉，頁 85-86。

十二詳〈百步洪〉詩稱：「余喜說理，談至道，然必於此等閒題出之，乃見入妙。」[20]可謂知言。東坡紀遊詩之山水意識，亦曲曲傳出。

東坡貶謫黃州四年三個月，神宗顧念「人才實難，弗忍終棄」，於是元豐七年，量移汝州。赴汝州途中，遊賞廬山，「南北得十五六，奇勝殆不可勝記」，所作多有可觀。其中，有偏重客觀再現山水景物者，如：

> 高巖下赤日，深谷來悲風，擘開青玉峽，飛出兩白龍。亂沫散霜雪，古潭搖清空，餘流滑無聲，快瀉雙石炕。我來不忍去，月出飛橋東，蕩蕩白銀闕，沈沈水精宮。願隨琴高生，腳踏赤袝公，手持白芙蕖，跳下清冷中。（《蘇軾詩集》卷二十三，〈廬山二勝・開先漱玉亭〉）
>
> 吾聞太山石，積日穿獷溜，況此百雷霆，萬世與石鬥。深行九地底，險出三峽右，長輸不盡溪，欲滿無底竇，跳波翻潛魚，震響落飛狖。清寒入山骨，草木盡堅瘦，空濛躁靄間，遏洞金石奏。彎彎飛橋出，瀲瀲半月彀，玉淵神龍近，雨雹亂晴晝。垂梶得清甘，可嚥不可漱。（《蘇軾詩集》卷二十三，〈棲賢三峽橋〉）

〈開先漱玉亭〉詩，「高巖下赤日」以下八句，及「蕩蕩白銀闕」二句，從不同層面，狀寫瀑布，前人評為「巨靈開山，神工鬼斧；奇勢迭出，曲盡其妙」，[21]真模山範水，再現畫面之筆。〈棲賢三峽橋〉詩，刻劃水勢之洶湧、水聲之洪亮，則此橋之險絕，已呼之欲出。「清寒入山骨，草木盡堅瘦」二句，以形寫神，精研絕韻，切寫三峽橋之草木，清新出奇，為東坡獨到語。汪師韓評此詩：「奇景以精理通之，發為高談，結為幽豔，絡繹間起，使人應接不

[20] 清方東樹著，汪紹楹校點：《昭昧詹言》（北京：人民文學出版社，1984 年），卷十二，〈蘇東坡〉，頁 299。

[21] 參考曾棗莊：《蘇詩彙評》（臺北：文史哲出版社，1998 年），卷二十三，引汪師韓《蘇詩選評箋釋》卷三、紀昀評《蘇文忠公詩集》卷二十三、王文誥《蘇文忠公詩編注集成》卷二三，頁 1015。

暇」；[22]則是模山範水，巧言切狀之外，又信筆所至，借物說理。趙翼《甌北詩話》卷五所謂：「筆力所到，自成創格」者，[23]此詩有之。

胡仔《苕溪漁隱叢話》後集卷二十九稱：「東坡每題詠景物，於長篇中只篇首四句，便能寫盡，語仍快健」。[24]如上列〈開先漱玉亭〉詩首四句：「高巖下赤日，深谷來悲風。劈開青玉峽，飛出兩白龍」，繪聲繪影，詩中有畫，以之描寫瀑布，果然奇警。量移汝州，遊賞廬山勝景，破題寫景如是；貶謫儋州，圖寫旅途景觀，亦多採此法，如：「九疑聯綿屬衡湘，蒼梧獨在天一方。孤獨吹角煙樹裡，落日未落江蒼茫」，切寫梧州地理景觀。又如：「四州環一島，百洞蟠其中。我行西北隅，如度月半弓」，[25]亦客觀勾勒海南之地理環境。

要之，此種模山範水，曲盡形容，大抵如王昌齡《詩格》所謂「物境」；[26]以客觀再現山水景物為主，東坡所謂「賦詩必此詩」，「見詩如見畫」者，差堪比擬。這是所有美妙的紀遊詩最基本的手法，東坡紀遊詩自然不例外。

山水遊記之寫作，除六朝之再現型、唐代之表現型外，宋代最多「文化認同」型之模式。學者曾稱：「華夏民族之文化，歷數千年之演變，造極於趙宋之世」；「兩宋期內的物質文明和精神文明所達到的高度，可以說是空前絕

22 同上，頁 1016-1017。

23 清趙翼：《甌北詩話》卷五，郭紹虞編：《清詩話續編》（北京：人民文學出版社，1983 年），頁 1199。

24 清胡仔：《苕溪漁隱叢話》（臺北：長安出版社，1978 年），頁 215。

25 《蘇軾詩集》卷四十一，〈吾謫海南，子由雷州，被命即行，了不相知，至梧乃聞其尚在滕也，旦夕當追及，作此詩示之〉；〈行瓊儋間，肩輿坐睡，夢中得句云云，覺而遇清風急雨，戲作此數句〉。

26 王昌齡《詩格》卷中，〈詩有三境〉：「物境一：欲為山水詩，則張泉石雲峰之境，極麗絕秀者，神之於心。處身於境，視境於心，瑩然掌中，然後用思，了然境象，故得形似。」張伯偉：《全唐五代詩格校考》（西安：陝西人民出版社，1996 年），頁 149。

後的」。[27]文化認同型的山水文學，在南宋以陸游〈入蜀記〉為代表，在北宋則是創立江西詩社宗派、開示詩法、影響兩宋詩壇、詞壇、文壇，沾溉後世無限之黃庭堅。黃庭堅作詩，提倡奪胎換骨、點鐵成金、以故為新，創作山水詩，亦不脫此習氣。南宋張戒、劉克莊、嚴羽等，批評他「預設法式」、「文人之詩」、「資書以為詩」、「以才學為詩」，就是針對詩作的「文化」色彩太濃烈來說的，如下列諸詩：

> 吾宗端居俯百憂，長歌勸之肯出游。黃流不解涴明月，碧樹為我生涼秋。初平群羊置莫問，叔度千頃醉即休。誰倚竇樓吹玉笛，斗杓寒掛屋山頭。(《全宋詩》卷一〇〇五，黃庭堅二七，〈汴岸置酒贈黃十七〉)
>
> 孤城三日風吹雨，小市人家只菜蔬。水遠山長雙屬玉，身閑心苦一舂鋤。翁從旁舍來收網，我適臨淵不羨魚。俛仰之間已陳跡，暮窗歸了讀殘書。(《全宋詩》卷一〇〇六，黃庭堅二八，〈池口風雨留三日〉)

古代士人因仕宦而周遊四方，開擴眼界之餘，往往飽覽名山勝水。因此，遊宦成為山水意識形成之一大途徑。山谷、東坡之山水記遊詩，要皆起於遊宦和貶謫；其他唐宋文人之記遊山水，亦然。〈汴岸置酒贈黃十七〉，作於元豐三年(1080)，山谷三十六歲，離汴京開封時。當時，山谷授知吉州太和縣。「黃流不解」二句，上句圖寫明月映水，措詞精確，是「以文字為詩」；下句狀寫碧樹生涼，蓋用江淹〈陳思王曹植贈友〉、杜甫〈晚秋長涉侍御飲筵〉、唐彥謙〈金陵懷古〉詩意，是「以才學為詩」。描寫山水，既不作再現之刻劃，又不作表現之抒發，卻別從文化視野去證同山水，是為「文化」型記遊。再

---

[27] 參考王水照：《王水照自選集》(上海：上海教育出版社，2000年)，〈「祖宗家法」的「近代」指向與文學中的淑世精神——宋型文化與宋代文學之研究〉，引陳寅恪、鄧廣銘之說，頁3-5。

如〈池口風雨留三日〉詩，水遠山長，典出許渾〈寄宋邧〉、李涉〈六歎〉；臨淵羨魚，典出《淮南子・說林訓》、《漢書・董仲舒傳》；俯仰之間已陳跡，典出王羲之〈蘭亭集序〉；寫滯留所見所感，遣詞造句多能以故為新，其中有文化認同在。又如〈上大蒙籠〉，〈勞坑入前城〉諸詩，則又前幅切寫景物，後幅借物說理，與東坡詩風相近：

> 黃霧冥冥小石門，苔衣草路無人跡。苦竹參天大石門，虎迒兔蹊聊倚息。陰風搜林山鬼嘯，千丈寒藤繞崩石。清風源裏有人家，牛羊在山亦桑麻。向來陸梁嫚官府，試呼使前問其故。衣冠漢儀民父子，吏曹擾之至如此！窮鄉有米無食鹽，今日有田無米食。但願官清不愛錢，長養兒孫聽驅使。(《全宋詩》卷一〇〇八，黃庭堅三〇，〈上大蒙籠〉)
>
> 刀坑石如刀，勞坑人馬勞。窈窕篁竹陰，是常主逋逃。白狐跳梁去，豪豬森怒笘。雲黃覺日瘦，木落知風饕。輕軒息源口，飯羹煮溪毛。山農驚長吏，出拜家騷騷。借問淡食民：祖孫甘餔糟？賴官得鹽喫，正苦無錢刀。(同上，〈勞坑入前城〉)
>
> 彤陂之水清且泚，屈為印文三百里。呼船載過七十餘，褰裳亂流初不記。竹輿嘔啞山徑涼，僕姑呼婦聲相倚。篁中猶道泥滑滑，僕夫慘慘耕夫喜。窮山為吏如漫郎，安能為人作噣矢！老僧迎謁喜我來，吾以王事篤行李。知民虛實應縣官，我寧信目不信耳。僧言生長八十餘，縣令未曾身到此。(《全宋詩》卷一〇〇九，黃庭堅三一，〈彤陂〉)

元豐五年，山谷官太和縣，為銷售官鹽而深入窮鄉僻壤，目睹人民不幸。〈上大蒙籠〉詩，前幅圖繪黃霧冥冥、苔衣草路、苦竹參天、虎迒兔蹊、陰風搜林、千丈寒藤、溪谷人家、牛羊在山諸形象，「窮鄉」景況，便呼之欲出。〈勞坑入前城〉詩，選取窈窕篁竹、白狐跳梁、豪豬怒笘、雲黃木落諸形象，便見刀坑勞坑山居之荒涼偏遠，純用白描再現，頗見巧言切狀之妙。此種「再現」客觀山水景物之法，自然與操弄文化意識之模式不同。又如〈彫陂〉詩，再現彫陂之清泚、印文、亂流、山徑、竹篁，是寫所見；竹輿嘔啞、僕姑呼婦、竹雞呼喚泥滑滑，是寫聽覺，勾勒景觀，塑造「窮山」形象，令人如聞如見，身歷其境。《莊子・知北遊》稱：「山林歟？皋壤歟？使我欣欣然而樂焉！」只不過，山谷悲天憫人，關心民瘼，面對清泚可人之水鄉，欣樂無從，遂借題發揮，據事直書，反映民生虛實而已。

要之，對於山水自然之歌詠，東坡長於再現式，山谷致力「文化型」。[28] 蘇、黃之相通處，則在詩人以童心觀世界，移情投射為「大自然對人類懷好意」，東坡詩說已見前，山谷詩如：

> 山色江聲相與清，卷簾待得月華生。可憐一曲並船笛，說盡故人離別情。(《全宋詩》卷一〇一一，黃庭堅三三，〈奉答李和輔代簡二絕句〉其一)
> 《陽關》一曲水東流，燈火旌陽一釣舟。我自只如常日醉，滿川風月替人愁。(《全宋詩》卷一〇一二，黃庭堅三四，〈夜發分寧寄杜澗叟〉)
> 滿川風雨獨憑欄，綰結湘娥十二鬟。可惜不當湖水面，銀山堆裡看青山。(《山谷詩內集》卷十六，〈雨中登岳陽樓望君山二首〉其二)
> 四顧山光接水光，憑欄十里芰荷香。清風明月無人管，併作南樓一夜涼。(《山谷詩內集》卷十八，〈鄂州南樓書事四首〉其一)

吳沆《環溪詩話》卷中曾稱山谷：「『以物為人』一體最可法；於詩為新

[28] 本文徵引黃庭堅詩，除《全宋詩》外，又參用宋任淵、史容、史溫注：《山谷詩內外集注》，影印光緒、己亥雙井祠堂藏本（臺北：學海出版社，1979 年）。

巧，於理亦未為大害」；吳沆甚至以為：「山谷詩文中，無非『以物為人』者，此所以擅一時之名而度越流輩也」。[29]以物為人，為比擬修辭法中之擬人法，美學家謂之移情作用。詩人將神情性格表現於自然景物，賦自然景物以人情世態，於是自然景物遂善體人意，親切含情。如山谷〈奉答李和輔代簡二絕句〉其一，謂一曲船笛，能「說盡故人離別情」，船笛成了代吐離情的知音。〈夜發分寧寄杜澗叟〉，本要抒發離愁，卻先舖寫《陽關》一曲，水東流、燈火、釣舟、日醉，以營造離愁氣氛，既已水到渠成，於是第四句「滿川風月替人愁」，將物擬人，移情於景，遂有新巧意外之妙。〈雨中登岳陽樓望君山〉詩，以湘君的十二髻鬟，比擬君山，形象具體親切。三四句敘寫風雨浪濤中，不能舟游湖上，遂異想天開、翻新呈巧，轉換視角，說成不能在波濤洶湧中欣賞君山風姿，堪稱山水妙筆。〈鄂州南樓書事〉其一，一二句概寫山光水色，特寫十里荷香，已預伏清涼勝景。三四句化用東坡〈赤壁賦〉「天地之間，物各有主」旨趣，撇清俗世的羈絆，故南樓清涼如此。擬人在有意無意之間，所以美妙。

山水記遊，以童心看世界，將大自然「人性化」之書寫方式，尤為東坡詠物記遊之常法。其中最特別者，常以美女的神貌，來比擬一切美好高尚的山水景物，如〈法惠寺橫翠閣〉，以美人比吳山；〈飲湖上初晴後雨〉，以西施比西湖；〈寓居定惠院，有海棠一株〉，以佳人比海棠；〈紅梅三首〉，以美人比紅梅；〈海棠〉，以紅妝比海棠；〈四月十一日初食荔支〉，以仙女比荔支等是。南宋詩人楊萬里所作山水詩，更有「處處山川怕見君」之慨。楊萬里之山水詩，強調主觀性和獨創性，論者譽為「真率性靈的『代面』」，可以想見以物為人之一斑。[30]

[29] 宋吳沆《環溪詩話》卷中，《學海類編》本。今人吳文治主編：《宋詩話全編》（南京：江蘇古籍出版社，1998 年），第肆冊，《吳沆詩話》，頁 4346。

[30] 參考蕭馳：《中國詩歌美學》（北京：北京大學出版社，1986 年），第七章〈自然境界中自我的泛化與發現——山水藝術的發展〉，頁 159-167。

(二) 從思與境偕到比興寄託

《莊子・齊物論》述莊周夢為蝴蝶，謂「不知周之夢為蝴蝶與？蝴蝶之夢為周與？」這是物的「泛我」化和人的「物化」間之統一，是一種擬物主義的抒情方式。唐代王維山水詩，「思與境偕」，物我兩冥，即具此種特色。[31]謝靈運的山水詩，獨立蒼茫於山水中；王維山水詩，卻於人境中尋找孤獨與寂寞。東坡、山谷，才能絕類離倫，而未有知遇，雖處人世、遊山水，亦時見英雄寂寞和孤獨無侶。仕隱之衝突，世事之無常，影響了山水之意識，如：

> 我家江水初發源，宦游直送江入海。聞道潮頭一丈高，天寒尚有沙痕在。中泠南畔石盤陀，古來出沒隨濤波。試登絕頂望鄉國，江南江北青山多。羈愁畏晚尋歸楫，山僧苦留看落日。微風萬頃靴文細，斷霞半空魚尾赤。是時江月初生魄，二更月落天深黑。江心似有炬火明，飛焰照山棲鳥驚。悵然歸臥心莫識，非鬼非人竟何物。江山如此不歸山，江神見怪警我頑。我謝江神豈得已，有田不歸如江水！（《蘇軾詩集》卷七，〈游金山寺〉）
>
> 紫李黃瓜村落香，烏紗白葛道衣涼。閉門野寺松陰轉，欹枕風軒客夢長。因病得閒殊不惡，安心是藥更無方。道人不惜階前水，借與匏樽自在嘗。（《蘇軾詩集》卷十，〈病中游祖塔院〉）
>
> 游人腳底一聲雷，滿座頑雲撥不開；天外黑風吹海立，浙東飛雨過江來。十分瀲灩金樽凸，千杖敲鏗羯鼓催。喚起謫仙泉酒面，倒傾鮫室瀉瓊瑰。（《蘇軾詩集》卷十，〈有美堂暴雨〉）

---

[31] 同上，〈二，「思與境偕」的詩畫〉，頁 151-158。

蘇軾通判杭州，熙寧四年（1071）十一月，途經金山寺，夜宿而作此詩。首四句，虛寫；全詩只有「中泠南畔石盤陀，古來出沒隨濤波」二句，切狀實寫金山寺之方位地勢，未有一語直接正面描摹金山寺本身。「試登絕頂」以下十六句，曲寫旅遊之勞頓，宦遊之羈愁，歸結到淑世的落空，仕隱的衝突，藉物抒感，景中有我在。〈病中游祖塔院〉，熙寧六年，蘇軾在杭州，病中遊虎跑寺，首二句寫旅途所見：見紫李黃瓜，而知村落香；著烏絲白葛，而覺道衣涼。三四句正寫寺院：場景只選取野寺松陰，風軒客夢，可謂物我合一，思與境偕。如此安排，果然風味別勝，不比凡境。第六句凸顯「安心是藥」之主題，蘇軾由於黨爭，自請外放，通判杭州；懷才不遇，有志難伸如此，其心之未寧，可以想見；憂思焦慮容易生病，蘇軾因病得閒，因閒而遊寺院，驀然領悟安身立命之法：所謂「安心是藥更無方」，是借物說理。寫景而有興味，富理趣，此詩真足稱之。〈有美堂暴雨〉，亦熙寧六年夏，遊西湖遇雨之作。通首以巧構形似之言切寫暴雨，選取雷、雲、風、雨，作層層渲染，於是造成西湖水位飽滿之景觀：「十分瀲灩金樽凸」，就視見言；「千杖敲鏗羯鼓催」，就聽聞言，圖寫暴雨，可謂有聲有色。七、八句，意興風發，自負稱雄，詩中有我，故興味盎然，讀之有一股磊落之氣，使人驚服。

物我合一，思與境偕，為唐代傑出山水詩作之共相，宋人學唐變唐，自然知所借鏡。東坡之外，其弟子黃山谷記遊詩，亦發揚此一傳統，如：

> 癡兒了卻公家事，快閣東西倚晚晴。落木千山天遠大，澄江一道月分明。朱絃已為佳人絕，青眼聊因美酒橫。萬里歸船弄長笛，此心吾與白鷗盟。（《全宋詩》卷一〇〇九，黃庭堅三一，〈登快閣〉）
> 瘦藤拄到風煙上，乞與游人眼豁開。不知眼界闊多少，白鳥飛盡青天回。（《全宋詩》卷一〇一五，黃庭堅三七，〈題大雲倉達觀臺〉）
> 中年畏病不舉酒，孤負東來數百觴。喚客煎茶山店遠，看人穫稻午風涼。但知家裏俱無恙，不用書來細作行。一百八盤攜手上，至今猶夢遶羊腸。（黃庭堅《山谷詩內集》卷十六，〈新喻道中寄元明用

觴字韻〉)

元豐五年，黃庭堅任太和縣令時，作〈登快閣〉詩。《豫章傳》稱：「太和號難治」；《宋史》卷 444 本傳稱公「以平易為治。吏不悅，而民安之」；[32]可見〈登快閣〉首句自謂「癡兒」，並非徒然。三四兩句，狀寫登臨快閣所見山水，分別從杜甫、李白詩句奪換而來，化用無跡，境界擴大而深遠，文化型而兼再現式。尾聯「萬里歸船」二句，退隱之思與白鷗、長笛、歸船冥化合一，思與境偕，遂有此氣骨豪放之作。〈題大雲倉達觀臺〉，作於哲宗紹聖元年（1094），山谷五十歲，因「神宗實錄」史案，貶涪州別駕，黔州安置。此詩即是赴黔州途中，經池州登臺所作。鎖定題文「達觀」二字作舖染，寫登高望遠，天地遼闊，眼界無窮；情思化為景物，景物傳達情思。釋惠洪《冷齋夜話》卷一論「奪胎換骨」，舉山谷此詩為例，指為「換骨法」[33]；則是文化型、再現、表現式三者合一，以寫登臨，頗見江西詩風之特色。〈新喻道中寄元明用觴字韻〉，作於崇寧元年（1102）四月，五十八歲，庭堅跋山涉水，經七十二渡，前來會見其兄元明於萍鄉，此為自萍鄉歸途中所作。尾聯「一百八盤攜手上，至今猶夢遶羊腸」，寫兄弟攜手，涉阻歷險，同甘共苦，撫今追昔，悲喜兼懷，其情確有不可勝言者。山谷〈書萍鄉縣廳壁〉稱：「元明自陳留出尉氏、許昌，渡漢沔、略江陵，上夔峽，過一百八盤，涉四十八渡，送余安置於摩圍山之下」，[34]其手足情深，萍鄉山水可作見證。

要求詩歌要有「比興寄託」（又稱「興寄」）的功能，從陳子昂率先提出後，經杜甫、元結發揚，到白居易明確標榜「風雅比興」，遂為詩歌創作的準

[32] 參考鄭永曉：《黃庭堅年譜新編》（北京：社會科學文獻出版社，1997 年），「神宗元豐五年壬戌，三十八歲」，頁 121-132。

[33] 宋釋惠洪：《冷齋夜話》，胡仔：《苕溪漁隱叢話》《前集》，卷三五〈半山老人三〉徵引，頁 235-236。

[34] 同上，「四月一日（乙酉）到萍鄉，兄弟二人相聚二月」，頁 366。

則，到晚唐五代，仍被奉行。[35]這種思想內容之強調，與宋代文化「淑世精神」相契合，故東坡、山谷傳承唐詩「興寄」之詩教，山水旅遊詩亦多有所體現。如東坡下列詩篇：

> 蠶欲老，麥半黃，前山後山雨浪浪，農夫輟耒女廢筐，白衣仙人在高堂。(《蘇軾詩集》卷七，〈雨中游天竺靈感觀音院〉)
> 東風未肯入東門，走馬還尋去歲村。人似秋鴻來有信，事如春夢了無痕。江城白酒三杯釅，野老蒼顏一笑溫。已約年年為此會，故人不用賦招魂。(《蘇軾詩集》卷二十一，〈正月二十日與潘、郭二生出郊尋春，忽記去年是日至女王城作詩，乃和前韻〉)
> 七千里外二毛人，十八灘頭一葉身。山憶喜歡勞遠夢，地名惶恐泣孤臣。長風送客添帆腹，積雨浮舟減石鱗。便合與官充水手，此生何止略知津。(《蘇軾詩集》卷三十八，〈八月七日初入贛，過惶恐灘〉)
> 突兀隘空虛，他山總不如。君看道傍石，盡是補天餘。(《蘇軾詩集》卷四十一，〈儋耳山〉)

熙寧五年，蘇軾在杭州任上。四月，遊西湖，遇雨，以觀音菩薩穩坐高堂，享受供奉，卻無視一雨成災，影射官員尸位素餐，不管民生疾苦。比興寄託，妙在不說破，而諷刺自在言外。〈正月二十日與潘郭二生出郊尋春……〉，作於黃州貶所。三四句「人似秋鴻來有信，事如春夢了無痕」，於詩心，前句為賓，後句為主；於興寄，首二句為比興，三四句為寄託。所謂「事如春夢了無痕」，是禪學在詩中的體現。「人生如夢」，為東坡詩經常強調的主題之一，如〈登常山絕頂廣麗亭〉稱：「棄置當何言？萬劫終飛灰」；〈天竺寺〉云：「四十七年真一夢，天涯淪落淚橫斜」；〈四月十一日初食荔支〉曰：

---

[35] 陳伯海：《唐詩學引論》，〈唐詩的風骨和興寄〉，頁 11-14。

「人間何者非夢幻？」〈庚辰歲人日作〉亦謂：「此生念念隨泡影，莫認家山作本元」[36]；揮去貶謫之苦悶，忘卻俗世的名利，將一切都看作夢幻泡影，也算是一種自我解脫之道。〈八月七日初入贛，過惶恐灘〉，作於紹聖元年（1094），東坡赴惠州貶所途中。其中錯喜歡、惶恐灘、水手、知津，都用歧意雙關，達成比興寄託，東坡之兀傲幹練、志期用世，由此可見。〈儋耳山〉，作於貶謫儋州時。以道傍石，材可以補天；興寄貶謫儋州之東坡，材足以補袞輔政。以道傍餘石，影射野有遺賢。心存諷刺，故以興寄見意，亦山水遊記之常法。

(三) 從托物寓意到借景說理

由於知性的反思，影響到宋人對義理的沈潛。又由於宋學注重開拓的精神，導致宋詩致力跳脫陳窠，追求創新生奇。加上思想解放，講學自由，印本文化興起，科舉制度盛行，於是宋人作詩，多以議論為詩。[37]詩中多富理趣，遂成為宋詩宋調之特徵之一。

梅聖俞《續金針詩格》稱：詩有內外意，「內意欲盡其理，外意欲盡其象」；[38]胡仔《苕溪漁隱叢話》謂：「蘇、黃又有詠花詩，皆托物以寓意，此格尤新奇，前人未之有也！」[39]所謂盡理、寓意，不只詠物詩如此，宋代山水詩、詠史詩、敘事詩、邊塞詩、題畫詩，要皆如此。借物寓理，本是宋詩議論化

[36] 筆者指導朴永煥：《蘇軾禪詩研究》（北京：中國社會科學出版社，1995 年），第四章第一節〈強調人生如夢〉，值得參考，頁 119-123。

[37] 參考張高評：《宋詩之新變與代雄》（臺北：洪葉文化公司，1995 年），〈肆、破體與宋詩特色之形成——以「以議論為詩」為例〉，頁 195-209；韓經太：《宋代詩歌史論》（長春：吉林教育出版社，1995 年），第一章〈宋詩與　宋學精神〉，頁 1-43。

[38] 舊題宋梅堯臣：《續金針詩格》，〈詩有內外意〉，輯入張伯偉：《全唐五代詩格校考》（西安：陝西人民教育出版社，1996 年），頁 497。

[39] 魏慶之《詩人玉屑》卷九，胡仔《苕溪漁隱叢話》前集卷四十七。

之體現，而且是較佳之體現。如蘇東坡所作山水旅遊詩，佳美而膾炙人口者，信有此妙，如：

> 水光瀲灩晴方好，山色空濛雨亦奇。欲把西湖比西子：淡粧濃抹總相宜。(《蘇軾詩集》卷九，〈飲湖上初晴後雨二首〉)
> 已外浮名又外身，區區雷電若為神。山頭只作嬰兒看，無限人間失箸人。(《蘇軾詩集》卷九，〈唐道人言天目山上俯視雷雨，每大雷電但聞雲中如嬰兒聲殊不聞雷電也〉)

熙寧二年（1073），東坡通判杭州，常遊西湖。東坡學佛，知佛性無差別相，觀物當去除我執，「應無所住而生其心」，故品賞西湖景緻，既欣喜「晴方好」，又讚美「雨亦奇」。西湖之水光山色，晴雨既各盡其妙，猶西施麗質天生，淡妝濃抹皆有其美。圖繪西湖景觀，不用細描，而用寫意，朦朧概括，神韻無限。此之謂托物寓意，借景說理。〈唐道人言天目山上俯視雷雨……〉，不寫山上雷雨景觀，卻借雷電說理：若「已外浮名又外身」，則山頭雷電「只作嬰兒看」；否則，將會倉惶無狀，失箸驚恐。《老子》稱：「吾所以有大患者，為吾有身；及吾無身，吾有何患？」[40]此詩理趣，與此相當。東坡詩之有理趣者，又如：

> 橫看成嶺側成峰，遠近高低各不同。不識廬山真面目，只緣身在此山中。(《蘇軾詩集》卷二十三，〈題西林壁〉)
> 臥看落月橫千丈，起喚清風得半帆。且並水村欹側過，人間何處不巉巖？(《蘇軾詩集》卷三十七，〈慈湖夾阻風五首〉其五)

---

[40] 張松如：《老子說解》（高雄：麗文文化公司，1993 年），第十三章，頁 81。

東坡於元豐七年（1084），遊畢廬山，宿山下西林寺，遂作〈題西林壁〉詩。詩中並不具體切寫廬山景色，山水記遊卻別闢谿徑，專從「遊後感」著眼，因遊山而了悟哲理：體悟觀賞廬山有七種角度，角度不同，則所得異趣；進而提出「當局者迷，旁觀者清」之哲理。東坡同時所作〈初入廬山三首〉其一，卻云：「青山若無素，偃蹇不相親。要識廬山面，他年是故人」，強調認識事物，必須熟悉親近。說雖不同，而各有理趣。〈慈湖夾阻風五首〉其五，作於紹聖元年（1094）六月，東坡赴惠州貶所途中所作。臥看落月，起喚清風，寫舟行所見所聞。第三句因行舟阻風，欹側而過，遂體悟人生難免坎坷的哲理。將哲理寄寓形象之中，極富理趣，以表現東坡不畏艱險，隨緣自適之人生觀感。蘇軾、黃庭堅作詩，因物寓理，往往是宋代「以議論為詩」之佳篇妙製。

黃庭堅所作詩文，早期志在經世；〈再用前韻贈高子勉〉四首其二所謂：「行要爭光日月，詩須皆可絃歌」；〈戲呈孔毅父〉亦稱：「文章功用不經世，何異絲窠綴露珠？」但是，歷經烏臺詩案株連、神宗實錄史案遭貶後，感受黨爭的激烈，創作方向和主張遂有所更改，如〈書王知載朐山雜詠〉所謂：「詩者人之情性也，非強諫爭於廷，怨忿詬於道，怒鄰罵坐之為也。」〈答洪駒父書〉甚至提出：東坡之「短處在好罵，慎勿襲其軌也。」[41]山谷既崇奉溫柔敦厚之詩教，故如〈古詩二首上蘇子瞻〉之類，「託物引類，真得古詩人之風」者，較不多見。[42]如〈次韻王荊公題西太一宮壁〉、〈題竹石牧牛〉、〈蟻蝶圖〉諸詩，皆興寄之傑作，富含理趣，然皆非山水旅遊詩，故不論。上列所引〈登快閣〉，及下章論遷謫時期之山水詩，如〈竹枝詞〉、〈武昌松風閣〉、〈書磨崖

[41] 宋黃庭堅著，劉琳、李勇先、王蓉貴校點：《黃庭堅全集》（成都：四川大學出版社，2001 年），《宋黃文節公全集．正集》卷二十五，〈書王知載朐山雜詠後〉，頁 666；《正集》卷十八，〈答洪駒父書〉其二，頁 474。

[42] 顧易生等：《宋金元文學批評史》（上海：上海古籍出版社，1996 年），第一編第六章〈黃庭堅、陳師道的詩論與江西派〉，頁 194-201。

碑後〉諸什，皆富興寄，後文將一併論及，此處從略。

三、蘇軾、黃庭堅旅遊詩中的遷謫心態與情理調和

遷謫，是一種政治磨難，「以水土之美惡，較量罪之輕重而貶竄焉」。[43]就遷客騷人來說，自我生命淪落天涯，實人生不幸，加上憂讒畏譏，悲傷憔悴，面對連山絕壑，長林古木，身處瘴癘蠻荒，滿目蕭然，其蒼涼深沈之悲情可以想見。

胸有塊壘，放浪山水間，發而為詩，或作悽楚之低吟，或作痛苦之吶喊，或作悲壯之高歌，或作不屈之長鳴；唐人宋之問所謂「處處山川同瘴癘，自憐能得幾人歸」；沈佺期亦稱：「昔傳瘴江路，今到鬼門關。土地無人老，流移幾客還？」[44]死亡的威脅，懷才的不遇，遷謫的無奈，形成屈原、賈誼以下，到唐代，貶謫文學深沉濃郁的悲傷意緒。宋代的遷客騷人，由於人生觀感的調整，往往揚棄悲哀，表現樂觀曠達，所以紀遊詩所呈現的「覽物之情」自與唐人異趣；蘇東坡、黃山谷即是如此。山谷詩稱蘇軾：「黃州逐客未賜還，江南江北飽看山」；東坡詩亦自謂「九死南荒吾不恨，茲遊奇絕冠平生」，把貶謫荒遠，看作飽看山水，茲遊奇絕，其胸次是何等樂觀曠達？

宋代文化注重反思內求，崇尚理性知性；尤其是蘇東坡和黃山谷，深受禪宗和道家思想之薰陶，所以面對遷謫流移，東坡山谷可以保持「其中坦然，不以物傷性」；既然「不以謫為患」，「遊於物之外」，因此就可以「無所往而

---

[43] 清梁廷楠：《東坡事類》（廣州：暨南大學出版社，1992 年），卷六，〈嫌怨類二・遷謫〉引《宋稗類鈔》，頁 123。

[44] 語見宋之問〈至端州驛見杜審言……題壁慨然成詠〉，《全唐詩》卷五一；沈佺期〈入鬼門關〉，《全唐詩》卷九七。參考《史記・屈原賈生列傳》，尚永亮：〈元和貶謫文學藝術特徵初探〉，《陝西師大學報》1990 年 4 月，頁 88-94。

不樂」。[45]今翻檢東坡與山谷詩集，選取遷謫期間山水記遊之作，特別關注消解憤懣，控持理性，樂天知命，超然曠達之作。方回《瀛奎律髓》卷四十三稱：「遷客流人之作，唐詩中多有之。伯奇擯，屈原放，處人倫之不幸也。或實有咎責，而獻靖省循；或非其罪，而安之若命，惟東坡之黃州、惠州、儋州尤偉云。」[46]東坡、山谷之為遷客流人，緣於黨爭，實無咎責，既非其罪，又樂天知命，故皆能安之若素。尤其蘇、黃二人，於道家、禪宗思想濡染極深，遷謫期間，能揚棄悲怨，體現樂觀曠達，未嘗不由於此。今就道家與禪宗思想影響蘇、黃者，述說其調和情理之大凡，並討論其遷謫心態，分六項論證之：一、安時任運；二、閑適放曠；三、不遣是非；四、色空不礙；五、自性自度；六、借禪以為詼。前三項，近道家思想；後三項，則為禪家思想之發用。由於篇幅所限，今只論「道家思想」對遷謫心態之影響。禪宗思想對遷謫心態之濡染，他日再論。

蘇軾〈自題金山畫像〉稱：「心似已灰之木，身如不繫之舟。問汝平生功業，黃州惠州儋州。」首句典出《莊子‧齊物論》，次句典出《莊子‧列禦寇》。東坡遭遇貶謫，深受莊學影響，不以謫為患，常從身似槁木心如死灰中，獲得大自在、大快樂；從漂泊無常，屢遭貶謫中，追求自由自適，任運逍遙。「問汝平生」二句，就儒家經世致用的功業來說，東坡一事無成；就立言不朽的文學業績來說，貶黃、貶惠、貶儋十餘年，造就他文學事業的輝煌，思想體系之發展成熟。缺乏這一段磨難，恐怕玉成不了蘇東坡。[47]貶謫期間，道家思想和禪宗思想，是他生活的滋養劑和定心丸。而且，禪與道時相交流，共

[45] 語見蘇轍：〈黃州快哉亭記〉，《欒城集》（上海：上海古籍出版社，1987 年），卷二十四，頁 513；蘇軾：〈超然臺記〉，孔凡禮點校本：《蘇軾文集》（北京：中華書局，1986 年），卷十一，頁 352。

[46] 元方回選評，李慶甲集評校點：《瀛奎律髓彙評》（上海：上海古籍出版社，2005 年），卷四三〈遷謫類〉，頁 1537。

[47] 參考王水照：〈蘇軾臨終的「終極關懷」〉，《王水照自選集》，頁 362-373。

同濡染與昇華東坡之生命。

東坡、山谷由於貶謫，順道而登山臨水，其中不能無感慨。所作山水旅遊之詩，多見消解憤懣，控持理性之傾向。遷客騷人竄逐蠻荒，面對「滿目蕭然」的景色，加上「憂讒畏譏」的惶恐，如果其中不自得，則無往而非病。范仲淹〈岳陽樓記〉稱：「不以物喜，不以己悲」；東坡兄弟稱「不以物傷性」，「遊於物之外」，以道家修為養心，故可以「無所往而不樂」。為篇幅所限，今只論「安時任運」、「閑適放曠」二者：

(一)安時任運

蘇軾年青時，意氣風發，誠如〈沁園春〉詞所謂「有筆頭千字，胸中萬卷，致君堯舜，此事何難？」貶謫黃州之前，大抵受儒家影響，猶充滿「奮厲有當世志」、捨身報國的淑世精神。試翻檢蘇軾策論四十九篇，對策一篇，可以知其然。等到烏臺詩案後，蘇軾忽爾是「柏臺肅森的獄中死囚」，忽爾是「躬耕東坡的陋邦遷客」，又忽爾是「噉芋飲水的南荒流人」。榮辱、禍福、窮達、得失的反思，接踵而來，這就促使他去領悟宇宙人生、去體會生命的價值和意義，去調和情理的衝突，去尋求安身立命的所在。來自道家禪家的「安時任運」，不失為東坡「乘筏登岸」之一種選擇，如下列山水記遊詩所言：

> ……回頭梁楚郊，永與中原隔。黃州在何許？想像雲夢澤。吾生如寄耳，初不擇所適。但有魚與稻，生理已自畢。……（《蘇軾詩集》卷二〇，〈過淮〉）

「人生如寄」，雖然是《古詩十九首》以來，慨歎人生無常的文學主題，然由東坡強調偶然、無常、如寄看來，生命不過是一種暫時存在，更美好的是希望和未來。像早年所作〈和子由澠池懷舊〉：「人生到處知何似？應似飛鴻踏雪泥。泥上偶然留指爪，鴻飛那復計東西？」〈出峽〉詩所云：「入峽喜巉岩，出峽愛平曠。吾心淡無累，遇境即安暢。」以及上列〈過淮〉詩所謂「不擇所適」；可見《莊子・齊物論》中的「齊萬物、等貴賤、一生死、和是非」等相對觀念，[48]已影響東坡。元豐三年（1080），東坡貶謫黃州，途經淮水，作〈過淮〉之詩，可見受莊子「齊物」影響，已知安時任運。「人生如寄」的慨歎，東坡詩中所見，從壯年到老年，在九例以上，[49]於是形成了「順應導向」的遷謫心態，調和了情理的衝突。東坡〈和柳子玉過陳絕糧〉稱：「早歲便懷齊物志，微官敢有濟時心？」《莊子》齊物思想之影響東坡，可以想見。又如：

> 自笑平生為口忙，老來事業轉荒唐。長江繞郭知魚美，好竹連山覺筍香。逐客不妨員外置，詩人例作水曹郎。只慚無補絲毫事，尚費官家壓酒囊。（《蘇軾詩集》，卷二0，〈初到黃州〉）

元豐三年二月，東坡抵黃州貶所，作〈初到黃州〉詩。對於烏臺詩案「詬辱通宵」的監獄生活，已然忘懷。九死一生貶謫來黃州，面對未來的苦難，卻以盡情享樂來化解悲情。於是見黃州長江繞郭，而預知魚美；好竹連山，而已覺筍香。東坡貶黃州，或優遊山水，或滿足口腹，形成一種享樂的導向，昇華為審美的人生態度，因而平衡了情理的衝突，化解了悲情與沈淪。東坡後來又貶惠州、再貶儋州，憂患餘生，所以仍能渡海北歸中原者，「安時任運」之道家處世哲學，是調和遷謫苦悶之潤滑劑，如下列紀遊詩：

> 彷彿曾游豈夢中，欣然雞犬識新豐。吏民驚怪坐何事，父老相攜迎

---

[48] 參考崔大華：《莊學研究》（北京：人民出版社，1997 年），第六章〈莊子思想的認識結構〉，頁 277-284。

[49] 參考王水照：《蘇軾論稿》（臺北：萬卷樓圖書公司，1994 年），〈蘇軾的人生思考和文化性格〉，頁 75-82。

此翁。蘇武豈知還漢北，管寧自欲老遼東。嶺南萬戶皆春色，會有幽人客寓公。(《蘇軾詩集》，卷三十八，〈十月二日初到惠州〉)

紹聖元年（1094），東坡貶謫惠州，作〈十月二日初到惠州〉，也是採取審美觀照態度，暫忘貶謫之苦痛：彷彿曾遊、欣然相識、吏民驚怪、父老相攜，抒寫「欣然」;「嶺南萬戶皆春色，會有幽人客寓公」，懷想口腹之樂，與〈初到黃州〉詩同一基調。「蘇武」一聯，明言甘心終老惠州，實難掩回歸中原之想望，而情緒平靜淡泊，自是安時任運的理智達觀顯現。又如〈儋耳〉詩：

霹靂收威暮雨開，獨憑闌檻倚崔嵬。垂天雌霓雲端下，快意雄風海上來。野老已歌豐歲語，除書欲放逐臣回。殘年飽飯東坡老，一壑能專萬事灰。(《蘇軾詩集》，卷四十三，〈儋耳〉)

東坡於紹聖四年（1097）再貶儋州；元符三年（1100），作〈儋耳〉之詩，敘寫歌豐歲、逐臣回、殘年飽飯、一壑能專，都是抒寫「欣然」、「至樂」之美。東坡〈黃州安國寺記〉稱：「深自省察，則物我相忘，身心皆空，求罪始所從生而不可得。一念清靜，污染自落，表裡皎然，無所附麗」；[50]〈儋耳〉詩所謂「一壑能專萬事灰」，放棄外取征逐而反歸本心，自然能澄懷達觀，安時任運。又如下列諸詩：

四州環一島，百洞蟠其中，我行西北隅，如度月半弓。登高望中原，但見積水空，此生當安歸？四顧真途窮！眇觀大瀛海，坐詠談天翁，茫茫太倉中，一米誰雌雄。幽懷忽破散，永嘯來天風，千山動鱗甲，

[50] 蘇軾著，孔凡禮點校本：《蘇軾文集》，卷十二，頁392。

> 萬谷酣笙鐘。安知非群仙，鈞天宴未終，喜我歸有期，舉酒屬青童。急雨豈無意，催詩走群龍，夢雲忽變色，笑電亦改容。應怪東坡老，顏衰語徒工，久矣此妙聲，不聞蓬萊宮。(《蘇軾詩集》卷四十一，〈行瓊儋間，肩輿坐睡，夢中得句云：「千山動鱗甲，萬谷酣笙鐘。」覺而遇清風急雨，戲作此數句〉)

紹聖四年，東坡貶往儋州，作〈行瓊儋間，肩輿坐睡……〉之詩，為登島第一詩，「登高望中原」以下八句，朱弁《曲洧舊聞》卷五引述東坡試筆，稱「天地在積水中，九州在大瀛海中，中國在少海中，有生孰不在島者？」[51] 以此自我寬慰，所謂「一念清靜，污染自落」，「應無所往而生其心」，如此澄懷直觀，自可以安時任運。這首行旅詩，寫得神采飛揚，聯想奇妙。尤其篇末「應怪東坡老」以下四句，自賞自得，兀傲贊歎兼而有之，汪師韓《蘇詩選評箋釋》卷六稱賞東坡作本詩：「行荒遠僻陋之地，作騎龍弄鳳之思。一氣浩歌而出，天風浪浪，海山蒼蒼，足當司空圖豪放二字」，屢遭貶謫，雖獨立蒼茫，猶不失飛揚自得，實道家安時任運之修為有以致之。

建中靖國元年（1101）正月，東坡赴廉州貶所，自韶至南雄，度大庾嶺，遂作〈過嶺二首〉：

> 暫著南冠不到頭，卻隨北雁與歸休。平生不作兔三窟，今古何殊貉一丘。當日無人送臨賀，至今有廟祀潮州。劍關西望七千里，乘輿真為玉局游。

[51] 《曲洧舊聞》卷五載：東坡在儋耳，因試筆，嘗自書云：吾始至南海，環視天水無際，淒然傷之，曰：「何時得出此島耶？」已而思之，天地在積水中，九州在大瀛海中，中國在少海中，有生孰不在島者？覆盆水于地，芥浮于水，蟻附于芥，茫然不知所濟，少焉水涸，蟻即徑去，見其類出涕曰：「幾不復與子相見。」豈知俯仰之間，有方軌八達之路乎？念此可以一笑。《四庫全書》本，冊 863，頁 316。

> 七年來往我何堪，又試曹溪一勺甘。夢裏似曾遷海外，醉中不覺到江南。波生濯足鳴空澗，霧繞征衣滴翠嵐。誰遣山雞忽驚起，半巖花雨落毿毿。（《蘇軾詩集》卷四十五，〈過嶺二首〉）

第一首「平生」一聯，稱「今古何殊」，也是齊榮辱、和是非的安時任運心態。第二首詩，「夢裡」二句，言外頗不以遷謫為意，汪師韓《蘇詩選評箋釋》卷六評：「視遷謫猶醉裡夢中，知其胸中別有澄定者在！」王文誥《集成》亦以為「吉祥文字」，大抵將真幻、利害、得失、毀譽等量齊觀，超越物我人己界限，故能隨緣任運如此。作於同期稍後之〈鬱孤臺〉詩，亦體現安時任運之人生觀，如：

> 吾生如寄耳，嶺海亦閑游。贛石三百里，寒江尺五流。楚山微有霰，越瘴久無秋。望斷橫雲嶠，魂飛吒雪洲。曉鐘時出寺，暮鼓各鳴樓。歸路迷千嶂，勞生閱百洲。不隨猿鶴化，甘作賈胡留。祇有貂裘在，猶堪買釣洲。（《蘇軾詩集》，卷四十五，〈鬱孤臺〉）

建中靖國元年正月下旬，東坡抵虔州，登鬱孤臺，遂賦詩，首二句「吾生如寄耳，嶺海亦閒遊」，將貶謫嶺南及儋州，等同閒遊山水，這是對萬物一齊的透徹感悟，遂有此通透豁達之處世態度。[52]第三句以下十句，將嶺海閒遊之精華，作一勾勒式之凸顯：贛石、寒江、楚山、越瘴、雲嶠、雪洲、千嶂、百洲，如數家珍，了無不堪回首之恨，亦是「不以遷謫為意」之曠達佳作。

《莊子‧養生主》稱：「安時而處順，哀樂不能入也」，遷謫詩人若有此

---

[52] 參考楊海明：〈蘇軾：睿智文人的人生感悟與處世態度〉，《宋代文學研究叢刊》第 4 期（1998 年 12 月），頁 257-270。

體悟，則能超脫塵垢，無入而不自得。東坡如此，山谷亦然。就山水紀遊詩而言，山谷詩如：

> 撐崖拄谷蝮蛇愁，入箐攀天猿掉頭。鬼門關外莫言遠，五十三驛是皇州。
> 浮雲一百八盤縈，落日四十八渡明。鬼門關外莫言遠，四海一家皆弟兄。(《山谷全集・內集》卷十二，〈竹枝詞〉)

由於《神宗皇帝實錄》史案，黃山谷「責受涪州別駕，黔州安置」。[53]紹聖二年（1095）三月，經過長江三峽，作〈竹枝詞〉二首，詩中所指「鬼門關」，在奉節縣東北三十里，險惡難行，或題關頭曰：「自此以往，更不理會在生日月」。當時黃山谷兄弟偕行，經此，「某顧伯氏元明而笑，元明蓋愀如也」。[54]一顧笑，一愀然，兩相對照，即可窺見山谷「事從超然觀，能從物外賞」的超脫曠達。山谷詩〈次韻石七三六言七首〉其六所謂：「看著莊周枯槁，化為胡蝶翾輕。人見穿花入柳，誰知有體無情。」[55]和光同塵，有如此者。胸襟如此達觀，故足以從容於遷謫之中。鬼門關已險惡如此，而黔州又在鬼門關之外，不毛之鄉，魑魅之地，山谷以枯木死灰之心，和其光而同其塵，安時任運，超脫自在，故遷謫紀遊，乃有「鬼門關外莫言遠，五十三驛是皇州」；「鬼門關外莫言遠，四海一家皆弟兄」之體悟與曠達。大抵已將內外、遠近、險夷、親疏一體對待。既然萬物一齊，和之以天倪，故觀物處逆，可以「得其環中，以應無窮」，無入而不自得。又如以下二詩：

---

[53] 參考黃寶華：《黃庭堅評傳》（南京：南京大學出版社，1998 年），第二章〈四，黨錮之禍的犧牲〉，頁 60-69。

[54] 宋黃庭堅著，劉琳等校點：《黃庭堅全集》，第四冊，《黃文節公全集．補遺》卷第九，〈書自書《楞嚴經》後〉，頁 2291。

[55] 宋黃庭堅著，任淵、史容、史季溫注：《山谷詩集注》（臺北：藝文印書館，1969 年），卷十四頁 9，總頁 795-796。

巴俗深留客，吳儂但憶歸。直知難共語，不是故相違。東縣聞銅臭，江陵換袷衣。丁寧巫峽雨，慎莫暗朝暉。（《山谷全集・內集》，卷十四，〈戲題巫山縣用杜子美韻〉，《四部備要》本）

接淅報官府，敢違王事程。宵征江夏縣，睡起漢陽城。鄰里煩追送，杯盤瀉濁清。祇應瘴鄉老，難答故人情。（同上，卷十九，〈十二月十九日夜中發鄂渚曉泊漢陽親舊載酒追送聊為短句〉）

建中靖國元年（1101）三月，山谷「改知舒州」，途經巫山縣，回首謫蜀八年，感慨萬千，為作〈戲題巫山縣用杜子美韻〉詩。方回評《瀛奎律髓》稱：山谷從紹聖元年「取會史事」，二年「謫黔州」，到建中靖國元年至峽州，其後又有改知太平州等事，「蓋流離跋涉八年矣，未嘗有一詩及於遷謫，真天人也！」[56]遷徙流移，身心俱罷；山水紀遊詩篇，而能不怨不怒，不懷憂，不喪志，此唯胸中坦然，方能「不以物喜，不以己悲」，蘇轍所謂「不以物傷性，將何適而非快？」觀山谷貶謫詩，良然！山谷在荊州時，曾作〈荊州承天院塔記〉，判官摘其中數語，指為「幸災謗國」，遂再貶宜州羈管。[57]〈十二月十九日夜中發鄂渚……〉，即作於崇寧二年初赴宜州貶所時：聞命即赴貶所，接淅、宵征、睡起，活繪刻不容緩，誠惶誠恐，奉命唯謹神情。蘇軾稱：全詩「亦無一毫不滿之意」。[58]

山谷貶黔州，〈答李材〉一文稱自己「閒居多病，人事廢絕」；謫戎州，山谷〈書韓愈送孟郊序贈張大同〉謂所居寓舍「蓬荻柱宇，鼪鼯同徑」，卻仍能「策杖蹇蹶，雍容林丘之下，清江白石之間」。遷謫，是傷感不幸事；貶竄，大抵瘴癘之亡地；送別，是人生難捨之情誼，山谷寫來卻是雲淡風輕，不以

---

[56] 李慶甲：《瀛奎律髓彙評》，卷四十三，〈遷謫類〉評，頁 1546。

[57] 宋任淵、史容、史溫注：《山谷詩內外集注》，「徽宗崇寧二年癸未（1103），59 歲」，〈月末有宜州謫命〉，頁 387-390。宜州，今廣西壯族自治區宜山縣。

[58] 宋蘇軾著，孔凡禮點校本：《蘇軾文集》，頁 1547。

為意。此非有道家和光同塵之修為，不足以安身立命。山谷〈寫真自贊〉稱：「一以我為牛，予因以渡河而徹源底；一以我為馬，予因以日千里。計魯直之在萬化，何翅太倉之一稊米！」[59]等觀甲乙，混同似與不似，隨緣任運，和光同塵如此，真處逆境，居絕境之救亡圖存妙方。

(二) 閑適放曠

《莊子‧人間世》稱：「自事其心者，哀樂不易施乎前。知其不可奈何而安之若命，德之至也。」東坡、山谷屢遭遷謫，自是「不可奈何」之事，故二家安時任運，哀樂不易其困頓，說已見前。除外，解決人心之困境，莊子還提出學道從容，或處乎材與不材之間以「遊世」，或乘道德以浮遊，物物而不物於物的「與時俱化」；[60]如此，則可以閒適從容，逍遙自在。蘇軾曾作〈徐大正閑軒〉詩：「知閑見閑地，已覺非閑侶」；「我詩為閑作，更得不閑語」；〈高郵陳直躬處士畫雁〉亦稱：「君從何處看，得此無人態。無乃槁木形，人禽兩自在」；可見真正的閑適，是在自然狀態下不自覺的獲得。就文學作品來說，是一種真情的自然流露，高層次的自在境界。這種境界，東坡貶黃、貶惠、貶儋的紀遊詩中，頗有體現，如：

> 溪上青山三百疊，快馬輕衫來一抹。倚山修竹有人家，橫道清泉知我渴。芒鞋竹杖自輕軟，蒲薦松床亦香滑。夜深風露滿中庭，惟見孤螢自開闔。(《蘇軾詩集》卷二十三，〈自興國往筠，宿石田驛南二十五里野人家〉)

---

[59] 宋黃庭堅：《豫章黃先生文集》，《四部叢刊》本（臺北：臺灣商務印書館，1979 年），卷十四，〈寫真自贊六首〉其四，《四部叢刊》本，頁 128。

[60] 語見《莊子‧山木》。參考李生龍：《道家及其對文學的影響》（長沙：岳麓書社，1998 年），第三編〈老莊學派〉，頁 118-125。

……我生涉世本為口，一官久矣輕蓴鱸。人間何者非夢幻，南來萬里真良圖！（同上，卷三十九，〈四月十一日初食荔支〉）

……平生學道真實意，豈與窮達俱存亡。天其以我為箕子，要使此意留要荒。他年誰作輿地志，海南萬里真吾鄉。（同上，卷四十一，〈吾謫海南，子由雷州，被命即行，了不相知。至梧乃聞尚在藤也。旦夕當追及，作此詩示之〉）

總角黎家三四童，口吹蔥葉送迎翁。莫作天涯萬里意，溪邊自有舞雩風。（同上，卷四十二，〈被酒獨行遍至子雲、威、徽、先覺四黎之舍三首〉其二）

參橫斗轉欲三更，苦雨終風也解晴。雲散月明誰點綴？天容海色本澄清。空餘魯叟乘桴意，粗識軒轅奏樂聲。九死南荒吾不恨，茲游奇絕冠平生。（同上，卷四十三，〈六月二十日夜渡海〉）

東坡自元豐三年（1080）貶謫黃州，居五年（1084），量移汝州，已四十九歲。由貶謫而「量移」，從罪犯重獲自由，故〈自興國往筠〉詩，抒寫將見子由之狂喜心情；與先前貶謫黃州相較，快樂情緒，頗見閒適自得。惟以「風露滿庭」，「孤螢開闔」作象徵收結，影射心境與政情，亦含蓄有味。東坡〈龍尾硯並引〉所謂「我生天地一閑物，蘇子亦是支離人」，《莊子・人間世》中之支離疏，雖形體殘缺，卻仍不礙其養生求真，東坡蓋以此自勉。[61]以支離疏之身殘體缺，尚能養生求真，謫遷生涯自然更可借鏡。有此體悟，乃可以閑適放曠，無所不樂，故〈四月十一日初食荔支〉稱：「人間何者非夢幻？南來萬里真良圖」，以貶謫惠州為「良圖」；〈食荔支二首〉其二也說：「日啖荔支三百顆，不辭長作嶺南人」。貶謫儋州，九死一生，仍聲稱「他年誰作輿地志，海南萬里真吾鄉」；「九死南荒吾不恨，茲游奇絕冠平生」者，以此。

[61] 參考鍾來因：《蘇軾與道家道教》（臺北：臺灣學生書局，1990 年），第二章〈蘇軾一生崇道概況〉，頁 93-94。

論者探討東坡謫居惠、儋時期之生活和思想，概括為窮困、孤寂、閑適、曠放四種面貌。[62]窮困和孤寂為謫居之表層現象，閑適和曠放則為排遣遷謫、消解激情，控持理性的靈丹妙方。元豐六年，東坡在黃州，曾與子由書，有所謂「任性逍遙，隨緣放曠，但盡凡心，無別勝解」者，[63]正是東坡身處謫居，閑適自在之最佳注腳。貶謫生活，誠如東坡所謂「流離僵仆，九死之餘」；「舉動艱礙，憂畏日深」。[64]尤其貶謫海南，「此間食無肉，病無藥，居無室，出無友，冬無炭，夏無寒泉，然亦未易悉數，大率皆無耳」；[65]心情如此落寞，精神無比苦悶，如果缺乏有效的排遣與調和，則「其中不自得，將何往而非病」？故東坡慕樂天，乃追求閑適之樂，展現放曠之情。白居易〈種桃杏〉詩稱：「無論海角與天涯，大抵心安即是家」；東坡〈定風波・序〉亦云：「試問嶺南應不好，卻道此心安處是吾鄉」，〈被酒獨行〉詩亦曰：「莫作天涯萬里意，溪邊自有舞雩風」，較之樂天，東坡紀遊詩中所體現，往往忘身化外，「適意為悅」，心境更加曠放，精神更加超脫。[66]

黃山谷詩風之形成，南宋評論家多以為得自江山之神助，及遷謫之磨難。如胡仔說他「自黔州以後，句法尤高，筆勢放縱，實天下之奇作」。周必大稱其「自戎徙黔，身行夔路，故詞章翰墨日益超妙」；楊萬里說他「雖放舟大江，順流千里，而兩川雲煙、三峽怒濤，尚勃鬱洶湧于筆下」。[67]苟考察貶謫前後詩風之流變，則黃山谷貶居蜀中六年，當為一大關鍵。釋惠洪《冷齋夜話》卷三載山谷之言稱：「天下清景，初不擇賢愚而與之遇，然吾特疑端為我輩

---

[62] 周先慎：〈漫說蘇軾〈縱筆〉詩〉，《北京大學學報》1988 年 5 月，頁 45-51。

[63] 《蘇軾文集》，卷六十，〈與子由弟十首〉其三，頁 1834。

[64] 同上，卷五十，〈與苑元長十三首〉其二，頁 1458。

[65] 同上，卷五十五，〈與程秀才三首〉其一，頁 1628。

[66] 參考楊勝寬：〈蘇軾的「閑適之樂」〉，《四川師範大學學報》1996 年 1 月，頁 104-111。

[67] 語見《苕溪漁隱叢話》後集卷三十二，周必大《周益公題跋》，〈跋黃魯直蜀中詩詞〉；《誠齋集》卷九十九，〈跋韶州李倅所藏山谷書劉夢得王謝堂前燕詩帖〉。

設」，有此胸襟觀覽山水，景象自然不同。

黃山谷遷謫期間，「憂患百種，來去無鄉」，黃山谷卻仍能「身閑心遠」、「憂憺氣夷，無一毫憔悴隕獲之態」，「無一點悲憂憤嫉之氣，視禍服寵辱如浮雲去來」，[68]蓋以佛老思想的濡染與修為，來化解悲傷痛苦，調和情理衝突，達到超脫自在，閑適放曠的境界。山谷〈與王子飛書〉所提「萬事隨緣」的「安樂法」；在戎州所作〈次韻答斌老病起獨游東園二首〉之一所謂「萬事同一機，多慮乃禪病」；之二所謂「身閑心遠地常幽，且作人間鸜鵒遊」；其他所謂「事常超然觀，樂與賢者共」；「能從物外賞，真是區中賢」；「作雲作雨手翻覆，得馬失馬心情涼」；「功名富貴兩蝸角，險阻艱難一酒杯」，都富有老莊達觀閑適之意識。以此種閑適放曠之襟抱觀物，自然能「別生眼目」，這從下列山谷所作山水紀遊詩，可以看出端倪，如：

> 落星開士深結屋，龍閣老翁來賦詩。小雨藏山客坐久，長江接天帆到遲。宴寢清香與世隔，畫圖妙絕無人知。蜂房各自開戶牖，處處煮茶藤一枝。（黃庭堅《山谷詩外集》卷八，〈題落星寺四首〉其三）

山谷間關百罹，憂患餘生，面對山水，仍不失此種超曠之賞玩胸懷，是以老莊哲學化解了淒苦悲情，才能體現如是之樂觀曠達。崇寧元年（1102），山谷自荊南歸分寧，往袁州探視其兄元明，此詩即作於貶黔州之後，謫宜州之前。「小雨藏山」一聯，見遊客之安閑自得，始能賞玩寺景之清幽，江景之闊遠。「宴寢清香」一聯，強調「無人知」，「與世隔」，是獨與天地精神往來。姚鼐《今體詩鈔》選此詩，稱：「真所謂似不食煙火人語」；方東樹《昭昧詹言》卷十二亦稱：「腴妙，乃非枯寂」。可見，以「不食煙火」肯定其詩風，

---

[68] 語見張守〈跋周君所藏山谷帖〉、魏了翁〈黃太史文集序〉、傅璇琮：《黃庭堅和江西詩派卷》（高雄：麗文文化公司，1993 年），〈黃庭堅〉，頁 45、頁 144。

以「非枯寂」稱美其胸次，都跟老莊「閑適放曠」之襟抱有關。又如：

> 依山築閣見平川，夜闌箕斗插屋椽，我來名之意適然。老松魁梧數百年，斧斤所赦今參天，風鳴媧皇五十弦，洗耳不須菩薩泉。嘉二三子甚好賢，力貧買酒醉此筵。夜雨鳴廊到曉懸，相看不歸臥僧氈。泉枯石燥復潺湲，山川光輝為我妍。野僧早饑不能饘，曉見寒谿有炊煙。東坡道人已沉泉，張侯何時到眼前？釣臺驚濤可晝眠，怡亭看篆蛟龍纏。安得此身脫拘攣，舟載諸友長周旋。(《山谷詩內集》卷十七，〈武昌松風閣〉)

〈武昌松風閣〉詩，亦作於崇寧元年。山谷罷太平州後，九月至鄂州，寓居踰年。此時張耒貶黃州，山谷往見之，途經武昌，遂作此詩。山谷自紹聖元年貶謫黔州（今四川彭水），如今已經八年，過的是「憂患百種，來去無鄉」的日子。今來武昌會見張耒，而東坡已於去年（1101）薨於常州城中。蘇張先後同貶黃州，山谷貶謫黔州戎州六年後，近又罷太平州，同是天涯淪落之遷客，如此而登山臨水，山谷居然全無一點悲憂憤嫉之氣，這就是山谷〈書王知載朐山雜詠〉所謂：「比律呂而可歌，列干羽而可舞」的詩境。〈武昌松風閣〉詩，以「適然」為全詩之眼目：目見魁梧參天之老松，耳聞滌塵去俗之松風，口享「力貧買酒」之醉筵，何一而非「適然」？甚至「夜雨鳴廊到曉懸」，「山川光輝為我妍」，「曉見寒谿有炊煙」，也都富含絕處逢生、否極泰來的欣喜自得和「適然」；山谷所謂「天下清景，吾特疑端為我輩設」，如果缺乏「視禍福寵辱如浮雲去來」的曠放閑適胸次，大概不容易做到。具此胸次，才可能「釣臺驚濤可晝眠」，處變不驚，才能履險如夷。詩篇末了，曲終奏雅，宣稱：「安得此身脫拘攣」云云，也是老莊哲學「不與物攖，陸沈世寰」的遁世作法。由安時任運的「順世」，到「不與物攖，陸沈世寰」的遁世，到「不隨物遷，游乎塵外」的超世，[69]山谷紀遊山水多體現了不同抉擇的歷程。〈武昌松風閣〉詩之閑適放曠，脫身拘攣，可作見證。又如：

> 投荒萬死鬢毛斑，生出瞿塘灩澦關。未到江南先一笑，岳陽樓上對君山。(《山谷詩內集》卷十六，〈雨中登岳陽樓望君山二首〉其一)

本詩亦作於崇寧元年。「投荒萬死」二句，回顧貶謫蜀中、流寓江漢，劫後餘生的種種，山谷以逍遙任運，不以為意之心態面對。山谷〈脫黏庵銘〉有言：「愛憎利欲，膠著胸中。欲脫此黏，以道為工」；實受《莊子‧德充符》揚棄愛憎、窮達、存亡、毀譽等價值觀之思想影響，體現於人生及作品中，即能坦然接受進退升沈、成敗得失，而消解煩惱，超脫自在。[70]因此，山谷回首來時路，能把「投荒萬死」和「生出灩澦」之生死險夷視若無事，坦然接受播遷流寓的命運安排。山谷〈與潘邠老手書〉所謂「不能不晝夜，天地尚然，而況於人乎」，如此體悟，當然能消解煩惱，閑適而放曠。故本詩登上岳陽樓面對君山時，「未到江南先一笑」，對未來充滿願景，不以眼前得失而憂疑，要皆拜莊子思想之薰陶。放曠閑適之情，又見於下列詩中：

> 四顧山光接水光，憑欄十里芰荷香。清風明月無人管，併作南樓一味涼。
> 武昌參佐幕中畫，我亦來追六月涼。老子平生殊不淺，諸君少住對胡牀。(《山谷詩內集》卷十八，〈鄂州南樓書事四首〉其一、其四)

崇寧二年（1103），蔡京主政後，頒行「元祐黨人碑」，黃庭堅名列其中。

[69] 崔大華：《莊學研究》，第四章〈人生哲學〉，二、3，「處世態度」，頁 185-194。

[70] 《山谷別集》卷二。參考黃寶華：《黃庭堅評傳》（南京：南京大學出版社，1998 年），第六章，〈四，從克己正心到逍遙任運〉，頁 181-191。

故山谷受命領太平州事，到任才九日即罷官，政治風波如此險惡，於是準備卜居荊南，九月途經鄂州，逗留年餘，迨宜州謫命下始離去。其間所作〈武昌松風閣〉、〈鄂州南樓書事〉，皆成傳世名篇。〈武昌松風閣〉適然的心境，正是歷經升沈榮辱，飽經憂患後的精神昇華。而〈鄂州南樓書事四首〉，作於同時，閑適自得的心境是一樣的：山光水色、十里荷香、清風明月、南樓追涼，喚起視覺、嗅覺、觸覺，來感受南樓「追涼」之閑適自在，已將這些年來貶謫蜀中、流寓江漢之苦楚，政爭之險惡、宦海之浮沈、人世之毀譽，置之度外。〈次韻文潛〉詩所謂：「水清石見君所知，此是吾家秘密藏」；[71]其達觀曠放，閑適自在，其實是凄苦磨難的昇華，是情理之和諧調整。憂患餘生，人生何幸值此風月山水，何幸能在南樓六月追涼，故山谷興味不淺，隨緣放曠如此。

四、結語

山水文學，形成於六朝晉宋之間，歷經唐宋文人之參與創作，形成山水意識。或為逐臣淪落之實錄，或為遊子客思之排遣，或為騷人感慨之抒發，或為隱者精神之歸宿。其中，或因宦遊而賞玩山水，或因貶謫而登臨山水，於《全宋詩》中所在多有。本文選擇代表宋詩風調之二大家：蘇軾、黃庭堅，擇其山水紀遊詩歌，分宦遊而賞玩山水，及貶謫而登臨山水二類，以便對照詩人在不同境遇下，如何體現深邃的宇宙意識，與曠達的人生態度。

東坡和山谷，號稱宋詩二大家，媲美唐詩之有李杜，故蘇黃所作山水紀遊，自有一代與一家之風格。本文就藝術技巧層面，提出三類作印證：一、模山範水，以物為人；二、比興寄託，思與境偕；三、托物寓意，借景說理。

---

[71] 宋黃庭堅著，任淵、史容、史季溫注：《山谷詩集注》，卷十七，〈次韻文潛〉，頁 14，總頁 933。

其中，蘇黃所作游賞山水之作，以物為人，比興寄託較多；托物寓意，借景說理，最具宋詩特色。可知蘇黃於山水詩，頗見學古與通變，既繼承傳統，又有所開拓，宋詩之新變與特質，於此可見一斑。

蘇軾一生，因烏臺詩案、新舊黨爭，貶謫黃州、惠州、儋州；黃庭堅亦因《神宗實錄》史案、元祐黨爭，貶謫蜀中、流寓江漢，最後死在宜州貶所。對於遷謫生涯，大抵如東坡所言:「舉動艱礙，憂畏日深」;「故人不復通問訊，疾病饑寒宜死矣」；山谷亦謂:「憂患百種，來去無鄉」；此常人所不能堪者，蘇黃卻能「無一點悲憂憤嫉之氣，視禍福寵辱如浮雲去來」，這主要得力於莊子思想與禪宗思想之濡染、體現與發用，故能超脫憂患，得大自在。筆者翻檢蘇黃二家紀遊詩，得道家思想發用者三：曰安時任運、曰閑適放曠、曰不遣是非；又得禪宗思想之體現者亦有三：曰色空不礙，曰自性自度，曰借禪為詼。由於篇幅所限，今只提出道家「安時任運」、「閑適放曠」進行論證，其餘從略，他日再議。

山水詩至宋代，由於儒、釋、道三家之合流，加上道教之盛行，神貌已與前代不同。本文為方便稱說，只就一偏立論，未言其中合流之事實。而且，前半篇山水游賞，偏重創作之形式技巧，以考察其流變；後半篇論遷謫文學，側重思想意識，以闡釋道家之濡染與體現。勢難兼顧，情非得已，讀者諒焉。[72]

[72] 本文舊稿〈紀遊與遷謫——以東坡山谷詩為例〉，原刊於國立中山大學文學院《旅行與文藝國際會議論文集》（2001 年 12 月），頁 141-178。後經修改潤飾，成〈蘇軾遷謫與山水紀遊詩之新變——兼論道家思想與生命安頓〉，刊載於《中國蘇軾研究》第一輯（2004 年 7 月），頁 219-248。

第八章　蘇軾、黃庭堅禪趣詩與禪宗美學

——禪思與詩思之新奇會通

會通化成，為宋型文化主要特色之一。[1]宋代由於圖書傳播便利，知識之受容豐厚，不同學科間之互動會通頻繁，因此跨際整合蔚為時代主潮。[2]如以文為詩、以賦為詩、以詩為詞、以詞為詩、以文為詞、以賦為詞、以文為賦、以古文為四六等等，皆文類間之跨際會通。改造體質，創新風格，所謂破體為文，於斯為盛。就詩思文思而言，頗富創造性思維。[3]

一、宋型文化與詩禪之會通化成

宋人為文治學，大多立足本位，而又跳脫本位之外，去尋求可資利用之泉源，以便作補償、吸收、借鏡、化用之觸發。表現媒介間經由如此之整合融會，相資為用，往往有獨到創發，推陳出新之詩美。[4]宋詩「取材廣，而命

---

[1] 張高評：〈從「會通化成」論宋詩之新變與價值〉，《漢學研究》16 卷 1 期（1998 年 6 月），頁 239-241。

[2] 張高評：《印刷傳媒與宋詩特色——兼論圖書傳播與詩分唐宋》（臺北：里仁書局，2008 年）。

[3] 張高評：〈破體與創造性思維——宋代文體學之新詮釋〉，廣州《中山大學學報》（社會科學版）2009 年第 3 期第 49 卷（總 219 期），頁 20-31。

[4] 張高評：《宋詩之新變與代雄》（臺北：洪葉文化出版公司，1995 年），貳、〈自成一家與宋詩特色〉，頁 20-31。

意新」，具體表現在借鏡經史、交通理學、以老莊入詩、以仙道為詩、詩禪交融、詩中有畫、以戲劇為詩、以書道喻詩諸層面上，最具特質。宋詩之異於唐詩，宋詩於輝煌唐詩之後，仍不失創意、靈活、獨特，而又不失傳統之優長，得力於「出位之思」之詩思為多。[5]如此文化氛圍之下，禪學對文學之影響，詩思受禪思之觸發濡染，特其中之一而已。會通化成，是一種跨際思考之技術，可以促成不同學科和文類間異場域之碰撞，往往能打破專業聯想之障礙，造就創新，改變傳統。[6]宋型文化與唐型文化不同，未嘗不由於此。

宋張方平曾對王安石言：「儒門淡薄，收拾不住，皆歸釋氏矣。」[7]（《佛祖統紀》卷四十五）程子亦云：「今人不學則已，如學焉，未有不歸於禪也。」（《二程全書》卷十八）南宋朱熹亦稱：「今之不為禪學者，只是未曾到那深處，才到那深處，定走入禪去也。」（《朱子語類》卷十八）禪風對於儒門理學之影響既深且鉅，可以想見。無怪乎南宋周必大〈寒岩升禪師塔銘〉言：「自唐以來，禪學日盛，才智之士，往往出乎其間。」理學對禪學之受容，熱中殷切如此，詩歌創作之接受反應亦不遑多讓。宋代詩人悅禪習禪者不少，禪風佛影亦時時可見。此一會通和合之思潮，為宋型文化之特色，史學、文學、思想如此，禪宗與諸教之發展，亦有此種趨勢。蘇軾〈祭龍井辯才文〉指出：「孔老異門，儒釋分宮。又于期間，禪律相攻。我見大海，有北南東。江河雖殊，其至則同。」從對象世界之「不二法性」，到認識方法之「不二法門」，

---

[5] 同上，第一節，四、〈出位之思，補偏救弊〉，頁 94-112。又，參考張高評：《會通化成與宋代詩學》（臺南：成功大學出版組，2000 年），第壹章～第陸章，頁 1-234。案：「出位之思」，語出錢鍾書〈中國詩與中國畫〉，原載《開明書店二十週年紀念文集》(上海：開明書店，1947 年)，轉引自《文學研究叢編》(臺北：木鐸出版社，1981 年)，第一輯影印，頁 77-78。其後，饒宗頤:〈詞與畫：論藝術換位〉，《故宮季刊》8 卷 3 期（1974 年），頁 9-21；葉維廉：〈出位之思．媒體與超媒體的美學〉，《比較詩學》(臺北：東大圖書公司，1983 年)，頁 195-234。

[6] 強納森（Frams Johansson）著，劉真如譯：《梅迪奇效應》*The Medici Effect*（臺北：商周出版社，2005 年），第一篇〈異場域碰撞〉，頁 16-30。

[7] 宋釋志磐：《佛祖統紀》（揚州：江蘇廣陵古籍刻印社，1992 年），卷 45〈元豐三年〉，頁 1949。

佛禪要求用「了無分別」的認識方法，將對象世界做好「整體把握」。[8]詩與禪之會通融合，去異存同，即體現佛禪之審美方法。

詩與禪，自有異同，本師黃永武教授撰〈詩與禪的異同〉一文，頗能言其分際。[9]今考察詩禪交融為用，但言其同與通。李之儀稱：「說禪作詩，本無差別，但打得過者絕少。」[10]張耒云：「儒佛故應同是道，詩書本自不妨禪。……請以篇章為佛事，要觀半偈走人天。」[11]蘇軾則閱讀好詩，「每逢佳處輒參禪」；[12]釋惠洪稱東坡文藝創作，得禪學之「遊戲三昧」；[13]釋道潛謂東坡海南遷謫詩：「往來慣酌曹谿水，一滴還應契祖師。」[14]由此觀之，以禪喻詩，自是宋人品賞詩歌之慣技。又如：

> 山谷言：故學者先以識為主，如禪家所謂正法眼，直須具此眼目，方可入道。（宋范溫《潛溪詩眼》）
> 往在桐廬見呂舍人居仁，余問：「魯直得子美之髓乎？」居仁曰：「然！」「其佳處焉在？」居仁曰：「禪家所謂『死蛇弄得活』」。（宋

[8] 祁志祥：《佛教美學》（上海：上海人民出版社，1997 年），第七章第一節〈「了無分別」與「整體把握」〉，頁 192-198。

[9] 黃永武：《中國詩學．思想篇》（臺北：巨流圖書公司，2009 年），〈詩與禪的異同〉，頁 247-260。

[10] 宋李之儀：《姑溪居士前集》，文淵閣《四庫全書》本（臺北：臺灣商務印書館，1986 年），卷 29，〈與李去言〉，冊 1120，頁 529。

[11] 宋張耒：《張耒集》（北京：中華書局，1990 年）卷 22，〈贈僧介然〉，頁 397。

[12] 宋蘇軾撰，清王文誥、馮應榴輯註：《蘇軾詩集》（臺北：學海出版社，1985 年），卷 30〈夜直玉堂攜李之儀端叔詩百餘首讀至夜半書其後〉：「玉堂清冷不成眠，伴直難呼孟浩然。暫借好詩消永夜，每逢佳處輒參禪。……」，頁 1616-1617。

[13] 宋釋覺範：《石門文字禪》，文淵閣《四庫全書》珍本十集（臺北：臺灣商務印書館，1981 年），卷 19，〈東坡畫應身彌勒贊．敘〉：「東坡居士，游戲翰墨，作大佛事，如春形容，藻飾萬象。」，頁 4。

[14] 宋釋道潛：《參寥集》，《叢書集成續編》本（上海：上海書店，1994 年），第一〇二冊，卷 9，〈讀東坡居士南遷詩〉，頁 47。

張戒《歲寒堂詩話》卷上）

黃太史詩妙脫蹊徑，言謀鬼神，唯胸中無一點塵，故能吐出世間語；所恨務高，一似參曹洞下禪，尚墮在玄妙窟裏。（宋胡仔《苕溪漁隱叢話後集》卷三十三，宋蔡正孫《詩林廣記》後集卷五、《竹莊詩話》卷一）

學詩以識為主，猶禪家所謂「正法眼」；山谷詩得杜甫詩神髓，佳處在禪宗所謂「死蛇弄得活」；山谷詩妙脫蹊徑處，諸家詩話以為「一似參曹洞下禪」。宋代詩話筆記「以禪論詩」之文獻極多，舉此一隅，以概其餘。

宋代看話禪、默照禪、文字禪之流行，士人禪悅成風。[15]或以禪入詩，或以禪喻詩，或以禪論詩，[16]於是禪風影響詩風，禪思亦往往會通詩思。宋詩大家蘇軾、黃庭堅、陳師道、楊萬里詩風如此，對於宋詩特色之形成，自有推助之功。

二、禪思與詩思之融通化成

試考察禪宗語言，發現禪思與詩思相通相成者有四大面向：（一）呵佛罵祖與破體出位；（二）繞路說禪與不犯正位；（三）參禪悟入與活法透脫；（四）自性自度與自得自到，要皆宋代詩學有得於禪學之啟發者。分論如下：

---

15 周裕鍇：《禪宗語言》（杭州：浙江人民出版社，1999 年），上編，第五章〈文字禪：禪宗語言與文化整合〉，第六章〈默照禪與看話禪：走向前語言狀態〉，頁 140-209。

16 袁行霈：《中國詩歌藝術研究》（北京：北京大學出版社，1996 年），〈詩與禪〉，頁 87-93。

(一) 呵佛罵祖與破體出位

> 這裏無祖無佛，達摩是老臊胡，釋迦老子是乾屎橛，文殊、普賢是擔屎漢，等覺、妙覺是破執凡夫，菩提涅槃是繫驢橛，十二分教是鬼神簿、拭瘡疣紙。四果三賢、初心十地是守古塚鬼，自救不了。（宋普濟《五燈會元》卷七）
>
> 欲得如佛見解，但莫受人惑，向裏向外，逢著便殺。逢佛殺佛，逢羅漢殺羅漢，逢父母殺父母。（宋道原編《景德傳燈錄》卷十二）
>
> 脫樊籠，出窠臼，虎驟、龍奔，星馳、電激，轉天關，斡地軸，負衝天意氣，用格外提持，卷舒擒縱，殺活自在。（宋智宗編《人天眼目》卷三）

禪宗發展至五家七宗時期，已經形成否定權威、破除偶像、大膽懷疑、獨立自由之精神，臨濟宗風尤其如此。《五燈會元》、《景德傳燈錄》、《人天眼目》所述，多呵佛罵祖、挑戰權威，擺脫樊籠，提倡衝天意氣。[17]古典詩歌發展至兩宋，學古與通變並重，積極挑戰唐詩典範，企圖改造本色當行，於是文類間進行「破體」，學科間致力「出位」，大有禪宗呵佛罵祖之精神。如陳師道《後山詩話》謂：「退之以文為詩，子瞻以詩為詞」，「雖極天下之工，要非本色」；陳善《捫蝨新話》上集卷一謂「韓以文為詩，杜以詩為文，世傳以為戲」，蓋破體變體，猶呵佛罵祖，故世俗期期以為不可。然《唐子西語錄》言：「文中要自有詩，詩中要自有文」；[18]王灼《碧雞漫志》卷二稱東坡詞「指

---

[17] 蔣述卓：《佛教與中國文藝美學》（廣州：廣東高等教育出版社，1992 年），第四章，一、〈呵佛罵祖與反復古、反摹擬〉，頁 60-61。

[18] 張高評：《苕溪漁隱叢話與宋代詩學典範》（臺北：新文豐出版公司，2012 年），第八章〈《苕溪漁隱叢話》東坡卷之意義〉，論「本色與變體」，頁 326-332。

出向上一路，新天下耳目」；魏慶之《詩人玉屑》卷十五述東坡推崇韓愈詩，以為「詩之美者，莫如韓退之；然詩格之變，自退之始」。所謂開創者，必先大破方能大立，擺落尊體，疏離本色，變體破體，容易新創、獨到、開發、自得。

宋詩之取材廣，而命意新，詩思表現於跨際會通方面，極為普遍。詩人往往不執著於以詩為詩，卻跳脫唐詩本色，疏離詩歌當行，嚮往自成一家，追求獨立創獲，於是詩思會通《春秋》、禪宗、老莊、道教、繪畫，造成跨際思考之「異場域碰撞」。文學與思想、詩歌與美術融合為一，於是促成宋詩陌生、變異、新奇、深折之風貌，漸與唐詩之本色不同。如《誠齋詩話》以「微婉顯晦，盡而不汙」之《春秋》書法品評唐詩；《西清詩話》說黃庭堅詩以禪學：「妙脫蹊徑，似參曹洞下禪」；《後山詩話》以老莊論詩，稱「寧拙毋巧，寧樸毋華」；《冷齋夜話》以道教提示「換骨法」、「奪胎法」；《西清詩話》強調詩畫融通：「丹青吟詠，妙處相資」。若此之論，與《壇經・五二》所謂「我心自有佛，自佛是真佛」，雖殊途而同歸：禪宗呵佛罵祖，批判自身，打倒偶像；宋詩則向外馳求，跨際會通，疏離唐詩，新變本色，故宋詩遂有自家面目。

(二) 繞路說禪與不犯正位

遮謂遣其所非，表謂顯其所是。又遮者揀卻諸餘，表者直示當體。……如說鹽，不淡是遮，云鹹是表；說水，云不乾是遮，云濕是表。（圭峰宗密《禪源諸詮集都序》卷下之一，《大正新修大藏經》卷四十八）

讀後山詩，大似參曹洞禪，不犯正位，切忌死語，非冥搜旁引，莫窺其用意深處。（宋任淵《後山詩話・跋》）

黃魯直天資峭拔，擺出翰墨畦徑，以俗為雅、以故為新、不犯正位，如參禪，著莫後句為具眼。（金元好問《中州集》卷二，〈劉西巖汲小傳〉）

原始禪宗主張「不立文字」,「教外別傳」，講究「不說破」之言意辯證。其後參公案、著語錄成風，禪宗說法由「不立文字」而「不離文字」，於是言意之傳達有所謂「表詮」與「遮詮」之法。「不說破」既為禪宗所講究，因此禪師說法多專主遮詮，釋惠洪所謂「護持佛乘，指示心體，但遮其非，不言其是」。文字禪既流行，於是「繞路說禪」成為「不說破」之積極策略。[19]宗密禪師云：「遮謂遣其所非，表謂顯其所是」，前者否定、反面稱述，後者肯定、正面稱述。為了貫徹不一語道破，避免開門見山、直接正面表述，於是而有繞路說禪、不犯正位之稱說方式。宋人作詩評詩，從「不犯正位」切入者不少，任淵品題陳師道詩，以為「大似參曹洞禪，不犯正位」；元好問評價黃庭堅詩，亦以為黃庭堅「擺出翰墨畦徑，以俗為雅、以故為新、不犯正位，如參禪」云云。將曹洞宗接引學者，所謂「五位君臣」，示悟度人之語言技巧，轉化運用於詩中。懷讓所謂「說似一物即不中」，頌古所謂繞路說禪。[20]說話要留有餘地，切忌妙明體盡。詩思關注間接、側面、旁面、反面、對面，此所謂不犯正位，黃庭堅、陳師道曾多方引渡到詩作中，有助詩風之含蓄與沈鬱。[21]

(三) 參禪悟入與活法透脫

後山論詩說換骨，東湖論詩說中的，東萊論詩說活法，子蒼論詩說飽參，入處雖不同，然其實皆一關捩，要知非悟入不可。(宋曾季貍《艇齋詩話》)

學詩如參禪，慎勿參死句。縱橫無不可，乃在歡喜處。又如學仙子，

[19] 蔣寅：《古典詩學的現代詮釋》（北京：中華書局，2003 年），四、〈不說破——「含蓄」概念之形成及其內涵增值過程〉，頁 85-89。

[20] 吳言生：《禪宗詩歌境界》（北京：中華書局，2001 年），第五章〈曹洞宗禪詩〉，頁 123-153。

[21] 張高評：《宋詩之新變與代雄》，捌，〈不犯正位與宋詩特色〉，頁 442-491。

> 辛苦終不遇。忽然毛骨換，政用口訣故。居仁說活法，大意欲人悟。常言古作者，一一從此路。豈惟如是說，實亦造佳處。其圓如金彈，所向如脫兔。（宋陳起《前賢小集拾遺》，韓駒〈讀呂居仁舊詩有懷其人〉）
>
> 學詩當識活法。所謂活法者，規矩備具而能出于規矩之外，變化不測而亦不背于規矩也。是道也，蓋有定法而無定法，無定法而有定法。知是者則可以與語活法矣。謝玄暉有言，好詩流轉圓美如彈丸，此真活法也。（宋劉克莊《江西詩派小序・呂紫薇》，引呂本中〈夏均父集序〉）

晚唐五代以來，禪宗叢林「揀話頭，說公案，鬥機鋒」，言句花樣翻新，講究靈巧機敏，對於黃庭堅及江西詩人如韓駒、王直方、曾幾、呂本中等，致力「死蛇活弄」之句法，頗有啟示，所謂「人入江西社，詩參活句禪」。[22]如換骨法、奪胎法、以故為新、以俗為雅等等，皆深得禪家「死蛇活弄」之妙。誠如韓駒所云:「學詩如參禪，慎勿參死句」,「居仁說活法，大意欲人悟」，詩思借鏡禪思，關鍵在「悟入」與否，能悟則能活。俞成《螢雪叢話》更將活法細分為「紙上之活法」，注重句法技巧，追求萬變不窮，唯意所之。「胸中之活法」，盡心於思路活潑，意念機敏，從內容思想上開拓新境界。[23]能活，則「其圓如金彈，所向如脫兔」；活潑萬變，「流轉圓美如彈丸」，方稱「好詩」。張戒《歲寒堂詩話》評述呂本中稱「魯直得子美之髓」，其佳處正在「禪家所謂死蛇弄得活」。破棄拘執，變化萬方，是禪思之特質。詩思得其啟益，隨機觸發，圓美流轉，提供詩歌一個鳶飛魚躍之活潑詩境。詩法得禪思之啟益，

---

[22] 周裕鍇：《宋代詩學通論》（成都：巴蜀書社，1997 年），乙編第四章〈規則與自由〉，頁 219-233。

[23] 宋俞成：《螢雪叢說》，一、〈文章活法〉，宋俞鼎孫、俞經編：《儒學警悟》本（香港：龍門書店，1967 年），頁 222。參考孫昌武：《禪思與詩情》（北京：中華書局，1997 年），第十章〈活句與活法〉，頁 494-502。

由此可見一斑。

(四) 自性自度與自得自到

> 善知識，見自性自淨，自修自作，自性法身，自行佛行，自作自成佛道。(敦煌本《六祖壇經·十九》)
>
> 善知識，眾生無邊誓願度，不是慧能度。善知識，心中眾生，各于自身自性自度。(敦煌本《六祖壇經·二十一》)
>
> 善知識，一切般若智，皆從自性而生，不從外入，莫錯用意，名為真性自用。(至元本《六祖壇經》,〈般若品第二〉)
>
> 《西清詩話》云：「作詩者，陶冶物情，體會光景，必貴乎自得。」(宋胡仔《苕溪漁隱叢話》前集卷五十六)
>
> 大凡文字須是自得自到，不可隨人轉也。(宋張鎡《仕學規範》卷三十八)
>
> 少陵詩，憲章漢魏，而取材於六朝。至其自得之妙，則前輩所謂集大成者也。(宋嚴羽《滄浪詩話》〈詩評〉)

《六祖壇經》提示眾生：「自性法身，自行佛行」;「各于自身自性自度」，「一切般若智，皆從自性而生」；一切仰賴自己親證體驗，在自信的基礎上，「自悟、自證、自到」，如此，方「具大知見」。[24]禪宗修行悟道，強調自力自度，全憑各人自身明心見性，去妄除塵，不靠「他執、他見；眾生執、眾生見；壽者執、壽者見」等外善知識。釋惠海〈頓悟入道要門〉所謂「眾生自度，佛不能度，努力努力。自修，莫倚他佛力。」自力自度之禪思，可激

[24] 參考程亞林：《詩與禪》(南昌：江西人民出版社，1989 年)，第五章〈頓悟自性的禪宗〉，頁153-165。

發主觀之能動性，凸顯主體性與獨創性，[25]於詩思啟發良多。《孟子·離婁下》：「君子深造之以道，欲其自得之也」；宋代理學得其啟示，程頤《語錄》云：「學莫貴乎自得。非在外也，故曰自得。」陸九淵《語錄》亦云：「自立自重，不可隨人腳跟，學人言語。」宋代詩學得禪學儒學之啟發，亦頗言自得：《西清詩話》稱作詩「貴乎自得」；《仕學規範》謂「文字須是自得自到」；《滄浪詩話》標榜杜詩之集大成，亦在「自得之妙」。

筆者綜覽《詩人玉屑》所述北宋以來諸家詩話，詩人「自以為得意」之作，自負「惟吾能之」之詩，往往為推陳出新，自成一家之名篇佳構。著眼於「前人不到處」，措手於「不經人道語」，能見人所未見，方能用人所不能用，言人所未嘗言，容易體現創意，展示造語，而妙悟古今流變，[26]此之謂「自得自到」。

今論述蘇軾、黃庭堅詩歌之「以禪為詩」，印證上述四端，多有具體而微之體現，論述如下：

三、蘇軾、黃庭堅禪趣詩與宋詩特色

(一) 蘇軾、黃庭堅與禪宗之淵源

禪宗祖師惠能受《金剛經》於弘忍，《金剛經》所稱「離三心，破四相」、「應無所住而生其心」云云，以及敦煌本《六祖壇經》所謂「內外不往，來

---

[25] 李淼：《禪宗與中國古代詩歌藝術》（高雄：麗文文化公司，1993 年），第一章第二節〈禪宗思想要旨·自力自度〉，頁 27-29。

[26] 張高評：〈評《詩人玉屑》述推陳出新與自得自到：兼論印本寫本之傳播與接受〉，《文與哲》第 18 期（2011 年 6 月），頁 295-332。

去自由；能除執心，通達無礙」；至元本《壇經》所謂「一切萬法，不離自性」；達摩傳道所謂「不執文字，不離文字」諸禪思，於宋代禪風流行下，遂多啟悟詩思，開示無窮。前文所述《二程全書》卷十八所稱，《朱子語類》卷十八所言，《佛祖統紀》卷四十五所載，可以想見士大夫之禪悅盛況。

1. 蘇軾與禪宗

宋代士大夫參禪之風十分盛行，東坡曾得法於東林常總，結為方外契友，又參雪居、了元，相互妙句問答，以文相酬酢。綜考蘇軾之行跡交遊，宗風習氣，較近似雲門宗，論者稱蘇軾詩風之巧便尖新，開示捷法，實有得「雲門三句」宗風之啟發。[27]

《五燈會元》卷十七列蘇軾為臨濟宗黃龍派東林常總禪師之法嗣，乃編纂者釋普濟為壯大臨濟宗之聲勢，所作不合實際之安排。周紫芝《竹坡詩話》：「有明上人者，作詩甚艱，求捷法於東坡，作兩頌以與之。」此蓋有取於雲門文偃之「一鏃破三關」，提倡簡易便捷，直造妙境。葉夢得《石林詩話》卷上稱：「禪宗論雲門有三種語：其一為隨波逐浪句，謂隨物應機，不主故常；其二為截斷眾流句，謂超出言外，非情識所到；其三為函蓋乾坤句，謂泯然皆契，無間可伺。其深淺以是為序。」[28]據此看來，蘇軾之行跡交遊，宗風

[27] 宋吳坰《五總志》：「後之學者，因生分別：師坡者萃于浙右，師谷者萃于江左。……雲門老婆心切，接人易與，人人自得，自以為得法，而於眾中求腳跟點地者百無二、三焉。林（臨）濟棒喝分明，勘辯極峻，雖得法者少，往往嶄然見頭角。」蓋蘇軾由雲門宗入，黃庭堅師法之黃龍派乃臨濟一支。文淵閣《四庫全書》，第 863 冊，頁 817。孫昌武：〈黃庭堅的詩與禪〉，《社會科學戰線》1995 年 2 期，頁 227-235。

[28] 詳參皮朝綱：《禪宗美學史稿》（成都：電子科技大學出版社，1994 年），第七章〈雲門三句與禪宗美學〉，頁 131-144；孫昌武〈蘇軾與佛教〉，一、蘇軾與雲門宗，《文學遺產》1994 年第 1 期，頁 61-72；皮朝綱、董運庭：《靜默的美學》（成都：成都科技大學出版社，1991 年），第五章〈以禪喻詩，莫此親切〉，頁 81-103；周裕鍇：〈禪門宗風與宋詩派別〉，《宋代文學研究叢刊》創刊號（1995 年 4 月），頁 127-144。

習氣等，多近於雲門而遠離臨濟。

東坡既常與禪師大掉機鋒，習染薰陶，自然反映在詩作中，題跋辯才詩曾云：「臺閣山林本無異，故應文字不離禪」；[29]《蘇軾詩集》所載「欲令詩語妙，無厭空且靜」、「每逢佳處輒參禪」，以及「借禪以為詼」云云，說明東坡於作詩、賞詩、論詩方面深受禪風之影響。劉熙載《藝概．詩概》亦稱蘇詩「喜於空諸所有，又善於無中生有，機括實自禪悟中來」。[30]而《苕溪漁隱叢話》所謂「語意高妙」、「吐露胸襟，無一毫窒礙」，正是禪趣之發揮。

蘇軾於佛教，前期雖不迷信卻親近，後期則歸誠佛教，主張禪教和睦，彼此會通。涉獵內典不少，如《般若心經》、《維摩詰經》、《楞嚴經》、《圓覺經》、《六祖壇經》、《景德傳燈錄》等，對大乘佛教之空義、中觀、心性空寂清淨等思想，及禪宗要義，知之又能行之，故能親證印可如是。[31]禪宗排斥一切邏輯思維，以意象喻佛性，通過設象立喻達到啟示人生之目的；同時禪宗強調自性自悟，往往通過自身之思辨，對佛理作徹底而全面之了解。此種注重形象思維與妙悟自得之禪思，影響宋人之詩思既深且遠。

禪學在宋代的發展，除與理學、淨教融合外，看話禪、默照禪、文字禪的流行，更為宋代禪學之特色。禪宗世俗化的結果，影響了宋代文化，於是禪悅之風，大盛於宋代士大夫與詩人之間，或以禪入詩，或以禪喻詩，或以禪論詩，禪風之影響詩風，禪思之影響詩思，遂具體而微表現於蘇、黃詩中。《冷齋夜話》與《豫章文集》之所述，皆可佐證蘇、黃「得禪悅」、「求禪悅」

---

[29] 宋蘇軾著，孔凡禮點校：《蘇軾文集》（北京：中華書局，1986 年），卷 68〈書辯才次韻參寥詩〉，頁 2144。

[30] 清劉熙載著，徐中玉、蕭華榮校點：《劉熙載論藝六種．藝概》（成都：巴蜀書社，1990 年），卷 2〈詩概〉，頁 66。

[31] 楊曾文：《宋元禪宗史》（北京：中國社會科學出版社，2006 年），第七章第四節〈蘇軾與禪僧的交游〉，頁 567-574。

之用心與努力。

明人袁參坡曾言:「黃、蘇皆好禪。談者謂子瞻是士大夫禪,魯直是祖師禪。」足見禪學之影響。[32]明代凌濛初編有《東坡禪喜集》十四卷,陶元柱編有《山谷禪喜集》二卷,[33]從可見東坡、山谷與禪學之因緣。綜要言之,禪風之流行,促使禪思影響詩思,諸如空靈之意境追求、機智之語言選擇、自由之性靈抒發、通俗之審美意識,在在觸發宋詩在內容與形式方面之求變生新。[34]

2. 黃庭堅與禪宗

黃山谷與黃龍派祖心、悟新、惟淨等結為方外契友,更曾作〈發願文〉,痛戒酒色,以表示歸心禪道之意。黃庭堅廣交禪師禪友,博覽佛典燈錄,寫真自贊曾自詡「似僧有髮,似俗無塵。作夢中夢,見身外身」,[35]禪學之影響,可以想見。

論者研究指出:黃庭堅一方面借鑑禪宗頓悟真如之方式,進行心靈修養,一方面融和佛禪平等觀,以觀照人生;另一方面詩歌之藝術風格接受禪宗公

[32] 江西詩人喜以禪喻詩,如韓駒〈贈趙伯魚〉、吳可、龔相、趙蕃等皆有〈學詩詩〉之作;除外,曾幾〈讀呂居仁詩有懷〉、戴復古〈論詩絕句〉、嚴羽《滄浪詩話》〈詩辨〉、〈詩法〉、〈詩評〉諸篇亦多以禪論詩之作。禪思之影響詩思,名目繁多,參考錢鍾書:《談藝錄》(臺北:書林出版公司,1988年),八四,〈以禪喻詩〉,頁256-260;張高評:〈自成一家與宋詩特色〉,成功大學中文系所主編:《第一屆宋代文學研討會論文集》(高雄:麗文文化公司,1995年),貳・四,「出位之思」,以禪為詩,頁91-147。

[33] 清紀昀總纂:《四庫全書總目》《東坡禪喜集》十四卷、《山谷禪喜集》二卷(臺北:藝文印書館,1974年),卷174,別集類存目一,頁3531-3532、3534。

[34] 筆者指導朴永煥君撰寫:《蘇軾禪詩研究》(北京:中國社會科學出版社,1995年),其第四章第二節即探討此一問題,成功大學歷史語言研究所碩士論文,1992年7月。

[35] 宋黃庭堅:〈寫真自贊五首〉其五,劉琳等校點:《黃庭堅全集》(成都:四川大學出版社,2001年),《正集》卷22,頁56。

案參話頭、鬥機鋒的思維方式。且以黃庭堅為首之江西詩派從禪宗處領悟不少作詩的悟門，對詩歌語言技巧產生極大的影響。其後黃庭堅所創江西詩派更與禪學相依存，與理學相呼應，宋詩與禪學關係之密切，可以想見。南宋楊萬里所謂「要知詩客參江西，正似禪客參曹溪。不到南華與修水，于何傳法更傳衣？」可見禪學、江西詩派與黃庭堅的密切關係。[36]

《五燈會元》卷十七，列黃庭堅為臨濟宗黃龍派祖心禪師法嗣，且與祖心法嗣悟新、惟清二師時相過從。山谷倡「點鐵成金」之說，其所親炙之黃龍派禪人慧南、悟新並皆重視「點鐵成金」之法（《五燈會元》卷十七、《山谷集》卷廿四）。論者稱臨濟黃龍宗風，機鋒峻烈，有悖常情；不入思維，言語道斷，脫略窠臼，遊戲三昧。故黃庭堅作詩有得於臨濟宗風者三：曰文脈斷裂，語境轉換；遊戲三昧，打諢通禪；妙脫蹊徑，言謀鬼神，所謂「詩到江西別是禪」，當然是指臨濟之禪。[37]

宋代詩話所載，黃庭堅因參禪而識畫、而論書、而品詩，所謂正法眼、句中眼云云，實與臨濟宗「三玄」、「三要」之說為近。黃氏以之喻詩，〈贈高子勉四首〉其四所謂「拾遺句中有眼，彭澤意在無弦」，指作詩須具言外之意，宜以有「韻」為依歸；范溫《潛溪詩眼》論「韻」，實受黃氏之啟發。《苕溪漁隱叢話》稱引諸詩話論黃庭堅詩風「妙脫蹊徑，言謀鬼神，唯胸中無一點塵」云云，確是臨濟禪風之影響詩風者。「十度欲言九度休」，亦是曹洞宗道膺禪師之話頭（《五燈會元》卷十三）。張戒《歲寒堂詩話》卷上稱山谷詩：「禪

---

[36] 參考周裕鍇：〈文字禪與宋代詩學〉，《國際宋代文化研討會論文集》（成都：四川大學出版社，1991 年），頁 327-344；魏道儒：〈論禪宗與默照禪〉，《人文雜志》1991 年 6 期，頁 30-34；洪修平：〈略論宋代禪學的新特點〉，《南京大學學報》1993 年第 1 期，頁 29-34；皮朝綱：〈大慧宗杲、「看話禪」與禪宗美學〉，《四川師範大學學報》第 22 卷第 3 期（1995 年 7 月），頁 36-42。

[37] 參考蔣述卓：《佛教與中國文藝美學》，第八章〈佛教對文藝美學通俗化傾向的推進〉，頁 145-156；周裕鍇：《中國禪宗與詩歌》（高雄：麗文文化公司，1994 年），第四、五、六章，頁 113-260。

家所謂死蛇弄得活」；朱弁《風月堂詩話》卷下稱山谷詩「更高一著」，范溫《潛溪詩眼》亦稱述山谷語，以為「識文章者，當如禪家有悟門」。山谷作詩，好言「句法」，甚至作詩贈蘇軾，猶稱：「句法提一律，堅城受我降」。[38]山谷之講究「句法」，當是得自禪門之啟悟。

《百丈大智禪師廣錄》載：「須識了義語，不了義語；須識遮語、不遮語；須識生語、活語；須識藥語、病語；須識逆、順喻語，須識總別語。」黃龍派悟新禪師亦稱：「參玄上士，須參活句。直得萬仞崖前，騰身撲不碎，始是活句。若不如是，盡是意根下紐捏將來，他時異日涅槃堂內手腳忙亂。」（《黃龍死心禪師語錄》，《續藏經》第一二〇冊）山谷之言「句法」，有關字詞之巧妙安排處，自富禪思。蘇、黃之方外學侶釋惠洪標榜「文字禪」，詩禪之交融頗多具體之示範，曾言：「南州仁公以勃窣為精進，以哆和為簡靜，以臨高眺遠未忘情之語為文字禪。」（《石門文字禪》卷二十，〈懶庵銘并序〉）文集中「文字禪」一語，凡七見，蓋以詩為文字禪之筏器。以詩為禪，此最具體。[39]

(二) 蘇軾、黃庭堅「以禪為詩」表現之層面

明袁修坡《庭幃雜錄》卷下曾以士大夫禪、祖師禪品判蘇、黃之優劣，[40]此乃南宋以來之習氣，見仁見智，好惡隨之，了無定準。所可知者，蘇軾、黃庭堅多濡染禪學，悅禪成風，而多體現於詩中。

---

[38] 黃庭堅：〈子瞻詩句妙一世，乃效庭堅體，次韻道之〉，宋任淵、史容、史季溫注，黃寶華點校：《山谷詩集注》（上海：上海古籍出版社，2003 年），頁 117-118。參考錢志熙：《黃庭堅詩學體系研究》（北京：北京大學出版社，2003 年），伍，〈詩法篇上：淵源及其基本理論〉，頁 193-198。

[39] 參考周裕鍇：《文字禪與宋代詩學》（北京：高等教育出版社，1998 年）；又，《宋僧惠洪行履著述編年總案》（北京：高等教育出版社，2010 年）。

[40] 祖師禪，為相對於如來禪之教外別傳之至極禪法。士大夫禪，意指凡人禪，如凡夫對禪之隨意理解，含有貶意。

1. 蘇軾與「以禪為詩」

蘇軾「以禪為詩」之作品不少，如〈和子由澠池懷舊〉、〈六月二十七日望湖樓醉書〉、〈飲湖上初晴後雨〉、〈題西林壁〉、〈次韻子由浴罷〉、〈琴詩〉諸什，皆以禪理入詩。〈和蔡準郎中見邀遊西湖三首〉其二、〈和文與可洋州園池三十首·望雲樓〉、〈郊祀慶成詩〉，揭示「無心」;〈子由自都來陳三日而別〉、〈和蔡景繁海州石室〉、〈過大庾嶺〉、〈次韻韶守狄大夫見贈二首〉、〈過通判曹仲錫飲書懷二絕〉，則闡說「無心」;〈送劉寺丞赴餘姚〉、〈南都妙峰寺〉、〈地獄變相偈〉、〈泛潁〉諸什，則以闡揚華嚴法界觀、事理圓融無礙論。凡此，多以禪理入詩，宋詩之深折雋永，此其一端。

蘇軾詩中，以禪典入詩、以禪迹入詩、以禪法入詩者，更所在多有。如〈過永樂文長老已卒〉、〈和子由四首〉其一、〈臂痛謁告作三絕句示四君子〉其三、〈程德孺惠海中柏石兼辱佳篇輒復和謝〉、〈追和沈遼頌贈南華寺〉、〈乞數珠一首贈南禪湜老〉、〈明日南禪和詩不到故重賦數珠篇以督之二首〉其一諸什，皆以禪典入詩，權作人生哲理之探求。〈病中游祖塔院〉、〈書雙竹湛師房二首〉其一〈聞辯才法師復歸上天竺以詩戲問〉、〈贈東林總長老〉、〈南華寺〉諸詩，皆以禪跡入詩，見其方外交遊。又有以禪法入詩者，如〈送参寥師〉、〈書晁補之所藏與可畫竹三首〉其一、〈書王定國所藏王晉卿畫著色山〉、〈午窗坐睡〉諸詩，多以禪法啟示詩法。更有以禪趣入詩者，如〈臘日遊孤山訪惠勤惠思二僧〉、〈月夜與客飲杏花下〉、〈梵天寺見僧守詮小詩〉、〈唐道人言天目山上俯視雷雨每大雷電但聞雲中如嬰兒聲殊不聞雷電也〉、〈百步洪〉其一、〈正月二十日與潘郭二生出郊尋春〉、〈端午遍遊諸寺得禪字〉、〈和黃秀才鑑空閣〉諸詩皆是，富禪悅之哲理，又饒詩歌之趣味，頗耐觀玩。

蘇軾好禪，生活中追求「禪悅之味」。禪悅，則「隨處作主，立處皆真」，轉向詩歌創作，即是以禪入詩。其中有挾情韻以行者，融合哲理之啟示，又不乏詩歌之趣味，諷誦觀覽最有韻味，如〈泗州僧伽塔〉、〈遊靈隱寺得來師復用前韻〉、〈書焦山綸長老壁〉、〈次韻秦太虛見戲耳聾〉、〈子由在筠作東軒記，余作一絕句以示圓通慎長老〉、〈贈眼醫王生彥若〉、〈軾在潁州與趙德麟同治西湖未成……〉，皆為經典代表作。至於《金剛經》「六如」中「人生如夢」之主題，東坡詩中尤屢見不鮮，如〈至濟南李公擇以詩相迎次其韻二首〉、〈次韻王廷老退居見寄二首〉、〈王鞏清虛堂〉、〈六觀堂老人草書〉、〈次韻滕大夫二首〉諸詩，多體現人生如夢之感慨。〈百步洪〉詩稱：「紛紛爭奪醉夢裡，豈信荊棘埋銅駝」；〈正月二十日與潘郭二生出教尋春〉則謂：「人似秋鴻來有信，事如春夢了無痕」；〈四月十一日初食荔支〉：「人間何者非夢幻，南來萬里真良圖」，可見一斑。東坡習染禪學，故詩作如此，與唐人詩風相較，自然大異其趣。這也是宋詩在「大判斷」方面有所開拓之處。

蘇軾曾手抄《金剛經》，借閱《法界觀》、嫻熟《華嚴經》、《楞嚴經》等佛學內典。《金剛經》稱：「一切有為法，如夢幻泡影，如露復如電，應作如是觀。」東坡一生進退、升黜、得失、榮辱，多體現於詩中，往往以「如是觀」安頓生命，超越精神。《六祖壇經》既強調「無住為本」，故追求隨緣任運、自由解脫，出入於法度豪放之間，斟酌乎有法無法之際。不即不離，固是詩家之中道，更是佛禪雙遣雙非之「中觀」之道，[41]蘇軾詩學詩歌亦多具體而微。東坡嫻熟《華嚴經》，往往將佛禪哲理融入修為，以禪入詩，復以詩融禪，於是理事圓融，事事無礙。[42]東坡詩如〈唐道人言天目山上俯視雷雨〉、〈送參寥師〉、〈獨覺〉、〈東坡居士過龍光留一偈〉、〈三朵花〉及其他禪趣詩，多有《華嚴經》「取像以表法」、「托事以顯像」之效益。其他，曹溪宗、雲門宗、華嚴宗、天台宗，對蘇軾哲學觀、文藝觀影響亦極深遠。[43]

---

[41] 祁志祥：《佛教美學》，第七章第二節〈雙遣雙飛與詩家中道〉，頁 205-209。

[42] 吳言生：《禪宗思想淵源》（北京：中華書局，2001 年），第七章〈《華嚴經》，華嚴宗與禪宗思想〉，頁 254-280。

[43] 冷成金：《蘇軾的哲學觀與文藝觀》（北京：學苑出版社，2003 年），第三章〈蘇軾莊禪思想中的哲學觀〉，頁 285-319。

2. 黃庭堅與「以禪為詩」

「詩到江西別是禪」，黃庭堅與江西派詩人與禪最有不解之緣。黃庭堅喜讀佛書，《金剛經》、《法華經》、《楞嚴經》、《維摩經》、《華嚴經》、《涅槃經》、《般若經》、《傳燈錄》諸內典，均有涉獵，往往轉化運用於詩中。黃庭堅詩歌如：〈六月十七日晝寢〉、〈病起荊江亭即事十首〉其一、其九，〈題胡逸老致虛庵〉、〈又和次韻答斌老病起獨游東園〉諸詩，多以禪典入詩。〈王充道送水仙花五十枝欣然會心為之作詠〉、〈鄂州南樓書事四首〉其一、〈奕棋二首呈任公漸〉其一、〈次韻王荊公題西太一宮壁二首〉其一、〈題子瞻墨竹〉、〈觀化〉十五首、〈題覺海寺〉，以及〈寄黃龍清老三首〉其三、〈溪上吟〉、〈次韻十九叔父臺源〉、〈題槐安閣〉諸詩，皆以禪趣入詩中。禪魄詩魂會通為一，形成山谷體特色之一。

又有以禪理融入詩中者，如〈自巴陵略平江臨湘……邂逅禪客戴道純款語作長句呈道純〉、〈又答斌老病癒遣悶二首〉、〈次韻蓋郎中率郭郎中休官二首〉、〈蟻蝶圖〉、〈次韻楊明叔〉其二諸詩。〈次韻高子勉十首〉其四稱：「寒爐餘幾火？灰裏撥陰何。」用《傳燈錄》百丈懷海深撥得火之喻，為禪理、法眼轉化成詩眼作示範；〈贈高子勉四首〉其四云：「拾遺句中有眼，彭澤意在無弦。」揭示有法無法，規矩自由之辯證。至於山谷詩中，因禪思而觸發詩思，遂以禪法為詩法者，尤見特色：如〈寺齋睡起二首〉其一、〈題伯時頓塵馬〉諸詩，文脈斷裂，語境轉換，禪風使然。〈王充道送水仙花五十枝欣然會心為之作詠〉末句、〈子瞻詩句妙一世乃云效庭堅體……〉結尾四句，遊戲三昧，打諢通禪，是戲言近莊、反言顯正之黃龍禪法。〈次韻劉景文登鄴王臺見思五首〉其五、〈戲詠零陵李宗古居士家馴鷓鴣〉其二，繞路說詩，不犯正位，自是禪風之啟迪與發用。山谷詩如〈次韻雨絲雲鶴〉、〈和答錢穆父詠猩猩毛筆〉、〈中秋月〉、〈宮亭湖〉諸什，多死蛇活弄，奪胎換骨，是所謂以禪法為詩法。禪思與詩思之會通為一，可為代表。

嚴羽《滄浪詩話・詩體》論歷代詩人別出機杼、自成一家者，於宋代有自出己意之「山谷體」，與東坡體、後山體、王荊公體、楊誠齋體等並稱。黃庭堅開創之「山谷體」詩歌藝術，與佛禪之濡染影響關係，十分密切。黃庭堅平生困頓，又謫官黔南，因佛禪修為，而領悟解脫，亦因禪宗主自性自度，而自悟自得。山谷品文論藝，注重會通，既以禪學論詩學，更以禪法喻書道。就方法論言，佛禪強調「了無分別」，整體把握，[44]禪思禪法貫通詩思書法，道通為一。黃山谷泛說文學云：「文章最忌隨人後」；論書道則稱：「隨人作計終後人，自成一家始逼真」；說詩亦謂：「聽它下虎口著，我不為牛後人」，[45]足見其創新自得思維之一斑。

禪門漸修，有所謂「遍參」、「熟參」、「活參」者，《滄浪詩話・詩辨》稱：「大抵禪道惟在妙悟，詩道亦在妙悟」；[46]黃庭堅之宗師杜甫，出入諸家；從奪胎換骨、點鐵成金、以故為新，到不煩繩而自合，猶有法至無法的演化亦猶參禪與妙悟。六祖慧能《壇經》所謂「心悟轉《法華》，心迷《法華》轉」，黃庭堅得之於禪學啟益者似之。詩與禪殊途而同歸，要在求變追新，自成一家而已。

宋詩大家名家在學唐變唐之餘，既致力破體出位、不犯正位，又追求活法透脫、自得自到，於是宋詩相較於唐詩，遂有異同之風格；錢鍾書《談藝錄》開宗明義宣稱「詩分唐宋」，[47]或由於此。

---

[44] 祁志祥：《佛教美學》，第七章〈佛教方法論的美學意蘊〉，頁 192-198。

[45] 張高評：《會通化成與宋代詩學》（臺南：成功大學出版組，2000 年），〈蘇黃以書道喻詩與宋代詩學之會通〉，頁 204-234。

[46] 祁志祥：《佛教美學》，第六章第四節〈參禪妙悟與審美解讀〉，頁 183-191。

[47] 錢鍾書：《談藝錄》，一、「詩分唐宋」，頁 1-5。

四、結語

會通化成，為宋型文化主要特色之一。宋代由於圖書傳播便利，知識之受容豐厚，不同學科間之互動會通頻繁，因此跨際整合蔚為時代主潮。禪學對文學之影響，詩思受禪思之觸發濡染，特其中之一而已。《佛祖統紀》載張方平對王安石語，謂「儒門淡薄，收拾不住，皆歸釋氏矣！」《二程全書》與《朱子語類》，亦有類似之論。宋代看話禪、默照禪、文字禪之流行，士人禪悅成風。或以禪入詩，或以禪喻詩，或以禪論詩，於是禪風影響詩風，禪思亦往往會通詩思。

臨濟宗風多呵佛罵祖、否定權威，擺脫樊籠，提倡衝天意氣。古典詩歌發展至兩宋，學古與通變並重，積極挑戰唐詩典範，企圖改造本色當行，於是文類間進行「破體」，學科間致力「出位」，大有禪宗呵祖罵佛之精神。禪宗呵佛罵祖，批判自身，打倒偶像；宋詩則向外馳求，跨際會通，疏離唐詩典範，新變本色，故宋詩亦有自家面目。曹洞宗接引學者，有所謂「五位君臣」，此一示悟度人之語言技巧，往往轉化運用於詩中。懷讓所謂「說似一物即不中」，頌古所謂繞路說禪。說話要留有餘地，切忌妙明體盡。詩思關注間接、側面、旁面、反面、對面，此所謂不犯正位，黃庭堅、陳師道曾多方引渡到詩作中，有助詩風之含蓄與沈鬱。

禪宗叢林「揀話頭，說公案，鬥機鋒」，言句花樣翻新，講究靈巧機敏，對於黃庭堅及江西詩人致力「死蛇活弄」之句法，頗有啟示，如換骨法、奪胎法、以故為新、以俗為雅等等，皆深得禪家「死蛇活弄」之妙。破棄拘執，變化萬方，為禪思之特質。詩思得其啟益，隨機觸發，圓美流轉，提供詩歌一個鳶飛魚躍之活潑詩境。禪宗修行悟道，強調自力自度，全憑各人自身明心見性，去妄除塵，自力自度之禪思，可激發主觀之能動性，凸顯主體性與獨創性，於宋代詩學得禪學儒學之啟發，亦頗言自得。宋魏慶之《詩人玉屑》

綜覽諸家詩話，發現詩人「自以為得意」之作，自負「惟吾能之」之詩，往往為推陳出新，自成一家之名篇佳構。容易體現創意，展示造語，而妙悟古今流變，此之謂「自得自到」。

宋詩大家蘇軾、黃庭堅「以禪為詩」詩風如此，對於宋詩特色之形成，自有推助之功。為篇幅所限，今選擇蘇軾、黃庭堅詩為例，考察以禪為詩之表現，或以禪理入詩，或以禪典入詩，或以禪迹入詩，或以禪法入詩，或以禪趣入詩。蘇軾「以禪為詩」之作品闡揚華嚴法界觀、事理圓融無礙論。東坡一生進退、升黜、得失、榮辱，多體現於詩中，往往以《金剛經》「如是觀」安頓生命，超越精神。《六祖壇經》既強調「無住為本」，故追求隨緣任運、自由解脫，出入於法度豪放之間，斟酌乎有法無法之際。不即不離，固是詩家之中道，更是佛禪雙遣雙非之「中觀」之道，蘇軾詩學詩歌亦多具體而微。東坡嫻熟《華嚴經》，往往將佛禪哲理融入修為，以禪入詩，復以詩融禪，於是理事圓融，事事無礙。黃庭堅喜讀佛書，往往轉化運用於詩中。山谷詩中，因禪思而觸發詩思，遂以禪法為詩法者，尤見特色。遊戲三昧，打諢通禪，繞路說詩，不犯正位，自是禪風之啟迪與發用。死蛇活弄，奪胎換骨，是所謂以禪法為詩法。就方法論言，佛禪強調「了無分別」，整體把握。黃山谷泛說文學云：「文章最忌隨人後」；論書道則稱：「隨人作計終後人，自成一家始逼真」；說詩亦謂：「聽它下虎口箸，我不為牛後人」，禪思禪法貫通詩思書法，道通為一，足見創新自得思維之一斑。

蘇軾詩風之巧便尖新，開示捷法，實有得「雲門三句」宗風之啟發。蘇軾涉獵內典不少，對大乘佛教之空義、中觀、心性空寂清淨等思想，及禪宗要義，知之又能行之，故能親證印可如是。山谷與禪學之因緣，〈發願文〉痛戒酒色，以表示歸心禪道之意。黃庭堅廣交禪師禪友，博覽佛典燈錄，詩歌之藝術風格接受了禪宗公案裏參話頭、鬥機鋒的思維方式。臨濟黃龍宗風，機鋒峻烈，有悖常情；不入思維，言語道斷，脫略窠臼，遊戲三昧；故黃庭堅作詩有得於臨濟宗風者，文脈斷裂，語境轉換；遊戲三昧，打諢通禪；妙脫蹊徑，言謀鬼神，所謂「詩到江西別是禪」。黃龍派悟新禪師稱山谷之言「句法」，有關字詞之巧妙安排處，亦自富禪思。禪思與詩思之會通化成，蘇軾、黃庭堅詩有具體而微之表現。[48]

「禪思與詩思」之課題，是一項觸手紛綸，既廣大又精微之學術工程。跨領域、跨學科交叉研究，自有其難度與高度。其中妙意玄機，自非一篇短文所可道盡。因此，本文不過發蹤指示，述其涯略而已。踵事增華，變本加厲，正有待乎同道與後學。

[48] 本文舊稿〈禪思與詩思之會通：論蘇軾、黃庭堅以禪為詩〉，發表於浙江大學中文系編《中文學術前沿》第二輯（2011 年 11 月），頁 91-101。

第九章　樂土意識與宋代詩賦之桃源詮釋
——同題共作與谿徑別闢

政治的紛擾，社會的黑暗，戰爭的殘酷，生命的短暫，帶給人生無限的煩惱和痛苦。於是失落絕望轉為宗教信仰，將生命寓託於福地淨土，此其一。更有顛倒夢想，翻轉現實，將理想世界的憧憬，虛擬為人間淨土，以之安頓生命，以之作為精神家園者。相較於避世桃源、仙境桃源、彌陀淨土、福地洞天，不但未離現實，而且更加莊嚴正大。

追求理想之生活環境，憧憬終極之生命安頓，是自有人類以來之共同關懷。在現實世界中，個人追求的理想，有如《尚書．洪範》所稱「五福」：壽、富、康寧、攸好德、考終命；[1]以及《詩經．魏風．碩鼠》之「逝將去汝，逝彼樂土」。[2]儒家追求之理想社會，有如《禮記．禮運》〈大同〉章所謂「大道之行也，天下為公。」[3]至於理想國家之追求，則有如《周禮》之六官，設官分職，不啻為理想之政府組織。[4]

---

[1] 舊題漢孔安國傳，唐孔穎達疏：《尚書正義》，《十三經注疏》本（臺北：藝文印書館，1976 年），卷 12〈洪範第六〉，「五福：一曰壽、二曰富、三曰康寧、四曰攸好德、五曰考終命」，頁 24，總頁 178。

[2] 漢毛亨傳，鄭玄箋，唐孔穎達疏：《毛詩正義》，《十三經注疏》本（臺北：藝文印書館，1976 年），卷 5 之 3〈魏風．碩鼠〉，頁 12-13，總頁 211-212。

[3] 漢鄭玄注，唐孔穎達疏：《禮記注疏》，《十三經注疏》本（臺北：藝文印書館，1976 年），卷 9〈禮運第九〉，「大同章」，頁 1-3，總頁 412-413。

[4] 漢鄭玄注，唐賈公彥疏：《周禮注疏》，《十三經注疏》本（臺北：藝文印書館，1976 年），〈天官冢宰〉云：「惟王建國，辨方正位。體國經野，設官分職，以為民極。」卷 1，頁 1-4，總頁 10-11。

當然，也有道家之理想國，如《老子》八十章所云〈小國寡民〉，[5]《莊子・山木》所敘建德之國，[6]《列子・黃帝》篇所述「華胥氏之國」。[7]除此之外，原始神話淵藪之《山海經》,〈海外西經〉敘「諸夭之野」,〈大荒西經〉述「有沃之國」，鳳鳥自舞，天下安寧；資源充足，衣食無憂。體現先民對生態和諧之追求，以及美好社會之憧憬。[8]佛教東傳，淨土宗標榜彌陀淨土，揭示西方極樂世界，當作往生他界之終極追求。要皆有益於民生，有功於修持。

一、精神家園與樂土追尋

柏拉圖（Plato, 428-348B.C.）的《理想國》，托瑪斯・摩爾（Thomas More, 1477-1535）的《烏托邦》，是西方談論理想社會，美好家國的兩部不朽經典。柏拉圖思想以為：在感官世界之外，另有觀念世界；感官世界中的一切觀念形式，都自觀念世界裏衍生。於是他盱衡時勢，博觀人性，既不能同流合污，則必懸高鵠的，以寄望於未來。於是柏拉圖受其師蘇格拉底（Socrates,470-399

---

[5] 戰國老子著，魏王弼注，樓宇烈校釋：《老子道德經注》（北京：中華書局，2011 年），八十章〈小國寡民〉，頁 198。

[6] 戰國莊周著，清郭慶藩集釋，王孝魚點校：《莊子集釋》（北京：中華書局，1961、2004 年），卷 7 上，〈山木第二十〉：「南越有邑焉，名為建德之國。其民愚而樸，少私而寡欲；知作而不知藏，與而不求其報；不知義之所適，不知禮之所將；猖狂妄行，乃蹈乎大方；其生可樂，其死可葬。」頁 671-672。

[7] 戰國列禦寇著，楊伯峻集釋：《列子集釋》（北京：中華書局，1979 年），卷 2〈黃帝篇〉，頁 40-42。

[8] 袁珂校注：《山海經校注》（成都：巴蜀書社，1993 年），卷 7〈海外西經〉：「此諸夭之野，鸞鳥自歌，鳳鳥自舞，鳳皇卵，民食之；甘露，民飲之；所欲自從也，百獸相與群居。」頁 267；卷 16〈大荒西經〉：「有沃之國，沃民是處。沃之野，鳳鳥之卵是食，甘露是飲。凡其所欲，其味盡存。爰有甘華、甘柤、白柳、視肉、三騅、璇瑰、瑤碧、白木、琅玕、白丹、清丹，多銀鐵。鸞鳳自歌，鳳鳥自舞；爰有百獸，相羣是處，是謂沃之野。」頁 455。參考傅修延：《中國敘事學》（北京：北京大學出版社，2015 年），第二章〈《山海經》中的「原生態敘事」〉，頁 52-53。

B.C.）影響，撰寫《理想國》（*Πολιτεία*,英譯 *Republic*），探討如何改造社會城邦，使人人都能盡其所能，充分發展。[9]烏托邦（Utopia），由希臘字「無」與「地」構成，近似善地、樂土，是「不存在的」與「幸福的地方」融合而成的名詞。摩爾於 1516 年完成《烏托邦》，近受十六世紀宗教革命、文藝復興影響，遠承希臘式快樂主義啟發。《烏托邦》的設想，內容全襲柏拉圖《理想國》，只是把城邦改成島嶼，以利隔絕內外而已。《烏托邦》第二卷，描述理想盛世之城市、政治、法律、官員、知識、職業、社交、旅行、奴隸、結婚、戰爭、宗教，一言以蔽之，即是理想的共產主義社會。[10]

在古代東方中國，對於追求理想樂土，多史不絕書。至東晉陶淵明（352-427）作〈桃花源記并詩〉，[11]而集其大成，別開生面。梁啟超曾恭維〈桃花源記〉內容，以為堪稱「東方的烏托邦」。[12]自此之後，因桃花源樂土是世外或世內？是彼岸或此岸？認知不同，遂衍為五派：以為世內此岸者有三：其一，避世桃源，桃源中人自云：「先世避秦時亂」，「不復出焉，遂與外人間隔」。其二，人間桃源，〈記〉云：「阡陌交通，雞犬相聞」；「黃髮垂髫，怡然自樂」。其三，愛情桃源。武陵人既出，復反，遂迷不復得路。劉子驥亦欣然規往，未果旋病終。陶淵明《搜神後記》，亦載劉子驥採藥失道事。後人類比撮合劉義慶《幽明錄》所載劉晨、阮肇入天台山採藥，迷路，邂逅二仙女事。

---

[9] 柏拉圖撰，卓維德（Jowett, Benjamin）英譯，侯健譯：《柏拉圖理想國》（臺北：聯經圖書出版公司，1979 年），〈譯者序〉，頁 2-7。

[10] 托瑪斯．摩爾著，戴鎦齡譯：《烏托邦》（臺北：志文出版社，1997 年），〈托瑪斯．摩爾的生平和《烏托邦》〉，「關於《烏托邦》」，頁 3-5。陳岸瑛：〈關于「烏托邦」內涵及概念演變的考證〉，《北京大學學報》第 37 卷（2000 年 1 期），頁 123-131。李仙飛：〈烏托邦研究的緣起、流變及重新解讀〉，《北京大學學報》第 42 卷第 6 期（2005 年 11 月），頁 46-49。

[11] 晉陶潛著，袁行霈箋注：《陶淵明集箋注》（北京：中華書局，2003 年），〈桃花源記并詩〉，頁 479-480。

[12] 梁啟超：〈陶淵明之文藝及其品格〉，《梁啟超全集》（北京：北京出版社，1999 年），頁 4733-4743。

旋歸，亦迷不復得路。[13]

無論身處亂世、治世，亦無論身當富貴、貧賤，更無論廟堂、江湖；塵世、方外，無不期盼今生安和，來世極樂。於是理想國或烏托邦之想像或追求，中國古代文學中，亦不遑多讓。[14]歷年來，學界研究成果十分豐富，尤其因陶淵明〈桃花源記〉延伸之相關探討，為數最多。[15]賦桃花源以神仙化色彩，起於陳隋之際，張正見、徐陵、盧思道、孔德紹、李巨仁之作，蓋受遊仙文學、道教文化所影響。[16]陶淵明始創桃花源意象後，歷經三百年至盛唐，藉由孟浩然（689-740）、王維（701-761）、李白（701-762）、杜甫（712-770）諸家創作，桃花源意象展現新創意蘊。下迨中晚唐，韓愈（768-824）〈桃源圖〉、劉禹錫（772-842）〈桃源行〉、〈遊桃源一百韻〉，韋莊（836-910）〈庭前桃〉、章碣（836-905）〈桃源〉諸詩，多紛紛向世俗化發展，宣告桃花源神

[13] 參考劉中文：〈異化的烏托邦——唐人「桃花源」題詠的承與變〉，《學術交流》第 6 期（總第 147 期，2006 年 6 月），頁 145-150。

[14] 孟二冬：〈中國文學中的「烏托邦」理想〉，《北京大學學報》第 42 卷 1 期（2005 年 1 月），頁 41-50。

[15] 程千帆：〈相同的題材與不相同的主題形象風格——四篇桃源詩的比較〉，《文學遺產》1981 年第 1 期，頁 56-67。齊益壽：〈「桃花源記并詩」管窺〉，《臺大中文學報》1 期（1984 年 12 月），頁 285-319。廖炳惠：〈領受與創新——〈桃花源并記〉與〈失樂園〉的譜系問題〉，陳國球編：《中國文學史的省思》（臺北：書林出版公司，1994 年），頁 199。劉中文：〈異化的烏托邦——唐人「桃花源」題詠的承與變〉，《學術交流》第 6 期（總第 147 期，2006 年 6 月），頁 145-150。廖珮芸：〈唐人小說中的「桃花源」主題研究〉，《東海中文學報》第 19 期（2007 年 7 月），頁 61-68。賴錫三：〈〈桃花源記并詩〉的神話、心理學詮釋——陶淵明的道家式「樂園」新探〉，《中國文哲研究集刊》第 32 期（2008 年 3 月），頁 1-40。石守謙：〈桃花源意象的形塑與在東亞的傳播〉，石守謙、廖肇亨主編：《東亞文化意象之形塑》（臺北：允晨文化公司，2011 年），頁 63。蕭馳：〈問津「桃源」與棲居「桃源」——盛唐隱逸詩人的空間詩學〉，《中國文哲研究集刊》第 42 期（2013 年 3 月），頁 1-50。

[16] 歐麗娟：《唐詩的樂園意識》（臺北：里仁書局，2000 年），第六章第二節〈南朝階段——以仙化為主流而啟山水化之肇端〉，頁 276-282。

仙化之幻滅與瓦解。[17]

神仙說、避世說，歷代即見仁見智；唐宋詩人同題共作〈桃源行〉，共題〈桃源圖〉，共詠武陵、漁郎、山家者，單就宋代詩人而言，即多達三十餘家。其中，以王安石（1021-1086）〈桃源行〉[18]、蘇軾〈和陶桃花源并引〉最具特色。王安石以為桃源乃「秦人避世」，遂「與世隔」。蘇軾亦以為：逃秦人、避秦亂。漁人所見，似是其子孫，「非秦人不死者」。王安石、蘇軾詩趣，蓋針對唐王維〈桃源行〉[19]、劉禹錫〈桃源行〉[20]、韓愈〈桃源圖〉[21]三詩所稱：

---

[17] 同前註，第六章第四節〈盛唐階段——個性化原則的充分實踐〉，頁 290-329；第五節〈中晚唐階段——世俗化：桃花源的幻滅與瓦解〉，頁 329-346。

[18] 望夷宮中鹿為馬，秦人半死長城下。　避時不獨商山翁，亦有桃源種桃者。　此來種桃經幾春，採花食實枝為薪。　兒孫生長與世隔，雖有父子無君臣。　漁郎漾舟迷遠近，花間相見因相問。　世上那知古有秦，山中豈料今為晉。　聞道長安吹戰塵，春風回首一沾巾。　重華一去寧複得，天下紛紛經幾秦。宋王安石著，李壁箋注，高克勤點校：《王荊文公詩箋注》（上海：上海古籍出版社，2010 年），卷 6，〈桃源行〉，頁 143-144。

[19] 漁舟逐水愛山春，兩岸桃花夾古津。坐看紅樹不知遠，行盡青溪不見人。山口潛行始隈隩，山開曠望旋平陸。遙看一處攢雲樹，近入千家散花竹。樵客初傳漢姓名，居人未改秦衣服。居人共住武陵源，還從物外起田園。月明松下房櫳靜，日出雲中雞犬喧。驚聞俗客爭來集，競引還家問都邑。平明閭巷掃花開，薄暮漁樵乘水入。初因避地去人間，及至成仙遂不還。峽裏誰知有人事，世中遙望空雲山。不疑靈境難聞見，塵心未盡思鄉縣。出洞無論隔山水，辭家終擬長遊衍。自謂經過舊不迷，安知峯壑今來變。當時只記入山深，青溪幾度到雲林。春來遍是桃花水，不辨仙源何處尋。清康熙御製：《全唐詩》（北京：中華書局，1960、1979 年），卷 125，王維〈桃源行〉，頁 1257-1258。

[20] 漁舟何招招，浮在武陵水。拖綸擲餌信流去，誤入桃源行數里。清源尋盡花綿綿，踏花覓徑至洞前。洞門蒼黑煙霧生，暗行數步逢虛明。俗人毛骨驚仙子，爭來致詞何至此。須臾皆破冰雪顏，笑言（一作語）委曲問人（一作世）間。因嗟隱身來種玉，不知人世（一作間）如風燭。筵羞石髓勸客餐，燈熱松脂留客宿。雞聲犬聲遙相聞，曉色蔥蘢開五雲。漁人振衣起出戶，滿庭無路花紛紛。翻然恐失（一作迷）鄉懸處，一息不肯桃源住。桃花滿谿水似鏡，塵心如垢洗不去。仙家一出尋無蹤，至今流水（一作水流）山重重。《全唐詩》卷 356，劉禹錫〈桃源行〉，頁 3995。

[21] 神仙有無何渺茫，桃源之說誠荒唐。流水盤回山百轉，生綃數幅垂中堂。武陵太守好事者，題封遠寄南宮下。南宮先生忻得之，波濤入筆驅文辭。文工畫妙各臻極，異境恍惚移於斯。架岩鑿穀開宮室，接屋連牆千萬日。嬴顛劉蹶了不聞，地坼天分非所恤。種桃處處惟開花。川原近遠蒸紅霞。初來猶自念鄉邑，歲久此地還成家。漁舟之子來何所，物色相猜更問語。大蛇中斷喪前王，群馬南渡開新主。聽終辭絕共淒然，自說經今六百年。當時萬事皆眼見，不知幾許猶流傳。爭持

成仙、仙源、仙子、仙家、神仙，而作翻案立意。

宋代詩人所作桃源詩，經王、蘇二家定調，大抵不能出此範圍：或辯證神仙之有無，或討論物外世間，較具代表者，如王令〈桃花源〉、胡宏〈桃花源〉、李綱〈桃源行并序〉、薛季宣〈夢仙謠〉、姚勉〈桃源行〉、趙蕃〈桃川行〉、董嗣杲〈漁郎〉、宋自遜〈山家〉、胡仲弓〈題桃源圖二首〉。由此觀之，有關桃源題詠，南宋多於北宋；宋元之際，又多於南宋。游仙、山水、隱逸主題，多與桃源詩相融相通。另外，如梅堯臣、黃庭堅、郭祥正、汪藻、梅詢、陳傅良、胡寅、陸游、樓鑰、趙如淳、陳著、陸文圭、錢選、吳芾、戴表元、孫銳、謝枋得、釋居簡、釋文珦等，亦多有歌詠桃源之作品，學界同道多已撰文述說，[22]今不再贅。

趙宋開國，承五代亂離之後，隱逸成風；真宗、徽宗崇信道教，於是體現為保身養生之道，福地仙境之思懷，壺中天地之樂園營造，多見諸傳世載藉。黨爭激烈，文字獄繁興，士人為明哲保身，除隱逸山林外，或圖繪江山，興寄樂土，使之可居可遊；或題詠山水，寄興桃源，作為精神家園；或假託海人、醉鄉、睡鄉、壽鄉、君子鄉，以及酒隱、志隱，示現理想社會的藍圖，勾勒人間樂土的勝境。至於作詩寫賦，或尋求道教仙境，懸想洞天福地的景觀；或憧憬佛教淨土，嚮往西方極樂世界的殊勝。宋代雖崇儒右文，注重經世致用，然士人或不滿時政，或遷謫不遇，或作賦墨畫，往往神遊物外，追求生命安頓，寄情精神家園。生命為求永續，都會尋找出口！探討宋代對人間樂土的空間想像，可窺士人對政治、社會、宗教、人生的終極關懷。

以理想樂土為彼岸世外者有二：其一，仙境桃源，以為武陵人所見，乃

酒食來相饋，禮數不同樽俎異。月明伴宿玉堂空，骨冷魂清無夢寐。夜半金雞啁哳鳴，火輪飛出客心驚。人間有累不可住，依然離別難為情。船開棹進一回顧，萬里蒼蒼煙水暮。世俗寧知偽與真？至今傳者武陵人。《全唐詩》卷338，韓愈〈桃源圖詩〉，頁3787。

[22] 謝夢潔：《宋詩中的桃源意象研究》（江西師範大學碩士論文，2014年）。

神仙、仙子、仙家，所至為靈境、仙源、世外桃源。日本岡村繁據「桃花林」、「夾岸數百步，中無雜樹，芳華鮮美，落英繽紛」，以桃木為誘入夢幻之甘美果木，能消災去邪；桃林為象徵，基於神仙信仰，[23]可作代表。其二，極樂淨土。唐宋以來三教合流，佛道交融更為熱絡。彌陀淨土信仰，自魏晉歷隋唐，至兩宋而大盛。因此，西方極樂世界之殊勝，信眾因誦習《無量壽經》、《阿彌陀經》遂心嚮神往。[24]於是士人追求他界彼岸之理想世界，遂跳脫神仙長生，而關注淨土極樂。如李綱（1083-1140）憂國憂民，宦途偃蹇，甚至遷謫南方，心有鬱抑，不得通其道，於是寄寓「清淨之佛土」，沐浴「廣大之法門」，作〈續遠遊賦〉，以灑濯其心。[25]其他，如周必大〈夢仙賦〉、吳儆〈浮丘仙賦〉、舒邦佐〈孫仙賦〉、唐士恥〈遇仙賦〉、戴埴〈群仙賦〉皆是。極樂淨土之嚮往，不必然與桃源有關，然皆屬士人對樂土之追尋，於生命之安頓，故順帶略及。

目前學界討論樂土仙境，以宋代文學為研究文本者較少。以文體而論，詩歌較多，辭賦、寓言、小說最少。司馬遷〈報任少卿書〉提出聖賢發憤著述說，以為「此人皆意有所鬱結，不得通其道，故述往事、思來者」；以為論述書策，主要為「以舒其憤」。[26]今參考史公「發憤著述」說，關注宋代懷才不遇者三家，王禹偁、蘇軾、陸游，徵引其辭賦、詩文，以考察其比興寄託、

[23] 〔日〕岡村繁：《陶淵明李白新論》（上海：上海古籍出版社，2002 年），〈序章：受人仰慕的隱逸詩人〉，頁 7。參考鄧福舜：〈〈桃花源記〉的桃花流水原型〉，《大慶師範學院學報》第 30 卷第 5 期（2010 年 9 月），頁 64-67。

[24] 英武正信：《淨土宗》（成都：巴蜀書社，2009 年），第一章第一節〈淨土殊勝說〉：佛法所說的淨，是對治雜染的，即《心經》所說的「不垢不淨」。沒染污，唯有清淨；沒有煩惱，而有智慧；沒有嗔恚，而有慈悲；沒有雜染過失，而有清淨功德。超出輪回，這是淨的積極內容，幾乎包含了世間所說真、善、美的全部內容。頁 22-27。

[25] 曾棗莊等主編：《全宋文》（上海：上海辭書出版社，2006 年），李綱〈續遠遊賦〉，冊 169，卷 3681，頁 15-16。

[26] 漢司馬遷著，〔日〕瀧川資言考證，水澤利忠校補：《史記會注考證附校補》（上海：上海古籍出版社，1986 年），〈史記總論〉引〈報任少卿書〉，頁 21，總頁 2093。

追尋其心靈安頓。其他諸家所作相關之辭賦、詩文，亦順帶略及。宋代士人對仙源、淨土、桃源之空間想像，由此可見一斑。

二、道教仙鄉與心靈安頓

唐朝王室信奉道教，故詩人題詠桃源，多以為神仙世界，如王維〈桃源行〉、劉禹錫〈桃源行〉、包融〈桃源行〉、韓愈〈桃源圖〉諸什，是其例。宋人作詩學唐變唐，回歸原典，翻轉立論，以為武陵漁人所見之桃源，因逃秦避世而與世隔絕，並非不死之仙人。誠如韓愈所云：「神仙有無何渺茫，桃源之說誠荒唐！」如王安石〈桃源行〉、梅堯臣〈桃花源〉詩、郭祥正〈桃源行寄張兵部〉、汪藻〈桃源行〉、吳芾〈和陶桃花源〉、樓鑰〈桃源圖〉、釋居簡〈桃源行〉、趙汝淳〈桃源行〉、姚勉〈桃源詩〉、謝枋得〈桃〉、胡仲弓〈桃源圖〉諸什皆是。宋黃震《黃氏日抄》稱：「淵明〈桃花源記〉，敘武陵人自云『先世避秦亂來此』，則漁人所見乃其子孫，非秦人不死者。特其地深阻，與外人間隔耳，非有神異。」[27]宋人辯證桃源仙凡若是之分明者多，皆值得參考。

宋人雖否決桃源為仙境之說，但士人卻因武陵桃花，追尋另類之仙源仙境。若論道教神仙之說，當胎始於《列子・黃帝篇》之「華胥氏之國」：

> 華胥氏之國，......蓋非舟車足力之所及，神游而已；其國無師長，自然而已。其民無嗜慾，自然而已。不知樂生，不知惡死，故無夭殤；不知親己，不知疏物，故無愛憎；不知背逆，不知向順，故無

---

[27] 宋黃震：《黃氏日抄》，文淵閣《四庫全書》本（臺北：臺灣商務印書館，1986 年），冊 708，62，〈讀文集・蘇文・和陶詩〉，頁 551。

> 利害。都無所愛惜，都無所畏忌。入水不溺，入火不熱。斫撻無傷痛，指擿無痟癢。乘空如履實，寢虛若處床。雲霧不礙其視，雷霆不亂其聽，美惡不滑其心，山谷不躓其步，神行而已。[28]

《列子．黃帝篇》敘說「華胥氏之國」，言「自然」者再，言「神游」、「神行」者各一。不識不知，順帝之則，亦自然之道。其國無夭殤、無愛憎、無利害、無所愛惜、無所畏忌、無傷痛、無痟癢、乘空而寢虛云云。此等神仙世界，令人匪夷所思，不可思議，是所謂世外桃源、靈界仙境也。趙宋朝廷除崇儒外，亦崇奉道教，真宗徽宗尤甚。上有好者，下必有甚焉。張君房（？-1001-？）編著《雲笈七籤》，其中特提《列子．黃帝篇》之華胥氏之國，又從而踵事增華，添枝加葉：

> 華胥國者，非近非遠乎？非人境所知，非車馬所道。此國方廣數萬里，其國無寒熱，無蟲蛇，無惡獸。國內人民盡處臺殿，上通諸天往來。人無少長，衣食自然，不知煙焰勞計之勤，不識耕桑農養之苦。所思甘軟，隨意自生；百味珍羞，盈滿堂殿；甘泉湧溜，注浪橫飛；九釀流池，自然充溢。人飲一盞，體生光滑。異竹奇花，永無凋謝。祥禽瑞獸，韻合宮商。一國人民，互相崇敬。……洞玄靈界，非凡所知。[29]

華胥氏之國，本《列子》寓言，旨在宣揚老莊思想之自然、清靜、無為，張君房信仰道教，於是發揮增益而成為神仙世界：其國氣候交通，宜室宜家；食衣住行，自然隨意；竹花不凋，禽獸合韻；一國人民，相互崇敬，活繪出

---

[28] 戰國列禦寇著，楊伯峻集釋：《列子集釋》，卷2〈黃帝篇〉，頁39。

[29] 宋張君房纂輯，蔣力生等校注：《雲笈七籤》（北京：華夏出版社，1996年），卷13，〈三洞經教部．經〉，「太清中黃真經（并釋題）」，釋題，頁74-75。

樸素、安逸、豐衣足食而又品德高尚之理想家園來。於是李綱慘遭貶謫，尋求心靈安頓，乃作〈次韻和淵明飲酒詩二十首〉、〈午牕坐睡〉，而嚮往華胥國之風俗。曾丰〈題李克明依綠園〉、王象晉〈言志〉，亦皆認定華胥國為隱逸避世，擺脫煩惱之安樂窩。[30]

(一) 仙鄉靈境與宋代辭賦

除藉由華胥國之安樂自然，以佐證道教學說外，宋代士人文學作品，以書寫仙鄉靈境，作為心嚮神往之樂土者，辭賦居多，詩篇差少。辭賦之中，舖陳道教仙山者眾，如李南仲之〈羅浮賦〉、李綱之〈武夷山賦〉、白玉蟾之〈天台山賦〉、〈蓋華山賦〉等皆是。又有題詠仙都洞天者，如沈與求〈答游玄都賦〉、程珌〈四明洞天賦代壽何中丞〉、蔡渤〈圓嶠賦〉者是。要皆設身處地，巧構形似，虛擬仙鄉靈府，令人心嚮神往。如李南仲〈羅浮賦〉，稱瑤臺靈藥、祥雲瑞霧；樂池奏音，雲和仙籟；列仙下臨，靈族聚會；寶除翠林、海桃瓊漿，盛美璀璨有如此者。[31]李綱〈武夷山賦〉，狀寫武夷山「洞戶杳然，棲神宅仙；蟬蛻羽化，靈骨猶傳」；接寫「瑰偉絕特之觀」，「仙聖遊戲之地」；然後再就植物、動物進行舖寫，結以內外之靈異：「其內，則有瓊樓珠殿，玉圃芝田，創見天地，自開山川，靈仙之所周旋也。其外，則有長松茂草，異卉嘉葩，枕流漱石，朝煙夕霞。幽遯之所考槃也。」李綱因謫遷而遊武夷山，於是「步煙霞之岑寂，仰神仙之有無」；[32]讀之，雖大類司馬相如子須烏有之浮想聯翩，亦有助於心靈樂土之慰藉。

士人作賦，或歌詠道觀而類及仙都，或舖陳靈山而懸想神仙景象，多可

---

[30] 參考孟二冬：〈中國文學中的烏托邦理想〉，「小國寡民與華胥國」，頁 41-44。

[31] 宋李南仲：〈羅浮賦〉，《歷代賦彙》卷 20；曾棗莊等主編：《全宋文》，卷 2944，頁 342-343。

[32] 《全宋文》，卷 3681，李綱〈武夷山賦〉，第 169 冊，頁 2-3。

見士人羽客對仙境桃源尋訪之一斑。如沈與求〈客遊玄都賦〉，仿司馬相如〈上林賦〉之問對體，借方外毳客、臞長壽老對緇衣公子之夸夸其談：

……若予壽者，蓋不知其紀也。一瞬目而千歲，一舉足而千里。錬金氣於丹臺之鑪，導玉腴於華池之水。引脰長嘯，聲聞帝庭。……刷騏驥之捷步，輦鸞鳳之翽翎。縹緲碧落，徘徊紫清。羣仙命予以九還之使，持絳節而擁霓旌。……[33]

〈客遊玄都賦〉，舖寫瞬目、舉足、練氣、導腴、長嘯、聲聞、捷步、翽翎、縹緲、徘徊、羣仙、絳節，多巧構形似，如聞如見，想像力豐富，令人神遊物外。又如白玉蟾（葛長庚）信奉道教，所撰〈天台山賦〉、〈蓋華山賦〉，最可見靈山仙境之空間想像。試舉〈天台山賦〉為例：

天台之山，神仙景象。……實金庭之洞天，乃玉京之福壤。霓裳羽節之隱顯有無，天簫雲璈之清虛嘹亮，……琳宮蕊殿而壯麗千載，煙嶠松崖而瑰奇萬狀。雲隨羽客，在瓊臺雙闕之間；鶴唳芝田，正桐柏靈墟之上。丹元真人之身居赤城，左極仙翁而坐斷翠屏。……萬頃碧琉璃之水，千層青翡翠之崖。風響笙響而子晉何在，花香水香而劉郎不回。……丹霞飛華頂之峰，拔天峻極；紫霧鎖方瀛之路，峭壁崔嵬。椿庭檜殿之金磬敲風，竹院松齋之玉琴弄月。翠檻丹楹兮山楶藻棁，碧眼蒼髯兮星冠羽褐。……金漿玉醴兮泉冽石髓，瓊樹琪林兮花開春雪。……仙花靈草而蒼翠無邊，千巖萬壑而森羅目前。……塵襟俗垢俱洗盡，兩袂飄飄身欲仙。我欲駕青龍而呼白鶴，乘風飛去瀛洲之外，方丈之巔。[34]

---

33 《全宋文》，卷 3855，沈與求〈客遊玄都賦〉，第 176 冊，頁 206-207。

34 《全宋文》，卷 6746，白玉蟾〈天台山賦〉，第 296 冊，頁 155-156。

天台山之神仙景象，並非耳聞目見，客觀寫實，乃出於道士羽客研讀《道藏》福地洞天之感受，而投射於靈山仙境之描寫。設想奇特，多非凡間所有；辭藻華美，引人入勝，仙境桃源之空間想像，大抵類此。就舖陳之景物而言，如宮殿、音樂、酒食、蔬果、丹藥、花草、樹木、珍禽、異獸、霞霧，以及一切靈異；讀之，令人油然而有「塵襟俗垢俱洗盡，兩袂飄飄身欲仙」之感。物外之思，有助於精神家園之寄託，有如此者。

神仙之仙，本作「僊」，漢許慎《說文解字》:「僊，長生僊去。」清段玉裁《注》引劉熙《釋名・釋長幼》:「老而不死曰仙。仙，遷也，遷入山也。」道教注重保身養生，追求長生不老，故以「仙」為道教之別稱。人生在世，而壽數有盡，故祝壽祈福，多以不老長生為禱詞，宋代士人多行之。如史浩作〈壽鄉記〉，以「出遊人間世三千春」，為夢熊祝壽；程珌作〈四明洞天賦代壽何中丞〉，以千歲萬年為何中丞祝福；蔡渤亦撰〈圓嶠賦〉，借圓嶠仙翁之豐功茂德，為漳守顏頤仲侍郎壽。神仙桃源之空間想像，切於人事之祝壽賦，發揮最為淋漓盡致。

史浩（1106-1194）作〈壽鄉記〉，對神仙世界之空間想像，長於運用巧構形似之辭賦舖寫法，神靈活現，歷歷如繪，令人有實臨之感受。如：

> 壽鄉去塵世不知其幾千萬里，以樂爲境，以福爲基，以道德爲習俗。其提封之廣袤，又不知其幾萬里。企而望之，則金霄紫房王帝之都；俯而得之，則碧濤翠釜蓬萊之館。東涉青藜之林，則箕張翼舒，霞光萬丈，亘乎蒼龍之尾。傳說成有商之治，上而君乎此也。西歷蟠……銀浪萬頃，極乎金樞之淵，王母感漢氏……。南鄰老人之區，光芒燦燭；北接太微之庭，簪弁旁午，皆目力之所不能窮。紺綃絳綵，聳峙以為門闕；金墉玉阜，周環以為城郛。仙吹動而鈞天鳴，春光融而雲露暖。旌幢憂擊，環珮丁東。涉其津涯而未至其閫奧者，蓋紛紛然。皆是龎眉揚而青瞳方，素髮垂而丹臉渥，手策靈壽，足納

飛鳧。……[35]

史浩〈壽鄉記〉，狀寫蓬萊仙境，繪音繪影，有聲有色。稱神仙世界，「以樂爲境，以福爲基，以道德爲習俗」。金闕紫府，琪花千層；素髮丹臉，冰雪道貌，祥煙瑞馥，仙樂飄飄；長生久視，壽考逍遙，以如此之仙境想像，移作人間祈福祝壽話語，誰曰不宜？又如程珌（1164-1241）所作〈四明洞天賦〉：

……曶曶乎如醉露英，飄飄乎如乘赤螭而御剛風。歷十洲，過三島，海王戒嚴，雍觀不怒，舒徐般薄於二千七百里之遠，遂至於三神山之上。於是排雲障、叩丹門、前方壺、後赤城。貝闕龍蜚，玉除虎蹲。爍赤岩之木石，紛瑞壑之瑤琨。飲東方之清氣，視太陰之吐吞。仙官佩環，威容甚溫。安期降謁，偓佺導前，……起經綸於一念，去清都於許年。……忽有傾僊，左持朱果，右酌金缸。鼓瑟鳴球，鸞鳳飛旋，白羽一揮，玉虬蜿蜒。子其歸乎，為吾一言：「風雲千歲，上帝隤祉。……然後封泰山、禪梁父、舉萬年之玉卮，相太平之君子。還如傾年，領袖仙官。集真人於斗柄，朝北帝於天闕。」[36]

〈四明洞天賦〉，設想乘龍御風，飛行二千七百里，至於三神山之上。接寫目之所見，耳之所聞，心之所想，無非仙官、真人、仙氣、仙果、仙酒、仙樂，以及鸞鳳玉虬等仙禽神獸。如此浮想他界，終又落實此岸，亦足以洗滌塵襟，淨化俗垢。蔡洸（1188-1262）〈圓嶠賦〉，亦為人祝壽而作，於仙界場景亦歷歷如繪呈現：

……危樓縹緲，偉觀騫翔。南山號揖仙兮，弄虎之跡；西山號得仙

[35] 《全宋文》，卷 4415，史浩〈壽鄉記〉，第 200 冊，頁 55-56。

[36] 《全宋文》，卷 6775，程珌〈四明洞天賦代壽何中丞〉，第 297 冊，頁 234。

> 兮，化龍之堂。東望……西望……八柱中峙兮……則曰此圓嶠之境界也。繼見夫桃和露種，杏倚雲栽。樹兩兩夸扶日起，花七七兮迎風開。雲旗晝翻，王母下也；玉笙夜響，帝子回也；鳧飛天外，子喬過也；鶴集雲端，令威來也。圓冠珠履兮環列紫府，圓顱素頸兮歌舞瑤臺，則曰此圓嶠之人物也。有美一人，角巾羽衣，青眉紅頰，……則曰此圓嶠之洞主也。……圓嶠群賓舉首而笑曰：「……渤海之東，圓嶠在中。其生意之藏，有不知之潤，生意之發，有不言之功。……方其丹烏赤翅，如焱如焚，火帝始張，龍師不聞；我於此時，一噓生雲，蒼狗白衣，如峰如絮。風伯離之，波神不怒；我於此時，一噓為雨。陰霾不開，四維方墨，風雨如晦，三光如蝕；我則談笑扶桑而浴日。波濤洶湧，山岳摧傾。鰲腳一動，鱗介其腥；我則雍容一柱以擎天。況其一毛一羽，可以為一世之瑞；一草一木，可以為文章之英。得其麟筋鳳髓，亦可以享富貴而長生。信夫圓嶠之豐功茂德，非騷人墨客之所可得而名也。[37]

圓嶠，傳說中之仙山，為神仙群居之地，與方壺並稱。蔡渤〈圓嶠賦〉，認為天地正氣萃為圓嶠，天地游氣萃為方壺。藉東遊圓嶠之鄉，而見圓嶠之豐功茂德不可名狀。〈圓嶠賦〉傳承漢大賦「層面舖寫」法，前半幅先就境界、人物、洞主三層面，狀寫圓嶠仙界之虛實。後半幅師法漢大賦賓主問對套式，總提分疏，進而開展舖敘其「生意之藏」與「生意之發」：為焱焚而生雲，為雨而浴日；因波濤洶湧，而一柱擎天。仙界毛羽草木，可為世瑞文英；麟筋鳳髓，可以富貴長生。列數圓嶠之豐功茂德，令人心嚮神往。世人或知入而不知出，或知出而不知入，皆兩失之，「孰若圓嶠之仙翁，備出入之全德」。文末以「藏為仙，出為相」，曲終奏雅，卒章顯志，道出壽而貴之祝壽本意，

---

[37] 《全宋文》，卷 7925，蔡渤〈圓嶠賦〉，第 343 冊，頁 199-200。

切合辭賦之寫作規範。至於李覯（1009-1059）〈麻姑山賦〉、〈疑仙賦〉，[38]以為「仙可得而不可求，道可悟而不可學」，因文中書寫仙境不豐，從略。

(二) 仙界仙源與宋代詩歌

《全宋詩》載宋人題詠桃源，凸顯桃源為仙界仙源，而敘述清楚，描繪具體者有兩家：其一，秦觀〈自警〉；其二，胡寅〈和仁仲遊桃源〉。先談秦觀所作：

> 古人去後音容寂，何處茫茫尋舊跡。君看草遍北邙山，髑髏猶來丘壟積。那堪此地日黃昏，長途萬里傷行客。只知恩愛動傷情，豈悟區區頭已白。莫嫌天地少含弘，自是人心多褊窄。爭名競利走如狂，復被利名生怨隙。貪聲戀色鎮如癡，終被聲色迷阡陌。休言七十古稀有，最苦如今難半百。聞道蓬宮仙子閑，紅塵不染無瑕謫。日月遲遲異短明，三峰秀麗皆仙格。女蘿覆石蔓黃花，芝草琅玕知幾尺。桃源長占四時春，漾漾華池真水碧。乘槎擬欲扣金扃，巨浪紅波依舊隔。歸來芳舍與誰儔，老鶴松間三四隻。唳天聲動彩雲飛，對我時時振長翮。驂鸞未遇且悠悠，盡日琴書還有適。紛華任使投吾前，爭奈此心終匪石。拜命懷金誰謂榮，低頭未免拾言責。從茲俗態兩相忘，笑指青山歸路僻。同人有志覓長生，運氣休糧徒有益。須佑下手向無為，莫學迷徒賴針灸。[39]

秦觀（1049-1100），有詞名，亦能詩。平生仕進，奇蹇不偶；且情鐘世

---

[38] 《全宋文》，卷 892，李覯〈麻姑山賦〉、〈疑仙賦〉，第 41 冊，頁 326-328。

[39] 北京大學古文獻研究所編：《全宋詩》（北京：北京大學出版社，1993 年），卷 1065，秦觀〈自警〉，頁 12136。

味，意戀死生。[40]故南遷至雷至藤，遂不能自釋，而卒於藤州。卒前四十餘日，曾〈自作挽詞〉，[41]中有「嬰釁徙窮荒，茹哀與世辭」之句。蘇軾以為「少游齊死生，了物我，戲出此語，無足怪者」；[42]此正所謂戲言近莊，反言顯正。反觀秦觀〈自警〉七古長篇，追尋蓬萊仙宮，寄情紅塵不染之他界，猶如屈原之作〈遠遊〉，曹植之作〈遊仙〉，情志相近。秦觀〈自警〉詩，當作於宦海浮沉，飽經憂患之後，詩篇前幅所稱「恩愛動傷情」、「人心多褊窄」;「爭名競利」、「貪聲戀色」云云，後幅所謂拜命懷金之榮，低頭拾言之責，要皆紅塵之怨隙、癡迷與俗態。如何了悟？如何超脫？於是心遊物外，尋訪桃源仙境，何妨嘗試。中幅自「聞道蓬宮仙子閑」以下，為秦觀對仙境桃源之空間想像：紅塵不染，三峰秀麗；日月遲遲，四時長春。蓬宮仙子之悠閑，芝草琅玕之仙格，漾漾華池之水碧，都足以使人笑指青山，利名與俗態兩忘，而有益於長生與無為。由此觀之，向外馳求，或有助於心靈桃源之尋覓。

劉子驥採藥，失道能歸；後欲更往，終不復得。後世比附劉晨阮肇天台山豔遇事，而有愛情桃源之主題。宋人穿合為一，益以道教清靜自然與神仙勝境，又自成一仙境桃源之書寫，如胡寅〈和仁仲遊桃源〉詩：

> 桃江穩楫蘭舟渡，記得劉郎有仙路。未能趨海訪神仙，且欲沿溪看紅樹。釣竿已逢慰羈束，平生品得滄洲趣。最欣傲吏輕儻來，擬學淵明賦歸去。與君一問桃花宿，豈得行如武陵暮。伯陽八十有一篇，

---

[40] 宋胡仔著，廖德明校點：《苕溪漁隱叢話後集》（北京：人民文學出版社，1981 年），卷 3〈陶靖節〉，頁 20。周義敢、周雷編：《秦觀資料彙編》（北京：中華書局，2001 年），引林機〈淮陰居士文集後序〉，頁 93。

[41] 《全宋詩》卷 1063，秦觀〈自作挽詞〉，頁 12125。

[42] 宋蘇軾著，孔凡禮點校：《蘇軾文集》（北京：中華書局，1986 年），卷 68〈書秦少游挽詞後〉，頁 2158。

立教清淨貴自然。神仙之說何所始，虛怪汗漫無中邊。漁郎迷路去家久，雖踐勝境終迴旋。雕辭飾實好事者，至今千載猶漢傳。甯聞自古有仙人，茂陵垂老一語真。豈伊冠履薦紳士，惑溺不異蚩蚩民。誠能御氣友造物，陋彼蟬蛻悲埃塵。想見桃源之野花正開，牧兒橫管吹出芳林來。不知人家尚幾許，雲屏玉帳空悠哉。霏紅泛綠竟杳杳，我亦乘興山陰回。不如與君歸種待蕢實成蹊，晝永無地生蒼苔。[43]

胡寅（1098-1156）〈遊桃源〉之詩，首八句隱括〈桃花源記〉始末，以「沿溪看紅樹」始，「淵明賦歸去」終。謂武陵漁郎因夾岸桃花林，無心而得登仙路，遂有緣訪神仙。待出仙源，處處誌之，機心浮現，乃迷不復得路。詮釋原典作為楔子，亦絕妙破題法。東漢末年，魏伯陽撰《參同契》，結合《周易》、黃老、爐火三事，以論述煉丹成仙的方法；強調人為修煉，可以昇華而成神仙。黃老養生為《參同契》的核心思想，故云「立教清淨貴自然」。胡寅〈和仁仲遊桃源〉以為：神仙之說始於魏伯陽《參同契》，武陵漁郎所至桃源，為清淨世界，自然樂土。儘管神仙之說，為好事者之飾實雕辭，虛怪汗漫，渺無中邊，但從漁郎去家迷路，到勝境迴旋，卻仍真信「自古有仙人」：「誠能御氣友造物，陋彼蟬蛻悲埃塵」。對於仙境桃源之空間想像，真實具體如此，寧可信其有，不能疑其無。類比當下遊桃源景象：野花正開、牧兒吹管而已，卻未覩「雲屏玉帳」，未見「霏紅泛綠」，美麗世界無緣相逢。胡寅耿直敢諫，靖康中，曾上萬言札子，忤時相，旋復官。紹興中，又因忤秦檜，外放安置。行有不得，宦海浮沈，因遊桃源，遂興寄世外之神仙桃源，是亦情理之中。

[43] 《全宋詩》卷 1871，胡寅〈和仁仲遊桃源〉，頁 20936。

三、天下盡桃源，不必武陵春

方外、世間；彼岸，此岸，士人所以出入內外，徘徊兩端者，往往緣於懷才不遇，有志難伸。現實與理想之落差太大，既不屑隨波逐流，與世浮沉，意有所鬱結，不能通其志，生命將如何安頓？為維持心裡平衡，宋代士人多以尋訪心靈樂土，取代坐困愁城：或夢翔華胥，或心嚮淨土，作種種出塵之想，既以之洗滌濁世之污垢，又可以救贖當下之不堪。前文詳述神仙桃源，略言極樂淨土，可見一斑。

不過，人生塵世中，難離世間情。與其神遊物外，不如折回人間，尋覓人間之桃源；猶如屈原不得志於楚，而寫〈離騷〉、〈遠遊〉，終以回歸故土，寄情原鄉作結一般。「虛無求列仙，松子久吾欺」，曹植早作提撕；[44]「神仙有無何渺茫，桃源之說誠荒唐」，[45]韓愈亦曾作斷言。於是宋代士人回歸現實世界，不再向外馳求，邵雍有「安樂窩」，司馬光有「獨樂園」，為其中較著者。翻閱宋代詩、文、辭賦、小說，以為桃源即在此岸世間，不必捨近求遠，此種認知，十分普遍。就閱讀所及，擬分三方面介紹之：其一，宋代散文辭賦之興寄桃源；其二，蘇軾之詩賦與心造桃源；其三，陸游之詩文與吾廬桃源。分別論述如下：

---

[44] 魏曹植著，趙幼文校注：《曹植集校注》（北京：人民文學出版社，1984 年），卷 2〈贈白馬王彪〉其七，頁 300。

[45] 唐韓愈著，錢仲聯集釋：《韓昌黎詩繫年集釋》（上海：上海古籍出版社，1984 年），卷 8〈桃源圖〉，頁 911-912。

(一) 宋代散文辭賦之興寄桃源

宋朝右文，尊隆儒術，提倡明體達用之學。影響所及，士人普遍富有淑世之精神。盡心於方內，致力於內聖外王，故多以為神仙不可求，蓬萊不可尋。王禹偁所作〈錄海人書〉、〈君子鄉記〉、〈壽域碑〉三文，以小說寓言寄託理想政治之美好藍圖，設想高遠，絕類離倫，與《禮記・禮運》〈大同〉章所云，可以相得益彰。晁補之作〈睡鄉閣記〉，亦借寓言抒寫隱逸，嚮往道家清淨無為之樂土。士之意有所鬱結，不得通其道，往往借題發揮，寄寓其理想追求，王禹偁、晁補之屬之。

王禹偁（954-1001），為人雪冤忤旨，貶移；坐謗訕，罷官；又以直言史事，出守。八年三黜，作〈三黜賦〉，仍堅持「守正直，佩仁義」以終其身。曾作〈君者以百姓為天賦〉，宣稱：「善化民者，以天為則；善知天者，以民為先」，[46]自是信奉儒家之道，終身以之者。雖曾作〈崆峒山問道賦〉，亦不迷信神仙，而謂「姑射神仙，只在廟堂之上；華胥舊國，不離尊俎之前」。[47]知王禹偁平生志業，即可見〈錄海人書〉，雖近小說；〈君子鄉記〉、〈壽域碑〉，雖似寓言，亦折衷於儒學。戲言近莊，反言顯正，雖小道亦有可觀者焉，以此。

〈錄海人書〉，即海客談瀛之類，談說一個「不存在的」「幸福的地方」，近似 1516 年摩爾所作《烏托邦》（*Utopia*）。敘記一海盜登臨一海上樂園，見居人百餘家，乃秦時徐福所載「童男丱女」輩所組成。其民熙熙怡怡，非人世所能及。此一洲島樂園，有島嶼隔絕內外，既與秦土隔斷，故「不聞五嶺

---

[46] 曾棗莊等編：《全宋文》，卷 141，王禹偁〈君者以百姓為天賦〉，冊 7，頁 243。

[47] 《全宋文》，卷 142，王禹偁〈崆峒山問道賦〉，頁 253。

之戍，長城之役，阿房之勞」；當然，也就遠離「太半之賦，三夷之刑」。[48]小說於文末，卒章顯志，突出薄賦、休兵、息役三大政治理念，作為主文譎諫之重點，不改王禹偁「以百姓為天」之一貫政治襟抱。

〈君子鄉記〉，標榜禮與仁，為君子之行。為宣揚「蘊德抱義，畜道載仁」之教化風範，王禹偁形塑一「君子鄉」，作為理想追求。君子鄉之老少、鳥獸、草木、鄉人、鄉禮，確實不同紅塵世界之芸芸眾生：

> 牧豎稚童，綽有夷齊之行；嬰兒耋老，咸遵鄒魯之風。祥麟在郊，威鳳來巢，蟲沙影絕，猿鶴音交，我鄉之鳥獸也。荊棘不生，蘭茝于榮，寒竹挺操，清松梟聲，我鄉之草木也。罾繳不設，置罘不陳，麛卵遂性，飛走全身，鰥寡惸獨，怡怡忻忻，所以我鄉之人；威儀容止，悼悼濟濟，揖讓中規，尊卑有齒，君君臣臣，父父子子，所以我鄉之禮。唯禮與仁，君子之行也；是知反道敗德，賊義殘仁者，不可入于我鄉矣。[49]

王禹偁之「君子鄉」，實乃儒家之理想國。《論語．雍也》：子謂子夏曰：「女為君子儒，無為小人儒。」[50]《禮記．儒行》即申說君子儒之種種美德。[51]人性很難沒有私慾，為人處事很難避免功利，所以君子鄉只能說是儒士的烏托邦。空間想像如此真、善、美，誠所謂「雖不能至，然心嚮往之」，慰情聊勝於無。無獨有偶，王禹偁另作一篇〈壽域碑〉，其人間樂土之追求，不異

48 《全宋文》，卷 148，王禹偁〈錄海人書〉，頁 365-366。

49 《全宋文》，卷 157，第 7 冊，王禹偁〈君子鄉記〉，頁 88。

50 宋朱熹：《四書章句集注．論語集注》（北京：中華書局，1983 年），卷 3〈雍也第六〉，頁 88。

51 漢鄭玄注，唐孔穎達疏：《禮記注疏》，卷 59〈儒行第四十一〉，《正義》曰：「鄭（玄）目錄云：「名曰儒行者，以其記有道德者所行也。儒之言優也，柔也，能安人能服人。又儒者，濡也，以先王之道能濡其身。」頁 1，總頁 974。

君子鄉。蓋以天地為其扃鐍，春秋為其門戶，仁義道德為其宇宙，人間樂土之空間想像，亦極其美好而理想。由於道德仁義充實，而以之潤身；因此，「是域也，幼者蚩蚩，壯者怡怡，老者熙熙，悉無中絕，咸躋上壽，故謂之壽域焉」。《中庸》云：「富潤屋，德潤身」；故所述壽域，堪稱內聖工夫之天堂，儒學教澤之理想國。理想國之建構，純粹以倫理道德為元素：

> （壽域）得非道為土木，德為板築，仁乎城，義乎池，慈乎雉堞，愛乎溝隍，恭乎扃鐍，儉乎門户。使風雨不能毀，矢石不能攻。高低倖老氏之臺，廣狹法華胥之國。崇崇焉，屹屹焉，信善建而不拔者也。[52]

以道、德、仁、義、慈、愛、恭、儉為素材，所建構之精神堡壘，門戶結構堅實，可以屹立不拔，千秋萬世而不移，故曰壽域。迨「霸道其昌，皇風不競」，於是壽域之民或以法、以兵而死，或以夭、以橫而死。文末卒章顯志，凸出作意，謂「民之壽夭，繫君之政治，其猶影響耳」，此之謂主文而譎諫。

人生在世，有三分之一時間必須睡眠休息，俗所謂進入夢鄉或睡鄉。晁補之（1053-1110）作〈睡鄉閣記〉，蓋借寓言書寫，以嚮往老莊道家清淨無為、恬適安舒之思想。開門見山，即勾勒睡鄉之政俗、空間、心性、農作、交通、衣著、情緒、認知，其言曰：

> （睡鄉）其政甚淳，其俗甚均，其土平夷廣大，無東西南北。其人安恬舒適，無疾痛劄癘，昏然不生七情，茫然不交萬事，蕩然不知天地日月。不絲不穀，佚臥而自足；不舟不車，極意而遠遊。冬而

[52] 曾棗莊等編：《全宋文》，卷 159，第 8 冊，王禹偁〈壽域碑〉，頁 137。

絺，夏而纊，不知其反寒暑；得而悲，失而喜，不知其反利害。以謂凡其所目見者，皆妄也。昔黃帝聞而樂之，……如睡鄉焉。降及堯舜無為，世以為睡鄉之俗也。[53]

晁補之〈睡鄉閣記〉所記人間桃源，與《老子》第八十章「小國寡民」、《史記・貨殖列傳》〈序〉所云「至治之極」，境界相近似，自是道家一派之安適樂土。晁補之，紹興中，坐元祐黨貶官。崇寧中，蔡京為相，辭官還家，慕陶淵明遺風，修「歸來園」，自號歸來子。由此觀之，晁補之心儀隱逸，故〈睡鄉閣記〉所述睡鄉之民，不生七情、不知天地、不絲不穀、不舟不車、不知寒暑、不知利害，自是隱逸山林，清淨無為、情欲不生、不相往來之寫照。故曰：堯舜無為，「世以為睡鄉之俗」。無為，故無不為；若有為，則敗之矣。故禹、湯、武王、周公、周穆王、宰予，以及戰國、秦、漢之君王，皆與睡鄉無緣。唯有「山林處士之慕道者，猶往往而至」，則〈睡鄉閣記〉之旨趣可知矣。[54]

(二) 蘇軾之詩賦與心造桃源

蘇軾（1037-1101）文章，天下獨步，惜道大難容，才高為累。身歷烏臺詩案，謫黃州、貶惠州、遷儋州，集一生無可如何之遇，寄寓於詩、文、詞、賦之中。司馬遷〈報任少卿書〉所謂「意有所鬱結，不得通其道」，故發憤撰述，而體現於詩文之中。尤其謫遷海南時，年已過六十，遍和陶淵明詩文，則其志趣可以知之。其中，〈和陶桃花源并引〉論說武陵漁人所見，乃避世桃

---

[53] 《全宋文》，卷 2739，第 127 冊，晁補之，頁 27-28。

[54] 翟汝文（1076-1141）有〈睡鄉賦〉，《全宋文》卷 3205，第 149 冊，頁 2-4。〈睡鄉賦〉以體物瀏亮之筆，寫巧構形似之文，描述睡鄉之虛實，自「據梧而瞑，隱几不應」以下，多達三四百字，與生命安頓無關，可以不論。

源；桃源人家，乃避秦之子孫，並非長生不死之仙人。如云：

> 世傳桃源事，多過其實。考淵明所記，止言先世避秦亂來此，則漁人所見，似是其子孫，非秦人不死者也。又云『殺雞作食』，豈有仙而殺者乎？舊說南陽有菊水，水甘而芳，居民三十餘家，飲其水皆壽，或至百二三十歲。蜀青城山老人村有五世孫者，道極嶮遠，生不識鹽醯，而溪中多枸杞根如龍蛇，飲其水，故壽。近歲道稍通，漸能致五味，而壽亦益衰。桃源蓋此比也。使武陵太守得而至焉，則已化為爭奪之場久矣。常意天壤之間，若此者甚眾，不獨桃源。余在潁州，夢至一官府，人物與俗間無異，而山川清遠，有足樂者，顧視堂上，榜曰仇池。覺而念之，仇池武都，氐故地，楊難當所保，余何為居之。明日，以問客，客有趙令畤德麟者曰：「公何為問此，此乃福地，小有洞天之附庸也。杜子美蓋云：『萬古仇池穴，潛通小有天。』」他日工部侍郎王欽臣仲至謂余曰：「吾嘗奉使過仇池，有九十九泉，萬山環之，可以避世，如桃源也。[55]

唐王維、劉禹錫、包融三家所作〈桃源行〉，韓愈〈桃源圖〉諸詩，皆以為漁郎所見，為世外桃源，神仙所居。蘇軾獨排眾議，明確主張「漁人所見，似是其子孫，非秦人不死者」。其論證採類比推理方式，舉相似個案有三：其一，南陽有菊水，水甘而芳，飲其水皆壽。其二，青城山老人村，「道極嶮遠，生不識鹽醯。而溪中多枸杞根如龍蛇，飲其水，故壽。」其三，仇池，號稱福地洞天，可作避世桃源。以為武陵桃源，蓋即菊水、老人村、仇池之屬。由此觀之，人間亦自有桃源，其條件有四：道極嶮遠，水質甘芳；山環水抱，

55　《全宋詩》，卷 823，蘇軾〈和陶桃花源・并引〉，頁 9531。宋蘇軾著，清馮應榴輯注，黃任軻、朱懷春校點：《蘇軾詩集合注》（上海：上海古籍出版社，2001 年），〈和陶桃花源并引〉，頁 2199-2201。

泉穴通幽。仇池，當是蘇軾夢想之避地天堂，人間樂土，詩集兩及之。除〈和陶桃花源并引〉外，又見〈雙石并敘〉。《道藏‧益州洞庭玄中記》載：仇池，其山四絕，為十二福地之頭，可循此通往「萬靈所都」之崑崙山。[56]據此，則仇池乃道教仙都福地之一。然《宋書‧氐胡列傳》稱：「（仇池）四面斗絕，高平地方二十餘里；羊腸蟠道三十六回，山上豐水泉，煑土成鹽。」[57]由此觀之，其地又如實存在。仇池，山川清遠，「人物與俗間無異」，號稱福地洞天，實為人間桃源。蘇軾雖假託夢中曾至，然杜甫、趙令時、王欽臣卻印證實有其地，堪作避世桃源。仇池之虛實，所以如此迷離惝恍，正印證蘇軾〈地獄變相偈〉所云：「乃知法界性，一切惟心造」。[58]〈和陶桃花源〉詩，正闡明此一哲理：

> 凡聖無異居，清濁共此世。心閑偶自見，念起忽已逝。欲知真一處，要使六用廢。桃源信不遠，杖藜可小憩。躬耕任地力，絕學抱天藝。臂雞有時鳴，尻駕無可稅。苓龜亦晨吸，杞狗或夜吠。耘樵得甘芳，齕齧謝炮製。子驥雖形隔，淵明已心詣。高山不難越，淺水何足厲。不如我仇池，高舉復幾歲。從來一生死，近又等癡慧。蒲澗安期境，羅浮稚川界。夢往從之遊，神交發吾蔽。桃花滿庭下，流水在戶外。卻笑逃秦人，有畏非真契。[59]

《老子》首章稱：「道可道，非常道；言可言，非常言」；然大道不言，不言又不足以明道，此一辯證，乃《老》、《莊》之常談。蘇軾著有《廣成子

---

[56] 宋蘇軾著，清馮應榴注：《蘇軾詩集合注》，卷 35〈雙石〉詩，引清王文誥《集成》注，頁 1777。

[57] 梁沈約：《宋書》，《二十五史》本（臺北：藝文印書館，1956 年），卷 58〈氐胡列傳〉，頁 1，總頁 1158。

[58] 宋蘇軾著，孔凡禮點校：《蘇軾文集》（北京：中華書局，1986 年），〈地獄變相偈〉，頁 644-645。

[59] 《全宋詩》，卷 823，蘇軾〈和陶桃花源‧并引〉，頁 9531。馮應榴：《蘇軾詩集合注》，卷 43〈和陶桃花源并引〉，頁 2199-2201。

解》一書，妙悟此理，故於武陵桃源之「一朝敞神界」、「旋復還幽蔽」，〈和陶桃花源〉解讀為「心閒偶自見，念起忽已逝」。蘇軾嫻熟佛學，化用《楞嚴經》六根廢用之佛理，謂廢用眼、耳、鼻、舌、身、意六塵，返璞歸真，乃見真一。所以，蘇軾深信「桃源信不遠，杖藜可小憩」；〈書烟江疊嶂圖〉所謂「桃花流水在人世，武陵豈必皆神仙」。[60]且看「桃花滿庭下，流水在戶外」，當下即是人間桃源，不必向外馳求。蘇軾作〈阿彌陀佛贊〉云：「此心平處是西方，閉眼便到無魔嬈」；〈水陸法像贊〉亦稱：「觀法界性，起滅電速。知惟心造，是破地獄。」[61]萬法惟心，「乃知法界性，一切惟心造」，故心中有桃源、有仇池；法惟心造，當下即見桃源，即至仇池。故蘇軾身處在海南，隔海遠在廣東之蒲澗、羅浮，無異蘇軾心中之桃源仙鄉，自可以「夢往從之遊，神交發吾蔽」了。

水墨山水畫，北宋承五代之後，文人畫師多以之興寄懷抱，寓託理想，故又稱士人畫，或寫意畫。[62]江山如畫，為騷人之常言；而山水畫之勝境往往「畫如江山」。郭熙（？1000-1087？）《林泉高致》提出山水畫妙品之意境，為「可行、可望、可游、可居」；進而指出：「可行可望，不如可居可游之為得。」君子之所以渴慕林泉勝境，正取乎可居可游之佳處也。[63]蘇軾因烏臺詩案貶謫黃州，百無聊賴，多藉詩文以遣悶寄興。其中，因題詠山水畫，以之興寄「滄洲趣」、隱逸情者，亦多有之，如〈書王定國所藏〈烟江疊嶂圖〉〉

---

60 宋蘇軾：《蘇軾詩集合注》，〈王定國所藏〈書烟江疊嶂圖〉〉，卷 30，頁 1526-1527。

61 宋蘇軾：《蘇軾文集》，卷 21〈阿彌陀佛贊〉，頁 619；卷 22〈水陸法像贊〉，頁 634。

62 彭修銀：《墨戲與逍遙——中國文人畫美學傳統》（臺北：文津出版社，1995 年），〈緒論・文人畫的審美本質與藝術特徵〉，頁 1-17。張高評：〈墨梅畫禪與比德寫意：南北宋之際詩、畫、禪之融通〉，《中正漢學研究》2012 年第 1 期（總第 19 期），頁 135-174。張高評：〈詩、畫、禪與蘇軾、黃庭堅詠竹題畫研究──以墨竹題詠與禪趣、比德、興寄為核心〉，《人文中國學報》第 19 期（2013 年 9 月），頁 1-42。

63 宋郭熙：《林泉高致》，俞劍華編著：《中國畫論類編》（北京：人民美術出版社，1986 年），〈山水訓〉，頁 632。

詩：

> 江上愁心千疊山，浮空積翠如雲煙。山耶雲耶遠莫知，煙空雲散山依然。但見兩崖蒼蒼暗絕谷，中有百道飛來泉。縈林絡石隱復見，下赴谷口為奔川。川平山開林麓斷，小橋野店依山前。行人稍度喬木外，漁舟一葉江吞天。使君何從得此本，點綴毫末分清妍。不知人間何處有此境，徑欲往買二頃田。君不見武昌樊口幽絕處，東坡先生留五年。春風搖江天漠漠，暮雲卷雨山娟娟。丹楓翻鴉伴水宿，長松落雪驚醉眠。桃花流水在人世，武陵豈必皆神仙。江山清空我塵土，雖有去路尋無緣。還君此畫三嘆息，山中故人應有招我歸來篇。[64]

王定國所藏〈烟江叠嶂圖〉，原件今藏上海博物館。其空間構圖，有高遠、深遠、平遠之散點設計，有明暗、向背、遠近、高低之層次布局，此一立體景勝，無異郭熙所稱「可居可游」之山水畫妙品。畫者既以此經營意造，而「鑑者又當以此意窮之」，故蘇軾題畫山水之餘，有意無意間已神遊畫境，進入畫中。蘇軾貶謫黃州，曾於「武昌樊口幽絕處」幽居五個春秋，過著苦悶而驚怖之歲月。今題詠此畫，讚嘆其可游可居之餘，不覺擬畫境為真境，竟問：「不知人間何處有此境？」進而化心動為行動，「徑欲往買二頃田」。蘇軾〈地獄變相偈〉曾云：「乃知法界性，一切惟心造」，因此，覺悟「桃花流水在人世，武陵豈必皆神仙」。可見，所謂桃源，乃由於心造；浮現心田，只在世間，不在世外。〈烟江叠嶂圖〉之江山清空，儘管「可居可游」，畢竟只是一幅山水畫；落回現實，人居塵世，山水畫「雖有去路」，畢竟尋訪無緣。東坡題詠山水畫，興寄懷抱，嚮往隱逸，自是心造之桃源樂土。

---

64 《全宋詩》，卷 813，蘇軾〈書王定國所藏〈煙江疊嶂圖〉〉，卷 30，頁 1526-1527。

萬法惟心，一切多由心造，包括桃源樂土，不在世外，乃在心中。故蘇軾雖謫居惠州惡地，仍不妨視為仙境桃源，所謂「蓬萊方丈應不遠，肯為蘇子浮江來？」[65]其後貶謫海南，作〈和陶歸園田居六首〉其一，看待人生逆境，身處天涯海角之瘴癘地，亦持「桃源流水在人世」觀點。〈六月二十日夜渡海〉詩所謂「九死南荒吾不恨，茲游奇絕冠平生」；[66]視遷謫流放之旅為「茲游奇絕」，心無罣礙，可以顛倒夢想，滿懷歡喜。因此，即使九死一生、萬里投荒，猶存有心造之桃源，以之消解煩惱，隨遇而安，甚至可以超脫自在。如：

> 環州多白水，際海皆蒼山。以彼無盡景，寓我有限年。東家著孔丘，西家著顏淵。市為不二價，農為不爭田。周公與管蔡，恨不茅三間。我飽一飯足，薇蕨補食前。門生饋薪米，救我廚無煙。斗酒與隻雞，酣歌餞華顛。禽魚豈知道，我適物自閑。悠悠未必爾，聊樂我所然。[67]

蘇軾貶海南，弟蘇轍其後所作〈墓誌銘〉載：昌化非人所居，食飲不具，藥石無有，居住無地，人不堪其憂，而東坡恬然著書以為樂。門人李廌撰文，稱蘇軾「德尊一代，名滿五朝。道大難容，才高為累」；器識才能如此，晚年猶飄零於瘴海，如何安頓生命？如何隨「寓」而安？探索〈和陶詩〉系列作品，可以知之。《東坡志林》卷二載蘇軾〈讀《壇經》〉，曾討論「何謂所見是化身？」謂「根性既全，一彈指頃所見千萬，縱橫變化，俱是妙用，故云『所見是化身』。」[68]「彈指頃刻所見，千變萬化俱是六根妙用，此即《金剛經》

[65] 宋蘇軾著，清馮應榴注：《蘇軾詩集合注》，卷 38〈寓居合江樓〉，頁 1966。

[66] 同前註，卷 43〈六月二十日夜渡海〉，頁 2218。

[67] 同前註，卷 39〈和陶歸園田居六首〉其一，頁 2005。

[68] 唐六祖惠能傳，李申合校，方廣錩簡注：《敦煌壇經合校簡注》（上海：上海古籍出版社，1999 年），二十，頁 40。宋蘇軾：《東坡志林》，卷 2，〈讀《壇經》〉，傅璇琮、朱易安等主編：《全宋筆記》（鄭州：大象出版社，2003 年），第一編第九冊，頁 42。

「諸相非相」之說。依據《金剛經》所云:「凡所有相，皆是虛妄。若見諸相非相，即見如來」;「不應住色生心，不應住聲、香、味觸法生心，應無所住而生其心」;「一切有為法，如夢、幻、泡、影;如露亦如電，應作如是觀。」[69]因為「凡所有相，皆是虛妄」;所以，「應無所注而生其心」。〈和陶歸園田居六首〉其一，欣賞「環州多白水，際海皆蒼山」，視如此山水，為無盡之美景，可以「寓我有限年」。蘇軾〈六月二十日夜渡海〉稱:「九死南荒吾不恨，茲游奇絕冠平生。」[70]視九死南荒為「不恨」，視遷謫貶黜為「茲游奇絕」，當是了悟「諸相非相」,「無住生心」;「一切有為法」，皆似夢、幻、泡、影、露、電六如，皆為假相偽妄。有如此領悟，方能揚棄悲哀，體現樂觀曠達。所謂「所見是化身」，境由心造，隨「寓」而安，指此。儋州(今海南)，為化外之地，於趙宋領土，已是天涯海角，蘇軾以《金剛經》所云「諸相非相」觀之，以「無住生心」處之，致眼中所見，黎民之好學者終日與蘇軾問學，無非「東家著孔丘，西家著顏淵」。〈六月二十日夜渡海〉詩所云「空餘魯叟乘桴意」，其實已體現行道於海外之無憾。至於儋州商市不二價，稼農不爭田，猶如君子國、華胥國之人間桃源，不欺而禮讓。如此海外理想國，大似王禹偁〈錄海人書〉所云，故贏得「周公與管蔡，恨不茅三間」。凡此，皆蘇軾惟心營造之桃源。雖然經常食薇蕨、廚無煙，仍能「聊樂我所然」。其中妙理，即在蘇軾所謂「我適物自閑」，夫子固已自道之矣。

人生不如意事常多，事與願違事不少。陳師道〈絕句〉有言:「書當快意讀易盡，客有可人期不來。世事相違每如此，好懷百歲幾回開。」[71]宋代士人於此，每作出塵之想，或如周必大作〈夢仙賦〉、吳儆作〈浮丘仙賦〉、唐

---

[69] 姚秦三藏法師鳩摩羅什譯，明成祖朱棣集注:《金剛般若波羅密經集註》(上海:上海古籍出版社，1985 年二刷，據明永樂內府刻本影印)，頁 24，總頁 26;頁 48，總頁 103;頁 140，總頁 287。

[70] 宋蘇軾著，清馮應榴注:《蘇軾詩集合注》，卷 43〈六月二十日夜渡海〉，頁 2218。

[71] 宋陳師道:《後山居士文集》(上海:上海古籍出版社，1984 年)，卷 5〈絕句四首〉其四，頁 11。

士恥作〈遇仙賦〉、戴埴作〈群仙賦〉、李綱作〈續遠遊賦〉，[72]以寄寓向慕神仙、尋訪淨土之襟抱，藉此沈瀣心靈，安頓生命。或有倦鳥歸巢，迷途思返者，則學陶淵明，賦歸去來以明志，如梅堯臣、王安石〈思歸賦〉；沈括〈懷歸賦〉、王令〈言歸賦〉、李處權〈夢歸賦〉、唐庚、楊萬里〈歸與賦〉；王十朋〈歸去來賦〉、張侃〈歸賦〉諸篇皆是。或慕山林之隱逸，或志隱逸於市朝、或求隱逸於紅塵俗世，則如周紫芝之〈思隱賦〉、李處權之〈樂郊賦〉、蘇軾之〈酒隱賦〉，是所謂「不擇山林，而能避世」者。要之，凡此出塵之想，物外之思，皆士人託物寫意之作。試舉蘇軾〈酒隱賦〉為例，其言曰：

> 爰有達人，泛觀天地。不擇山林，而能避世。引壺觴以自娛，期隱身於一醉。且曰封侯萬里，賜璧一雙。從使秦帝，橫令楚王。飛鳥已盡，彎弓不藏。至於血刃膏鼎，家夷族亡。與夫洗耳潁尾，食薇首陽。抱信秋溺，徇名立殭。臧穀之異，尚同歸於亡羊。於是笑躡糟丘，揖精立粕。酣羲皇之真味，反太初之至樂。……若乃池邊倒載，甕下高眠。背後持鍤，杖頭掛錢。遇故人而腐脅，逢麴車而流涎。暫托物以排意，豈胸中而洞然。……[73]

就酒徒醉客而言，酒池醉鄉自是其安樂之天堂，心靈之桃源。蘇軾於熙寧五年（1072），任官杭州時作〈遊金山寺〉，即有「江山如此不歸山，江神見怪警我頑。我謝江神豈得已，有田不歸如江水」之預言，唯歸隱山林之念乍現即消。〈酒隱賦〉，亦當作於黃州遷謫以後。唯有達人，能「泛觀天地」；亦惟達人，可「不擇山林，而能避世」。蘇軾自言，不勝酒力，而「引壺觴以自娛，期隱身於一醉」，自娛或期醉，多有借酒避世隱身之意。體悟「世事悠悠」，猶如「浮雲聚漚」，成敗相尋，禍福相倚，誠如李白〈將進酒〉所云：「古

[72] 曾棗莊等主編：《全宋文》，卷 79，頁 2398、2404、2406、2408；卷 3681，頁 15-16。

[73] 《全宋文》，卷 1849，第 85 冊，蘇軾〈酒隱賦〉，頁 151。

來聖賢皆寂寞，唯有飲者留其名」。〈酒隱賦〉曲終奏雅，卒章顯志，稱隱身於醉酒，不過是「以酒自晦」，「暫託物以排意」而已，胸中自是「洞然」明白的。不逃世遁世，只作短暫隱身，半晌自娛，無異留連安樂窩、獨樂園，自是人間仙源。

蘇軾子過，侍東坡，居儋耳，築室而有終焉之志，於是作〈志隱賦〉「以自廣，且以為老人之娛」，蘇軾覽而欣然嘉許之。[74]蘇過（1072-1123）〈志隱賦〉假主客問答，將儋耳瘴癘遐荒之地，龍蛇委藏之區，說成是「神仙之所宅」，可以「追赤松於渺茫，想神仙於有無」，以為「此天下之至樂」。安身立命，既抉擇若此，為此說「將以混得喪，忘羈旅」，其父蘇軾〈阿彌陀佛贊〉所謂「此心平處是西方」，心造桃源，固無適而不可。

(三) 陸游之詩文與吾廬桃源

《詩經・魏風》〈碩鼠〉，寫不滿現實，於是「逝將去女」，適彼樂土、適彼樂國、適彼樂郊，以期「爰得我所」。陶淵明賦〈歸去來兮〉，尋訪桃花源；作〈歸園田居〉，眼看「眾鳥欣有託」，於是「吾亦愛吾廬」（〈讀山海經十三首〉其一）。下至宋代，李處權（？-1155）有〈樂郊賦〉，寫所見、所聞、所感，「俯仰之間，無不欣欣而樂」；「凡生物之遂植者，何往而不自得」。[75]南宋陸游亦作〈樂郊記〉，稱美李晉壽以園林陂池為樂，不以泉石膏肓易鐘鼎世用，眷眷於樂郊，是以樂郊園廬為人間樂土者。[76]以園廬為桃源，猶陶淵明之「吾愛吾廬」，皆作為安身立命之樂土樂國。

陶淵明〈飲酒〉詩云：「結廬在人境，而無車馬喧。問君何能爾？心遠地

---

[74] 《全宋文》，卷3100，第144冊，蘇過〈志隱賦〉，頁131-133。

[75] 《全宋文》，卷3801，李處權〈樂郊賦〉，頁144。

[76] 《全宋文》，卷4941，第223冊，陸游〈樂郊記〉，頁91。

自偏。」「心遠地自偏」句，頗有理趣。地之喧與偏，取決於心之近與遠。所謂大隱隱於市，不必穴居巖處方為遠。[77]陶淵明〈飲酒〉詩云：「所以貴我身，豈不在一生？一生復能幾，倏如流電驚。鼎鼎百年內，持此欲何成？」[78]職此之故，不企慕神仙，不依憑淨土，止將此身此心安立於人境。淵明〈時運〉詩：「斯晨斯夕，言息其廬」；於是入我廬、息其廬、愛吾廬，詩中三致其意。淵明根植於園田，安立於人境之吾廬意識，〈歸園田居五首〉最有體現。[79]《維摩詰經》云：「若菩薩欲得淨土，當淨其心；隨其心淨，則佛土淨。」[80]所謂「心遠地自偏」，可以類比。陸游退居山陰會稽後，泛舟遊山，幽居自詠，每言「吾廬已是桃源境」，亦差堪彷彿。

陸游（1125-1209），曾「名動高皇，語觸秦檜」；然「遂戍散關，北防盛秋」。自許才氣過人：「腹容王導輩數百，胸吞雲夢者八九」，然畫策終不見用，只能退隱鏡湖，身老空山。年過六十，所作〈自閔賦〉、〈思故山賦〉、〈放翁自贊〉諸什，可略窺其平生。[81]紹興三十一年（1161），陸游 37 歲，作〈煙艇記〉，不以一葉扁舟為小，寄其趣于煙波洲島蒼茫杳靄之間，蓋江湖之思即其心靈樂土。[82]淳熙九年，58 歲，作〈書巢記〉，稱「老且病，猶不置讀書，名其室為書巢」；謂其書室，「俯仰四顧，無非書者。吾飲食起居，疾痛呻吟，悲憂憤嘆，未嘗不與書俱」，是以書室為生命共同體。書巢不離塵世，猶獨樂

---

[77] 陶潛著，袁行霈箋注：《陶淵明集箋注》（北京：中華書局，2003 年），卷 3〈飲酒二十首〉其一，頁 247-249。

[78] 同前註，〈飲酒二十首〉其三，頁 243。

[79] 蔡瑜：《陶淵明的人境詩學》（臺北：聯經出版公司，2012 年），第二章、二、〈吾廬意識與虛室境界〉，頁 70-77。

[80] 後秦鳩摩羅什譯，釋僧肇等注：《注維摩詰所說經（不可思議解脫經）》（上海：上海古籍出版社，1990 年），卷 1〈佛國品第一〉，頁 44，總頁 23。

[81] 曾棗莊等主編：《全宋文》，卷 4923，陸游〈自閔賦〉、〈思故山賦〉第 222 冊，頁 169、170-171；卷 4946，〈放翁自贊〉二、四，第 223 冊，頁 167-168。

[82] 《全宋文》，卷 4941，陸游〈煙艇記〉，第 223 冊，頁 84-85。

園、安樂窩之倫，自是淵明吾廬桃源之屬。開禧元年（1205），陸游 71 歲，作〈東籬記〉，闢地瀦池，植木蒔花，名曰東籬，日婆娑於其間，取淵明「採菊東籬下」詩境可知。於是考《本草》、探《離騷》、本乎《詩經》、《爾雅》，以觀其比興，窮其訓詁。或作研究，或作吟諷，「蓋非獨娛身目，遣暇日而已」。使老子「得一邑一聚」，真足以「安其居，樂其俗」。[83]由此觀之，是以東籬為桃源。年八十，為寫真〈自贊〉，稱「雖不能草泥金之檢，以紀治功；其亦可挾兔園之冊，以教鄉閭」，[84]人生晚年，以問學奉獻鄉里，得英才而教，又是一大樂境。從徜徉煙波，到坐擁書城，到婆娑東籬，到教學鄉閭，可謂「人間隨處有桃源」，無入而不自得，桃源止在自家心中。

考察陸游《劍南詩稿》，於退官歸去山陰三十年之作品，上述所謂「吾廬桃源」，有較明確而具體之指陳，如：

> 西村林外起炊煙，南浦橋邊繫釣船。樂歲家家俱自得，桃源未必是神仙。[85]
>
> 桃源只在鏡湖中，影落清波十里紅。自別西川海棠後，初將爛醉答春風。[86]
>
> 久矣微官絆此身，柴車歸老亦逢辰。阮咸臥擿孤風在，白墮閑傾一笑新。萬里馳驅曾遠戍，六朝涵養忝遺民。清閒即是桃源境，常笑淵明欲問津。[87]
>
> 南陌歸雖人，東籬興又新。無求覺身貴，好儉失家貧。引水常終日，

[83] 《全宋文》，卷 4944，陸游〈東籬記〉，第 223 冊，頁 129。

[84] 《全宋文》，卷 4946，陸游〈放翁自贊〉其三，第 223 冊，頁 168。

[85] 《全宋詩》卷 2188，陸游〈北園雜詠十首〉之一，頁 24950。

[86] 《全宋詩》卷 2182，陸游〈泛舟觀桃花五首〉之二，頁 24855。

[87] 《全宋詩》卷 2193，陸游〈遣興四首〉之四，頁 25034。

栽花又過春。桃源不須覓，已是葛天民。[88]

陸游〈北園雜詠〉稱：「樂歲家家俱自得」，即是人間樂境桃源；〈泛舟觀桃花〉詩，觀賞「影落清波十里紅」，遂覺「桃源只在鏡湖中」。〈遣興四首〉之四稱：「清閒即是桃源境」；〈東籬雜題五首〉之四云：「桃源不須覓，已是葛天民」。由此觀之，清波十里之鏡湖，無求過春之東籬，都是桃源，已是仙境。自得其樂，清閒涵養，即是桃源境、葛天民、神仙界。《維摩詰經》所謂「欲得淨土，當淨其心；隨其心淨，則國土淨。」陸游晚年，心境清閒自得，是以目見身觸，無非桃源，故曰「桃源未必是神仙」。北園、東籬、鏡湖，皆無往而非桃源。又如：

廢堞荒郊閑吊古，朱櫻青杏正嘗新。桃源自愛山川美，未必當時是避秦。[89]

素慕巢居穴處民，久為釣月臥雲身。經行山市求靈藥，物色旗亭訪異人。高枕靜聽棋剝啄，幽窗閑對石嶙峋。吾廬已是桃源境，不為秦人更問津。[90]

策府還家又五年，心常無事氣常全。平生本不營三窟，此日何須直一錢！雨霽桑麻皆沃若，地偏雞犬亦翛然。閉門便造桃源境，不必秦人始是仙。[91]

無論幽居、泛舟、出遊，陸游心境清閒，靜觀自得，故所居所行，無一而非桃源。故〈初夏出遊〉云：「桃源自愛山川美，未必當時是避秦」；因山

[88] 《全宋詩》卷 2215，陸游〈東籬雜題五首〉之四，頁 25373。

[89] 《全宋詩》卷 2219，陸游〈初夏出遊三首〉之三，頁 25443。

[90] 《全宋詩》卷 2216，陸游〈自詠〉，頁 25397。

[91] 《全宋詩》卷 2224，陸游〈幽居二首〉之一，頁 25512

川殊絕，而引人入勝，流連忘返，可見「山川美」即是桃源境。推此而言，舉凡浮生之清閒、自得諸殊勝，皆可看作「桃源境」。因此，〈自詠〉稱：「吾廬已是桃源境」；〈幽居二首〉其一亦謂：「閉門便造桃源境」。換言之，桃源清境，良由心造；吾心清閒怡樂，將無往而不桃源。陸游詩於此，頗多提示，往往一編三致其意，所謂「人間隨處有桃源」，如：

> 霏霏寒雨數家村，雞犬蕭然晝閉門。它日路迷君勿恨，人間隨處有桃源。[92]
> 數家茅屋自成村，地碓聲中晝掩門。寒日欲沉蒼霧合，人間隨處有桃源。[93]
> 秋天近霜霰，吳地少風塵。時駕小車出，始知閑客真。新交孰傾蓋？往事漫霑巾。處處皆堪隱，桃源莫問津。[94]
> 築室鏡湖濱，於今四十春。放生魚自樂，施食鳥常馴。土潤觀鋤藥，燈清論養真。桃源處處有，不獨武陵人。[95]

在陸游看來，寒雨山村，有桃源；數家茅屋，有桃源，正所謂「人間隨處有桃源」。〈車中作〉所云，堪隱之吳地，自是桃源；〈書屋壁〉所言，自家於湖濱築室三十年，鏡湖更是桃源。誠如陸游所云：「處處皆堪隱，桃源莫問津」；「桃源處處有，不獨武陵人」。

---

[92] 《全宋詩》卷 2176，陸游〈小舟自紅橋之南過吉澤歸三山二首〉之一，頁 24759。

[93] 《全宋詩》卷 2186，陸游〈小舟遊近村捨舟步歸四首〉之一，頁 24919。

[94] 《全宋詩》卷 2204，陸游〈車中作〉，頁 25214。

[95] 《全宋詩》卷 2228，陸游〈書屋壁二首〉之一，頁 25572。

四、結語

西方自柏拉圖《理想國》、托馬斯・摩爾《烏托邦》以來，提供典範，寄望理想，期待建構一個美麗新世界，人人擁有快樂、幸福、美滿。在東方中國，亦不遑多讓。上古有《詩經・魏風・碩鼠》、《老子》的小國寡民，《列子》的華胥氏國、《禮記・禮運》之大同世界；中古有陶淵明的桃花源、劉義慶《幽明錄・劉晨阮肇》、王績《醉鄉記》之倫，皆不外世外桃源、人間天堂之追求。六朝以後，佛教淨土宣揚西方極樂世界，更提供芸芸眾生諸多嚮往與追求。

儒家、老莊、道教、佛教，各有其終極追求，極真、至善、絕美的想像空間，提供信眾心靈寄託，生命安頓的幸福選擇，確實貢獻良多，功德無量。尤其是飽經憂患，「意有所鬱結，不得通其道」的懷才不遇之士；不甘心同流合污，又不願意高舉遠去的社會良心；以及屢經貶謫流放、九死其猶未悔之儒士逐臣，高懸一種理想國度，儘管是不存在的幸福樂土，安放在內心深處，作為將來待訪的境界，終生追求的天堂，也算是慰情聊勝於無了。

宋人之樂土意識，表現在三大方面：一曰宗教之宣揚，二曰應酬之祝禱，三曰理想之興寄。三者之中，以理想之興寄最具時代特色。《老》《莊》之徒，宣揚其無為而無不為，道教徒宣揚其安樂自然，佛教淨土宣揚「淨土淨心，心淨土淨」。而以道佛之宣教較具傳播魅力，儒學提倡道德仁義，似遜一籌。表現於民生日用，祝壽祈福，則道教之長生久視，千秋萬歲，最受青睞。如史浩〈壽鄉記〉、程珌〈四明洞天賦〉、蔡渤〈圓嶠賦〉可作代表。

至於騷人政客，高尚其志、不甘隨波逐流，不願虛與委蛇，雖遭黜退貶謫，猶心繫家國，思有以重建，如王禹偁作〈錄海人書〉、〈君子鄉記〉、〈壽域記〉之類。或心灰意冷，襟懷別抱，追求道家之安適樂土，如晁補之作〈睡鄉閣記〉，曾丰、王象志、李綱等所作詩，多欣羨華胥國之俗尚，可作隱逸避世之安樂窩，是其例。或一時作出塵之想，尋仙界，訪仙源，藉嚮往神仙，尋求淨土，以求短暫解脫，此類文學作品頗多，如秦觀〈自警〉、胡寅〈和仁仲遊桃源〉、李綱〈武夷山賦〉、〈續遠遊賦〉、沈與求〈答游玄都賦〉、李南仲〈羅浮賦〉、白玉蟾〈天台山賦〉、〈蓋華山賦〉等皆是。其中秦觀、李綱、胡寅之辭賦，為「意有所鬱結，不得通其道」之代表。

士有不得志於廟堂，不得不漂泊江湖，委身草莽。既不能奮飛，有所作為，故往往委屈謙退，自我調適，以應世情。蘇軾一生，道大難容，才高為累，「平生功業：黃州、惠州、儋州」。六十歲後，遍和陶淵明詩，學其委心任運，追求心造桃源。所作〈和陶桃花源并引〉，悟「此心平處是西方」；作〈和陶歸園田居〉，悟「境由心造，隨遇而安」；作〈書王定國藏〈煙江疊嶂圖〉〉，興寄可居可遊之畫境，嚮往隱逸可知。蘇軾所〈和陶桃花源并引〉與〈雙石〉二詩，盛稱「仇池」之勝境，山川清遠，所謂福地洞天，實為人間樂土，而非世外桃源。蘇軾中年所作〈酒隱賦〉，稱揚「不擇山林，而能避世」，是為達人。由此可見，蘇軾之樂土追求，不在方外，而在世間；所謂桃源，不在仙境，而在此心之中。

陸游雖心懷壯志，然畫策終不見用，自詡「腹容王導，胸吞雲夢」，五十三歲後，只能退隱鏡湖，身老空山。人生至此，也只能「素貧賤，行乎貧賤」了。從陸游所作〈煙艇記〉、〈書巢記〉、〈東籬記〉、八十〈自贊〉，可知從徜徉煙波，到坐擁書城、到婆娑東籬、到教學鄉閭，堪稱無入而不自得，堪稱「桃源處處有」，「人間隨處有桃源」；桃源只在吾心中。所謂「吾廬已是桃源境，不為秦人更問津」，《劍南詩稿》所體現，正指陳此一妙悟。[96]

[96] 本文舊稿〈宋代樂土意識與人間桃源〉，原刊於陳登武、吳有能主編：《誰的烏托邦：500 年來的反思與辯證》（臺北：國立臺灣師範大學出版中心，2017 年 8 月），頁 59-100。今略加修飾，輯入本書中，作為宋人創意發想之一斑。

第十章　結論

詩者，志之所之。在心為志，發言為詩。宋人面對唐詩所形成之影響焦慮，昇華為競爭超勝之意識。學習唐詩優長之餘，自覺必須有所新變開拓，方能比肩唐詩，進而自成一家。於是宋人盡心於詩思，致力於創意，「思其始而成其終」，「行無越思」，宋詩所以能新唐、變唐、拓唐，蔚為「詩分唐宋」、平分詩國秋色之態勢，未嘗不由此。《文心雕龍》有〈附會〉一篇，劉勰論附辭會義之功能，在「總文理、統首尾、定與奪，合涯際，彌綸一篇，使雜而不越」，宋人盡心於詩心，致力於創意，即具有「附會」之效應。

宋人之創意發想，造就宋詩殊異於唐詩之風格，此自宋人筆記之提倡創造思維，追求自成一家可知。宋代之詩歌創作體現組合、開放、獨創之詩思，求異、反常之思維；宋代詩話亦隨而鼓吹之，創作與評論交相作用，於是蔚為創新之特色。歐陽脩詠花詩，用心於創意造語、興寄寫神、破體為詩；蘇軾、黃庭堅之遷謫詩、禪趣詩，致力於詩思出位，與《莊子》、禪宗作跨際會通，異場域碰撞如此，於是陌生而新奇、自得而自到。與唐詩特色相較，遂漸行漸遠，轉移典範，而別是一家。至於同題共作，自是宋詩競爭超勝之試金石。本書第九章，特別針對樂土意識主題，就宋人〈桃花源〉詩賦之同題共作進行詮釋，於遺妍開發中追求創新開拓，另闢乾坤。各章焦點，提示如下：

宋人筆記有「論詩及辭」者，或提示創作經驗，或分享閱讀心得，或發表詩學主張，或指陳詩法詩病，多能體現宋詩之特色與價值。此種詩學文獻，質量可觀，實不異詩話。本書以出版之《全宋筆記》為研究文本，旁及南宋論詩筆記，梳理其中有關創造思維之詩學文獻，考察宋人如何講究未經人道，用所不用？如何盡心自出機杼、別生眼目？如何追求剖破藩籬，新奇會通？本書探討之焦點，即在宋人作詩論詩，熱衷於新創自得，期許於自成一家。創造思維如何觸發閱讀與反應？進而主導宋人之知識建構？由宋人筆記論新創自得，可見一斑。

宋人論文，大抵以意為主。強調作文必先有意，蓋能得意而後能立意。猶韓幹畫馬，必先有全馬在胸中；文同畫竹，必先得成竹於胸中。而志意之所本，則是詩思文思；經由覃思、垂思、抽思、精思、深思、抒思，而後有佳思、奇思、新思、巧思與妙思。就詩話筆記所見，宋人固用心於詩思文思，更致力於造意創意，且多脈注綺交於自得獨到、自成一家。其終極目標，在彰顯主體意識，體現創新精神，展示個性風格，表達隻眼獨具，遂行典範轉移，追求創造發明。宋人之盡心致力，蔚為唐宋詩之異同，造就「詩分唐宋」之高峰迭起，誠所謂「本立而道生」。《全宋筆記》及宋代詩話所載，多可見如上之論述。宋人知識建構之原委，從中可窺一二。

創意，堪稱文學之生命，藝術之靈魂。今梳理宋詩、宋詩話之文獻，考察作品之創意，提出組合、開放、獨創三大創造性思維，足以破解「宋人生唐後，開闢真難為」之魔咒。新奇組合，造成驚人碰撞；扭轉假設，容易發現不同世界。宋人之新奇組合，層面多方，如詩中有畫，詩禪交融，以老莊入詩、以儒學入詩、以書法為詩、以史筆作詩；以文為詩、以賦為詩等等。量既多，質亦佳，宋詩之學唐變唐，此是大關鍵。宋詩之學古通變、創意造語之道，多針對典範作品之模稜處、矇矓處、空白處、否定處、粗略處、輕忽處，進行創意開發。宋詩之所以能新變與自得，妙用開放思維為多。宋代詩學講究「不經人道，古所未有」，追求自得自到，標榜自成一家。以詩名世者，多究心於學而不為，變而不襲，留意古人不到處。宋人作詩，追求「皮毛剝落盡」的陌生化，「出人意表」的新鮮感，「著意與人遠」的奇異性，以及「挺拔不群」的獨創性，凡此，皆是宋人獨創思維之體現。唐宋詩之異同，詩分唐宋之關鍵，或在於斯。文學寫作追求創新，宋詩之開闢有成，值得借鏡參考。

清人感慨「宋人生唐後，開闢真難為」，宋詩傳承唐詩，確實存在盛極難繼之困境，然宋人發揮別識心裁，追新求變，因難見巧，期許自家面目。如何推陳出新？如何競爭超勝？如何後出轉精？如何新變代雄？這些思維的真正落實，正是文學藝術作品所以風格獨具，自成一家之關鍵。江西詩人提倡點鐵成金、奪胎換骨、以故為新，但「規摹其意而形容之」，經由仿擬點化，即有殊異陌生之面目。宋人奉行韓愈陳言務去、自鑄偉詞之說，寫作注重翻案生奇、因難見巧，關注死蛇活弄，反常合道。衡以創造思維之主要特質，如思維形式之反常性、思維過程之辯證性、思維空間之開放性、思維成果之獨創性等等，猶如清人冒春榮《葚原詩說》所謂曲腸、癡思、靈趣之屬，於宋詩學唐、變唐、發唐、拓唐之際，多有具體而微之體現。今舉宋詩之創作，詩話之論說為例，知宋詩自有特色，自具價值，自佔「詩分唐宋」之文學史地位，亦由此可見。

歐公謫夷陵，貶滁州，遷謫期間寫花詠鳥，即物達情，比興寄託之作獨多。蓋觸忌犯諱，憂讒畏譏，通於微婉顯晦之書法，故多興寄之作。嘉祐年間知貢舉、知開封，感悟浮沉，關心民生，亦多藉物抒懷。袁枚《隨園詩話》稱：「廬陵事業起夷陵，眼界原從閱歷增」；覆按歐陽脩初貶夷陵，後謫滁州，詩藝從困厄窮苦中鍛鍊，而愈趨精妙。驗諸歐公《詩話》所謂「窮而後工」，可謂信而有徵。清馮班《鈍吟雜錄》、吳喬《圍爐詩話》、王夫之《薑齋詩話》，以比興之有無、多寡，論斷唐宋詠物詩之分界與優劣。今以歐陽脩詠花詠鳥之什驗之，明清宗唐詩話之較論得失，其尊唐抑宋之評價，有待商榷。本書考察歐陽脩花鳥詩與宋詩特色，偏重藝術技巧之勾勒與闡發。歐公花鳥詩對於詠物詩之拓展，以及對蘇黃等宋詩特色之開創，大抵有四方面：以形寫神、寓物說理、以物為人、不離不即等等。歐公寫花詠鳥諸詩，對於宋詩體制風格之形成，亦多示範作用，如意新語工、以文為詩、以賦為詩、以才學為詩等等。蘇軾、王安石、周邦彥所作詩詞名篇，多奪胎自歐公之詠花詠鳥詩，其創意造語之功，難能可貴，由此可見一斑。

清人吳之振《宋詩鈔》，拈出「取材廣，而命意新」二語，作為宋詩特色之一。就取材廣而言，「詩思出位」體現開放兼容之宋型文化特色，最為普遍，如詩禪交融、詩道會通、詩中有畫等等，促使文學與思想、藝術作新奇而有機之組合，遂形成宋代文學本色。就山水紀遊而言，蘇軾、黃庭堅詩相對於六朝唐代，自模山範水轉化成以物為人，從思與境偕發展為比興寄託，再從托物寓意蛻變為借景說理。擬人、興寄、理趣，有助於命意之生新。若就遷謫心態與情理調和而言，以蘇軾、黃庭堅遷謫詩為例，考察身處憂畏艱礙之貶謫生涯中，生命如何安頓？身心如何超脫自在？統而觀之，道家思想發用於蘇、黃遷謫詩，大抵有三端：其一，安時任運；其二，閑適放曠；其三，不遣是非。以《莊子》思想入詩如此，創作之取資開放，出位旁搜，門庭益加充實而有光輝。與單純以詩為詩、以文學為文學之作品相較，於詩中喜說理、談至道，自然生面別開，饒有陌生而新奇之美感。以《老》、《莊》入詩，如蘇軾、黃庭堅之遷謫詩，不但可見寄情山水，入其興會，而揮灑生命情調、體現宇宙意識，亦由此可見一斑。宋人詩思出位之創意組合，有助於「取材廣，而命意新」之宋詩特色形成。

會通化成，為宋型文化主要特色之一。宋代由於圖書傳播便利，知識之受容豐厚，不同學科間之互動會通頻繁，因此跨際整合蔚為時代主潮。禪學對文學之影響，詩思受禪思之觸發濡染，特其中之一而已。宋代看話禪、默照禪、文字禪流行，助長士人禪悅成風。或以禪入詩，或以禪喻詩，或以禪論詩，於是禪思亦往往會通詩思。就禪宗語言而言，禪思與詩思相通相成者有四：呵佛罵祖與破體出位、繞路說禪與不犯正位、參禪悟入與活法透脫、自性自度與自得自到。東坡一生進退升黜、得失榮辱，多體現於詩中，往往以《金剛經》「如是觀」安頓生命，超脫自在。《六祖壇經》既強調「無住為本」，故追求隨緣任運、自由解脫，出入於法度豪放之間，斟酌乎有法無法之際。不即不離，固是詩家之中道，更是佛禪雙遣雙非之「中觀」之道。東坡嫻熟《華嚴經》，以詩融禪，於是理事圓融，事事無礙。詩風之巧便尖新，開示捷法，實有得於雲門宗風之啟發。臨濟黃龍宗風，機鋒峻烈，有悖常情；不入思維，言語道斷；脫略窠臼，遊戲三昧；故黃庭堅作詩有得於臨濟宗風者，如文脈斷裂，語境轉換；遊戲三昧，打諢通禪；妙脫蹊徑，言謀鬼神，所謂「詩到江西別是禪」。佛禪強調「了無分別」，整體把握。黃山谷泛說文學、論書道、說詩，禪思禪法貫通詩思書法，道通為一，足見創新自得思維之一斑。宋詩在學唐變唐之餘，既致力破體出位、不犯正位，又追求活法透脫、自得自到。宋詩大家蘇軾、黃庭堅「以禪為詩」之詩風如此，對於宋詩特色之促進，自有推助之功。於是宋詩相較於唐詩，遂有殊異之風格；錢鍾書《談藝錄》宣稱「詩分唐宋」，此或其一端。

保身養生之隱逸風尚，新舊黨爭之傾軋無常，道教嚮往之洞天福地，彌陀信仰之西方淨土，水墨山水之可居可遊，山水題詠之比興寄託，在在促成宋代士人神遊物外，追求桃源樂土、人間仙境、極樂世界之意識。宋型文化，體現懷疑與創新精神，故於仙源、淨土時作質疑與否定。或信或疑，徘徊兩端，各自有迷有悟，遂轉化為人間桃源之側重。本書以《全宋文》、《全宋詩》為研究文本，以樂土之追尋為研究主軸，聚焦於心靈之安頓，以之探討道教仙鄉與人間桃源。詳人之所略，重人之所輕，辭賦徵引較多，其次為詩文、小說。大抵分為三方面進行論證，先述精神家園與樂土追尋；其次，道教仙鄉與心靈安頓；其次，天下盡桃源，不必武陵春。尤其側重最後論點，故再分為三端闡述：其一，宋代散文辭賦之興寄桃源；其二，蘇軾之詩賦與心造桃源；其三，陸游之詩文與吾廬桃源。無論興寄、心造，或吾廬桃源，要皆歸於人間樂土；甚至道教仙鄉之尋求，其心靈安頓亦不離現實人生。宋人對仙源、淨土、桃源之空間想像，由此可見一斑。

《易・繫辭下》稱：「《易》，窮則變，變則通，通則久。」窮、變、通、久，乃一切事物生存發展之原理；亦是人間世思維、談吐、處事、待人之逆順、變常之法則。《文心雕龍》有〈通變〉一篇，強調「變則堪久，通則不乏」；「望今制奇，參古定法」。主張：創新，必以傳統為基礎，所謂「斟酌乎質文之間，而櫽括乎雅俗之際，可與言通矣！」衡諸宋詩特色之形成，出於學唐變唐，轉移典範，正所謂「望今制奇，參古定法」。既繼承傳統，又新變舊體之推陳出新策略，真乃宋詩、宋代詩學會通適變之準則與指針。切合《易．繫辭下》、《文心雕龍．通變》談變談新之軌迹。

求變求新，必出於自得自到；自得自到，必發想於獨到之創意。就思維歷程而言，必先有創意之發想，然後有自得獨到之成果，然後方有求變求新之效應。其中，創意發想自是「思其始而成其終」之領航與指針。由於宋人生於唐人之後，面對「開闢真難為」之困境，身處「處窮必變」之態勢，宋詩欲求生存發展，唯有新變方能代雄；唯有競爭，才能超勝，此乃宋人自覺之共識。體現於詩思，即是創造性之思維，如組合、開放、獨創、求異、反常諸思維之發用。

宋詩學唐變唐，而開創宋詩宋調之風格。對於一切文學企求新變代雄，宋詩之創意發想，值得參考。產品研發與作品開發創意，並無不同；規劃設計、經營管理之運用創意，與創意造語之發用於詩文，亦可以相互借鏡，轉相發明。哈佛大學奈伊（Joseph Nye）教授所謂人文之軟實力，宋代之詩歌、詩學，自是值得研發之一大寶庫。

附錄一　漫談創造性思維

——科技源於人性，創意來自人文

很榮幸，也很高興，今天來到義守大學，跟大家分享我的一些想法。成功大學為教育部五年五百億經費的頂尖大學，每年獲得 17 億的補助。當時，我身為文學院院長，執行了多項計畫。其中一項，談到如何開發人文的創意。這個主題，大概執行了兩三年。讀過三、四十種關於創意的書。所以，有一些想法。今天把創意的概念，提供給大家。佛度有緣人，科技的專業，最需要的是人文方面的創意。

一、前言

我們生而為人，可能不擅長說話，沒關係。可能不太會寫文章，沒關係。只要擅長思考，就可以。思維的方式，決定你一輩子的前途。《中庸》有一句話，叫做「謀定而後動」。做人做事，只要想妥當了以後，再去做，就不會後悔，就不會有疏失。《孫子兵法》談「計」，有所謂「多算勝，少算不勝」。對於一件事情，如果多多盤算、多多斟酌推敲、多多沙盤推演的話，成功勝算是比較大的。如果懶得推敲、很少琢磨、很少思考，其中潛藏若干意外，你沒有想到。也可能認知偏差，可能發生錯誤。如果從來不去算、不去想、不去推敲的話，失敗的比率相對的就會增加。思維的重要性，由此可見。要把一件事情做好，誠如春秋時鄭國子產所言，必須「思其始而成其終」，而且「行無越思」。可見思維十分重要，決定可否，攸關成敗。

大前研一，號稱趨勢大師、企業管理學的大師。所撰《創新者的思考》一書，中有一句話，可以當成座右銘：「構想能力，主宰未來的成敗。」什麼叫做「構想能力」？我們坐車從外面進來，很佩服義守大學的創辦人林義守先生。三十年前，這裡是荒郊野外。誰會想到，這裡適合建立一座大學城？甚至，可以開發出義大世界?有這種眼光，就叫做構想能力。所看到的是未來的遠景，不是眼前的現象，這就叫做構想能力。再看陽明山的文化大學，文化大學在四、五十年前，根本就是荒郊野外。誰會想到未來會有一個大學城？當時的教育部長張其昀先生，就具有這樣的構想能力。構想能力，就是能夠洞見未來的一種能力。美國華德・迪斯奈，在創辦第一座樂園成功之後，想要找第二個可以設置的地方。最後，落腳在佛羅里達州的一個沼澤地區。這個沼澤地區，當初被選中時，是一個鱷魚出沒的地方。但是，華德・迪斯奈看到未來城市的遠景，認為這裡適合設立一個遊樂場所。適合親子的玩樂，以及全家的旅遊。構想能力，就是一般人看不見的遠景、設計藍圖，修辭學叫做懸想式的示現。《西遊記》、《封神演義》、《鏡花緣》的作者，以及卓越的小說家，像曹雪芹撰寫《紅樓夢》、施耐庵撰寫《水滸傳》，都具備這種超凡的能力。這種構想能力，就是一種創意的發想，看似天馬行空，不切實際，將來卻可心想事成，具體落實。一般人囿於眼界，都認為不可能。具備高瞻遠矚、系統思維的人，才有可取的構想能力。

如果你有一個點子，可以展示智慧的火花，希望能充分掌握住，不要讓它輕易失去。這樣，就能讓偶然的機遇，變成一種創造的機遇。有一種產品，叫做便利貼，有點黏又不會太黏。這種黏膠，最初是工程師研發失敗的產品。面對產品失敗，當然沮喪，因為投資了不少，眼看血本無歸。這個強力膠，居然不太黏。後來他想，這個東西雖然不能當作強力的黏合劑，或許可能做別的用途。他把這個構想告訴在教堂裡當牧師的朋友。禮拜天要唱聖歌，這個禮拜要唱這首，下禮拜換另一首。在便利貼還沒發明之前，常常都用書頁折角的方式，很不方便。折紙會壞，放東西會掉。於是想到，那個失敗的產品，也許可以死中求生，可以用在想黏就黏，不想黏就撕起來，可以貼在聖歌教唱的歌本上。試驗結果，這個方式還不錯。便利貼，後來風行全世界。便利貼才一點點紙材，為什麼那麼貴？因為它有專利。這就是：偶然性的機遇，變成創造性的機遇。有時候你失敗，不要沮喪。不妨思考：原初目標固然失敗，但是不是可以敗部復活？做另類的思考，去做有效的運用呢？所謂「失之東隅，收之桑榆」，可見思維翻轉的重要。

大家身上不管是包包或是衣服，通常有拉鍊的設計。最夯的拉鍊是日本的 YKK 拉鍊。這個 YKK 拉鍊，是怎麼樣產生的呢？也是一種偶然的機會，造成的創造性商機。YKK 拉鍊的董事長，有一年冬天去歐洲旅遊。看到歐洲的女士愛漂亮，穿上華麗衣服，後面的拉鍊，是銅做的、鐵做的。他看了，感到不寒而顫。心想：金屬的拉鍊，貼在皮膚上，不覺得冷嗎？於是他突發奇想：應該有另一種材質，來替換這種銅、鐵的拉鍊。回到日本以後，便研發出一種塑膠的，就是現在我們所熟悉的 YKK 拉鍊。這只是偶然的發想，就創造了無限的商機。所以偶然機遇，不要錯過、不要疏忽啦！

再看日本的 YAMAHA 公司，公司本來製作木琴和風琴。在二次世界大戰之後，董事長到美國旅行。發現美國人雖然遭遇珍珠港事變，被日本炸得元氣大傷。但是美國正在推廣一種休閒娛樂事業，非常蓬勃發展。所以，山葉鋼琴的老闆就想到，雖然現在日本戰敗，但過數十年後，國民一定會追求休閒、追求旅遊。若有所悟，覺得這種行業，值得投資。這就是所謂構想能力，別人看不到，你看得到這個遠景。於是，YAMAHA 就發展休閒的產業，包括鋼琴、還有摩托車。實際上，這些都是人文思維的發用。

在座各位，攻讀的，可能是理學院、工學院、管理學院，甚至於讀的是醫學院。如果缺乏創意、缺乏思維，那麼一輩子，可能都不會當上更高的職務、開創更好的事業。我在成功大學時，曾經到管理學院 EMBA 開課兩次，所以對管理學院的操作模式，有一點了解。管理學院，尤其是企業管理系，有一個口頭禪：就是「態度決定高度，格局影響結局」。大家有沒有想到，是什麼學科，決定你的態度、理想？不是理、工、醫、農、法、商學科，而是人文學科，決定你為人處事的態度。為人處事態度，會決定將來職位的高或低。人文學科如文學、歷史、哲學、藝術、語言、宗教，這些都是人文素養的搖籃。理工醫農法商畢業生，進入職場，當然是專業考量。但是，經過五年、十年、二十年之後，有人平步青雲，節節高升，那就不全是專業，而是人文素養的發用。因為，人文素養影響態度，於是態度之良否影響高度。而創意思維左右格局，格局之大小寬窄，因此左右結局。如果忽略這些，自己會有很大的損失。再說，「格局影響結局」，是什麼樣的因素會影響格局？創意會影響格局。所以，我們要從人文學科裡面，去提煉所謂的創意，這樣的話，就儲備很多創造性的思維。不管各位讀什麼學科，一輩子都會受用無窮。甚至於平常談話、開會，和別人籌商某一件事情，能善用創造性思維的話，會比較有遠景。換句話說，豐厚的人文素養滋潤人的一言一行，態度看起來就高尚了。創意思維、人文素養，像空氣、像陽光，決定你未來的前途和結局。

二、線性思考是創意的殺手

扼殺創造性思維的，就是所謂的線性思考，它簡直是創意的殺手。什麼叫做線性思考？一般叫作垂直思考，或叫它懶人思考：懶惰人的思考方式。譬如自家附近、或者學校，有幾家便利商店。你可能習慣去甲家，以為這家的價格比較親切、比較公道，或者貨品比較多。於是，其他乙、丙，就被你封殺了。這就是慣性造成方便，方便造成沒有發現、沒有發明、沒有創見。既然形成習慣，將不易察覺，走了五步路還有另外一家，比他便宜，這就是一般所說的慣性思維、垂直思考，所以，慣性思維，是創意的殺手。慣性思維，都是從正面、近距離、直的、淺的、粗糙的，去做扁平而封閉性的思考。如果對事對人都是這樣思考問題，那一輩子都不會有創意。

我們講創意，大概有二：一個叫「發現」，一個叫「發明」。「發明」要比

「發現」難能可貴。「發明」，就是無中生有，從沒有到有；「發現」是本來就有，但忽略了、遺漏了，但它老早就存在，期待我們知曉。所以，無論發明、發現都很重要。下筆寫文章之前，有沒有創意，影響文章好壞。首先作文發意，很重要！在三秒鐘在二十秒內，所能想到的，都是陳言；信手拈來的，往往是陳腔濫調。我們想得到，別人也想得到，這個要掃去不用。元朝的陳繹曾所謂「停之不可用」。第二次思考，花了一分鐘，也都是從直接、正面思考。沒有從側面、反面、旁面、對面去做創造性思維。只從直接、正面想問題，是慣性思維。如果思想一分鐘、二分鐘、三分鐘以後，所得還是不離那些陳言、正言，這部分可以廢棄不要用。再持續思考三分鐘、五分鐘後，所想到的，可能越寬、越深，越是匪夷所思，這才堪用。這就是創意。思考時間的長久或短暫，思考空間的扁平或立體，思考層次的寬窄或深淺，思考面向的單一或多元，都將影響發想是否創意。

明末清初的黃宗羲說：作文每看到一個題目，開始審題時，首先浮現腦海的，一定有平常人思路共集之處，都是淺層的認知，幾乎都是陳腔濫調。三、四十年前中學作文，常常會出「有恆為成功之本」。閱卷老師不用看卷子，都可以猜想，有百分之八十以上的考生，例子一定會舉國父革命歷經十次才成功，這就是慣性思考。以前去考選部評閱高考的卷子，不管出什麼題目，考生作文相似度都高達 80%以上，這都是因線性思維、垂直思考（慣性思維）在其中作祟。因為錄取率 1-2%，實在太低。七百多個，只要錄取七、八個。創意與否，國文科作文，一下子就差了二、三十分，錄取不錄取就決定作文這科了。我們發現，少數有創意的人，作文往往能高達八、九十分。沒有創意的人，一、二十分。國文這一科，差距很大，主要就在有創意、沒有創意。

所謂「破除習慣性思維定勢」，就是避免線性思考、垂直思考、懶人思考。有三個妙方：第一，要到傳統功能之外尋找功能。一家公司要招考推銷員，有三個人入圍，最後決定錄用一人。公司出了一道題目：「要賣梳子給和尚」。於是，甲採用慣性思維，花一個月的時間（大家時間都一個月），只賣出一把梳子。依慣性思維：梳子是用來梳頭髮的。和尚沒有頭髮，賣梳子給和尚，當然賣不出去。乙賣出了一百把。他向住持說：寺廟座落在山上，善男信女大老遠來朝拜禮佛，頭髮被山風吹亂了、汗流浹背。好不好讓善男信女盥洗過後，買些梳子讓他們梳梳頭髮，以便於禮佛、拜佛。換句話說，乙的方法，是請和尚買梳子給善男信女梳頭髮，著眼於側面、間接思考，這就比較有創意了。丙賣出了一千把！丙除了跟住持說，為了虔誠恭敬禮佛，買些梳子提供給善男信女梳梳頭髮外，住持的書法不錯，是不是將大師的墨寶題在梳子上，譬如說「平安喜樂」，或者是「阿彌陀佛」，「如意吉祥」之類的。梳子有大師的墨寶加持，每位善男信女都希望擁有一把。梳子再選用不同材質：若香油錢捐一千萬，就給他金質的梳子。這個梳子就不只是梳頭髮，還可以拿來典藏。如果捐一百萬，給他銀質的梳子，依此類推。一般人思考問題，只想到梳子用來梳頭髮的，梳子賣給和尚，是梳和尚的頭髮。這樣想，就是線性思維、慣性思維，當然就缺乏創意！如果想到，和尚雖然沒頭髮，但可以買梳子給別人梳頭髮，這就比較有創意。那麼，想到梳子還有附加價值，譬如題上墨寶、典藏價值等等，這就是「到傳統功能之外去尋找功能」。

第二，要到傳統規矩之外，去尋找規矩。有一個猶太人，擁有很多珠寶。有沒有辦法：不花錢也能租到保險箱？他想到一個做法：貸款必須有抵押品。今貸款一美元，而以珠寶作抵押，就可以保管珠寶，而免去付保管費。如果租用保險箱，就是慣性思維。用貸款的方式由銀行庫存珠寶，就是創意思維。第三，要從傳統之法外去尋找辦法。如《三國演義》中的孔明借箭。我們所想到的鑄箭方法，都是用敲敲打打、磨製鐵器的方法來鑄箭。孔明草船借箭，不必自己打造箭，而是船開到敵人那裏，讓敵人往稻草人身上射箭，這就是一種借力使力的方法。車票，是用來搭乘火車的，這是傳統的方法。鐵路局發揮創意，將「永康」站和「保安」站的車票，稍加組合，成為「永保安康」的祝福語，結果大賣熱銷。如果擅長動腦筋，就會比較有創意。這些思維，都不是慣性思維。

執著專業，容易形成慣性聯想的障礙，不利於創造和發明。大學讀了某一系畢業以後，專業知識往往就會形成所謂的思維定勢。如果讀電機系，想法就會電機來電機去。如果是學企業管理，想來想去就是跟企業管理有關係，不會想跟企業管理之外的事打交道。《淮南子》所謂：「東面而望，不見西牆。南面而望，不見北方。」所以說，執著專業，就會形成慣性思維的障礙，最不利於創造發明。中國大陸出版一部書，叫做《院士思維》，安徽教育出版社印行。攻讀理工科而成院士的，是不是有什麼創意，研究成果才比較亮麗，才比較與眾不同呢？這些院士異口同聲，提出了創造性思維。而這些院士的研究，幾乎都是跨領域、跨學科的，採取交叉組合式的創意思維。

三、創造思維的特色

創造性思維，簡稱為「創意」，一般稱為「創意思維」、「創造性思維」，或叫做「創造思考能力」，或簡稱為「創造力」。一般人都稱為「創意」。大家開口都會談「創意」，但真正懂得什麼叫做「創意」的不多。創意，是高度發展的人類思維方式。原指無中生有、創造發明，它的特色是匪夷所思、不可思議，有如禪宗的思維方式。傾向於思維的開放性，思維本質的獨特性。「思路決定出路，格局影響結局」。對於創造性思維，以下推薦一些書，都值得做參考。第一本，企業管理大師彼得杜拉克著《創新和創業精神》。他說創新是一種學科，可被學習，能夠被實際運用。創新既是觀念性的，又是認知性的。因此，想要創新，就必須多看、多聽、多問。賴聲川寫了一本書，叫做《賴聲川的創意學》。余秋雨推薦說：「創意是一種有跡可循的心靈過程，經過一系列有效的訓練，都有可能進入源源不斷的創意狀態。」余秋雨也認為，創意是可以學習的。不是一般人所說的靈感、天賦。

美國邁克爾・米哈爾科（Michael Michalko）《創新精神：創造天才的祕密》，提出創新精神的九大法式：（一）知道如何去發現；（二）使思維形象化；

（三）流暢地思考；（四）進行新穎的組合；（五）把不相關的事物聯繫起來；（六）著眼於其他方面；（七）從其他角度看問題；（八）發現從未尋找的東西；（九）喚醒協作精神。史提夫（Steve Rivkin）跟他父親合寫《有意義的創造力》，書中歸納出創造力的九大策略：第一，是改造。第二，是取代。第三，是合併。第四，是擴大。第五，是縮小。第六，轉換。第七，排除。第八，顛倒。第九，重拾。提示創意的策略，簡要明瞭，不外是轉換形式，重新排列組合！容易懂，也不難操作。大學語文測驗的作文，好多次都是根據這創新的九大法式來設計的。《國語日報》及坊間出版的作文指引參考書，絕大多數也是就史提夫「創造力的九大策略」設計、舉例、發揮的。

我再介紹一本書：強納森（Frans Johansson）撰《梅迪奇效應》。這本書2005 年在商業週刊出版，曾經是暢銷書，的確是一本開發智慧的好書，這本書的精華，主要談組合思維。書中提示：「致力不同學科、不同領域、不同文化間之『異場域碰撞』，就會跳脫舊有，開創新局。」「引導不同領域和文化的想法互相碰撞，就能造成層出不窮的曠世好點子。」不管讀什麼系所，千萬不要排斥其他系所的專業知識。如果是理工科的同學，希望達到梅迪奇效應的話，必須多聽人文學科的演講，多看人文學的圖書。如果是人文學科的同學，想產生梅迪奇效應，就得想辦法去接觸理工的思維方式，理工的研討會、理工的演講。也許聽不懂，但多少會有些許碰撞。何謂梅迪奇效應？中古歐洲有所謂「文藝復興」，文藝復興的推手，是義大利佛羅倫斯的一個家族。佛羅倫斯有一個銀行家族，叫做梅迪奇（Medici），家族祖先本業醫藥，新奇組合，會通交叉思維，行醫施藥往往運用。梅迪奇家族從醫藥世家，成為銀行家之後，開始贊助經費，成立了文藝沙龍。專門邀請建築師、律師、教師、醫生、工人，或者音樂家、畫家，各行各業的，分享他們的經驗、心得。不同學科、不同領域、不同文化之間，就在梅迪奇銀行家刻意安排的聊天沙龍中，腦力互相觸發，智慧彼此激盪、互相觸發。「異場域碰撞」的結果，於是產生了很多的創意。不同的學科之中，人為劃定的藩籬，形成井水不犯河水，甚至老死不相來往。如果堅持這樣的思維，創意將會大打折扣，將很難有新發現，遑論新發明。因為，本位主義容易產生「專業聯想的障礙」。

四、創造性思維舉例

(一) 改良思維

創造性思考，是一種概念性、思維性的東西。最常見的，叫做改良思維。百貨公司常常舉行新產品展覽，不管是電腦展、照相機展、電器用品展、汽車展。所謂新產品，大概八成五以上，都是舊產品的改良。真正無中生有、新創發明的，大概佔不到一成。可見創新產品是很難的。譬如說，電視機、手機，不過是加寬加大，提昇畫質，多幾個功能而已，那就是新產品。只針對舊有的部分，去加以改善。像無扇片電風扇這樣的冷氣機產品，實在不多。由此可見，產品的開發，除了第一代是發明創造外，其他都是改良、改造，哈佛大學李維教授把它叫做創造性模仿。創造性模仿，並沒有發明新產品，只是把產品變得更加完美。如果發現原有的產品有瑕疵、不方便、功能不多，或者容量不大，能加以改善，就叫做創造性模仿。

電訊要進行跨海傳輸，有其艱難，海底電線、海底電纜有時候會斷裂。這個跨海傳播如果沒辦法成立，資訊的傳播就遇到瓶頸。摩斯從驛站換馬匹獲得啟示，解決了跨海傳輸的困難。每隔一段，就換一個轉換器。驛站換馬匹的歷史，從古代就有。假設驛站從南部鵝鑾鼻起跑，馬匹跑到屏東，就是一個驛站。到高雄，又一個驛站，到臺南，又一個驛站。通常，抵達驛站後，換馬不換人。驛站替換馬匹的啟示，轉換到電訊、電資，資訊傳播方面，體現出創造性模仿，解決了傳輸的問題。所以，研究理工的、或研究企管的，多多的進行人文思考和推敲，就不難發明新產品。又如醫生使用的聽診器，實際上是從小孩子中空圓木遊戲得到啟發，改良形成的。在以前，我們都玩過這種遊戲。把小火柴盒，用一條細線連起來，大概隔了二、三十公尺，那頭講小小聲的話，我這裡居然能夠聽得見。這就是中空圓木一種傳話的遊戲。這個傳話的遊戲，被藍尼克醫生模仿改裝之後，就成為一種聽診器。之後不斷改良，現在醫生使用頻繁的聽診器，就是這樣改良來的。

(二) 求異思維

創意之運作，消極上要避免雷同，如果近似雷同，就不是創意。一般人所謂的創意，只是標新立異，其實不完全是。標新立異，只是創意的特徵之一。求異思維，又叫做發散思維、輻射思維，指思考路數擺落既有經驗，跳脫既有規則限制，嘗試從不同角度、不同方式來尋求解決問題。這種求異思維，有三大特性，一是變通性，二是獨創性，三是探索性。有很多發明，實際上運用求異思維。高雄燕巢出產一種牛奶棗子。冬天時，天氣較冷，一般人不喜歡喝牛奶，牛奶往往過期。有一個果農，突發奇想：人喝牛奶有營養，果樹喝牛奶，是不是也有營養呢？他就把過期的牛奶，倒給棗子喝。結果長出來的果實，就有牛奶味道。於是牛奶棗子跟一般棗子風味就不同，這就是求異思維。我十年前喜歡養一些花、種一些草。曾問一位賣盆栽的老闆說：你攤位的發財樹，葉片為何這麼亮？怎麼養的？他說：給它喝啤酒呀！我反問：怎麼喝啤酒？他說：啤酒開了以後，放一個晚上，隔天再倒花盆上。如果有錢的話，也不妨給它喝葡萄酒。我就說：「開玩笑！人都沒有喝這麼好，果樹還喝葡萄酒。」後來有朋友送我一瓶紅葡萄酒，一個不小心，葡萄酒掉到地上，濺了滿地。我覺得可惜，用海綿去吸收，收集到一個容器裡面。裡面有玻璃，不能喝，就把葡萄酒拿去澆盆栽。結果盆栽不僅沒有死掉，還長得非常好。這就是一種求異思維，是一種異想天開、匪夷所思的思維方式。當然，你不能用開水去澆花卉果樹，這是可以想見的。

我研究王昭君的詩歌，出版一本《王昭君形象之轉化與創新》的書。王昭君會彈琵琶，這是大家熟悉的常識。但是最初在《漢書》、《後漢書》中的王昭君，沒有寫說她會彈琵琶的。實際上，王昭君的琵琶，是向漢朝的烏孫公主借來的。烏孫公主劉細君，被嫁到吐魯番去和親，她會彈琵琶。東晉詩人石崇，作了一首〈王明君辭・並序〉，他想烏孫公主和親時彈琵琶，王昭君處境和劉細君類似，昭君出塞，和親匈奴的時候，應該也彈琵琶。這麼一想當然爾，就移花接木，將公主琵琶借為昭君琵琶。從此以後，唐宋元明清的詩歌、戲曲，談到昭君和親，都藉琵琶寫怨，這就是所謂移花接木。民間傳說與故事的形成，移花接木是一大編寫策略，如孟姜女故事、梁山伯祝英台故事，要皆如此。甚至，《三國演義》小說不同於《三國志》處，也在移花接木。

移花接木是一種很好的創造性思考，其中自有創意。最近三年來，世面上銷售一種電風扇，沒有葉片，價格很高。原來是英國的科學家戴森，模仿手部烘乾機，發明一種空氣的倍增器，就是無扇葉的電風扇。日本人最近的研發，想模仿噴墨列表機的原理，來研發一種香味的發送器。現在看電影、看電視，無法傳送氣味。將來電視、電影播放，譬如有烤雞場景，有麵包出爐，就會聞到香噴噴的氣味。這是借鏡噴墨列印的原理，來研發香味發送器。前不久，各大學有創意競賽嗎？有一位南部科技大學的女同學，作品是替海豚穿上救生圈。救生圈，本來是人穿的，他異想天開、移花接木，把人穿的，移給海豚穿。海豚無論是受傷了、生病了，需要救援，就用得著救生圈。你想說，這個還不容易！其實，後見不高明，先見才具創意。人家先你發明、發現了啊！以上，是以模仿、參考、借鏡、類推為手段，一般所謂的求異思維。

創意，是文學的生命，藝術的靈魂。創意，不是一蹴可幾的。所以，創作常從模仿開始。像王安石〈虎圖〉詩，大家覺得寫得很好。事實上，他是創造性模仿杜甫的〈畫鷹〉詩。虎、鷹雖有鳥與獸之別，但形象威猛，可以相借鏡。蘇東坡〈韓幹馬十四匹〉題畫詩，寫得非常精彩。仔細考證，發現是模仿杜甫〈觀畫馬圖詩〉和韓愈的〈畫記〉，再加以變化。藝術注重創造，不能夠太雷同。包括蘇東坡所作〈定惠院海棠〉的詩，經由比較推敲，發現是模仿老師歐陽脩〈千葉紅梨花〉詩。蘇東坡寫海棠花，他模仿紅梨花。花種不一樣，但有些地方相通相近，像紅色、花卉等，就可以拿來借鏡。蘇軾名作〈煙江疊嶂圖〉題畫詩，也模仿唐朝張說的〈江上愁心賦寄趙子〉。最清楚的，就是大家熟悉、小朋友喜歡的變形金剛。它滿足小朋友「還能變什麼」的需求。你看這不是求異嗎？一直變、一直變，所以你會期待它變出一輛汽車、變出一隻怪獸來。美國的萬寶路香菸，本來是一種女性的香菸品牌，味道比較淡。後來搖身一變，變成男子漢抽的菸。性別變異的結果，萬寶路形象，現在變成虛擬人物的前三名。所以，要設計廣告，求異思維很重要，仿擬、翻轉是其設計策略。稍微轉換一下，就是新的產品。本來是優雅女性抽的菸，轉變成粗獷男性抽的菸等等。

(三) 反常思維

反常思維，是從反面去思考問題，或者叫做逆向思維。臺北遠流出版社出版一本書，叫做《反常識的創意術》。這本書，是日本人高橋昌義寫的。主要談一個點子，如何變成世界知名的產品。反常思維怎麼運用呢？是顛倒進出之功能。譬如吸塵器，我們知道電扇會產生靜電，扇片上面有很多灰塵。用電扇吹走灰塵，是行不通的。那我們反常思考，如果發明一種產品轉向來吸走灰塵，行不行？這就變成真空吸塵器。發明就是這樣，逆向、反向思考。運動比賽的跳高，從垂直引體向上，到背越式，已作二次反常思維的轉變。後來卻又發明了腹滾式跳高法，打破奧運記錄，獲得了金牌。可見，能翻轉，能顛覆傳統，就是發明、創造，這都是反常思維的發用。有一次，跟一群朋友，到高雄美術館參觀。我們抵達的時候很早，剛開門。一般的慣性思維、線性思考，參觀都是從前面一直看到後面。當時我突發奇想，不如從後面往前看。我們一直走到最後一個展覽廳，因為剛開門，還沒有什麼人，於是解說員就針對我們十個人，進行詳細解說，沒有其他外人來湊熱鬧。從最後一個展覽廳往前看，也不會人擠人，而且也不會漏失，這就是反向思考的妙用。

《史瑞克》這部迪士尼的影片，可謂顛覆了童話形象。像公主，可以讓她練跆拳道，由溫柔變陽剛。灰姑娘、白雪公主都可以在昏迷中，大打出手。而且《史瑞克》動畫，它還大量運用了底下要分享的組合思維。迪士尼所有童話故事，人物演員都在《史瑞克》這部動畫出現，這就是一種組合、組裝。美國電影《沉睡的咀咒》，唯有真愛的親吻才能救醒沉睡公主。結果獻出真愛之吻的，居然是當年下咀咒的女巫，顛覆了童話故事，真愛是白馬王子的傳統。我們再看反常思維，龜兔賽跑，大家都很熟悉，首先當然是兔子睡覺、烏龜超前、先到。龜兔賽跑的網路版：兔子很不服氣，有一天跟烏龜說，我們再比賽一次。烏龜說可以呀！但這次比賽的路線，要由我烏龜來規劃。兔子說沒問題。在陸地上跑，兔子當然贏。遇到一條河，烏龜慢吞吞地游過去，結果烏龜還是贏了。第三次，兔子還是很不服氣，牠覺得堂堂一個兔子，怎麼能輸給烏龜呢？牠要求烏龜，可不可以再比一次？烏龜說，可以呀！不過這次是友誼賽、表演賽，我們不要比輸贏。在陸地上，是兔子背著烏龜。過了河，是烏龜背著兔子，兩相合作，就完成了這項友誼賽。設想出這樣點子的，就是一種創造性思考。可見，沒有想法，就沒有發明，就不會有行動。所以，創意思維是很重要的。

(四) 組合思維

有一本書，叫做《論語與算盤》。這是日本近代化之父，澀澤榮一所寫，是一系列演講的集成。《論語》是講道德的，講仁義的。算盤，是賺錢的，是講利的。做生意如果能把義跟利加以結合，那麼就可以走遍天下無敵手。澀澤榮一的《論語與算盤》，影響了日本近代化、日本企業精神。所以，日本人談經營之道、做生意之道，就是兼顧義跟利，於是跟其他國家不同。義跟利，原本是互相排斥的東西，進行完美的結合，這是一種組合思維。大前研一本來是麻省理工學院核子力學的博士，碩士，讀日本東京工學院，也是讀核子力學。但是，大前研一獲得了核子力學博士的時候，全球都在反核。大概由於三哩島事件，車諾比事件（那時福島事件還沒有發生）。所以，他覺得研究核子力學，似乎沒什麼前途。於是，他切換思考路徑，應徵工作。能夠切換思考路徑，是一種創造性思維。你讀電機的，一直用電機系的角度去思考問題，很難有什麼突破。因為大家都具備專業，不是只有你有。如果你從跳脫電機的專業角度，切換到人文的思維；切換到資訊，也許切換到管理、切換到藝術，去看問題的話，結局就會不同。大前研一是日本的趨勢大師、企業管理大師，所提組合思維，特別值得介紹、值得推薦。大前研一很強調切換思考途徑。他將經營分析和科學研究，進行學科整合。認為這兩種東西，同樣都是思考邏輯，有它相通之處。不論是經營管理，或是科學研究，都要經過無數個假設、實驗、印證，最後才獲得絕對不會錯的結論。大前研一這段話，見於所著《思考的技術》這本書。所以，大前研一到世界各地作專題演講，對那些大企業做整合，不斷地做經營管理的分析。是借鏡理工的思維邏輯，切換到企業管理的場域中來。他一場演講，演講費是五萬美金，要一年前預約。可見，有他的價值。這裡，我要特別強調組合思維的重要性。各位手中都有手機，手機就是組合思維的產品。手機最早只是一個會移動的電話而已，後來，手機不斷加添很多功能，它不只是電話，同時也可以用來攝影、也可以用來上網、看影片、聽音樂。本來喇叭、收音機、照相機、電腦、電話，都有不同的功能，分屬各自獨立的發明。蘋果、三星把這些看起來不相關的產品組合起來，就成了改變通訊、改變生活的世界產品。更早一些產品，像隨身聽、手機也是。所以，這種組合思維是最尋常的創意，要領在能互相接納、不可以互相排斥。

舊元素的新奇組合，能創造發明新產品。古今例子很多，像谷登堡發明活字印刷機，造成十五世紀中古歐洲的宗教革命、促成文藝復興。活字印刷機的發明，實際上是組合思維的發用，把原來用來壓製葡萄酒的榨汁機，跟用來鑄作硬幣的硬幣沖印機，兩個加以組合，就成了活字版印刷。遺傳學之父孟德爾，把數學和生物學做結合。現在大學，數學系就是數學系，生物系就是生物系，電機系就是電機系，管理系就是管理系，這樣不行，要重新組合。像愛迪生發明電燈，是把並聯的電路連接高電阻的燈絲，這樣就發明了照明設備。你可以想像，現在二十一世紀，沒有電燈的話，將會是什麼世界。恐龍在幾十萬年前，曾經在地球上存在過，為什麼最後會消失？因為恐龍是古生物，所以學界探討恐龍滅絕之謎，常常運用慣性思維、垂直思考，從古生物的角度去研究，結果沒有得到答案。後來，有一位諾貝爾獎得主，自己本來是天文學的專業，但對古生物學有興趣，就把天文學和古生物學進行交叉整合研究。因為大規模古行星的殞落，撞擊了地球，產生了很多灰塵，遮蔽了太陽。地球上的植物，就不能實行光合作用，於是植物大量枯萎、死亡。有些賴植物生存的動物，尤其是恐龍，身體大、食量大，就不能生存。這樣的推論，是目前科學界，比較能接受的：行星的殞落，造成恐龍的快速滅絕。科學家提出這個，主要是把天文學和古生物學，做個整合，才能見人所未見、言人所未言。所以，大學各系所雖然分科，但不要畫地自限。不要認為只要懂得自己專業領域的東西就好。如果同時能懂得其他領域的東西，相互激盪，往往就會產生很多智慧的火花，就會更有創意。

以文學的生存發展來看，也需要進行組合思維，如以文為詩：本來詩歌和古文文體不同，如果把古文跟詩歌，加以會通組合，運用古文的語法、古文的語言、古文的主題，把它呈現在詩歌裡面，就會變成以文為詩。蘇東坡的以詩為詞，也是一樣。本來詩是詩、詞是詞，如果把詩的特質，放在詞裡面，加以呈現。像「大江東去……」，這樣的詞，在東坡之前，《花間詞》是沒有的。花間詞是講愁、講愛等等，不會講到人生的嚴肅主題。把人生的嚴肅主題像歷史興亡、人倫親情（這是詩歌經常強調的），放入詞裡面，加以組合，就變成蘇東坡的以詩為詞、豪放詞。辭賦和古文、詩、詞，也都是獨立成熟的文體。但騷人墨客為了追新求變，從六朝文學開始，就紛紛出現以賦為詩、以賦為文、以賦為詞的「破體」作品。明清小說關於場景描寫，更時時運用「以辭賦為小說」的現象。這些新奇組合，都是文學生存發展的催化劑。其他，如詩中有畫也是，詩是時間藝術、畫是空間藝術，兩個加以組合融通之後，詩情畫意，相得益彰，就變成一種新的風格、增加新的內容，這就是一種組合思維。

(五) 開放思維

開放性思維，指創造性思維要從多角度、多側面、開放性，來解決問題。而不是侷限在單一的、邏輯的思維。這樣，會促成發散思維、逆向思維、側向思維、求異思維，還有非線性思維。看問題，要從多角度去觀看。蘇東坡有一首詩，叫做〈題西林壁〉:「橫看成嶺側成峰，遠近高低各不同。不識廬山真面目，只緣身在此山中」。這首詩提供兩個哲理：第一，當局者迷，旁觀者清。其二，角度不同，觀點就不一樣。這首詩提供了七種觀賞廬山的角度：橫看、側看、遠看、近看、高看、低看，這些都是在局外看，還有一種在局中看。看廬山風景有七種角度，我們看問題，就不能只是單一，正面的直接角度，應該還有側面、旁面、反面、對面。這樣看，才叫做開放性思維。

(六) 獨創思維

思維成果的獨創性，是創造性思維的直接體現或標誌，常常具體表現為創造成果的新穎性和唯一性。創意如果不是唯一，就不是創意，只是標新立異而已。以宋代的文學來說，表現為「未經人道，古所未有」。所追求的語言，是創意，是古代都沒有人談過的。所以，像歐陽脩、蘇軾、黃庭堅、陳師道等人，都有這樣的能力。獨創思維，就是朱熹所說的:「言眾人之所未嘗」，別人都沒說過，我第一次說，這就是創意。別人都沒想到，我第一次想到，就是創意。陳之藩是電機學博士、教授，更是一位知名的散文家。《在春風裡》提到說:「詩跟真理有相通之處，最好的詩句只有一個。如果被別人唱出、寫出，別人就不必再寫了。真理也只有一個，如果被別人先說出，別人也不必再說了。」他又說:「詩這種東西真奇怪，像科學一樣，第一個唱出來的就是傑作，第二個學出來的，就成了練習題。」獨一無二，前所未有，就是創意，由此可見。

五、結論

所謂創造，是一種獨創之思維、新異之聯想、切換之思路、疏遠之設想，大抵就已有之要素改造或重組，從無有到實有之出現，往往產生破舊立新之本質變革。易言之，創造意識，是一種發現新思想，進行新組合，解決新問題，產生新理論，進而改造新世界、建立新價值、開拓新產品之美好策略。有意義的創造力，包括改造、取代、合併、擴大、縮小、轉換、排除、顛倒、重拾，要皆產品開發不可或缺之創造思維。

同樣讀一本書，每一個人讀到的不同，各自領會的奧妙也不同；各自寫一篇文章，大家寫出來的也不一樣，可見大家都在追求創意。小說家托爾斯泰（Leo Tolstoy）說過一句話：「每一個人都想改變世界，卻沒有人想改變自己。」我們都很想改變世界，希望心想事成，希望世界因著我們的想法，而變得更美好、更美妙。但，你要改變世界之前，是不是要先改變自己。改變自己的慣性思維，改變自己的線性思維，改變自己的懶人思維。

只有自我的思考模式改變了、正確了，生活中的其他事情才會開始好轉。我們談教學、研究、創作，不妨就從創造性思維的講究開始。一旦思維方式確實調整改變了，其他相關問題才可能好轉。

創造性思考，值得追求。運用其中的一招半式，就可以長善救失。嘗試用創意，來突破困境，用創意來改善現況，用創意來提昇層次，用創意來競爭超勝。發用創意，善用創意，世界會更加可愛，明天將會更加美好！

演講大綱

一、前言

態度決定高度，格局影響結局，如今已成經營管理學的口頭禪。試進一步探問：又是什麼決定了態度？什麼東西可以影響格局？我認為：是人文素養決定了態度，是創意思維影響了格局。因為，科技源於人性，創意來自人文。

立身處世、待人接物之際，舉凡談吐、思辨、美感、創新、器度、洞識、反思、前瞻，以及融會貫通等能力，都屬人文素養。人文學院所修讀之文學、哲學、歷史、藝術、語言、宗教等課程，都是教養傑出領袖人才的法寶和秘笈，可惜社會一般人都等閒視之，實在可惜。一個受過高等教育的知識份子，畢業進入職場，的確憑藉專業能力；之後五年、十年，誰脫穎而出？誰領袖群倫？誰能獨當一面？誰可平步青雲？就不再是專業能力掛帥，而是人文素養決定了態度和高度。於是，創意思考成為化鵬成龍的利器，既能左右格局，自然也影響了結局。

二、線性思考是創意的殺手

常人的思維方式，大多成慣性反應，比如多率意即興、因循苟且地朝正向、近距、浮面、熟習、直處、淺處、粗處、窄處，作平凡而封閉之思考。此種慣性思考、綫性思維，時常形成專業慣性的聯想障礙，最不利於創造或研發。救濟之道，在於轉換觀點，調整視角，盡心致力於創造性思維，如此較有可能創新發明。《易傳》所謂「窮則變，變則通，通則久」，就是這個道理。

1. 凡作文發意，第一番來者，陳言也，掃去不用。第二番來者，正語也，停之不可用。第三番來者，精意也，方可用之。（元陳繹曾《文說》）

2. 每一題，必有庸人思路共集之處纏繞筆端，剝去一層，方有至理可言。（明黃宗羲《論文管見》）

3. 凡人作詩，一題到手，必有一種供給應付之語，老生常談，不召自來。若作家，必如謝絕泛交，盡行麾去，然後心精獨運，自出新裁。（清袁枚《隨園詩話》卷七）

4. 破除習慣性思維定勢，有三大妙方：（一）要到傳統功能之外尋找功能，如讓和尚買梳子，讓不用毛筆的人買毛筆。（二）要到傳統規矩之外尋找規矩，如貸款美元，用來存珠寶。（三）要到傳統辦法之外尋找辦法，如孔明草船借箭。（王國安《換個創新腦》，第六章〈如何掃除創造性思維障礙〉）

5. 執著專業，容易形成慣性之聯想障礙，不利於創造或發明。例如唐孝威〈知識遷移，跨學科選擇課題〉、任繼周〈超越專業，開拓創新〉、何繼善〈破除思想障礙，感于開拓創新〉、黃尚廉〈創新源於實踐，交叉利結碩果〉。（盧嘉錫等主編：《院士思維》第 3 卷，頁 1109-1111、1407-1408、1488-1492、1746-1750）。

三、創造思維的特色

創意，又稱創造思維、創造性思維，本稱創造思考能力，簡稱創造力，俗稱創造思維或創意思維，是一種高度發展的人類思維形式。原指無中生有、首創發明而言。其特色為匪夷所思、為不可思議，注重思維空間之開放性，思維本質的獨特性。思路決定出路，格局影響結局。

創造性思維有別於一般思維的主要特點是，思維形式的反常性，思維過程的辯證性，思維空間的開放性，思維成果的獨創性及思維主體的能動性。

1. 創新可視為一種學科，可被學習，能被實際地運用。創新是既觀念性又具認知性的。因此，想要創新，就必須多看、多問、多聽。（美・彼得杜拉克（Peter F. Drucker）《創新和創業精神》）

2. 當前企業的策略主軸可能是：「更好及更多」；而創新策略的核心，應該是：「新穎且獨特！」（彼得杜拉克（Peter F. Drucker）《經營的哲學・創新》）

3. 創意是一種有跡可循的心靈過程，經過一系列有效的訓練，很多人都有可能進入源源不斷的創意狀態。（《賴聲川的創意學》，余秋雨推薦語）

4. 創新精神之九大法式：（一）知道如何去發現；（二）使思維形象化；（三）流暢地思考；（四）進行新穎的組合；（五）把不相關的事物聯繫起來；（六）著眼於其他方面；（七）從其他角度看問題；（八）發現從未尋找的東西；（九）喚醒協作精神。（美・邁克爾・米哈爾科（Michael Michalko）《創新精神：創造性天才的秘密》*Cracking Creativity：The Secrets of Creative Genius*）

5. 創造力九大策略：（一）改造；（二）取代；（三）合併；（四）擴大；（五）縮小；（六）轉換；（七）排除；（八）顛倒；（九）重拾。（史提夫・瑞夫金（Steve Rivkin）、佛拉瑟・西戴爾（Fraser Seitel）《有意義的創造力：如何把點子轉化成明日的創意》*How to Transform Your Ideas into Tomorrow's Innovation*）

6. 致力不同學科、不同領域、不同文化間之「異場域碰撞」，就會跳脫舊有，開創新局。引導不同領域和文化的想法互相碰撞，就能造成層出不窮之曠世好點子。（強納森（Johansson Frans）《梅迪奇效應・異場域碰撞出曠世

好點子》*The Medici Effect*)

四、創造性思維舉例

(一) 改良思維

產品的開發，除了第一代是發明創造外，其後都是經由「改良」、「改造」而逐步完成。二次大戰後，日本企業對歐美亦步亦趨，以改良產品、改造製程的手段，來強化國際競爭力；以參考先進國家之規格與技術，來進行產品開發。因此，日本稱霸國際市場的產品，像汽車、電視、相機、錄影機，無一不緣於模仿歐美產品，而後逐漸改良產品之形狀與性能，最後再開創出自己的品牌。

哈佛大學教授李維特將「改良」、「改造」稱為「創造性模仿」（Creative Imitation）；管理大師彼德‧杜拉克（Peter Drucker）稱：「創造性模仿並沒有發明產品，他只是將創始產品變得更完美」。以創意見長，於說服術、心理學領域頗有口碑之卡內基（Dale Carnegie）曾言：「我所說的點子都不是我自己的，而是向蘇格拉底、卻斯費得（Chesterfied）、耶穌基督借來、偷來的。」由此可見，能懂得善用別人的點子，就能借力使力，進行創造性模仿，而生發新產品、新方法。所謂天才，就是借鏡別人的解決方法，改頭換面一番，幫忙自己解決問題。產品開發如此，文學作品的改造改寫，以至於後出轉精，又何嘗不然？

創造性模仿與沿襲剽竊間，相似而實不同。程千帆教授曾有明確之區別：「以今作與古作，或己作與他作相較，而第其心貌之離合：合多離少，則曰模擬；合少離多，則曰創造。」

1. 摩斯（Samuel Morse）從驛站替換馬匹之啟示，解決了跨海傳輸之困境。

2. 藍尼克（Rene Laennec）從孩童中空圓木遊戲，發明醫學聽診器。

3. 戴森模仿手部烘乾機，發明「戴森空氣倍增器」〈無扇葉電扇〉。

(二) 求異思維

求異思維（divergent thinking），又稱發散思維、幅射思維。指思考路數不受既有經驗或規則之限制，而是從不同角度、不同方式，去尋求解決問題的一種思維方法。從思維結果來看，求異思維有三大特性：其一，變通性：不受思維定勢的束縛，有較強的應變力與旁通性。其二，獨創性：不落俗套，獨闢蹊徑，標新立異，人所未有。其三，探索性：多方求索，不盲從迷信；思路寬闊，不拘守一格。

「變異」，原是結構主義語言學的術語，尤其是布拉格學派研究文學語言時，提出「風格是常規的變異」之說；以為：詩歌語言是對標準語規範「故意的、充滿美感的扭曲」。由此觀之，「變異」是文學語言的實質，沒有變異就沒有文學語言，沒有變異就沒有作家風格，沒有變異文學生命也就完結了。

1. 王安石〈虎圖〉題畫詩，蓋脫胎於杜甫〈畫鶻行〉，畫虎圖轉化為畫鶻，奪換之迹可以彷彿。

2. 蘇軾〈韓幹馬十四匹〉，模仿杜甫、韓愈詩，又有所變異。

3. 蘇軾〈寓居定惠院之東，雜花滿山，有海棠一株，土人不知貴也〉，模仿歐陽脩詠〈千葉紅梨花〉詩，又追新求異。

4. 蘇軾〈書王定國所藏煙江疊嶂圖〉創造性模仿唐張說〈江上愁心賦寄趙子〉，又有所創發。

5. 變形金剛，滿足小孩「還能變成什麼」的需求。萬寶路（Marlboro）本為女性品牌，搖身一變而成「男人抽的菸」，賦予既有產品新用途。

(三) 反常思維

分析問題，解決困難，或進行文學藝術創作時，從往跳脫正面肯定角度，別從相反、相對層面思維。或者將思路引向倒轉、反逆的軌道，作打破慣例，超常越規之探索，所謂特出新意，翻盡古人公案，從而獲得創新和發現。此之謂反面求索法，或倒逆式思維法，或稱為反常識之創意術。

1. 顛倒「進出」功能：由吹走灰塵（電扇）→轉向吸入灰塵（真空吸塵器）。
2. 史瑞克（Shrek）動畫，顛覆童話形象：公主愛練跆拳道，灰姑娘和白雪公主在婚禮上大打出手。
3. 龜兔賽跑網路版，由彼此競爭，轉換為協調合作。

(四) 組合思維

研究者指出：天才之所以為天才，只不過比他人「更多的新奇組合」，「不斷地把一些想法、形象和其他各種思想進行組合和再組合」。廣告創意大師也揭示：「創意完全是舊元素的新組合」，如馬特爾公司之芭比娃娃、Sony 公司之隨身聽、久津公司之波蜜果菜汁，時下使用廣泛之數位相機。如此新奇之組合，成功之產品往往能推陳出新，媲美創造發明。

舊元素的新奇組合，能創造發明新產品，古今實例極多，如將葡萄酒榨製機和硬幣衝壓機作新奇組裝，於是古登堡（Johannes Gutenberg，1398？-1468？）發明活字印刷機。數學和生物學結合，孟德爾（Gregor Johann Mendel，1822-1884）創立現代遺傳學之新學科。愛迪生異想天開，將並聯電路連接高電阻燈絲，而發明了照明系統。諾貝爾獎得主歐瓦雷斯（Luis Alvarez）將天文學與古生物學作科技整合，於是發現行星隕石撞擊地球，解答了 6500 萬年前恐龍快速滅絕之科學謎團。

佛羅倫斯銀行家族梅迪奇，資助科學家、哲學家、金融家、建築家、詩人、畫家，經常聚集、交會、學習，分享經驗心得，不同領域、科目，或文化間，遂產生異場域碰撞，將現有觀念隨機組合，於是生發大量傑出的新構想。這種跨際思考之技術，引導不同領域和文化的想法相互碰撞，促成十五世紀義大利創意勃發之文藝復興。這種現象，叫做梅迪奇效應（The Medici Effect）。梅迪奇效應，注重合併重組，跨際會通，是創意思維應用成功之實例。

由此可見，新奇組合，造成驚人碰撞；扭轉假設，容易發現不同世界；唯有跳脫舊有，才能開創新局。新奇的組合，是天才的展現，其效應足以改變系統的結構，更可能促使事物之質變。

1、以文為詩　2、以詩為詞　3、以賦為文　4、詩畫相資

(五) 開放思維

思維空間的開放性，主要是指創造性思維需要從多角度、多側面、全方位地考察問題，而不再侷限於邏輯的、單一的、線性的思維，由此形成了發散思維、逆向思維、側向思維、求異思維、非線性思維及開放式思維等多種創造性思維形式。

宋詩之學古通變、創意造語之道，多針對典範作品之模稜處、曚曨處、空白處、否定處、粗略處、輕忽處，進行發現、推敲、經營、安排、建構，其中緣飾、附會、填補、翻轉、杜撰、稼接、聯想、組合、類比、會通諸法，在在可作為吾人開發創意之啟示。宋詩之傳承與創新之道，繼往與開來之方，可於此中探求之。

1. 孟姜女故事之形成與新變

2. 梁祝故事之形成與新變

3. 昭君和親故事之形成與新變

(六) 獨創思維

思維成果的獨創性，是創造性思維的直接體現或標誌，常常具體表現為創造成果的新穎性及唯一性。宋代詩學追求「不經人道，古所未有」，陳師道、許尹，方回論杜甫、蘇軾、黃庭堅之所以以詩名世，多在學而不為，變而不襲，留意古人不到處。故朱熹論文，激賞「言眾人之所未嘗」；姜夔說詩，初步尋求「與古人異」，其極致則超越活法而「無見乎詩」。

要之，宋人作詩，追求「皮毛剝落盡」的陌生化，「出人意表」的新鮮感，「著意與人遠」的奇異性，以及「挺拔不群」的獨創性，其中有宋代文化「知性的反省」特質在內，皆是宋人及江西詩家具有獨創成就之基因與催化劑。

1. 最好的詩句，只有一個，如被人唱出，別人只有罷唱。真理，也是只有一個，如被人先說出，別人也只有不必再說了。（陳之藩《在春風裏‧科學與詩》）

2. 詩這東西真奇怪，也像科學：第一個「唱」出來的就是傑作，第二個「學」出來的就成練習題了。（陳之藩《散步‧約瑟夫的詩‧統一場論》，P. 207）

3. 做研究如作詩，如第一個說出，就是大詩人或高斯，如第二個說的人，即是家庭作業的一題了。（陳之藩《散步‧敲門聲》）

附錄二　評蘇雪林《東坡詩論》與宋詩特色

蘇雪林（1897-1999）有關古典詩學的研究專著，有《唐詩概論》[1]、《玉溪詩謎正續合編》[2]、《詩經雜俎》[3]、以及有關楚辭系列專著五種[4]，早已斐聲士林，望重學界。至於宋代文學的研究，除曾著《遼金元文學》稍稍觸及外，[5]一九七二年五月到九月間，蘇先生尚發表「東坡詩論」於《暢流》雜誌，前後六篇，共約三萬二千言。由於未結集成冊出版，因此未獲學界注意。筆者於八〇年代著手研究宋詩，早已拜讀再三，啟發無限。今北京大學主編《全宋詩》，四川大學主編《全宋文》、江蘇古籍出版社印行《宋詩話全編》、《中華大典·宋遼金文學分典》，大象出版社印行《全宋筆記》、上海辭書出版社刊行《全宋文》，多已次第付梓流傳，謂為宋代文學研究之熱潮。筆者研究宋詩十九年，傳成二百餘萬字論文，回頭重讀〈東坡詩論〉，益加傾服蘇先生對東坡詩及宋詩的真知灼見，不但歷久彌新，而且顛撲不破。願借研討先生學術之便，提出本文，加以表彰。還望博雅方家，不吝指正之。

---

[1] 蘇雪林：《唐詩概論》（臺北：臺灣商務印書館，1933 年初版，1988 年五版）。

[2] 蘇雪林：《玉溪詩謎正續合編》（臺北：臺灣商務印書館，1988 年）。

[3] 蘇雪林：《詩經雜俎》（臺北：臺灣商務印書館，1995 年）。

[4] 蘇雪林：《楚辭新詁》（臺北：國立編譯館，1978 年）；蘇雪林：《屈賦論叢》（臺北：國立編譯館，1978 年）；蘇雪林：《九歌中人鬼戀愛問題》（臺北：文星書店，1967 年）；蘇雪林：《天問正簡》（臺北：文津出版社，1992 年）；蘇雪林：《屈原與九歌》（臺北：文津出版社，1992 年）。

[5] 蘇雪林：《遼金元文學》（臺北：臺灣商務印書館，1988 年）。

一、蘇先生對東坡詩的崇高評價

「東坡詩論」，總共發表六篇，是蘇先生評價北宋詩人蘇軾（東坡）詩歌風格和成就的系列論文。依發表順序：〈蘇詩之幽默趣味〉，拈出東坡在調謔、涉筆成趣，以及諷刺方面的風格。[6]〈蘇詩之喜用擬人法——以童心觀世界〉，指出東坡詩有自然的人格化、觀察自然界之精密、善於創造詩的故事等三大特點。[7]〈蘇詩文之以文為詩——善發議論〉，提出東坡作詩好發議論，詠史懷古最多；而且好作翻案，抉進一層。[8]〈蘇詩之詞達氣暢——筆端有舌〉，緣引長篇五七言古詩，印證東坡詩「筆力曲折，無不盡意」，「才思橫溢，觸處生春」的本領。[9]〈蘇詩文之富於哲理〉，論東坡之宇宙觀、人生觀，有得於道家老莊，及佛學禪理。[10]〈東坡詩之小說俗諺及眼前典故〉，強調東坡詩熔鑄小說俗諺，運用今典，長於化俗為雅。[11]而且楬櫫「蘇詩最佳的象徵，應為流水」，作為全文之結論。[12]

這六篇論文的篇幅，雖然長短不一，但對東坡詩歌造詣的推崇，卻是前後一致的。由此類推，蘇先生並不贊同宗唐派所謂「宋詩不如唐詩」，「終宋一代無詩」的成見。[13]蘇先生評價東坡詩，除徵引為數可觀的東坡詩歌作印

---

[6] 《暢流》45卷7期，1972年5月，頁6-11；頁18。即〈東坡詩篇〉之一。

[7] 《暢流》45卷8期，1972年6月，頁54-60。即〈東坡詩篇〉之二。

[8] 《暢流》45卷9期，1972年7月，頁13-15。即〈東坡詩篇〉之三。

[9] 《暢流》45卷10期，1972年8月，頁4-7。即〈東坡詩篇〉之四。

[10] 《暢流》45卷11期，1972年9月，頁12-14。即〈東坡詩篇〉之五。

[11] 《暢流》45卷12期，1972年10月，頁6-10。即〈東坡詩篇〉之六。

[12] 同上注，頁10。

[13] 《暢流》45卷10期，〈東坡詩篇〉之四，頁4。

證外，大抵運用四種方法：一、直接正面讚賞；二、比較諸家優劣，獨重東坡；三、引用詩話筆記作佐證；四、辨疑正誤，而歸美東坡，論述如下：

(一) 直接正面讚賞

所謂詩人確與普通人不同。詩人有三富，第一是富於「幻想」，第二是富於「好奇心」，第三是富於「浪漫氣質」。正因詩人有了這種特殊稟賦，他就成了一個永遠長不大的孩子。……蘇東坡是一個純粹的詩人，也是一個不失赤子之心的大人。他與同儕相狎侮戲謔，固出於純潔的遊戲衝動，即其好作政治的諷刺，又何嘗不是出於純潔的遊戲衝動。(〈東坡詩論〉之二)

「真正自然」(六朝風花雪月不算真正的自然)的面貌不能見於中國文學，不是很可惜嗎？幸而幾千年來的詩壇，還有一個不失其赤子心的蘇東坡，仍能繪畫這個真正自然面貌之一二，供我們閱讀，這真是中國文學一分少有的豐富財產，值得我們驕傲。(同上)

東坡為詩固詞達氣暢，但亦工為新奇之語。惟並不由撚斷吟髭，踏翻醋甕，苦思力索而致，卻是由於他極高明的天份得來，故雖極其新奇而不傷雕鑿。東坡有云：「覺來落筆不經意，神妙獨到秋毫顛。」(〈題吳道子畫〉)。又曰：「詩人雕刻閒草木，搜抉肝腎神應哭，不如默誦千萬首，左抽右取談笑足。」(〈次韻孔穎父…〉)(〈東坡詩論〉之四)

東坡有這種曠達的人生觀，故榮辱險夷，無往而不自得，天涯海角，亦無所謂遠近之分。(〈東坡詩論〉之五)

直接稱賞，無所依託的論斷，大抵出於蘇先生別出心裁，深造有得之見解。稱東坡是位不失赤子之心的詩人，所以其詩洋溢著「幽默趣味」。東坡評價黃庭堅書法，所謂「以真實相出遊戲法」；此正禪宗所謂「遊戲三昧，逢場設施，無可不可」，所謂「戲言近莊，反言顯正」，「打諢通禪」者是。[14]宋詩表現諧趣之「戲作」極多，多受東坡之啟發。稱東坡為幾千年來「能繪畫這個真正自然面貌」的詩人，所以詠物詩、題畫詩體物工妙，形象典型。[15]稱東坡詩詞達氣暢，新奇而不傷雕鑿，[16]故長篇五七古，放筆直書，一瀉千里。稱東坡受老莊道家濡染，[17]得佛學禪宗洗禮，故曠達樂天，無入而不自得。[18]凡此卓見，皆有充足論證，非徒託空言者。

(二) 比較諸家優劣，獨重東坡

至杜甫為詩歌，始間有幽默之作，如〈彭衙行〉，〈北征〉，描寫小兒女癡憨之態，皆令人解顏。然杜甫生當大亂之際，轉徙道路，流離顛沛其詩中悲苦之音，多於歡愉之意，幽默天才尚不能充分發展。至於東坡則天性固自滑稽，富於風趣，又生值承平之世，朋儕往還，杯酒談笑，足以恣其揄揶諧謔而無所禁忌。他又認識幽默是文學上最高境界，自己又生來一種「上可陪玉皇大帝談話，下可與卑田院乞兒笑言。」遊戲人寰，風流灑脫，無可無不可的性格，何妨盡量用文學表達出來，於是他就縱筆所之，不加檢束，而幽默

---

14 周裕鍇：《中國禪宗與詩歌》（上海：上海人民出版社，1992 年），第五章，三、打諢通禪，頁162-171。

15 宋蘇軾著，孔凡禮點校本：《蘇軾文集》（北京：中華書局，1985 年），卷六十八，〈評詩人寫物〉，強調描寫之個性化、典型化問題，頁 2143。

16 東坡詩「新奇」之美，在宋詩具典範意義，參考張高評：〈清初宗唐詩話與唐宋詩之爭——以「宋詩得失論」為考察重點〉，《中國文學與文化研究學刊》第 1 期（臺北：臺灣學生書局，2002 年），（一）變異與陌生化，頁 107-113。

17 參考張高評：〈蘇軾遷謫與山水紀遊詩之新變——兼論道家思想與生命安頓〉，《中國蘇軾研究》第一輯（2004 年），頁 219-248。

18 參考孫昌武：《禪思與詩情》（北京：中華書局，1997 年），第十四章〈蘇軾與禪〉，頁 440-477。楊勝寬：《杜學與蘇學》（成都：巴蜀書社，2003 年），〈自是先生游物化，非關此地獨超然——論蘇軾超然精神的哲學內涵〉，頁 236-251。

文學就此成立。東坡詩文其幽默趣味，遠過少陵，亦是無怪。(〈東坡詩論〉之一)

> 自韓愈倡「以文為詩」之法，宋人越加進步。至東坡則橫放恣意，曲折反覆，忘其以文為詩。宋人謂昌黎詩乃「有韻之古文」，歐陽修亦學此禮。但昌黎意義少，歐公有意義而範圍亦不甚廣。東坡在這方面獨達高峰，眾山在下，仰之興嘆。(〈東坡詩論〉之三)
>
> 〈夜讀孟郊詩〉，評孟郊詩既語語皆確切，字字合分寸，而幽默趣味，又盎然筆端。我國古人以詩歌為文學批評者亦大有其人，但像東坡這首詩之佳妙者，萬不獲一。(同上)
>
> 我國沒有像西洋一樣的哲理詩，這是中國詩的缺點。但中國詩歌也不是全無哲理，東晉之初，清談之風大盛，……寖淫而及於文學。……所有作品只能謂為一種哲學歌訣，而不能稱之為文藝。
>
> 至陶淵明出而文學與哲學始能融合而合為一，如其〈形贈影〉、〈影贈形〉、〈神釋〉，皆膾炙人口，惜關於這類詩不多見，可知其難。
>
> 東坡於道家學問受用頗深，其後又縱覽佛典，深通禪理，更推詳萬世萬物之理，參會之以世故與人情，而成為一種最高尚最超卓的人生觀。且東坡的天性，天真活潑如孩童，淡泊恬退如高士，故能均榮辱，齊得喪，獨立萬物之表，超乎塵埃之外。他的思想極敏銳，感覺之反應也極強烈。故能「優哉悠哉，玩物之變」；也能「心超天地有形外，思入風雲變幻中」。(〈東坡詩論〉之五)

蘇先生論東坡幽默文學的成就，先感慨中國文學上幽默作家如鳳毛麟角；接著談杜甫「始間有幽默之作」，最後凸顯幽默文學至東坡而蔚然成立，[19]

---

[19] 參考陶文鵬：《蘇軾詩詞藝術論》（上海：上海古籍出版社，2001 年），〈蘇軾山水詩的諧趣、奇趣和理趣〉，頁 106-109。

且成就遠過杜甫。論「以文為詩」的源流優劣，從韓愈說道歐陽脩、蘇東坡，而推重東坡「橫放恣肆，曲折反覆」，獨造高峰。[20]又將東坡〈夜讀孟郊詩〉與其他古人「論詩詩」之文學批評作比較，推崇東坡此詩之佳妙，以為「萬不獲一」。論東坡詩的哲學趣味，則以永嘉之玄言詩、陶潛的哲理詩、西洋的哲理詩作對照，再強調東坡受老莊道家影響，佛學禪理薰陶；加上思想敏銳，天性純真，故蘇詩甚富哲理。[21]

建構學術論點，採用比較法，容易凸顯得失、優劣、偏全、精粗；蘇先生用以評價東坡詩，效果良好。

二、引用詩話筆記作佐證

筆者曾於另一著作中說：「發言要使玉皇笑，搖筆能使風雲忙。」，袁子才的兩句話拿來贈給蘇東坡最為適合。又曾說讀了陶淵明的詩，會叫你心平氣和，讀了杜工部的詩，會叫你激昂感慨，讀了蘇東坡的詩會叫你心花怒放、笑口常開。(〈東坡詩論〉之一)

幽默文學之另一道，即所謂「涉筆成趣」。這不是預期的結果，而是事到眼前，靈機一動，忽然寫入詩中，非天分高明，富於機智如東坡也是無能為役的。趙翼《甌北詩話》謂坡「才思橫溢，觸筆生春」，也正指此等處而言。

東坡詩始學夢得，劉後村固曾言之。陳後山亦云：「蘇詩始學劉夢得，

---

20 程千帆：〈韓愈以文為詩說〉，見於莫礪鋒編：《程千帆全集》（石家莊：河北教育出版社，2001年），頁 303-327。

21 東坡詩之議論與理趣，參考朱靖華：《朱靖華古典文學論集》（長春：吉林文史出版社，2003 年），〈蘇軾與宋詩的議論化理趣化〉，頁 79-96。

故多怨刺。」(見陳所著《談叢》)但夢得詩雖怨刺而不能如何幽默。東坡怨刺亦有較為刻毒者而風趣則遠勝。故夢得詩僅令當時執政者恨，而東坡詩則能令後世讀者笑。(同上)

東坡嘗言:「詞達而已矣。」又曰:「某平生無快意事，惟作文章，意之所到，其筆力曲折，無不盡意，自謂世間樂事，無踰此矣。」《春渚紀聞》趙翼論東坡詩亦云:「大概才思橫溢，觸處生春。而胸中書卷繁富，又足供其左玄右抽，無不如志，其尤不可及者，天生健筆一支，爽如哀梨，快如并翦，有必達之隱，無難顯之情。」(《甌北詩話》)我們現在請舉東坡的〈贈眼醫王生彥若〉為例，用以證實上言。(〈東坡詩論〉之四)

朱弁《風月堂詩話》:「參寥嘗與客評詩。客曰:『世間故實小說，有可以入詩者，有不可以入詩者，惟東坡全不揀擇，入手便用。如街談巷說，鄙俚之言，一經其手，似神仙點瓦礫為黃金，自有妙處。』參寥曰:『東坡牙頰間別有一副爐鞴也，他人豈可學耶？』」王十朋為東坡詩集作序曰:「東坡先生英才絕識，卓冠一時，平生斟酌經傳，貫穿子史，下至小說雜記，佛經道書，古詩方言，莫不畢究。……」(〈東坡詩論〉之六)

蘇先生十分稱賞東坡詩的幽默趣味，〈東坡詩論〉中再三強調這種審美觀。上列資料中，蘇先生曾引袁枚兩句詩，申說東坡詩「會教你心花怒放，笑口常開」；又引用趙翼《甌北詩話》，稱揚東坡「涉筆成趣」的幽默法。在東坡來說，諷刺是幽默的變奏；先生指出：東坡雖學劉禹錫之「怨刺」，然風趣則遠勝之，乃舉《後山談叢》為論證。蘇先生研究東坡長篇五七古，發現波瀾浩蕩，變化莫測，乃是「筆端有舌」所致，於是援引《春渚紀聞》、《甌北詩話》證成之。東坡作詩，長於化俗為雅，於世小說、俗諺多經陶鑄而入詩，[22]援引朱弁《風月堂詩話》、王十朋《東坡詩集・序》為佐證。

東坡詩的最佳象徵，蘇先生提出「應為流水」，可謂確切不移。文中佐證資料除引東坡〈自評文〉外，更博引《敖器之詩評》、《許彥周詩話》、王應麟《困學紀聞》、李端叔〈評東坡文〉、錢謙益〈讀蘇長公文〉、趙翼《甌北詩話》，證據如山，論點顛撲不破，令人不得不信服。若此種種，徵引具體確切之文獻作佐證，皆可與獨到之心得相互發明，有相得益彰之效果。

三、辨疑匡謬，而歸美於東坡

清高宗批詩（〈贈眼醫王彥若〉）道：「一意翻騰，發難送解，險語奇詞，絡繹奔赴，令人可怖可喜，忘其為有韻之文。」此語誠確，這種文字極不易著筆，而東坡能以極爽快、極明晰之筆法，一層一層逼進，如抽蕉，如剝繭，舉重若輕，化難為易，令人舌橋而不能下，真是奇才。中國散文能到此境界者，尚無所聞，何況詩歌？這是橫絕一代的天才，讀破萬卷的學問，出入老莊佛氏百家諸子的見解與妙悟，融匯一處而成為這一篇傑作的，也可說是東坡的代表作。我相信這首詩陶淵明，曹子建寫不出，李白、杜甫也寫不出。前人總說宋詩不如唐，終宋一代無詩，問他有眼睛沒有？（《東坡詩論》之四）

劉後村《詩話》：「坡詩：翕張開闔，千變萬態，蓋自以其氣魄力量為之，然非本色也。他人無許大氣魄力量，恐不可學。」後村說他人沒有東坡的這樣大的氣魄力量，就不能學他，是對的。說東坡的詩非本色，就錯了。這正和許多人批評東坡詞非詞之本色一般，都是頭巾氣的說法。（同上）

---

[22] 參考張高評：《宋詩之新變與代雄》（臺北：洪葉文化公司，1995 年），陸、〈化俗為雅與宋詩特色〉，頁 303-344。

蘇先生十分贊賞東坡〈贈眼醫王彥若〉詩，[23]不愧獨具慧眼。贊賞之餘，順帶類及南宋以來一樁學術公案－－所謂「唐宋詩之爭」、「唐宋詩優劣」問題：「前人總說：『宋詩不如唐詩』」，『終宋一代無詩』，問他有眼睛沒有？」[24]蘇軾在詩歌的偉大成就，贏得宋詩首席代表的桂冠；他的詩風影響弟子黃庭堅，黃庭堅創立江西詩社宋派，影響南北宋詩壇，及明清的宗唐宗宋之爭。[25]宋詩優劣的論斷，七、八百年來多流於意氣流派之爭，筆者曾從文學語文、詩歌語言著重「新變代雄」的觀點討論唐詩宋詩，[26]與宗唐派者常以「異同源流定優劣」，谿徑有別。[27]蘇先生沉潛唐詩有年，著述斐然，卻不受成見所

---

[23] 《蘇軾詩集》卷 25，〈贈眼醫王彥若〉詩云：「鍼頭如麥芒，氣出如車軸。間關脈絡中，性命寄毛粟。而況清淨眼，內景含天燭。琉璃貯沆瀣，輕脆不任觸。而子於其間，來往施鋒鏃。笑談紛自若，觀者頸為縮。運鍼如運斤，去翳如拆屋。常疑子善幻，他技雜符祝。子言吾有道，此理君未觸。形骸一塵垢，貴賤兩草木。世人方重外，妄見瓦與玉。而我初不知，刺眼如刺肉。君看目與翳，是翳要非目。目翳苟二物，易分如麥菽。寧聞老農夫，去草更傷穀。鼻端有餘地，肝膽分楚蜀。吾於五輪間，蕩蕩見空曲。如行九軌道，並驅無擊轂。空花誰開落，明月自朏朒。請問樂全堂，忘言老尊宿。」（臺北：學海出版社，1983 年），頁 1332。今考諸家評論此詩，曾季貍稱其「真奇作也！」袁宏道以為「無一字不妙！」日本賴山陽贊揚：「韓集亦無此妙語」，查慎行、汪師韓亦皆推重有加，詳參曾棗莊：《蘇詩彙評》（臺北：文史哲出版社，1998 年），卷 25，頁 1098-1099。

[24] 明朝前後七子提倡「文心秦漢，詩必盛唐」，既以盛唐為宗，於是李夢陽謂：「唐無賦，宋無詩」（崔銑《洹詞》）；何景明稱：「宋人詩不必觀」（楊慎《升庵詩話》卷 12）；王夫之亦以為：有宋一代無詩（〈夕堂永日緒論內編〉）；吳喬《答萬季也問》則云：「唐詩如父母然，豈有能識父母更認他人者乎？宋之最著者蘇黃，全失唐人一唱三歎之致，況陸放翁輩乎」葉盛《水東日記》卷 26 載，劉崧宣稱：「宋絕無詩」；同書卷 10 又載蘇平之言，以為「宋之盡體，惟一首可取。」凡此，入主出奴，皆非持平之論。參考張高評：〈清初宗唐詩話與唐宋詩之爭——以「宋詩得失論」為考察重點〉，頁 83-158。又齊治平：《唐宋詩之爭概述》（長沙：岳麓書社，1984 年）。

[25] 參看謝桃坊：《蘇軾詩研究》（成都：巴蜀書社，1987 年 5 月），第六章第四節〈關於蘇軾在中國詩歌史上的意義〉，第七章〈蘇詩對宋詩和後世詩歌的影響〉，頁 254-284；曾棗莊等著：《蘇軾研究史》（南京：江蘇教育出版社，2001 年）。

[26] 參考張高評：《宋詩之新變與代雄》，〈壹、宋詩特色之自覺與形成〉，第二節「唐宋詩殊異論與宋詩的價值」，頁 4-10。

[27] 參考張高評：〈從「會通化成」論宋詩之新變與價值〉，《漢學研究》16 卷 1 期（1998 年 6 月），頁 254-261。

羈絆，從東坡詩之「詞達氣暢，筆端有舌」出發，實事求是，秉持學術良知，推崇蘇詩，而且為宋詩辨誣，於二十七年前作此不平之鳴，真知灼見，令人感佩。

南宋劉克莊《後村詩話》前集卷二，稱東坡詩「非本色」；蘇先生直批其大謬不然。以為此與世人「批評東坡詞非詞之本色一般，都是頭巾氣的說法。」這是很卓越不凡的見解。一代文學當有一代之特色，唐詩學漢魏，亦變漢魏，遂成唐詩風格；就漢魏詩風而言，唐詩並非本色，已自成一家。宋人無不學唐，學唐而求變追新，遂與唐音不同，亦自成宋詩特色；如以唐詩作為權衡天下後世詩歌之唯一規矩準繩，則宋詩自然「非我族類」，不是「本色當行」。宗唐詩者看待唐以後詩，常存同我唐詩則優，異我唐詩則劣；同則本色，不同則非本色之觀點，入主出奴，心存定見，完全無視宋詩「新變代雄」之事實，以此論學，將何以服人？蘇先生論斷東坡詩詞之文學價值則不然，反對劉克莊以「非本色」評價東坡詩，也不贊成世人批評東坡詞「非本色」的論斷。在宋代詩詞研究尚未蔚成風氣的七十年代，有如此不同流俗的觀點，足見學術眼光的敏銳。劉克莊為江湖派詩人，論學宗晚唐，倡「本色」；江湖詩派詩風和詩論皆以反對蘇、黃及江西詩派為主，後世唐宋詩之爭之引發，劉克莊為始作俑者。因此，劉氏對東坡詩「非本色」的批評，只是代表江湖詩派的主張，不能視作定論或真理。[28]尤其是東坡詞「以詩為詞」，開有宋豪放一派，這代表宋人「破體為文」的努力，追求「自成一家」之成果，所謂「指出向上一路」，「一新天下耳目」，是婉約詞風之外，豪放詞的「本色當行」。[29]

---

[28] 參考成復旺等：《中國文學理論史》（二）（北京：北京出版社，1991 年），第四編第四章第三節〈包恢與劉克莊〉，頁 472-479；顧易生等：《宋金元文學批評史》（上）（上海：上海古籍出版社，1996 年），第二編第四章第二節〈劉克莊〉，頁 336-347。

[29] 參考李昌集：〈論宋代詩詞異同之爭〉，《揚州師院學報》1989 年 2 期，頁 61-68；又，參考張高評：《宋詩之新變與代雄》，〈貳，自成一家與宋詩特色〉，〈參，破體與宋詩特色之形成〉，頁 67-141；頁 157-171。

蘇先生之卓見，切合宋代詩詞流變的客觀事實。

四、〈東坡詩論〉的學術價值

蘇先生〈東坡詩論〉（以下簡稱〈詩論〉），區分六大方面評論東坡詩，其中最少包含十二個專題，以當今海峽兩岸之宋詩研究現況，及蘇東坡詩之研究成果觀之，皆屬先見之明、睿知之論。〈詩論〉探討東坡詩的風格內容，及寫作手法，往往賦予極高的評價。其中論點，以今日觀之，不僅前瞻，而且極具啟發。今就〈詩論〉所言，歸納為十二個專題，參考諸家研究成果，斷以己意，以發明蘇先生〈東坡詩論〉的學術價值：一、調謔；二、涉筆成趣；三、諷刺；四、自然的人格化；五、觀察自然界的精密；六、善於創造詩的故事；七、以文為詩；八、以議論為詩；九、詞達氣暢；十、哲理詩；十一、小說、俗諺；十二、眼前典故；依次詮釋發明如下：

蘇軾曾稱黃庭堅「以真實相出遊戲法」，此雖論書法，亦可移為論詩作詩，論者稱「以真實相出遊戲法」，是黃庭堅以作詩通於打諢，以雜劇喻詩的經驗提示。此法經江西詩人輾轉稱引，遂成為宋詩之重要技巧。推本究始，以遊戲法作詩，山谷實受其師東坡之啟示。宋陳巖肖《庚溪詩話》卷下，明言東坡「以文筆遊戲三昧」；東坡詩集文集中，以戲題、戲贈為題者不少，以遊戲三昧心態行文者更多。[30]蘇先生研讀東坡詩有得，拈出「調謔」與「涉筆成趣」二者，可謂慧眼先見，不可多得。東坡一生，關懷民間利病，繫心時政賢否，興之所至，嬉笑怒罵，發為訕謗侵陵，往往得罪當道。烏臺詩案之發生，黃州惠州儋州之遭貶，都跟詩文好諷刺有關。詩文好諷刺而不失風趣者，

[30] 張高評：《宋詩之新變與代雄》，〈柒、雜劇藝術對宋詩之啟示〉，2.宋戲劇之「臨了打諢」與宋詩之「諧趣設計」，頁383-395。

唯東坡能之，蘇先生所贊賞者亦在此。北宋的積貧積弱，憂國憂民的士大夫表示關切者多，蔚為質量可觀之諷諭詩，東坡所作尤為其中翹楚。東坡濡染佛學禪宗，深得「打諢通禪」之妙，作詩行文，往往「遊戲三昧，逢場設施，無可不可」，[31]故作品富於幽默趣味。詩禪關係，很值得作深入探討。蘇先生論文，已為後學開啟方便之門，由此升堂入室不難。

自然的人格化，為修辭學中的「擬人法」，又名「人格化」，美學家謂之移情作用。宋代詩話提示修辭手法者多，宋吳沆《環溪詩話》所謂「以物為人」，楊萬里《誠齋詩話》所謂「比擬」，[32]日本小川環樹所謂「大自然獨對人類懷好意」，[33]宋代蘇軾、黃庭堅、楊萬里作詩，[34]郭熙《林泉高致》論畫，[35]都大談特談宋代文藝的擬人手法。蘇先生提出東坡詩「以童心觀世界」，真可與古今學者所論相得益彰，而且殊途同歸。蘇先生研究東坡之詠物詩、題畫詩，發現東坡擅長繪畫「真正自然」的面貌。東坡作詩，極注意詩歌語言之典型塑造，無論景物、形象、心理的描繪，都能凸顯其獨特個性及精神風貌，此即是東坡所強調的「隨物賦形」、「寫作之功」。東坡文藝美學理論的精華——「傳神說」，[36]於詠物詩、題畫詩，最有具體而微之呈現。術語不同，而指涉相通，蘇先生所言，自有啟益。蘇先生稱東坡「善於創造詩的故事」，

---

[31] 參考周裕鍇：《中國禪宗與詩歌》（高雄：麗文文化公司，1994 年），第五章〈三、打諢通禪〉，頁 178-187。

[32] 同上注，〈捌，不犯正位與宋詩特色〉，「四，以物為人」，頁 459-464。

[33] 小川環樹：〈大自然對人類懷好意嗎？——宋詩的擬人法〉，《論中國詩》（香港：中文大學出版社，1986 年），頁 83-90。

[34] 蕭馳：《中國詩歌美學》（北京：北京大學出入社，1986 年），第七章〈中國古典詩歌藝術史論之三：山水詩藝術的發展〉，三、直率性靈的「代面」，頁 159-167。

[35] 郭熙《林泉高致・山水訓》：「春山煙雲連綿，人欣欣；夏山嘉木繁陰，人坦坦；秋山明淨搖落，人肅肅；冬山昏霾翳塞，人寂寂。」

[36] 參考徐中玉：《論蘇軾的創作經驗》（上海：華東師範大學出版社，1981 年），〈二、隨物賦形〉，「3.盡物之變，姿態橫生」，頁 22-26；熊莘耕：〈蘇軾的傳神說〉，《古代文學理論研究》第十輯（1985 年 6 月），頁 117-128。

活用典故，無中生有。最可見東坡「以才學為詩」的梗概。南宋張戒《歲寒堂詩話》、嚴羽《滄浪詩話》都批評蘇、黃的「以才學為詩」，並非持平之論。「以才學為詩」，自有優劣成敗，東坡才高學博，又長於運化，所作自然不可同日而語。當代學人已為其辯護發徵，大抵多肯定其使事用典之創新出奇，[37]與蘇先生對東坡詩之推崇一致不二。

蘇先生〈詩論〉之三，探討東坡詩之「以文為詩，善發議論」；而且提到東坡詠史詩長於翻案，抉進一層。不僅開掘出東坡詩之特色，而且宋詩之特質亦已隱含其中。宋詩之追求「自成一家」，表現層面多方：其中有積澱傳統，突破創新者；有絕去畦徑，別具隻眼者；更有開發遺妍，精益求精者，[38]東坡所作詩，多有具體呈現。流風所至，逐漸蔚為宋詩的特色。嚴羽《滄浪詩話》所批判，「以文為詩、以議論為詩」之弊端，大抵為南宋江西詩派末流所有。蘇（軾）、黃（庭堅）所作，為新變唐詩而來；既「破體為文」，又致力於「出位之思」，於是詩與文交流，文學與哲思合轍，[39]天下風從，因而蔚為宋詩宋調之特色。在唐詩所建構典範之外，又另創一詩歌典範。《南齊書・文學傳論》稱：「若無新變，不能代雄」，東坡詩與宋詩真足以當之。蘇先生論東坡詩善發議論，特別強調蘇詩長於翻案，此真一針見血之論。不僅東坡詩，宋詩多有此風氣；也不僅宋詩多翻案，宋文、宋詞亦有此特色。[40]

先生對於東坡長篇五古七古之作，特別愛重推崇，以「詞達氣暢，筆端

[37] 參考朱靖華：《蘇軾論》（北京：京華出版社，1997 年），〈蘇軾「以才學為詩」論〉，頁 82-108。

[38] 張高評：《宋詩之新變與代雄》，〈貳、自成一家與宋詩特色〉，第三節〈一〉、〈二〉，頁 112-123。

[39] 同上注，〈參、破體與宋詩特色之形成——以「以文為詩」為例〉，第三節：「以文為詩的宗師：蘇軾、黃庭堅，頁 179-183；〈肆、破體與宋詩特色之形成——以議論為詩〉」為例，頁 195-209。參考程千帆：〈韓愈以文為詩說〉，《古代文學理論研究叢刊》第一輯（1980 年 6 月）；又，朱靖華：《朱靖華古典文學論集》，〈蘇軾與宋詩的議論化理趣化〉，頁 57-78。

[40] 參考張高評：〈宋代翻案詩的傳承與開拓〉，《宋詩之傳承與開拓》上篇（臺北：文史哲出版社，1990 年），頁 36-115。

有舌」八字稱許之。這樣的評價，不僅貼切東坡長篇古詩之風格，也切合東坡文藝創作的理論。東坡的才華橫溢，加上浪漫情趣，形成蘇詩豪放之風格，此在謫居黃州前如此；此後則轉變為清新意遠之平淡風格。南宋吳可《藏海詩話》、呂本中《童蒙詩訓》、胡雲翼《宋詩研究》、錢鍾書《宋詩選註》，都肯定蘇詩之「才大氣大、豪放不羈」。東坡詩所謂「出新意於法度之中，寄妙理於豪放之外」者是。[41]東坡詩論，主張盡物之變，姿態橫生；窮形盡相，隨物賦形，「求物之妙，如繫風捕影」，發揮了孔子「詞達」的理論。將此文論發用於古詩，加上以文為詩，好奇鬥巧，遂造就東坡百變爭新、汪洋宏肆的詩風。[42]

〈東坡詩論〉之五，討論「蘇詩之富於哲理」，肯定哲理詩之難能可貴；推究蘇詩之所以富於哲理，乃得力於老莊道家之習染，及佛學禪宗之熏陶，所言甚是。宋人李之儀曾稱：「東坡老人以文學議論，師表一代」；筆者以為：「以議論為詩」是宋人力破唐詩餘地的奇特解會；後人失察，以為詩歌只可以抒情、敘事、描景，而不可以議論，更何況以之說論道？此乃似是而非之見。詩歌當然可以發議論，言哲理，端看表現手法如何罷了。清沈德潛《說詩晬語》卷下所謂「議論須帶情韻以行」，則佳妙。今觀蘇先生所舉東坡詩，議論多與敘事、寫景、抒情結合，並不憑空發論，故少理障，而多理趣。以詩歌寄託哲理，是擴大了詩歌的表現功能，且調和感情與理性於一篇之中。[43]此宋人之奇特解會，有何不宜？蘇先生能賞其妙，可見其胸次之弘闊，不執著。

---

[41] 《蘇軾文集》卷 70 ，〈書吳道子畫後〉，頁 2210-2211。

[42] 參考顏中其：《蘇軾論文藝》（北京：北京出版社，1985 年），〈前言〉，頁 6-7；王錫九：《宋代的七言古詩》（天津：天津人民出版社，1993 年），〈百態爭新的蘇軾七古〉，頁 220-242。

[43] 王文龍：〈試論蘇詩的哲理性〉，《東坡研究論叢》第三輯（成都：四川文藝出版社，1986 年），頁 64-78。

書面語言引進詩歌，形成「資書以為詩」、「以才學為詩」的風氣。另一方面，宋代士人大多出身庶民，於是「俗」文化氣質感染文壇。影響所及，蘇軾作詩，語言取材不僅採用稗官野史，而且擴大到方言鄉語，俗諺常談，以及各行各業用語。這些俚俗、鄙俗、通俗的語言，一經其手，便「似神仙點瓦礫為黃金」，遂有陌生、新奇之美妙，這就叫「俗為雅」。[44]雅俗相濟，文體遂得到新生與發展。蘇先生研讀東坡詩，能注意詩中的俗諺和小說——這些不登大雅之堂的通俗文學，確有獨到的學術眼光。

五、結語

蘇先生〈東坡詩論〉六篇，運用高瞻遠矚的眼光，宏觀概括的視角，去評價東坡詩，論定東坡詩的風格，與創作手法。舉證詳實，解說明確。而且，最難能可貴者，為不染宗派之成見，不落陳說之窠臼，故所論多客觀公允，精義紛出，啟迪後學無限。

先生對東坡詩贊賞有加，評價極高。或直接正面稱賞，或比較諸家，獨重東坡；或引用詩話筆記，作論說佐證；或辨疑糾謬，而歸美東坡。甚者，愛屋及屋，亦推重宋詩。其他真知灼見，對研究蘇詩或宋詩多有裨益，略論如下：

蘇詩之幽默趣味，不但是「以文筆遊戲三昧」的表現，更是宋詩及宋代文學值得探討的主題。先生揭露東坡詩「以童心觀世界」，此與「以物為人」的修辭理論，「隨物賦形」的創作學說，可以相互發明，對於詠物詩及題畫詩

---

[44] 項楚：〈蘇詩中的行業語〉，《東坡研究論叢》第 3 輯，頁 51-63；又，王利器：〈蘇東坡與小說戲曲〉，《國際宋代文化研討會論文集》（成都：四川大學出版社，1991 年），頁 372-375；又，張高評：《宋詩之新變與代雄》，〈陸、化俗為雅與宋詩特色〉，「三、語言的轉化」，頁 323-327。

之理解，頗有觸發。無中生有，活用典故；自我作古，杜撰典故；資書為詩，炫才耀學，此皆東坡「以才學為詩」之效應。「以文為詩，善發議論」，為宋詩新變代雄，自成一家之手段，東坡首開風氣，影響深遠。長篇五七古，「詞達氣暢，筆端有舌」，於是造就東坡百變爭新、汪洋宏肆的詩風。「蘇詩富於哲理」，在敘事、抒情、寫景之外，又別生眼目，擴大了詩歌的表現功能，而且情理調和。理趣多，而理障少，自然可取。小說、俗諺入詩，以俗為雅，雅俗相濟，形成陌生化、新奇感。一切文學生存發展的原理原則，從東坡詩及宋詩中可以發掘許多。[45]

---

[45] 本文舊稿〈《東坡詩論》的學術價值〉，原刊於《海峽兩岸蘇雪林教授學術研討會論文集》（下，2000 年），頁 791-810。後經修訂潤飾，題目改為〈評蘇雪林《東坡詩論》與宋詩特色〉，發表於中國人民大學《中國蘇軾研究》第三輯（2007 年 2 月），頁 63-82。

附錄三　談宋代文學研究選題

——張高評教授答客問

採訪：成功大學中文系博士生林盈翔
記錄：成功大學研究生——林盈翔、許愷容、張書容、賴永明、吳佩珊

問：老師在成功大學研究所持續開授「宋代文學專題研究」，也曾在香港中文大學開過類似的課題。請教老師：「宋代文學專題研究」的課程，是否也旁及其他領域或學科？

答：到目前為止，我所發表的著作，主要以宋詩、宋代詩學方面為主，先後已出版七部專書，今年將再出版兩部。所以，我開授「宋代文學專題研究」的課題，主要是以宋詩、宋代詩話為核心。不過，這些專題或概念，大多能觸類旁通到宋代的詞、賦、宋代的古文、小說，以及宋代的其他藝術理論，像是繪畫、書法、戲劇、園林、建築方面。也許有人認為：這樣說頗嫌誇大，但只要回歸到宋代文化的類型，「會通化成」是特色之一，就可以說得通。這部分我一直深信不疑，文學藝術之間，彼此都可以相通相融。畢竟，它們都是一代文化的投影。

問：宋型文化對宋代文學，有什麼直接的影響？有哪些可供研究的選題？

答：文學、藝術，應該是一代文化具體而微的體現。研究宋代文學，如果能夠高屋見瓴，把那個文化類型弄清楚，然後用來解讀一代的文學，由於具體而微，就比較容易即器以求道，日起而有功。所以，在宋代文學研究的課堂上，我針對這個部份，開出了系列的選題，譬如強調宋型文化

的特質有五：一是會通化成，二是創意造語，三是新變代雄，四是自成一家，而議論、懷疑、創造、開拓、內求、兼容的精神，就是宋型文化的映像。這些特色，宋代文學的各個分支，像宋詩、宋詞、宋文、宋賦，甚至於宋代小說、宋代戲曲、宋代的繪畫、宋代的書法，往往或多或少，有具體而微的表現。所謂「放之則彌六合，收之則退藏於密」，差堪比擬。課堂上我又曾經提到，宋代文學表現的層面，大體有六：一是探求規律，就是異中求同；二是追尋典範，就是審美的理想；三是表現為超常越規，宋人常有一種超勝的意識。第四，宋人喜歡總結經驗，就是以歷史為借鑑；第五，宋人思維，表現為由外返內，具有一種內斂趨向；第六，自我本位，自信自度，要追求自成一家等等。以上這些，大多是我的研究直覺，還不是很成熟，有待進一步論證。

問：宋型文化對宋代文藝學，也會有相關的影響嗎？有哪些課題值得探討？

答：當然！宋型文化，我常常套一句文天祥〈正氣歌〉的話，就是「雜然賦流形」，星羅棋布的分散在宋代的文學、藝術的各個領域之中。課堂中，我曾經開列若干議題，這裡也不妨提供給各位讀者參考：(一)、宋型文化與唐型文化；(二)、圖書傳播與宋型文化；(三)、印刷傳媒與詩分唐宋；(四)、會通化成與宋型文化；(五)、崇理尚意與宋代文藝理論；(六)、美學思潮與宋代文藝理論；(七)、高風絕塵與唐音宋調；(八)、法度與宋代文藝理論；(九)、自得與宋代文藝理論；(十)、賦比興與宋代詩學；(十一)、詩家語與宋代文學；(十二)、文字獄與宋代詩學；(十三)、博觀厚積與宋代詩學；(十四)、競爭超勝與宋代詩學；(十五)、宋人選唐詩與宋代詩學；(十六)、宋人選宋詩與宋代詩學；(十七)、唐宋詩異同與南宋詩學；(十八)、唐音宋調與宋代詩學。以上十八個專題，都值得我們進一步思考研討。

這些論文選題，議題複雜、涉及豐富的，可以寫一兩本書；有些內容單純的，也能寫成兩、三篇論文。有些領域，甚至可以一輩子都探討不盡。譬如第三個專題：「印刷傳媒與詩分唐宋」的關係。固然可以談宋代的印刷傳媒，也可以談元、明、清各個時代的雕版、活字印刷。甚至今天利弊相參的電子網路傳播，也可以從傳播接受的視角，借鏡研究。中國古典詩歌，誠如錢鍾書說的：不屬於唐詩特色，就傾向於宋詩風格。宋代以後，各個朝代的印刷傳播媒介，越來越發達。所以宋詩的特色，宋調的風格，也一直流傳到清代，甚至到民國。所謂新詩、現代詩，都受到宋詩影響。甚至於臺灣當代的現代詩，也趨向於宋詩風格。這個問題已經有旅美學者杜國清提出論文了，題目就叫：〈宋詩與台灣現代詩〉。總之，每個課題開發之深淺偏全，端在個人之選擇。

問：老師研討宋詩與宋代詩學的著作裡面，特別標榜「創意造語」與「遺妍開發」兩大課題。想請教老師：這兩個關鍵術語，與宋詩特色有什麼關係？

答：大概 2000 年時，我在香港大學發表過一篇文章，篇名叫做〈清初宗唐詩話與唐宋詩之爭〉，以宋詩得失論作為考察重點。那時候，我曾企圖尋找放諸四海而皆準的一個標準，那就是「詩歌語言」，以便作為平議唐宋詩之紛爭，論斷唐宋詩之優劣。所謂「詩歌語言」，就是美妙詩歌的標準，這個標準既適合唐詩，也適合宋詩。換言之，對於古今中外所謂的絕妙好詩、美妙文學都適合的典範：李白、杜甫固然符合這樣的標準，其他的詩人像曹子建、謝靈運也適合；當然蘇東坡、黃庭堅，也一體適用。詩作如果切合詩歌語言的要求，他就是大詩人，就是偉大作品。當時，我提出兩個詩歌語言的觀點，作為檢驗標準：其一，為變異與陌生化；其二，獨到與創發性。據此推論：論詩「當以新變自得為準據，不當以異同源流定優劣」。蘇軾、黃庭堅詩不必雷同於唐詩風格，就像李白、杜甫詩不必像曹子建、謝靈運、陶淵明、謝朓一般；韓愈、李商隱作詩學杜甫，卻「學而不為」；蘇軾、黃庭堅也學杜甫，也都學而不似，自成一家。此即清代葉燮《原詩》所謂「相異而真」。

所有文學、藝術的終極追求，都一致追求創意。創意，是文學藝術的生命，也是文學藝術的靈魂。如果我們能夠找到宋詩在唐詩輝煌之後，也有自家創意的話，那麼宋詩也就具備價值，有其文學史的地位。這樣，就可以用來印證繆鉞所言「唐宋詩之異同」，以及錢鍾書所說的「詩分唐宋」，所指中國古典詩歌，分成唐詩、宋詩兩大風格。我嘗試從創意造語的角度，考察宋人在唐人詩歌輝煌燦爛以後，怎麼走出典範的制約，如何疏離本色的影響，而超脫自在？然後能夠獨到自得，自成一家。這就是魯迅所說的：「一切好詩，在唐代已被作完。除非有跳出如來佛掌心的齊天大聖，否則（唐代以後）大可不必動手（作詩）。」我認為，宋詩的成就，已經是一個能夠跳出唐詩這個如來佛掌心的齊天大聖。從哪個角度看？就是從創意造語，從遺妍開發來看，宋詩確實如此。

唐詩之所以能夠有自家特色，是因為學習六朝詩，而又變化六朝詩，因而造就唐詩自成一家的風格特色。那麼，同樣的，宋詩也學習六朝詩，尤其是學習唐詩，學古而能通變，所以也自成一家之詩風。不過他把學習當作一種手段，一種步驟，一種跳板。主要的目的，希望能夠發展出自家的特色。學習古人的優點，擷取古人的長處，這是自成一家所需要做的基礎工夫。在這方面，宋人開拓出古人沒有的角度，或者唐人沒有的特色，此即清人所謂「取材廣而命意新」。這可以歸納出兩大方向：第一，是在命意方面，追求創造性；另外，就是造語，就是措詞、遣詞造句方面的創造。標榜創造性，是宋朝一代之共識。一個側重內容思想的「意」，一個講究形式技巧的「語」。套句歐陽修《六一詩話》所說的，創意就是「意新」，立意要新奇；造語就是「語工」，措詞要精工。創意、造語，就是作詩之終極追求。「意新語工」四個字，就是宋詩努力的目標。這方面，有關宋代詩歌「意新語工」研究的課題，我列舉了十個領域選題如下：(一)、意新語工與宋詩特色；(二)、詩歌語言與宋斯特色；(三)、創造思維與宋詩特色；(四)、書法史筆與北宋詩家詠史詩；(五)、白戰體與宋詩之創意造語；(六)、禽言詩之創作與宋詩話俗為雅；(七)、詩話相資與宋詩之創造思維；(八)、蘇軾黃庭堅之題畫詩與詩中有畫；(九)、創意造語與宋代詠花詠雪詩；(十)、自成一家與宋詩特色。歡迎大家參考，期待學界觸類旁通，去探討宋詩大家名家之詩作。

除了以創造性的思考，來命意，來造語以外，宋代詩人還有另一個本領，可能用的更多的，那就是遺妍開發。針對唐朝的詩人、六朝的詩人，甚至針對《詩經》、《楚辭》以來的文學遺產，努力發現開發未盡的空白：原始文本固然美好，可惜語焉不詳，可能寫得不夠廣博、不夠深入、不夠精緻。也可能只是直接正面敘寫，少用側面、背面、反面、對面、旁面去發揮。宋人往往探得前人寫作的死角，用來當作我創作的活角。也就是說，嘗試去發現別人做不到的地方，以便進行開拓發揮。期待精益求精，能後來居上。這個「遺妍」，就是程千帆教授在《宋詩精選》所說的：尚未完全發掘出來的美好心靈。清葉燮《原詩》所謂：「譬之石中有寶，不穿之鑿之則寶不出。」所以宋詩大多「縱橫鉤致，發揮無遺蘊」。翁方綱《石洲詩話》卷四也說：「宋人精詣，全在刻抉入裏。」葉、翁二家之說，都可以印證上述觀點。

這方面，我列舉十五個研究選題，提供大家參考：(一)、唱和詩與宋詩之超勝意識——〈明妃曲〉之唱和與宋詩之遺研開發；(二)、同題詩與宋詩之新變逞能——〈陽關曲〉、〈續麗人行〉之同題競作；(三)、讀書詩與宋詩之自得發明——北宋讀書詩與自得發明；(四)、南宋讀書詩之傳承與開拓；(五)、理趣詩與宋詩之刻抉入裡——蘇軾、黃庭堅〈薄薄酒〉之創意與南宋詩人之繼作；(六)、詠史詩與宋詩之別具隻眼；(七)、兩宋邊塞詩之開拓與轉折；(八)、詠物詩與宋詩之精巧奇邃；(九)、山水詩與宋詩之兼容會通；(十)、翻案詩與宋詩之意外反常；(十一)、戲作詩與宋詩之諧趣開發；(十二)、宋代六言詩與遺妍開發——以題畫、詠物為例；(十三)、宋代六言詩與宋詩宋調之形成——以論詩詩、理趣詩、詠史詩為例；(十四)、〈演雅〉詩之競作與遺妍開發；(十五)、宋代雜體詩之新變與自得——以藥名詩、集句詩、累字詩為例。這些選題，已經開發了若干，有些我已發表，詳參《創意造語與宋詩特色》這本書（三十二萬字，臺北：新文豐出版公司，2008）。

另外，今年規劃出版一本《王昭君形象之轉化與創新：史傳、小說、詩歌、雜劇之流變》，以宋代題詠昭君詩為核心，與史傳小說之昭君形象作比較，與六朝、唐代詩歌相映照，再與元雜劇馬致遠《漢宮秋》相對勘，與清人昭君詩歌作流變研究，較論古今之作品，評鑑先後之題詠，是否轉化與創新？是否後來居上？換言之，是否有開發遺妍之美，意新語工之妙，這是作品優劣的檢驗標準。其他選題，大多還沒能研究透徹，所以，姑且羅列在這兒，期待舉一反三，提供各位學者專家參考。有志之士，盍興乎來！

問：除了《創意造語與宋詩特色》一書外，老師還出版一本《印刷傳媒與宋詩特色》，新異觀點，很受學界注目。請教老師：宋代廣泛運用雕版印刷圖書，產生印本文化，這個課題對宋詩特色有什麼較大或顯著的影響？

答：繆鉞先生說：唐宋詩風格有異有同；錢鍾書先生說：中國古典詩歌可分為唐詩的風格跟宋詩的風格，即所謂「詩分唐宋」。我一直在想，宋詩憑什麼能走出跟唐詩不同的特色？宋詩何德何能，能夠跟唐詩分庭抗禮，平分詩國之秋色，究竟是什麼原因造成的？後來我讀了張秀民先生《中國印刷史》上說：宋代是雕版印刷的黃金時代；又讀了錢存訓《中國紙和印刷文化史》的書，知道雕版印刷在五代開始用來印書，在宋代廣為流傳，蔚為「天下未有一路不刻書」的盛況。一般談雕版印刷，好像屬於版本學的範疇，比如印本跟寫本、抄本、稿本等等，是版本學的課題。版本學的研究固然很重要，但是學界談版本學只有單科獨進，沒有跨到文學、史學、思想或經學作學科整合。同樣的，研究文學的人，也不太過問版本學、目錄學。這種單科獨進的狀況，研究能量有其侷限，我建議應該進行學科整合。就如同 2006 年 12 月，北京大學古文獻研究中心召開國際學術研討會，曾以「古文獻學與文學之整合研究」為大會研討主題一般，值得推廣。話說回來，宋代的文學，畢竟不同於唐代、不同於前代，雕版印刷在宋代的發明，到底有沒有作用？到底有沒有影響？

於是，我從印刷文化史的視角切入，進行宋詩及宋代詩話的研究，從雕版印刷產生的傳媒效應這個角度，來肯定宋詩的特色。宋詩特色的形成，我認為：就是從雕版印刷加入了圖書傳播的行列之後產生的！因為在傳統的寫本之外，又多了一項非常便利的傳媒，所謂「易成、難毀、節費、便藏」，即是明胡應麟所說的這四大優點，而且傳播空間無遠弗屆，傳播效益可以化身千萬，所以它勢必在宋代產生很大衝擊。相對於活字版印刷在十四、十五世紀由古登堡發明，在中古歐洲使用之後，造成宗教革命、文藝復興，這是我們所熟知的。但是在東方宋朝，除傳統寫本外，同時運用雕版印刷，加入圖書傳播市場，對當時的知識流通，是否也類似活字印刷，形成所謂「變革之推手」？到底對宋代學術產生什麼影響？到目前研究的人實在不多。我撰寫《印刷傳媒與宋詩特色》這本書，應該是第一本。順便補充說明一下，日本京都學派內藤湖南(內藤虎次郎)跟宮崎市定的假說，也是我的研究同時企圖要論證的，京都學派提出「唐宋變革論」與「宋代近世說」。論述中國歷史分期說得非常好，學術界如王國維、陳寅恪、錢穆、錢鍾書、傅樂成，也多表肯定與發揚。然而到底是什麼因素，造成唐宋的變革？造成宋型文化跟唐型文化不同？造成宋代是近代的開端？我認為這跟雕版印刷很有關係。但是內藤湖南跟宮崎市定很少觸及到這點。學術界像宋史專家鄧廣銘教授在〈宋代文化的高度發展與宋王朝的文化政策〉中，也只談了約略不到三十個字，他雖表示肯定，可惜沒有發揮。

唯有書史專家錢存訓在所著《中國紙和印刷文化史》上斷言：「印刷術的普遍使用，被認為是宋代經典研究的復興，及改變學術和著述風尚的一種原因。」我認同錢存訓的論點，於是撰寫兩本書來論證這個問題。其一，是出版《印刷傳媒與宋詩特色——兼論圖書傳播與詩分唐宋》一書；其二，是最近完成的科研計畫，規劃今年要出版的《詩人玉屑與宋代詩學——兼論詩話刊行及其傳媒效應》。《印刷傳媒與宋詩特色》是針對宋詩創作探討，《詩人玉屑與宋代詩學》是以考察詩話為主。有關印刷傳媒的研究，上課時我曾講述十五個專題：即(一)、印刷傳媒之政教指向；(二)、雕版印刷之傳媒效應；(三)、印刷傳媒與宋詩之學唐變唐；(四)、宋人詩集選集之刊行與詩分唐宋；(五)、兩宋讀書詩之開拓與轉折；(六)、古籍整理與北宋詠史詩之書寫；(七)、史書之傳播與兩宋詠史詩之新變；(八)、佛藏之雕板與宋代禪悅詩風；(九)、杜甫詩集刊行與宋詩宗風；(十)、印刷傳媒之崛起與宋詩特色之行成；(十一)、北宋詩話之編寫雕印與宋詩特色推助；(十二)、南宋詩話之傳寫刊行與詩分唐宋；(十三)、宋代《詩經》版本流傳與宋代詩學；(十四)、圖書傳播、海上書籍之路與日本江戶時代之詩話與詩歌；(十五)、海上書籍之路與朝鮮高麗時代之詩話。有些地方我曾研究過了，但絕大多數都還有待探討開發。其中第十四跟第十五選題，提到圖書傳播對於唐、宋、元、明、清海上書籍之路的影響，如何從中國把古書經由海上傳播到日本？輸送到韓國？海上書籍之路對日本的詩話、日本的漢詩產生什麼的傳媒效應？跟韓國的漢詩、韓國的詩話又有什麼關聯？這屬於域外漢學的考察，都值得我們去作探討。

這將不只是宋詩特色的問題，雕版印刷加入圖書傳播的市場之後，對於其他學門或領域，難道沒有影響？有人說宋代是經學的復興時代，為甚麼呢？何以中國經學復興的時代，不往前在唐代，不往後在元明，而在宋代？我以為：這跟雕版印刷在宋代之繁榮昌盛有密切關係。依據中國史學界的說法，史學到宋代是空前繁榮，請問宋代的史學憑什麼空前繁榮？為什麼這空前繁榮不在唐、不在明、不在清，而是在宋？這跟雕版印刷豈無關係？再看宋明理學，甚至是宋代文學其他文類，都各有它的特色、各有它的發展。理學或稱道學或宋學，變成宋代的特色，這跟印刷傳媒應該都有關係。

經學的復興、史學的高度繁榮，以及理學的成立、宋詩特色的形成，宋詞的蓬勃發展，還有詩話崛起於宋代，研究這幾個大領域跟雕版印刷的關聯，學界幾乎微乎其微，只有幾篇文章。期待學界同好，持續努力，發揚斯學。

問：老師經常強調學古通變，著作也以《宋詩之新變與代雄》命名。請問：這「學古通變」，與宋代之詩歌和詩學又有甚麼關係？

答：上課時，我經常強調宋詩特色。宋詩特色為什麼跟唐詩不同？我以為有兩個原因：一個是學古，一個就是通變。清代的袁枚曾經說：「唐人學漢魏，變漢魏」，所以形成唐詩的特色；他又說：「宋學唐，變唐」，所以有宋詩自家的特色。從學習古人到變化古人，終極目標，最主要在能夠自得自到，自成一家。如果只是學古，而不知道通變，就淪為模擬，就像明代前後七子那個樣子，流於「唐樣」。《易傳》有「窮則變，變則通，通則久」之言，劉勰《文心雕龍》有「通變」篇，談文學的繼承和創新問題。學古是為了通變，學古是一個歷程，是一種手段，一種步驟，一種觸發。最主要的是能透過通變而自成一家。

這方面我列舉了十二個主題：(一)、學古論與宋代文藝理論；(二)、通變論與宋詩之詩古與創新；(三)、學陶宗杜與宋詩典範；(四)、李杜優劣論與宋代唐詩學；(五)、江西詩論與宋代詩話筆記；(六)、自成一家(超勝意識)與宋代文藝理論；(七)、唐宋詩之爭與宋代詩學；(八)、雅俗相濟與宋代文藝理論；(九)、技道兩進與宋代文藝理論；(十)、情理抉擇與宋代文藝理論；(十一)、新變自得與宋代之詩歌、詩學；(十二)、活法妙悟與宋代之詩歌、詩學；提供大家參考。有些主題非常廣大，值得我們再三去探討。像「李杜優劣論跟宋代的唐詩學」，尤其是「李杜優劣論」這個專題。李白在唐代是盛唐氣象的代表，杜甫在唐代粉絲（fans）並不多，杜甫詩歌較具備宋調的特色。為何到宋代之後論李杜優劣，常常杜優於李，這個問題跟宋代的學古通變很有關係。這是一個很大很好的專題，不妨再從唐宋審美趣味、傳播接受、人格風格諸層面，進行考察探討。宋代的李杜優劣，或明清的李杜優劣論，都可以作或淺或深之研究。關於李杜優劣論，到現在為止，學術界好像還沒有一本專書，提供我們參考。希望將來有學者能注意這個課題，投注心力來做研究。因為它是重要專題，很有挑戰性的課題。

問：老師治學的歷程，先從黃宗羲的史學研討入手，經歷《春秋左氏傳》史傳文學的研究，到現在側重宋詩、宋代詩學，本身似乎就是一種跨際會通的過程，老師似乎也非常重視這個概念。想請教老師：跨際會通與宋代的文學和文藝學間，有什麼關係？

答：剛剛提到宋型文化的特徵之一是會通，這也是我極力提倡的，但這不是我的發明。南宋鄭樵在《通志・總略》中早已提到，宋代的史學是會通的。我把「會通」加上一個「化成」，是借用了《易經》「人文化成」的術語，來談宋型文化的特色，就是會通化成。我早期研究《左傳》的文學價值，已經使用跨領域的觀念。《左傳》是經學，因為解釋《春秋》經；又是編年體史書，它是史學；同時它的古文非常優美，是唐宋八大家師法的經典，甚至也是清代桐城派學習的典範之一，跟《史記》並列。於是我就立足於文學，結合經學跟史學來作研究。研究宋詩，緣起於企圖編纂臺灣版《全宋詩》，由於撰寫作者小傳，所以必須參考宋代詩話。也因為接觸詩話，所以深切體會研究詩歌之文學作品，必須結合文學理論，這樣，彼此可以互相對照：有時可以相互發明，有時會相互衝突，這得看如何去詮釋、解讀。跨際會通，剛才談到這是宋型文化的特色之一，我們所熟悉的理學，是立足於儒學，借鏡了佛禪，借鏡了道家、道教，所以才形成所謂理學，或稱道學、宋學。宋代的文學或是文學理論更是如此。

有關跨際會通與宋代之文學或文藝學之研究選題，這裡姑且列舉十六項，提供大家參考：(一)、《春秋》書法與宋代文學；(二)、杜甫詩史與春秋書法；(三)、史家筆法與宋代文學；(四)、表演藝術與以「雜劇喻詩」；(五)、「詩中有畫」與題畫文學、山水文學；(六)、「以書道喻詩」及其理論；(七)、宋代理學與儒學之安身立命；(八)、北宋遷謫詩與道家生命之安頓；(九)、北宋遷謫詩與禪宗之意義治療；(十)、園林藝術及其治療；(十一)、禪境與園林意識；(十二)、天人之際與園林境界；(十三)、孔顏樂處與園林美學；(十四)、中和美學與園林藝術；(十五)、「壺中天地」與園林藝術；(十六)、三教會通與文人園林。譬如談《春秋》書法，跟宋代文學有沒有關聯？這方面我在《會通化成與宋代詩學》、《自成一家與宋詩宗風》二書中，曾經針對詠史詩進行探討。

另外，杜甫作品，號稱詩史，它是宋人封給杜甫的一頂桂冠，與詩聖、集大成並列。在宋代詩話裡，評價詩歌的造詣，判定詩人的優劣，通常是以《春秋》書法為檢驗標準，換言之，詩人是否運用《春秋》書法作詩？作品合不合乎《春秋》書法？這是判斷高下、斷定優劣的準據。這個論點我已經撰就一篇論文，持《春秋》書法觀點，檢視杜甫於安史之亂前後所作敘事歌行，叫做〈杜甫詩史與《春秋》書法——以宋代詩話筆記之詮釋為核心〉，發表在香港浸會大學的《人文中國學報》第十六期，大家可以參考。至於《春秋》書法在宋代詠史詩、敘事詩、諷諭詩、史論文、小說，甚至辭賦、樂府，是否亦有所體現？不妨觸類旁通，詳加檢視。

其他，史家筆法和宋代文學的關係、宋詩跟表演藝術的關係；更常見的，就是「詩中有畫」跟題畫文學、山水文學的關聯。甚至於寫毛筆字—書道跟宋詩之關聯，蘇軾、黃庭堅的題跋經常拿來比喻作詩的道理。

我在《宋詩之傳承與開拓》、《會通化成與宋代詩學》、《自成一家與宋詩宗風》、《創意造語與宋詩特色》書中，多已具體而微談到。這方面，我特別要強調「詩中有畫」、「詞中有畫」還有「文中有畫」這個主題。「詩中有畫」是蘇軾提出來的。因為蘇軾既能詩又擅畫，一個人兼含兩種專長，自然很容易以自己為媒介，把兩種專長自我交融會通，結合化成在一起。尤其蘇軾題畫詩，為杜甫題畫後之最大家，這種「詩中有畫」最為凸顯，當然黃庭堅也是一大家。「詩中有畫」大家已注意到題畫詩比較明顯，但是山水文學中的「詩中有畫」，大家似乎忽略了。還有，香港大學的饒宗頤教授，他曾經寫過五六篇短文，大抵聚焦談論「詞中有畫」。研究宋詞的朋友，這方面似乎也未注意，不妨考察山水詞、登覽詞中，是否有「詞中有畫」的現象。

文體間的會通化成，錢鍾書稱為「破體」，如以文為詩、以賦為詩等，我所著《宋詩之新變與代雄》，已略有論證。近來又持續發表〈破體與創造性思維——宋代文體學的新詮釋〉，討論以文為詩、以詩為詞、以賦為文、以文為四六等文體的新奇組合。又發表〈張鎡《仕學規範・作文》述評：兼論詩法與文法之會通〉，討論江西「活法為詩」如何轉化為「以活法論文」，作為詩法與文法會通化成之一論證。宋陳善《捫蝨新話》早已揭示江西詩法之「奪胎換骨」，宋人已轉化為古文創作理論之一，且在創作中有所實踐。宋詞研究者也發現：奪胎換骨法在宋代詞作中有所運用。由此觀之，各文類間之交流會通層次究竟如何？值得全面探討。

一般來說，兩岸三地、世界漢學界比較少人研究古文，這方面已呈現斷層，面臨人才荒，值得學界關注。如果研究宋代古文，尤其是亭臺樓閣的古文，山水、遊記的古文，不妨多多關注「文中有畫」的這種命題。研究詩跟畫、詞跟畫、文跟畫之密切會通，就是一種學科整合。李霖燦《中國美術史稿》強調：五代與北宋，是山水畫的黃金時代，所以北宋文人為總結經驗，曾編著許多畫史、畫論，如俞劍華《中國畫論類編》、于安瀾《畫史叢書》中所載。文人雅集作畫品畫，普遍具有鑑賞眼光。因此，詩人、文人、詞人跟繪畫對話交流，值得關注。這方面，應該多多探討。由於宋朝開國立下「不殺士大夫」之祖先訓誓，所以，宋代官員一旦得罪朝廷，就有很多人遷謫貶官。因應遷謫貶官的心理調適，牽涉到個人的生命安頓。這些詩人平素的儒學涵養、老莊道家的修為、禪宗佛學的薰陶，就會表現在他的詩歌裡面。像這樣的主題，遷謫詩文跟生命安頓的課題，在宋代文學中是值得研究的。這等於把詩歌文學跟儒學、跟老莊道家、跟佛教禪宗進行會通化成的研究。另外，像儒、釋、道家、道教四家跟園林文學的關聯，也都列舉在上面，不妨參考參考。

問：關於吳文治教授主編《宋詩話全編》十鉅冊，已出版多年。對於宋詩的研究，可能有哪些正面的影響？有哪些研究選題值得參考？

答：「詩話」，在《宋詩話全編》這部書中的概念，是近人的想法，有些只是詩學或文學的思想，在宋代時未嘗叫做詩話。這部書對於我們研究宋代詩、文、詞、賦，乃至於宋代的詩學理論，或宋代文學藝術理論，都很有參考價值。不過，這本書在編寫的過程中，因為成於眾手，編輯體例不一，如取材的寬狹、偏全，編錄之重輕、多寡，不盡符合讀者期待，這是鉅著編纂的共同難處。所以雖然號稱是《宋詩話全編》，但你得忘記它的「全」。實際上不管任何人去編，都只能做到相對的「全」。譬如《黃庭堅詩話》，《山谷題跋》中以書道喻詩的文獻就未全收，《山谷別集》卷六〈論作字〉等多漏輯；《蘇軾詩話》中《東坡題跋》之資料，亦多選錄不精。你不妨把它當作材料搜集的起點或基礎，應當觸類旁通，進一步再去追索出更多、更廣、更深的議題。這只是一部工具書，工具書提供借鏡方便，但不可完全依賴，最後還是要查核原書，以便全面掌握文獻。

宋代詩歌跟宋代詩話之間，關聯性非常密切。由於圖書傳播的便利，創作與理論互動更加熱絡。詩話完成後，首先是抄寫流傳，如果深受歡迎，符合當代品味，就會交付雕版印刷。至於哪一部書、哪一本詩話有機會交付雕版印刷？請參閱《印刷傳媒與宋詩特色》，以及《《詩人玉屑》與宋代詩學》二書，就可以清楚了。詩話既經傳抄，套一句姜夔《白石道人詩說》裡面所講的，不但給不懂作詩的人參考，提示初學入門，讓人知道怎麼作詩；同時也提供那些懂得作詩，但希望能夠進階、能夠做得更美好的人參考。為什麼呢？因為詩話的寫作緣起有三：第一，分享自己的閱讀心得；第二，提供自己的創作經驗；第三，提出文學藝術的主張。一個時代的美學觀感、詩學思潮，都可以藉詩話表現。譬如，宋代詩歌比較注重藝術技巧，所以說詩格、論詩法、談詩病的詩話就特別多。如果我是一位詩人，吟詠之際，自然會參考詩話的論述：這首名篇佳作美在這裡、妙在彼處，借鏡參考以後可以取法乎上。作詩時自然受到詩話影響。詩話屬性之一為總結創作經驗，有些詩人或者同時也是詩話的作者，他有可能把這些創作經驗納入詩話裡面，呈現出來。讀者身為詩人，也會把詩學理念實踐於詩歌創作之中。

種種的互相交往、互相溝通，我們發現，緣起於宋代圖書傳播非常的發達迅速，尤其是除了寫本以外，還有印本的傳播，這個部分就造成文學創作跟文學批評理論的交互影響。因此，我們研究詩話，固然要對照文學創作；研究文學創作，更要參考當代以及前後時期的詩話論述。研究文學作品跟研究文學理論、詩學理論如此，才有可能相得益彰。關於「詩話專題研究」，我每兩年開授一次。十年來已積累若干研究選題，如：（一）、詩話論詩歌語言；（二）、儒、道、禪思想與詩話理論；（三）、唐宋詩話與接受詩學（意境、涵泳、妙悟、活參）；（四）、唐宋（明清）詩話論通變；（五）、法度與宋代文藝理論；（六）、自得與宋代文藝理論；（七）、賦比興與宋代詩學；（八）、博觀厚積與宋代詩學；（九）、《朱子語類》論讀書法；（十）、圖書傳播與宋代之閱讀論；（十一）、宋詩話與宋代杜詩學；（十二）、宋詩話與宋代昌黎詩學；（十三）、宋詩話與宋代樂天詩學；（十四）、宋詩話與宋代晚唐詩學；（十五）、宋詩話與陶杜典範；（十六）、蘇黃優劣論與宋代詩話；（十七）、宋詩話與江西詩學理論；

（十八）、宋詩話與宋詩特色之形成；（十九）、宋詩話論創意造語；（卅）、宋詩話與修辭理論；（卅一）、宋詩話與宋人之學古論；（卅二）、題跋與宋代文藝理論；（卅三）、詞話序跋與宋代詞論；（卅四）賦論賦話與與宋代賦學。姑列於此，期待同道齊心開發，以促成宋代文藝學研究之進展。

復旦大學王水照教授編了一套《歷代文話》，總共十大冊，其中第一冊是宋代古文的理論。古文研究我一直在提倡，希望大家多多投入和開拓。如果想探討宋代的古文，可以先了解古文理論，就得鎖定《歷代文話》的第一冊去研究，將有一些籠統的了解；對前代優秀的古文作品，也會有一些基本領會。我想，這可以當作研究古文的一種準備。前面提到的《宋詩話全編》中，也有一些古文理論，值得爬梳作會通研究。

問：詩話寫作，開始於宋代。宋代詩話中，阮閱《詩話總龜》、胡仔《苕溪漁隱叢話》、嚴羽《滄浪詩話》，跟魏慶之《詩人玉屑》，是相當重要的四部詩話。宋代這四種詩話，對於宋代詩學有怎麼樣的影響？

答：詩話的性質，本來是一種討論文學的筆記。既然是筆記，記錄就比較隨興，可以是自己的閱讀心得，也可能是自己的創作經驗、自己的文藝主張，也可能只是抄錄諸家詩話而已。像《詩話總龜》一百卷，編輯北宋詩學文獻九十餘種以成書，大抵輯而不作，偏重論詩及事。像《苕溪漁隱叢話》一百卷，搜羅了北宋以來到南北宋之際六十四種詩話。其中，別出「苕溪漁隱曰」，以評騭詩人，品價詩篇。論詩及事，論事及辭並重，堪稱集北宋詩學之大成。要考察一個時代的詩學、風氣，可以參看詩話。以《詩話總龜》為例，成書的期間，剛好是元祐年間，那時候蘇軾、黃庭堅的書下詔被禁。他們是元祐黨人，所以蘇軾、黃庭堅、還有江西詩派那些弟子，《詩話總龜》根本不敢徵存討論。

《苕溪漁隱叢話》則是成書在南宋高宗紹興年間，北宋已經亡國了，元祐學術也解禁了，所以《苕溪漁隱叢話》輯錄討論蘇軾、黃庭堅、江西詩派的弟子的詩學文獻，非常清楚、非常具體。而且，把它們的詩學地位抬得很高。《苕溪漁隱叢話》推崇杜甫為第一，所以杜甫的詩學文獻最多，凡十四卷。第二個受到推崇的是蘇軾，凡十三卷。第三個推崇黃庭堅。《苕溪漁隱叢話》的序文也說推崇李白，但是在杜甫、蘇軾、黃庭堅、李白這四家中，李白的詩學文獻數量是最少的。由此可見，宋人詩歌的審美觀，比較崇杜甫、蘇軾、黃庭堅，李白的詩歌風格較接近盛唐氣象，是比較遠離宋代的。所以在宋代，李白比較不受詩人歡迎，相較於杜甫，李白是瞠乎其後的，這在詩話中可以看出來，這是攸關李杜優劣論的課題。這方面，我發表過三篇論文：其一，〈宋刊詩話總集與宋詩特色——兼論圖書傳播與詩分唐宋〉；其二，〈苕溪漁隱論宋詩宋調之形成——以歐、王、蘇、黃詩風為例〉；其三，〈「苕溪漁隱曰」論元祐學術——以蘇軾、黃庭堅詩為例〉，不妨參考。

再來，講到魏慶之《詩人玉屑》二十卷，是論詩及辭的代表作。清代章學誠談到詩話有兩大屬性，一是論詩及事，一是論詩及辭。論詩及事，是談詩歌的寫作背景、文壇佳話、文風思潮之類；論詩及辭，是談到詩歌的形式技巧，如詩法、句法、字法、詩格、詩律、詩病等等，這些都是藝術技巧的部分。郭紹虞《宋詩話考》曾經說：宋人詩話很重視藝術技巧。藝術技巧的集大成，則是《詩人玉屑》。它總結了北宋到南宋絕大部分論詩及辭的詩話，加以分類、編纂，提供詩人作詩參考，所以被稱為「詩家之良醫師」。這種重視詩格、詩律的風氣，在後代影響很大。傳播到日本，在五山寬永時期也雕版了和刻本《詩人玉屑》，跟同樣喜談詩格的空海和尚所編《文鏡秘府論》，可以相得益彰。《詩人玉屑》和《文鏡秘府論》，雙雙影響了江戶時代的日本詩話。根據張伯偉教授的說法，江戶時代的日本詩話，大概一百零幾種，其中以論詩法、詩格的居多。在《詩人玉屑》裡面，論詩法、詩格之所以多，是因為宋代詩壇受到蘇軾、黃庭堅，以及江西詩派的影響，《詩人玉屑》一書，等於是宋代詩歌藝術技巧的集成體現。所以要了解宋代詩歌，就要先參考宋代詩話，尤其是《詩人玉屑》。本人今年將出版《詩人玉屑與宋代詩學》一書，約三十餘萬言，其中有七章論述《詩人玉屑》，包括編印與傳播、沿襲與點化、選字下字、詩家造語、沿用不言名、意在言外、自得自到等課題。另外，清代宗宋詩話如趙翼《甌北詩話》、翁方綱《石洲詩話》、葉燮《原詩》、方東樹《昭昧詹言》，對於蘇軾、黃庭堅詩，以及宋詩、宋調，都有較持平之論說，可以綜覽並觀。

至於嚴羽的《滄浪詩話》，是很有體系的一部詩話，撰寫的目的，號稱是針對江西詩派而發的。批判的是南宋江西詩派流行時的毛病，所謂以文字為詩、以議論為詩、以才學為詩。其實，這應該是江西詩派的特色，不見得就是毛病。我們看到嚴羽寫給他叔叔的信，說他批評江西詩派，就像是一個劊子手，拿著利刃，直取心肝，毫不留情。換句話說，他對於江西詩派的批評是淋漓盡至，是直探核心的。我們認為他說的沒錯，但我們要了解，嚴羽也深受江西詩派影響，這方面王夢鷗〈嚴羽以禪喻詩試解〉以及郭紹虞《滄浪詩話校釋》早已提到。因為他受江西詩派影響，所以深切了解江西詩派。有時候缺點所在，就是優長所在，這方面也得知人論世。我們看到，宋代詩話有宗唐派也有宗宋派。譬如張戒的《歲寒堂詩話》就是宗唐派，有點像嚴羽的《滄浪詩話》。論結構嚴謹，內容精彩，《歲寒堂詩話》僅次於《滄浪詩話》。不過在南北宋之際，張戒宗唐的旗幟特別鮮明，更加強烈。現在看來，《歲寒堂詩話》在北宋前後都未有雕版印刷機會，從南宋到元代竟然寂然無聞，鮮為人知。要到明代正德十三年才有俞弁鈔本及明刊《說郛》本，得拜明代推崇唐詩之故。所以雕版印刷選擇哪一部書來印，跟當代的品味是有關係的。是否因為《歲寒堂詩話》批評江西詩派，南宋又是江西詩派當令的時代，是否因為這樣沒有市場，所以它沒有機會雕版印刷，流傳不廣，以致南宋的詩話、筆記，竟無片言隻字提及。還好，它沒有亡佚掉。

問：老師的學術領域，由經學、史傳轉進唐詩、宋詩、詩話，至今約莫三十年，便已出版一部唐詩鑑賞，七本宋詩專書著作、七部《左傳》專著、學術論文不下兩百篇，學術產值相當驚人。開授研究所專題研究課程，往往提供我們許多研究選題。請教老師：究竟如何提煉有待開發的研究選題？

答：關於如何提煉出研究選題，如何形成問題意識？如何檢驗選題可否？如何運用二手文獻？如何生發學術原創？如何規劃研究生涯？乃至於如何撰寫科研計畫？我今年即將出版《選題學》一書（約二十餘萬言，臺北里仁書局出版），可望回答上述疑問。簡言之，這純粹是閱讀習慣使然！我讀書有一個特點，喜歡學思並用：一邊讀書，一邊做筆記，一邊思考。我在編纂臺灣版《全宋詩》之前，為了撰寫作者小傳及提要，養成的好習慣。當時是 1985 年左右，遍讀海峽兩岸三地有關宋詩的研究，一一做筆記，特別關注宋詩的學術市場導向，有哪些題目學界已研究過，有哪些尚乏人問津，注意研究質量的高下、多少、精粗、偏全。經過比對之後，發現有些重要的題目，學界都還沒有去觸及，尚未經開發。因此研讀之餘，思考之後，就隨手記錄、歸納、統整，漸漸地，研究選題數量很多，三輩子也研究不完。稍作推敲確定，形成條例，在課堂上常常公開給學生。也曾在北大一百年校慶的漢學會議上，發表〈宋詩研究的面向和方法〉，提供一百多個研究選題。這篇論文後來收錄在我的《會通化成與宋代詩學》一書中（成功大學出版組出版），大家有興趣可以去看。二十年來開授「春秋經傳專題研究」、「史傳文學專題研究」、「宋代文學專題研究」、「詩話學專題研究」，發送課堂講義，每個專題亦多提供 100 個上下之研究選題。上述四大研究專題的論文選題，總數量在 600 題以上，打算附隨《選題學》一起出版，當作實務操作手冊，以便與理論主張相互搭配。

問：「筆記」究竟是什麼性質的圖書？跟詩話有何關係。《全宋筆記》出版齊全之後，對於宋詩研究有什麼樣的影響？

答：《全宋筆記》是上海師大古籍研究所朱易安教授主編的，現在已經出了四編四十冊，將來出齊了，會是十編一百冊。筆記的內容琳瑯滿目，有論文學的、史學的、思想的、社會的、科技的。宋人筆記的價值和意義，誠如傅璇琮教授《全宋筆記》序文所言，值得關注。臺灣學術界似乎比較信任筆記，尤其是史學界，但卻忽略詩話。臺大歷史系王德毅教授所編《宋人傳記資料索引》大量援引筆記、文集，卻極少採用詩話，可為明證。筆記很多是一種野史，可以當作歷史來看。有些文學史論著，將筆記作為宋代散文的文類之一；有些文學屬性較強的筆記，跟詩話的差別不大，後世也有易名為詩話者，如陸游《老學庵筆記》或名《老學庵詩話》，《容齋隨筆》或名《容齋詩話》等等，大抵討論文學作家、作品之文獻較為豐富，勾勒挑出，另成一編而已。程毅中曾梳理宋人筆記中論詩之作 100 種，另成《宋人詩話外編》上下冊，可知筆記與詩話之屬性，是相通相融的。比方洪邁的《容齋隨筆》總共五編，內容就很豐富。筆記中，包含經學的、史學的、思想的、文學的，文學中有論文的、論詩的、論詞的都有，這方面的資料，很可以提供我們作研究參考。

2009 年 12 月，在杭州西湖畔，召開「潘天壽詩詞研討會」時，我曾經向上海師大朱易安教授建議過，能否把《全宋筆記》作個分類，比方說分為論經學的、論史學的、論思想的、論文學的，甚至於論詩、論詞、論文、論賦的，再次分類編纂，這樣可以方便我們各學門購買。他覺得這個建議不錯，後來有沒有做，就不知道了。如果出版社願意再類編出版，我們就不必買一百冊，光擺在那邊，也不知道從何翻起。我經常翻閱宋代筆記，裡面的確有很多可貴的資料，很值得我們去作探討。《全宋筆記》將來會不會有全文檢索？我們十分期待！包括《全宋文》，會不會有全文檢索？更是萬方矚盼！《全宋詩》全文檢索，何時上市？學界都在望穿秋水！

問：宋人文字獄繁興，對文人下筆造成影響，如黃庭堅慘遭貶謫即為一例。

老師上課時也提到：蘇東坡每作一詩，即競相傳鈔、刻印，以至於蘇軾難逃文字獄厄運。反觀宋代筆記，是否也曾受文字獄繁興而多曲筆，或者反而能在宋人隨手記下的筆記上，獲得更多的史實？

答：這個問題涉及到元祐黨爭、元祐黨禁的問題。可以參考沈松勤《北宋文人與黨爭》、《南宋文人與黨爭》。元祐黨禁，它是對人不是對書，只要是元祐黨人，比方說蘇軾、黃庭堅還有江西詩派的朋友、親戚，只要是元祐黨人，輕則禁止流行，重則毀板。這種情況筆記也受到影響。洪邁《容齋續筆》卷二〈唐詩無諱避〉條曾云：「唐人歌詩，其於先世及當時事，直辭詠寄，略無避隱。……而上之人不以為罪。」舉杜甫、白居易、元稹、張祜、李商隱詩作為例，而稱：「今之詩人不敢爾也！」為何不敢「直辭詠寄，略無避隱」？正畏文字惹禍，由此可見一斑。不過，朱弁《曲洧舊聞》和楊萬里〈杉溪集後序〉以東坡詩文為例，發現「禁愈嚴而傳愈多」，「禁愈急，其文愈貴」，弄拙成巧，正可想見雕版印刷之傳播魅力。宋人筆記與詩話好談《春秋》書法、史家筆法，《會通化成與宋代詩學》一書，〈杜甫詩史與《春秋》書法〉一文，有較詳盡之論證。其中固然標榜「盡而不汙」之直書，更多文獻討論「為尊者諱，為賢者諱」之諱言諱書，即是曲筆的講究。筆記中有歷史的部分，這當然值得參考。尤其是元祐黨爭之後，譬如南宋時代的筆記，回過頭來記述元祐黨爭的情況，這些都有參考價值。

筆記是比較不嚴謹的史料；史書，是較可信據的文獻。現代人比較匆忙，筆記文字少，篇幅很短，適合現代人閱讀。筆記的內容的確琳瑯滿目，可以投入一輩子進入寶山。有一些筆記獨立成書的，都很有價值，如：俞鼎孫、俞經編《儒學警悟》、袁文《甕牖閒評》、王楙《野客叢書》、趙與時《賓退錄》、史繩祖《學齋佔畢》、羅璧《識遺》、葉寘《愛日齋叢抄》、舊題蘇軾《仇池筆記》、蘇軾《東坡志林》、朱弁《曲洧舊聞》、馬永卿《嬾真子》、何薳《春渚紀聞》、葉夢得《石林燕語》、《避暑錄話》、徐度《卻掃編》、吳坰《五總志》、張邦基《墨莊漫錄》、沈作喆《寓簡》、蘇籀《欒城遺言》、趙彥衛《雲麓漫抄》、孫奕《示兒編》、費袞《梁谿漫志》、吳曾《能改齋漫錄》、陸游《老學庵筆記》、羅大經《鶴林玉露》、張端義《貴耳集》、車若水《腳氣集》、陳郁《藏一話腴》、周密《齊東野語》、趙令畤《侯鯖錄》、魏泰《東軒筆錄》、方勺《泊宅編》、蔡絛《鐵圍山叢談》、彭乘《墨客揮犀》、王讜《唐語林》、王銍《默記》、王明清《揮麈錄》、周煇《清波雜志》、陳長方《步里客談》、岳珂《桯史》、曾敏行《獨醒雜志》、洪邁《容齋隨筆》、曾慥《類說》等等，都可以作分類探討。

問：關於四川大學《全宋文》360 冊的編成，學術價值如何？此套書對於古文研究又有何幫助？

答：四川大學古籍所曾棗莊教授和他的研究團隊編成《全宋文》，費了很多工夫，值得我們禮讚。根據曾棗莊教授所說，《全宋文》的史學價值應該高於文學之上，因為裡面有很多詔書、奏議等，史學價值很高。詳情可以參考曾棗莊教授〈論《全宋文》〉及〈《全宋文》是宋代百科的資料庫〉等論文。但就談論古文而言，《全宋文》是很寶貴的資料。以前若要研究宋代的古文，只有前去《四庫全書》集部中找出個人的別集。現在都匯整在一起了，這方面很方便，是值得慶幸的。

曾棗莊教授以前編過《宋文紀事》，最近出了一本《宋文通論》。如果從宋代文體學的角度去看宋代古文，值得探討的很多。譬如《宋文通論》所列論說文、雜記文，以及宋人之書信、贈序文、書序、篇序、題跋、傳狀碑志等，都值得開拓探究。尤其是雜記文，有建築物記，包含亭、臺、樓、閣、齋、堂、軒、室、寺觀、林園諸記，以及山水記、書畫記，多極具時代特色，值得研究。廣義的「文」，還包括辭賦、四六、韻文，以及文話，這些都是尚待開發之學術處女園地，值得大家投注心力，努力耕耘。甚至於嘗試跨領域研究，不妨把宋代詩歌所發生的現象，用來檢驗宋代的古文，是不是也有相通的地方？這可以作為觸類旁通的理解。譬如說宋代的散文，跟佛禪的關係如何？宋代的山水散文，跟老莊的關係如何？跟道教隱士的關係又如何？宋代古文跟儒學的關係，包括窮則獨善其身、生命安頓等，這當然也有關聯。

唐宋八大家，北宋佔有六大家，南宋古文難道乏善可陳？北宋六大古文家之研究，看似熱絡，研究成果陳陳相因者卻不少。採行新視角，運用新方法，再參考《全宋文》新材料的匯集，應該不難產生創發性心得。南宋古文，朱熹是一大家，浙東學派亦不乏大將。和議之爭，各有論述，亦有可觀。郭預衡《中國散文史》，擇精語要，對兩宋古文之研究，頗多提示。就南宋散文言，言事論政之文數量居冠，南北宋之際與南宋中期各有風貌。其次，野史紀實之文，亦有特色。各體雜文，亦有可觀，多值得探討。另外，宋代的散文跟散文理論之間有沒有關聯？在宋代，古文遠比詞受重視，只是在五四以後，古文被稱為桐城餘孽，所以大家研究得少，這是近代對古文的冷落，並不表示宋代古文當時已是如此，這方面是值得我們作探討的。

由於篇幅關係，我只談一點：由於宋代禪宗公案流行，宋代詩歌擅長翻案，宋代古文也擅長翻案。我曾經寫過一篇〈宋代翻案詩的傳承與開拓〉的文章，收錄在《宋詩的傳承與開拓》中。宋代古文，我們所熟悉的名篇佳作，幾乎都運用翻案，譬如蘇洵〈六國論〉、王安石〈讀孟嘗君傳〉、蘇軾〈留侯論〉、歐陽脩〈縱囚論〉，這些都以翻案逞新爭巧。翻案在宋代古文中如此普遍，至今尚未有人對此作過全面研究，這也是值得我們探討的。甚至於宋代山水古文、建築古文富於「文中有畫」的現象，所謂「形容之妙，如丹青畫圖」，如果能結合畫論作研究，應該也是不錯的。

問：《全宋詞》以及《宋金元詞話續編》，這兩部書中有很多關於詠史及懷古的作品，不知道這些作品是否跟《全宋詩》一樣，具有《春秋》筆法在其中？

答：首先，要了解何謂《春秋》筆法？可以參看我所撰《書法與史筆——《春秋》《左傳》學史之研究》一書所言。《四庫全書總目》說：歷代研究《春秋》，「莫夥於兩宋」，所以《春秋》學在宋代，跟《易經》一樣，都是顯學。很多文人對這兩部書，都耳熟能詳，因此文人在詠史、懷古、敘事的時候，會不會也運用《春秋》書法？宋代《春秋》學是顯學，詩歌跟古文地位相當，在宋代是很被重視的文體。但是詞只是新興的文學，相當於宋代的現代文學，它還沒有被看重。這種情況之下，詠史跟懷古詞會不會把正經八百的《春秋》書法用在裡面？可能會有，但是應該不多。這個假設性的研究選題，在我的認知範圍之外，未嘗探論過，所以，這只是初步推想。至於有沒有？大家可以去推求考辨。也許詠史跟懷古詞中，真的有所謂《春秋》書法也說不定。文學與經學的跨領域研究，是值得鼓勵的，因為容易有原創性的心得。

問：宋代之後，包含清代，讀詞賞詞，時常出現〈論詞絕句〉，這對宋代詞學是否有發明之功？

答：成功大學的王偉勇教授，以及他所指導的學生，寫了許多關於清代論詞絕句的論著。所謂論詞，所論對象，包括宋代的詞作跟詞人。以詩來論詞，對於詞論當然有發明之功，就像元好問的〈論詩絕句〉，跟詩話有相輔相成之功一般。但是受限於論詞體制是絕句的影響，很難縱橫無礙，淋漓盡致。若七言四句，也才二十八字。由於文體的侷限，有時不能暢所欲言，這點有人在研究元好問〈論詩絕句〉時，已經提過了。但不管如何，彼此可以互相印證。它是以最少的文字，來代表最豐富的觀念，以精簡的概念，聚焦在詞人的風格或詞作的特色上，這方面值得肯定。天津南開大學孫克強教授的著作，以及王偉勇教授的相關論著，無論文獻彙整或心得論述，都很有參考價值。若能與吳熊和、王兆鵬主編《唐宋詞彙評》相互參考借鑑，研究唐宋詞將增多一左券。這跟宋代論詩詩一般，對於文藝學有發揚之功。臺灣彰化師大周益忠教授的博士論文《宋代論詩詩研究》，對此一專題有詳盡闡發。

（原刊於：劉揚忠、王兆鵬主編《宋代文學研究年鑑 2008-2009》，〈談宋代文學研究選題——張高評教授訪談錄〉，武漢：武漢出版社，2011 年 9 月）

附錄四　宋詩、詩話學的研究思路

——張高評教授訪談錄

一、特色亮點研究與宋詩、詩話學（1990～2010）

——宋詩、詩話學的研究思路　訪談錄之一

採訪撰文：邱詩雯博士

校訂潤色：張高評教授

初稿：2010 年 8 月 31 日

定稿：2018 年 1 月 28 日

(一) 研究之路的轉向：機緣巧合、日起有功

問：老師的碩士論文、博士論文，並非研究宋代文學。在黃永武教授的建議之下，讓您走上宋代文學研究之路。轉換跑道是辛苦的，其中的心路歷程如何？

我的碩士論文，原本探討《黃梨洲及其史學》，研究中國傳統史學。博士論文《左傳之文學研究》。研究《左傳》，旁通史學與經學，主要研究《左傳》

的文學，也就是古文。我想研究古文一輩子，應該也是挺好的。後來風雲際會，1981～1983 年，有幸和黃永武老師合寫《唐詩三百首鑑賞》。又為了升等，黃老師建議我去研究宋詩。學術生命如此發展，純是因緣湊合的意外，不是刻意去規劃的。但是這樣的研究歷程，對於我後來研究宋詩，卻好像是預作巧妙安排。我明明研究《左傳》的文章義法，黃永武老師可能看準了這一點，叫我用分析《左傳》的手法，去鑑賞《唐詩三百首》。而《唐詩三百首鑑賞》這部書，到現在為止，很多古典詩學的朋友還是蠻推崇的。一詩一文之中，可能有相通之處。1999 年，我主編撰寫《古文觀止鑑賞》，在臺灣銷售十萬套以上，採用參考的，也是古文義法，以及詩話詩學的鑑賞方法。

當初黃老師叫我研究宋詩，是從編纂臺灣版《全宋詩》開始。談到編纂臺灣版的《全宋詩》，就要特別感謝我的內人郭芳齡女士。我當時只是個副教授，收入不高，全家靠我這份薪水過日子，但她同意我把家裡面的錢拿去影印一些善本，包括國家圖書館（中央圖書館）的明清善本。這，我是很感謝她的。因為我獨立編纂《全宋詩》，礙於國科會研究計畫補助的規定，到現在為止，對於編纂圖書還是不予補助的。在 1989 年以後，羅宗濤先生擔任國科會計畫召集人，為我向國科會爭取。他認為：雖然編纂圖書不能向國科會提出申請，但是能不能在申請一個計畫時，在繳交論文的過程中編纂圖書？國科會認為可行。所以編纂圖書就變成一個過程，目的是為了撰寫學術論文。不過，那個時候《全宋詩》的編纂已經接近尾聲了，這算是遲來的佳音。編纂一套圖書為過程，寫出論文為目的的專題計畫方式，就是緣起於此。2010 年上半年，我去玄奘大學演講，羅宗濤教授把他為我爭取經費的原委公開出來，也算是個非常良善的雅意。要說明的就是，我花了這麼多錢、這麼多精神、這麼多時間，獨立去編纂《全宋詩》，首批十冊，已經一校。後來黎明圖書公司因故未能出版，至今仍然深感遺憾。不過遺憾歸遺憾，畢竟是事實，不能改變。後來我就想：「這些書稿，花了家裡這麼多錢，花了我這麼多的青春歲月，引起臺灣學術界那麼多的關注，不能因為不出版就不了了之啊！」因此，我就有一個想法，要把自家投資的錢，想辦法「救本」賺回若干。

我的方式是，一定要好好研究宋詩。但是，怎麼進行呢？當時編《全宋詩》，在 1988 年之前，黃永武老師辦過一次「宋詩研討會」，全臺灣也就只這麼一次。那時候，我發表一篇文章，不算是論文，只能說是研究綜述，主要綜述兩岸學界宋詩研究的成果。那時我的書房，到處堆放著臺灣版《全宋詩》的稿本，以及從中央研究院文哲所影印來的大陸學界論文。文獻匯集，豐富多元如此，若不善加利用，無意暴殄天物。於是我發願，一定要從研究宋詩撈回一點成本。因為我投資太多，家人贊助太多，如果不從中發表若干研究成果，那就對不起家人對我的贊助。那個時候，大陸的圖書不容易見到，要看一定要去國家圖書館（中央圖書館），於是我就利用暑假的時間去國家圖書館看書，影印善本宋人文集。當時國家圖書館的規定：大陸論文不准複印，只得用抄的。那時我就抄了一本筆記，把一些認為不錯的論文一字一句的抄。謄抄論文有好處，就有一定印象，其中的心得，就分享到了。

後來我發現，中央研究院文哲研究所的圖書室，有許多過期的期刊，人文的研究是不受時間限制的。最可寶貴的是，文哲所庋藏有人民大學複印報刊資料《中國古代文學研究》，從 1977 年左右就有，文革之後不久就有。我選擇其中有關宋詩的論文，一篇一篇複印，每天從開館到閉館，一直站著複印。後來特准晚上也可以工作，甚至警衛因為看到燈還開著，還勞駕他來確認，是不是宵小在那邊偷東西？後來發現是我在複印資料，他就釋疑了，這也是一個趣談。夜以繼日，所以就印了很多資料。因為影印資料之後總要讀一下，所以或多少就會有印象。晚間回到旅館，我有一個習慣，就是把今天印的資料再讀一遍，主要為了避免重複影印。如果不讀，沒有印象，導致一篇論文印了兩三次，不僅做白工，也浪費金錢。為了不浪費金錢，於是每篇最少讀兩次，讀多了，對有關宋詩的論述就熟悉了。現在我手頭上有很多大陸研究宋詩的成果，從 1977 年左右，到 1990 年以前。那些資料印回來，仔細拜讀，真積力久，就可勤能補拙，站在巨人的肩膀上。反正，最初對宋詩不懂嘛，就一篇一篇讀，一篇一篇吸收。

我的著作目錄，在 1975 年一直到 1978 年，兩三年之間，論文著作量很少。為什麼？因為我在吃桑葉，還沒能吐絲。但是到了 1990 年之後，我以宋詩當作升等教授論文，相關著作都是從頭到尾的影印、閱讀，借鏡前人的研究成果，連結到自己研究的課題上，研究成果就逐漸呈現出來了。由此可見，對於一個陌生領域，從生疏到熟悉，要下一點功夫。對於前人的研究成果稍微瞭解掌握，就可以避免重複選題。否則重複一些人家早就研究過的，還沾沾自喜、自鳴得意，以為是獨到的心得。仔細觀摩，自認英雄所見略同，但是人家老早五年前、十年前都發表過了，我們就得宣佈:放棄成果。因為學界不會認為你是英雄，只會認定是抄襲、剽竊。吸收前人的研究成果，可以媲美武俠小說中的灌頂、加持，這是我宋詩研究的一點心路歷程。開始研究宋詩之後，就會發覺：研究宋詩不能不涉及宋代詩話，所以又跨足到詩話。詩話，算是文學評論的部分。後來，我的研究方式往往用詩話來印證宋代的詩歌，或者用宋代的詩歌去檢驗宋代詩話。把文學創作跟文藝理論合而為一來論述，這，也是心路歷程之一。

(二) 宋人生唐後，致力於文學傳承開拓、新變代雄而有自家特色

問：宋詩與唐詩最大的不同何在？面對唐宋詩之爭，有何看法？研究唐詩與宋詩，研究法有沒有不同？

研究方法，大概是大同小異。如果問:研究唐詩跟研究六朝詩，方法有何異同？就等於研究宋詩跟唐詩，有何異同？這個問題是類似的。因為唐詩在六朝詩之後，宋詩在唐詩之後。我們千萬不可以認為：我不了解唐詩，也可以把宋詩研究得很好，這是不可能的。但是研究唐詩的人，卻可以不理會宋詩，可以對宋詩一無所知，卻能在唐詩研究成為一流，這是有可能的。同樣的，研究唐朝的詩，不管哪一家，不能不懂六朝詩，像建安風骨、謝靈運山水詩，就不能不懂。所以這是源跟流的問題，正跟變的問題。在文學發展當中，最後各自走出不同的風格特色，這必須要正視，必須要確認。就好比我

們不能用異同來論述唐詩跟六朝詩，不能說李白學了謝朓，一點都不像謝朓，杜甫詩學陰鏗，看不出像陰鏗。其實，不像謝朓、陰鏗，像李白杜甫自己，才會有特色啊！同中有異，異的可能大於同，才有自家風格。宋代的蘇軾、黃庭堅，詩學杜甫，但是風格不像杜甫。在唐朝，韓愈學習杜甫，李商隱也學杜甫，但是韓愈雖學杜甫，更有自家特色。李商隱學杜甫，卻又展現另類風格，變成李商隱的特色，此所謂「學而不為」。風格新異，不一樣，才有特色，有美好的特色，才會形成風格。

明清以後的唐宋詩之爭，就是這點誤會了，沒能認清。明代前後七子主張「文必秦漢，詩必盛唐」，認為盛唐詩歌，是古往今來獨一無二的典範，他們用這個角度來看宋詩，說宋詩一點都不像唐詩，所以不好。這就是用「異同」來論定詩歌的優劣，同的就是優，異的就是劣。實際上，從文學的正常發展來看，應該正好相反。因為同的就是模擬、抄襲，像明人學唐詩，有人稱為「唐樣」，學到唐詩的皮毛，未能學到神髓，所以不好。就好比韓愈跟李商隱同時學杜甫，都不像杜甫。研究杜甫詩學的人，不能因此責備韓愈跟李商隱，認為他們學的不像，就沒有價值。實際上韓、李學了杜詩的精華以後，加上自己的特色和風格，就變成「從杜詩入，不從杜詩出，卻從韓詩、李詩出」的自家特色。就像韓愈「以文為詩」，杜甫是「以詩為文」，韓愈算是自創一個風格。同樣「以文為詩」，蘇軾、黃庭堅學習韓愈，並不像韓愈。歐陽脩學習韓愈，也不像韓愈。如果很像韓愈，就好像模仿秀一樣，就沒有自己的特色了。好比唱歌，聲音跟鄧麗君很像，可以從模仿入手，但是最後還是要走自己的路，唱自己的歌。如果一輩子都模仿鄧麗君，都像鄧麗君，那只是鄧麗君的影子。因為只跟她雷同，不和她新異，新異才會有特色，才會有自家的風格。

我們應該這樣理解宋詩：學唐而變唐，新唐又拓唐。對宋人來說，是變化唐詩，然後拓展唐詩的面貌，這樣就會有特色。所謂特色，一，是數量的問題，某個課題，唐詩做得數量不多，宋詩做得比較多。二，是品質的問題，唐詩因為在發展之初，可能比較粗糙，宋詩作得比較精緻、深入。三，唐詩還沒有形成理論系統，但宋詩卻有。舉個例子，比如翻案、詩中有畫、不犯正位，唐詩、漢詩都有，但是「詩中有畫」卻是蘇軾提出的。因為必須總結許多個案，才能提出原理原則。同樣翻案，古人也有許多從反面述說的作法，但是以前沒有提出這個詞彙，一直要等到宋人提出。漢樂府〈陌上桑〉，狀寫羅敷的美麗，分別從間接、側面、旁面、對面道出，不從直接正面表述；但「不犯正位」之詩思，至北宋時黃庭堅、陳師道作詩，「以禪思為詩思」，才更顯著。任淵、蔡絛、何汶、胡仔、蔡正孫、元好問在詩序詩話中，才先後提出。所以，我就用這三點來判斷有沒有特色：一是量的問題，二是質的問題，三是有沒有形成理論的問題。絕對不能用「有無」來判斷的！因為天底下無中生有的事情太少了，所謂太陽底下沒有新鮮東西。我最近研究創意，創意論述裡面經常提到：世俗所謂「新產品」，所謂「新相機」，其實只是舊有機種的改良，是質的提升，量可能改變。或者體積縮小，或者把功能增加，但還一樣是相機。你不能因此質疑，不是新產品。可見，新產品不過是舊產品的改良，也許數量普及了，功能增強了，或者體積縮小了。且看現在的電視，以前螢幕後面有個大箱子，現在都沒有了，這就是局部改良，但是這個新產品也還是電視。

回到唐詩，哪一個人敢說杜甫詩中所詠，六朝詩都沒有？詠史、敘事、寫景、詠物，哪一個六朝沒寫過？你不能因此說杜甫詩沒特色，唐詩沒有特色。也許是寫作數量的提升，比如邊塞詩，王文進教授就提到，南朝就有邊塞詩，但是數量不多。使遼詩、使金詩是宋代的邊塞詩，但缺乏特色。由於武皇開邊，唐詩出現特色的邊塞詩，數量很多，以量取勝，而且質也有所提升。可見，特色絕對不是「有無」的問題，是量多量少、質高質低、有理論無理論的問題，所以我向來從這個角度看問題。又如詠雪詩，南朝謝惠連作〈雪賦〉，以巧構形似稱勝。唐代岑參有〈白雪歌送武判官歸京〉，以鉤勒出白雪的神韻稱雄。詠雪詩賦有了謝惠連、岑參的作品，是否好詩、好賦至此以被做光？且看北宋歐陽脩作〈雪〉詩，別開生面，以賦為詩；蘇軾又作〈江上值雪〉、〈雪後書北臺壁〉、〈聚星堂雪〉，禁體物語，於艱難中特出奇麗，亦可以與岑參、謝惠連爭勝而無愧色。可見，有無特色，不是有無問題，而是取決於新變自得的風格與開創。因為學界研究宋詩的人比較少，研究唐詩的人比較多。研究唐詩的人往往對宋詩缺乏同情的理解，所以常常站在唐詩的角度，入主出奴，就否定了宋詩的研究論點。這，絕對不是嚴謹的學術態度。

關於唐詩宋詩的特色，我系列的著作從《宋詩的傳承與開拓》，已經提出翻案詩、禽言詩，以及詩中有畫。我認為這是宋詩在跟唐詩之後，數量增加了，品質提高了，又有理論性，所以我說是特色。接下來我寫《宋詩之新變與代雄》，又從追新求變的角度，來看宋詩的特色、價值，以及文學史中的地位。特別標榜破體為文、化俗為雅、以戲劇為詩等等。再來一本書，是《會通化成與宋代詩學》，我提出宋型文化的特色，是會通化成，所以宋詩體現很多。比如詩中有畫、以文為詩、以賦為詩、以詞為詩。除外，還有以詩為詞、以文為四六。宋人還有以《春秋》書法為詩、以書道喻詩，以史筆為詩等等，跨學科、跨領域的整合書寫。這些都是兩種文體，或不同學科的組合。在創意學中，叫做新奇組合。會通，是鄭樵史學標榜的觀念，化成則是借用《易經‧繫傳》。這四個字的定調，要感謝人民大學的張立文教授。起先我想用「會通合成」，1998 年我參加北京大學漢學會議，那時他幫我改了一個字，變成「化成」。張立文教授，為研究朱熹、研究哲學的專家，有他加持，在此致謝。接下來，我寫了《自成一家與宋詩宗風》，針對宋人學杜宗杜、詠花詠雪、題詠海棠、題詠《史記》、史家詠史、使遼使金的邊塞詩諸課題，論證自成一家的宋詩宗風。我每一本書的書名，其實在標榜宋詩的特色。再來，是《創意造語與宋詩特色》，創意跟造語，是針對唐詩來說的。所謂意新語工，意要新、語要工，也是宋人提出來的。至於《印刷傳媒與宋詩特色》這本書，主要是談到宋詩特色之所以形成，是因為雕版印刷的崛起，廣泛應用於知識傳播之中。

關於唐宋詩的不同，後來衍生為唐宋詩的異同，由此來看唐宋詩的特色。

「唐宋詩的異同」，是比較中性的詞彙。到了明代，就從唐宋詩的異同變，成唐宋詩的優劣。向來論唐宋詩的優劣，一般都是唐詩優，宋詩劣。到了明末清初的唐宋詩之爭，慢慢翻轉過來。重點不在否定唐詩的不好，而是唐詩的輝煌燦爛，是大家公認的，不必有太多爭議。宋詩從桐城詩派以後，到同光體的詩人，作了一件翻盤的工程，就是肯定宋詩在文學史上自有他的價值、有他的地位、有他的特色，可以跟唐詩媲美。最終才有繆鉞在《詩詞散論》中說「唐宋詩之異同」，而錢鍾書在《談藝錄》中論「詩分唐宋」，標榜「唐音宋調」。認為從《詩經》、《楚辭》以下，到同光體詩。甚至於從同光體到現代詩，大抵分為兩類：不屬於唐詩風格，就屬於宋詩風格。尤其是同光體以後的現代詩，包括臺灣的現代詩，大陸的現代詩，華人地區的現代詩，大概都接近宋詩風格，而遠離唐詩風格。這些論點，已寫進《清代詩話與宋詩宋調》，2017 年 12 月已出版，歡迎參看。

(三) 系列宋詩論著，以特色亮點為書名

問：宋詩系列的著作中，您再三提出一些亮點特色名稱，像新變代雄、破體出位、會通化成、創意造語、印刷傳媒、自成一家、遺妍開發、創意發想等等。面對琳瑯滿目的作品，如何歸納出這些特質？這些經典詞彙，是怎麼推敲出來的？

推敲這些詞彙，其實很煞費苦心。經由沈潛、琢磨得來，並不是一蹴可幾的。陸機〈文賦〉稱：「立片言而居要，乃一篇之警策。」書名才幾個字，我期待它能成為亮點。寫文章、寫一本書，要取一個名字；寫一篇論文，也要替這篇論文的章、節、項、目，下一個標題，這都需要精心鍾鍊文句。不可諱言，這說來容易，但做起來有些難度。我之所以還可以，應該歸功於古文和詩歌的訓練，尤其是《左傳》、《史記》文章雅潔的素養。《左傳》十八萬字，敘述了春秋兩百五十五年的歷史，實在很精簡；《史記》雖然是五十五萬字，但是起碼敘述了三千年的歷史，也很雄深雅健。

我覺得，熟讀古典文學，甚至於對絕句、律詩的遣詞造句，文字的錘鍊，詩句的密度，經過推敲、斟酌、領會以後，就會具備這樣的能力。這方面的影響，同時得自撰寫《唐詩三百首鑑賞》。記得是 1982 到 83 年時，我分析了將近兩百六七十首的唐詩，逐首逐句推敲它的用字遣詞，因此在文字的錘鍊，詩歌的造句方面，會比較講究。我的著作，不管是研究《左傳》的，或是探討《史記》的，或者是宋詩、詩話的，每一句話造句都不喜歡太長。每一個句子，大概都在十個字左右。一句十五個字左右是上限，這樣的句子比較少，那是不得已。不妨念看看，一句十個字左右，念起來會比較簡潔扼要，輕鬆愉快，不會拖泥帶水。因為我曾有這樣的訓練，因此對於一本書的內容，提煉出共同主題，再經過濃縮錘鍊，就會出現剛才所說的破體出位、會通化成、創意造語、印刷傳媒、自成一家、創意發想等等。

有些詞彙是別人創造的，我撿現成拿來用，譬如說破體、出位。「破體為文」是錢鍾書先生的詞彙，「出位之思」也是錢鍾書先生的用語。但是錢鍾書的說明不夠詳盡，我替他申論補強。我們取一個書名，最好是現成的。比如我們撰寫宋代的論文，如果宋代就有這個詞彙，學界就不會覺得是杜撰的，就無須解釋詞彙老半天，說這個詞彙是什麼意思。但是「化成」，就是從《易傳》借用過來的，原是人文化成的意思。就算不懂，解釋成變化生成也可以。再如「創意造語」這四個字，原本唐代文獻、宋代詩話就有。先想到宋詩的特色，就是追求新創。「意新語工」，從《六一詩話》強調之後，就會引發注意。有了這樣瞭解之後，去看宋代的詩學，就知道這是很有代表性的詩學術語。但是如果用「意新語工」來當作書名，就容易被誤會：「你在研究《六一詩話》嗎？」我們得換一個詞彙，就是詩話裡面現成的「創意」跟「造語」。

把現成詞彙拿來用，配合我們論文的主軸，作為主題的強調，當然十分適合。又如「印刷傳媒」也一樣，印刷傳媒是由兩個詞合成的。印刷，有雕版印刷，有活字印刷，有木活字印刷等等。傳媒，是傳播媒介，這是西方的術語，因為錢存訓研究印刷文化史，就用過「印刷傳媒」這個詞彙。雕版印刷發明以後，科舉考試在宋代盛行，讀書人要考上科舉，必須買書來看。印本書刊印出來後，開始傳播；被讀書人買來後，開始閱讀，就有接受、反應的表現。或者進行文學創造，或者進行文學批評，將會生發一系列的影響。把印本圖書看作是一種傳播媒介，看看它對於宋詩，或者宋代文學、宋代學術產生什麼影響？所以才會促成宋型文化的特質。

問：「會通化成」，是否是宋代文學的最大特色？還是其他？

我不敢說是最大，起碼是之一。是不是最大，必須經過比較；沒有經過比較，不能任意妄下斷語。在宋代，不管詩、詞、文、賦，甚至於繪畫、戲劇，都是兩個以上組合而成的藝術。因此我才想到跟會通有關。不管是北宋的蘇軾，還是南宋的鄭樵，都有共通的主張。會通是否就是如此？我們還要經過論證。是什麼媒介促使文學藝術間產生會通，進而化成一種文化類型？應該就是雕版印刷作為傳播媒介，促成了會通。「通」這個觀念，杜佑《通典》、鄭樵《通志》，都稱「通」。但是會通這個觀念，還要等到南宋鄭樵才有。

且看鄭樵《通志》對於「會通」這兩個字的定義，就可以知道不管宋代的詩、宋代的詞、宋代的文、宋代的賦、宋代的美術、宋代的雜劇，幾乎都可以通用。「以文為詩」，是古文和詩歌結合；「以賦為詩」，就是辭賦跟詩歌結合；「以詩為詞」，是把詩的特質加入詞裡面，變成豪放詞，跟以詞為詞的委婉風格不一樣。也有人是「以詞為詩」的，像秦觀，變成「女郎詩」。還有把禪加入學術中，譬如理學，理學不只是儒學，還加上道家、道教、佛教、禪學，這不也是會通嗎？所以，「會通化成」，應該是宋代文化的一大類型。是不是最大？要經過比較才知道。至於造成會通的媒介，當然就是雕版印刷，還有就是印本與寫本圖書交相爭輝、科舉考試、右文崇儒，這些都有關係。

唐型文化與宋型文化的分野，由日本京都學派內藤湖南和宮崎市定師生提出。師生研究中國歷史的分期，以為：唐代是中國中古歷史的結束，而宋代是中國近代歷史的開端。這叫做「唐宋變革」論，或者叫做「宋代近世」說。這個命題，或稱假說，對於王國維、胡適之、陳寅恪、錢穆，不管是史學研究、思想研究，或者是文學研究，都有影響。臺灣學者傅樂成，發表一篇文章，叫做〈唐型文化與宋型文化〉。他對唐型文化認知比較清楚，論述比較深入；對於宋型文化，則頗嫌簡略，語焉不詳。

到現在為止，研究宋型文化的人不多。宋型文化究竟具備有哪些特質？值得進一步探討，有必要進一步去拓展。如果我們知道宋型文化有哪些特質，那宋代文學是宋型文化的一個支派，那或多或少會受到影響。大陸學者陳植鍔著有《北宋文化史述論》一書，其中一章提到宋學的精神。譬如創造、開拓、會通、兼容、反思、內求、懷疑、議論、實用，這些都是宋學的精神。經由考察，其中有很多也是宋代文學的特色。這是不是宋型文化體現出來的某個類型，一種特色呢？有待進一步研究。這基本上是一個史學的課題，但也可以從文學的角度去檢視，甚至於從經學的角度也可以推出一個結論。

年輕人不妨研究宋型文化，因為現在關於宋代研究的出版品非常多，都是大型的圖書，從《全宋文》到《全宋詩》，到《全宋筆記》到《宋詩話全編》等等，宋代的詩集、文集，都大量出版。未來不出十年，宋代文學研究應該是熱絡可期的。到那個時候，大家來研究宋型文化有哪些特質，應該更加得力才對。

(四) 系統思維、全面觀照，詩論與詩作的整合研究

問：在課堂上，您曾提示過：詩論與詩作應該整合研究，是基於什麼理由？

在唐代以前，詩論、詩作可以是分道揚鑣。要談詩學理論，大抵要從中唐、晚唐開始。宋代因為有詩話、筆記大量的寫作和編著，所以變成舉足輕重。這倒不是說唐朝以前沒有詩論，只是數量沒有那麼多；雖然量不多，有些質還不錯。宋代為什麼那麼多的詩話、筆記？這應該跟雕版印刷有一點關連。詩話，如果根據姜夔《白石道人詩說》的說法，原是給那些不懂作詩、初學入門的人看的；同時也是給那些懂得詩的人借鏡的，功能兩極化。這兩

句話並沒有矛盾。初學入門不懂，可以看看詩話，有門可入，有法可循，容易速成。如果要追求更高標準，詩話裡也提示古往今來名篇佳作之好、之妙，值得取法借鏡。也就是說，弱水三千，每個人都可以各取一瓢飲。初學入門，可以避免詩病，學習詩法；作詩有成的，可以指出向上一路，往高的標準，從大家、名家的作品去品賞取法。

因為雕版印刷、圖書傳播的方便，因此我們看宋代的詩話，別出心裁、識見不凡的，並不太多。像歐陽脩《六一詩話》、張戒《歲寒堂詩話》、楊萬里《誠齋詩話》的系統論著很少。嚴羽《滄浪詩話》，王夢鷗教授說抄襲得很美妙，暗指嚴羽的觀點都來自前人。但重新組織之後，看不出有編纂的痕跡。大部分的詩話編纂，幾乎都取材於現成的書，所以重複處不少。這表示什麼？表示這些詩話正在流傳，我看到、你看到、他也看到，大家所見略同，都編纂進去了。我覺得這一段不錯，寫進去。你也覺得這一段不錯，也寫入詩話。所以，同一段話，分見於三四種詩話都有。圖書傳播無遠弗屆，所以接收反應非一。當然，很多詩話的編纂地點，都在刻書中心，或藏書樓附近。因為，圖書訊息交換方便。宋人作詩的當下，看看人家編出來的詩話，從中得到一招半式，立馬當作自己創作的法門。某人某首詩寫得不錯，編詩話的人就把它當作範例，編進詩話裡面。所以，創作跟詩話，可以這樣循環無端的互相印證。

因此，從宋代開始，純粹研究文學作品，恐怕不足以看出一代文學發展的趨勢，還得看看文學評論怎麼說。光看文學評論怎麼說，仍然不知道文學的趨勢，還要看看文學創作的表現。這兩者之間，有時候相輔相成，有時候互相矛盾。舉個例子說，嚴羽《滄浪詩話》評論多高明！可是嚴羽的詩集叫做《滄浪吟》，學界評價卻很普通。詩論寫得這麼好，詩作應該很高明吧！不見得。同理，一個人的詩歌不佳，他的詩話未必不足觀。所以我才說：詩話、詩歌一起看，不但可以互相補充，也會碰撞出火花。如果單就文學作品來看，可能會有偏見。但是如果參考文學評論，將會發現：他這樣講，原來是受到時代風氣的影響，反之亦然。所以我認為：理論跟創作的研究，在宋代以後，應該相輔相成。

(五) 宋詩藝術技巧、創意思維，值得語文教學借鑑

問：宋詩研究，對當前的國文教育，有何參考、借鑑與轉化之價值？

我的博士論文，研究《左傳》的文章義法，就是古文的作法。好像是老天爺的巧妙安排，當作我撰寫《唐詩三百首鑑賞》的熱身運動。經歷分析唐詩三百首的藝術技巧，好像也是為我他日的宋詩研究作準備。研究宋詩詩話時發現：郭紹虞也有類似的看法。宋人喜歡談詩，絕大多數都在談藝術技巧，包括詩格、詩法、詩病。

藝術技巧的凸顯，方法學的強調，對於國文教學，以及作文教學非常得力。從字到句，從聲讀到平仄，到整篇文章怎麼寫，詩話裡面已談了不少，宋詩也體現很多。宋人的詩，很講究新變。比如登樓詩，王之渙的登樓詩首二句寫:「白日依山盡，黃河入海流」，第一句就已經站在鸛鵲樓上了，看到白日已經依山盡了，想像黃河已經入海流了。宋人也作登樓詩，但不全是這樣！你不能說唐人寫登樓詩，宋人若也寫登樓詩，就沒有什麼特色？這不能用「有無」來看待，卻要看宋詩能不能發展出什麼?是否表現出新變和殊異？如蘇東坡寫〈泗州僧伽塔〉，從第一句寫到第十六句，都還沒有寫到登樓，一直到倒數第四句以下，才開始登樓：想像登樓以後，我將會看到淮河附近的景觀。這就不一樣吧！唐詩開始第一句就寫所見、所聞，但我東坡不一樣，前面開始寫將近二十幾句，都在追想過去，藉景發論，剩下四句猜寫登樓景觀，卻又放眼未來，視角有所調整了！還有〈題西林壁〉，是已賞完廬山景觀歸來，再回顧這幾天登山的情形，是用回想的，寫過去完成式。〈泗州僧伽塔〉講的，是想像將來，是未來式，所以時態就不同。當然，蘇東坡不知道什麼是時態，可貴的是，寫作角度不同，這就有其特色。與眾不同，就是有新異風格；不

一樣而美好，就是優秀。

從這個角度來看，宋人注重寫作技巧，著眼觀點，在寫作角度不同。就唐詩而言，是有所拓展的。還有，組合式的創意，如破體為文、出位之思，轉化為作文教學，絕對富於啟發性。迪士尼的卡通「史瑞克」演員，所有迪士尼的卡通人物幾乎都出現了，像白雪公主、長髮姑娘，連小木偶皮諾丘也有戲份，這就是組合思維。詩中有畫就是組合思維，以文為詩也是組合思維。從不同角度去寫文章，面面俱到就是創意。一般人寫作文，就會像寫「白日依山盡」那樣，用慣性思維，站在樓上寫。若要不一樣，不妨想像上樓以後會看到什麼，這不是很有創意嗎？今年我去考選部閱卷，作文題目是「學習與創意」。我看了六百多份，大概有九成以上都採慣性思維寫作。他們大多花了很大篇幅在強調學習，到快結束的時才點出創意，那是不對的。有一個考生，我給他很高分。他怎麼寫？他說:創意是很珍貴的，創意可以帶來財富，創意是智慧的表現等等。但要怎樣才會有創意呢？要經過廣泛而長久的學習，所以必須學習什麼什麼等等。這就不一樣了，是反向思維、逆向思考。一般人作文，多運用慣性思維，入人意中，直接而正面先從學習寫起，再寫創意；結果他倒過來，出人意表，先寫創意，再寫學習，文思新異，這樣就有新意。所以詩歌，尤其宋詩中蘇軾、黃庭堅的詩，如果好好去研究，對於作文教學，確有幫助。對於口頭傳播，也會有另類觀點。像「橫看成嶺側成峰，遠近高低各不同」一樣。何況宋詩的揚棄悲哀，呈現樂觀曠達，也是值得我們借鏡參考的。

(六) 回顧研究之路，謙卑、豁達、樂觀

問：老師在宋詩研究方面，著作頗多。迄今對於宋詩研究最得意之作為何？最喜歡哪一位作家的哪一篇作品？

關於宋詩研究，就單篇論文而言，比較滿意的，要算〈杜甫詩史與春秋

書法〉。一般而言：杜甫的研究，通常多採慣性思維，就詩言詩，無暇其他。由於我機緣湊合，既探討《春秋》，又研究詩歌。司馬遷《史記．司馬相如列傳》「太史公曰」談到《春秋》書法，稱其特色為「推見至隱」。晚唐孟棨《本事詩》，敘杜甫詩史，亦提示「推見至隱」四字。試參考杜甫所作〈祭當陽君文〉，祭祀第十三代的先祖杜預，祭文中曾自我期許，說要發揚先祖的專業。杜預的學術專業是什麼？杜預並非詩人，是有《左傳》癖的《春秋》家，所以杜甫要發揚的，是春秋書法的志業。因為我這樣看，就整合杜甫的敘事歌行、詩史，然後用《春秋》書法來作一個詮釋解讀。再拿〈司馬相如列傳〉、孟棨《本事詩》、宋代的詩話論述作為印證，跨學科、跨領域進行研究，富於挑戰性，所以比較有特色。這篇文章發表在 2010 年八月份香港浸會大學《人文中國學報》，上海古籍出版。另外一篇〈白戰體與宋詩之創意造語〉藉探討宋人詠雪詩，如何「禁體物語」，如何「於艱難中出奇麗」？如何因難見巧？如何創意造語？那是禁體物語白戰體、宋詩推陳出新的代表，發表在《中國文化研究所學報》。

至於我最喜歡哪一位作家？說實在的，如果兩位的話，我喜愛蘇軾跟黃庭堅。如果只能喜歡一位的話，我比較欣賞黃庭堅。因為黃庭堅，是一位很有個性的詩人或書法家。看看黃庭堅的書法，就可以感受他的方正個性。至於哪一篇作品？這就很難說了，喜歡的太多，沒有說獨鍾哪一篇。十幾年前，纂編《全宋詩》的時候，《中國時報》記者也曾經問過同樣的問題。那時我說，喜歡陳師道的〈絕句〉:「書當快意讀易盡，客有可人期不來；世事相違每如此，好懷百歲幾回開。」有趣的書，讀起來很容易就讀完了；客人很可愛，每天都期待他再光臨，可是他卻不來。天下的事情大多不是如願的，所以說「世事相違每如此」。黃庭堅就曾說，世事不如意事十常八九，人生很多事情都是這樣子乖戾。所以陳師道說:「好懷百歲幾回開？」美好的心情、開心的情懷，一百年之中、一生之中，能有幾次？這首理趣詩，感慨人生難得幾回開懷。有篇醫學報告說：假設人活在世間七十年，他真正快樂的時間總共不超過 48 小時。你看人有多可憐？不是煩惱、就是憂愁，不然就是不安恐懼，甚至悲傷、焦慮、驚慌、痛苦。真正好心情、樂開懷、眉開眼笑，不超過兩天。那，你我今後還要自尋煩惱嗎？還要杞人憂天嗎?

問：宋詩研究到目前為止，您最大的收穫是什麼？

我的收穫就是人外有人、天外有天。書怎麼讀一直都讀不完，論文怎麼寫都寫不完。常常很佩服別人，他的論文怎麼寫得那麼好，我應該多多跟他學習。我跟別人不一樣的地方，就是我能夠服善。有人比我強，我了解他的優勢、強項後，我會表示佩服。看多了、寫多了以後，覺得自己還不夠好，往往心存畏懼，會更加下筆謹慎。

由於研究宋詩，接觸到大陸很多重量級的學者，比如程千帆教授、傅璇琮教授、周勛初教授、王水照教授、曾棗莊教授、陳尚君教授、葛兆光教授。我覺得這些教授，一個比一個謙虛，他們的學問我很佩服，文章寫得那麼好，論點那麼精闢，怎麼一個比一個客氣？那麼有學問，知名度那麼高，怎麼那麼謙虛？尤其是傅璇琮教授，他曾是國務院古籍規劃小組秘書長，在湖南長沙召開第二屆唐宋詩詞國際研討會，傅教授在開幕式擔任主講嘉賓。此時，他剛出版一本書：《唐人選唐詩校注》。研討會的晚上，先打電話來，說要親自送到我住的房間，要請我指教。我哪敢啊，我表示要過去拿，結果他已經登門親自送來。有些學者看到，就跟我說：「你知道傅璇琮教授是誰嗎？是什麼地位嗎？」我說：「他不是清華大學的教授？」他說：「不只是，他是國務院古籍規劃小組的秘書長。」我問：「秘書長很大嗎？」他說：「大！他是部長級的，出門有一輛黑頭轎車接送。這樣夠大了吧？」當下我聽得目瞪口呆。你看地位這麼崇高的人，還親自送一本新書「請我指教」，這是何等的胸襟和氣度？還有，南京大學周勛初教授，也是忘年之交。周教授只要出版新書，一定航空郵寄一部給我。無論是八本一套的《文集》，或精裝五冊一套的《宋人軼事彙編》，單行本的著作更不用說了。連我講學香港，周教授仍然託張宏生教授捎來新著。所以我只是出版這一點點、幾本書，有什麼好炫耀的呢？有待繼續努力，要再精益求精。你看上述那些教授，從來不存在驕傲自大，從來不矮看我這個臺灣來的年輕學者，從來沒有，可見有容乃大。所以，我們要學會謙虛，見賢思齊。大教授值得學習的地方太多，我們要虛心學習。

(七) 大方公開選題，對後學的叮嚀與期待

問：今後打算持續開發宋詩哪些面向？對宋代文學研究的持續開拓，在方向上有無任何叮嚀提示？

學術是公器，非一人所得專、所可私。因此，論文選題可以公諸於世，與天下同道共享之。我所列舉的宋詩選題很多，我想辦法開拓一些。在北大的一百週年校慶上，我列舉了只有六十幾個題目。後來我又加上詩話的部分，最少也有兩百個題目（案：詳參《研究綜述與論文選題》，臺北：元華文創，2017 年 12 月）。我想自己既然列舉出來，就多少開發一些。總之，這個學術園地是開發不盡的。接下來要做的，打算把宋詩跟宋代詩話作一個整合研究，最近研究是轉向比較純粹詩話的探討。前三年，比較著重研究《詩人玉屑》。2010 年開始，可能是研究《苕溪漁隱叢話》，將來可能會去研究清代的詩話。因為關於清代詩話，我已經寫了三篇論文。想到清代中期以後的詩話，如何從宗唐詩到宗宋詩這個歷程。自晚明以來，就開始談唐宋詩的異同、唐宋詩的優劣。所謂的「優劣」，究竟是真正的優劣？還是一種學派之爭？他們所謂的異同，說的很精確嗎？還有唐宋詩之爭，勢同水火，到底他們在爭什麼？這個方面，我想整個清代的詩壇三百年都值得關注。

還有，漢字文化圈所作的詩話，統名東方詩話，除中國本土詩話外，域外詩話如日本江戶時代的漢詩和詩話，也值得探討。清代詩話的中期，在日本已經是明治維新了。談到日本傳統文化的形成，有一條所謂「海上書籍之路」，從唐代一直道清代，自中國的江南運送貨物到日本的博多長崎。拜海上書籍之路之傳播與恩賜，中國的書在江南出版，不到一個月，日本的知識份子都可以讀到這本書。因此，清代有什麼運動、有什麼文風思潮，一個月之後，

也會在不同的地方，在日本的學術界上演一遍。張伯偉教授已經編了《日本詩話》一百零幾種，這個書訊值得關注。有一年，我跟早稻田大學內山精也教授同行，從大阪坐新幹線回東京，我們在車上暢談了三個多鐘頭。他感慨日本的年輕學者，不太研究日本古代的文化。既然日本學者不太投入，那我們可以去研究，來開拓一個域外漢學。將來年輕人可以到日本講學、去參訪、去交流，我想這也是一件好事。清代的唐宋詩之爭，跟日本詩話中的唐宋詩之爭，應該有對應的關係，我在《研究綜述與論文選題》一書中，曾列舉值得探討之日本詩話選題 200 餘則，可以參看。可見，日本詩話之研究，也是一塊未經開發之學術處女地，值得將來持續投入心力。

我在 2009 年到香港中文大學講學，擔任訪問教授。趁著講學之便，把發表在《書目季刊》的文章增訂了非常多，大概來年會在里仁書局出版，書名叫做《論文選題與研究創新》。這個選題學，是我治學二三十年的一些理念，姑且說是心得吧！我曾經嘗試把《書目季刊》關於研究選題和創新的部分，分送給臺灣及大陸、日韓的學者，有幸得到他們的謬賞，於是催促我、希望能夠快一點把專書出版。他們越是催促，我越是慎重。里仁書局原本打算 2010 年九月出版，但是我覺得還是要寫得完整一點，自己稍感滿意一點比較好。最主要的著眼點是增加舉例說明，我拿給我讀研究所的兒子看，他說：「你講那些沒有說服力，我們看了以後半信半疑！」我問他：「那怎麼辦？」他說：「舉例！」，所以我就遵照兒子的建言，趕快舉例說明。這一舉例說明，字數爆增，從原先的一萬六千多字，到《書目季刊》三萬多字，後來變成《古典文學知識》的六萬多字，最後已經完稿的部分已經 36 萬字了。

學術研究，最終要分享心得，發表論文。從投入研究，到心得發表，中間必須經過論文寫作這個歷程。這段寫作歷程如果昧於程序，或不得要領，勢必影響研究成果的品質，以及論文接受的可否。所以，在《論文選題與研究創新》一書出版後，再現身說法，揣摩情境，演示論文寫作的實際歷程。從緒論到結論，自章節分合，到論點闡發，分享若干要領，提示許多技巧。

自 2016 年 7 月，到 2017 年 11 月，已持續在《古典文學知識》連載 9 期，在《國文天地》刊載四篇。尚有三、四篇待刊。總字數約 150000 字左右，謂之野人獻曝可也！是否金針度人？亦如人飲水，冷暖自知而已！

二、宋詩、詩話學研究的新境界（2010～2017）

——宋詩、詩話學的研究思路　訪談錄之二

採訪撰文：張瑞麟博士

校訂潤色：張高評教授

初稿：2017 年 11 月 31 日

定稿：2018 年 1 月 28 日

(一) 宋詩特色研究與系統性規劃

問：張教授一直在建構宋詩之特色，從「傳承開拓」、「會通化成」始，歷經「自成一家」、「創意造語」，到目前的《宋詩特色之發想與建構》一書止，在內涵詮釋上，有那些變化或深化？

這個問題，整體來說，就是宋詩特色的研究。所謂宋詩特色，是跟唐詩特色互相對照、比較來的。為什麼要研究宋詩特色？如何建構特色？當初，我企圖找到一個比較客觀的標準，符合這個標準的，就是有特色。哪一位詩人，或者哪一時代的詩歌，既有傳承過去的優良傳統，又能開拓自家特色，這個詩人，或者這個時代的詩，就有優點、特色，否則就沒有。所以，傳承開拓，是個客觀的標準。唐詩之所以有特色，當然是傳承六朝詩的優點，又開拓屬於自家特色，宋詩也是如此。我所著有關宋詩研究的第一本書，書名為《宋詩之傳承與開拓》，就是基於這個理念，來談禽言詩、翻案詩、詩中有畫三個主題，在傳承唐詩，又開拓宋詩方面的風貌。第二本書，叫作《會通化成與宋代詩學》。「會通化成」，就是宋代詩歌形成特色之一，側重在跨領域、跨學科的整合，譬如詩中有畫的題畫詩、山水詩；譬如，禪學與詩歌的結合，老莊思想在詩歌中的體現；甚至於是文與詩的結合，以文為詩，以古文筆法來作詩；辭賦跟詩歌特色的結合，以賦為詩，借鏡辭賦作法寫詩。像這些，都是不同文體間的整合。當然也有以詞為詩的，如秦觀、姜夔，有的成功，有的失敗。但就文體與文體間的會通，或者是文學與思想、繪畫之間的會通而言，這就形成宋詩的特色之一。這並不是說，這樣的一種創作方式，是從宋詩才開始。也不是說唐詩裡都不曾有，譬如王維的詩，就是詩中有畫，杜甫的詩歌有體現禪宗、佛學，甚至《春秋》書法的影子。我所謂的特色，必須具體三大條件：其一，量多。其二，質高。其三，新異。其四，理論化之提出。

我所謂特色，不是「有無」的問題！不是說這種作法，從宋代才開始有，宋代之前沒有。不是有無的問題，而是多寡的問題，是數量多或少，品質高或低的問題。簡言之，就是數量、質量、新變、有沒有形成理論四大特徵。所謂理論，指詩話筆記、文集序跋裡面，有沒有經常提到這個觀念。用這四個特徵來檢驗，是不是這一代特色，就可分曉。千萬不要再說：這個特色唐朝曾有、六朝也有，如果宋人也有，就不是特色。那這樣，就無法討論學術啦！比如詩聖杜甫的詩歌，主題，詞彙，寫作手法，都是前無古人，都是他開創的嗎？儘管之前早有，但是杜甫用得特別成功，用得特別精彩，這是質的問題，不是有無的問題。所以，很多人質疑宋詩有沒有特色，都用「有無」來看，我覺得這種看法是嚴重錯誤的，是偏差的。《文心雕龍・通變》，強調會通化變，宋詩就具備這種特色。

第三本書，《自成一家與宋詩特色》。司馬遷作《史記》，講究「成一家之言」，希望藉《史記》自成一家的學說，能夠自成一家的特色。換句話說，僅此一家別無分號。如果能夠有別於唐詩，新異於唐詩，那麼這就是宋詩的特色，就是一家的特色。「一家特色」，這個詞彙，在宋代很普遍，時常見於詩話，見於筆記，見於序跋，見於文章，文學藝術經常在談「自成一家」。且看，書法家談書道，常談自成一家，畫學畫論方面也談自成一家。可見這是宋人的自覺共識，很想建立主體意識，能夠跟其他朝代不一樣，這就是特色之一。另外一本書，叫作《創意造語與宋詩特色》。詩歌內涵無非是意義與語言，意義就是內容思想，內容思想要靠語言文字來表達。如果在選字用詞的時候，就很講究前所未有，講究創意，那寫出來的作品自然就有創意，就不落俗套。宋人這個主張，是從韓愈的觀點來的：韓愈談到寫文章有兩個追求：消極的叫做「陳言務去」，務去陳腔濫調。但光是陳腔濫調避談不寫，還不是最好。積極方面要「言必己出」，要說出自我創新的話語。宋人經常在詩話筆記中談到陳言務去、言必己出這兩層，我稱為「雙重模態」。陳言務去只是創作過程，是個階段，終極追求目標是自成一家。怎麼自成一家？就是創意造語，這是其中一個可以達到宋詩特色的目標。

我另本書，叫作《印刷傳媒與宋詩特色》。書中強調雕版印刷圖書（印本），普遍應用於知識流通、圖書傳播，造成教育普及，知識革命，因而促成宋詩特色之形成。宋詩特色之形成是什麼因素造成的？我認為是雕版印刷加入圖書傳播、知識流通的市場之後才會產生。錢鍾書《談藝錄》認為：古典詩歌分為兩大特色，不屬於唐詩特色，就屬於宋詩特色。這概念很多人不了解，認為宋詩在唐詩之後有宋詩特色，那元詩在宋代之後也有元詩特色？也有明詩特色、清詩特色嗎？這個說法不對。所謂特色，是指風格。像唐詩那種風格，我們稱之為唐音，像宋詩這種風格，稱之為宋調。錢鍾書《談藝錄》的意見，以為中國古典詩歌從《詩經》、《楚辭》以下，一直到晚清的詩歌，只分兩大系統，不屬於唐詩、唐音系統，就屬於宋詩、宋調系統。所以，宋詩是可以跟唐詩分庭抗禮、平分秋色的，但是其他元詩、明詩、清詩不行。因為元明清的詩，不屬於唐詩的特色，就屬於宋詩的風格。那宋詩為什麼能夠與唐詩分庭抗禮？為什麼不是元詩？為什麼不是明詩、清詩？因為五代之後，雕版印刷用來傳播知識，與宋代科舉考試同列為宋初開國的右文政策，於是北宋蔚為雕版印刷的黃金時代，從「天下未有一路不刻書」，可以想見雕版印刷的盛況。於是印本書與寫本書一起流行，讀書人接受知識的管道、讀書的量、學問的質，明顯就提高了。這其中牽涉到傳播、閱讀、接受、反應的系列問題。

宋人無不學古，尤其是師法唐詩的優點長處。但是宋人閱讀唐詩之後，生發了若干的「影響焦慮」。像王安石說的：好詩都被杜甫做光了；通俗的詩，都被白居易做光了，那我怎麼辦？於是不走創意，就不必做詩。除非像王國維說的，「遁而作他體，以自解脫」，我去填詞，去寫小說，就不會遇到困境啦。既然非要作詩，就會遇到所謂「影響的焦慮」！那怎麼突破？宋型文化富於超勝意識，追求事勝前代。所以，意就追求創新！語就注重造作！因此，創意造語就成了宋詩追求的目標。2017 年 12 月，我出版了《清代詩話與宋詩宋調》一書，主要講的，就是宋詩衍為宋調，所以能推陳出新，自成一家者，在追求創意，致力造語，是其中一大關鍵。尤其是翁方綱《石洲詩話》與方東樹《昭昧詹言》，他們提倡的創意造語，主要在歸納出宋詩的特色。由此可見，我宋詩研究的書籍命名，都刻意安排，以凸顯出宋詩的特色，包括最近要出版的這一本《宋詩特色之發想與建構》，是從創意發想來談宋詩。從宋代的筆記、詩話看出，宋人開始作詩的時候，起心動念就是要寫出跟唐人不一樣的詩。由於發想有創意，寫出作品才有創意。當然，發想創意，不代表寫出來就有創意。不過，如果發想落入俗套，人云亦云，寫出來一定遠離創意。所以，我從宋人的起心動念、發想去看，就發覺宋人的自覺，是企圖寫出創意的詩歌。由此看來，宋人真的是處心積慮追求創意的。從以上幾個角度去看，顯然比較宏觀、多元。兩岸三地研究宋詩的學者，似乎還沒有這樣觀照的。

(二) 科際整合與宋詩特色之研究

問：張教授是站在哪個角度，來看題畫詩的問題？透過這一系列的討論，解決了哪些問題？帶來什麼新的視野？

題畫詩，本來是詠物詩的一類，跟詠物詩不同的地方，只是專門題詠繪畫。而且，大部分是山水畫，有些是動物畫，如畫馬、畫虎等。當然，也有花鳥畫。題畫，從唐代以來，歷經五代的黃金時代，到了北宋的發展，已進入白銀時代，這是故宮博物院前院長李霖燦《中國美術史稿》所說的。 因為題畫詩係針對一幅畫進行歌詠，所以題畫的地點，通常在通都大邑，尤其是京城。因為京城人文薈萃，有很多名畫流傳，詩人看到名畫，才有可能進行題詠。有關題畫詩的問題，可以探討的層面很多：可以從詩歌角度考察：宋代題畫的作品多，就表示宋代流傳的名畫不少。因為題畫詩的作意，是針對畫來題詠的。第二，這些曾經流傳在宋代的名畫，絕大多數都已失傳。由於有詩人針對這些名畫題詠，往往可以從題畫詩，看出原畫大致的樣貌跟神態來。第三，除了畫論畫學外，題畫應該可以彌補藝術史的不足。第四，有一些名畫，曾經曇花一現。在宋代或者是唐代的畫，到了宋代以後不見了。我們現在不妨透過最新的科技，憑藉題畫詩，想辦法復原。網路上看到〈清明上河圖〉，變成動畫。〈清明上河圖〉中原本靜止的人物、動物、河水、船舶、鳥類，都能夠動起來。中文系的師生，可以跟美術系、藝術系合作，甚至於可以跟數位系、電機系分工，他們設計程式，把這個題畫活潑化、立體化、動態化。題畫，等於是看圖作文，看圖作詩！這可以進行寫作訓練，所謂圖像修辭。我們多選幾首美妙的題畫詩進行教學，訓練學生如何進行精彩的描寫，應該有幫助。

題畫詩不僅客觀呈現畫作或者是景物的本身，往往還會融入自己主觀的看法與獨特的見解，這個就很不容易。所以，研究題畫，與宋代的詠物詩、詠物詞、詠物賦一樣，容易有不錯的收穫。在宋代，詠物從體物到「禁體物」，一定是走創意的路線。如果有些畫都還存在，那我直接看畫就好了，有必要去看這首題畫詩嗎？當然需要！因為這首詩與那幅畫之間，詩情跟畫意，常常相得益彰。也許我們對於畫外行，對詩了解，但透過題畫詩的提示，可以進一步鑑賞一幅畫。我接觸很多美術系的教授，他們的遺憾，是看不懂古典詩，無論是絕句，或者是律詩。他們看不懂詩中的意境，不知道題畫的作法。這方面，美術系可以跟中文系的師生合作。剛剛提到，題畫詩可以彌補繪畫史、美術史的不足，還可以看出那個時代顯的審美觀。從選擇的題材，印證時代的繪畫理論，如三遠理論，所謂透視學的理論，到底應用到什麼地步？還有寫意、傳神等美學思想，題畫詩中亦多有所表述。我覺得：題畫詩，實際上是詩中有畫的一種研究。從宋代以後，文人不僅會作詩，而且會畫畫，甚至於一些詞人，或文人、古文家，他也懂得畫。於是，文人填詞，可能是詞中有畫。如果寫古文，尤其寫作亭臺樓閣的古文，也可能是文中有畫。這方面的研究，幾乎都空白。饒宗頤教授《畫》已經寫作了六篇關於詞中有畫的論文，可是詞壇界好像沒有人注意到，沒有跟進，很可惜。所以，如果能夠從詩中有畫的研究方法，進一步推廣到詞中有畫，甚至於最冷門的文中有畫，古文圖寫的亭臺樓閣，行旅的登山臨水。那麼不管是詩、詞、文、賦，在文學的意境上，所呈現的將是立體的，一望無際的，是言有盡而意無窮的。研究這個部分，可以拓寬文學的視野。關於這方面，學界比較忽略，應該可以多多深究與探討。

問：關於宋詩研究方面，教授在設定議題的時候，是否考慮到宋詩特色的層面，其中包括科際整合的思維？

因為會通化成是宋詩的特色之一，所以研究詩中有畫，也是一種學科整合，跨領域的會通研究，這是比較明顯的，是文學與藝術之間的一個整合研究。以文為詩、以賦為詩、以詩為詞、以文為賦，是不同文體之間的整合。宋代文學之所以豐富多姿，可以在唐詩之後發展出自我的特色，「會通化成」是一個很重要的視角。往往表現在「詩中有畫」、「詞中有畫」、「文中有畫」方面。不過，「詩中有畫」方面的研究本來就不多，「詞中有畫」之研究更是乏人問津，至於「文中有畫」，根本沒有人研究。這方面，我希望能夠拋磚引玉。

(三) 詩話編纂與圖書傳播

問：教授研究宋代詩學，為什麼特別聚焦在《詩人玉屑》與《苕溪漁隱叢話》二書上？與其他詩話相較，特別之處在哪？詩話的領域，若要持續探討，什麼是值得關注的？

雕版印刷加入圖書傳播的市場，印本跟寫本同時當作知識傳播的工具，有這個先決條件，才會有詩話產生。詩話的產生，為什麼不早一點，在五代之前？或者在元代之後，為什麼偏偏在宋代？這個問題，沒有人提過！我認為是印刷傳媒所造成的效應。當知識流通管道狹隘的時候，就算剽竊別人的見解，引用別人的說法，我們的同行很難曉得，容易被矇騙。但是知識流通方便，家家有其書，人人知其說之後，從此不容易招搖撞騙。因為雕版印刷的價格非常便宜，只是寫本的十分之一，人人買得起，這就促成了印本之流通與普及。印本圖書一發達之後，促使我們著書立說、發表評論，就必須要追求創意，寫作也是一樣。如果是寫本時代，一本書很貴，流傳不廣，也許只有我看到杜甫的詩，我就模仿他的寫法、詞彙，因為別人沒有看過杜甫的詩，就會很佩服我的才華。實際上我是模仿杜甫來的，應該沒有什麼創意可言，因為大家沒有相關書本可以對照，就會盲目地崇拜，心虛的推崇。

所以在創作上，因為印本文化、雕版印刷流行以後，就不得不走創意的路線。明明受到杜甫、韓愈、白居易的影響，硬說沒有，是自己想出來的，別人是不會相信的。因為人人手中，都可能有杜甫、韓愈、白居易的文集，不是只有你閱讀接受，大家都讀過。所以，雕版印刷，在宋代成為知識傳播的媒介之後，詩話的編寫經常需要推陳出新，北宋的詩話編寫，常常抄來抄去，有陳陳相因的缺陷，為什麼能抄？因為得來容易！這一條精彩，我就抄一下。另外一位編寫詩話的人，也覺得那一則不錯，他也錄進去。譬如蘇東坡所講作詩的方法，如捷法、因難見巧、八面受敵讀書法，惠洪《冷齋夜話》和江西詩派，喜談奪胎換骨、點鐵成金、以故為新，很多詩話所記，多大同小異。

詩話，是談詩、說詩，或是談文學的筆記。質量多了以後，就必須有人加以彙總。那麼，蒐羅五代到北宋以來流傳的詩話，把它彙整成一部書，口碑不錯的就是胡仔《苕溪漁隱叢話》。前集有 60 卷，後集有 40 卷。100 卷在宋代，是一個很可觀的叢書。在現代，也是洋洋大觀的著作。可以想像，實際上胡仔所看到的詩話，應該不是只有這些數量，其中應該有些是被他淘汰了。不過，如果想要了解五代以來一直到北宋，有哪些人論詩，論哪些詩？重要見解、精彩亮點有哪些？看胡仔《苕溪漁隱叢話》大概可以知道。因為《苕溪漁隱叢話》一書，集五代以來至南宋初詩學之大成。

詩話有幾個功能：第一，是創作經驗的分享。有一些詩話的作者，同時是詩人，覺得詩要這樣子作、那樣子作比較好， 於是就把創作經驗寫出來，跟大家分享。第二，是閱讀方法的提示。因為圖書多樣以後，到底要怎麼讀比較有效率？要讀哪些書比較經典？就需要有人指引。譬如杜甫的詩，哪一首精彩？或者這一首詩中，哪一句美妙？都必須有人指引，於是詩話就產生了。第三，是文藝見解的提出：對於文學藝術有獨特的主張，往往藉詩話作揭示闡發。因此，不同詩話彙總起來以後，就可以看出北宋到南宋初年，宋代整體詩潮的走向。這些詩話撰寫者，他們在想些什麼？胡仔編著《苕溪漁隱叢話》類聚諸家詩話，又出以「苕溪漁隱曰」，是所謂有述有作。全書且述且作，「苕溪漁隱曰」共 160 餘則，等於是胡仔的詩學評斷，據此可以梳理出胡仔闡述的宋詩宋調特色。

胡仔《苕溪漁隱叢話》樹立宋代詩學典範，提示宋詩宋調特徵，其層面大抵有六：一、擺落規摹，絕去谿徑；二、自出機杼，古人不到；三、意新語工，因難見巧；四、詩格詩法，不拘繩墨；五、欣賞奇語，追求韻勝；六、以文字為詩，以書卷為詩。由於篇幅所限，書中只論證胡仔論歐陽脩、王安石、蘇軾、黃庭堅詩學的兩個面向：擺落規摹，絕去谿徑；自出機杼，古人不到。準此，宋詩宋調之形成，已呼之欲出。胡仔《苕溪漁隱叢話》，是按照詩人來做分類的，諸家詩話論杜甫有 13 卷，論蘇軾有 14 卷。就卷第數量而言，蘇軾、杜甫分居一、二，筆者因作〈《苕溪漁隱叢話》杜甫詩述評〉，以及〈《苕溪漁隱叢話》東坡卷之意義〉兩篇論文，宋代詩學的典範，宋詩宋調的宗風，亦由此可見。這就是為什麼要選擇《苕溪漁隱叢話》來做研究。順便提到印刷傳媒對於宋人知識建構的影響（這是清華大學所提出的議題——宋人知識的建構。這個術語很好）宋代詩學的建構，《苕溪漁隱叢話》很有貢獻。《苕溪漁隱叢話》後來流通了以後，我們設想南宋人閱讀接受，理解到詩學典範是杜甫、是蘇軾，好詩的標準原來如此，原來詩要這樣作，有意無意間，宋代詩學指引宋人寫作方向。不管借鏡來寫作詩話、筆記，或者用來創作，都有很大的啟發性。

南宋，有魏慶之的《詩人玉屑》，更是集兩宋詩話之大成。把前人所寫的詩話，整合起來，並加以分類。《苕溪漁隱叢話》是按照詩人分類，《詩人玉屑》是按照詩歌的屬性、類別來分項。《詩人玉屑》這種體例，對於後代詩話的影響很大。按照章學誠的說法，詩話分為兩種，一種叫論詩及事，就是交代這首詩寫作的背景，以述說本事為主，文學性比較不強。一種叫論詩及詞，討論一首詩，順便談到藝術技巧、文學美感，這方面以《詩人玉屑》最為擅長。後來，《詩人玉屑》傳到日本，五山時期在日本重印。日本詩話的系統，是從《文鏡秘府論》開始，重視藝術技巧的呈現。《詩人玉屑》同樣標榜藝術技巧，詩歌的修辭手法，這個特色符合日本人的期待視野，所以接受而流傳。後來日本詩話、江戶時期詩話，幾乎都在談藝術技巧。

從成書時代來說，《苕溪漁隱叢話》在前，《詩人玉屑》在後，而我的關注是同時、同一年同步進行。從大學開始，黃慶萱教授教我修辭學，後來黃永武教授也授我詩歌修辭學。所以，我對修辭學的掌握，會比較具體。什麼叫「修辭學」？黃慶萱《修辭學》說：或為表意方法的調整，或為優美形式的設計，十分概括。就詩歌來說，就是作詩的方法。對於作詩的方法、寫作的技巧，我並不陌生。向來做事情，從熟悉的入手比較容易掌握，然後再擴及比較難的、陌生的部分。剛剛提到，《詩人玉屑》注重詩法，像是「詩眼」、「響字」之類，這些都是關於詩歌的寫作技巧。黃永武老師的《中國詩學》，基本理念都是從詩話得到靈感。30 年前，1982-1983 年，和黃永武老師合作編寫《唐詩三百首鑑賞》，也是從詩話那邊找材料，然後連結到詩歌的修辭技巧。關於詩話，值得研究的還很多，讀者不妨留心注意。

最近我出版《清代詩話與宋詩宋調》專書，書中提到，應該要有人去研究宋代的詩話，甚至於宋代的筆記，去整理出所謂江西詩派的理論。整個北宋、南宋的詩話，大體可以分為三派。其中一派，就是推崇江西詩派，以及認同江西詩派，發揚江西詩派詩法的詩話，這方面文獻材料很多。第二，就是反對江西詩派，認同宗唐派的。第三，是折衷派。這個部分我們要看唐宋詩之爭，要去看宗宋派，也就是江西詩派，為江西詩派發言，認同、鼓吹、發明江西詩法的這些詩話，講些什麼？這樣子才能夠整體掌握江西詩法，才不會只是從文學史，知道江西詩法就只有「點鐵成金」、「奪胎換骨」而已，不是那麼單純。剛剛談到，宋代的詩話很注重技巧，只要去看周裕鍇的《宋代詩學通論》就會更明白。書中列詩法、詩藝。詩法是詩歌的作法，詩藝是把詩歌當作藝術，這兩個都講究技巧。另外，不約而同，周裕鍇叫作「詩思」，還討論怎麼思考，那就是創意發想。

另外，兩岸談修辭學、章法學，基本上都跳脫不了陳望道《修辭學發凡》的理論架構，大多針對四十個左右的修辭格作分析或歸併而已。其實宋代的詩話筆記之中，「論詩及辭」的文獻不少，要發現新辭格，補強修辭法，例證繁夥，足資考證。若能執行一個大型計畫，分別梳理詩話、詞話、曲話、文話，以及小說評點中之修辭手法，應該可以充實修辭學的理論內涵。

如果我們有心要研究江戶時代的詩話，這部《詩人玉屑》以及宋代的詩話，就很重要。江西詩派他們有什麼想法？他們理論是怎麼樣？這樣子，就很容易銜接到日本江戶時代的詩話。

(四) 王昭君研究與人物形象塑造

問：人物形象的塑造，本是史傳或小說的研究課題。教授著《王昭君形象之轉化與創新》一書，以宋代詠昭君詩為主軸，上究下探，對王昭君的形象研究，呈現出比較全面的觀照。請談談選題的設想，與研究的成果。

歷史的研究，是我向來研究的一個方法。我很注重流變的考察，譬如談詠物詩，我會從《詩經》草木鳥獸談起，然後《楚辭》〈橘頌〉，然後六朝的詠物賦、詠物詩，其次才是唐代的詠物詩特色的大凡，這樣來看其中的流變。反正文學發展，都有一個源頭，掌握源頭，就容易知道變遷。這一代文學有沒有特色？這詩人所作的詩，有沒有優點？要從源頭去看。打個比方，一條河川，有發源地，上游、中游、下游，研究宋代，就像是一條河川的中游，隨便從中游舀一桶水，如何知道這水質是中游特有的呢？必須先要了解上游的水質，甚至發源地。扣除掉發源地以及上游的水質，那麼剩下的就是中游水質的特色。

王昭君詩歌考察，應該是詠史詩的研究。但是王昭君形象的塑造，卻是歷經長期流變的結果。在《漢書》、《後漢書》，王昭君的形象很單純，奉命和親，前後嫁給兩位匈奴國王，而且還生了一個兒子、兩個女兒，最終死在塞外。生命雖結束了，然完成了使命。唐詩對於王昭君形象的接受，就不一樣了，這涉及到接受反應的問題。王昭君只不過是漢元帝後宮的一位宮女，地位不高。平心而論，她被冊封為公主，代表漢朝出使到匈奴去，算是她幸運耶！否則她老死後宮，將沒有更好的結局。我們注意唐詩中的昭君形象，已產生若干新變：唐代國勢強盛，就算王昭君是後宮女子，杜甫也深表遺憾，就算嫁給匈奴單于，當皇后。《春秋》書法，內諸夏而外夷狄。杜甫傳承先祖杜預《春秋》學之書寫，於內外之分際，有充分體現。在大漢民族的優越感作祟下，對於王昭君出塞和親，最後身死塞外，杜甫用「怨恨」兩個字來代言心聲。他認為王昭君一生充滿了怨恨，怨君王為什麼不留她當貴妃？怨畫家為什麼把她的容貌畫壞？恨自家的紅顏薄命，恨自己孤獨寂寞一生，怨來恨去，所以才透過琵琶來抒寫出塞的孤獨和不幸！唐人的王昭君是這樣寫的。如果宋人詠王昭君，還這樣寫，那當然就沒有特色了。

北宋時，宋遼和談一次。南宋時，宋金和談三次，大家和平共處，約為兄弟之邦。既然中原跟異族都變成兄弟了，那還有什麼好怨恨的呢？就是這麼一調整、一改變，宋人所寫的王昭君就不怨恨了，而且還蠻和樂的、蠻幸福的。後宮佳麗三千，他們都沒有機會和親，只有我有，何等幸運！守邊將士對匈奴都沒有辦法，我一個女子出去，就被我擺平了！兩國就和平了！我是和平的特使，我是中原的長城。我這本《王昭君形象之轉化與創新：史傳、小說、詩歌、雜劇之流變》，主要研究文本是宋人詠昭君的詩歌。王昭君的形象流變，在宋詩是一個分水嶺，既傳承唐詩，有新變自得，開拓元雜劇《漢宮秋》，以及元明清歷朝昭君歌詠之利基。由此可見，因為時代的氛圍，國家意識的不同，同詠昭君，寫法就不同。書中也提到清人詠昭君，於內外分際，又與唐宋詩有別。《春秋》書法頗講究華夷「內外」，所謂「內諸夏而外夷狄」，唐詩以匈奴為外，故外言直書不諱。宋人詠昭君，泯滅內外；清人昭君詠，以外為內，故多曲筆怨恨，諱書不幸，呈現樂觀曠達，明志致遠。因為現今的內蒙古、外蒙古，清以前是「外」，但滿清入關時，蒙古依附、協助，所以變成「內」，變成國內。考察中國歷史上的內外分際情況，就是有流變的觀念在。流變的內容是非常豐富的，我們應該重視。

詠史詩是針對歷史人物，或歷史事件進行創意歌詠。關於王昭君事跡，《漢書》、《後漢書》寫得很清楚，《西京雜記》寫的很精彩，敦煌變文的王昭君變文也很感人，我直接看就好了，幹嘛看詠史詩？詠史詩最富於別識心裁，最具備創意思維，你不看詠史詩，看不出另類的觀點。詠史詩，跟其他歷史敘事相較，有不同的觀點跟創見，這就是詠史詩特殊的地方。各個時代對於王昭君形象的接受和感應各自不同，任何一門學術，有關源流正變，大概也都是這樣子。詠史詩，譬如詠項羽，可能六朝、唐、宋也不同；詠韓信，也是這樣子。除了個別詩人外，就是各時代，也都有他的審美意識。譬如說岳飛的形象，他在宋朝是英雄，但是到了清朝，岳飛不是英雄，英雄變成了關公。因為岳飛有宋金對抗的問題，金是滿清的祖先，如果岳飛是武神、位居武廟的話，那不是平反了岳飛的冤枉，顛覆了歷史嗎？所以到了清朝，這個武神，變成了關公。

總之，研究王昭君，研究形象的流變，不僅牽涉到很多文化的意識，牽涉到一些《春秋》書法，史學專業，創造性思維，同時也牽涉到很多審美觀。這樣的研究有挑戰性，我覺得比較有意思。

(五) 儒、釋、道、道與宋代文學之融通

問：思想在宋代呈現出相對活潑與豐富的面貌，您對儒、釋、道與宋詩的關係，有什麼看法？

研究宋代文學，不管是詩、詞、文、賦、小說、戲劇，大概都不能只就文學談文學。天津南開大學的羅宗強教授，主編了一系列的叢書，叫作《中國文學思想史》，討論文學裡面存有的思想。這文學思想，用在宋代，是很適合儒、釋、道、道四家。儒學當然是宋代統治者所標榜的，因為通過科舉考試的大多是文人，考上以後當地方官，往往就是宋代文學的創作者。地方的小官，生活比較有悠暇，可以作作詩，可以填填詞，寫寫古文。當初參加科舉考試，必須要繳交四十九篇策論、一篇對策。這 50 篇的策論，清一色都在論說治國平天下。讀書人考上科舉，通常在 25 歲上下，腦海裡充滿的就是儒家思想。因此，像蘇軾，一生中儒、釋、道、道思想有此消彼長，但是基本上還是儒家的。儒家思想到底如何影響文學？大家都把它視為理所當然，沒有去深入研究，這方面我覺得很可惜。所以儒家思想怎樣影響到詩、詞、文、賦，甚至於小說，這方面需要加強。這是第一個面向。

其次，北宋真宗、徽宗幾個皇帝，都崇信道教。因為崇信道教的關係，所以道教就變成為國教。宋真宗皇帝的真這個字，就是道教的封號。宋徽宗，自稱道君皇帝，簡直自封為教主。所以，有學者研究，說北宋亡於道教。因此，道教對於宋代文學的影響很深。道教養生健身一派，對宋代詩賦，尤多體現。像遷謫詩人的詠物詩，於本草蔬果之種植食療；祝壽辭賦之追求長生久視；詩學詩作之借用道教術語，化用道教經典，如點鐵成金、奪胎換骨等都是。

道教與道家老莊，又有點關聯。宋代黨爭激烈，文人苦悶，就會想要超脫、自在逍遙，因此莊子這一套思想，就深受歡迎。因為道教的關係，道家經典如《老子》、《莊子》等，在宋代接受市場也極大。譬如司馬光曾經向朝廷上了一封奏章〈論風俗箚子〉，說明科舉考試的考生，從引經據典看所讀的書，道家、《莊子》的書居多，還有佛學的書也不少。相對的，儒學典籍漸被漠視，提醒朝廷此風不可長。所以，道家的思想，老莊的思想興盛，體現在考生的考題裡面。道家思想的流行，當然跟社會的黑暗，政治的鬥爭有關。為了尋求解脫、逍遙自在，就會濡染《老》《莊》。詩人蘇軾，同時也是《莊子》的專家，他有著作叫《廣成子解》。他寫的古文，如〈超然臺記〉之類，就可以了解《莊子》的素養。〈赤壁賦〉，變與不變的齊物觀念，都可以看到道家思想的體現。因為道家思想，可以幫助自己超脫自在，有助於安頓生命。從北宋到南宋，多少官員因為政治意見與朝廷不合，而被貶官流放。且看蘇軾遷謫黃州、惠州、儋州時期之詩賦，自可看出《莊子》思想對於生命安頓的意義。所以身受道家思想薰陶，在處於憂患的時候，的確可以調整安頓自己的心靈，對於困頓的文人，多少有些幫助。

宋代的佛教，發展成為五家七宗，這在中國佛教史上號稱極盛。在中國，從北宋開國，第一部《大藏經》雕印，一直到清朝結束，總共印了 16 次的《大藏經》。光是宋代，就印了 11 次。《大藏經》，一部有 5000 卷以上，卷數龐大驚人。那麼印了 11 次，就代表市場有廣大需求。這些《大藏經》刊印之後，除了贈送寺廟流通外，很多文人應該都閱讀了。更何況有些佛經有單行本，像是《金剛經》、《楞嚴經》之類。有這樣的流通傳播，宋代盛行禪悅之風，文人幾乎都跟方外、和尚、大師、禪師有所來往。那麼，既然有閱讀，就有接受，有反應，因此就會表現在文學創作，和文學評論上。於是「以禪為詩」、「以禪喻詩」的情況，就很普遍。當然也體現在調整行為的挫折，以及心靈的安頓方面。且看蘇軾詩、黃庭堅詩，無論山水詩、詠物詩、題畫詩，佛迹禪影多所體現，即江西詩派諸子，如陳師道、陳與義、楊萬里等，亦多與佛禪締結不解之緣。

研究宋代學術，不容易的地方，就在這裡。連文學都牽涉到佛禪，那思想、理學，彼此之間就更有關聯。再進一步說，不僅研究宋代的文學要跟思想——儒、釋、道——有關，甚至於跟藝術也有關係。要懂得一點書法、繪畫，否則的話，題畫詩就看不懂。所以說，宋代是一個多元的文化。而且呈現的，是一種會通整合的學術跟創作。

(六) 清代詩話研究與「宋清千年一脈」論

問：什麼原因使得教授研究詩話，跳過明代，而直接關注到清代？清代詩話在討論宋詩方面有什麼特別之處？

宋詩特色，大抵形成於北宋元祐時期。所謂特色，是比較得來的。北宋元祐年間，蘇軾、黃庭堅自覺形塑宋詩特色，主要在學唐而變唐，已自覺創作風格特色應與唐詩殊異。因應這種詩潮，於是宋代的詩話筆記從唐宋詩異同切入，進而衍為唐宋詩之紛爭。南宋以後，唐宋詩之爭，沸沸揚揚，至晚清近現代，仍未止息。從唐宋詩之爭，可以看出唐詩跟宋詩的對照，然後看出宋詩的特色。我認為宋詩是有特色的，誠如剛才所講的，像「傳承開拓」，像「會通化成」，像「自成一家」，像「創意造語」、「創意發想」等等。相對於唐詩，宋詩自有其特色，但是這種特色，如果牽涉到學派意氣之爭，就變成沒有是非了。元朝詩風基本傳承宋代，到了明代推崇唐詩，形成了模擬的風氣，於是就變成以同異為優劣。只要跟明代模仿的唐詩風格特色相近、相似、相同的就是好詩。跟唐詩的風格特色不同，那就是非詩、爛詩。因為宋詩的特色跟唐詩不同，所以就認為宋詩沒有一首可取。這樣的推論。是比較粗躁、草率的意氣之爭。清朝初年的詩話，基本上沿襲明代前後七子的論點。我雖然沒有直接談明代，但是《清代詩話與宋詩宋調》書中，第二個章節提到清初宗唐的詩話，有些論點偏頗怪異，等於上承明代，然後銜接到清代來。所以，並沒有完全跳過明代。從明代的唐宋詩之爭，歷經清朝初年宗宋禰宋之提倡，慢慢的宋詩反過來成為詩壇指標。一直到乾隆、嘉慶，延伸到同治、光緒，都蔚為宗主。宋詩特色成為宗主，宋調變成是主流。這就是「唐宋變革論」所謂的「宋清千年一脈論」，在清代詩史獲得了證明。所以，日本京都學派所說的「唐宋變革論」，我深信不疑。從宋朝到清朝，將近 1000 年，所謂千年一脈，主要體現宋詩、宋調的風格特色。

京都學派研究中國歷史分期，提出「唐宋變革論」，認為唐代是中國中古時代的結束，宋代是近代史的開端，從此又發展出一個「宋清千年一脈論」。也就是說，近代史並不是從清朝開始，其實從宋代就開始。不管是文明、文化、文學、思想方面，都是從宋代開始。譬如漢學、宋學之爭，就是從宋學開始。談到古文，有所謂的唐宋古文，也是從宋代分野。我們談到詩歌，也是宋清千年一脈。我贊成錢鍾書的意見：中國古典詩歌分成兩大系統，不論唐之前或唐之後，都是兩大系統。唐之後，有宋詩跟唐詩分庭抗禮。這個宋詩，歷經元明清，還是衍變成為宋調，還是兩大系統。甚至於到了民國，到了現代，還唐音與宋調兩大系統。有一位學者，在美國大學任教，名叫杜國清。寫作現代詩，也研究現代詩。出版《詩論與詩情》一書，其中有一篇文章，叫作〈宋詩與臺灣現代詩〉。提出臺灣現代詩具備四大特色，如獨創性的自覺、散文的特色等。這四大特色，較接近宋詩，而遠離唐詩。我認為可以再類推：不僅是臺灣的現代詩接近宋詩而遠離唐詩，我想大陸的現代詩，香港現代詩，馬華地區的現代詩，甚至於漢字文化圈的現代詩，應該也都接近宋調而遠離唐音。總之，唐音之典型在夙昔，已經回不去了！所以，錢鍾書所說的「詩分唐宋」，京都學派所說的「宋清千年一脈論」，這個命題應該可以成立。

(七)唐宋詩之爭與新變自得

問：宋詩拓展出與唐詩不同的精彩，從而形成所謂「唐宋詩之爭」。想請教老師，在唐宋詩之外，有沒有可能存在或開啟第三種詩歌型態？

關於第三種型態，是確實存在的。前面已經說過，研究宋代的詩話，有些是推崇江西詩派的，有些是反對江西詩派的。推崇江西詩派，也就是宗宋派，反對江西詩派，也就是宗唐派。其中還有一派，就是唐宋兼採派。這種唐宋兼採，不能說是騎牆派，他吸收了唐宋詩歌風格中的特色、優點，盡量避免重蹈缺點。這種唐宋兼採的風格，在宋代就有，在明代也有。在晚明叫作公安派（公安三袁），以及竟陵派，還有楊慎這個考證學派。包括清朝初年的王士禎（王漁洋），也都是唐宋兼採。清朝初年的宋詩派，大概都是兼採唐宋，但是比較靠攏宋詩，這只是比重的問題。那麼，將來的發展有沒有第三派？如果能夠把宋詩的特色，唐詩的特色，會通為一、融為一體，就能夠發展出另外一種風格出來。簡言之，要形成自成一家之風格特色，從文學發展史看來，必須具備「新變自得」、「自成一家」之優長。唐詩相對於六朝詩，宋詩相對於唐詩，要皆如此。若有第三種型態，又焉能例外？

現代詩，像余光中他們，也學習唐詩。但是胡適之他們是學宋詩的。所以，現代詩從胡適之開始，大抵傾向於宋詩。因為時代、生活語言的習慣，已經回不了唐詩的時代。我們看的電視、廣告、報紙，閱讀的雜誌月刊，通常比較通俗，不是比較典雅的。換句話說，是相對接近白居易這一派，因而自然遠離杜甫、李白、王維這一派。在這種情況下，因為語言的習慣、生活的樣貌、思維的方式，語文表達要回到唐詩，恢復唐詩的特色，幾乎是很難的。二十世紀現代化以後，宋詩的特色，是經常展現出來的，像一般所說的「化俗為雅」問題。「化俗為雅」不必等到黃遵憲留學日本之後，看到明治維新的富強，把飛機、火車、輪船等現代化的東西寫進詩裡。蘇東坡老早就遇到了這個課題，同時已作詩示範，解決了相關的困境。像〈陌上花〉雅化兒歌，〈豆粥〉、〈汲江煎茶〉之以雅寫俗等等。在《宋詩之新變與代雄》、《宋詩特色研究》二書，我已作若干探討與論說。由此觀之，這真的是宋清千年一脈。所以，現代詩如果能夠多方借鑒宋詩，可能會形成自己的風格和特色。

(八) 宋詩研究之層面與方法

問：張教授在宋詩的研究上花費許多心力，也取得豐富的成果。依您所見，對於宋詩的整體關注，哪些方面已有較為深刻的拓展？而哪些方面又顯得不足？

我在《宋詩的傳承與開拓》一書裡面有篇附錄，那是早期開始研究宋詩時寫的，時間應該是 1988 年，剛剛到成功大學不久。我曾經分析那時候的報章雜誌、學報期刊，報導宋詩研究的大致狀況。回首前塵，比較現在，沒有因為時過 30 年，就有多大的改變。1998 年我到北京大學參加漢學會議，發表一篇〈宋詩研究的面向和方法〉，其中也多所提示。發覺學術界選題，多用慣性思維，有志一同，都是找大家、名家來做研究。因此，以大家、名家當作研究選題，重複率非常的高。不僅宋詩研究如此，我想唐詩研究，其他的小說，其他的文學研究，大概也都是這樣子。這種一窩蜂的現象，不值得鼓勵。並不是說同樣一個題目，或者大家名家，不值得再繼續研究。除非有以下三種情況，應該可行：第一，發現新材料，那可能會產生新成果。第二，有新觀點、新視野，那就可能產生新結論。第三，使用了新的方法，就會得到新的成果。

如果你既沒有發現新材料，又沒有採用新視角，然後又是採用傳統方法，要得出非凡的成就，跟前輩的學者、專家媲美，是很難的。記得我曾經統計《全宋詩》收錄的詩人，如果留下一首詩，也算是一位詩人的話，可能有八九千人。八九千人之中，我們選擇詩集有十卷流傳到後代的，大概也有幾千家。這幾千家之中，被列為研究選題，做過研究的（就算是寫過一篇文章也算），大概不會超過五六十家。也就是說，還有數百家尚乏人問津。只要看一下《全宋詩》的編纂者，對於詩人的小傳介紹，很少介紹這個人的詩歌內容，或是這個詩人的詩歌特色，或者他的成就，因為沒有人研究過，參考無從。面對琳瑯滿目的詩人詩歌，如何選擇研究亮點？可以作詩派的研究。譬如剛才所講的江西詩派，或是反江西詩派的人，去研究其中的譜系，老師是誰？師門弟子是誰？師友學侶是誰？宋代文學研究，有人作群體研究，有人研究文學世家。像江西詩派，或是江湖詩派，或是四靈詩派，是一個群體。宋代有很多的詩社，也形成一種群體。這樣的研究，我想是可以的。

地域文化特色，對於文風詩潮的形成，關係極為密切。江西文風，好奇恥同；蜀學標榜、注重會通；浙東諸子，文獻傳家。若能掌握地域文化特色，進而研究相關詩人詩作，對於詮釋解讀，自有助益。還有，雕版印刷加入宋代圖書傳播的行列後，勢必影響閱讀、接受、反應的心理與行動。不妨借鏡版本學、目錄學以考索傳播，考察詩集、文集、序跋，以見閱讀、接受；探討詩話、筆記，以見接受與反應之大凡。若是能這樣觀照，從傳播、閱讀，到接受、反應，作系列探索研究，印本之於圖書傳播的傳媒效應，很值得作深入的評價。推而廣之，也可用於經學、史學、思想、文學的傳媒研究。這是印刷文化史的探討，堪稱前瞻性的議題。

我們要看一位詩人，或是一個詩派，或是一組詩人群體，整體的藝術成就如何？判別優劣、得失，還是必須要有一個客觀標準，這是其一。我重提所謂的「客觀標準」，就是有沒有傳承古人的優點？有沒有開拓自家特色？如果是宋詩特色，那他詩歌的特色，是不是會通整合？不同文體，不同藝術之間，量多不多？質高不高？這是其二。其三，詩歌，有沒有創意？有沒有造語？若具備傳承開拓、會通化成、創意造語諸特色，我們才能夠判定：這位詩人，切合自成一家。否則，如果隨人說短長，跟古人相似，跟今人雷同，得失優劣就很難判準。另外，我談創意造語與宋詩特色時，曾經談到一個宋人作詩的方法，叫做「遺妍開發」。因為真正有創造性的詩人畢竟少，像蘇東坡，他也學習古人，也師法歐陽脩，所以宋代的學古理論很普遍。有些人能學習他人的長處，同時又能增益其所不能，光大其中美妙，這就是開發遺妍。

關於遺妍開發，可以舉唐宋詩人詠王昭君為例：王昭君的形象，《漢書》、《後漢書》中原始雛形很粗糙單調，明顯沒有提到她會彈任何樂器。晉石崇〈明君辭並序〉，設想昭君和親匈奴，和烏孫公主和親吐番近似，都是出使塞外，和親外夷，肯定以馬上琵琶抒寫苦悶，慰解相思。這設想不過是「想當然爾」，流傳到後世，卻成為充實昭君故事及昭君形象的重要元素。譬如到了唐人詠昭君，公主琵琶換成了昭君琵琶。從此詩人詠昭君，多以「琵琶怨」為子題，進而抒發其孤苦、思鄉、自怨、自憐之情懷。為什麼和親代表是王昭君？《漢書》、《後漢書》沒講。《西京雜記》說，畫家將他的容貌畫壞了，於是無緣獲得漢皇恩寵。到了唐代，詩人詠昭君，開始闡發「丹青誤」及「紅顏薄命」的主題，包括杜甫在內，都說王昭君出塞和親，主因是「畫圖省識春風面」，導致「環珮空歸月夜魂」。皇帝看美人圖召見美人，美人圖被造假，當然就召見不到王昭君。所以某一個時代，凸出某個亮點、增益某些特色進去以後，後世闡發遺妍，像滾雪球一般，形象就愈來愈豐滿。換言之，後代文人會處心積慮開發前代所沒有的「遺妍」。唐代詩人杜甫說，王昭君和親，充滿了怨恨。到了宋代，如果再說王昭君怨恨，就缺乏創意，所以宋人改弦更張，強調和親很榮耀光彩，十分神聖。到了清代，進一步說王昭君以柔克剛，近似於萬里長城，能抵禦外侮，詠史之妙者，立意必須層層翻新，這叫作遺妍開發，緣起於同題共作。古今詩人同樣歌詠王昭君，同樣詠一個題材，如果希望後出轉精，後來居上，就要掘發別人所沒有談到的死角。

我們寫論文，不就是這樣子嗎？能這樣，才有創造發明！所以，我建議大家，關於宋詩的開拓，可以從遺妍的開發著眼著手。創意造語誠然可貴，只體現在大家名家。但是遺妍開發，注目於同題共作，從六朝樂府詩到兩宋唱和詩，以及續、廣之作，往往所在多有。從影響研究而言，就是接受與反應，或是效果史的研究，可以多多關注。

問：唐詩宋調的兩大方向，目前應該已有所建構。關於教授的系列研究，哪些較為突出？哪些面向值得再開發？

目前學術界對於宋詩的特色仍存疑慮，宋詩特色的論證仍嫌不足。正所謂「革命尚未成功，同志仍須努力！」

關於宋詩特色，我的論述，在中國大陸宋代文學界，幾乎沒有人質疑。但是在臺灣，都被研究唐詩，或者研究六朝詩人否決，理由是什麼？嫻熟六朝詩，精通唐詩，可以不必了解後來文學發展的宋代文學。由於不必了解，或不想了解，一旦先入為主，難免就入主出奴，質疑紛紛。他們可能在六朝研究上，唐代研究上，有一種被大家承認的重要地位。但對宋詩，卻只是個門外漢。不過這些人，不會謙虛說：「我不懂！」、「我可能認知有誤！」卻常常堅持既定觀點來看問題。這很難避免，但是應該避免。如果我是四川人，從小吃慣了辣，所以，三餐的菜，沒有辣，就認為根本不是菜。有這個觀點，沒有所謂的對錯，這是你的偏好。但是你不能因此說，廣東菜、上海菜、台菜、西餐、日本料理都不是菜，因為他們不辣。一般學者的慣性思維，常常拿自己的觀點，就已知來推斷未知。但既然是學術研究，就應該覺悟，這是個侷限，這是錯會的，不能這樣子推論嘛。我喜歡唐詩，對唐詩有所認識，其他的詩都不准存在，都沒有價值。其他的詩，都不能夠跟唐詩平起平坐。如果有人主張，宋詩有其特色與價值，你可以不輕易相信，甚至於可以懷疑。但同時，你應該檢驗：論證是否持平客觀？立說是否「言之成理，持之有故」？他所提特色，如傳承開拓、新變代雄、創意造語、自成一家，唐人學六朝變六朝，是否即是如此？宋人學唐，而變唐、新唐、拓唐，比起唐人學古有過之而無不及，何以就不算是特色？何以就沒有文學地位，遑論文學價值！不是同一標準嗎？好奇怪！

明人論詩，早已錯誤示範在前。何以今人論宋詩，又重蹈覆轍？豈不開倒車，論述落後了六、七百年？清代詩人對宋詩的論述，早已撥亂反正了！因為臺灣研究宋詩，除了我以外，就沒有幾位。因為宋詩存在很多錯會，很多誤解，宋詩研究的學者，包括碩士生、博士生，以及助理教授、副教授，在羽翮尚未豐滿之前，論文宣讀，學報投稿，升等論著，多遭誤判、否決，往往鎩羽喪氣，不能奮飛。所以，研究宋詩之學者，出人頭地的，卻還不是很多。我因為編《全宋詩》的關係，所以算是披荊斬棘、開路的人。由於深歷其境，一直覺得宋詩是一處開發不多的學術處女地，可以研究的領域，實在非常豐富。相較於唐詩，研究已經接近飽和了，要找到新的學術生長點，相對的，比較艱難。所以我研究宋詩，等於我先去探險，告訴大家其中學術處女地的虛實，可能蘊藏的寶藏。

希望大家能夠因為我的探險，而喜歡我的報告，進而參考指引，按圖索驥，深入探勘考索。因為這個緣故，我對宋詩的研究，盡可能提供一些訊息。這裡可以研究，那裡可以探討，然後自己也嘗試研究這個，研究那個。等於挖礦，我判定這裡有金礦，試挖看看，果然有，就做一個標幟；覺得這裡有石油礦，又試挖看看，的確有，就順勢現身說法，展示發掘心得。憑藉我一人之力，單打獨鬥，能量十分微薄。我不可能像其他專業領域，如六朝研究、唐詩研究，先後已經有很多學術界的人力投入下去。研究六朝，研究唐詩，鎖定一個目標，就可以深入挖掘下去。就等於說，我們大隊人馬集體探勘石油，已經積累豐富經驗，確定這一口油井，產量非常豐富，就可以不用再別的地方探勘，大可集中所有的資金，所有的人力，好好的去挖這口井。六朝、唐詩可以這樣子，但是宋詩沒有辦法比照。看來學界像我這麼熱衷的人，不可能太多。三十年來到處探路，到處勘察，指出哪個地方有金礦可以淘，有煤礦可以挖，哪邊是水源充沛，哪邊是綠草如茵，然後大公無私，告訴大家這些訊息，提供給後人參考。這就是披荊斬棘的人歡喜做，甘願受的，等於指引後人，避免浪費太多冤枉時間，去做錯誤摸索。我已試探過，覺得不錯，你大可放心挖下去。如果掏金現場指定現在的舊金山，或者是金瓜石，你還要去挖礦嗎？不必啦！

有些人提出質疑，說我的戰鬥線佈得太廣，所以後給的補充有些不足。的確是這樣！如果研究宋詩，一開始，就從傳承開拓深挖下去，三十年下來，成果一定很深、很專。或者我單就會通化成，單就文學破體的交融，單就文學跟藝術間之出位，單就文學與思想之間的會通去探討，真積力久，也都會有精湛的成就啊！同樣的時間，一往情深，專愛一個人，必然能修成正果。二三十年集中精神去做單一的事情，當然很專精深入。可惜！我沒有這樣做。因為我發現：在宋詩文獻尚未彙總之前，學界對於宋詩領域的認知，普遍都很陌生。我是先行者，我先提出一些探勘報告，告訴大家：關於宋詩、宋代詩學，我看到了什麼？有哪些資產？有哪些可以作研究？可以進行探討。我已經這樣做了，也歷經了三十年，回首來時路，我一點都不後悔。因為，很多事情是不能兩全的。就像《中庸》所說：「致廣大而盡精微，極高明而道中庸。」我現在做到的，可能就是「廣大」，所以我只能夠道「中庸」。那至於「精微」跟「高明」，就留給後人去繼續耕耘開拓，我只當一個發蹤指示者就好了。

徵引文獻

一、 傳統文獻（依成書時代為序，同一時代，又以姓氏筆劃為序）

(一) 經史

戰國楚人編著，漢劉向、劉歆父子校勘，袁珂校注：《山海經校注》，成都：巴蜀書社，1993

漢孔安國傳，唐孔穎達疏：《尚書正義》，《十三經注疏》本，臺北：藝文印書館，1976

漢毛亨傳，鄭玄箋，唐孔穎達疏：《毛詩正義》，《十三經注疏》本，臺北：藝文印書館，1976

漢司馬遷著，〔日〕瀧川資言考證，水澤利忠校補：《史記會注考證附校補》，上海：上海古籍出版社，1986

漢鄭玄注，唐孔穎達疏：《禮記注疏》，《十三經注疏》本，臺北：藝文印書館，1976

漢鄭玄注，唐賈公彥疏：《周禮注疏》，《十三經注疏》本，臺北：藝文印書館，1976

南朝宋范曄：〈獄中與諸甥侄書〉，《宋書・范曄傳》，北京: 中華書局，1974

北齊魏收：《魏書・祖瑩傳》，北京：中華書局，1974、1984

梁沈約：《宋書》，《二十五史》本，臺北：藝文印書館，1956

唐劉知幾撰，清浦起龍釋：《史通通釋》，臺北：里仁書局，1980

宋李昉等編：《太平御覽》，北京：中華書局，1992

清皮錫瑞著，周予同注：《經學歷史》，臺北：漢京文化公司，1983

清紀昀總纂：《四庫全書總目》，臺北：藝文印書館，1974

清章學誠：《文史通義》，臺北：華世出版社，1980

清梁廷柟：《東坡事類》，廣州：暨南大學出版社，1992

清蔡上翔：《王荊公年譜考略》，《王安石年譜三種》，北京：中華書局，1994

清顧炎武著，黃汝成集釋：《日知錄集釋全校本》，臺北：明倫出版社，1971

(二) 子部

戰國老子著，魏王弼注，樓宇烈校釋：《老子道德經注》，北京：中華書局，2011

戰國莊周著，清郭慶藩集釋，王孝魚點校：《莊子集釋》，北京：中華書局，1961、2004

戰國列禦寇著，楊伯峻集釋：《列子集釋》，北京：中華書局，1979

後秦鳩摩羅什譯，釋僧肇等注：《注維摩詰所說經（不可思議解脫經）》，上海：上海古籍出版社，1990

唐六祖惠能傳，李申合校，方廣錩簡注：《敦煌壇經合校簡注》，上海：上海古籍出版社，1999

唐張彥遠：《歷代名畫記》，臺北：文史哲出版社，1994

宋王楙：《野客叢書》，朱易安等主編：《全宋筆記》，鄭州：大象出版社，2008

宋孔平仲：《孔氏談苑》，朱易安等主編：《全宋筆記》，鄭州：大象出版社，2008

宋朱弁：《曲洧舊聞》，孔凡禮點校：《唐宋史料筆記》，北京：中華書局，2002

宋朱熹：《四書章句集注．論語集注》，北京：中華書局，1983

宋宋祁：《宋景文公筆記》，朱易安等主編：《全宋筆記》，鄭州：大象出版社，2012

宋吳曾：《能改齋漫錄》，朱易安等主編：《全宋筆記》，鄭州：大象出版社，2008

宋吳坰：《五總志》，文淵閣《四庫全書》，第863冊，臺北：臺灣商務印書館，1983

宋何薳：《春渚紀聞》，朱易安、傅璇琮主編：《全宋筆記》，鄭州：大象出版社，2012

宋沈作喆：《寓簡》，朱易安等主編：《全宋筆記》，鄭州：大象出版社，2008

宋佚名：《宣和畫譜》，于安瀾主編：《畫史叢書》，臺北：文史哲出版社，1994

宋邵伯溫：《邵氏聞見錄》，《宋元筆記小說大觀》，上海：上海古籍出版社，2001

宋林洪：《山家清事》，王大鵬等編選：《中國歷代詩話選》，長沙：岳麓書社，1985

宋周密著，朱菊如等校注：《齊東野語校注》，上海：華東師範大學出版社，1987

宋周煇：《清波雜志》，朱易安、傅璇琮主編：《全宋筆記》，鄭州：大象出版社，2012
宋洪邁：《容齋隨筆》，上海：上海古籍出版社，1978、1995
宋洪邁：《容齋四筆》，朱易安、傅璇琮主編：《全宋筆記》，鄭州：大象出版社，2012
宋俞成：《螢雪叢說》，俞鼎孫、俞經輯，傅增湘等校勘：《儒學警悟》，香港：龍門書店，1967
宋馬永卿：《嬾真子》，俞鼎孫、俞經輯，傅增湘等校勘：《儒學警悟》本，香港：龍門書店，1967
宋孫奕：《履齋示兒編》，程毅中主編：《宋人詩話外編》，北京：國際文化出版公司，1996
宋張君房纂輯，蔣力生等校注：《雲笈七籤》，北京：華夏出版社，1996
宋張鎡：《仕學規範》，上海：上海古籍出版社，1993
宋郭熙：《林泉高致》，俞劍華編著：《中國畫論類編》，北京：人民美術出版社，1986
宋陳長方：《步里客談》，朱易安等主編：《全宋筆記》，鄭州：大象出版社，2008
宋陳善：《捫蝨新話》，朱易安等主編：《全宋筆記》，鄭州：大象出版社，2008
宋黃朝英：《緗素雜記》，朱易安等主編：《全宋筆記》，鄭州：大象出版社，2008
宋黃震：《黃氏日抄》，文淵閣《四庫全書》本，臺北：臺灣商務印書館，1986
宋彭乘：《墨客揮犀》，朱易安等主編：《全宋筆記》，鄭州：大象出版社，2008
宋費衮：《梁谿漫志》，朱易安等主編：《全宋筆記》，鄭州：大象出版社，2008
宋趙與時：《賓退錄》，朱易安等主編：《全宋筆記》，鄭州：大象出版社，2008
宋黎靖德編，王星賢點校：《朱子語類》，北京：中華書局，1986
宋歐陽脩：《筆說》，朱易安等主編：《全宋筆記》，鄭州：大象出版社，2008
宋羅大經：《鶴林玉露》，文淵閣《四庫全書》本，臺北：臺灣商務印書館，1983
宋羅大經：《鶴林玉露》，王瑞來點校：《唐宋史料筆記叢刊》，北京：中華書局，1983
宋蘇軾：《東坡志林》，傅璇琮、朱易安等主編：《全宋筆記》，鄭州：大象出版社，2003
宋釋志磐：《佛祖統紀》，揚州：江蘇廣陵古籍刻印社，1992
明成祖朱棣集注：《金剛般若波羅密經集註》，上海：上海古籍出版社，1985 二刷，據明永樂內府刻本影印

明李時珍：《本草綱目》，點校本，北京：人民衛生出版社，1989
明胡應麟：《少室山房筆叢》，上海：上海書店，2001
清厲荃：《事物異名錄》，長沙：岳麓書社，1991

(三) 詩話

宋吳沆：《環溪詩話》，吳文治主編：《宋詩話全編》，南京：江蘇古籍出版社，1998
宋呂本中：《童蒙詩訓》，郭紹虞：《宋詩話輯佚》，臺北：文泉閣出版社，1972
宋何汶：《竹莊詩話》，郭紹虞：《宋詩話輯佚》，臺北：文泉閣出版社，1972
宋周紫芝《竹坡詩話》，何文煥：《歷代詩話》，北京：人民文學出版社，1982
宋胡仔著，廖德明點校：《苕溪漁隱叢話》，北京：人民文學出版社，1981
宋范晞文：《對牀夜語》，《歷代詩話續編》，北京：中華書局，1983
宋許彥周：《許彥周詩話》，何文煥：《歷代詩話》，北京：人民文學出版社，1982
宋張表臣：《珊瑚鉤詩話》，何文煥：《歷代詩話》，臺北：藝文印書館，1974
宋陳師道：《後山詩話》，何文煥編：《歷代詩話》，臺北：藝文印書館，1974
宋陳輔之：《陳輔之詩話》，郭紹虞：《宋詩話輯佚》，臺北：文泉閣出版社，1972
宋陳巖肖：《庚溪詩話》，丁福保輯：《歷代詩話續編》，北京：人民文學出版社，1983
宋惠洪：《冷齋夜話》，朱易安等主編：《全宋筆記》，鄭州：大象出版社，2008
宋曾季貍：《艇齋詩話》，丁福保編：《歷代詩話續編》，北京：人民文學出版社，1983
宋楊萬里：《誠齋詩話》，丁福保輯：《歷代詩話續編》，臺北：藝文印書館，1961
宋蔡正孫：《詩林廣記》，朱易安等主編：《全宋筆記》，鄭州：大象出版社，2008
宋蔡絛：《西清詩話》，胡仔：《苕溪漁隱叢話》，北京：人民文學出版社，1981
宋歐陽脩：《六一詩話》，何文煥：《歷代詩話》，北京：人民文學出版社，1982
宋魏慶之：《詩人玉屑》，臺北：世界書局，1971；上海：上海古籍出版社，1978
宋嚴羽著，郭紹虞校釋：《滄浪詩話校釋》，北京：人民文學出版社，2005
元方回：《瀛奎律髓》，李慶甲集評校點：《瀛奎律髓彙評》，上海：上海古籍出版社，2005
元陳秀明：《東坡詩話錄》，蔡鎮楚編：《中國詩話珍本叢書》，北京：北京圖書館出版

社，2004

明季汝虞：《古今詩話》，張健輯校：《珍本明詩話五種》，北京：北京大學出版社，2008

明雷燮：《南谷詩話》，張健輯校：《珍本明詩話五種》，北京：北京大學出版社，2008

明劉績：《霏雪錄》，吳文治主編：《明詩話全編》，南京：江蘇古籍出版社，1997

清王士禛著，張宗柟纂集，戴鴻森校點：《帶經堂詩話》，北京：人民文學出版社，1982

清王夫之著，戴鴻森箋注：《薑齋詩話》，臺北：木鐸出版社，1982

清方東樹著，汪紹楹校點：《昭昧詹言》，北京：人民文學出版社，1984

清朱庭珍：《筱園詩話》郭紹虞：《清詩話續編》，臺北：木鐸出版社，1983

清沈德潛：《唐詩別裁集》，臺北：臺灣商務印書館，1956

清沈德潛著，蘇文擢詮評：《說詩晬語詮評》，香港：志豪印刷公司，1978

清吳喬：《圍爐詩話》，郭紹虞編：《清詩話續編》，臺北：木鐸出版社，1983

清李香巖手批：《紀評蘇詩》，成都：四川大學出版社，2007

清汪師韓：《蘇詩選評箋釋》，宋蘇軾撰，清紀昀評：《蘇文忠公詩集》，臺北：文史哲出版社，1998

清冒春榮：《葚原詩說》，郭紹虞：《清詩話續編》，臺北：木鐸出版社，1983

清袁枚：《續詩品》，《清詩話》本，臺北：明倫出版社，1971

清袁枚：《隨園詩話》，臺北：漢京文化公司，1984

清馮班：《鈍吟雜錄》，周光培編：《清代筆記小說》，石家莊：河北教育出版社，1998

清葉燮：《原詩》，丁福保輯：《清詩話》本，臺北：明倫出版社，1971

清趙翼：《甌北詩話》，郭紹虞編：《清詩話續編》，北京：人民文學出版社，1983

清劉熙載著，蕭華榮、徐中玉編：《劉熙載論藝六種》，成都：巴蜀書社，1990

清顧嗣立：《寒廳詩話》，丁福保編：《清詩話》，臺北：明倫出版社，1971

(四) 文集

戰國屈原，湯漳平注釋本：《楚辭・橘頌》，鄭州：中州古籍出版社，2007

魏曹植著，趙幼文校注：《曹植集校注》，北京：人民文學出版社，1984

晉陶潛著，袁行霈箋注：《陶淵明集箋注》，北京：中華書局，2003

梁劉勰著，范文瀾注：《文心雕龍注》，北京：人民文學出版社，1962

梁劉勰著，王更生注譯：《文心雕龍讀本》，臺北：文史哲出版社，1985

梁劉勰著，祖保泉解說：《文心雕龍解說》，合肥：安徽教育出版社，1993

唐杜甫撰，清仇兆鰲注：《杜詩詳注》，臺北：里仁書局，1980

唐韓愈撰，屈守元、常思春主編：《韓愈全集校注》，成都：四川大學出版社，1996

唐韓愈著，錢仲聯集釋：《韓昌黎詩繫年集釋》，上海：上海古籍出版社，1984

宋王安石著，李壁箋注，高克勤點校：《王荊文公詩箋注》，上海：上海古籍出版社，2003、2010

宋李之儀：《姑溪居士前集》，文淵閣《四庫全書》本，臺北：臺灣商務印書館，1986

宋李之儀：《姑溪居士文集》，《粵雅堂叢書》，臺北：藝文印書館，1965

宋陸游：《渭南文集》，《四部叢刊》正編，臺北：台灣商務印書館，影明華氏活字本，1967

宋張耒：《張耒集》，北京：中華書局，1990

宋張舜民：《畫墁集》，曾棗莊等編：《全宋文》，上海：上海辭書出版社，2006

宋陳師道：《後山居士文集》，上海：上海古籍出版社，1984

宋黃庭堅：《豫章黃先生文集》，《四部叢刊》本，臺北：臺灣商務印書館，1979

宋黃庭堅著，任淵、史容、史季溫注：《山谷詩內外集注》，臺北：學海出版社，1979

宋黃庭堅著，任淵、史容、史季溫注，黃寶華點校：《山谷詩集注》，上海：上海古籍出版社，2003

宋黃庭堅著，劉琳、李勇先、王蓉貴校點：《黃庭堅全集》，成都：四川大學出版社，2001

宋楊萬里：《誠齋集》，臺北：臺灣商務印書館，1979

宋劉克莊：《後村先生大全集》，《四部叢刊》初編本，臺北：台灣商務印書館，1967

宋蘇軾著，孔凡禮點校本：《蘇軾文集》，北京：中華書局，1986

宋蘇軾著，清馮應榴輯注，黃任軻、朱懷春校點：《蘇軾詩集合注》，上海：上海古籍出版社，2001

宋蘇軾撰，清王文誥、馮應榴輯注，孔凡禮點校：《蘇軾詩集》，臺北：學海出版社，1985

宋蘇轍：《欒城集》，上海：上海古籍出版社，1987
宋釋覺範：《石門文字禪》，文淵閣《四庫全書》珍本十集，臺北：臺灣商務印書館，1981
宋釋道潛：《參寥集》，《叢書集成續編》本，上海：上海書店，1994
金元好問：《中州集》，《四部叢刊》初編影印涵芬樓刻本（臺北：臺灣商務印書館，1979
元方回：《桐江集》，文淵閣《四庫全書》本，臺北：商務印書館，1983
明袁中道：《珂雪齋集》，上海：上海古籍出版社，1989
清方苞：《方望溪先生全集》，《四部叢刊》初編本，臺北：臺灣商務印書館，1979
清吳之振：《宋詩鈔》，北京：中華書局，1986
清袁枚：《小倉山房文集》，上海：上海古籍出版社，1988
清袁枚：《袁枚全集》，南京：江蘇古籍出版社，1988
清康熙御製：《全唐詩》，北京：中華書局，1960、1979
清曹庭棟：《宋百家詩存》，文淵閣《四庫全書》本，臺北：臺灣商務印書館，1983
清董誥編：《全唐文》，北京：中華書局，1983
清蔣士銓著，邵海清校，李夢生箋：《忠雅堂集校箋》（上海：上海古籍出版社，1993
北京大學古文獻研究所編：《全宋詩》（1-72），北京：北京大學出版社，1991-1998
曾棗莊等主編：《全宋文》，上海：上海辭書出版社，2006

二、近人論著（依姓氏筆劃為序）

(一) 唐宋詩詞

王水照：《蘇軾論稿》，臺北：萬卷樓圖書公司，1994
王水照：《王水照自選集》，上海：上海教育出版社，2000
王錫九：《宋代的七言古詩》，天津：天津人民出版社，1993
朱靖華：《蘇軾論》，北京：京華出版社，1997

朱靖華：《朱靖華古典文學論集》，長春：吉林文史出版社，2003

吳熊和主編：《唐宋詞彙評》，杭州：浙江教育出版社，2006

冷成金：《蘇軾的哲學觀與文藝觀》，北京：學苑出版社，2003

沈松勤：《北宋文人與黨爭》，北京：人民出版社，1998

尚永亮：《元和五大詩人與貶謫文學考論》，臺北：文津出版社，1993

周裕鍇：〈文字禪與宋代詩學〉，《國際宋代文化研討會論文集》，成都：四川大學出版社，1991 年，頁 327-344

周裕鍇：《宋代詩學通論》，成都：巴蜀書社，1997

周裕鍇：《文字禪與宋代詩學》，北京：高等教育出版社，1998

周義敢、周雷編：《秦觀資料彙編》，北京：中華書局，2001

徐中玉：《論蘇軾的創作經驗》，上海：華東師範大學出版社，1981

陶文鵬：《蘇軾詩詞藝術論》，上海：上海古籍出版社，2001

張高評：《宋詩之傳承與開拓》，臺北：文史哲出版社，1990

張高評：《宋詩之新變與代雄》，臺北：洪葉文化事業公司，1995

張高評：〈自成一家與宋詩特色〉，成功大學中文系所主編：《第一屆宋代文學研討會論文集》，高雄：麗文文化公司，1995，頁 91-147

張高評：《會通化成與宋代詩學》，臺南：成功大學出版組，2000

張高評：《宋詩特色研究》，吉林長春：長春出版社，2002

張高評：《自成一家與宋詩宗風》，臺北：萬卷樓圖書公司，2004

張高評：〈清初宋詩學與唐宋詩之異同〉，《第三屆國際暨第八屆清代學術研討會論文集》（上），高雄：國立中山大學清代學術研究中心，2004，頁 87-122

張高評：〈辛棄疾詠物詩與唐宋詩之流變〉，輯入劉慶雲、陳慶元主編：《稼軒新論》，福州：海風出版社，2005，頁 94-114

張高評：《印刷傳媒與宋詩特色》，臺北：里仁書局，2008

張高評：《唐宋題畫詩及其流韻》，臺北：萬卷樓圖書公司，2016

張晶：〈宋詩的「活法」與禪宗的思維方式〉，張宏生主編：《宋元文學與宗教》，上海：上海古籍出版社，2015，頁 278-292。

陳伯海主編：《唐詩彙評》，杭州：浙江教育出版社，1995

陳伯海：《唐詩學引論》，上海：東方出版中心，1996

程千帆、張宏生：〈火與雪：從體物到禁體物——論白戰體及杜韓對它的先導作用〉，《被開拓的詩世界》，上海：上海古籍出版社，1990，頁 75-97

黃景進：〈黃山谷的學古論〉，收入臺灣大學中文系編：《宋代文學與思想》，臺北：臺灣學生書局，1989，頁 259-287。

黃寶華：《黃庭堅評傳》，南京：南京大學出版社，1998

傅璇琮：《黃庭堅和江西詩派卷》，高雄：麗文文化公司，1993

曾棗莊：《蘇詩彙評》，臺北：文史哲出版社，1998

曾棗莊等著：《蘇軾研究史》，南京：江蘇教育出版社，2001

項楚：〈蘇詩中的行業語〉，《東坡研究論叢》，成都：四川文藝出版社，1986，頁 51-63

楊勝寬：《杜學與蘇學》，成都：巴蜀書社，2003

齊治平：《唐宋詩之爭概述》，長沙：岳麓書社，1984

葛曉音：〈走出理窟的山水詩——兼論大謝體在唐代山水詩中的示範意義〉，臧維熙主編：《中國山水的藝術精神》，上海：學林出版社，1994，頁 148-163

劉德清：《歐陽修論稿》，北京：北京師範大學出版社，1991

劉德清：《歐陽修紀年錄》，上海：上海古籍出版社，2006

鄭永曉：《黃庭堅年譜新編》，北京：社會科學文獻出版社，1997

錢志熙：《黃庭堅詩學體系研究》，北京：北京大學出版社，2003

歐麗娟：《唐詩的樂園意識》，臺北：里仁書局，2000

謝夢潔：《宋詩中的桃源意象研究》，江西師範大學碩士論文，2014

謝桃坊：《蘇軾詩研究》，成都：巴蜀書社，1987

繆鉞：《詩詞散論》，上海：上海古籍出版社，1982

繆鉞、葉嘉瑩：《詞學古今談》，臺北：萬卷樓圖書公司，1992

韓經太：《宋代詩歌史論》，長春：吉林教育出版社，1995

顏中其：《蘇軾論文藝》，北京：北京出版社，1985

羅根澤：《中國文學批評史》，臺北：明倫出版社，不著年代

蘇雪林：《唐詩概論》，臺北：商務印書館，1933

蘇雪林：《玉溪詩謎正續合編》，臺北：商務印書館，1988

嚴杰：《歐陽脩年譜》，南京：南京出版社，1993

龔鵬程：〈知性的反省—宋詩的基本風貌〉，《中國文化新論・意象的流變》，臺北：聯經出版公司，1982

〔日〕岡村繁：《陶淵明李白新論》，上海：上海古籍出版社，2002

(二) 禪宗道家

皮朝綱、董運庭：《靜默的美學》，成都：成都科技大學出版社，1991

皮朝綱：《禪宗美學史稿》，成都：電子科技大學出版社，1994

朴永煥：《蘇軾禪詩研究》，北京：中國社會科學出版社，1995

李生龍：《道家及其對文學的影響》，長沙：岳麓書社，1998

李淼：《禪宗與中國古代詩歌藝術》，高雄：麗文文化公司，1993

吳言生：《禪宗思想淵源》，北京：中華書局，2001

吳言生：《禪宗詩歌境界》，北京：中華書局，2001

祁志祥：《佛教美學》，上海：上海人民出版社，1997

周裕鍇：《中國禪宗與詩歌》，上海：上海人民出版社，1992；高雄：麗文文化公司，1994

周裕鍇：《禪宗語言》，杭州：浙江人民出版社，1999

周裕鍇：《宋僧惠洪行履著述編年總案》，北京：高等教育出版社，2010

孫昌武：《禪思與詩情》，北京：中華書局，1997

崔大華：《莊學研究》，北京：人民出版社，1997

張松如：《老子說解》，高雄：麗文文化公司，1993

程亞林：《詩與禪》，南昌：江西人民出版社，1989

彭修銀：《墨戲與逍遙——中國文人畫美學傳統》，臺北：文津出版社，1995

楊曾文：《宋元禪宗史》，北京：中國社會科學出版社，2006

蔣述卓：《佛教與中國文藝美學》，廣州：廣東高等教育出版社，1992

鍾來因：《蘇軾與道家道教》，臺北：臺灣學生書局，1990

釋慈怡主編：《佛光大辭典》，北京：北京圖書館出版社，1989
〔日〕英武正信：《淨土宗》，成都：巴蜀書社，2009

(三) 詩話文論

成復旺等：《中國文學理論史》(二)，北京：北京出版社，1991
李伯超：《中國風格學源流》，長沙：岳麓書社，1998
吳曾祺：《涵芬樓文談》，王水照編：《歷代文話》，上海：復旦大學出版社，2009
杜國清：《詩情與詩論》，廣州：花城出版社，1993
徐中玉主編：《意境・典型・比興編》，北京：中國社會科學出版社，1994
唐圭璋：《詞話叢編》，北京：中華書局，1986
張伯偉：《全唐五代詩格校考》，西安：陝西人民出版社，1996
張高評：《苕溪漁隱叢話與宋代詩學典範》，臺北：新文豐出版公司，2012
張高評：《《詩人玉屑》與宋代詩學》，臺北：新文豐出版公司，2012
張高評：《比事屬辭與古文義法——方苞「經術兼文章」考論》，臺北：新文豐出版公司，2016
張高評：《清代詩話與宋詩宋調》，臺北：萬卷樓圖書公司，2017
郭紹虞：《宋詩話考》，北京：中華書局，1985
程千帆：《文論十箋》，莫礪鋒編：《程千帆全集》，石家莊：河北教育出版社，2001
黃濬：《花隨人聖盦摭憶》，上海：上海書店，1998
傅修延：《中國敘事學》，北京：北京大學出版社，2015
葉維廉：《比較詩學》，臺北：東大圖書公司，1983
顧易生等：《宋金元文學批評史》，上海：上海古籍出版社，1996
〔美〕孔恩著，程樹德、傅大為、王道還編譯：《科學革命的結構》，臺北：遠流出版公司，1991

(四) 文學美學

王立群：《中國古代山水游記研究》，開封：河南大學出版社，1996

王利器：〈蘇東坡與小說戲曲〉，《國際宋代文化研討會論文集》，成都：四川大學出版社，1991，頁 372-375

王興華：《中國美學論稿》，天津：南開大學出版社，1993

王國櫻：《中國山水詩研究》，臺北：聯經出版公司，1986

王運熙：《樂府詩述論》，上海：上海古籍出版社，1996

朱立元：《接受美學》，上海：上海人民出版社，1989

伍蠡甫：《中國畫論研究》，北京：北京大學出版社，1987

任仲倫：《中國山水審美文化》，上海：同濟大學出版社，1991

李澤厚：《美的歷程》，天津：天津社會科學院出版社，2001

金元浦：《接受反應文論》，濟南：山東教育出版社，1998

皇甫修文：〈古代田園詩文的美學價值〉，載伍蠡甫編《山水與美學》，臺北：丹青圖書公司，1987，頁 377-380

袁行霈：《中國詩歌藝術研究》，北京：北京大學出版社，1996

敏澤：《中國文學思想史》，長沙：湖南教育出版社，2004

張仁青：〈宋代駢文初探〉，成功大學中文系主編：《第一屆宋代文學研討會論文集》，高雄：麗文文化公司，1995，頁 307-312

郭因：《中國繪畫美學史稿》，臺北：木鐸出版社，1986

黃永武：《詩與美》，臺北：洪範書店，1984

黃永武：《中國詩學．思想篇》，臺北：巨流圖書公司，2009

曾棗莊：〈風流嬗變，光景常新——論宋代四六文之演變〉，成功大學中文系主編：《第一屆宋代文學研討會論文集》，1995，頁 281-282

葉嘉瑩：《中國古典詩歌評論集》，臺北：桂冠圖書公司，1991

葛曉音：《山水田園詩派研究》，瀋陽：遼寧大學出版社，1993

葛曉音：〈物華天寶，人傑地靈〉，段寶林、江溶主編：《中國山水文化大觀》，北京：北京大學出版社，1996，頁 9-10

魯迅：〈致楊齋雲〉，《魯迅全集》，北京：人民文學出版社，1991

蔣寅：《古典詩學的現代詮釋》，北京：中華書局，2003

蔡瑜：《陶淵明的人境詩學》，臺北：聯經出版公司，2012

錢基博：《中國文學史》，北京：中華書局，1995

錢鍾書：〈中國詩與中國畫〉，原載《開明書店二十周年紀念文集》，上海：開明書店，1947 年；轉引自《文學研究叢編》，臺北：木鐸出版社，1981 年，第一輯影印，頁 77-78。

錢鍾書：《談藝錄》，臺北：書林出版公司，1988

韓經太：《徜徉兩端》，鄭州：濟南人民出版社，2000

韓經太：《詩學美論與詩詞美境》，北京：北京語言文化大學出版社，2000

蕭馳：《中國詩歌美學》，北京：北京大學出入社，1986

蘇雪林：《九歌中人鬼戀愛問題》，臺北：文星書店，1967

蘇雪林：《遼金元文學》，臺北：商務印書館，1988

蘇雪林：《詩經雜俎》，臺北：商務印書館，1995

蘇雪林：《楚辭新詁》，臺北：國立編譯館，1978

蘇雪林：《屈賦論叢》，臺北：國立編譯館，1978

蘇雪林：《天問正簡》，臺北：文津出版社，1992

蘇雪林：《屈原與九歌》，臺北：文津出版社，1992

〔日〕小川環樹：《論中國詩》，香港：中文大學出版社，1986

(五) 經史文化

王國維：〈宋代之金石學〉，《靜安文集續編》，上海：上海書店，1983

王國維：《王國維遺書》，上海：上海書店，1983

李約瑟：《中國科學技術史》，北京：科學出版社；上海：上海古籍出版社，2006

梁啟超：《梁啟超全集》，北京：北京出版社，1999

張高評：〈經學與文學的會通〉，彰化師大國文系主編：《中國文學新境界》，臺北：立緒文化事業公司，2005，頁 233

陳寅恪：〈鄧廣銘《宋史職官考證・序》〉，《金明館叢稿》二編，臺北：里仁書局，1982，頁 245-246

陳植鍔：《北宋文化史述論》，北京：中國社會科學出版社，1992

楊伯峻編著：《春秋左傳注》，修訂本，北京: 中華書局，1974

楊家駱主編：《中國笑話書》，臺北：世界書局，2002

楊聯陞：《國史探微》，臺北：聯經出版事業公司，1983

錢存訓：《中國紙和印刷文化史》，桂林：廣西師範大學出版社，2004

錢穆：《中國近三百年學術史》，臺北：臺灣商務印書館，1957

錢鍾書：《管錐編》第三冊，《全上古三代秦漢三國六朝文》（臺北：書林出版公司，1990

龔延明編著：《宋代官制辭典》，北京：中華書局，1997

龔鵬程：〈宋代文化在中國的地位〉，黎活仁等主編：《宋代文學與文化研究》，臺北：大安出版社，2001，頁21-24

〔希臘〕柏拉圖撰，卓維德（Jowett, Benjamin）英譯，侯健譯：《柏拉圖理想國》，臺北：聯經圖書出版公司，1979

〔英〕托瑪斯・摩爾著，戴鎦齡譯：《烏托邦》，臺北：志文出版社，1997

(六) 創意發想

王國安：《換個創新腦》，臺北：帝國文化出版社，2004

田運主編：《思維辭典》，杭州：浙江教育出版社，1996

洪世章：《創新六策》，臺北：聯經出版公司，2016

張永聲主編：《思維方法大全》，南京：江蘇科學技術出版社，1991

張高評：《創意造語與宋詩特色》，臺北：新文豐出版公司，2008

張高評：《王昭君形象之轉化與創新》，臺北：里仁書局，2011

張高評：《論文選題與研究創新》，臺北：里仁書局，2013

廖炳惠：〈領受與創新——〈桃花源并記〉與〈失樂園〉的譜系問題〉，陳國球編：《中國文學史的省思》，臺北：書林出版公司，1994，頁199

劉長林：《中國系統思維》，北京：中國社會科學出版社，1990

〔日〕大前研一：《創新者的思考》，臺北：商周出版社，2006

〔日〕高橋昌義著，江靜芳譯：《反常識創意術》，臺北：遠流出版事業公司，1988

〔美〕邁克爾·米哈爾科（Michael Michalko）：《創新精神：創造性天才的秘密》*Cracking Creativity：The Secrets of Creative Genius*（北京：新華出版社，2004

〔美〕彼得杜拉克（Peter F.Drucker）著，上田惇生編，齊思賢譯：《經營的哲學》（臺北：商周出版社，2005

〔美〕史提夫·瑞夫金（Steve Rivkin）、佛拉瑟·西戴爾（Fraser Seitel）：《有意義的創造力：如何把點子轉化成明日的創意》*How to Transform Your Ideas into Tomorrow's Innovation*，臺北：梅霖文化事業公司，2004

〔瑞典〕Frans Johansson 著，劉真如譯：《梅迪奇效應》（*The Medici effect : breakthrough insights at the intersection of ideas, concepts, & cultures*），臺北：商周出版社，2005

(七) 唐宋變革

王水照：〈文史斷想·重提「內藤命題」〉，《鱗爪文輯》（西安：陝西人民出版社，2008

高明士：〈唐宋間歷史變革之時代性質的論戰〉，《戰後日本的中國史研究》，臺北：東昇出版事業公司，1982

傅樂成：〈唐型文化與宋型文化〉，《漢唐史論集》，臺北：聯經文化出版公司，1980

劉俊文主編：《日本學者研究中國史論著選譯》，北京：中華書局，1992

〔日〕宮崎市定：〈內藤湖南與支那學〉，原載《中央公論》第 936 期，收入氏著《亞洲史研究》第 5 卷，譯文見黃約瑟譯：〈概括的唐宋時代觀〉，載劉俊文主編：《日本學者研究中國史論著選譯》第 1 卷（北京：中華書局，1992 年），頁 10-18。

〔日〕清水茂著，蔡毅譯：《清水茂漢學論集》，北京：中華書局，2003

三、期刊論文（依發表先後為序）

蘇雪林：〈東坡詩篇〉之一，《暢流》45 卷 7 期，1972 年 5 月，頁 6-11；頁 18

蘇雪林：〈東坡詩篇〉之二，《暢流》45 卷 8 期，1972 年 6 月，頁 54-60

蘇雪林：〈東坡詩篇〉之三，《暢流》45 卷 9 期，1972 年 7 月，頁 13-15

蘇雪林：〈東坡詩篇〉之四，《暢流》45 卷 10 期，1972 年 8 月，頁 4-7

蘇雪林：〈東坡詩篇〉之五，《暢流》45 卷 11 期，1972 年 9 月，頁 12-14

蘇雪林：〈東坡詩篇〉之六，《暢流》45 卷 12 期，1972 年 10 月，頁 6-10

饒宗頤：〈詞與畫：論藝術換位〉，《故宮季刊》8 卷 3 期，1974 年，頁 9-21

程千帆：〈相同的題材與不相同的主題形象風格——四篇桃源詩的比較〉，《文學遺產》1981 年第 1 期，頁 56-67

臧維熙：〈古代山水文學發達的原因〉，《安徽大學學報》1983 年 4 期，頁 80-85

齊益壽：〈「桃花源記并詩」管窺〉，《臺大中文學報》1 期，1984 年 12 月，頁 285-319

熊莘耕：〈蘇軾的傳神說〉，《古代文學理論研究》第 10 輯，1985 年 6 月，頁 117-128

王文龍：〈試論蘇詩的哲理性〉，《東坡研究論叢》第三輯，成都：四川文藝出版社，1986，頁 64-78

臧維熙：〈竹柏之懷與神心渺遠，仁智之性共山水高深——山水文學與山水意識〉，《古典文學知識》1987 年 3 期

周先慎：〈漫說蘇軾〈縱筆〉詩〉，《北京大學學報》1988 年 5 月，頁 45-51

李昌集：〈論宋代詩詞異同之爭〉，《揚州師院學報》1989 年 2 期，頁 61-68

周來祥、儀平策：〈論宋代審美文化的雙重模態〉，《文學遺產》1990 年第 2 期，頁 61-69

魯迅：〈致楊霽雲〉，《魯迅全集》，北京：人民文學出版社，1991 年，第 12 卷，《書信》，1934 年 12 月 20 日，頁 612

尚永亮：〈元和貶謫文學藝術特徵初探〉，《陝西師大學報》1990 年 4 月，頁 88-94

魏道儒：〈論禪宗與默照禪〉，《人文雜志》1991 年 6 期，頁 30-34

徐公持：〈詩的賦化與賦的詩化——兩漢魏晉詩賦關係之尋蹤〉，《文學遺產》1992 年第 1 期，頁 16-25

陳伯海：〈山水文學與山水意識〉，《古典文學知識》1992 年 4 期

秦寰明：〈論北宋仁宗朝的詩歌革新與歐、梅、蘇三家詩〉，《文學遺產》1993 年第 1 期，頁 56-63

洪修平：〈略論宋代禪學的新特點〉，《南京大學學報》1993 年第 1 期，頁 29-34

孫昌武：〈蘇軾與佛教〉，《文學遺產》1994 年第 1 期，頁 61-72

孫昌武：〈黃庭堅的詩與禪〉，《社會科學戰線》1995 年 2 期，頁 227-235

周裕鍇：〈禪門宗風與宋詩派別〉，《宋代文學研究叢刊》創刊號，1995 年 4 月，頁 127-144

皮朝綱：〈大慧宗杲、「看話禪」與禪宗美學〉，《四川師範大學學報》第 22 卷第 3 期，

1995 年 7 月，頁 36-42

楊勝寬：〈蘇軾的「閑適之樂」〉，《四川師範大學學報》1996 年 1 月，頁 104-111

龔鵬程：〈從杜甫、韓愈到宋詩的形成〉，《宋代文學研究叢刊》第 3 期，1997 年，頁 1-19

張高評：〈《春秋》書法與宋代詩學——以宋人筆記為例〉，《宋代文學研究叢刊》第 2 期，1997 年 9 月，頁 77-78

張高評：〈從「會通化成」論宋詩之新變與價值〉，《漢學研究》第 16 卷第 1 期，1998 年 6 月，頁 254-261

楊海明：〈蘇軾：睿智文人的人生感悟與處世態度〉，《宋代文學研究叢刊》第 4 期，1998 年 12 月，頁 257-270

陳岸瑛：〈關于「烏托邦」內涵及概念演變的考證〉，《北京大學學報》第 37 卷，2000 年 1 期，頁 123-131

張高評：〈清初宗唐詩話與唐宋詩之爭——以「宋詩得失論」為考察重點〉，《中國文學與文化研究學刊》第 1 期，臺北：學生書局，2002 年，頁 83-158

張高評：〈蘇軾遷謫與山水紀遊詩之新變——兼論道家思想與生命安頓〉，《中國蘇軾研究》第一輯，2004 年，頁 219-248

李仙飛：〈烏托邦研究的緣起、流變及重新解讀〉，《北京大學學報》第 42 卷第 6 期，2005 年 11 月，頁 46-49。

張廣達：〈內藤湖南的唐宋變革說及其影響〉，《唐研究》第 11 卷，北京：北京大學出版社，2005 年，頁 5-71

孟二冬：〈中國文學中的「烏托邦」理想〉，《北京大學學報》第 42 卷 1 期，2005 年 1 月，頁 41-50。

柳立言：〈何謂「唐宋變革」？〉，《中華文史論叢》，總 81 輯，2006 年 3 月，頁 125-171

劉中文：〈異化的烏托邦——唐人「桃花源」題詠的承與變〉，《學術交流》第 6 期，總第 147 期，2006 年 6 月，頁 145-150

張高評：〈宋代禽言詩與化俗為雅——從遺妍開發、創意造語切入〉，《宋代文學研究叢刊》第 13 期，2006 年 12 月，頁 23-51

張高評：〈從創造思維談宋詩特色——以創造性模仿、求異思維為例〉，《宋代文學研究叢刊》第 14 期，2007 年，頁 1-32。

張高評：〈〈明妃曲〉之同題競作與宋詩之創意研發——以王昭君之「悲怨不幸與琵琶傳恨」為例〉，國立台灣師範大學國文系《中國學術年刊》第 29 期（春季號），2007 年 3 月，頁 85-94

廖珮芸：〈唐人小說中的「桃花源」主題研究〉，《東海中文學報》第 19 期，2007 年 7 月，頁 61-68。

賴錫三：〈〈桃花源記并詩〉的神話、心理學詮釋——陶淵明的道家式「樂園」新探〉，《中國文哲研究集刊》第 32 期，2008 年 3 月，頁 1-40。

張高評：〈方東樹《昭昧詹言》論創意與造語──兼論宋詩之獨創性與陌生化〉，《文與哲》第 14 期，2009 年 6 月，頁 121-158。

張高評：〈破體與創造性思維──宋代文體學之新詮釋〉，廣州《中山大學學報》（社會科學版）2009 年第 3 期第 49 卷（總 219 期），頁 20-31。

張高評：〈白戰體與宋詩之創意造語：禁體物詠雪詩及其因難見巧〉，香港中文大學《中國文化研究所學報》第四十九期，2009 年，頁 173-212

張高評：〈評《詩人玉屑》述沿襲與點化——傳播與接受之詮釋〉，《成大中文學報》第 28 期，2010 年 4 月，頁 157-194。

鄧福舜：〈〈桃花源記〉的桃花流水原型〉，《大慶師範學院學報》第 30 卷第 5 期，2010 年 9 月，頁 64-67

張高評：〈宋詩與創意思維──以求異思維、反常思維為例〉，高雄師大《國文學報》第 13 期，2011 年 1 月，頁 1-25

張高評：〈評《詩人玉屑》述推陳出新與自得自到：兼論印本寫本之傳播與接受〉，《文與哲》第 18 期，2011 年 6 月，頁 295-332

石守謙：〈桃花源意象的形塑與在東亞的傳播〉，石守謙、廖肇亨主編：《東亞文化意象之形塑》，臺北：允晨文化公司，2011 年，頁 63

張高評：〈墨梅畫禪與比德寫意：南北宋之際詩、畫、禪之融通〉，《中正漢學研究》2012 年第 1 期，總第 19 期，頁 135-174

張高評：〈詩、畫、禪與蘇軾、黃庭堅詠竹題畫研究──以墨竹題詠與禪趣、比德、興寄為核心〉，《人文中國學報》第 19 期，2013 年 9 月，頁 1-42

蕭馳：〈問津「桃源」與棲居「桃源」——盛唐隱逸詩人的空間詩學〉，《中國文哲研究集刊》第 42 期，2013 年 3 月，頁 1-50。

張高評：〈比事屬辭與方包論古文義法：以《文集》之讀史、序跋為核心〉，香港中文

大學《中國文化研究所學報》第 60 期，2015 年 1 月，頁 252-256

張高評：〈《春秋》《左傳》《史記》與敘事傳統〉，《國文天地》第 33 卷第 5 期，總第 389 期，2017 年 10 月，頁 16-24。

〔日〕內藤湖南：〈概括的唐宋時代觀〉，《歷史與地理》第 9 卷第 5 號，1922 年 5 月，頁 1-11

〔日〕內藤湖南：〈近代支那的文化生活〉，《支那》第 19 卷，1928 年 10 月

國家圖書館出版品預行編目(CIP) 資料

宋詩特色之發想與建構 / 張高評著. -- 初版. --
臺北市 : 元華文創, 民107.06
面 ; 公分

ISBN 978-986-393-974-0(平裝)

1.宋詩 2.詩評

820.9105 107005531

宋詩特色之發想與建構

張高評 著

發 行 人：陳文鋒
出 版 者：元華文創股份有限公司
聯絡地址：100 臺北市中正區重慶南路二段 51 號 5 樓
電 話：(02) 2351-1607
傳 真：(02) 2351-1549
網 址：www.eculture.com.tw
E-mail：service@eculture.com.tw
出版年月：2018（民 107）年 06 月 初版
定 價：新臺幣 630 元

ISBN：978-986-393-974-0 (平裝)

總 經 銷：易可數位行銷股份有限公司
地 址：231 新北市新店區寶橋路 235 巷 6 弄 3 號 5 樓
電 話：(02) 8911-0825 傳 真：(02) 8911-0801

封面圖片引用出處：Wikimedia
http://bit.ly/2I58K2x
http://bit.ly/2K5k4wd